粤派批评丛书·名家文丛

广东省作家协会
广东人民出版社 组编

本项目受广东省宣传文化发展
专项资金资助出版

# 陈剑晖集

陈剑晖 著

SPM
南方出版传媒
广东人民出版社
·广州·

**图书在版编目（CIP）数据**

陈剑晖集 / 陈剑晖著.—广州：广东人民出版社，2021.1
（粤派批评丛书）
ISBN 978-7-218-14422-1

Ⅰ. ①陈…　Ⅱ. ①陈…　Ⅲ. ①散文—文学研究—中国—当代—文集　Ⅳ. ①I207.67-53

中国版本图书馆CIP数据核字（2020）第150478号

CHEN JIANHUI JI
**陈剑晖集**　陈剑晖　著



**出 版 人：**肖风华

**责任编辑：**郑　薇
**装帧设计：**河马设计
**排　　版：**广州市奔流文化传播有限公司
**责任技编：**吴彦斌

**出版发行：**广东人民出版社
**地　　址：**广州市海珠区新港西路204号2号楼（邮政编码：510300）
**电　　话：**（020）85716809（总编室）
**传　　真：**（020）85716872
**网　　址：**http：//www.gdpph.com
**印　　刷：**恒美印务（广州）有限公司
**开　　本：**787毫米×1092毫米　1/16
**印　　张：**25　　**字　　数：**313千
**版　　次：**2021年1月第1版
**印　　次：**2021年1月第1次印刷
**定　　价：**88.00元

如发现印装质量问题，影响阅读，请与出版社（020-85716849）联系调换。
售书热线：（020）85716826

# “粤派批评”丛书编辑委员会

# 总　序

在近百年来的中国文坛，“京派批评”“海派批评”以及20世纪80年代崛起的“闽派批评”已是大家公认的文学现象，但“粤派批评”却极少被人提起。其实，不论从地域精神文化气质，从文脉的历史传承，还是从批评的影响力来看，“粤派批评”都有着自己的精神气质和文化品格，有它的优势和辉煌。只不过，由于历史、现实、文化和地域的诸多原因，“粤派批评”一直被低估、忽视乃至遮蔽。正是有鉴于此，我们认为，以百年“粤派”文学以及美术、音乐、戏剧、影视等评论为切入点，出版一套“粤派批评”丛书，挖掘被历史和某种文化偏见所遮蔽的“粤派批评”的价值，彰显“粤派”文学与文化的独特内涵和深厚底蕴，这不仅能更好地展示广东文艺批评的力量，让“粤派批评”发出更响亮的声音，而且有助于增强广东文化的自信，提升广东文化的影响力，促进区域文化发展，从而在当前打造广东“文化强省”的进程中发挥积极的文化效应。

出版“粤派批评”丛书，有厚实的、充分的历史、现实、文化和地域等方面的依据。

1．传统文化的影响。岭南文化明显不同于北方文化。如汉代以降以陈钦、陈元为代表的“经学”注释，便明显不同于北方“经学”的严密深邃与繁复，呈现出轻灵简易的特点，因此被称为“简易之学”。六祖惠能则为佛学禅宗注进了日常化、世俗化的内涵。明代大儒陈白沙主张“学贵知疑”，强调独立思考，提倡较为自由开放的学风，逐渐形成一个有“粤派”特点的哲学学派。这种不同于北方的文化传统，势必对“粤派批评”的形成起到潜移默化的作用。

2．文论传统的依据。“粤派批评”的起源可追溯到晚清，黄遵宪的“诗界革命”，梁启超的“小说界革命”的倡导，开创了一个时代的风潮，在全国产生了普泛的影响。20世纪二三十年代，黄药眠在《创造周刊》发表大量文艺大众化、诗歌民族化文章，产生了很大影响。钟敬文则研究民间文学，被视为中国民间文学的创始人。中华人民共和国成立后的十七年，“粤派批评”的代表人物是黄秋耘、萧殷和梁宗岱。黄秋耘在“百花时代”勇猛向上，慷慨悲歌，疾恶如仇，高举着“写真实”与“干预生活”两面旗帜，大声呼吁“不要在人民疾苦面前闭上眼睛”。在中国当代文学理论批评史上，萧殷也许不是一流的评论家，但却是一流的编辑家。王蒙曾说过：“我的第一个恩师是萧殷，是萧殷发现了我。”而梁宗岱通过中西诗学的贯通，建立起了现代性与本土经验相融汇的诗歌理论批评体系。新时期以来，“粤派批评”也涌现出不少在全国有一定知名度的批评家。如在广东本土，“30后”的有饶芃子、黄树森、黄修己、黄伟宗；“40后”的有刘斯奋、谢望新、李钟声；“50后”的有蒋述卓、程文超、林岗、陈剑晖、郭小东、金岱、宋剑华、徐肖楠、江冰；“60后”“70后”的有彭玉平、谢有顺、贺仲明、钟晓毅、申霞艳、胡传吉、纪德君、陈希、杨汤琛；“80后”的有李德南、陈培浩、唐诗人；等等。在北京、上海、武汉及香港等地生活的“粤派批评”家的有杨义、洪子诚、温儒敏、陈平原、陈思和、吴亮、程德培、黄子平、古远清等，其阵容和影响力虽不及“京派批评”和“海派批评”，但其深厚力量堪比“闽派批评”，超越国内大多数地域的文学批评。如果将视野和范围再开放拓展，加上饶宗颐、王起、黄天骥等老一辈学者的纯学术研究，“粤派批评”更是蔚为壮观。

3．地理环境的优势。从地理上看，广东占有沿海之利，在沟通世界方面具有得天独厚的优势；同时，广东处于边缘，这既是劣势也是优势。近现代以来，粤派学者在中西文化交汇的背景下，感受并接受多种文明带来的思想启迪。他们视野开阔，思维活跃，不安现状，积极进取，敢为人先，因此能走在时代变革的前列。黄遵宪、康有为、梁启超、孙中山等是这方面的代表人物。他们秉承中国学术的传统，开创了“粤派批评”的先河。这种地缘、文化土壤的内在培植作用，在“粤派批评”的发展过程中是显而易见的。

“粤派批评”有属于自己的鲜明特点。

1．从总体看，除发生期的梁启超、黄遵宪外，“粤派批评”家不像北京的批评家那样关注现代性、全球化、后殖民等宏观问题，也不似“闽派批评”那样积极参与到“朦胧诗”“方法论”“主体性”的论争中。“粤派批评”家有自己的批评立场、批评观念，亦有自己的学术立足点和生长点。他们师承的是梁启超、黄遵宪、黄药眠、钟敬文这些大家的治学批评理路。他们既面向时代和生活，感受文艺风潮的脉动，又高度重视审美中的文化积累和文化传承；既追求批评的理论性、学理性和体系建构，注重文学史的梳理阐释，又强调批评的实践性，注重感性与诗性的个性呈现。比如，古远清的港台文学研究，饶芃子的海外华文文学研究，郭小东的中国知青研究，陈剑晖的散文研究，蒋述卓的文化诗学研究，宋剑华对经典的阐释重构，都各有专攻，各擅胜场，且处于国内领先地位。

2．中国现当代文学史写作，是“粤派批评”最为鲜亮的一道风景线。在这方面，“粤派批评”几乎占了文学史写作的半壁江山，而且处于前沿位置，有的甚至成为中国现当代文学史写作的高地。比如20世纪80年代，钱理群、陈平原、黄子平联合发表的著名论文《论“二十世纪中国文学”》，其中的陈平原、黄子平均为粤人。洪子诚的《中国当代文学史》以方法先进、富于问题意识、善于整合中西传统资源和吸纳同时代前沿研究成果著称，它与陈思和的《中国当代文学史教程》被学界誉为中国现当代文学史的“南北双璧”。杨义的三卷本《中国现代小说史》是将比较方法运用于文学史写作的有效实践，该著材料扎实，眼光独到，文本分析有血有肉，堪与夏志清的《中国现代小说史》比肩。此外，温儒敏的《中国现代文学批评史》、黄修己的《中国现代文学发展史》、古远清的港台文学史写作也都各具特色，体现出自己的史观、史识和史德。

3．“粤派批评”还有一个亮点，即注重文学批评的日常化、本土经验和实践性。“粤派批评”家追求发现创新，但不拒绝深刻宽厚；追求实证内敛，而不喜凌空高蹈；追求灵动圆融，而厌恶哗众取宠。这就是前瞻视野与务实批评结合，经济文化与文学批评合流，全球眼光与岭南乡土文化挖掘齐头并进，灵活敏锐与学问学理相得益彰，多元开放与独立的文化人格互为表里。这既是广东本土批评家的批评践行，也是他们的共性和个性特征，是广东文化研究和文学批评的可贵品格。

“粤派批评”的这种特色，可以用八个字来概括：创新、实证、内敛、精致。

创新。从六祖慧能到陈白沙心学标榜“贵疑”“自得”，再到康、梁，粤地便一直有创新的传统。这种创新精神在百年的“粤派批评”中也得到充分的践行和展示，这一点在当下应受到特别的重视。

实证。康有为的老师朱九江，其著述被称为“实学”，他倡导经世致用的实证研究，这一批评立场和方法，在后来的许多粤派批评家身上也清晰可见。

内敛。“粤派批评”虽注重创新，强调质疑批判精神，但它不事张扬作秀，它的总体基调是低调务实，是内敛型的。正是因此，它往往容易被忽视，被低估，甚至在某些时段被边缘化。

精致。“粤派批评”比较个人化，偏重民间的立场和姿态，也不热衷于宏观问题的发声和庞大理论体系的建构，但粤派批评家的批评实践具有“博”与“精”并举，“广”与“深”兼备，“奇”与“正”互补的特点，这形成了“粤派批评”细微却精致的特色。

建构“粤派批评”，不能沿袭传统的流派范畴与标准，而需要有一面旗帜、一个领袖、一套共同或相近的文学理论主张、一批作品或论著来证明、体现这些理论主张。事实上，在当今中国的文学语境下，纯粹的、传统意义上的文学流派或学派是不存在的。因此，“粤派批评”更多地是描述一个客观的文学事实，即“粤派批评”作为一个实践在先、命名在后的批评范畴，并非主观臆想、闭门造车的结果。它不是一个具有特定文学立场、主张和追求趋向一致性和自觉结社的理论阐释行动。它只是一个松散的、没有理论宣言与主张的群体。因此，没有必要纠结“粤派批评”究竟是一个学派，还是一个地域性的概念，但有一点可以肯定：“粤派批评”已是一个特色鲜明的客观存在，即虽具有地方身份标志，却不是局限于一地之见的文艺理论家批评家群体。

“粤派批评”丛书不仅要具备相当规模，而且应做成一个开放、可持续发展的产品链，这样才能产生较大的规模效应，发出自己强有力的声音，并将这种声音辐射到全国。为此，丛书分为“文选”和“专题”两大版块。文选共38本，分“大家文存”“名家文丛”“中坚文汇”“新锐文综”四个层次。

专题共12本。两大版块加起来共50本，计划在3年内完成。以后视情况再陆续补充，使之成为广东一张打得响，并在全国的文艺版图中占有一席之地的文化名片。

党的十九大报告指出：“发展中国特色社会主义文化，就是以马克思主义为指导，坚守中华文化立场，立足当代中国现实，结合当今时代条件，发展面向现代化、面向世界、面向未来的，民族的科学的大众的社会主义文化，推动社会主义精神文明和物质文明协调发展。”在广东省委宣传部的指导支持下，广东省作家协会和广东人民出版社联合编纂出版“粤派批评”丛书，是贯彻落实十九大关于文化建设发展精神和习近平总书记关于文艺工作的重要指示的一项重要举措，是讲好中国故事、传播中国声音、阐发中国精神、展现中国风貌的一次文化实践。我们坚信，扎根广东、辐射全国的“粤派批评”必将成为新时代坚定文化自信、实现中华民族伟大复兴路上其中一块稳固的基石。

“粤派批评”丛书编辑委员会

2020年5月15日

作者照

## 作者简介：

陈剑晖，现为华南师范大学文科二级教授、广州大学资深特聘教授、博士生导师、华南师范大学中国现代散文研究中心主任、广东省文史馆馆员、广东散文学会常务副会长、广东当代文学学会副会长、秦牧散文创作研究会常务副会长、国务院特殊津贴专家、全国鲁迅文学奖散文奖终评评委、《中国当代文学研究》编委。出版专著15部，在《中国社会科学》《文学评论》等学术期刊发表文章200多篇。曾获得教育部“中国高校人文社科优秀成果奖”，广东省“广东哲学社会科学优秀成果奖”一、二等奖等多项奖项。

# 目　录

## 辑三　争鸣与访谈

## 辑四　岭南文学论略

# 代序　“粤派批评”的可能性

在近百年来的中国文坛，“京派批评”“海派批评”以及20世纪80年代崛起的“闽派批评”已是大家公认的文学现象，但“粤派批评”却极少被人提起。其实，不论从地域精神文化气质，从文脉的历史传承，还是批评的影响力来看，“粤派批评”都有着自己的文化品格、优势和辉煌。只不过，由于历史、现实、文化和地域的诸多原因，“粤派批评”一直被低估、忽视乃至遮蔽。有鉴于此，我认为，从文学地理学的角度，梳理“粤派批评”的文脉传承，挖掘被历史和某种文化偏见所遮蔽的“粤派批评”的文学价值，彰显“粤派”文化的独特内涵和深厚底蕴，不仅能有力推动广东的文学创作，而且有助于增强广东文化的自信，提升广东文化的影响力，促进区域文化发展，从而在当前打造广东“文化强省”的进程中发挥积极的文化效应。

提出“粤派批评”这一概念，有其历史、现实、文化和地域等方面的依据。

仅就文论传统和代际批评来说，“粤派批评”的源头可追溯到晚清，黄遵宪的“诗界革命”，梁启超的“小说界革命”的倡导，开创了一个时代的风潮，对20世纪中国的文学批评产生了深广的影响。20世纪二三十年代，黄药眠在《创造周刊》发表大量文艺大众化、诗歌民族化文章，产生了很大影响。钟敬文则研究民间文学，被视为中国民间文学的创始人。中华人民共和国建立后的“十七年”，“粤派批评”的代表人物是黄秋耘、萧殷和梁宗岱。黄秋耘在“百花时代”高举“写真实”与“干预生活”两面旗帜，大声呼吁“不要在人民疾苦面前闭上眼睛”。而萧殷在编辑之余，还写了大量指导文艺创作的文章，王蒙曾说过：“我的第一个恩师是萧殷，是萧殷发现了我。”而梁宗岱通过中西诗学的贯通，建立起了现代性与本土经验相融汇的诗歌理论批评体外系。新时期以来，“粤派批评”也涌现出不少在全国有一定知名度的批评家。如在广东本土，“30后”有黄修己、饶芃子、黄树森、黄伟宗，“40后”有谢望新、李钟声，“50后”有蒋述卓、郭小东、陈剑晖、程文超、金岱、林岗、宋剑华、徐肖楠、江冰，“70后”有谢有顺、申霞艳、郭冰茹、张均、胡传吉、柳冬妩等等。在北京及香港等地更有杨义、洪子诚、温儒敏、陈平原、黄子平、古远清等名家，其阵容和影响力虽不及“京派批评”和“海派批评”，但可追“闽派批评”，超越国内大多数地域的文学批评。如果批评的视野和范围再开放拓展，加上饶宗颐、王起、黄天骥等老一辈学者的纯学术研究，则“粤派批评”更是蔚为壮观。

“粤派批评”具有鲜明的特色。从总体看，除发生期的梁启超、黄遵宪外，粤派批评家不像北京批评家那样关注现代性、全球化、后殖民等宏观问题，也不似闽派批评家那样积极参与到“朦胧诗”“方法论”“主体性”的论争中。粤派批评家有自己的批评立场，批评观念，亦有自己的学术立足点和生长点。他们师承的是梁启超、黄遵宪、黄药眠、钟敬文这些大家的治学批评理路。他们既立足本土经验，面向时代和生活，感受文艺风潮的脉动，又高度重视审美中的文化积累和文化传承；既追求批评的理论性、学理性和体系建构，注重文学史的梳理阐释，又强调批评的实践性，注重感性与诗性的个性呈现。比如古远清的港台文学研究，饶芃子的海外华文文学研究，郭小东的中国知青研究，陈剑晖的散文研究，蒋述卓的城市诗学研究，宋剑华对经典的阐释重构，江冰的“80后”文学研究，都各有专攻，各擅胜场，且处于国内领先地位。此外，谢有顺的批评贴近作家作品，又注重表述上的诗性和个性化，因而被视为“70后”最有影响的批评家之一。

特别是中国现当代文学史写作，是“粤派批评”最为鲜亮的一道风景线。在这方面，“粤派批评”几乎占了文学史写作的半壁江山，而且处于前沿位置，有的甚至成为中国现当代文学史写作的高地。比如20世纪80年代，钱理群、陈平原、黄子平联合发表的著名论文《论二十世纪中国文学》，其中的陈平原、黄子平均为粤人。洪子诚的《中国当代文学史》以方法先进、富于问题意识、善于整合中西传统资源和吸纳同时代前沿研究成果著称，它与陈思和的

《中国当代文学史教程》被学界誉为中国现当代文学史的“南北双璧”。杨义的三卷本《中国现代小说史》是比较方法运用文学史写作的有效实践，该著材料扎实，眼光独到，分析文本有血有肉，堪与夏志清的《中国现代小说史》比肩。此外，温儒敏的《中国现代文学批评史》，黄修己的《中国现代文学发展史》，古远清的港台文学史写作，也都各具特色，体现出自己的史观史识和史德。

“粤派批评”还有一个特色，即注重文学批评的日常化、本土经验和实践性。粤派批评家追求发现，而不追求深刻；追求圆通，而不追求新潮。这就是前瞻视野与务实批评结合，经济文化与文学批评合流，全球眼光与岭南乡土文化挖掘齐头并进，灵活敏锐与学问学理相得益彰，多元开放与独立的文化人格互为表里。这既是广东本土批评家的批评践行，也是他们的共性和个性特征，是广东文化研究和文学批评的可贵品格。

“粤派批评”不是一个学派的概念，不是一个具有文学立场、主张和追求趋向一致性和自觉结社的理论阐释行动，它只是一个松散的、没有理论宣言与主张的群体。因此，没有必要纠结“粤派批评”究竟是一个学派，还是一个地域性的概念。但有一点可以肯定：“粤派批评”已是一个客观存在的文学现象 ，即虽具有地方身份标识，却不是局限于一地之见的文艺理论家批评家群体。因此，确立“粤派批评”的标准可宽泛一些，即只要具备如下的身份标识，就可视为粤派批评家：一是长期生活、工作于粤地的批评家；二是虽不是粤人，但在粤地工作超过五年的批评家；三是出生、早年受教育于粤地，后到外地求学、工作，从事学术研究和批评的批评家。而有些批评家，虽原籍隶属广东，但出生、受教育及工作均不在广东，如上海的陈思和、吴亮、程德培等，这些批评家尽管成就斐然，也不应列入“粤派批评”阵容。

“粤派批评”的提出有其合理性，至于是否有可能成为“派”，还需进一步的论证挖掘和时间的证明。

# 辑一

## 文学史与文体

# 当代文学学科建构与文学史写作

中国当代文学已经走过60多年的历程，在时间上是现代文学的两倍多。现代文学经过几代人的努力，在20世纪80年代已基本上完成了自己的学科建构。但当代文学至今仍“妾身未明”，身份十分可疑。毋庸置疑，当代文学是一个处于“未完成”状态的年轻学科，也是一个共识最少、争议最多、满意度最低的学科。这种状态，是当代文学学科的特点和优势，同时也是它先天的、命定的缺陷。近年来，有一些学者对学科的现状表示不满，并试图在反思中寻找“学科的生长点”。笔者以为，在当前，在我国大力倡扬“文化自信”的背景下，直面中国当代文学学科的问题与困惑，并寻求学科发展的新路径新方法，应成为当代文学研究不容回避的议题。

## 一、当代文学史写作的现状与问题

1957年，由高等教育部审定的《中国文学史教学大纲》的颁布，标志着“中国现代文学史”学科的成立。而在文学学科建设中，文学史写作一般处于较高层次的地位。它既是对作家的定位确认，也是对各种文学现象的梳理、归纳、总结与“历史化”。同时，在中国大学文学教育及课程教学体系中，也一直以“文学史”为教学中心。所以，长期以来，文学史建构一般被视为学科是否稳定、是否成熟的标志。

中国当代文学学科的建立，则是20世纪50年代末的事情。1959年，在庆祝中华人民共和国成立十周年的昂扬奋进的时代氛围中，一些现当代文学研究者怀着对“新中国文学”总结与“命名”的热情，开始从“史”的角度来研究1949年以来的“新中国文学”，并于1960年出版了由中国社会科学院文学研究所集体编写的《十年来的新中国文学》。随后，山东人民出版社出版了山东大学中文系编写的《中国当代文学史（1949—1959）》。继之，又有华中师范学院编写的《中国当代文学史稿》出版。上述几部当代文学史著的出版，预示着“中国当代文学”的学科建设已开始起步，可惜随后而来的“文革”十年，使得当代文学的学科建设胎死腹中。所以，“当代文学作为一个学科的建立和获得长足发展，应该说是80年代”。[①]洪子诚的这个判断，应该说是可以成立的。其一，在1978年，教育部制定高等院校中文专业现代文学教学大纲，确定“当代文学”成为一门新的课程；其二，其时各高校纷纷成立与现代文学并列的当代文学教研室；其三，一些全国性的当代文学学术团体，如“中国当代文学研究会”等也正式成立；其四，出现了《当代文学概观》（张钟等合著）、《中国当代文学史初稿》（郭志刚主编）等几部较有影响的中国当代文学史著。

不过，20世纪80年代，虽然中国当代文学的学科建设开始复苏，并从“中国现代文学”中独立出来成为一门具有独特内涵和鲜明个性的学科，同时，一批文学史著作的出版，也标志着中国当代文学学科的正式建立，但是，也有人认为当代文学史研究远远落后于现代文学史，更有一些著名的文学史家对当代文学能否写史提出质疑。比如唐弢先生在那篇著名的文章《当代文学不宜写史》中，就开宗明义地指出：“我以为当代文学是不宜写史的。”[②]他的理由有二：其一，“现在出版了许多《当代文学史》，实在是对概念的一种嘲弄”；其二，他认为当代文学近在眼前，且仍在进行中，缺乏生活的筛选和时间的沉淀，这样的文学对象，可以写成“当代文学述评”之类，但不适合撰史。唐弢以及施蛰存等老先生关于“当代文学不宜写史”的观点，并非没有道理，却未必符合当代文学学科建设的实际，更未能浇灭一些当代文学史家写史的自觉与热情，阻止当代文学“写史”的步伐。

当代文学写史的第三次高潮，也是当代文学学科相对成熟的时期，应是20世纪90年代以后。这时期出现了洪子诚的《中国当代文学史》、陈思和主编

① 洪子诚：《目前当代文学研究的几个问题》，《天津社会科学》1995年第2期。

② 唐弢：《当代文学不宜写史》，《文汇报》1985年10月29日。

的《中国当代文学史教程》这两部产生了重大影响的当代文学史著作。其他较有影响的还有於可训的《中国当代文学史略》，陈晓明的《中国当代文学主潮》，孟繁华与程光炜合著的《中国当代文学发展史》，董健、丁帆、王彬彬主编的《中国当代文学史新稿》，等等。值得注意的是，90年代以后，当代文学史研究还出现了几种路向：一是陈思和、王晓明等提出的“重写文学史”理路；二是以海外学者为主的对文本进行解构式的“再解读”；三是以程光炜、李扬、吴秀明等为代表的“历史化”谱系考察与知识重构。这些对当代文学历史图景重构的努力，虽然未能获得学科的共识，甚至因其内涵的复杂和解构策略的西方化而招致不少质疑，但这些新理路无疑拓展了当代文学史写作的视域，提升了当代文学史研究的整体水平。

以上描述的属于文学史写作的“断代”史类型，当代文学史写作的另一种类型，是当代文学思潮研究，这可以说是当代文学学科建设的另一门“显学”。其起因是1981年4月和1983年1月，中国社科院文研所先后召开两次学术会议，议题是“中国现代思潮流派问题”。与会的大多是当时较为著名的学者。他们认为现当代文学史写作不能满足于“重评”或“填补空白”，而应进入到寻找“文学史规律”的研究层次。这样，在80年代中期，有不少研究者将目光转向文学思潮流派，以及对文学现象和问题的综合比较研究。先是研究现代文学思潮流派，而后扩展到当代文学思潮。举凡“伤痕文学思潮”“反思文学思潮”“人道主义文学思潮”“现代主义文学思潮”“改革文学思潮”“文化寻根文学思潮”“新写实文学思潮”“新历史主义文学思潮”等，都有大量论文和专著对其进行研究。据不完全统计，新时期以来，关于当代文学思潮方面的专著有几十本之多，其中较有影响的有朱寨的《中国当代文学思潮史》、何西来的《新时期文学思潮论》、宋耀良的《新时期文学主潮》、陈剑晖的《新时期文学思潮》、陆贵山主编的《中国当代文艺思潮》，等等。文学思潮研究的优势，在于可以突破一般的作家作品论，由点及面，将文学发展的脉络梳理出来，从而寻找出文学的一些共性和规律。但文学思潮研究由于偏向于“宏观”，往往以牺牲“细部”为代价。此外，由于当代文学思潮更替频繁，“各领风骚三五年”，思潮的更替容易使研究者研究视角产生漂移和评判的失衡，从而导致当代文学的不稳定。也许意识到这个问题，当代文学思潮研究热潮在八九十年代持续了一段时间后，便逐渐归于平静了。

上面对当代文学史写作的两种类型作了一番描述，但描述不是我的目的。笔者的目的，是希望在描述的基础上，探讨当代文学史写作中存在的一些问题，以期有益于当代文学学科的建设。

首先我们来考察“断代史”的文学史写作。据不完全统计，迄今为止，中国当代文学史已有几百部之多。虽然数量庞大，但有个人色彩和独到见解、令人满意的当代文学史著并不多。究其原因，一是教材型的文学史占了大部分。二是观念和体例陈旧，大多数文学史采用了“编年史”的写法，且千篇一律，陈陈相因。三是长期以来，意识形态的叙述成为文学史写作的主导因素。四是有的文学史只是资料的堆积，缺乏批评的眼光和理论的穿透力；有的文学史虽有批评眼光和理论意识，但又缺乏扎实丰富的第一手资料作支撑。正是上述诸方面的不足，使得中国当代文学史写作远未达到人们的期望。不错，我们也有较为优秀的当代文学史，如洪子诚的《中国当代文学史》与陈思和主编的《中国当代文学史教程》。这两部史著被公认为当代文学史写作获得突破性进展的标志性著作，“开启了‘中国当代文学’这门学科逐步走向成熟的新阶段”[①]，可谓好评如潮，而且呈一边倒态势，几乎看不到任何批评。但依我之见，这两部广获好评的文学史著并非完美无缺。不错，洪先生有相当明晰的史识、史观和自省精神，他精于“重写”与“建构”，善于凝练“关键词”，并将问题放到特定的“历史情境”中去审视。他立足学科前沿，擅长吸纳、化用同时代人的研究成果，而他的研究立场和方法，他的低调、谦和与务实精神，更是凸显了他的人格魅力，为他博得了大量掌声。但如果我们不为贤者讳，以客观的、实事求是的态度来审视这部史著，我们会发现《中国当代文学史》还是存在着一些不足。一是从总体看，洪著尚未能完全摆脱自王瑶以来的意识形态叙述，这样必然导致“十七年文学”与“新时期文学”在叙述上存在着某些割裂现象，而他将台港等地区的文学排斥于“中国当代文学”之外，则体现出该著在学术视野上还不够开阔圆通。二是经典的缺席。洪著虽然挖掘出一些过

① 宋遂良：《“重写文学史”的重要收获——读两部新版文学史》，《南方文坛》2000年第1期。

往被掩蔽的作家作品和文学现象，但在这本文学史著中见不到经典与大家也是一个事实。造成“经典缺失”自然有诸多原因。但一方面秉持“价值中立”的立场，一方面面对优秀作家作品时又过分谨慎、权衡与犹豫，不敢大胆地行使文学史家的权利，为当代文学经典命名认定，恐怕是更为主要的原因。这样，在《中国当代文学史》中，我们既看不到经典作家，也看不到经典作品，甚至连“精品”都踪影难寻 。即使韩少功、阿城、史铁生、张炜、张承志五位作家，也仅仅单列一节，共享“几位小说家”创作的“殊荣”，每人名下只有900字左右的述评。至于莫言，只给600多字，贾平凹800多字。这与现代文学史中的“鲁郭茅巴老曹”的文学地位，相差何止一万八千里。三是学术与审美趣味上的厚此薄彼。读过《中国当代文学史》的人可能会注意到，洪子诚对诗歌的判断比较精准到位，对文学环境、文学规范、文学体制的理解与梳理可谓一流，迄今无人能及。此外，他对“非主流文学”“文学的寻根”“先锋小说的实验”等文学现象或前沿话题较感兴趣，且乐意给予较多篇幅加以描述，而对“老土”的现实主义创作方法则“有所保留”。如此一来，像陈忠实、路遥这一类偏向现实主义方法、相对较传统的作家自然便被冷落到一边，甚至被排斥出文学史之外。但稍有当代文学史常识的人都清楚，这样的处理对陈忠实、路遥们是未必客观、有失公允的。四是文本分析过于简单平淡。洪子诚的《中国当代文学史》，在提炼关键词方面确有独到之处，如“一体化”“规范”“题材等级”等，这些概念的确抓住了当代中国文学的基本生存状态与特征。这是他的过人本领，也是一般的当代文学研究者佩服他的原因。不过在文本分析方面，窃以为该著并没有特别出彩的地方，既体现不出史家独到敏锐的审美意识和批评眼光，更谈不上血肉丰满，有情怀、趣味、体温与生命激情的灌注。洪著对他视为优秀的作家作品，对其长处的评论均是“点到即止”，既未能突出优秀作家作品的意义与价值，也未能挖掘出这些作品可能拥有的文学史高度。比如评述史铁生，在介绍了他到陕北插队的经历和《午餐半小时》《我的遥远的清平湾》两篇小说后，仅有100多字谈到《我与地坛》，说这篇作品表现了欲望与宇宙的矛盾冲突，写出了残疾人的生存状况，以及对生命价值、意义的持续关注。对其他作家的点评也基本如此。我们知道，洪子诚的初衷是以“评述”的文体，写一部“简括式”的文学史，但“简括式”评述体真的是写史的最佳选择吗？再说，简洁不是简单平淡，更不应以牺牲文学史的丰满血肉为代价。我感到困惑的是：面对这样简单平淡的“评述式”文本分析，为什么大家都视而不见，一致叫好，没有人指出其中的不足，或有待完善提升之处？

陈思和主编的《中国当代文学史教程》，也是一部对当代文学的学科建设和教学产生了重大影响的文学史著。该著的最大贡献，第一在于打破了以往文学史一元化的整合视角，以“共时性”的文学史观，构筑起新的文学创作整体观。第二是建构了“多层次”“潜在写作”“民间文化形态”“民间隐形结构”“民间理想主义”，以及“共名”与“无名”等概念。但《中国当代文学史教程》的文本分析同样未能出彩。全书按专题分成22章，每章分四节，第一节概述专题，第二、三、四节每节分析一篇作品，结构框架四平八稳、平均用力。文本分析一般是介绍作者、评述作品内容，分析艺术特征或指出某些不足。总体看，陈本的文本分析中规中矩，没有硬伤，也没有剑走偏锋，但同时文本分析也缺乏深度和个性。尤其值得商榷的是，陈思和选择作家作品入史过于草率随意。举例说，在王蒙这一节，他选择了《海之梦》；在张贤亮这一节，则是《邢老汉与他的狗》。而稍微了解当代文学的人都知道，这两篇作品并不能代表王蒙、张贤亮这两位作家文学创作的最高成就。我一直认为，文学史不应是“自然发生史”，史家撰写文学史不能为了显示“别出机杼”“与众不同”而随心所欲，没有标准，置学科的常识和众人公认的作品于不顾。文学史一方面要体现出史家的个性和别出机杼，与众不同；一方面又要尊重常识和共识，尤其不能否认文学经典的存在，更不能过于草率随意地选择作家作品入史。而《中国当代文学史教程》，恰恰在这方面有可供商榷之处。此外，建构的概念范畴未能贯串始终，与文本分析融为一体，也是影响该著取得更高成就的另一个因素。

我管窥蠡测、不揣浅陋，坦率地对学界公认的两部当代文学史杰作提出批评。我深知这是一项吃力不讨好甚至是冒险的事情，但出于对当代文学的热爱，同时考虑到“学术乃天下之公器”，故还是将上述意见提出来。其实，我与大多数当代文学研究者一样敬佩洪子诚先生，而且洪先生还是我的揭阳老乡。我与陈思和先生有近四十年的深厚情谊。即便如此，在2000年海口的“中国文学史学术讨论会”和2001年肇庆的“中国当代文学年会”上，我也都对陈著提出批评，并私底下与思和先生交流，表示不同意他对待经典的态度和“自然发生史”的标准。我的这些意见，在《文学评论》2000年第4期的《文学史的理论形态与语体》和《中国文学批评》2017年第1期的《剑走偏锋与理解之间情——评顾彬的文学史观》两文均有表述，此处不再赘述。

关于当代文学思潮问题，由于笔者20世纪80年代末期出版了一本《新时期文学思潮》，此后对这个领域有所关注。但令人失望的是，作为曾经是当代文学研究“显学”的文学思潮研究，几十年来基本上是原地踏步、停滞不前。首先是大多文学思潮的研究者基本上不关心对“文学思潮”概念的界说和建构，其次，即便注意到“文学思潮”的概念，其理解与阐释也十分混乱粗糙，缺乏对研究对象“所是”的把握，更没有从学理纵深追问范畴的内涵、外延和理论依据。举例说，在朱寨的《中国当代文学思潮史》中，“毛泽东文艺方向在全国的贯彻传播”“从〈武训传〉批判运动到‘创作倾向’的批判”“对〈红楼梦〉研究的批判运动”“对胡风文艺思想的批判运动”等，都成了文学思潮。事实上，这与其说是文学思潮，不如说是文艺方向、文艺方针和文艺运动。尽管程光炜出于对前辈的爱戴，认为朱寨的文学史叙述虽含有“权益”的色彩，“但他以‘概念分离’的方式重建当代文学史的主张，在当时不失为一种有度的文学史叙述……与那些新奇、时髦和尖锐的批评比较，这种经验更具有历史的洞察力，明显老练、成熟得多”。[①]的确，若从特定的语境来考量，特别从“当代”争取话语权和学科建设角度看，朱寨这部当代文学思潮史功不可没。但若从真正意义上的“文学思潮”角度看，则朱寨这部著作可谓张冠李戴、名不符实。因为他根本就忽略了文学思潮的概念、范畴、标准等问题。这种状况，在其他文学思潮著作中也普遍存在。比如，有的将文学思潮等同于“文学阶段”，将“土改文学”“抗美援朝文学”“三反五反文学”都看成文学思潮。还有的将“花环文学”“大墙文学”“解放文学”“爱国主义文学”等统统归进文学思潮版图。更有的从政治学出发，将文学思潮分为左、中、右三种

---

① 程光炜：《文学讲稿：“八十年代”作为方法》，北京大学出版社2009年版，第5页。

文学思潮。其实，只要具备一定的学科知识，同时有一点对“所是”追问的精神，就不会出现上述标准不一、自相矛盾、方枘圆凿，甚至将文学思潮当做一个框，什么都往里装的弊端。因为作为隶属于文学史的范畴，文学思潮是一个历史性的概念。一般情况下，往往是社会思潮先行，文学思潮后变，然后反作用于社会思潮，推动社会思潮向前发展。文学思潮不但要有哲学基础，有一套属于自己的文学主张，而且有相对统一的规范、标准和惯性。此外，文学思潮不同于创作方法和文学流派，更不等同于文学运动或文学方针。明乎此，我们才有可能对文学思潮做出历史化的梳理和正确的评判。从上面对文学思潮研究现状的简略描述，我们会更深切地感到当代文学学科在不少方面还相当粗糙，可以说还处于初级阶段，所以说当代文学学科的建设任重而道远。

## 二、经典阐释与当代文学学科建设

经典问题过去不被重视，近年来开始热了起来，不但关注经典的文章多了，还召开了几次经典方面的学术讨论会。这表明，大家越来越意识到经典对于建设当代文学学科的重要性。

为什么人们越来越重视经典？因为经典是确定文学史的排列秩序、思想艺术水准和学术品格的重要保证。经典不但能左右一个时期文学的走向，而且对于促进学科稳定有序发展都是必不可少的。但是，我们过去对经典的重要性认识不足。表现为：一是不承认当代文学有经典；二是认为经典是自动呈现的，无须阐释或人为命名认定；三是经典的评定、价值重估总是随着政治、意识形态的变动而变动，缺乏稳定性和持续性。其实，我们没有必要将经典神圣化和神秘化。在我看来，当代的经典并非高不可攀、遥不可及。经典只不过是那些比较优秀、超越了同时代作家的思想艺术平均水准，并被广大读者喜爱的那些作品。具体点说，我认为经典可分为两类。一类是“时代的经典”，即在特定的时代，比如“十七年文学”中的《红日》《红旗谱》《红岩》《创业史》《青春之歌》等，这一类作品的思想和艺术上都存在着时代的局限，但它们确实在特定的时代中影响、教育了一代人，因此作为一种“时代经典”，应承认其存在的合理性和价值，在写作文学史时应有它们的地位。另一类可称为

"永恒经典"，如《红楼梦》、鲁迅的《阿Q正传》等，这一类作品不受时代和空间的局限，它们以思想上的原创性与超越性、艺术上的独创性、时间的永久性一代代传承下去，这是对"永恒经典"的高端要求。就当代文学来说，目前从严格意义上还难觅"永恒经典"，但具备"永恒经典"潜质的作家作品可以找出不少。比如散文方面，史铁生的《我与地坛》，就有资格享受"经典"的待遇。我一直认为，《我与地坛》可与鲁迅的《野草》比肩，是一篇无论是思想还是艺术上都是无懈可击的散文。贾平凹的《秦腔》、韩少功的《山南水北》、余秋雨的《这里真安静》等，也都有成为"永恒经典"的可能。至于小说方面，也有不少这类作品存在。如汪曾祺的《受诫》、阿城的《棋王》、韩少功的《爸爸爸》、陈忠实的《白鹿原》、路遥的《平凡的世界》，等等。我们现在要做的，第一是改变观念，不能一味"贵古贱今"，认为时间越远、越古老的作品就一定优秀伟大，时间越近的就一文不值；第二是文学史家要敢于为当代文学经典命名认定，要有一双发现经典的眼睛；第三要以普遍性、超越性与审美性的标准来确定当代文学的经典；第四是经典化的过程需要一些仪式相助，比如设立一些真正具有公信力和权威的文学奖，将真正的文学经典筛选出来。如果当代小说有一批大家公认的"文学经典"被阅读和接受，恐怕顾彬就不会如此失望，不会认为当代文学只是一些"二锅头"了。

在经典确立的过程中，有两个问题必须得到充分的重视。

其一是价值标准的问题。韦勒克、沃伦在谈到文学的判断和评价时说："我们在估评某一事物或某一种兴趣的等级时，要参照某种规范，要运用一套标准，要把被估价的事物或兴趣与其他的事物或兴趣加以比较。"[①]人文学科的研究一方面需要对研究对象的概念、内涵、外延，概念的特点、依据给出理论界定；一方面又要有一套相对稳定的规则和价值标准。文学史写作作为人文学科研究的一部分，同样离不开价值标准和价值判断。你写谁或不写谁，你给谁多少篇幅，又将谁放在哪个等级上来评价，这一切都涉及判断，而这个判断又是由价值标准引发出来的。长期以来，当代文学的评价标准一直比较混乱，缺乏统一的共识。先是以"思想标准""政治标准"一统天下，而后是"历史

① 韦勒克、沃伦：《文学理论》，三联书店1984年版，第272页。

标准”“审美标准”“人性标准”“真善美标准”等，不一而足。这种价值标准混乱、缺乏统一性和系统性的结果是：对同一个作家、同一篇作品的评价，往往是天上地下，判若云泥。比如赵树理，有人认为他是“语言大师”，有人则认为他的语言粗俗无文。同是杨朔，过去认为他是“诗化散文”的代表，将他的散文视为典范，现在却弃之如草芥。当然，最能说明问题的是关于金庸的评判，王一川认为他应取替茅盾，进入20世纪大师的行列。袁良骏则认为金庸的武侠小说观念意识“落后”，应将其“扫荡掉”。这种种相互打架的现象，一方面表明当代文学学科还很年轻，很不成熟，另一方面印证了建立规范和价值标准的必要性，

由于当代文学的前沿性、流动性和复杂性，价值标准的建立不可能一蹴而就。这是一个艰难的、也许是漫长的过程。韦勒克、沃伦在《文学理论》中，认为确立优秀文学的标准应具有包容性和多元性，应是“想象的综合”和“综合材料的总和与多样性”。[①]在我看来，当代文学的价值标准不能太单一，太狭窄，在强调认识价值、教育价值、审美价值和文学史价值的前提下，它应是相对统一稳定的，同时又是多元和宽容的，即韦勒克所说的“想象的综合”“材料的综合与多样性”。同时，要清醒认识到：这种价值标准的建立，必须立足于中国的本土经验，既要回到特定的历史语境中，更要客观面对当下的文学现实，而不能仅仅依靠西方理论或中国古代现成的思想资源。

其二是经典阐释的问题。这个问题过去没有引起史家们的足够重视，近年来这种轻视文本研究的状况已得到一定程度的扭转，并出现了一些文本细读方面的专著。如洪子诚的《读作品记》、陈思和的《中国现当代文学名篇十五讲》、陈晓明的《众妙之门：重建文本细读的批评方法》等。但在文本阐释中仍存在着一些问题。比如，是从整体上挖掘经典的思想价值和文学史意义，还是立足于“解构”立场，对经典进行全面的颠覆重构。比如对“十七年文学”中的一些经典，我们今天的一些文章和文学史写作，是不是有点矫枉过正，从过去的轻视到现在的“过度解读”甚至“强制阐释”。还有，我们对经典的阐释，是否先有一个理论预设，而后再从经典中寻找论据来印证这种理论预设，

---

① 韦勒克、沃伦：《文学理论》，三联书店1984年版，第279页。

还是立足于阅读体验，再将历史经验和个人体验结合起来，对经典进行细致深入的阐释解读？这些，都是我们在建构当代文学学科时必须正视的问题。

## 三、当代文学：如何评价和如何写史？

无论中国当代文学学科建设还是撰写当代文学史，首先要碰到而且无法回避的一个难题，就是如何评价中国当代文学的总体成就。20世纪50—70年代的中国文学受到政治和意识形态走向“过度”影响；80年代因为一些作家“过度模仿”西方文学而深受质疑；90年代以后则是文学的崇高和理想大面积陷落。如此，指责中国当代文学“没有思想”“没有大师”“没有经典”似乎成了一种习惯和时髦。举例说，在新世纪之初，就有一篇《思想界炮轰文学界：当代中国文学脱离现实》的综合报道，说“思想界”的学者认为：“中国主流文学界对当下公开领域的事务缺少关怀，很少有作家能够直面中国社会的突出矛盾”“最可怕的还不只是文学缺乏思想，而是文学缺乏良知”。再者是资深学者杨义为中国社科院文研所的“文情双月评论坛”所写的开场白：“为当今文学洗个脸”。杨义在罗列了当今文学的种种弊端之后大喝道：“时髦的文学先生，满脸脏兮兮并不就是‘酷’。在此全民大讲公德、私德、礼仪的时际，我们端出一盆清凉的水，为当今文学洗个脸，并尽可能告知脏在何处，用什么药皂和如何清洗。”“思想界”学者和杨义对“当今文学”的不信任和轻蔑之情溢于言表，因为他们是站在“道德化”和古典文学的制高点来俯视当代文学。而著名的“垃圾论”制造者、德国汉学家顾彬眼中的当代文学更是一派荒芜破败的景象，所以他的《二十世纪中国文学史》中，现代文学给了243页的篇幅，而当代文学60年只给了117页的篇幅。也许意识到头重脚轻，顾彬还不无调侃地作了一番辩解：“李白的诗太美了，就算是民国时期的中国现代文学，也比当代文学强过太多，这就好像五粮液与二锅头的差别。”[①]

顾彬、杨义，以及“思想界”学者对当代文学现状的指责，在我看来言

① 顾彬：《中国文学每况愈下，当代作家基本没有思想》，《时代周报》2009年3月13日。

不及义，是十分可疑的。首先，这些指责都是站在“道德化”制高点上的批评，而且隐含着太多的学术特权或优越感。他们忽视了文学的丰富性和复杂性，而以印象式或简单化的道德批评笼而统之，这样的指责虽然能吸引眼球，获得一些掌声，但势必以牺牲时代文学的丰富性和复杂性为代价。其次，真正负责任的、有效且有说服力的文学批评不是抽象的、空对空的，而是建立在具体细致的阅读，建立在对大量作家作品，以及文学现象的了解之上，这样才能对某一时代的文学有一个总体的把握，才能做出符合实际的评价。而顾彬等当代文学的批评者和否定者，一方面基本不阅读当代文学作品，对当代文学相当隔膜，不甚了了，一方面又要指点江山，以理想化和道德化为标尺来要求当代文学。这样一来，他们眼中的当代文学自然这也不是那也不行，因为以这样的尺度，永远不会有令人满意的文学存在。

因此我认为，评价中国当代文学，应在批判阅读的基础上，抱着宽容、理解之同情的态度。同时，还要尽量避免一叶障目，只见树木、不见森林的批评，而应从整体、从高端成就着眼，而不是从末端作品出发来评价一个时代的文学。因为每一个时代的文学，都是泥沙俱下，既有主流，也有支流；既有高端作品，也有低端作品，即便是盛唐诗歌和“五四”文学，也概莫能外。如果因为有商业化写作，有快餐文学、兑水文学，甚至“垃圾文学”的存在，便全盘否定当代文学，那是极不负责任的，也是一个严肃的文学史家所不屑为的。那么，当代文学的总体成就究竟怎么样？如果立足于标杆性的高端成就，我认为现代文学与当代文学的差别，应该是茅台酒与五粮液的差别，而绝不是顾彬眼中的五粮液与二锅头的差别。当代文学固然没有鲁迅这样的大家，但当代文学有汪曾祺、史铁生、陈忠实、莫言、韩少功、贾平凹、张承志、王安忆、张炜、路遥等一批实力派作家。如果实事求是、客观公允，不抱“贵古贱今”的传统偏见，不以诛心之论来评价这些作家，他们真的就不及“鲁郭茅巴老曹”？还有散文创作，从20世纪以来便一路走红，其成就直追“五四”时期的散文。面对这样的文学盛况，任何一个不抱偏见、不以自己的文学趣味评判一个时代文学的文学史家，都不会得出“当代文学每况愈下”“当代作家基本没有思想”等耸人听闻的结论。

与对当代文学的评判相联系的，是当代文学如何写史的问题。诚如上述，1949年以来，当代文学史已有几百部，但真正令人满意的、理想的当代文学史著尚未出现。那么，笔者心目中理想的当代文学史应是什么模样呢？坦率地说，丹麦文学史家勃兰兑斯的《十九世纪文学主流》，特别是第五分册《法国的浪漫派》，就是我心目中理想的文学史。勃氏的文学史不但资料丰富扎实，而且有敏锐的审美洞察力和高超的理论概括力。他一方面高屋建瓴、条分缕析梳理了19世纪法国浪漫主义文学思潮的兴衰流变，一方面又有对具体文本独特精到的分析，包括对作家的性格、心理、气质、生活细节的描述。比如，勃兰兑斯这样论司汤达、巴尔扎克与雨果：

> 司汤达与巴尔扎克的关系，是沉思的心灵与观察的心灵的关系，是艺术中的思想家与静观者的关系。我们看透了巴尔扎克的人物的肺腑，看透了“热情的暗红色的磨坊”——那就是他们行动的原动力；司汤达的人物是从头脑里，即从“敞开的明亮坚固的房间”里，接受他们的推动力的。理由是：司汤达是个讲究逻辑的人，而巴尔扎克是个性格奔放而富饶、生机蓬勃的人。司汤达与维克多·雨果相比，他们的地位很像莱昂纳多·达·芬奇与米开朗琪罗相比一样。雨果的造型想象力，创造了超自然的体格魁梧、臂力壮健的人类，永远处在一种艰苦奋斗、受苦受难的状态之中；司汤达的神秘、复杂、精致的才华却产生了一小组男男女女的肖像，这些人物用他们那遥远的、谜一样的表情和他们那甜蜜的、诱惑人的、不正经的微笑，对我们发挥了近似魔术的魅力。①

而分析乔治桑的文体，则是另一番情景：

> 它以悠长而充实的旋律向前旋转，它的一起一落错落有致，在欢欣中妙曲悦耳，甚至在绝望中也音韵和谐。乔治桑的天性就是

① 勃兰兑斯：《十九世纪文学主流》第五分册《法国的浪漫派》，人民文学出版社1999年版，第236—237页。

> 四平八稳的，反映她所写的句子也是平稳对称的——从没有一声尖叫，一句欢呼，一个刺耳的音响；始终是张开阔翼席卷而过的飞翔——从没有跳跃撞击或跌落。这种风格，旋律不足，而铿锵和谐则绰绰有余；色彩缺乏，而有线条穿插却能曲传其美。[①]

还有什么比这样的文学史书写更吸引人呢？这里有明锐的审美判断，有精准细致的文本分析，有一击即中的批评，有斩钉截铁的断语。此外，还有形象、色彩和声音，有生命的介入、感情的渗透和优美的文笔。读这样的文学史，的确令人感情贲张，思考良多，既了解了某一国家某一时代的文学的整体面貌，又领略到史家的立场、标准、观点和客观公正的治史态度，同时还感受到文学作品的美好。这样的文学史，正如雷纳·韦勒克在其名著《文学理论》中所要求的那样，是文学史、文学理论和文学批评的完美结合。

中国的当代文学史写作要有所突破，有所超越，写出像勃兰兑斯的《十九世纪文学主流》这样既具个性又无愧于20世纪的文学、同时能支撑起学科大厦的当代文学史著，窃以为文学史家们需考虑如下几点：一是摈弃意识形态叙述，接纳并采用现代性叙述，同时以全球化的视野和开阔的思维方式，在世界性与本土经验之间找到一种平衡。二是在人与学科史的关系中书写文学史。即一方面要求写史的人要有思想、境界、胸怀乃至人格力量，一方面又要求立足学科本位，要通观本学科且有独到的史观、史识和学科建构意识。三是文学史、文学理论和文学批评的完美结合。文学史写作离不开“历史现场”的还原，离不开史料的发掘爬梳，但如果文学史写作只有史料的堆积，没有文学理论的概括提升，没有文学批评的洞察力和审美分析能力，文学史写作不但无法作出价值判断，而且不可避免地会流于僵硬、琐碎和乏味。四是通识与情怀、趣味的融会贯通。文学史家既要有扎实的学科功底，有独特的学术史的眼光，还必须有情怀和趣味，这样写出来的文学史才可能有个性、有生命体温和亲切感。

---

① 勃兰兑斯：《十九世纪文学主流》第五分册《法国的浪漫派》，人民文学出版社1999年版，第172页。

文学史写作是一种挑战难度的写作，中国当代文学史写作更是如此。因为中国当代文学史的确有点积重难返，其症结在于在大学里，文学史是一门主干课程，同时还是衡量一个学者学问高低的一把尺子。但过于重视文学史的后果，是人人都想在这一领域一试身手，结果是成果不可谓不丰硕，观点也提出了不少，但真正有个性、有创意，在观念、方法、体例和书写模式上有所冲击和超越的文学史著，实在是凤毛麟角、屈指可数。正是面对着这样的尴尬局面，我们才如此迫切地期待《十九世纪文学主流》这样的史著出现。

## 四、“外源性”与“内源性”

当代文学学科建设，面临着一个如何将“批评化”过渡到“历史化”的问题。自从20世纪90年代以来，洪子诚、程光炜、陈晓明、李扬、吴俊、吴秀明等学者在这方面做了大量卓有成效的工作。有人将这种文学史现象概括为“中国当代文学研究的‘乾嘉学派’”，[①]有人则认为这是“后现代语境中的知识重构与学术转向”。[②]对此，笔者不敢苟同。如果说“乾嘉学派”作为一种比喻，虽有点言过其实，但还可以接受的话，所谓“后现代语境中”的套用便显得有些草率。事实上，我们现在所处的真实语境是前现代、现代、后现代混合，而且“现代性”语境的成分恐怕更多些。因此，“×××语境中”之类的表述应慎之又慎。至于“学术转向”，我看未必。用“学术转向”“学术思潮”来概括，不如用“学术深化”来得准确实在。因为当代文学研究和文学史写作的这种“历史化”根本就不是“转向”，而是“深化”。由于这个问题比较复杂，三言两语说不清，此处从略。

毫无疑问，当代文学史写作的“历史化”倾向，有利于学科的稳定性和确定性，也可以使当代文学史更贴近历史真实和更具学术深度。而在“历史化”的过程中，势必无法绕过“外源性”和“内源性”的思想资源。就谱系学

---

① 孟繁华：《中国当代文学研究的乾嘉学派——以洪子诚、程光炜、吴俊等的研究为例》，《文艺争鸣》2018年第2期。

② 吴秀明：《后现代语境中的知识重构与学术转向——当代文学“历史化”的谱系考察与视域拓展》，《文艺理论研究》2016年第4期。

来说，我将“外源性”思想资源归结为两个方面：一是西方哲学家的“历史总体性”；二是海外华人学者和华裔汉学家的“解构”策略。而“内源性”主要是指传统文化的思想资源和本土经验，当然也包括前面所说的“乾嘉学派”。

当代文学史写作当然离不开“外源性”的理论资源，而且事实上，它在推动当代文学学科建设方面曾起到了重要的作用。问题是，长期以来，我们热衷于向“西方取经”，过于偏重于这些“外源性”资源。20世纪80年代，我们崇拜黑格尔的“历史哲学”；90年代服膺阿尔都塞的“历史总体性”和詹姆斯的“永远历史性”；新世纪则是迷恋福柯的“知识考古学与谱系学”，以及德里达的“解构学”。对于有海外背景的海外华人学者特别是赴美华人汉学家的研究成果，我们同样顶礼膜拜、趋之若鹜。举例说，20世纪90年代，海外一些华人学者借鉴了结构主义、解构主义和叙述学等理论和方法，对现当代文学中的一些文本进行“再解读”，这种文本解读思路很快在国内引来了大量的跟风者和模仿者。如果说“再解读”还只是小试牛刀，影响还不是那么大，那么，美国华裔汉学家王德威的论文《被压抑的现代性——没有晚清，何来“五四”？》的发表，以及他的著作《想象中国的方法》的出版，则无异于在国内现当代学术界扔进了一颗深水炸弹。一时间，当代文学研究领域里到处都是“被压抑的现代性”话题，甚至王德威的“没有……，何来……？”“想象……”的句式也到处被模仿。笔者不清楚这是王德威的光荣，还是中国现当代文学研究界的悲哀。因为自王德威在20世纪90年代“强势”介入中国现当代文学研究后，他就一直是一个引领潮流者——他的每本书几乎都引来热捧，而且呈一边倒、一窝蜂现象，鲜有批评质疑者。直到2017年第4期《中国文学批评》杂志发表了汪卫东、江腊生两篇文章，我们才比较集中地听到了批评王德威的声音。其实，王德威的《被压抑的现代性——没有晚清，何来“五四”？》一文，固然体现出了王氏的才情和智慧，比如善于爬梳资料、文笔生动俏皮，等等，但客观地说，此文的问题甚至学术硬伤比比皆是。概括起来，我认为此文至少存在着如下不足：一是他无视“五四”与“晚清”两个时期完全不同的语境，有意混淆“文学新变”与“文学革命”的性质。二是对于“现代性”概念，他基本没做任何界定，或者干脆将“现代性”混同于“欲望”，而稍有一点学术常识的人都知道，这两个概念根本不是一回事。三是王德威所借用的武器，基本是解构主义、后现代主义和后殖民理论，而忽视了现代性的中国场域。四是王德威一贯的学术理路，是“过犹不及”和“过度阐释”，抓住一些个案或缝隙展开其“中国想象”，《被压抑的现代性——没有晚清，何来“五四”？》一文，只不过在这方面体现得特别突出罢了。简言之，王德威的现当代文学研究自有其价值，起码他拓展了现当代文学研究的疆域，他的设问的能力、生动活泼的文笔和想象力也是一般的当代文学研究，特别是文学史家所匮缺的。即便如此，在正常的学术生态下，王德威这些常常自相矛盾、甚至自我颠覆的观点与结论，不应该有如此大的“轰动效应”。

当代文学研究中对“外源性”理论资料的膜拜以及由此引起的失衡与误读，启迪我们思考这样一个问题：在当代文学学科建设尤其是其主体工程文学史的写作中，应如何一方面向“西方取经”，一方面又不失去自己的学术主体性。这里的主体性，指的是我们的当代文学史写作要有自己的学科特色、基本范畴、主体身份和当代性品格，而不是迷失在“外源性”的理论丛林和“汉学心态”中不能自拔。为此，笔者认为新世纪的当代文学史写作，要将落脚点转移到“内源性”上来。此处的“内源性”主要包括三方面：一是优秀的传统文化；二是中国的本土经验；三是清代“朴学”的实证方法。比如，传统文化中的文章学传统，《史记》中对理想文化人格的塑造和高超的叙事技巧，都可以成为我们撰写当代文学史的参照，并促使当代文学史家去思考一些更深层次的问题，如当代文学如何回归或复活传统的叙事美学与诗学，等等。再说本土经验问题，在我看来，经过了20世纪80年代的“西化”思潮和技术主义借鉴，当下用“洋腔调”写作的作家已越来越少。当代优秀的作家已清醒意识到：优秀的文学作品不是西方哲学思想的演绎，也不是技术主义的炫技。优秀的文学作品必须植根于本民族的沃土中，并通过“本土经验”的形象化和具体化，通过深邃的思想和博大的情怀、高贵的精神气质，引导人类走向真善美的新高度。因此，当代文学史评价这样的作家，不能套用顾彬的所谓“世界性标准”或“是否懂几国外语”，而应考量作家在表现民族精神、在传达本土经验和传统文化的神韵方面做得怎么样，达到了何种深度和广度，并在此基础上寻求其文学史的价值与意义，而后给予“历史化”的定位。最后，是关于清代“朴学”的方法论问题。在这一点上我十分赞同吴秀明的观点：“中国作为世界的文明古国，也是作为史籍最为宏富的国度，在历史化问题上自有其广博而又独特的资源、思路和方法。它不仅具有纪传、编年、纪事本末、政书、史评、史论等诸种体例，而且在整理和研究方面形成了目录、版本、辨伪、考据、辑佚等一套异常丰富自洽的体系。”[①]不过，必须看到，清代“乾嘉学派”那一套方法也有自身的局限性：它对当代文学史料的收集整理是有用的，而它的琐杂考证，包括乾嘉学者的小格局，他们的重学问而轻人文理论，重“微观”而排斥“宏观”，从而导致学问不够开阔、圆融与贯通，这对于建构当代文学史应有的广度、厚度和深度，则是无效甚至是不利的。

中国现当代文学学科的奠基者王瑶说过：“文学作品不可能随着时代的发展而任意改动，但文学史学科却总要发展，要突破过去，要后来居上。每个时代都应该达到自己时代的高度。”[②]随着新时代的到来，文化自信心的恢复，文学史观念的更新，以及当代文学学科建设的不断完善，相信会有越来越多的“后来居上”的当代文学史著出现，从而推动当代文学学科建设的脱羽成熟。

（原载《文学评论》2018年第4期）

---

① 吴秀明：《后现代语境中的知识重构与学术转向——当代文学“历史化”的谱系考察与视域拓展》，《文艺理论研究》2016年第4期。

② 王瑶：《文学史著作应该后来居上》，《上海文论》1989年第1期。

# 剑走偏锋与理解之同情

## ——评顾彬的文学史观

近年来，德国汉学家顾彬对中国文学的评价引起了学界的广泛关注。顾彬之所以一度成为学术界的热点，不仅仅在于他在2008年底在华东师范大学出版社出版了《二十世纪中国文学史》，更在于他耸人听闻地提出了当代文学“垃圾论”。虽然“垃圾论”有媒体炒作的成分，而且顾彬后来也作了澄清，说“垃圾”特指卫慧、棉棉等几位“美女作家”的写作，并不是对整个中国当代文学的评价。但顾彬对整个中国当代文学特别是小说评价极低，这是众所皆知的事实。那么，顾彬为什么如此贬低中国当代文学？他做出这种评判的依据是什么？他的文学史观存在着什么样的问题？此外，顾彬的文学史写作有何优点，有没有值得我们借鉴之处？当争论已渐平息，喧嚣已成过去，我们心平气和地来讨论这些问题，也许可以获得一些新的理解和认知，从而推动当代文学史的写作和学科建设。

### 一、对中国的执迷与隔膜

“四十年来，我将自己所有的爱都倾注到了中国文学之中。”这是顾彬在《二十世纪中国文学史》中文版序里说的第一句话。这位德国的汉学家、诗人和翻译家自1967年首次接触李白的诗以后，便对中国文学痴迷有加。他原来学习神学，之后又转学汉学，兼修哲学和日本学，并于1973年以《论杜牧的抒情诗》获得波鸿鲁尔大学博士学位。1991年，他又以《空山——中国文学自然观之发展》一书获得柏林自由大学教授资格。顾彬的研究领域以中国古典文学、现当代文学以及中国思想史为主。他不仅出版过《中国古代诗歌史》等著作，还积极将中国现当代文学作品翻译成德文，特别是翻译了六卷书的《鲁迅选集》。此外，顾彬还积极从事文学创作，有多种诗集出版。可见，顾彬并不像一些中国学者所说的那样，只是一个“江湖郎中”，也不是一个不学无术，只懂得哗众取宠的“欧洲愤者”。顾彬有他的立场和坚持，有他的优势和缺陷，还有他的可爱可恨和荒谬之处。总之，顾彬是一个矛盾重重的复合体。

在这方面，肖鹰的介绍和描述或可作为佐证。他说顾彬有一种与生俱来的“忧郁”[①]。因为在《北京的沉思》等文章中，顾彬以“罪与对话”为主题，谈了每个人的“原罪”，即“我们无法获得对人和事物的完美了解”，因此“我们在别人面前，无论如何总是有罪的”。正由于意识到自己的“原罪”，这样，“当面对着无限的时间和空间的时候，人不得不承认这个事实：他自身的能力是有限的”[②]。然而，尽管意识到人有不可回避的“自我有限性的罪”，顾彬并没有放弃追求和认知的冲动。他竭尽全力扩展他的知识，并渴望从这种“罪”中获得自我的救赎。而他的救赎主要通过两条途径来实现：一是选择汉学研究作为自己毕生的事业。他说：“对我而言，关心中国是重要的，那是加强我的自我认识的一个手段：以自我为参照，我是不可能理解我自己的，我只能参照那个不同的东西。只有借助于知道我确实不是什么的那个东西，我才能确定我潜在的可能是什么。”[③]也就是说，顾彬对于中国的痴迷，不仅仅是出于热爱，而且是想从这个“他者”的“异”中，获得对自己的理解，同时消解他骨子里的那种“忧郁感”。二是为了在研究汉学过程中对“自我有限性的”救赎，顾彬特别强调对话——热情的追问、倾听和真诚坦率的表达。顾彬的中国文学史写作，正是他贯彻“一种真正的对话”的结果。所以，他一方面是深刻、敏锐、独到、有个性和犀利的，一方面又是片面、偏激、肤浅、荒谬甚至是可恶可恨的。

---

① 肖鹰：《波恩的忧郁：罪与对话》，《中华读书报》2008年12月3日。

② 顾彬：《解读古代中国的“忧郁感”》，《清华大学学报》2004年第3期。

③ 顾彬：《只有中国人理解中国？》，《读书》2006年第7期。

关于顾彬的深刻敏锐和独到见解，我在下面会谈到。这里先谈他的片面和局限。

顾彬的片面和局限，首先是他对中国文学的隔膜。这种隔膜，几乎是先天地、宿命地存在着，并且是不可逾越的。比如汉语言，它的多义和弹性，尤其是那种“只可意会，不可言传”的微妙韵致，一般的中国人都难以深味，更遑论外国人。其次是中国复杂的国情，以及中国人独特的文化心理和感情密码，如果没有真正深入其中，感同身受，是根本无法认识和理解的。第三，由于中国古典文学是已经完成了的文学，在某种程度上它已经典化了，所以比较清晰，也较好把握。而中国当代文学还处于未完成的状态，它一方面是鲜活的、开放的，一方面又随时在流动、发展变化着，因此对同一时代的同一作家，包括同一文学现象，常常有着截然不同评价。正是上述几方面，导致了顾彬的困惑，所以他研究中国文学的资料，他的判断和结论，主要是建立在西方已有汉学的基础上，以及借助国内学界的某些权威或普遍的看法。此外，由于个人的文学趣味和偏见，加之对中国当代研究资料涉猎极少，这样他自然便对中国古典文学和现代文学评价较高，而对中国当代文学则评价极低。尽管他试图从语言、形式和个体精神三方面来叙述中国当代文学，但因他面对的是完全不同于世界文学和中国古典文学的异质化文学，他找不准方向，更找不到行之有效的评价尺度和依据。这样，顾彬便不可避免地陷入困局，显得力不从心，捉襟见肘。

## 二、用什么标准和参照系来评价中国当代文学

顾彬为什么如此激烈地否定中国当代文学？他的批评标准和参照系是什么？对于文学史的写作来说，这是一个十分重要的问题，有必要加以辨析厘清。

顾彬评价中国当代文学作品的标准和参照系主要有三个：一是欧洲的经典作品，即世界性参照系；二是外语水平；三是语言的驾驭能力。

关于世界性标准。2009年，在回答《时代周报》记者的提问时，顾彬说：“我是一个保守的人，我的标准是欧洲1945年以前、中国1949年以前的标准。

如果就中国来说的话，我的标准就是鲁迅一类的人”[①]。顾彬早年学过日耳曼文学，又在日耳曼文学大学毕业，所以他习惯用日耳曼文学的眼睛，即以德国经典作品为中心的“世界文学”的眼光来评价中国当代文学。遗憾的是，当他以此为尺度和参照来评价中国当代文学时，他看到的基本上都是消极的、负面的东西。比如，当代作家肤浅浮躁、急功近利，德国作家托马斯曼每天只能写一页，而当代作家一天可以写几十页。不仅如此，他们大多迷失于商业化写作之中。此外，中国当代作家只热衷于讲故事，基本没有哲学，没有思想，没有发出自己的声音。更有甚者，他认为张贤亮只是“一个对女性有荒唐想象的男作家”；苏童也是一个敌视女性的先锋作家，“敌视女性表现了先锋小说一个基调”；而苏童的《罂粟之家》，在顾彬眼中则是一部“绿林小说”。至于莫言，顾彬认为他的写作主要靠感官刺激哗众取宠，他用老掉牙的方式，重复地写刺激感官的男人女人、性和犯罪等。相反，对于北岛、欧阳江河、翟永明、王家新、西川等为代表的当代诗人，顾彬则极为推崇，赞誉有加，认为他们已经是“世界性诗人”，他们的思想、语言和表达艺术已达到世界文学的水准。很显然，世界性文学的标准，加上对当代文学的严重隔膜、盲视以及西方人的优越感，已经遮蔽了顾彬的双眼，使他对中国当代文学作出有悖自己史家身份的、有失公允、甚至是荒谬绝伦、贻笑大方的评价。可见“世界性标准”其实是一个暧昧的、矛盾重重的标准，它不可能囊括一切的文学。事实上，从来就没有一种超越时代、超越民族的“世界文学”。“世界文学”标准只有与中国的具体情境，与中国的本土经验相融合才有效，才有可能得出符合实际、容易为人们所接受的评判。

关于外语水平。顾彬评价中国文学成就的另一个标准和参照系是外语水平。他认为中国当代作家大部分不懂外语或外语水平很差，他们只能靠翻译过来的外国作品来了解外国作家，而鲁迅懂德语和英文，所以他成为了伟大的作家。再如德国的重要作家，一般来说既是作家也是翻译家。由此顾彬得出结论：如果一个作家看不懂外文原著，“他根本就不是一个作家”；或者说，他

---

① 顾彬：《中国文学每况愈下，当代作家基本没有思想》，《时代周报》2009年3月13日。

只是“一个业余的作家，而不是专家”[①]。顾彬是一个欧洲中心论者，他本人又通晓多国语言，所以他极看重外语，这本身没有错，也可以理解。因为许多外国作家特别是德国的优秀作家都懂几门外语，中国现代作家也有不少是懂外语的，所以他们写出了优秀的作品。在我看来，懂外语尤其是精通几门外语，的确可以开阔作家的创作视野，使作家的创作多一个参照系。同时，作家可以将另一种文学——世界文学的精妙融合进自己的创作中，从这一意义上说，作家懂外语是大大的好，是极有意义的。但是，顾彬的“外语”问题说得太笼统，太绝对化，且没有可操作性。再说，外语与文学作家的优秀并没有内在的、必然的联系，因此可以判定：这基本上是一个伪命题。因为一个人如果没有文学的天赋，即使懂得十门外语，他也写不出优秀的文学作品；同理，一个文学的天才，就是不懂一句外语，他同样能创作出令人震撼的作品。明显的例子是，鲁迅的外语很好，他可以成为伟大的作家；沈从文不懂外语，这同样不妨碍他成为杰出作家。再说远一点，顾彬一再说他十分喜欢唐朝的诗歌、宋代的散文，说这些作品“太好了，美得不得了”，但当顾彬赞美这些作品的时候，他似乎忘记了这些唐代宋代诗人和散文家统统不懂外语。其实，关于这个问题，米兰·昆德拉很早就有一个说法，他说纪德不懂俄语，萧伯纳不懂挪威语，萨特读多斯·帕索斯，也并非原文，但他们却是陀斯妥耶夫斯基、易卜生、乔伊斯的最好知音。因他们可以不了解这些作品的原文，但他们懂得这些伟大作品的精神气质和审美价值。昆德拉的见解告诉我们：一个作家优秀与否，外语其实不是最重要的，重要的是作家的胸怀、精神气质和人类向善的视角，是对人类世界认知的高度和深度，以及作家如何通过艺术手法体现出作品的审美价值。就中国当代作家来说，他们的作品得不到世界的承认，缺的是广阔深厚的人文背景，是深邃的思想和博大的情怀，以及对人性和人的心理的深度描写，而不是简单显浅的“外语水平差”的问题。外语问题对于中国当代作家来说是一个次要的问题。很明显，在这方面，顾彬不仅开错了药方，思考问题的方式也过于肤浅，过于小家子气和学究气——他将作家和学者身份倒置，混为一谈了。

---

① 刘若南：《顾彬：我希望我是错的！》，《南风窗》2007年第8期。

关于语言驾驭力。顾彬在《二十世纪中国文学史》一书的“导言”中，便论述了“语言和国家形成的关系”，即“民族国家的产生同语言的形成有一定的关系”。不仅一开篇便确定了语言的重要地位，还将语言作为文学判断的主要标准：“我本人的评价主要依据语言的驾驭力。”的确，语言对于文学尤其是小说的重要性不言而喻，它甚至是洞悉中国文学发展的一条重要途径，但语言并不像顾彬所说的就是一切。对于小说来说，语言之外，还有故事、情节、人物塑造以及结构等。顾彬说当代文学第一是诗歌，第二是散文，第三才是小说，而小说主要是短、中篇小说，长篇小说就不用提了。顾彬否定当代小说特别是长篇小说的一个理由，便是当代小说家普遍热衷于讲故事，而语言却一团糟。顾彬的这个理由，显然是以偏概全，是不能成立的。因为第一，讲故事是中国传统文化的一个优良传统，中国当代作家喜欢讲故事，只不过是继承了部分优良传统文化而已，实在不应受到指责。第二，小说这种文体本身就是以讲故事为主，通过讲故事来反映现实生活，表达思想和感情。如果小说取消了故事性，那小说也就不叫小说了。当然，也许顾彬觉得讲故事的小说已经过时了，在方法上太老土了。顾彬的这种见解，是他个人的兴趣和自由，我们无权置喙。但若以“讲故事”来否定小说创作，则是一种大错特错的偏执。讲故事与“注重哲学性、思想性”与“语言驾驭力”并不矛盾。

顾彬强调语言的重要性，指出当代作家的语言比不上现代作家，这样的判断大体上能够成立。因为当代作家的古文功底普遍较差，这导致当代作品的语言不够简洁准确，也丢失了传统文学语言的美感和韵味。加之1949年以后特殊的政治环境，尤其是经过了“文革”之后，我国的语言的确遭受到了大面积的污染。这种“语言污染”不可能不在当代文学作品中有所反映。所以，顾彬对当代文学语言的尖锐批评听起来虽有点刺耳，却是实实在在的客观存在，这是任何一个当代作家和当代文学研究者必须正视的事实。我们不敢苟同顾彬的是：第一，语言是一个复杂的问题，它既与传统文化密切相关，又具有民族性的特点，同时还是具体作家的写作立场、文化价值观和文学造诣的综合性体现。正因语言的问题如此复杂，所以，从严格的意义来说，区分语言的优劣是相当困难的，而区分中国和西方作家语言的优劣更是难上加难。顾彬的问题，在于他没有看到语言的复杂性，也缺乏一种纵深的历史视野，而是只凭印象或是一些二手材料，根本没有任何论证就说当代作家的语言极差，所以他们写的都是“垃圾”。其次，指出当代作家的语言有所欠缺，并不意味着所有中国当代作家的语言都不行。事实上，纵观整个当代创作界，语言好的作家并不在少数。老一辈的老舍、赵树理、孙犁、汪曾祺的语言自不必说，中年一代的史铁生、贾平凹、韩少功等的语言也均属一流。他们既有文体上的自觉，又立足民族母语，同时还从外来语言中汲取养分，因此他们的语言，即便以“世界文学”的眼光来衡量，也不会逊色于外国的优秀作家。第三，由于与中国的现实生活隔膜，又没有真正浸润于中国文化当中，没法理解把握中国文学语言的精妙之处，这样当顾彬将“语言驾驭力”作为小说的重要评判标准时，便不可避免地常常自相矛盾、自我否定。举例说，孙犁小说的语言，那种透明清澈、氤氲作品中的“水气”，以及蕴涵于“水气”中的地域气息和性灵韵味，即便西方汉学家包括顾彬的中文水平再高，恐怕也是无法体味到的。所以顾彬才会说：“从德国来看，孙犁的作品是垃圾，没有人看，没有人重视。”顾彬说孙犁的作品都是垃圾，都是对政治和政策的图解，但稍有一点艺术感受力的人都清楚，孙犁的语言，特别是晚年散文作品中的语言绝对是一流的。而像这样的误读误判，在《二十世纪中国文学史》中比比皆是。可见，即便从语言的角度来评判作品，顾彬的结论也常常是自相矛盾、顾此失彼，让人摸不着头脑。

## 三、意识形态叙述与现代性叙述

顾彬的文学史写作并非一无是处，毫无价值。他的文学史观也有比较靠谱，值得我们借鉴的地方。《二十世纪中国文学史》就是这样一部虽有遗憾，虽有片面武断，但仍值得我们关注和深思的一部学术著作。这部史著的优长，一是这是一部有个性，有史家的真知灼见，既有敏锐的洞察力，又有高超的综合概括能力的文学史著；二是该著处处体现出一种全球化的视野和开阔的思维方式；三是注重作家的内心经验、个人情感和历史细节。特别在中国文学的现代性问题上，顾彬的特殊身份，他的立场和学术视野，使他能够在世界文学的背景上，将中国现当代作家的本土经验与西方现代思想语境连接起来，这样中国文学的现代性在一定程度上便与世界文学构成对话。因此，从某种意义上，我们可以认为顾彬的文学史叙述是一种现代性叙述。

任何熟悉现当代文学学科的人都不能忽视这样一个事实：中国当代文学史教材与各种专著，可谓汗牛充栋。据不完全统计，从20世纪二三十年代到现在，有关文学史的著作已有2300多本之多。单从这一数字来看，中国确实是文学史大国。但同样不容忽视的是，这些文学史著大多没有个性，缺少史家的真知灼见。另一个更为根本原因，就是史家的文学史观出了问题。也就是说，以往的文学史叙述，基本上是一种意识形态叙述，意识形态始终处于一种绝对支配的地位。这一叙述模式始于王瑶主编的《中国新文学史稿》，中间经过许多研究者的不断强化和整合，到了唐弢、严家炎主编的《中国现代文学史》，这一叙述模式基本上就定型了。意识形态叙述当然也有某些现代性成分，如“五四”时期的启蒙、科学、个性解放、民主与自由等，但它的重心不在这里。它的核心是以政党、阶级所代表的意识形态价值观，以及从现实的需要来理解、阐释这些概念范畴。于是，从王瑶的《中国新文学史稿》开始，其“新民主主义文学”到“社会主义文学”，便成为整合现当代文学的主要叙述线索，而“无产阶级”“革命性与斗争性”“唯物主义世界观”则是选择、评价文学史对象的价值尺度。在这一意识形态叙述模式中，政治性显然起到了决定性的作用。不过应看到，这种叙述模式之所以在很长时间里主导着中国内地和海外的文学史写作，主要是由特定的社会历史大语境决定的，而它的认识价值和历史贡献也不容抹杀，但意识形态叙述的局限也是显而易见的。举例说，在中国内地的文学史中，20世纪90年代以前给“革命文学”“左翼文学”以极高的文学史地位，而对徐志摩、梁实秋、沈从文等政治意识形态倾向不鲜明的作家，则尽量淡化贬低，有的甚至被不公正地排斥在文学史之外。

值得注意的是，海外的文学史写作也无法回避这种意识形态叙述，典型的例子是夏志清的《中国现代小说史》。夏著总体来看是一部不错的文学史。它的材料丰富，有独到的史识史观，文本的分析有血有肉，既有感性的个人体验又有理性的概括。然而《中国现代小说史》也有致命的缺陷，这就是政治的偏见、意识形态的叙述影响了这本有个性的文学史著的科学性、客观性和公允评价。由于夏志清持的是反共的立场，所以尽管他标识自己的首要工作是“优美作品之发现和评审”，但实际上，当他在选择和评判文学史对象时，已自觉或不自觉地将自己的政治立场和意识形态强加到研究对象上，这样就难免出现判断的重大失误。举例说，在这本500多页的著作中，郭沫若、郁达夫只占了10页左右，而张爱玲则占了40页。还有，将吴组缃、师陀与茅盾、巴金并列立章，显然也是不妥的。至于他认为台湾作家姜贵是“晚清、‘五四’、30年代小说传统的集大成者”，更印证了意识形态叙述是如何使一个出色的文学史家做出如此离谱的判断。此外，还有行文中经常出现的反共语言，都有悖于文学史著作所要求的科学性、客观性和公允性，实不足取。

顾彬的文学史写作不同于上述的意识形态叙述，他总是尽量避免在文学与政治的二元选择中评价作家作品的是非，而是努力将中国现当代作家置身于现代性语境中，而后通过“批判性阅读”和“同情的理解”的“对话性”阐释进行再评价。顾彬的这种文学史写作，可称之为现代性叙述。所谓现代性叙述，就是将现代性看成一种暧昧性（齐格蒙特·鲍曼的观点）的存在，在这样的理念下，将现代作家追求自由进步与创作环境的复杂性、社会的规约以及情感的苦闷放在一个更开放的视野中考察，并注重现代人自我意识和内心经验的挖掘，这是顾彬文学史的最大亮点。比如他以现代性的“疏离”眼光，将鲁迅的作品置于世界近现代文学的大背景下考察，不仅看到了鲁迅作品中对封建专制和国民性的批判，还看到他作品中的“救赎”意味和鲁迅与他所处时代的“反讽性距离”。不独如此，从西方语境出发，他还从鲁迅作品的“意象”和象征中发掘出新的意义。如将鲁迅《呐喊》自序中的“荒原”意象，与西方的《圣经》，以及T·S·艾略特的作品相联系、相比照，从中发现20世纪中国文学的现代性和独特性，这就超越了中国同行往往只专注于本土现当代的文学研究，而忽视以西方语境和作品作为参照的不足，从而从深层次上拓宽了20世纪文学研究的路子。

不独对鲁迅，顾彬对郭沫若和郁达夫的比较性解读也很精彩。他通过对郭沫若的《天狗》的独创性解读，在“我是……，我是……”中，既看到“神的显灵”向“自我的显灵”的过渡，还看到个人崇拜向国家主义崇拜靠拢的倾向。因此，从《天狗》与《旧约》的渊源，到尼采的“新人类”的精神资源，再到对新中国缔造者毛泽东的赞颂，其间有一脉相承的精神联系。这样的分析和见解，比今天的人们肆意嘲笑郭沫若的人格和作品，显然要深刻和高明得多。而郁达夫与郭沫若不同，虽然同是从“自我”出发，但他的作品没有以“拯救社会”为己任，而是由“自我”走向“拯救个人”，而且带有浓厚的忧郁颓废的色彩。顾彬分析了郁达夫的名篇《沉沦》，从篇末的名句“祖国呀祖国！我的死是你害我的！很快富起来！强起来罢！”中看到了一种现代性的双重反讽，并认为“拯救社会”或“拯救个人为已任的文学”，实际上是“文学的两个极端”，这是现代文学从一开始就出现的两种不同的分野。这样的识见，的确是发人之所未发，是有独到发现的。

对鲁迅、郭沫若、郁达夫的解读体现了鲜明的现代性叙述特色，即使对茅盾、丁玲、赵树理等政治色彩较浓的作家，顾彬也努力在对话中挖掘出他们身上的现代性因素。如在评价赵树理时，顾彬一方面指出，“在艺术上，赵树理并不属于‘五四’传统，他来自农村，操着农民的语言，并且把自己看成他们的传声筒”。另一方面，顾彬又认为：“不管他身上有多少传统因素，赵树理仍是一个现代的代表，当然是一个在社会主义前兆下受到极大限制的现代的代表。”

从对郭沫若、郁达夫、赵树理，以及钱锺书、艾青等的评价中，可以看出顾彬的确不是一个激进的左派或右派。他是一个认真虔诚的文学史家，也是一个“痴迷”中国文学的学者。他的现代性叙述比之意识形态叙述，明显地具有开放性和包容性的优势：它既肯定了左翼作家作品存在的合理性，又避免了理解和评价的狭隘性与简单化。可惜的是，顾彬的现代性叙述只对现代作家作品有效，一旦进入1949年以后的文学，他的叙述便出现了严重障碍。因为无法安置他的现代性谱系，又找不到理想的艺术参照系，加之难以阐释异质化的中国当代文学经验，所以顾彬将中国文学说得一无是处，也就毫不奇怪了。

## 四、当代文学：如何评价与如何写史？

顾彬对当代文学的全面否定，并不是孤立的现象。自20世纪90年代以来，对当代文学的各种批评便不绝于耳。在新世纪之初，就有一篇《思想界炮轰文学界：当代中国文学脱离现实》的综合报道，说思想界的学者认为：“中国主流文学界对当下公开领域的事务缺少关怀，很少有作家能够直面中国社会的突出矛盾”“最可怕的还不只是文学缺乏思想，而是文学缺乏良知”。再者是资深学者杨义为中国社科院文研所的“文情双月评论坛”所写的开场白：“为当今文学洗个脸”。杨义在罗列了当今文学的种种弊端之后大喝道：“时髦的文学先生，满脸脏兮兮并不就是‘酷’。在此全民大讲公德、私德、礼仪的时际，我们端出一盆清凉的水，为当今文学洗个脸，并尽可能告知脏在何处，用什么药皂和如何清洗！”杨义对“当今文学”的不信任和轻蔑之情溢于言表，因为他是站在“道德化”和古典文学的制高点来俯视当代文学。而顾彬眼中的当代文学同样是一派荒芜破败的景象，所以他的《二十世纪中国文学史》，现代文学给了243页的篇幅，而当代文学60年只给了117页的篇幅。也许意识到头重脚轻，顾彬还不无调侃地作了一番辩解：“李白的诗太美了；就算是民国时期的中国现代文学，也比当代文学强过太多，这就好像五粮液与二锅头的差别。”①

顾彬、杨义，以及“思想界”学者对当代文学现状的指责，在我看来是言不及义，是十分可疑的。首先，这些指责都是站在“道德化”制高点上的批评，而且隐含着太多的学术特权或优越感。他们忽视了文学的丰富性和复杂性，而以印象式或简单化的道德批评笼而统之，这样的指责虽然能吸引眼球，获得一些掌声，但势必以牺牲时代文学的丰富性和复杂性为代价。其次，真正负责任的、有效且有说服力的文学批评不是抽象的、空对空的，而是建立在具体细致的阅读，建立在对大量作家作品以及文学现象的了解之上，这样才能对某一时代的文学有一个总体的把握，才能做出符合实际的评价。而顾彬等当代文学的批评者和否定者，一方面基本不阅读当代文学作品，对当代文学相当隔膜，不甚了了，一方面又要指点江山，以理想化和道德化为标尺来要求当代文学，这样一来，他们眼中的当代文学自然这也不是，那也不行，因为以这样的尺度，永远不会有令人满意的文学存在。

因此我认为，评价中国当代文学，应在批判阅读的基础上，抱着宽容、理解之同情的态度。同时，还要尽量避免一叶障目，只见树木，不见森林的批

---

① 顾彬：《中国文学每况愈下，当代作家基本没有思想》，《时代周报》2009年3月13日。

评，而应从整体、从高端成就着眼，而不是从末端作品出发来评价一个时代的文学。因为每一个时代的文学，都是泥沙俱下，既有主流，也有支流；既有高端作品，也有低端作品，即便是盛唐诗歌和“五四”文学，也概莫能外。如果因为有商业化写作，有快餐文学、兑水文学，甚至“垃圾文学”的存在，而全盘否定当代文学，那是极不负责任的，也是一个严肃的文学史家所不屑为的。那么，当代文学的总体成就究竟怎么样？如果立足于标杆性的高端成就，我认为现代文学与当代文学的差别，应该是茅台酒与五粮液的差别，而绝不是顾彬眼中的五粮液与二锅头的差别。当代文学固然没有“鲁郭茅巴老曹”，但当代文学有莫言、贾平凹、史铁生、韩少功、张承志、王安忆、张炜、阎连科、余华等。特别是从20世纪以来便一路走红的散文创作，其成就直追“五四”时期的散文。面对这样的文学盛况，任何一个不抱偏见、不以自己的文学趣味评判一个时代文学的文学史家，都不会得出“当代文学每况愈下”“当代作家基本没有思想”等耸人听闻的结论。

除了从创作主流，从总体成就和高端作家作品着眼来评价当代文学外，我认为当代文学要获得文学史家的充分理解和认同，很重要的一点就是要强化经典意识。当代文学已经走过了六十多年，在时间跨度上是现代文学的两倍，所以现在该是确定一些经典作家和作品的时候了。当然，经典的确立是复杂的。它需要一个历史化的过程，需要设定标准，也会受到政治意识形态与文化权力等因素的影响。也许有人会说，当代文学根本就没有经典。我认为这种观点值得商榷。不错，当代文学没有鲁迅这样的作家，也没有作品达到《野草》《阿Q正传》的高度，但这不等于当代文学就没有属于自己的经典作家和经典作品。在我看来，当代文学的“经典”应分为两类：一类是“时代经典”或“红色经典”，比如“十七年文学”中的《红日》《红旗谱》《红岩》《创业史》《青春之歌》等，这一类作品的思想和艺术上都存在着时代的局限，但它们确实在特定的时代中影响、教育了一代人，因此作为一种“时代经典”，应承认其存在的合理性和价值，在写作文学史时应有它们的地位。另一类可称为“永恒经典”，如《红楼梦》、鲁迅的《阿Q正传》等，这一类作品不受时代和空间的局限，它们以思想上的原创性与超越性、艺术上的独创性、时间的永久性一代代传承下去，这是对“永恒经典”的高端要求。就当代文学来说，目前从严格意义上还难觅“永恒经典”，但具备“永恒经典”潜质的作家作品可以找出不少。比如散文方面，史铁生的《我与地坛》、贾平凹的《秦腔》、韩少功的《山南水北》、余秋雨的《这里真安静》等，都有成为“永恒经典”的可能。至于小说、诗歌方面，也有不少这类作品存在。我们现在要做的，一是改变观念，不能一味认为时间越远、越古老的作品就一定优秀伟大，时间越近的就一文不值；二是要以普遍性、超越性与纯审美性的标准来确定当代文学的经典；三是经典化的过程需要一些仪式相助，比如设定一些真正具有公信力和权威的文学奖，将真正的文学经典筛选出来。如果当代小说有一批大家公认的“文学经典”被阅读和接受，恐怕顾彬就不会如此失望，不会认为当代文学是“二锅头”了。

以上谈的是如何评价当代文学的问题，下面再就文学史的写作谈点不成熟的看法。

诚如上述，自“五四”以降，中国现当代文学史已有两千多部。虽然数量庞大，但有个人色彩和独到见解、令人满意的文学史著并不多。究其原因，一是教材型的文学史占了大部分；二是观念和体例陈旧，大多数文学史采用了“编年史”的写法，且千篇一律，陈陈相因；三是长期以来，意识形态的叙述成为文学史写作的主导因素；四是有的文学史只是资料的堆积，缺乏批评的眼光和理论的穿透力，有的文学史虽有批评眼光和理论意识，但又缺乏扎实丰富的第一手资料作支撑。正是上述诸方面的不足，使得中国的当代文学史未达到人们的期望。不错，我们也有较为优秀的当代文学史，如洪子诚的《中国当代文学史》、陈思和的《中国当代文学史教程》。但依我之见，这两部广受好评的史著也远非完美。洪子诚的文学史著立足学科前沿，文学史线索简洁清晰，不仅有清醒的“史”的意识，而且善于吸纳、化用同时代人的研究成果，但洪著的文本分析过于简略平淡，既体现不出史家独创的审美意识和批评眼光，更谈不上血肉丰满、细致精到的解读。陈思和对于当代文学史写作的最大贡献，是建构了“潜在写作”“民间文化形态”“民间隐形结构”“民间理想主义”，以及“共名”与“无名”等概念，但《中国当代文学史教程》的文本分析同样未能出彩。尤其值得商榷的是，他选择作家作品入史过于草率随意。举例说，在王蒙这一节，他选择了《海之梦》，在张贤亮这一节，则是《邢老汉与他的狗》。而稍微了解当代文学的人都知道，这两篇作品并不能代表王蒙、张贤亮这两位作家文学创作的最高成就。我一直认为，文学史不是“自然史”，撰写文学史不能为了“与众不同”而随心所欲，没有标准，置学科的常识和众人公认的作品于不顾。文学史一方面要体现出史家的个性和别出机杼，与众不同，一方面又要尊重常识和共识，不能否认文学经典的存在，更不能过于草率随意地选择作家作品入史。而《中国当代文学史教程》，恰恰在这方面存在着硬伤。此外，建构的概念范畴未能贯串始终，与文本分析融为一体，也是影响该著取得更高成就的另一个因素。

那么，我心目中理想的当代文学史应是什么模样呢？坦率地说，丹麦文学史家勃兰兑斯的《十九世纪文学主流》，特别是第五分册《法国的浪漫派》，就是我心目中理想的文学史。勃氏的文学史不但资料丰富扎实，而且有敏锐的洞察力和高超的理论概括力。他一方面高屋建瓴，条分缕析梳理了19世纪法国浪漫主义文学思潮的兴衰流变，一方面又有对具体文本独特精到的分析，包括对作家的性格、心理、生活细节的描述。此外，还有优美的文笔、生命的介入、感情的渗透和精准的断语。读这样的文学史，的确令人感情贲张，思考良多，既了解了某一国家某一时代的文学的整体面貌，又领略到史家的立场、标准、观点和客观公正的治史态度，同时还感受到文学作品的美好。这样的文学史，正如雷纳·韦勒克在其名著《文学理论》中所要求的那样，是文学史、文学理论和文学批评的完美结合。

中国的当代文学史写作要有所突破，有所超越，真正写出既无愧于20世纪的文学，又能支撑起学科大厦的文学史著，窃以为文学史家们需考虑如下几点：一是摈弃意识形态叙述，接纳并采用现代性叙述，同时以全球化的视野和开阔的思维方式，在世界性与本土经验之间找到一种平衡。二是在人与学科史的关系中书写文学史。即一方面要求写史的人要有思想、境界、胸怀乃至人格力量，一方面又要求立足学科本位，要通观本学科且有独到的史观、史识和学科建构意识。三是文学史、文学理论和文学批评的完美结合。文学史写作离不开“历史现场”的还原，离不开史料的发掘爬梳，但如果文学史写作只有史料的堆积，没有文学理论的概括提升，没有文学批评的洞察力，不但无法作出价值判断，而且不可避免地会流于僵硬、琐碎和乏味。四是通识与情怀、趣味的融会贯通。文学史家既要有扎实的学科功底，有独特的学术史的眼光，还必须有情怀和趣味，这样写出来的文学史才可能有个性，有生命体温和亲切感。因篇幅所限，此处无法对上述四个问题展开论析。

文学史写作是一种挑战难度的写作，中国现当代文学史写作更是如此。因为中国现当代文学史的确有点积重难返，其症结在于在大学里，文学史是一门重要课程，同时还是衡量一个学者学问高低的一把尺子。但过于重视文学史的后果，是人人都想在这一领域一试身手，结果是成果不可谓不丰硕，观点也提出了不少，但真正有个性、有创意，在观念、方法、体例和书写模式上有所冲击和超越的文学史著，实在是屈指可数。正是在这个意义上，我认为顾彬的文学史观有再讨论的必要和价值。当然，我们欣赏顾彬的个性、坦率的态度和批判精神，以及对中国文学的痴迷，但不赞同顾彬的观点、标准和判断。我们借助顾彬这块“他山之石”，其实是为了“攻玉”——期望在新的世纪，能有更加理想的中国当代文学史著出现。

（原载《中国文学批评》2017年第1期）

# 古代文体研究的演变、特征及方法问题

文学研究发展到今天，大概谁都不会否认文体研究对于文学史建构的意义。的确，如果从文学的本体意义来考察，我们可以看到，一部文学史本质上乃是文学语言的不断建构史，或者说主要表现为以文体为中心的演变史。一个时期的文学风貌和基本形态与特征，也主要反映在文体上。因此，我们的文学史描述和阐释若想有所突破，若想摆脱长期以来的社会学、政治学或道德评判的羁绊，使文学史不再成为社会史、政治史的附庸，就必须重视和加强对文体的研究。因为文体作为文学的不可或缺的元素，是实现文学价值的基本前提和依据。任何文学的研究——不管是体制风格、题材主题还是语言修辞——都离不开这一前提，都应以对文学的特殊性和内在发展规律的准确把握为旨归。也许正是意识到这一点，20世纪90年代以来，文体问题开始吸引了一些学者的目光，并出现了一批文体研究的成果。我们相信，随着文体研究的不断深化和成熟，我们的文学史研究将会出现新的格局。

## 一、古代文体研究的演变与特征

文体论作为文学批评的一个分支，在中国可说是源远流长，内涵十分丰富。关于我国古代的文体，童庆炳先生在其专著《文体与文体的创造》中曾作过准确的判断："从文学传统上看，中国是一个十分讲究文体的国度。我们的祖先从长期的文学活动中，以惊人的创造力，创造了数以百计的文学文体。"[①]而文体的完善和多姿多彩，必然促进文体研究的发达。明白了这一

① 童庆炳：《文体与文体的创造》，云南人民出版社1994年版，第9页。

点，便不难理解：为什么中国会是一个“文体论的大国”，为什么中国古代的学者对文体研究会有如此的热情和执着！

那么，中国的文体研究发端于何时呢？据史料记载，我国文体论的起源可追溯到先秦的《尚书》和《诗经》。比如《尚书》将散文分为典、谟、训、诰、誓、命等，便反映出当时已开始根据文章的用途和体制的不同而进行分类命名了。而《诗经》则有风、雅、颂的划分，也体现了人们对于文体类别的认识。当然，先秦时期对于文体类别的认识，还停留于感性的阶段，总的来说还较为笼统模糊。直到魏晋时期，我国文体论才开始进入了“自觉的时代”。这时期出现的曹丕的《典论·论文》，在论述文学作品的构思立意和遣词造句、文学的价值问题、文学的继承和创新的关系时，也都涉及文体论的问题，并对文体进行了划分，对各种文体的特点以及作家的个性风格作了探讨。稍后，挚虞撰有《文章流别集》41卷和《文章流别志论》2卷。前者是一部文章总集，按体编排，借此见出各类文体的派流和区别；后者系研究文体问题的专著，集中论述了各类文体的性质和特点、起源、历史演变和发展趋势，可以说是我国古代第一部文体论方面的专著。除了上述各著，这时期还有李充的《翰林论》、萧统的《昭明文选》等，特别值得一提的是《昭明文选》，它是我国第一部按文体分类的文学总集。全书按文体将周代至六朝及梁以前七八百年间130位知名作家诗人的700多篇诗文，分为骚、诏、令、策等39类文体，且每类文体之下又分出子目。不仅如此，《昭明文选》还试图通过选文区分文学与非文学的界限，同时对文体的特征、源流和发展也作出了辨析，这样不但对后世的文体分类学，而且对于后世文体学的独立发展，都产生了积极的作用。由此可见，随着各种文体创作经验的不断丰富和积累，特别是随着一个文学自觉时代的到来，文论家们对文体的研究也开始从感性上升到了理性，从不自觉发展到了自觉的阶段。

与《昭明文选》差不多同时出现，在文体方面影响最大的当推刘勰的《文心雕龙》。《文心雕龙》是我国古代文论中“体大而思精”（章学诚语）的文学理论专著。它对于文学原理、创作论、作家作品论、鉴赏论以及文体论各个方面，都做了精到深入的探讨。而就文体论方面而言，从卷二的“明诗”至卷五的“书记”，计20篇，均属于文体论的范畴。在这20篇中，从篇名中标示出文体的就有33类，即诗、乐府、赋、颂、赞、祝、盟 、铭、箴 、诔、碑、哀、吊、杂文、谐、隐、史传、诸子、论、说、诏、策、檄 、移、封禅、章、表、奏、启、议、对、书、记。此外，作为总论部分的《辨骚》篇，也可当作文体论来看。值得注意的是，除了上面列举的34类大的文体分类，在每大类下面又细分出若干小类。如“论说”篇中又分出传、注、评、序、引等。仅此而论，《文心雕龙》所涉及的各类文体已超过《昭明文选》，而它所遵循的“原始以表末，释名以章义，选文以定篇，敷理以举统”①的原则和步骤，更是为后世开辟了一个体例周详、博大精深的研究文体特征的方法。至于《文心雕龙》中关于文体的风格的论述，对后世也产生了深远的影响，这个问题我们在后面再展开分析。

唐宋以后，历代编选的文章总集举不胜举。其中较有影响的有宋代姚铉编的《唐文粹》、真德秀的《文章正宗》、吕祖谦的《宋文鉴》，以及明代吴讷的《文章辨体》、徐师曾的《文体明辨》、清代姚鼐的《古文辞类纂》等。这些文章总集基本上都是效法《昭明文选》或《文章流别志论》的体例，按文体的分类进行编排，或在此基础上对各类文体的名称、性质、源流进行考辨，总体来看创新的意识不足。而且这些论述文体的著作虽资料丰富，罗列的文体越来越多，但自《昭明文选》就已暴露出来的“分类碎杂”的弊病，却一直未得到有效的克服，甚至越来越严重。

通过上面关于中国古代文体论发展轨迹的考察，可以看到古代的文体论首先是对各类作品的体例即体裁的研究，这可说是中国文体论的一个突出特点。这方面涉及文体体裁的划分、文学体裁的发生、发展及特点，以及辨体和破体等等。比如，刘勰就十分看重作品的体例。在《文心雕龙·附会》篇中，他这样论述体例：

> 夫才童学文，宜正体制。必以情志为神明，事义为骨髓，辞采为肌肤，宫商为声气。

---

① 见《文心雕龙·序志》篇。

而明人徐师曾在《文体明辨序》中也说：

> 夫文章之有体裁，犹宫室之有制度，器皿之有法式也。

为什么古人如此重视文章的体制、体裁？因为在他们看来，“文章以体制为先”（宋倪思语）即是说，每种文体都有自己的特点和规定性，文学创作应遵循这些特点和规定性，诗要像诗，文要像文，不可随便越界，否则就是体制不纯，不伦不类。至于文体的体制，一般由几个方面构成：一是字数和篇幅的长短；二是音韵、声调的高低和快慢的要求；三是句子和篇章结构的规定，等等。当然，在文章的体制方面，古代也有辨体和破体之争，它在一定程度上说明体裁的规范并不是铁板一块、一成不变的。事实上，“定体则无，大体则有”更符合文学创作的规律。

中国古代文体论的第二个特点，是十分强调作家的个性、气质、才情与作品的关系，这就涉及了文学作品的风格问题。较早在文体论中涉及风格的是曹丕的《典论·论文》，他在论述“建安七子”的文学创作时，指出他们的作品之所以各有优劣长短，是由他们的气质、个性和才情所决定的。他指出：

> 夫文本同而末异，盖奏议宜雅，书论宜理，铭诔尚实，诗赋欲丽。此四科不同，故能之者偏也。唯通才能备其体。

曹丕在这里首先探讨了文学的共性和不同体裁的文学作品有不同的写作要求和评价标准的问题。此处的“本同”，是谓所有的文学都有一些共同的要求和特征，比如作家的气质、才情等。但文学创作除了“本同”之外，还应有“末异”。“末异”就是文本的差别。而这差别是由作家不同的气质个性造成的。比如，“孔融体气高妙”“徐干时有齐气”“公干有逸气”。这种以“气”来界定作家风格的做法，其实正是曹丕“文以气为主”的艺术主张的体现。在这里，曹丕不但将当时较流行的文体分为八类，归纳为“雅”“理”“实”“丽”四科，而且开了“以体论文”的先河。而陆机的《文赋》，一方面论述了“体有万殊，物无一量”，即文学的体裁是多种多样的，另一方面，他又将“诗缘情而绮靡，赋体物而浏亮”的不同文体的风格，与作家的个性气质对应起来。从文体的美学特征与文学风格的关系来看，陆机的文体观显然受到了曹丕的影响，但又有所发展。

当然，更全面、深入地探讨文体与风格的关系的，当推《文心雕龙》。《文心雕龙·体性》篇几乎都是从“风格”层面上来论述文体：

> 夫情动而言形，理发而文见，盖沿隐以至显，因内而符外者也。然才有庸俊，气有刚柔，学有浅深，习有雅郑，并情性所铄，陶染所凝，是以笔区云谲，文苑波诡者矣。故辞理庸俊，莫能翻其才；风趣刚柔，宁或改其气；事义浅深，未闻乖其学；体式雅郑，鲜有反其习；各师成心，其异如面。

刘勰首先指出，因有感情的活动，有道理要发表，于是就有了文章，而情理是由隐到显、由内到外渐次发展的。其次，由于人的才能、气质、学识、性情有别，这样作品就像云气那样变化莫测、形态各异。由是观之，每个人都是凭自己的本性、认识去从事写作，而作品也像他们的面貌那样各不相同，正所谓“各师成心，其异如面”。接下来，刘勰还列举了12位作家及其作品的风格为例，印证他的创作个性是“内”，文学风格是“外”，文学创作必须“表里必符”的原则。最后，他还得出结论“辞为肌肤，志实骨髓”。也就是说，文辞好比肌肤枝叶，情志才是骨干根本。自此以后，文如其人，文品即人品便在古代文论中扎下了根，也与文体结下了缘。

古代的文体还涉及语体的问题，只不过古人所理解的语体更多属于风格层面上的，与现代语言学所强调的作为语言的修辞手段，特别是与作为适应不同交际功能的语体有很大的不同，这点我们将在下面论及。此外，有的文体学家还从表现方式来分析文体，如真德秀在《文章正宗》中，便将文体分为辞命、议论、叙事、诗赋四类。徐师曾在《文体明辨序说》中认为：“至于叙事者曰正体，至于议论者曰变体，叙事而参之以议论者曰变而不失其正。至于托物寓意之文，则又以别体列焉。”徐师曾在这里也是从表现方式，即叙事、托物寓意、议论体式的角度来谈论文体。可以看出，现代文体学中的叙事体、抒情体、议论体，说明体等分类，很大程度上是受到了刘勰、徐师曾等古代文体家的影响。

总体来说，我国古代的文体论，有属于自己的深厚传统，有着丰富的资源可供现代人借鉴。而从其发展看，它又经历了一个由粗到细、由简到繁、由约到博、由不自觉到自觉的过程。但我国古代文体论也存在着一些局限和不足：其一是在分类时，只重诗、文，而把戏曲、小说以及一切俗文学排斥在文体研究之外，这就造成了分类上的不完整；其二是应用文、学术文与文学散文不分，由此导致了分类上的混乱矛盾；其三是分类过于纷繁琐碎，多有重复之处。这些都说明古代的文体研究者还没有掌握科学的归类方法。因此，我们今天研究文体，一方面要从我国古代文体论中挖掘有用的资源，一方面又要对文体进行现代透视，特别是在方法论方面，对文体进行新的归纳、综合和阐释，这样不仅可以使这一最具中国特色的文学传统得以延续，而且可以更好地为当代的文学创作服务。

## 二、中国文体研究兴旺发达的原因

为什么中国的文体和文体研究如此地发达？关于这个问题，过去的文体研究者似乎关注得不够。因此，作为文体研究的起点，有必要就此展开追问。

倘若我们留心中西文学史，不难发现，西方文学尤其是欧洲文学的发展史，主要是文学思潮的演变更替史：从神话到古希腊悲剧，到带有浓厚宗教色彩的中世纪文学；从文艺复兴、启蒙主义、浪漫主义到批判现实主义；从现代主义到后现代主义，文学思潮的演进十分清晰有序；诗歌、小说、戏剧这几种主要文体不仅早就齐备，且十分稳定深入人心。反观中国的文学史，基本上就是一部文体的演变更替史。这正如王国维在《宋元戏曲考序》中所说：“凡一代有一代之文学。楚之骚，汉之赋，六代之骈语，唐之诗，宋之词，元之曲，皆所谓一代之文学。”而持文体更替的说法者，在王国维之前还有王世贞、胡元瑞、茅一相、张琦等。可见中国的文学史就是文体的演变史这一史实，基本上已得到了人们的认同。

那么，是什么因素导致中西文学的发展存在着这种巨大的反差呢？

我们知道，文体虽然是对文学作品的分类，以及由一定的语言秩序组成的文体形式，但文体折射出作家的个性气质和才情，同时还体现出一个国家、一个民族的性格和文化精神。由于作家生活在特定的时代，他同时也生活于一个特定的民族中，而每个民族都有其只属于本民族、区别于别的民族的性格和精神文化，这就决定了作家的创作或批评总会在一定程度上体现出所处民族的民族性格、文化精神和特定的思维方式，并由此构成文学创作和文学研究的特殊性。就中华民族来说，由于它是一个以农耕为主、扎根土地并强烈认同质朴而美好的生活方式的民族，因此中华民族有一套完全不同于西方的精神文化结构。比如，中华民族十分注重修身为本的自我内在超越精神。在人与人的关系方面，强调和睦相处，处事合情合理，遵循“和而不同”的人际交往原则；在人与自然的关系上，则信奉“天人合一”的宇宙和谐观，力求将个体的生命与自然宇宙大化生命悠然契合。以上几方面，是我国的文体和文体研究较之西方更为兴盛发达的心理、思想和美学基础。关于中华民族的精神文化结构及其对文学的影响，刘士林在《中国诗学精神》一书中曾做过精彩的论述：“中国传统文化是以‘中国诗词’为文本形式，以‘中国诗学’为理论系统，以及以‘诗性智慧’为哲学基础的一种诗性文化形态。诗性智慧的集体无意识或文化原型、诗话词话的古代文论或中国审美思维、以唐诗宋词为审美中心的感情载体或文学生产方式，三位一体，构成了中国文化独特的深层结构与外观形态。”[①]我认为，中国的这种诗性文化，正是中国的文体和文体论特别发达的内源。由于中国文化精神的本质上是诗性的，所以中国文学的源头是《诗经》，中国文学的顶峰是唐诗。而就文本来说，中国的作家普遍追求一种“温柔敦厚”的中和之美，一种“诗与境谐”、情景交融、物我合一的文体格调。即便是文体论的语言，也几乎是诗的。举例说，在刘勰《文心雕龙·体性》篇中，他这样评价不同的作家：“是以贾生俊发，故文洁而体清；长卿傲诞，故理侈而辞溢；子云沉寂，故志隐而味深……”这样比喻精当、蕴含丰富的语言，的确是文体风格论，同时也是诗的。再如陆机《文赋》中的“诗缘情而绮靡，赋体物而浏亮，碑披文以相质，诔缠绵而凄怆”，从今天的眼光看来，无

① 刘士林：《中国诗学精神》，海南出版社2006年版，第3页。

论排比、对仗、音韵，都是合律的好诗。质言之，如果从诗的本体论的角度来考察，我们不但可以更清楚地看到中国传统文化的兴盛和衰落，感受到中华民族性格的喜怒哀乐，而且可以由此解释我国的作家诗人为什么对文体如此地敏感，以及我国的文论家为什么对文体的研究会如此地执着，并保持着持久的热情。

与中华民族主要是以诗的方式来建构文学史不同，从大的方面看，由于西方民族重商轻农，没有对土地的强烈依赖情结，加之多面临海、交通发达，这就培养了西方人征服自然的欲望。而随着资本主义的兴起和科技文明的进步，西方人与自然的对抗越来越激烈和尖锐，这就决定了西方的文学不可能像中国文学那样讲究“思与境谐”的温柔敦厚之美，而更倾向于表现大悲大喜、激昂壮烈的情绪，以及讲述惊心动魄、曲折紧张的故事情节。明乎此，我们就能理解西方文学的最高成就为什么不是诗词，而是小说特别是悲剧。而中国的文学史正好相反，它以诗歌与散文（文学和非文学散体文学）为正宗，并依此构筑了一个颇具中国特色的杂文学文体系统。这是问题的一方面。问题的另一方面是：除了上述的原因，西方很早就诞生和广泛应用了形式逻辑，加上西方的语言文字本身就有着严密的文法，因此，西方的文论家一般以定义概念和概念分析为出发点。当然，中国文论家也讲究文理（如姚鼐），也有概念分析和逻辑演绎，但他们的“理”是在取“象”的基础上得出的理，其逻辑思维也不似西方文论家那般严密。正因中国文论家主要以诗性思维对文学的发展进行感悟和描述，他们对以文学语言现象为主要表征的文体就情有独钟，且代代相传。而西方对文学史的归纳是建立在理性思维之上，加上西方文论家较倾向于对事物作宏观的整体性把握，这样，中国的文学史便被许多人视为文体的演变更替史，而西方的文学史则被描述为文学思潮的发展演变史。当然，这样的文学史描述主要还是由各民族的文学实际情况所决定，同时也是从宏观、从总体倾向而言。

以上就民族的性格、文化精神和思维方式诸方面，对我国文体和文体论兴盛发达的原因做了一个粗浅的分析。而就文体的发展流变来看，源于创作主体的普遍、强烈且自觉的文体意识，无疑是我国古代的文体和文体研究得以长盛不衰的根本保证。在这里，我们仅以散文为例。回顾中国古代散文文体演变的历程，我们可以看到这样一个值得注意的文学现象：中国古代散文从发端于记言记事，从实用文到美文，从“殷盘周诰”的“诘屈聱牙”到后来的“情动而言形，理发而文见”，中国散文从一开始便有着比较自觉的文体意识。及至到了魏晋南北朝时期，我国的散文更是进入到文体的“自觉时代”。关于这一点，我们还可拿西方的文学作比较。西方的文学以戏剧、小说和诗为主，散文从古代到现代都没有独立成体，所以不论是长篇论著或是短篇小品，其文体基础都十分脆弱。即便“五四”时期热闹一时的英美“絮语散文”，其实真正上佳的作家和作品并不是很多。而能够像中国散文那样融记叙、抒情、议论于一炉的优秀之作更少。要之，与中国散文相比，西方的散文随笔重“笔路”，重纪事、说理、个人性和科学精神，但在“文章”，即抒情性、音乐性、语言韵味，乃至“文气”等更能体现文体意识的各个方面，则远远逊色于中国古代散文。从上述比较，也可看出中国散文家“文体观念淡薄散漫”的结论，并不符合中国散文文体发展的实际情况。

中国不但是一个诗的大国，同时也是一个散文大国。而散文之所以能在古代取得如此的辉煌，正是散文文体意识不断增强推进的结果。如果看不到这一点，甚至否认这一点，从轻说是对中国散文传统的不尊重，从重说是对散文传统的无知与背叛。

通过上述分析，可以看到，中国文体研究的发展，其实也是“六经皆史”“诗经亦史，史亦诗经”作用于文体研究的结果。它完全摆脱了西方的诗学观念的影响，是真正属于本土的、具有鲜明民族特色的“文化特产”。因此，在强调建构有中国特色的文化诗学的今天，从民族文化精神、思维方式和文体意识的自觉三方面来研究中国的文体和文体论，无疑能拓展当代文学研究的空间。

## 三、文体研究的观念与方法问题

文体研究还有一个重要的问题，即研究的对象与方法问题。这个问题，在过去的文体研究中往往被忽视。有的文体研究者较喜欢静止地研究文学的体裁，如体裁的分类、源流、形式要素和特征等。有的则倾向于研究文学的风格，如追溯作家诗人的资禀、气质、修养、人格，以及审美情趣与文体的关系，等等。还有的从分类史角度来撰写文学史，不过这些分体文学史除了较注重文学体裁，将各种文学体裁分开进行论述外，似乎看不出他们对文体的语体演变，尤其对文学的本体有什么深入的或新鲜的发掘。因此，在我看来，文体研究的观念和方法必须改变。而要改变当前这种静止的、文献式的研究文体的倾向，关键点在于一方面要立足传统，尽力挖掘出我国古代文体学的精华，一方面又要敢于引进西方文体学的观念及其研究方法，特别要吸收西方现代语言学的成果为我所用。我认为，这是发展和深化我国的文体研究的重要途径。

那么，文体研究的对象究竟是什么？这是首先必须搞明白的问题。在我看来，文体研究不应只是文学体裁或体制的研究。尽管古代有“文辞以体制为先”之说，但古人研究文章的体例，主要是在文章学的层面上教人如何写作。如果今天我们研究文体仅仅停留于体裁或体制范围内，那么无疑是将文体研究的内涵简单化和狭隘化了，也降低了文体研究的学术意义，剩下的只有应用层面上的价值了。而与沉迷于体裁研究相反的是，有的文体研究者认为文体研究说到底是语言研究，因此语言之外的任何研究不具意义。不错，我承认语言研究比体裁或体制研究更接近文体的核心。举例说，韦勒克在与沃伦合著的《文学理论》一书中就认为，“如果没有一般语言的全面的基础训练，文体学的探讨就不可能取得成功，因为文体学的核心内容之一正是将文学作品的语言与当时语言的一般用法相对照”①。显然，韦勒克充分注意到了语言分析在文体研究中的重要性，但我们并不能因此就断定语言分析便是文体研究的全部。因为文体研究除了语体研究外，还涉及体裁、风格、时代、民族和文化等。何况，西方学者眼中的文体学仅仅是作为现代语言的一个分支，与我们所理解的文体有着极大的差别。因此，将文体研究等同于仅仅研究文学的语言，同样是片面的。

既然文体研究不是体裁研究，不仅仅是文学语言或文学风格的研究，那么文体研究究竟属于什么研究呢？我以为，文体研究应有自己明确的目标，这个目标就是在文体研究的基础上，将其上升到“文学文体学”的高度，即将

① 韦勒克、沃伦：《文学理论》，三联书店1984年版，第187、193、196页。

“文学文体学”作为一门独立的学科来研究。从这一目标出发，文体学不仅要研究各种文学体裁的成因、特征和流变，研究一切能够使作品获得特别表现力和感染力的修辞手段与语言系统，研究不同的文艺作品与不同作家风格的区别，研究一个时代的精神、文化及心理如何作用于文学创作。总之，正如韦勒克所说，文体学“将成为文学研究的一个主要部分，因为只有文体学的方法才能界定一件文学作品的特质”。同时，“当文体分析能够建立整个文学作品中普遍存在的统一原则和某种一般的审美目的时，它就似乎对文学研究最有助益”。[①]这是一方面。另一方面，既然将文体学设定为一门独立的学科，就应当从学科的高度来探讨文体学成立的依据，它的内涵、特征，以及与其他相关学科的联系，等等。关于后一问题，对古代文体论素有研究的吴承学和沙红兵已在《中国古代文学文体学学科论纲》等一些文章中做过探讨。这体现出了新一代的文体研究者不满足于现状，力求在学科的平台上建构文体学理论体系的学术野心。

假如我们将文体研究作为独立学科的“文体学”来对待，则有几个问题必须引起我们的关注：

“内”与“外”。我国古代的文体论，从一开始就十分注重内外的组合。如北朝颜之推在《颜氏家训·文章》中就指出：“文章当以理致为心肾，气调为筋骨，事义为皮肤，华丽为冠冕。”在这里，颜之推用人体来比喻文体，将内在的结构“理致”“气调”比喻为“心肾”“筋骨”，再将外在的结构“事义”“华丽”比喻为“皮肤”“冠冕”，这可谓典型的内外结合的两分法。不独颜之推如此，在刘勰的《文心雕龙》、沈君烈的《文体》等著作中，他们也都是从内外两个层次来辨析文体的特征，而且同样用人体结构比喻文体的结构。这种文体结构的内外两分法，与西方文论家对于文体的认识颇为接近。比如，韦勒克就设想过考察文体可以有两种方法：“第一个方法就是对作品的语言系统的分析，从一件作品的审美角度出发，把它的特征解释为‘全部的意义’，这样文体就好像是一件或一组作品的具有个性的语言系统。第二个方法与此并不矛盾，它研究这一系统区别于另一个系统的个性特征的总

① 韦勒克、沃伦：《文学理论》，三联书店1984年版，第193页。

和。”[①]作为一个对“内部批评”情有独钟的文论家，韦勒克除了特别看重文体的内在形式语言系统外，他对文体“这一系统区别于另一系统”的外在形式，也给予了适当的关注。这就启示我们：文体作为一个系统，是由表层结构与深层结构两方面构成。因此，唯有从内和外两方面入手，才有可能接近文体本体，从而更全面和科学地理解和把握文体。

“常”与“变”。文体研究最具魅力和最具价值之处，不是对历史上已有的文体作简单的分类、定名，更不是在文献学、考古学意义上对其进行静止的、凝固化的考察，而在于以历史发展的眼光去研究文体演变过程中“常”与“变”的辩证关系。关于这个问题，古人早就注意到并且十分重视。如南北朝时期的文论家张融就提出“文岂有常体”之说。他在《门律自序》中说：“吾文章之体，多为世人所惊。夫文岂有常体，但以有体为常。”这种敢于突破文体限制的自觉文体意识，在当时是极其可贵的。尔后，谢廷授在《续文章缘起序》中也说：“文有万变，有万体，变为常极，体为变极。变不极则体亦不工。工者，起之归而绝之会也。”这段话道出了文体发展变化的一般规律，即常是基础，是相对稳定的，是一种逐渐积累的带有共性的审美倾向，而变则是丰富多样的客观事物和现实审美的丰富性对于文学的要求。从历史上看，一种体裁从其萌芽到发展，到最后定型，正是变的结果。比如，在诗歌体裁方面，由古体诗到五言律诗、七言律诗，再到长律绝句。在散文方面，从先秦的哲学散文、历史散文，到唐宋融哲学、历史、文学于一炉的“古典散文”，再到独抒性灵、不拘格套的明清小品，都是在“常”与“变”的相互影响、相互渗透中走向成熟，走向它们各自的辉煌。因此，文体研究，很重要的一点就是要研究在特定的时代，“常”的文体特征及审美基础是什么，而“变”又是什么原因造成的？它对特定时代的文体体制、文体风格、文体修辞又施加了什么样的影响？

同时，还要研究“破体”与“辨体”的关系。因“破体”与“辨体”往往是与“常”与“变”纠结在一起的。当然，“常”与“变”一般是指在一种文学体裁内部发生的常态与变化的矛盾，而“破体”与“辨体”，则是坚守文

① 韦勒克、沃伦：《文学理论》，三联书店1984年版，第193页。

体与跨越文体的抗衡。“辨体”的维护者站在坚守文体的纯正性的立场，主张文各有体，应恪守文体的体制，不能越雷池半步，因此任何诗文杂混的尝试，在他们看来都是大逆不道，应坚决抵制。而“破体”的尝试者认为应大胆打破各种文体的界限，让各种文体互相渗透融合，这样才能促进文学的发展。可见，“破体”就是破坏旧有的、保守的、甚至是僵化的文体，它的特点就是变，是一种创造性的文学革命。因此，它不仅应受到肯定鼓励，而且也符合文学的发展规律。就拿20世纪90年代的“文化大散文”来说，它就是对五六十年代的托物言志、借景抒情散文的一种“破体”。正是这种破体，提升了当代散文的品格，使当代散文变得恢宏阔大。不过，在强调“破体”，追求“变”的时候，也不能完全漠视“正体”的文体特征，如果把诗歌当成散文，把散文写成小说或戏剧，那么这样“破体”的动机和价值是大可怀疑的。所以我认为，“变”固然能给文体带来新的生命力，“常”更是基础，是根本，我们不能因为追求“变”而丢弃了文学的根本。这是研究文体必须注意的另一个问题。

“体”与“用”。体用思想在我国古代哲学中一直有着十分突出的体现。在近代，体用曾一度被视为富国强兵之道，而对于文体研究来说，体用同样有着不容忽视的价值。“体”，既是体裁、体制，也是实体、本性，它是根本性的存在，而“用”，则是对“体”的具体化和运用之法。关于“体用”的关系，熊十力在《体用论》一书中认为：“体用之义，创发于《变经》（即《易经》）。”顾尔行在《刻文体明辨序》中说得更明确：“文有体，亦有用。体欲其辨。师心而匠意，则逸辔之御也；用欲其神，拘挛而执泥，则胶柱之瑟也。《易》曰：‘拟议以成其变化’。得其变化，将神而明之，会而通之，体不诡用，用不离体。”顾尔行引用中国哲学中的体用思想来谈文体的运用原则，即首先要立足于体，要仔细辨明体制，否则就脱离文之大体，就如快马离开了大道，失去了控制。其次，对文体的具体运用大可以灵活变通，不应过于拘泥于成规。总之，“体”与“用”是辨证的统一。“体”是根本与规范，“用”是文体的创造性活动。除此之外，还应看到，古人在研究文体时，总是将体制与具体的创作实际，与文体的功能紧密地结合在一起，而不是空洞抽象地谈“体”的问题。这对于我们研究中国现代散文的文体，同样具有思想与方法上的指导意义。

文体研究是一个既古老又崭新的学术课题。正因其古老又崭新，所以我们一方面要吸纳古代文体论丰富的思想内涵，另一方面又要更新观念，引进西方现代文体学的研究成果和方法，以此来建构中国现代文体学的体系。当然，任何借鉴或引进，都不是简单机械地生搬硬套，而应在“外”与“内”、“常”与“变”、“体”与“用”的多重关系中把握文体的特征与演变线索，以及新的读者对于文体的期待。这是我们今天研究文体应有的态度和视野，也是研究文体的新起点。

（原载《福建论坛》（人文社会科学版）2012年第10期）

# 文体的定义、层次与现代转型

## 一、文体的定义

关于文体的内涵，我们在上一章多少已有所涉及。由于“文体”一词义有多端，在我国古代或指称体制、体式、样式，乃至文笔、风格等；在西方，文体则是体裁、流派、风格、类型、类别，甚至方式、样式、样本、式等的指称，可谓众说纷纭，因此有必要对其进行厘清界说。

什么是文体？按《辞海》的解释，“文体”的释义有二：

文章的风格。钟嵘《诗品》卷中（陶潜诗）“文体省静，殆无长语”。又“观休文（沈约）众制，五言最优。详其文体，察其余论，固知宪章鲍明远也”。

也叫“语体”，为适应不同的交际需要而形成的语文体式。有几种不同的分类，一般分为公文文体、政体文体、科学文体、文艺文体等。

《古代散文百科大辞典》释义也有两项：

指文章的风格体制。它决定于文学所反映的内容，由语言、结构、表现手法、文学技巧等形式因素构成，具有时代的、社会的、个人的特色。如文学史上的建安体、齐梁体、吴均体、元白体等。

指文章的表达方式及规格与程式，即文学体裁。就散文说，从表达方式分，有叙事体、说明体、议论体、抒情体等；就应用场合、书写程式分，有公文，社会交际应用文等。文体一旦形成，有相对的稳定性、独立性。各种文体都有自己的构成要素，是约定俗成的，必须遵守的。

西方的文体学理论，虽不及中国那样丰富多彩，但对文体问题的研究同样从很早就开始。不过在古希腊时期，文体最初是一个修辞学的概念，那时的文体只是被视为演说中的一种语言说服技巧。此后，文体又有“思想外衣”之说，即认为“文体是思想的外衣”（切斯特菲尔德），有文体是“人本身”说，即认为文体与作家的思想感情、审美修养、个性气质密切相关（布封），还有“选择说”和“情景制约说”，即文体作为一种语言的表现，总是正确选择的结果。同时，文体的选择并不是完全自由的，它不可避免地要受到交际情景即语境的限制（特纳）。当然，最能代表西方文体研究成就的，应是语体方面的研究。也就是说，伴随着现代语言学在文学理论界地位的提升与巩固，文体研究与语言符号研究的结合已成为潮流，并极大地推动了文学文体研究的发展。因此，随之而来的便有如下关于文体的界说：比如，艾布拉姆斯在《文学批评术语辞典》中就认为“风格是散文或诗歌的语言表达方式，即一个说话者或作家如何表达他要说的话”。而另一位文体学家卡顿也持相近的看法。在《文学术语辞典》中，他指出：“文体是散文或诗歌中特殊的表达方式，一个特殊的作家谈论事物的方式。文体分析包括考察作家的词语选择、他的话语形式、他的手法（修辞和其他方面的），以及他的段落的形式——实际上即他的语言和使用语言方式的所有可以觉察的方面。”在这两本权威的文学辞典中，两位文体学家都是将风格、思想和主题纳入到语言表达方式中，并以此为基点来界定文体的。至于韦勒克则说得更直接：“如果没有一般语言学的全面的基础训练，文体学的探讨就不可能取得成功。”①由此可见语言学对于文体研究的重要性。

根据上面几本辞典对于文体的界定，以及我国古代文体论和西方文体研究的发展演变，我们大致可以这样来定义文体：

① 韦勒克、沃伦：《文学理论》，三联书店1984年版，第189页。

文体是文学作品的体制、体式、语体和风格的总和。它以特殊的词语选择、话语形式、修辞手法和文本结构方式，多维地表达了创作主体的感情结构和心理结构。它是一个时代的社会历史和文化精神的凝聚。

这个文体的定义，首先强调了文体的四个要素：体制（体裁）、体式、语体和风格，同时突出语言修辞的选择与表达的核心作用。此外，还涵括了创作主体的个性特征、时代内容和文化精神。这个定义比之长期以来仅仅将文体等同于文学体裁或语言研究的文体观，无疑要丰富得多，也更贴近文体的本体。当然，在界定了文体的内涵之后，还必须注意与文体内涵相关的几个问题：

第一，文体研究与文体学。文体研究，主要是就创作方面而言，它是对文学作品的体裁、语言、形式、风格等方面的研究，而文体学则是对文体研究概括和总结，有时也称之为文体论。如果说，文体研究是我国古已有之的传统研究方法，则文体学作为一门独立的学科，是在20世纪西方现代语言学风起云涌的大背景下产生的。它的确立标志着西方一些文论家的研究兴趣已由原先相对狭小逼仄的体裁、体制与文学风格研究转向文化哲学、心理学、艺术社会学，特别是向现代语言学迁移。有鉴于此，本书既承续了传统文体研究的优长，又接纳了西方文体学的一些观念和方法。

第二，广义文体与狭义文体。广义的文体，既包括群体的创作风格，如中国文学史上的初唐体、晚唐体、西昆体、台阁体、元白体等，还指应用语言中的各种语体，如因不同的职业、场合、语境而形成的广告语体、新闻语体、法律语体、科技语体，等等。中国古代的文体论，基本上是把最广义的文体都纳入研究的视野，即把应用性的文本都包括在内。现代的文体研究，则既有广义研究也有狭义研究。狭义文体研究指的是文学文体研究。它的任务是研究不同作家独特的语言体式，描述各体的艺术特征，并对文本进行结构的分析。但必须明确：狭义文体研究并不等同于文学体裁，也不仅仅是语言学的分析。

第三，文体的“内”与“外”。韦勒克在《文学理论》中，将文学研究分为“内部研究”和“外部研究”，文体研究同样也存在着“内”与“外”的文体。不过，韦勒克推崇“内”而排斥“外”，而文体研究则应“内”“外”兼顾。因文体是由“内”与“外”诸种要素所构成，它既有主观性又有客观性。因此，我们一方面要分析一部作品或一个作家的文体特征，另一方面，我们又要描述一个文学运动甚至一个时代的文学风格。因为，民族文化和时代精神最能反映某一特定时期总体的文体特征，它是宏观文体研究的重要理论视角。当然，任何时候文体研究的核心都应是以语言分析为标志的“内”视角研究，离开了语言分析和艺术形式的分析，一切关于心理学的、文化学的、人类学的文化研究都无从谈起。

需要指出的是，随着时代的发展，社会文化的进步，文体一般来说会愈来愈丰富多彩，也相应地会愈来愈复杂多变。文体一旦被创造出来，就会约定俗成地成为一种相对稳定的标准和惯例，也会在一个较长的时期内规范着作家的体裁选择、语言表达、修辞手法和文学作品的形式结构等。但文体又是流变的，某些文体在某个时代是文学的，但在另一个时代可能沦落为非文学；而今天被视为非文学的文体，明天可能变成正宗的文学。如小说、杂文就是如此。所以，我们要将文体看成一个动态而开放的过程。我们的文体观念也要随着文学文体的变化而变化。比如，关于文体的划分，古代是在文章学的基础上，将应用性文体与文学性文体混为一谈。现代则是在欧洲文学类型的影响下，将古代的文学“三分法”发展为“四分法”，即把文学分为小说、诗歌、戏剧、散文。“四分法”相对于古代诗歌、戏剧、杂文学的“三分法”，无疑是一种进步。仅此一点即可说明：文体研究观念应随着时代的发展而不断更新，那种万无一失、一劳永逸的研究从来就不存在，而固守条条框框、抱残守缺更注定了没有出路。

## 二、文体的层次

当我们立足于文体学的制高点，从共时和历时两个视角对过往的文体研究进行审视时，我们看到，中国古代的文体论不仅内容十分繁富，而且有着属于自己的研究体系。然而进入20世纪之后，我国的文学研究者便很少对文体进行全面系统的研究，而从文体学的角度来研究散文的起源、发展、演变和文类风格的论著则更少，以至于长期以来人们总是从外在的表层结构来理解文体。这一点，在散文研究中表现得尤为突出。比如，仅仅从作为工具的语言形式和技巧的范畴来使用文体，还有更多的散文研究者将文学体裁等同于文体。举例说，1949年以来十分流行的"四分法"，便是在文学体裁的意义上将散文看成与小说、诗歌、戏剧并列的文体。至于"广义散文"与"狭义散文"的区分，也主要是从文学体裁上着眼。总而言之，以往现当代散文中的文体研究，其着眼点基本上都是将文体当成文学体裁或文类，而没有从共时和历时的深层结构来认识文体，没有意识到文体既是体裁文类，更是语言的现代编码形式，是一种文体风格、体裁内容、表现手法、作家的心理结构和主体精神，乃至时代风貌和民族的感情性格的凝聚。由于将文体的概念理解得过于狭隘，过于机械刻板，因此，不论是"二分法""四分法""广义散文"还是"狭义散文"，在我看来都未能进入散文文体的本体，也未能对散文的创作起到真正有力的推动作用。相反，过于僵硬、过于简单化和绝对化的理论，有时反而成为散文创作的障碍。

因此，在对文体的内涵进行界说的基础上，我们有必要将文体看作一个系统，从不同的层面追问其理论的纵深依据。我在《论20世纪90年代中国散文的文体变革》①一文中曾初步涉及这个问题，此处拟就文本的层次问题作更为深入的探讨。

关于文体的内涵和层次问题，其实早在20世纪90年代初，童庆炳先生就注意到并做了卓有成效的阐释。在《文体与文体的创造》一书中，他认为："文体是一定的话语秩序所形成的文本体式，它折射出作家独特的个性特征、感觉方式、体验方式、思想方式、精神结构，和其他社会历史、文化精神。文体是一个系统。从呈现层面看，文体是指文体独特的话语秩序、话语规范，话语特征等。从形成文体的深隐原因来看，文体的背后存在着一切创作主体的一切条件和特点，同时也包含与本文相关的丰富的社会和人文内容。"②在探讨了文体的内涵后，童庆炳先生进而指出，文体有三个相互联系又相互区别的范畴：

---

① 《中国社会科学》2001年第5期。

② 童庆炳：《文体与文体的创造》，云南人民出版社1994年版，第102页。

"这就是（一）体裁，（二）语体，（三）风格。"[①]

童庆炳先生关于文体的见解，在我看来不仅准确深刻，甚至可以这样认为：自"五四"以后，还没有人这样从理论上全面而系统地研究文体问题。因此，该书对于我的中国现代散文文体研究的启迪自然是不言而喻的。当然，童庆炳先生的著作也并非无懈可击。在我看来，该著前半部关于"文体"的探讨既具创新意识又富于学理性，而后半部分关于"文体的创作"则有照搬套用以往的"文学理论教程"的嫌疑。比如"美在于内容""美在于形式""美在于内容和形式的统一"，再如"题材吁求形式""形式征服题材"等，这些不都是我们极为熟悉的"文学理论教程"中的内容，同时与文体研究又貌合神离吗？此外，我想进一步说明的是，童庆炳先生主要是通过小说和诗歌来印证他的文体理论，而我则企图借助现代散文这一文体来建构我心目中的文体学。这是我们在研究对象和研究基点上的不同。至于说到文体的层次，我在赞同体裁、语体、风格"三层次说"的同时，又认为文体可以在这个基础上扩展到五个层次。

第一层次：文类文体，也即文学作品的体裁、体制。这是我国古代文体论研究得最为充分的方面。比如在魏晋时期，古代的文体家就提出了"文章以体制为先"[②]的观点。刘勰在《文心雕龙·附会》中更是指出："夫才童学文，宜正体制：必以情志为神明，事义为骨髓，辞采为肌肤，宫商为声气。"可见体制对于创作的重要性。一般来说，体制理论包括文学体裁的辨析、体裁的分类等。如诗有诗的体制，文有文的体制，不能随意越界。再从分类的角度来看，《诗经》分为风、雅、颂三大类。《尚书》又分为典、谟、训、诰、誓、命六类。而曹丕的《典论·论文》，则正式提出了文体分类的问题，并将当时的文体分为"奏议""书论""铭诔""诗赋"四科。正因古人对文体分类十分重视，且古代文体的分类相当发达，而到了现代，小说、诗歌、戏剧、散文的体裁分类亦深入人心，所以我认为，将体裁、体制层面的文体称为"文类文体"更为恰当。文类文体，一般指文学作品的外在形状，它犹如人的外

---

① 童庆炳：《文体与文体的创造》，云南人民出版社1994年版，第103页。

② （明）吴讷：《文章辨体序说》。

形、相貌和衣着，往往给人以表层的、直观的印象。比如，小说一般来说篇幅较长，构架较大，情节复杂，语言较松散和生活化；诗歌高度集中凝练，偏重意象组合和意境的营造，此外语言富于韵律感；散文则篇幅较短小，表达自由灵活，语言优雅精致，等等。由此可见，文类文体虽属于外在的、浅层的文体，但它是一种文体之所以能够确立的基本规范和组合文体的方式，也是这一文体与别的文体区别开来的依据和标识。通常来说，一种较成熟的文类都有较为稳定的文体形态，都有自己独有的特征、表现手法和结构形态。反之便是体例不纯，特征模糊，功用混乱，是文体不成熟的表现。所以，从文体的结构层次看，文类文体一方面是文体的外在性形态，一方面又是文体最具客观性的存在，它是文体研究的出发点和立足点。正是因此，巴赫金认为，每一种体裁都具有一定的观察和理解现实的方法和手段。而法国学者托多罗夫说得更明确："体裁是一种提供模拟世界的模型化体系。"①

第二层次：体式文体。就文体的表现方式、修辞手段、结构形态而言，这一层面的文体表现与文类文体较接近，但如果细加比较就可看出两者的区别：文类文体是文体的外在形貌，它从大的方面显示出各种文类的不同特征和属性；体式文体的概念相对要小一些。它既是文本特有的表现方式、形态和修辞手法，也是文本依据不同的题材内容、结构形态组合而成的不同范式。比如我国古代，就有由直抒其事的"赋"、托物言志的"比"、触物起情的"兴"三种不同的表现方式，构成了风、雅、颂三类不同的抒情诗体式。

在现当代散文中，则主要有"抒情独语体式""闲话聊天体式""幽默谐趣体式"三种散文文体体式。它们都有各自的表现手法，亦有各不相同的内在结构形态。因此，研究现代散文文体，除了要研究文类文体和语体文体，还要研究体式文体。换言之，既要研究散文作家的文类选择与创造，研究作家说话的方式，还要研究作家是怎样根据特定的文类，选择最为合适的表现方式与修辞手法，以及由此形成的结构形态。总之，从文体的层次来看，文类文体、体式文体、语体文体都属于文体的外部结构形态，它们有着十分密切的联系，

① 托多罗夫：《巴赫金：对话理论及其他》，百花文艺出版社2001年版，第112页。

往往是我中有你，你中有我，很难截然分开。因此在进行文体研究时须细加辨析。

第三层次：语体文体。文体作为文学的形式，最突出的是语言层面所体现出来的具有相对稳定的共同特征，即是说，不同的文类应有不同的语式、语势、语法、语调和语感。如果说，文类是文体的体貌、构架的外在显现，那么语体便是对文类的默认与确证，它是文体规范下一整套与该文类相匹配的语言成规。一般来说，语体是一个作家特有的对语符的选择和编码方式，它既是指作家的用字、遣词、造句，也包括文本语言在形、言、义等方面的构造原则和特点，此外还涉及作品的语调、语感、语境以及标点符号的使用，等等。可以说，语体文体是文体最为重要和最基本的要素，它真正属于个体的文体，具有浮雕性、可感性和不可重复性。因此，语体文体是识别一个作家风格的最为可靠的标识。然而长期以来，我们的文体研究尤其是古代的文体论，较多涉及的是体制、题材或风格两个层面的文体问题，而对于语体层面的文体研究则重视不够。这是一方面。另一方面，我们又要尽量避免使文体研究变为语言学研究。比如有人认为，文本不过是一种语言存在的显现方式，它由字、词、句的组合而构成。因此，文体研究其实就是语体研究，它主要从作家的遣词造句入手，探讨文本在形、音、义等方面的编码方式和文体特点。这样的看法的确抓住了文体研究的根本，不仅贴近文体的本性，且有较强的可操作性。不过，将文体研究简单地视为关于语言组合方式的语体研究，其片面性也是显而易见的。总之，在文体研究中，我们既要充分认识到语体文体的重要性，又不能唯语体文体马首是瞻。

第四层次：主体文体。文体虽然是一种由语言构成的话语方式与文本结构方式，但这一切都离不开作家的创造，离不开作家作为创作主体的个性气质、心理感情结构和艺术审美情趣，这样便有了侧重于研究创作主体的主体文体。也正是看到这一点，法国的文学理论家布封说：风格即人。而俄罗斯的大批评家别林斯基说得更具体：“文体——这是才能本身，思想本身。文体是思想的浮雕性、可感性，在文体里表现着整个的人。”[①]这里，不论是布封还是

① 别林斯基：《别林斯基论文学》，上海译文出版社1979年版，第234页。

别林斯基，都是从创作主体的个性、气质、心理特征、人格色彩和精神结构，即从“整个的人”来探究文体的。由于主体文体联结着作家的感情、心灵与精神，它往往潜藏于文字底下，不是一下子就能把握得到的，所以，我们可以将主体文体视为“深层”或“内在”的文体结构。

第五层次：时代文体或民族文体。这是在体式文体、语体文体和主体文体的基础上扩展开来的文体结构。即是说，不管是作为语言方式的文体，还是流露出强烈的作家个性风格的文体，都必然地会折射出某种时代的精神，都会烙上产生该文体的民族性格和本民族的文化特征，于是就出现了时代文体或民族文体。还应看到这样一个有趣的现象：当历史的某一时期，作家们受到了某一时代风潮的影响，不但主体文体意识得以觉醒转变，而且不约而同地采用了相近的语体文体进行写作，这时，所谓“一时代有一时代之文学”（文体）也就自然而然地产生了。如近代以梁启超为代表的“新文体”的出现，“五四”时期“白话文体”的崛起，都是典型的“时代文体”的具体表现。文体研究若能立足于语言分析，同时兼及时代、民族和文化，无疑可以拓展文体研究的视野。

由于文体的源远流长和构成的复杂性，上面对文体层次的划分只能是相对的，而且，我不敢肯定这五个层次就穷尽了文体的内涵和外延。不过，有了以上的分层，我们就可做出这样的判断：任何一种文体都不是随意混乱的拼凑，而是一种由外到内、由内及外的递进层深的关系，是文学作品中的基本要素在相互作用中所形成的和谐的、相对稳定的一套独特的审美规范。文体结构层次的划分仅仅是为了描述和分析文体的需要。因为有了文体结构层次的划分，了解了文体的外部体貌、内部结构和总体功能，我们就能根据研究的重点，从不同的层次和不同的角度来考察文体的源流、文体的演进、文体的风格特征以及文体的时代精神和文化意味。而就本文而言，我的着眼点在于通过文体的分层把握，进而探讨中国现代散文在“语体文体”“体式文体”和“主体文体”“时代文体”四个层次上有哪些变革。由于“文类文体”在过去已多有研究，故此处从略。

## 三、文体研究的现代转型

尽管我国是“文体论研究的大国”（童庆炳语），文体的研究源远流长且内涵十分丰富，但我国传统文体研究的弊端也是显而易见的。这就是较注重对体制、题材和文学风格方面的研究，相对来说，对语体文体却不够重视。当然，不是说我国传统文体论中没有语体方面的研究，只是说我国传统文体论对语体的研究更多地侧重于语言的形式方面，比如研究诗歌的押韵平仄所形成的语言的韵律感，研究诗人是如何炼字、炼词和炼句，等等。而在散文研究中，则主要从表达的准确、明晰、生动、形象等方面来分析语言，而且描述与分析基本上停留于直观性、经验性的表面层次。因此，总体来看，传统文体论中的语言研究往往是辅助性的、处于次要的地位，有的时候甚至是可有可无的。这就要求我们在进行文体研究时，要换另一个视角来分析、描述文学作品的语言；或者说，要给“语体文体”研究注进新的“活质”。因为“每一件文学作品都只是一种特定语言中文字词汇的选择。……一首诗中的时代特征不应去诗人那儿寻找，而应去诗的语言中寻找”。[①]

在我看来，语体文体研究中的“活质”，就是西方现代语言学的理论思路和研究方法。

我们知道，20世纪初由索绪尔所开创的现代语言学对西方的文体研究产生了重大的影响，甚至于有不少人认为现代文体学已经成为语言学的一个分支。当然，现代文体学到底是一门独立的学科抑或是现代语言学的一个分支，在我看来并不重要。重要的是引进西方现代语言学的“活质”，能够开拓我国文体研究的视野，促进文体研究的深入，从而使文体研究更加科学化和系统化。比如，索绪尔的“语言”与“言语”、“共时”与“历时”、“组合”与“聚合”、“能指”与“所指”的整体和自足性的语言学理论。俄国形式主义关于语言运用中的“陌生化”和“前景化”、“常规”与“偏离”的观点，布拉格学派的代表人物雅各布森的“生成语法学”以及“隐喻”和“转喻”的分类、乔姆斯基的表层和深层的结构分析法、韩礼德的功能主义语言学，等等，都有

① 韦勒克、沃伦：《文学理论》，三联书店1984年版，第186页。

助于加深我们对于文体的理解，推动文体研究迈进一个新的境界。进一步说，现代语言学对于我正在进行的散文文体研究究竟有哪些帮助呢？我认为现代语言学的理论、思路和方法，对我们的文体研究最具启迪性、最有效和最有用的，莫过于常规与偏离、情景语境和语言分析与文学意义的关联三方面。下面拟就这三个问题略作阐释。

常规与偏离。要把握和认识这个问题，首先必须了解“陌生化”和“前景化”这两个概念。“陌生化”这一理论为俄国形式主义理论家什克洛夫斯基提出，它主要从读者的接受角度来说，指文学语言运用中的反常性、新奇性特征。什克洛夫斯基提出“陌生化”理论主要基于两点：一是传统的文学研究只重视形象思维和艺术形象的研究，而什氏认为在文学艺术中形象只是各种手法中的一种，它并不比语言更为重要。二是什氏进而认为，在日常生活中，许多事情一旦成为人们的习惯就不免带有机械性，就会变成自动的动作，久而久之就失去了原创性和新奇感。什氏将这种现象称为“目的性”。而“陌生化”的提出，就是为了破坏人们习以为常的习惯，重新唤起人们的新奇感、追求欲和创造的热情。在《作为手法的艺术》一文中，他这样论述：

> 被称之为艺术的东西之所以存在，就是为了使人恢复对生活的感觉，使人感受到事物的存在，使石头显出石头的质感。艺术的目的是要使人感觉到事物，而不是仅仅知道事物。艺术的手法就是使事物变得陌生，使形式变得困难，以增加感觉的难度和时间长度，因为在艺术中感受过程本身就是目的，理应设法延长。

这段话曾被不少形式主义的冒险者反复引用，并津津乐道。的确，这是一种相当吸引人的艺术手法：它通过对素材的选择、加工，和语言的重新组接，使艺术形式变得困难，增加读者感觉的难度和长度，让作家显得既陌生新奇又出人意料，从而凸显出作品的“文学性”。而与此互为呼应、异曲同工的是布拉格学派另一杰出人物穆卡洛夫斯基的“前景化”理论。“前景化”这个概念来源于视觉、听觉艺术的基本原理，即具有独特性的艺术作品总是偏离人们的一般期望。而在文学分析中，“前景化”主要指在文学语言的运用上偏离标准和常规，使某些词语变得十分“突出”，以此引起读者的关注。从这里不难看出，穆氏的“前景化”概念与什氏的“陌生化”是一脉相承的。

那么，如何才能最大限度地“陌生化”和“前景化”呢？这里的关键在于对传统的标准和常规的偏离。而偏离主要表现在两方面：其一是对话语的偏离；其二是对体裁和结构以及叙述视角等方面的偏离。就语言来说，偏离的现象可以说是随处可见。比如，“一个悲伤以前”，是对于常规短语“一个星期以前”的偏离，但它的表达更新奇，因而更能引起读者的关注。特别在诗歌中，这种语法结构上的偏离更为普遍，如人们熟悉的杜甫的诗句“香稻啄余鹦鹉粒，碧梧栖老凤凰枝”，在句法上采用的是倒装，这样的语言结构显然偏离了常规，但谁也不会否认它比常规的表达更富艺术的意味。在现代散文中，这样的偏离常规的语言也很多。如“只看见风的线条，它是飘扬的旗帜，是纷飞的树叶是荡漾的黑发是我手中燃着的香烟”、“他穿着一件绿色的运动衣，正如一棵年轻的树……年轻的树向我跑来”。不一定有倒装，有出人意表的炼字炼句，但有感觉，有灵性，有变形，有隐喻，这样的语言组合和表达，显然偏离了传统散文语言的要求，值得我们细细研究。至于体裁和结构上的偏离，在现代散文创作中同样屡见不鲜。举例说，传统的观点认为散文更适宜于描写风花雪月、小桥流水，或借景抒情，托物言志，在结构上则以苏州园林式为佳。然而20世纪90年代以后出现的“文化大散文”，却偏离了传统的题材观和结构观。“文化大散文”不但大多采用了重大的题材，而且篇幅长，结构宏大，这样的散文与传统的散文是完全不同的，但它并没有降低散文的思想艺术价值，相反，“文化大散文”的出现大大扩大了当代散文的影响，提升了散文的文化和审美品位，甚至一度成为散文写作的风尚。由此可见，偏离并不是离经叛道，更不是作家或诗人故意为难读者。从交流的过程看，偏离乃是引导读者更好地去寻找和领悟文学作品深层意义的一种策略，当然，偏离也是实现“陌生化”和“前景化”的有效手段。因此，真正的文体研究，无论如何不应拒绝偏离，而应将偏离纳进文体的研究视域之内。

情景语境。这一概念来自于“功能文体学”。功能文体是以系统功能语言学为基础的文体派别。它指的是以语言的“经验功能”和“逻辑功能”为主导来探索各种文体特别是文体风格等问题。这一文体派别的开创者为语言学家韩礼德。在《文学研究的描写语言学》《语言功能与文学文体》等论文中，他打破了传统的文体与内容的界限，认为任何结构都有其特定的语言功能，即“文体存在于语言的任何领域之中”。因此，在对文学文本的考察中，可以通过对语言各个层次之间的关系的分析来识别文本的文体特征，如语言的排列或组合、节奏结构的平衡、叙述的视点、隐喻、反讽等。更为主要的是，不同于形式主义语言学只注重文本的形式主义分析，韩礼德认为功能文体学不应仅仅分析文本的层次结构，还应关注产生文本的时代和社会语境。此外，语言是人类用来进行交际的，而交际一般在特定的语境中才能进行并获得好的效果。为此，韩礼德提出了“情景语境”这一概念。构成情景语境的三要素是话语的范围、话语的基调和话语的方式，简称为语场基调与方式。语场指交际者处于其中的社会活动；基调指语言交际过程中各种参与者所扮演的角色，以及他们的语言风格的不同；方式指交际时所采用的渠道或媒介。以上三种要素，分别制约着作家或讲话者对概念意义的选择。而作品的意义和价值正是在这种“情景语境”的制约下生成的。很显然，情景语境将语言分析文本的“内部”引向了文本的“外部”，即引向文本所处的时代、社会、文化历史的大环境之中。我认为，功能文体学的“情景语境”分析对于我们正在进行的现代散文文体研究是大有助益的。举例说，当我们分析“五四”时期的“闲话风”和“独语体”时，如果将这两种说话方式放到特定的“情景语境”中进行考察，相信更能突显出这两种语式的文体意义和美学功能。正是因此，我们说功能文体学的“情景语境”不仅充分展示了自己的优势，而且在一定程度上预示了未来文体研究的发展方向。

语言分析与文本意义阐释的融合。就文体研究的实际意义而言，我认为西方现代语言学在这方面的研究对我们最具参考价值。因为如众所知，我们过去的文体研究存在着两个方面的问题：一是只凭主观印象、经验直觉来阐释文本的意义，带有较大的随意性；二是一些文体分析只注重语言的形式，而很少能够深入准确地阐释语言描述与文体的意义之间存在着什么样的关系。这其实也是俄国形式主义和布拉格学派的致命伤。相较来说，韩礼德的功能文体学就较好地避免了这种重语言分析而轻文本意义阐释的弊端。他认为，文本的意义实际上主要体现在词语和文本结构中的意义，以及文体的研究者所能想到的任何东西。因此，文体研究的意义就是要将这两个层面的意义挖掘出来。他还认为，判断什么是“真正的前景化”时，研究者依据的不是语言的基本功能，而是文本的主题意义。这样的研究在我看来比雅各布森的纯粹语言学描述更为生动具体，也更贴近文学作品的本性。当然，就语言分析和文本意义阐释相结合这方面来说，更值得注意的是斯皮泽的“语文圈”文学作品分析法。所谓“语文圈”，指的是从表层的语言描写分析进入到内在的“作品生命核心”的整个分析过程，这个过程包含三个相互关联的层次：第一层次，对作品中频繁出现的偏离常规的语言特征或语言细节进行分析；第二层次，找出支持这些语言特征的心理因素，或分析语言特征所产生的心理效果；第三层次，通过考察相关的因素，把握文学作品的主题意义或美学效果。斯皮泽的这一套“语文圈”作品分析法的可贵之处，在于它是从语言形式入手，进而探究作家的心理成因，阐释作家的语言选择所承载的主题意义。与传统的印象直觉批评相比，这样的文体研究更为精细，也更具科学性和客观性。

西方现代语言学可供我们借鉴的东西还很多。比如，在语言学理论指导下发展起来的叙述学，其中的叙述视点、叙述语调，以及叙述者、作者与隐含作者的关系，等等，对于我们研究现代散文叙述模式的变化有很大的参考价值。再如，隐喻、意象与象征也可以细化、深化和丰富我们的文体研究，开拓我们的研究视野。总而言之，为了推动文体学研究的深入发展，我们有必要重新审视、认识西方的现代语言学，挖掘其精华，将其有用的养料注进到我们的文体研究中。事实证明，如果文体研究不画地为牢、固步自封，能够不断地吸取语言学以及其他领域的理论和方法来充实自己，那么，中国的文体研究这一有着悠久历史的古老学科就一定能够焕发青春，生机蓬勃地向前发展。

（原载《福建论坛（人文社会科学版）》2010年第10期）

# 辑二

## 散文新思维

# 论20世纪90年代中国散文的文体变革

20世纪90年代是一个“散文时代”，[①]这是继“五四”散文之后中国散文史上的又一个高峰，也是20世纪末中国文坛最为亮丽的一道风景。关于这一时期的散文成就，近年来已有不少文章作过研究，但这些研究较多的是单个的作家作品论，或侧重于论述题材和主题的扩展、思想观念的突破，以及讨论90年代散文是真繁荣还是假繁荣。即便是研究艺术演变的文章，也多是从写作的技巧、艺术表现和语言运用方面进行分析，而较少从文体的艺术变革方面对这一时期的散文进行较全面的梳理分析。有鉴于此，本文拟以文体的演变和艺术变革作为切入点，对20世纪90年代的散文作多层面的考察。

## 一

目前，散文研究中对文体的涉猎较少，对文体这一概念的理解更是歧义颇多，难以统一。因此，有必要首先对“文体”这一概念进行梳理和界定。

在我国古代，文体发韧较早，内容也极其丰富。大体来说，文体起源于对文学的分类，比如《尚书》根据无韵之文的特征和功用，将其分为典、谟、誓辞、诰言、诏令、训辞等类型。到了东汉时期，传统的文章体制已基本形成，即如刘师培在《中国中古文学史》中所说：“文章各体，至东汉而大备。汉、魏之际，文家承其体式。故辨别文体，其说不淆。”如果说，在东汉以前，对文体的裁定更多地侧重于“体”，即现代汉语的“体裁”方面，那么到了魏晋南北朝时期，文体的范围又有了扩展。这时期的文体不仅包括文章的体

① 吴秉杰：《散文时代》，《当代文坛》1997年第3期。

制，更涉及了文体的风格、文体的表现对象和流派、时代风格等问题，如曹丕在《典论·论文》中就指出：

夫文本同而末异，盖奏议宜雅，书论宜理，铭诔尚实，诗赋欲丽。此四科不同，故能之者偏也，唯通才能备其体。

在《典论·论文》中，曹丞不仅将奏、议、书、论、铭、诔、诗、赋八类文章归于雅、理、实、丽四种风格，还将文体风格和作家的兼性、才具结合起来评析，从而证明“文非一体，鲜能备善”。此外，像陆机的《文赋》、挚虞的《文章流别论》，以及后来皎然的《诗式》、司空图的《二十四诗品》等，均对作家的创作风格和流派、艺术表现形式作了充分而精妙的论述。至于像“郊寒岛瘦”“永明体”“建安体”等，也是侧重于个体风格或风骨的“文体”区分。自然，对文体做出研究更大贡献的理论家是刘勰。他的《文心雕龙》用了大量的篇幅来论述文体。刘勰一方面阐述了各种文体的发展源流，概括其功用、体制特点，提出“敷理以举统”“纲领之要”等重要的文体理论，一方面指出写作要顺自然之势，即按不同的内容、思想感情来确定文体，并按文体的特征和表现形式形成独特的风格。同时，他还认为各种文体可以取长补短、相互渗透、融为一体，但每种文体又有其“本采”，有主导的风格。即所谓“五色之锦，各以本采为地矣”。不难看出，刘勰的《文心雕龙》不仅体大思深，对文体作了十分完整全面的阐述区分，更重要的是，刘勰的文体理论，对于后代特别是今天我们从文体角度来认识20世纪90年代的散文复兴，仍有巨大的指导意义。至于唐宋以后有关文体方面的专著，可以说举不胜举，其中较有特色的有宋代姚铉的《唐文粹》、明代吴讷的《文章辨体》、徐师曾的《文体明辨》、清代姚鼐的《古文辞类纂》等。它们对文体的分类辨析，比以前更精微细致，同时形成了各种不同的看法，如“诗笔对举”“诗文之辨”等，这里无法一一细述。

总体看来，中国古典文论中的文体研究不仅内容十分繁富，而且有相当严密的体系，这与西方那种印象式、短语式的粗线条文体分类是颇为不同的。因此在我看来，文体研究不仅是古代文论的一个重要组成部分，实际上，它也是最具中国的民族特色、堪与世界上的先进文学理论抗衡的一种包括文化、哲学、心理学在内的语言学研究。可惜进入20世纪之后，人们便很少对文体进行全面系统的研究，从文体学的角度来研究散文的起源、发展演变和文类风格的论著则更少，以至于长期以来人们总是从外在的表层结构上去理解文体。这一点，在散文研究中表现得尤为突出，比如仅仅从作为工具的语言、形式和技巧的范畴去理解和使用“文体”，还有更多的散文研究者将文学体裁等同于文体。举例说，1949年以来十分流行的“四分法”，便是将散文看成与诗歌、小说、戏剧并列的文体。此外还有“广义散文”和“狭义散文”的分法。这些划分，其着眼点都是仅仅将文体当成文学体裁或文类，而没有从深层结构来认识文体，没有意识到文体既是体裁文类，更是语言的现代化编码，是一种文体风格、题材内容、表现手法乃至作家的主体精神，甚至是时代精神和民族情感的凝聚。由于将文体的概念理解得过于狭隘、过于机械，因此，不论是“二分法”“四分法”“广义散文”“狭义散文”，在我看来都未能真正进入散文的本体，也未能对散文创作起到真正有力的指导作用。相反，过于僵硬、过于简单化和绝对化的理论有时反而成为创作的障碍。

因此，我们有必要重新对“文体”进行界说。我曾经在一篇论散文的文章①中谈到：文体不仅仅是文学体裁、语言、风格和结构。文体更是时代、作家、文学体裁、语言风格的综合体。具体来说，文体可以细分为四个层次。

第一层次：文类文体，也即各种文学体裁的文体。此一层次的文体的功效，在于明确各种文学门类的外在形式和内在肌理的不同，如小说、诗歌、散文和戏剧的区别，等等，这是文体的最为外显的层次，也是文学文体的具体化形态。

第二层次：作为语言现象的文体，也可称为文学作品的语体文体。它包括作家对语符的选择和编码方式，还包括一个作家特有的表述方式、用词的习惯，以及语气、调子和标点符号的使用等。语体文体是文体最基本的要素，它属于个体的文体，具有浮雕性、可感性和不可重复性。因此，话语文体是识别一个作家风格的最可靠标志。

① 《论新时期散文艺术的发展》，《新东方》1990年第1期。

第三层次：主体文体。它是特定的作家艺术地把握生活的方式，也是一个作家作为创作主体的艺术思维的总和。别林斯基曾指出："文体——这是才能本身，思想本身。文体是思想的浮雕性、可感性，在文体里表现着整个的人。"[①]这里，别林斯基是从个性、人格和精神，即从"整个的人"来分析文体的。由于主体文体不仅最鲜明地体现了作家的主体意识，而且包含了作家潜在的美学的、情感的、个性的审美心理结构，因此，主体文体可视为是一种"深层结构"的文体形式。

第四层次：时代文体或民族文体，这是在语体文体和主体文体的基础上扩展起来的文体。当历史上的某一时期，作家们的主体文体意识得以觉醒，并不约而同地采用相近的语体文体进行创作，同时这些创作又打上了鲜明的民族文化的烙印时，带有民族特色的时代文体也就产生了。这就是所谓的"一时代有一时代的文体"。如"五四"时期的"白话文体"就属于"时代的文体"。

由于文体的源远流长和构成的复杂性，我在上面对文体层次的划分只能是相对的，而且，我不敢肯定这四个层次就穷尽了文体的外延和内涵。不过，有了上述的文体层次，我们就可以根据研究的重点，从不同的层次或从不同的角度来把握散文。而就本文而言，我的着眼点在于通过对文体的分层把握，进而探讨90年代的散文与以前的散文相比在"语体文体""主体文体"和"时代文体"三个层次上有哪些变革。由于"文类文体"在过去已经多有研究，故而此处从略。

## 二

从文体的角度来探讨20世纪90年代的中国散文，或者换言之，当我们把一个时代或一个民族的文体现象作为一个系统加以概括时，我们看到了一种类乎"五四"的小品文崛起的奇特现象——思想随笔的繁荣且一路走红。可以这样说，在20世纪的最后十年，思想随笔业已上升为一种"时代文体"和"民族文体"。因为在这一时期，不论是余秋雨、董桥、林非、王充闾等的文化随笔，

① 别林斯基：《别林斯基论文学》，上海译文出版社1979年版，第234页。

还是张中行、金克木、季羡林、舒芜等老一代学人关于“忆旧怀人”和“书趣”一类的随笔；不论是年轻一代的学人余杰、摩罗、朱健国、祝勇的社会批判随笔，还是张承志、韩少功、史铁生、李国文、王蒙、张炜、王小波、雷达、南帆等作家和学者直面现实人生的随笔，乃至三四十年代的梁实秋、周作人、林语堂、张爱玲和台湾及海外华人学者作家的散文随笔，此外还有充斥于各种周末版、娱乐版上的诸如“新媒体散文”“新生活散文”“小女人散文”之类的随笔性文字，统统受到广大读者的追捧和出版商的青睐。而与思想随笔持续高温的盛况形成反差的，是小说创作日益疲软，诗歌、戏剧更是少人问津。还应看到，20世纪末散文的繁荣，主要是思想随笔包括文化散文、各类小品的繁富，至于倾向于抒情性的“艺术散文”却在一定程度上受到了读者的冷落，这种现象颇值得我们的深思。起码它昭示了这样一个事实：在20年代的最后十年，思想随笔作为最能反映该时代文化艺术精神结构的“时代文体”，已经成了一种占主导地位的文体。在这种“时代文体”面前，别的文学体裁只能作为陪衬。

那么，是什么原因促成了这种“时代文体”的形成？

我认为，文学生态环境的相对自由宽松，是90年代思想随笔滥觞的根本原因。文学环境的自由宽松，可以从如下几点得到检验：首先，是文学表现的自由度宽松了。了解当代散文史的人都知道，中国当代散文从20世纪40年代开始，先后经历了从叙事（40年代—50年代中期）向抒情（50年代—60年代初）的转换过程，这种转换既是作家在不同的文学生态中所选择的不同话语方式，也是“时代文体”的转换。在这种转换中，散文的数量虽与日俱增，并出现了杨朔、秦牧、刘白羽等著名散文家，然而事实上，当主流话语要求散文只能描写“新的世界”“新的人物”，只能具有“颂”的基调，而且，个人的抒情叙事只能融进集体的宏大声音之中的时候，散文的自由度也就越来越逼仄了。在这样的文学环境中，散文根本就不能自由自在地健康发展。因此某些文学史认为五六十年代的散文进入了“黄金时期”，取得了辉煌成就之类的断语，其实只是文学史家的一厢情愿罢了。而到了90年代，散文的生长环境就不同了。由于中国社会由计划经济转向市场经济，原先统一的规范已被多元的价值取向所取代。这个时期，再也没有一种高高在上的意识形态主宰着散文的命运，也没有那么多条条框框规定散文只能这样写不能那样写，加之这时期知识分子（其中相当部分是散文作者）的生活待遇得到了较大的改善，他们的生活空间不仅扩大了，有的还找到了一种新的生存方式——告别传统知识分子“清高”“孤傲”的洁癖，积极参与到公众生活和社会事务中去，把书斋文化转化为一种民众能够接受的社会文化。于是，在生存环境得以改善和一些“学者明星”频频出镜的同时，当代的思想文化随笔也蓬勃发展起来了。其次，文化环境的宽松，还体现在作家在写作时精神相对自由，心态比较从容平和。这一点对于散文创作尤为重要。因为散文作为文学本体的代表和人类精神的一种实现方式，比别的任何文学样式都更渴望拥有自由表达的空间。然而在以往，这种自由表达的思想空间却很狭窄。现在，随着社会的市场化和公共空间的拓展，散文作家终于可以自由自在地表达自己的思想观念，可以无拘束叙述自己感兴趣的事情，抒发个人哪怕是深埋于心灵深处的情愫了。总之，在今天这样一个“王纲解纽”的时期，散文作者再也不用“带着枷锁跳舞”了。第三，大众传媒的空前发展，也改善了思想随笔的生长环境。由于90年代传媒特别是文字传媒发展很快，而几乎所有的报刊都为散文随笔提供了版面，散文作者再也不像过去那样只靠几个报刊发表散文了。他们四面出击，到处开花，通过媒体将思想广泛传布于社会的各个领域，而期望借助散文随笔调节生活、提高审美层次和文化品位的广大读者也对此作出了热烈的反应。这种盛况使我们想起了19、20世纪之交的另一种文学景观，当时中国的社会、政治和思想文化领域也发生了巨大变革，中国的文学也在这时期经历了翻天覆地的革命。正是在这种时代背景下，梁启超、谭嗣同、黄遵宪借助《新民丛报》《民报》等报刊媒体的传扬，创立了一种梁启超称之为“笔锋常带情感，对于作者别有一种魅力”的新文体，这种“新文体”不仅在当时风靡一时，而且对以后的“五四”新文化运动产生了巨大的影响。

当我们从文体视角来考察90年代“时代文体”形成的诸因素时，我们还应注意到文学的传承关系。正如“五四”时期的散文小品肇始于明代的公安、竟陵两派一样，90年代的思想随笔之能发展为一种“时代文体”，很大程度上也是得益于晚明小品和二三十年代的散文随笔。这里暂且不论梁实秋、周作人、林语堂等的著作在90年代是如何拥有着众多的读者，是如何使出版商为之怦然心动，单就作品来说，90年代的许多作品或多或少都映射出古代散文和二三十年代散文的“面影”和“神韵”。举例说，在张中行、金克木、孙犁、汪曾祺等老一辈学者或作家的作品中，我们可以明显感觉到30年代散文、晚明小品乃至魏晋散文的性灵和风致，而严秀、邵燕祥、牧惠等的杂文，则分明继承了鲁迅的杂文精神。此外，在数量巨大的女性散文中，我们又依稀可见张爱玲、苏青的流风余韵。总而言之，晚明小品和二三十年代散文特有的那种个人性、自由性、文化性乃至世俗化和闲适化，都深得90年代散文作者的喜爱并成为他们学习的范本。当然，在继承文学传统方面，被称为“老生代”的散文作者有着得天独厚的优势。由于他们中有的直接师从二三十年代的文化大师（如汪曾祺之于沈从文），加之有较深厚的传统文化功底、丰富的人生阅历和广博的知识，因而他们的作品也较为耐读，有的甚至成为90年代散文随笔的顶尖之作。相较而言，年轻的作者因传统文化的底蕴比不上他们深厚，加之思想修炼和艺术表达上的欠缺，这样有的作家和作品虽能热闹一时，终因底蕴不足而露出破绽。这一切都表明：传统是一条割不断的河流，忽视传统无异于自甘浅陋。这个结论尤其适宜于散文。散文不同于小说、诗歌和戏剧可以仰仗外来文化，它深深植根于我国传统文化的沃土中，因此毫无疑问，散文比任何一种文类都更需要强调文学传统的继承。

以上主要从文学的生存环境和文学传统两方面来讨论90年代思想随笔作为“时代文体”形成的必然性。通过考察，还可进一步发现，由于文学环境的宽松、作家心态的自由和生存方式的改变，这一时期的“时代文体”有一个不同于“十七年”散文的特点，这就是有大量的作品不仅“法无定法”，而且敢于“破体”，即钟嵘在《诗品》卷下中的所谓“有乖文体”。如众所知，我国文体学中有所谓“辨体”和“破体”之说。前者坚持各种文体有自己的界限和规律，反对诗文杂混，认为这样才能促进文学的发展。后者则主张打破各种文体的界限，使各种文体相融合。那么哪一种创作值得我们提倡呢？我认为，文体作为一种长期形成且相对稳定的共同审美形态，它有其特殊的构成因素和独特的表现手法，创作者在创作时一般应尊重各种文体的艺术规律。但正如任何事物都有两面性一样，文体也不可能凝固化和绝对化。它往往随着时代的发展而变化，特别当社会处于转型时期，文体更是处于变化流动的形态。就拿90年代的“时代文体”来说，至少有两种“破体”的情况：第一种是打破各种文类的疆界，往往是散文中有诗，诗中又有散文，至于小说和散文的相互渗透更是常事。比如汪曾祺的小说，就有散文的散淡、和谐和抒情，而余秋雨的《道士塔》《这里真安静》等散文，则有小说的故事性、戏剧冲突等因素，至于史铁生的名文《我与地坛》，至今评论家们还说不清楚到底该归进小说的门庭还是属于散文的家族。“破体”的第二种情况，是许多散文突破了以往散文“短、小、轻”的模式，具有“长、大、重”的“大散文”气概。这种“大散文”有如下一些基本特征：一是篇幅长。许多“大散文”动则万字以上，甚至几万字。二是题材大。“大散文”的取材往往不是风花雪月、小桥流水之类，而是民族的文化、知识分子的命运、人类的困境和未来等大命题，如余秋雨的《一个王朝的背影》、周涛的《游牧长城》、韩少功的《性而上的迷失》等。三是文化批判精神。像余秋雨对中国知识分子两重性格和对“上海人”的剖析，周涛对人与环境、人与动物的关系的思考，韩少功对“佛”与“魔”的界说，对现代人“性”的迷失和后现代主义的考察，都体现出了文化批判精神。此外，“大散文”还具有自由伸缩度大、忧患意识强、理论色彩较浓等特征。由是观之，“大散文”是90年代的散文“特产”，是名符其实的“时代的文体”。

20世纪90年代，散文创作界普遍存在的“破体”现象，表现了散文的活力和现代性。因为文体形式的多姿多彩是由现实生活的丰富性和审美的多样性所决定，而不同于文体的渗透融合，又可以给文体带来新的创造激情，并使散文因此而恢弘阔大。同时，这种“破体”也符合散文自由任情的本质。尽管有学者站在“辨体”的立场上坚持散文的纯洁性，但我仍坚持这样的观点：倘若没有“破体”，90年代的思想随笔就不可能有今天的蔚为大观，更不可能成为一种占主导地位的“时代文体”；相反，如果只有一种抒情性的艺术“美文”，则散文的天地将变得十分单一狭隘，甚至有可能回到60年代前后“抒情散文”的老路上去。而这，相信是所有热爱散文的人们所不愿意见到的。

## 三

时代文体无疑是文体研究的一个重要理论视点，但这更多的是基于现实因素的思考。任何企图概括一个时代或一个文学运动的文体风格的研究，都离不开对主体的文体特征的分析。因为一方面，时代文体不仅是在“主体文体”的基础上扩展起来的总体文体风格，另一方面，“主体文体”又是文体系统中一种“深层结构”的文体形式。当然，主体文体不仅仅是一种“心理文体学”。主体文体作为作家的个性、人格、心理、感情和才华的整体显现，它集中地体现了人的主体意识的觉醒以及文体对于个体生命的体验，特别是对精神性的追求和对人的“内宇宙”的开拓。而且，这种“主体文体”与“时代文体”是同步发展、共生共振的，即是说，在20世纪90年代，精神的解放、文体的自觉与人的主体的不断强化形成了一种良性的共构，这就保证了散文随笔的探索和建构既体现了与人类的精神发展同步的人文价值，而且赋予散文随笔以现代的意义。

由于“主体文体”的解放，散文随笔获得了自由感、个人性和内在的深度，于是我们看到，散文随笔的艺术思维模式产生了巨大的变革，即艺术思维由原来单向、直线的模式转向复线、共时的多元思维模式，从而使90年代的散文走向多样、丰富和开放。而在此之前，在思想文化十分封闭的背景上出现的“杨朔体”“秦牧体”和“刘白羽体”，以及与此相应的“诗化散文”“形散神不散”等模式，的确在相当程度上限制了当代散文的艺术发展。而现在，散文作家可以说完全从以往那种“景——事（人）——理”的单一思维模式中跳了出来，这无疑将对未来的散文发展产生极为积极的影响。

艺术思维的多元化，首先带来了叙述方式的变化。叙述，本来属于小说诗学的范畴，由于它带有虚拟性的因素，过去的散文家对此并不重视。可是近年来，一方面由于小说家的加盟，另一方面由于散文家们对传统的单一而权威的“我”的叙述方式的不满，同时对散文的“想象和虚构”问题有了新的理解，叙述问题越来越成为散文家的一种艺术的自觉。举例说，在传统的散文中，一般采用第一人称的“我”展开叙述，而且这个建立在“真实”基础上的“我”具有不容动摇的牢固地位，别的叙述方式皆因有悖于散文的“真实原则”，怕造成“阅读障碍”而遭到摈弃。而现在不少散文中的“我”竟消失了，或者在一篇散文中，在“我”之外又有其他叙述视角，如余秋雨的《这里真安静》、史铁生的《我与地坛》、钟鸣的《旁观者》、桑桑的《旗语》等作品，就有这样的叙述特点。再如在叙述中大胆吸收其他门类的特长，再辅之以象征、隐喻、通感、意象组合等表现手法，从而使叙述丰富而多变。如刘烨园、钟鸣、苇岸等的散文就常用此法，这种叙述方式在以往的散文中极少见到。凡此种种，都使我们有理由确信：进入90年代，散文的叙述已经由单一走向开放，由确定明朗变为模糊和非确定。

艺术思维多元化的第二方面，是散文中大量出现了建立在艺术感觉上的意识流动。即是说，在90年代，作为一种现代创作方法的“意识流”表现手法的介入，瓦解了传统散文按部就班的叙述和描写进程，使散文表现生活的空间骤然阔大了。比如张承志的《离别西海固》《静夜功课》等一批散文就没有简单地根据顺叙、倒叙，插叙进行组合，而是伴随着意识流动，让时空切换、场景重叠，现在、过去、未来交错。刘烨园的《自己的夜晚》也是一篇运用“意识流”手法进行创作的佳作。作者由“夜色一般潮湿”的“地气”，联想到多年以前在南国山坳的知青茅屋里读法捷耶夫致友人的信，以及如何在长沙街头风尘仆仆打听黄兴墓的情景，又联想到第一次读《广岛之恋》《巴黎对话录》时的场面，而后意识流动又像蒙太奇般闪现、转换，回到现实中“我”在暮色笼罩的产楼前等待着儿子的降临。《自己的夜晚》正是借助于“夜”的意象和意识的流动，从更深层次上表达“人”与“人”，“人”与“世界”之间的疏离和对于生存的惆怅而焦灼的痛感。这样的题材选择和思考意向，倘若用传统的叙述、议论和抒情的手法来表达，其思想的深度和艺术效果将大打折扣，而采用“意识流”手法则相得益彰、恰到好处。不过我们也注意到，也许是更倾向于内心、受理性的约束较少的缘故，女性散文家在“意识流”手法的运用上较男性作家更为普遍，也更为出色。像周佩红的《偶然进入的空间》《一抹心痕》、斯好的《心灵速写》、马莉的《黑色虫子及其事件》、蝌蚪的《家·夜·太阳》、黑孩的《醉寨》等作品，几乎都是以情绪的奔涌加以随意拼贴连接，或者捕捉偶然浮现的情绪、感觉，乃至幻觉、潜意识，将散文写得虚幻又真切，呈现一种灵动朦胧且不确定的诗的意蕴。当然，这方面走得最远的是一批更为年轻、被有的批评家称为“新生代”的作者，比如胡晓梦、于君、曹晓冬、黄一莺等，她们的散文不仅在思想内容方面向传统发起了大胆和直率的挑战。在艺术方面，则是淡化叙述的现实，增加虚构和想象的成分，让一个个的意象，一系列的动作、感觉、潜意识纷至沓来，它们像一连串大幅度游移跳跃的音符，构成了散文的进展状态和内在的律动。

“意识流”表现手法在散文中的广泛运用，是散文变革和创新的一个重要信息。尽管有些“新潮散文”描写的生活过于琐碎乃至无聊，传达的意绪过于玄奥晦涩，有的作品的结构过于支离破碎，因此现在为其鼓掌还为时尚早。但应当看到，当代散文向着感觉开放、向着人的心理意识掘进的努力，在散文创作中具有不容忽视的革新意义。

艺术思维多元化在第三层面的表现，是散文结构的开放性。我们看到，90年代散文已经彻底告别了传统的“三段式”结构套路，而呈现出形态各异的结构状态。像史铁生的《我与地坛》，其外在结构是记述“我”与“地坛”的缘分，以及活跃在“地坛”的人对“我”的生命拯救。由于作者在叙事时将过去时态中的“我”、精神世界里的“我”和写作时的“我”交错重叠，再加上在描述中又穿插进关于“四季”的天籁般的想象，以及诸如“小灯笼”之类的意象不断重复出现，于是，《我与地坛》的结构便呈现出这样的特点：它一方面条分缕析、层层推进，直迫生命的内核，另一方面又虚实相间、伸缩自如，显示出极大的结构上的张力。这种表面看起来似散漫和不经意，而内里却无懈可击、十分缜密的结构形态，的确显示出史铁生过人的艺术功力。余秋雨的散文，一般是以“故事体”见长，不过他也创作了一些在结构上很有特色的作品，比如《这里真安静》以“静”衬“动”，通过军人、女人、文人的三相结构，构成一种寓言式的抽象，由此浓缩进了民族、国家、历史的大课题。这样开放的结构方式，显示出作家多元化的艺术思维。而刘烨园颇受好评的《自己的夜晚》，则是以“夜晚”这一意象为构思点，以“孤寂”的情绪为内在线索，将不同时期的几件事情贯穿起来。此外，周佩红的《偶然进入的空间》、赵玫的《以爱心，以平静》、韩小蕙的《有话对你说》等散文，采用的也是这种以“情绪”“意象”为线索的结构方式。至于在“新生代”那里，采用“情绪—意象式”的结构方式就更普遍了。这也从一个侧面显示了90年代散文随笔的开放和进步。

叙述方式的革新、意识流的广泛运用和结构的“开放性”，不但在散文领域中开拓出了一片艺术表现的新空间，而且标志着当代散文已经和小说、诗歌一样具备着现代性的品格。可能看到这一点，青年学者王兆胜将新时期以来出现的一些不同于传统的新锐散文概括为“新时期现代主义散文”[①]，尽管这一界说还没有获得普遍的确认，但我认为这是颇有远见的理论前瞻。相信随着时间的推移，“现代主义散文”会越来越显示其艺术魅力，并获得越来越多的读者的认同。

## 四

文体研究的另一个层面是“语体文体”即语言研究。虽然它只是表层的结构，但却是文体研究的核心内容。韦勒克、沃伦在《文学理论》中指出：“文学是与语言的各个方面相关联的。一件文学作品首先是一套声音的系统，因此，是一件特定语言声音系统中的选择。”

所以，如果要对作品进行纯文学和审美的研究，就离不开对文学语言进行分析。而语体文体的研究，又是语言的研究中极为有效的一种方式。因为“文体学研究一切能够获得某种特别表达力的语言手段，因此，比文学甚至修辞学的研究范围更广大”。而且，“只有文体学的方法才能界定一件文学作品的特质”[②]。从语体文体角度出发来考察20世纪90年代的散文语言，可以鲜明感受到这一时期散文的整个语体文体与中华人民共和国成立后十七年乃至80年代有着天壤之别，这种区别最明显的表现在于90年代的散文随笔基本上放逐了五六十年代那种外在的抒情性或“诗化”的语体，而不约而同地采用了一种平实亲切、自由随便的语体，这种语体风格在张中行等老一辈的学者散文中最为普遍。由于摆脱了“文以载道”的约束，故而他们选择了自由随意的语体，而这种富于个体化的语体方式又暗合了某种士大夫的情趣，是他们怡然自得和智慧洞悟的结果。因此，通过他们的语体方式，我们的确感受到了厨川白村所描绘的那种冬天炉边闲话、夏天披浴衣啜茶的艺术氛围。

倘若说，老年人的语体特征是自由朴素和闲适自得，那么，年轻一代的

---

① 王兆胜：《新时期中国散文的发展及其命运》，《山东文学》2000年第1、2期。

② 韦勒克、沃伦：《文学理论》，三联书店1984年版，第188、191、193页。

语体，则是自由洒脱中的内在感觉化。如众所知，感觉是人的一种情感状态，也是一切文学作品的基础，而对于散文而言，感觉，尤其是语言的感觉化显得更为重要。因为散文反映的是作家的亲身体验，它不像小说那样可以靠故事和人物来打动人，而在音律节奏和意境营造方面，散文也逊色于诗歌。因此，散文的艺术魅力，很大程度上就是靠感觉化，即有作家独特的感受、情采、各种感觉的有情有味的语言去打动读者。然而在很长时间里，当代散文的语言却不是这样。我们已经习惯了用一种说明性或介绍性的语言来叙事，即使所谓描写性的“美文”，也仅仅从修辞学的层面——表达的准确和清晰、描写的生动形象、句子的结构完整和规范来要求语言。这当然是一种适合于中学生学习的规范性散文语言，但决不是一种“感觉化”了的艺术的语言。因此，它理所当然的遭到了90年代散文作家的挑战。于是，在黑孩的《醉寨》中，我们读到了这样的“语体”——

> 我看到有一种湿漉漉的气息开始穿过极细弱的一线夜光扑向我。肌肉在抖。那气息异样猛烈地扑打着我的面颊。……
>
> 你那时站在我的眼前，模糊孤苦极了。你那细长的脖子里拖出的哭声像尖刀一样把我的心给划破了。心里面的什么什么都随着汹涌的血流淌尽了。……我那时注视着你，我看见一瓣一瓣的水珠子从你的毛乎乎的身子上滴下来掉到污泥里去不再流动，你的眼睛也似一汪不再流动的河，好一片迷茫好一片沉静啊……

凡是读过黑孩散文的读者，相信都会被她出色的艺术感觉所征服，尤其是这种感觉呼啸着融进语言，打破了传统遣词造句的规范时，它对读者的视觉感官的冲击就更加强烈了：“那气息异样猛烈地扑打着我的面颊”“那细长的脖子里拖出的哭声像尖刀一样把我的心给划破了”“你的眼睛也似一汪不再流动的河，好一片迷茫好一片沉静啊”，以及我没来得及摘引的“我只觉得一片透明在悄悄地渗透进我的肉体我的灵魂。我看见我的心脏在咔嚓咔嚓地蹦蹦跳跳”“我看见有滴血的太阳在你的眼睛里跳了一下就消失了”，等等。这样透明而颇具穿透力的语言，的确有灵性，是一种“感觉化”了的“语体”。诚如汪曾祺先生所总结的，是以“代客观为主观，代物象为意象；把难以言状的心理状态转化为物质的、可捉摸的生理状态”[①]。也就是说，黑孩感兴趣的不是证明性的纯客观描述，而是通过视角、听觉、触觉的通感共振，将抽象的心理状态转化为具体可感的形象呈现于读者面前。

赵玫的散文语体，也是充分感觉化的。读她的散文集《一本打开的书》中的散文，只感到大量源于个人生活和内心体验的感觉奔涌而来，这些“感觉化”的语言和不无感伤的人生述说、细腻传神的景物描绘、飘忽灵动的意象，以及如歌如泣的抒情调子融汇在一起，构成了赵玫散文独特的艺术情致。这种感觉化的散文语言，我们还可以在史铁生、张承志、刘烨园、刘亮程、程黧梅、马莉、桑桑、蝌蚪等的作品中读到。他们以其对人生、对世界和心灵的独特感觉解构了几十年如一日的正统的散文语言，并创造了一种“流动的语体”。

90年代散文语体文体的另一个变革，是个人性的、潜沉的隐喻语体替代了以往浅表的、公共性的语体。我们知道，比喻是散文的重要修辞手法，它是通过暗示替代可能性或相邻性关系的原则，引起读者的联想，使其沉浸在一种全新的审美感受中。然而，尽管隐喻吸引了自亚里士多德以来的语言学家和哲学家的注意，但隐晦模糊、具有多种解释的可能性隐喻并不受五六十年代的主流意识形态的欢迎；相反，结构单一、内涵明晰的明喻因目的明确、易于为大众接受，因此一直受到主流话语的鼓励。于是，在中华人民共和国成立十七年乃至80年代的散文中，我们读到大量诸如此类装饰性的明喻语言：

> 丽日当空，迎面缓缓送来一阵温煦而香馨的风。那风，直扑我怀里，一路疾苦，简直爽然若失了。
>
> ——韩少华《温馨的风》
>
> 迷蒙云雾之中，突然出现一团红雾。……就像那深谷之中反射出红色宝石的闪光，令人仿佛进入神话世界。
>
> ——刘白羽《长江三峡》

---

① 汪曾祺：《夕阳又在西逝》序，安徽文艺出版社1991年版，第4页。

绿，是播种者的颜色，是开拓者的颜色。

——袁鹰《枫叶如丹》

在上述句子中，作者采用的是相邻性关系的原则，将两个性质相近、而又有想象价值的词语并置在一起。在这里，风、阳光、绿都具有美、温馨、光明、绚丽、充满生命力的共同性质，它们都是美好的物象。作家之所以由它们联想起人间的温情、光明战胜黑暗和开拓者，并不是由于它们的形状、结构的接近，而是由于它们在价值上的相似。这种建立在简单的价值判断上的比喻，其特点是意象明晰简单，一般的读者都能理解喻体和喻本的关系。但正因其过于浅俗简单和陈腐，且功利目的性太强，因而进入90年代以后，散文家们便基本上不再使用这类明喻了，而代之以个人性极强的潜沉隐喻的修辞手法，比如“只看见风的线条，它是飘扬的旗帜是纷飞的树叶是荡漾的黑发是我手中燃着的香烟”。“眩目的阳光呼啸而来，撒了我一脸一身，我跳起来招招手，更多的阳光扑过来，弄得我鼻子痒痒的”。“地气，像夜色一般的潮湿。这时，它和绿色植被的生命气息混融在一起，凉凉弥漫开来”。同样写到了风、阳光、绿色，但90年代的语体形态与五六十年代的语体形态却极为不同。90年代的隐喻潜沉在全部视角之下，它诉诸感官以具体的意象，却不做明确的投射和清晰的呈现。因此，它的隐喻意义模糊而又综合，为读者提供了多种解释的可能性，并激起读者丰富的联想，给他们以陌生感和新奇感。

与语言的散淡化、感觉化、隐喻语体的普遍使用相联系的，是“反讽”语体的运用。反讽，原属于西方戏剧中的概念，以往常用于小说和诗歌，散文中较少见到，近年来，随着散文艺术的开拓，反讽手法也逐渐被引进到散文中来。开始是余秋雨、韩少功在作品中时常使用，如余秋雨的《道士塔》这样写王道士：“王道士每天起得很早，喜欢到洞窑里转转，就像一个老农，看看他住的宅院”“道士擦了一把汗，憨厚地一笑，顺便打听了石灰的市价。……他达观地放下了刷把”。这里的“他住的宅院”“憨厚地一笑”“达观地放下了刷把”，采用的是反讽的手法。它以作家的“知”来反衬王道士的无知，以祖国无以伦比的灿烂古代文化，来反讽当时官府的无能和王道士成为莫高窟当家人的荒谬，以及作者愤怒而又无奈的心态。这种反讽的笔调，在《道士塔》

中还有好几处，在余秋雨的其他作品中也时有出现。韩少功的反讽更是随处可见、举不胜举，如“就这样从物质领域渗向精神领域，力图将精神变成一种可以用集装箱或易拉罐包装并可由会计员来计算的东西”（《处贫贱易，处富贵难》）“汪国真式的贺卡诗歌热销行将过去，宾馆加美女加改革者深刻面孔的影视风尚也行将过去，可能老板文学的呼声又将纷扬而起。这种呼声貌似洋货，其实并非法国技术丹麦设备美国口味”（《无价之人》）“这样做当然简单易行——富贵生淫欲这句民间大俗话一旦现代起来就成了精装本”（《性而上的迷失》）。及至到了90年代中后期，用反讽的语言来解构正统中心和虚伪的崇高的作家就越来越多了，其中广受赞扬的是王小波。王小波不但大量运用反讽的手法，甚至可以说，反讽已经成为王小波散文的主要构成因素，它最充分地显示了王小波的生存智慧和叙述智慧。至于更年轻的马莉、胡晓梦、南妮、杜丽以及钟鸣等作者，其语言也带有明显的反讽成分，这既是他们写作的一种姿态，同时也是他们的散文区别于古典散文的主要标志之一。

90年代散文的文体创新当然不止上述几方面，但即便仅仅只是上述几方面的变化，对于当代散文也有着不可低估的文体革新的意义。举例说，由于增强了文体意识并进行有效的实践，不同的作家开始有了各自的主导语体风格或叫“调子”。比如贾平凹的憨憨暮暮中的幽默谐趣、余秋雨的诗化中的情采感伤、史铁生的朴素宁静中的悠远绵长、韩少功的简洁老辣和睿智反讽、张承志的孤傲激烈中的抒情和张力、周涛的冷峻刚健、林非的典雅节制……各种不同的“调子”的出现，使散文的语体获得了个性的风采。它不仅仅是一般修辞学上的出色的语言，而是作家的才华、思想、人格、精神等因素在文学表达中形成的艺术风格，也是作家在自由自在的抒写中蕴涵着的情调、色彩和氛围的产物。我们曾经感叹当代的散文文体太缺乏创造性，有语体“调子”的作家太少了。而现在，面对因主体强化和文体觉醒而带来的各种各样的“调子”，我们还会发出以往那种无奈的感叹吗?

90年代语体文体变革对于当代散文的意义，在于确立了一种真正属于现代的写作姿态，刷新了当代散文的语言，提供了一种不同于传统的“美文”的审美信息。在这些雄心勃勃、有志于散文语体革命的年轻散文作家看来，散文的自由，首先是一种言说的自由；散文的精神，归根到底也是一种言语精神。这才是永恒的、值得作家终身追求的。因此，从某种意义上说，语言也是一种哲学，是散文主体赖以生存的文学环境、人的生存状态和对人类命运思考的一种综合性显现。语言既是主体，也是客体；既是内容，也是形式；既是共性，更是个性。正是从这样的角度出发，90年代的语体革命才超越了当代任何时期，较好地表达了词与物的融合、自由与节制的一致、文本与人文的统一，从而营造了一种富于现代感和弹性的散文语体文体。

## 五

对文体的研究，有着不容忽视的意义。首先，文体研究可以进一步促进我们对散文命运的思考。因为，自80年代末开始，就有人认为“散文已趋于解体”[①]，或认为散文“已完成它的历史文化使命，它应当寿终正寝了”[②]。可是，当我从文体角度对90年代的散文进行一番考察后，得出的是相反的结论：由于文学环境的宽松，散文自由度的扩大，对文学传统的重视和散文观念的改变，以及作家文体意识的自觉，事实上散文正处于从“复兴”到“全面繁荣”的振奋之中，它不仅不是“多余的文体，必然灭亡”[③]。相反，随着社会生活的多姿多彩和人们审美情趣的丰富和文化品位的提高，散文，尤其是其中的思想随笔将越来越受到欢迎。仅此一点，便可断言，散文的文体不可能消亡。其次，通过对文体的研究，我们可以更清楚地看到散文的优势和劣势，从而对散文的发展方向作出正确的选择。由于散文不像小说、诗歌和戏剧那样壁垒森严，它的文类特点是自由、散漫、灵活、兼容，任何文学的“客人”都可以到散文这个不设防的“客厅”里做客。故此，我认为“跨文体写作”是一种必然的趋势。在当代生活已越来越商业化和媒体化、文学越来越边缘化的今天，如果为了使散文“纯粹”，不顾一切地用纯、正、高、雅的标准来要求散文，甚至主张连随笔也应该从散文家族中剥离出去，在我看来是一种无视时代的氛围、无视散文文类特征的作茧自缚，因而是注定行不通的。当然，主张“跨文

① 王干、费振钟：《对散文命运的思考》，《文论报》1988年第1期。

② 黄浩：《当代中国散文：从中兴走向末路》，《文艺评论》1988年第1期。

③ 黄浩：《当代中国散文：从中兴走向末路》，《文艺评论》1988年第1期。

体的写作”并不是完全抛弃散文的抒情性、典雅性和高贵性，更不意味着那些没有才情、没有文采、没有智慧的劣作都可以到散文的领地里来跑马占地。第三，加强文体研究，有助于我们建立系统的散文理论。长期以来，散文一直没有形成一个系统的文类理论，这不能不说是散文长期以来被冷落的一个重要原因。现在，散文已由边缘向中心位移，并具备了向诗歌、小说这些往日显赫的文类挑战的实力，所以现在的当务之急，是散文研究者应摆脱以往那种浅尝辄止、零敲碎打，重作品评论、轻理论探讨的思维惯性，在现代文体的探索和重建文学的现代化的旗帜下，构筑属于散文自己的诗学理论体系。

文体的研究，除了有助于我们思考散文的命运、选择正确的散文发展方向和构筑散文诗学理论体系外，借助文体的考察，我们还可以从整体上来检讨当前散文的欠缺。诚如有的研究者所指出的，当前的散文创作在繁荣下存在着媚俗、心态浮躁，以及一些作品内容苍白、境界不高等不足，倘若从文体的特定角度来看，我认为当前散文的欠缺，主要是对“自由”的认识还存在着偏颇。我们知道，散文是一种介于文学与非文学、真实与非真实之间的文类，它比别的任何文类都更仰仗于自由的表达和个体感情的流露，甚至可以说，没有自由和个人性就没有散文。然而，问题恰恰出在“自由”这里，也就是说，自由一方面为散文作者提供了广阔的创作空间，另一方面，由于片面地理解自由，从而导致了滥用自由的不良创作倾向，比如，认为散文是自由自在的文体，不管什么人都跑到散文里来一显身手，甚至最没有才情的人也到散文这里自娱自乐；再如，写散文时漫不经心，信马由缰，对读者毫无责任心；还有的在选材上自由泛滥，热衷于写个人琐事，满足于抒发一己的悲欢……这就促使我们不得不思考两个问题：一、当前的现实是不是给散文提供了太多的自由？二、应如何认识散文的自由？就第一个问题来说，我认为当前的社会提供给散文的自由不是太多，而是远远不够。问题是我们应当将外在的自由转化为内在的自由，即庄子的“无已”“无功”“无名”的个体生命自由和自然无待的人生境界。如果我们的散文仍囿于种种现实生活的“无刑”，不能做到“乘物以游心”，则这种散文是不可能担当扭转文学乾坤的大任的。至于第二个问题，苏珊·朗格在《情感与形式》中已经说得十分清楚。她认为，“艺术是人类情感的符号形式的创造”[①]。即是说，艺术虽离不开自我宣泄和自我表现，但它的表现应是艺术家认识到的人类普遍感情，否则这种表现只能停留在信号行为的水准上。散文是一种侧重于表现自我情感的文类，它更应将个体的感情与人类共有的感情统一起来。换言之，但散文家不能一味沉溺于自娱自乐的“个人情感”之中，而应具有强烈的责任感和价值信念，同时还要把“个人的情感”上升为“人类的情感”。唯其如此，散文创作才有可能成为一种自由的审美创造活动，并成为文学的最高形式和范本。也许正是意识到这种自由和不自由，所以黑格尔强调散文的“有限思维”，主张散文应对客观事物作出理性分析。而散文名宿梁实秋则不无感触地说：“散文是没有一定的格式的，是最自由的，同时也是最不容易处置。”[②]从梁实秋的感慨和他的创作实践中，我们多少可以领略到什么是真正的散文的自由。

关于90年代的散文，尚有许多问题值得认真探讨。这里只是从文体的角度提出个人的一些看法，粗浅之处在所难免，希望这些问题能引起更多研究者的兴趣。

（原载《中国社会科学》2001年第5期）

① 苏珊·朗格：《情感与形式》，中国社会科学出版社1986年版，第51页。

② 梁实秋：《论散文》，俞元桂主编：《中国现代散文理论》，广西人民出版社1984年版，第35页。

# 21世纪：中国散文理论的建构与跨越

研究散文的理论家们似乎已经习惯了散文的边缘位置。他们对于散文这种文体的变革创新总显得心不在焉，甚至还有一点麻木不仁。20世纪以来的小说、诗歌乃至电影戏剧都产生了翻天覆地的革命：各种思潮流派更迭，各种理论、艺术表现手法风起云涌，而在散文这里，却仍然中规中矩、平静如初，既没有建构起一个自盈自足的散文美学世界，又没有在批评实践方面获得整体上的超越，甚至对于作为一种体裁文体基石的概念和定义，过往的散文理论似乎也没有很好地提出并进行认真的讨论。所以在本文中，我打算从基本的问题谈起。

## 一

在讨论21世纪的散文理论如何建构与跨越之前，先让我们对“五四”以来的现代散文理论作一简要的梳理和归纳。

中国现代散文理论的第一个时期，即1917年至20世纪30年代初期的散文理论，已有不少学者作过专门的介绍和研究，这方面的文章有余树森《现代散文理论鸟瞰》（《北京大学学报》1986年第5期），吴周文、王菊延《中国现代散文理论批评的发展概观》（《扬州大学学报》1999年第2期），王兆胜《论20世纪中国散文研究》（《徐州师范大学学报》2001年第4期）等。在这里我不打算重复介绍，我想指出的是，“五四”时期的散文理论并非无源之水，它一方面得益于传统散文理论的滋润，另一方面又吸收了外国散文批评的精华，同时又受到“五四”时期思想革命和“人的文学”的激励，所以，实事求是地说，“五四‘时期的散文理论还是较为丰富的，也较自由开放和接近散文的本体。这里既有刘半农的“文学的散文”、周作人的“美文”、王统照的“纯散文”、胡梦华的“絮语散文”、郁达夫的“心”“体”“个性”和“自我”理论，有梁实秋的“文调的美”，还有林语堂的“性灵”“幽默”和“闲适”的倡扬，更有鲁迅的“匕首”“投枪”的社会学散文批评。尽管作家和理论家们提出这些散文理论的立场和对散文的理解不尽相同，但有一点可以肯定：“五四”时期散文理论的建设者们提出“文学散文”“美文”等口号，在当时是颇有理论前瞻性的。首先，他们意识到散文小品是一个可与诗歌、小说等抗衡的门类，具有文体本身的独立性。其次，强调现代散文应具“文学性”，是“记叙的，是艺术性的，又称作美文”（周作人语），这就将散文与学术性论文、应用文和小说、诗歌区别开来。其三，肯定散文表达的是“自己的个人底人格的色彩”（厨川白村语），这一点在郁达夫、梁实秋、林语堂等人的理论中均有所体现。其四，提倡自由随便的闲话风。这方面较有代表性的有厨川白村的围炉品茗之际的“任心闲话”、胡梦华的“家常絮语”、林语堂的“娓语笔调”，等等。从上述几方面的归纳可以看出，“五四”时期到30年代前期对散文的认识较为贴近散文的本体，其理论上的导向大体来说也是正确的。假如按此思路探索下去，中国现代散文理论将不至于如此苍白。遗憾的是，虽然第一代散文批评家有着天然的理论的自觉和敏锐的目光，但他们一般来说都没有建构散文理论体系的耐心，更少结合当时的散文创作实际进行具体细致的分析。他们的理论，大多属于“印鉴批评法”和“随想式”的，往往提出某个概念后便止步了，没有兴趣再进一步追索探问下去，如王统照提出“纯散文”这一概念后，便再没有下文。至于颇具盛名的周作人的《美文》，固然是“对现代散文艺术定位的第一块基石”①，但这样一篇被反复宣扬了近一个世纪的名文，居然只有800字左右，且是随随便便写下的，这在今天简直是不可思议的事情。

30年代中期以后，散文的研究发生了转向，社会性和政治性逐渐改变甚至取代了思想性和文学性这一批评理论和标准。虽然30年代有杂文理论的兴起，有对报告文学、通讯特写的倡导，但总的来说，20世纪30年代中期以后至整个

---

① 范培松：《中国散文批评史》，江苏教育出版社2000年版，第32页。

四五十年代的散文理论并不像某些抱着进化论观点的乐观主义理论家描写的那样：由于散文观念的进一步变革完善，散文理论的进一步拓展与丰富，这一时期是散文理论批评飞速发展，抵达巅峰的全盛时期。我的看法恰恰相反：由于抗战加上其他的现实因素夸大了散文的社会性、时代性和政治性的作用，无限崇尚纪实和教化的“载道”功能，与此同时忽略乃至否定了散文的审美性和独特性，再加之先是用“小品文”或“杂文”来取代散文的“正宗”地位，而后则是独尊报告文学和通讯特写，而纯正的艺术散文因“不合时宜”而受到无情贬抑。如此一来，还谈什么散文理论的“巅峰全盛时期”？虽然不能说这一时期（30年代中期—50年代后期）的散文研究毫无价值（如关于“杂文”的争论，就有其社会意义），但起码可以这样认为：这一时期的散文研究是“五四”时期散文研究的后退。因为它远离了散文的审美本体，迷失了散文的发展方向，使散文变成了宽泛无边、非驴非马的“四不像”的东西。从这一角度来思考问题，我倒认为50年代末、60年代初的“散文笔谈”，尚有其散文美学上的意义。

现在回过头来评价这次“笔谈”。首先应看到，这次“散文笔谈”的策划者尽量避开敏感的政治话题，将讨论的重点放在散文的本体建设和艺术表现方面，从而避开了来自政治的干预，这是颇具策略的明智做法。其次，如上所述，30年代中期以后特别是延安时期，散文基本上被通讯报道和报告文学所取代，而中华人民共和国成立初期的散文，同样未能摆脱延安散文那种通讯特写的格局。在这种情况下，讨论散文到底是什么、散文应有怎样的艺术表达，特别是倡导散文的诗化，都促使散文由朴素直白的客观记叙向倾向于自我主观抒情的体制转移，这就提升了散文的审美功能，并预示着散文向“五四”时期的“美文”传统靠拢的可能。从这一点看，60年代前后的“散文笔谈”对于当代的散文发展是有积极意义的。我们不能站在虚无主义的立场上将过往的一切成果统统否定。当然，由于整个“十七年”的散文在本质上属于“颂歌式”的散文，而文学研究自然不能脱离特定的时代和创作实践而独立存在和发展，因此，无论是“形散神不散”还是“诗化”的倡导，其理论上的局限性也是显而易见的。这是我们在肯定“笔谈散文”时不能不看到的一个事实。

“文化大革命”十年，我国的散文研究和其他文学理论研究一样一片凋零，直到70年代末80年代初，散文理论批评才出现了转机。其标志是这一时期国内一些文艺报刊陆续刊登了一些探索散文特征和创作规律的文章，特别是1980年前后，巴金连续发表了《说真话》《再论说真话》《写真话》等文[1]，针对“十七年”某些散文满纸的假话、空话、套话和艺术上单一、封闭的创作倾向，巴金力倡散文要说真话，抒真情，要“当作我的遗嘱来写”，要“把心交给读者”，这些无疑都是发自一个有良知的作家的肺腑之声，因此巴金的“真话论”一出，立刻获得了散文家和散文研究者的广泛认同。这一时期，值得注意的散文研究成果当推林非先生的《现代六十家散文札记》《中国现代散文史稿》，这两部著作在现代散文史研究领域中，可谓属于拓荒之作，因而“尽管其中的散文观还带着那个时代的痕迹，但对不了解散文发展历史和缺乏最起码的散文知识的读者来说，无疑是一只迎春的燕子”[2]。在80年代，除了巴金讲“真话”的呼吁和林非的散文研究产生了较大影响外，这时期值得关注的散文研究成果还体现在如下几方面：一是对于杨朔散文的再评价和批判[3]；二是对60年代初提出的“形散神不散”“诗化散文”观点的重新认识[4]；三是关于“散文解体论”的争论[5]；四是以俞元桂为代表的福建散文研究班子对“五四”至1949年的散文理论和史料进行发掘整理，并编辑成资料性著作《中国当代散文理论》一书出版；五是作家作品的研究有所深化。不过从总体来

---

① 巴金：《随想录》，三联书店1987年版，第269、277、506页。

② 王兆胜：《论20世纪中国散文研究》，《徐州师范大学学报》2001年第4期。

③ 见张明吉：《谈杨朔散文的不足之处》（《光明日报》1982年8月19日）；刘淮：《成就与局限》（《光明日报》1982年9月10日）。

④ 见林非：《散文创作的昨日和明日》（《文学评论》1987年第3期）；罗大冈：《散文与散步》（《文艺研究》1985年1月号）；郭风：《关于“形散神不散”》（《解放日报》1988年2月25日）；喻大翔：《历史与现实：形散神不散》（《河北学刊》1990年第1期）。

⑤ 关于散文是否解体的争论，主要起因于王干、贾振钟的《对于散文命运的思考》（《文论报》1986年7月21日）和黄浩的《中国当代散文：从中兴走向末路》（《文艺评论》1988年第1期）两文，他们认为“散文已趋于解体”，“应当寿终正寝了”。由此引来了不少人的辩难，如孙绍振的《为当代散文一辩》（《当代作家评论》1994年5期）、林道立的《与“散文解体论”的对立》（《散文世界》1987年第2期）、汪帆的《解体，并非散文的命运》（《散文世界》1987年第10期）等文，都对“散文解体论”进行了严厉的批评，尽管这场辩论对散文的理论建设意义不大，却促使人们去思考散文在新时期的命运。

看，70年代末至整个80年代的散文研究是不能令人满意的。80年代散文研究的不足，主要来源于散文研究者的观念过于陈旧保守，他们仍未能从政治的束缚中解放出来，或者习惯于在传统散文的跑道中漫步，而对新的思潮、新的美学风范和新的方法缺乏必要的敏感。此外，80年代其他文学体裁的兴奋点此起彼伏，而唯独散文缺乏能刺激人们神经的热点。这正如范培松先生所描述的那样："80年代的散文批评界始终处在奇怪的平静中，成了一个平静的港湾。"①

90年代以后的散文研究，比起80年代应当说有很大的发展。这种发展主要表现在散文研究者开始注意到了散文的理论建设。比如林非在《关于当前散文研究的理论建设问题》一文中，就较为全面地探讨了散文的范畴、本体、创作、鉴赏和批评等问题，虽然林非的散文理论还有进一步深化和体系化的必要，但他从"真情实感"和文化本体的角度来追问散文，应当说是抓住了散文的根本问题，这表现了林非超越别人的批评眼光。这一时期发生于散文理论界的引人注目的热点，是关于"大散文"的讨论。"大散文"是贾平凹在《美文》杂志"读稿人语"中提出的一个口号，它是对以往的"小散文"的一种反拨。"大散文"的观念一提出，立刻遭到了散文史家刘锡庆的反对，在《当代散文：更新观念、净化文体》《世纪之交：对"散文"发展的回顾与思考》等文中，刘锡庆极力主张"净化"散文的文体。在他看来，"大散文"乃是"复古"，是"没有前途的"。当代散文要发展，唯有走"艺术散文"的道路。刘锡庆对散文文体的规范，对"艺术散文"的维护自有其可钦可佩之处，但他无视90年代散文的繁荣主要是思想随笔的繁荣这一基本的文学事实，而偏执于"艺术散文"这一隅，一味追求散文的净化，这无论如何是令人难以苟同的。

通过上面的考察，我们可以得出这样的结论：与小说、诗歌相比较，20世纪的散文理论批评从总体看是较为苍白和寂寞的。之所以会出现这样的局面，我想主要有如下的一些原因：一是专门从事散文研究的人较少，目前比较活跃的散文研究者大多为客串。由于缺乏专深的研究和对散文的执着，这样散文领域也就较难像小说和诗歌那样出现批评的大家。二是散文的概念范畴长期以来

① 范培松：《中国散文批评史》，江苏教育出版社2000年版，第435页。

一直模糊不清，难以界定。它不像小说诗歌那样定义明确，也没有一套现成的散文研究的理论话语可供操作，因为文体的难以把握和缺乏必要的规范，于是不少人对它要么提不起研究的热情，要么是望而却步。其三，以往的散文研究，虽说也取得了一些成就，但这些成就更多地体现在作家作品的评论和散文史研究方面，此外诸如散文的写作技巧和欣赏之类，也是以往的散文研究者用力较多的研究课题。举例说，新时期以来获得好评的一些著作，比如佘树森的《散文创作艺术》、吴周文的《散文艺术美》、范培松的《散文天地》、朱延庆的《散文理论与欣赏》、李光连的《散文技巧》等，严格来说都属于此类著作。不能说这些散文研究者没有建构散文理论体系的野心，也不能说他们放弃了寻找散文文体独特性的努力，但他们的知识结构和思维定势决定了他们一般来说只能依仗古代的文论或散文观念来观照当代的散文创作。他们比较感兴趣和较熟悉的是这样的一些概念范畴：诗意、意境、形散神不散、题材、选材、构思、节奏美、色彩美、哲理美，以及灵感、情绪、圆融、空灵、含蓄之类，而对于有别于传统散文的概念和方法，他们一般都敬谢不敏。总而言之，20世纪的散文研究者的理论批评的普遍特征是散文写作的经验压抑了建构散文体系的热情，散文鉴赏的能力强于散文理论的表述。面对这样的研究格局，我认为轻易下结论说20世纪的“散文理论体系的建构取得了重大的突破”是一种过于乐观、过于宽容的要求和标准。至于动辄说散文理论“空前繁荣”“取得了显著的成就”“呈现出从来没有过的喜人局面”，在我看来也不是实事求是的评价。这种总体评价的失当，事实上反映出论者的理论判断力和“史识”“史鉴”的不足。与上述过于乐观、降低标准，只评功摆好，不愿诊病治病相对立的，是标准过高，持论过严，脱离散文的现实语境，只凭一己的好恶任意指点江山。如《繁荣遮蔽下的贫困》一书中有一章专论当代的散文理论批评，不仅基本上否定了当代散文理论批评，而且随处可见诸如此类的断语：“八九十年代散文研究领域中原本应该被提及但几乎不值一提的正是作家作品批评”“不论取舍褒贬，都失之简陋和程式化”“对中国当代散文的回顾均失之粗略，对散文艺术的理解也过于粗浅……”。[①]这样居高临下、对过往的散文理论不屑

① 楼肇明等著：《繁华遮蔽下的贫困》，山西教育出版社1999年版，第165、171页。

一顾的态度，在我看来不仅仅是持论是否科学、是否客观的问题，而且是一种缺乏理解和宽容的“苛评”甚或是“酷评”了。而稍有常识的人都知道，这样的“回顾”“总结”是无益于中国现代散文理论批评的发展和繁荣的。

## 二

回顾是为了变革，为了建构和跨越。在回顾20世纪我国散文理论和批评的发展历程时，我深切地感到：在新的世纪，我们不仅要对以往的散文研究进行实事求是、恰如其分的评价和总结。更主要的是，要强化学科研究的规范，建立以当代意识为基点的散文理论批评视野，同时要敢于破除各种既定的散文观念和模式，大胆引进现代的批评概念和方法，寻找散文研究中新的立足点和生长点。在我看来，这是散文研究能否在新世纪有所作为、有所突破和跨越的关键。

那么，在新的世纪里，中国当代散文研究应如何突破和跨越？我认为首先必须理清地基，规范文类；其次是寻求变奏，建构新的散文批评话语。下面将分而叙之。

说到理清地基，规范文类，首当其冲、无法回避的自然是散文的“范畴”问题。这个问题自“五四”以来便一直讨论着，但迄今为止似乎还没有哪一家的定义得到大家的普遍认同。为什么散文的范畴如此难以界定？因为散文在我国可谓是历史悠久、源远流长，在漫长的发展过程中，散文几经曲折又几经整合，因而在古代有所谓“文”“笔”之分和“二分法”的说法；在现代又有“古文”和“现代文”的区分，还有与小说、诗歌和戏剧并称的“四分法”，更有“广义散文”和“狭义散文”的界说。其次是文学题材方面的原因。由于散文是一种“自由自在”“法无定法”，甚至“大可以随便”的文学体裁，尽管它被认为是一种与小说、诗歌和戏剧并列的一级文类，但事实上人们却无法根据一些固定的概念和法则来给它定位，有的研究者甚至因此便将其贬至文学创作的边缘。第三，散文范畴的难以界定还因为每个作家和研究者心中都有一套关于散文的观念，而他们为了维护这种观念的所谓纯洁性和神圣性而不愿意与别人通约，这就不可避免地导致了在散文的“范畴”，即“散文是什么”的问题上诸侯割据的尴尬局面。明显的例子是贾平凹“大散文”的倡导和刘锡庆的“文体净化论”而引起的争论。

笔者对“文体净化论”和“大散文”也有一些不同于贾、刘的看法，不过在这里我更乐于谈谈我所理解的散文范畴的问题。如前所述，自“五四”以来，对散文的定义各种各样，然而这些定义总的来说并不能使人满意。它们之所以不被人们广泛认同，主要在于未能真正确定被研究的对象是什么，它有何种内在的规定性，此种内在规定性的纵深理论依据何在。事实上，我们看到的许多关于散文的定义，既没有统一的标准，又没有严密的逻辑，有的定义过于宽泛无边，有的又失之简单，有的下定义显得过于随意草率，更多的是概念模糊、前后自相矛盾。即使是像林非、喻大翔这样较注重学理性、逻辑思维较严密的学者，对散文的定义也仍存在不少可供商讨之处。这种现象一方面反映出我国的学者的确缺乏西方学者那种追问“所是”（亚里士多德语）的治学风范，另一方面也说明对散文范畴的界定的确是一件相当困难的事情。但是困难并不意味着放弃努力。根据我的粗浅认识，我认为散文的范畴可以这样定义：

> 散文是一种融记叙、抒情、议论为一体，集多种文学形式于一炉的文学样式。它以广阔的取材、多样的形式、自由自在的优美散体文句，以及富于形象性、情感性、想象性和趣味性的表达，诗性地表现了人的个体生存状态和人类的文明程度。它是人类精神和心灵的一种实现方式。

对散文的这个新的定义，还可以作如下的补充说明：

（1）传统的散文定义更多的是从题材类别和形式层面及技术处理来界定散文的范畴，即便涉及思想内容，也多是从“载道”或“言志”方面来考虑，而我对散文范畴的界定，首先着眼的是散文作为文体的代表和人类存在方式的艺术范本的内在规定性：它是人类精神的独特性的表现形式、心灵的自由自在的艺术表达，它是活的生命的最个性化的本真和本色的显示，是作家人格智慧的最真诚的流露。总之，散文的本体是人的本体，散文的精神是自由和开放的精神，而这种精神深刻体现了一个民族的智慧和文化水准。

（2）所有的散文必须具备“文学性”特别是“诗性”。不管是记述、抒情、议论还是其他类别的散文，如果具备了文学性，特别是诗性，我们便可将其视为散文，反之便应将其赶出散文的大门。在这一点上，我与刘锡庆先生的观点是一致的。我认为我们应高扬散文的“文学性”的大旗，所以在定义中我特别强调散文的形象性、情感性、想象性和趣味性，因为这是散文能否成为“美文”、能否具备优美性的根本保证，也是为拒绝各种“散文垃圾”而设置的篱笆。

（3）散文的范畴界定应允许有一定的弹性，不必定位得太死太板。尽管我们可以在理论上将散文分为广义和狭义，但落到实处往往难以区分。举例说，一篇内涵丰富思想深刻、表达又生动活泼、富于情趣的思想随笔，与一篇内容绝对健康正确，而艺术上却落套陈旧、平庸乏味的抒情散文相比较，到底哪一篇更属于“文学的”散文呢？所以，韦勒克早就这样告诫我们：“我们还必须认识到艺术与非艺术、文学与非文学的语言用法之间的区别是流动性的，没有绝对的界限。”①

（4）假如上述的界定能成立，那么散文的范畴应包括记叙性散文、抒情性散文、思想性随笔以及具备文学性的序跋、日记和书信。回忆录、传记文学、政论之类因不符合散文的特性应排除，游记因有浓郁的抒情因素可归进“抒情性散文”一类；小品因“五四”之后用法极乱，有时指絮语随笔，有时指杂文，有时甚至泛指所有短篇散文，故此概念不宜再用。至于报告文学、通讯特写、杂文、散文诗之类，则早已被排除出散文家族，没有必要再拉进来。倒是一些“破体”散文，如小说化散文、散文化小说、诗和散文杂交的散文，以及寓言化的散文应引起我们的关注，尽管目前还难以对其进行归类。

我的关于散文的定义自然谈不上尽善尽美，也不期望获得广泛的认同。但是自信这个定义既不“大”也不“小”，不仅符合我国的散文创作实际，也有一定的可操作性。特别是对散文的自由开放的精神，对散文的人的本体性、精神性、自我性和心灵性以及对散文的诗性即文学性的强调，我认为这种对“所是”的分析性确认，不但具有学科规范的价值，对散文的创作也有积极的

---

① 韦勒克、沃伦：《文学理论》，三联书店1984年版，第13页。

现实意义。

与“范畴论”一样值得注意的还有散文的“真实与虚构”、散文的“真情实感”以及“文体”等问题。事实上，随着散文在90年代的繁荣和发展，20世纪主宰我国散文的某些基本的散文观念，有的已经不能适应新的散文形势的要求，有的概念从一开始提出便比较笼统，直到现在仍然面目不清，故而有必要对这些基础性的观念进行清理。

让我们先来探讨散文的“真实与虚构”问题。

散文的真实性问题，一向被视为散文的基石。这种对真实性的严格要求自然有着深远的文化传统背景：中国的散文最早是应用文，后来又与史传结合。应用文与史传对题材的要求十分严格，不但作品中的人物、大的历史事件要符合历史真实，即便一个细节也不能杜撰。所以左思说：“美物者，贵依其本；赞事者，宜本其实。”①这种对“本”和“实”的严格要求，对现代散文产生了极其深远的影响，以至于在相当长的时间里，人们都笃信散文必须描写真人、真事、真景物，并将其视为散文最基本的要求和不容偏离的创作原则。比如周立波在其主编的《散文特写选》（1962年）的序言中，就写下一段颇具权威的话：“描写真人真事是散文的首要特征。……散文特写绝对不能仰仗虚构。它和小说、戏剧的主要区别就在这里。”甚至到了90年代中期，在一篇标榜“散文新观念”的文章中，还有论者坚守真实性这块散文的最后“疆界”：“从接受美学的角度，散文如果描写的不是关于实际发生的事情，而是关于可能发生的事情，读者就会出现阅读障碍……如果越来越多的人在散文中像写小说一样虚构事实情节，那无疑是‘自毁长城’，失去疆界的散文也就失去了散文自身。”②可见，“真实性”观念的确立不仅源远流长、根深蒂固，而且是一种较为普通的散文观念。那么，应如何理解散文中的真实与虚构的问题，或者说，我们应怎样去把握散文中真实的“度”呢？

首先应看到，传统散文观念所强调的是一种“再现”式的“绝对真实”。即与作者有着直接关联的、来源于作者个人的生活经历。但从散文的创

① 左思：《三都赋》序。

② 秦晋：《新散文现象和散文新观念》，《文学评论》1993年第1期。

作规律和散文的发展趋势来看，要使散文所描写的内容与作者的“个人经历”完全吻合几乎是不可能的。这是由于：第一，散文中所表达的“个体经验”并不完全等同于“个人经历”。“个人经历”是个人历史的真实记录，它是一种“实在”，是难以更改的，而“个体经验”是对以往“个人经历”的一种整合。它一方面已不具备“个人经历”的即时性和临场感，另一方面又加进了不少作者主观想象的成分，比如史铁生的《我与地坛》、巴金的《海上日出》，都是以“个人经历”为素材，然而他们的描述又不完全拘泥于个人的经历，而是一种综合了各种个体经验的艺术化表达，我们能说这种表达违背了散文的“真实性”原则吗？第二，由于散文创作往往属于“过去时态式”，而按照一般的心理表征，时间越长、空间跨度越大，越容易造成错位和误置。这样，从亲身经历到记忆中的真实，再到笔下的物象情景，其生活的原生状态实际上已不可避免地发生了变形。换言之，由于时空的错位、记忆的缺失、主观意识的介入，散文作家已不可能在作品中再现原来的真实环境了。第三，也是更为主要的一点，我们发现，进入90年代后，随着文学环境的宽松、作家心态的自由和生存方式的改变，散文也变得越来越自由开放了，于是出现了大量“法无定法”、敢于“破体”的作品。比如贾平凹的游记，就有大量虚构性的成分。余秋雨的《道士塔》《这里真安静》等作品，更是将小说的场面描写、戏剧的情节冲突移植到散文中。至于“新生代”作家的作品，其虚构和想象的成分则更多。事实上，散文的这种偏离“真实”法则的创作倾向不独发生于90年代的中国大陆，早在80年代，台湾一批有志于变革散文的作家便在这方面作出了努力，并取得了不俗的成绩。

根据上面的分析，我们是否可以这样说：散文的“真实性”虽然是一个诱人的话题，或者说是一个美好的愿望和期待，但对于实际的散文写作来说，它也仅仅是一个愿望和期待而已。因为诚如上述，对于发展和变化了的当代散文而言，“虚构”和“想象”对于散文事实上已是一种宿命，是不可避免的。何况，一切的文本都有虚构性的特征，散文怎么能够无视文学的铁律而独拥“真实”呢？既然散文无法回避虚构和想象，我们又有什么理由将散文的“真实”原则推向极端，硬要作者按真人真事真景去创作呢？须知如果作者笔下的一事一物甚至一个细节都必须与现实生活“逼肖”“吻合”，达到“真实无伪”的地步，那么，散文作家也就变成像高尔基比喻里的那条蜈蚣一样，根本就无法动弹、无从下笔了。所以，在清理散文的地基和建构新的散文观念的今天，我们应抛弃封闭保守的散文观念，旗帜鲜明地提出“有限制虚构”的观点。所谓“有限制”，即允许作者在尊重“真实”和散文的文体特征的基础上，对真人真事或“基本的事件”进行经验性的整合和合理的艺术想象；同时，又要尽量避免小说化的“无限虚构”或“自由虚构”的倾向。在我看来，只要我们把握好“真实与虚构”的“度”，既不要太“实”又不要过“虚”，则散文的“真实性”这一古老的命题便有可能在新的世纪再现她原有的活力。

以上是对“真实与虚构”的观念进行清理，下面我们再来考察“真情实感”这一命题。

毫无疑问，“真情实感”是从“真实性”转化而来的。因为首先要有描写内容的“真”，其次才有言志抒情的“真”。内容即题材和素材的“真”偏重于客观，感情表达的“真” 倾向于主观。散文创作只有将客观之“真”和主观之“真”统一在一起，才有可能产生真正的艺术的美。也许正是意识到这一点，所以在20世纪80年代，在散文研究方面颇有影响的林非先生在一系列的文章中反复强调这一命题。他认为“散文创作是一种侧重于表达内心体验和抒发内心情感的文学样式，它对于客观的社会生活或自然图象的再现，也往往反射或融合于对主观感情的表现中间，它主要是以从内心深处迸发出来的真情实感打动读者”[①]。林非不仅强调散文的“真情感实”的重要性，而且将其定位为散文创作的基础，甚至将其提升到散文本体的地位。平心而论，林非的“真情实感”论对于纠偏“十七年”散文中的那种“伪抒情”，的确具有不可抹煞的功绩。加之他还从散文美学、从整个民族文化建设的高度来思考散文的本质特征，散文的“真情实感论”自然便成了80年代初期和中期理论话语匮乏的散文界的一个热门话题。不过，从今天的角度来考量，“真情实感论”的确还有进一步追问探索，使其更趋完善的必要。关于这一点，楼肇明先生在其《繁华遮蔽下的贫困》一书中认为，“真情实感”是一切文学艺术创作的基础，不独散文所专美。再则，真情过于宽泛笼统，因而不能将其视为对散文文

① 林非：《散文创作的昨日和明日》，《文学评论》1987年第3期。

体的规范。我在赞同楼先生的观点的同时，觉得需要作这样的补充："真情实感论"是可以作为散文的本体范畴和对散文的文体进行规范的，它的功能也是别的散文概念所不能代替的。问题是，我们在充分肯定这一散文范畴的同时也应看到：首先，散文虽是"表现自我"的"主情性"艺术，但它的情感抒发和小说、诗歌的情感抒发有着较大的区别。小说的情感生成往往是一种多维的情感结构，一般呈多元冲突、跌宕起伏的状态，并往往渗透进人物、情节和环境三个叙事维度中；诗歌的抒情虽呈一维的结构向度，但诗歌的情感向度是一种高度集中凝练、悬浮于"日常生活"之上的内心观照，而散文的情感结构虽也是一维的、呈单向发展的状态，但它与"此在"的"日常生活"是紧密联系在一起的，这就要求散文家不能浮光掠影、笼而统之的泛泛抒情，而要调动各种散文手段，通过优美的表达，最大限度地将隐藏于生活表象底下的最为感人、最具普遍性的情愫发掘出来，达到一种情感震撼的审美效果。如鲁迅的《一件小事》、朱自清的《背影》就是发掘情感的最佳范本，正是有了这些范本，我们才说散文是发现与开掘的艺术。其次，感情有文学的因素，也有非文学的因素；有具备很高审美价值的真，也有毫无艺术意义的真。正是因此，苏珊·朗格说："发泄情感的规律是自身的规律而不是艺术的规律。"她进一步质问："嚎啕大哭的儿童恐怕比一个音乐家表现出更多的个人情感，可谁又会为了听这样的哭声而去参加音乐会呢？"[①]可见，感情作为一种生理性、并且往往与个人得失或利益联系在一起的心理表征，它不仅人人都具有，并且常常是突发的、零碎和芜杂的，因此并非所有的感情流露都能成为文学表现的对象。情感只有上升到美感的层面，即在作家主体的参与下，一方面保留那些杂乱无章但又充满生机的生活"原生态"，另一方面通过严格的选择和精细的艺术过滤，将零碎芜杂的生活表象凝聚起来，并赋予思想、情调和色彩，这样"真情实感"才能得到提高和深化。其三，还应注意到，感情还有"大""小"和"高""低"之分，我这里的所谓感情的"高""大"和"高""低"，是就散文的情感质量来说的。事实上谈论散文的情感，必然会涉及到作家的主体人格结构、思想涵养、文化心理等因素，因此，"如果一位散文家的散文情感兼

① 苏珊·朗格：《情感与形式》，中国社会科学出版社1986年版，第51页。

具并代表着那个时代或时期最完善的情感心智和最健全的人格心理，其文必真必善必美，亦即必是精品。反之，那些情感质量不高，即‘有情无识’之作与那些‘有识无情’的作品一样，至少不能称是好散文”。[①]关于这一点，我们只要拿巴金的《随想录》与时下流行的某些台港散文或内地的“小女人散文”相比较，其感情质量的高下立见分晓。

除了对散文范畴进行定义，以及对“文体净化论”“大散文”“真实与虚构”“真情实感”等概念进行梳理辨析之外，还有一些散文的地基也需要进一步理清。比如“文体”这一概念，传统的散文理论一般将其等同于“文学体裁”，而在我看来，文体应包含四个层面的内涵，即文类文体、语体文体、主体文体和时代文体。关于文体的问题，我在《论20世纪90年代中国散文的文体变革》一文中已有详细的辨析，此处不再重复。再如散文的“诗化”、散文的“形散神不散”，以及“散文意象”和“散文意境”等概念，都可以进一步加以清理厘定。不过，考虑到篇幅的限制，我的清理散文地基的工作在此暂且打住。

## 三

我们对传统的散文理论在语义上进行了一番“去蔽”，并在“去蔽”的基础上对以往艺术准则的混乱现象进行了规范。经过这样的“去蔽”和规范之后，我们看到，散文理论的阐释空间骤然间扩大了、敞开了，这就为我们寻求理论的变奏、构建新的理论话语提供了多种可能性。

我们知道，任何一门成熟的学科或文学体裁，都有一套属于这一学科或文学体裁的概念和术语。20世纪的小说和诗歌之所以如此显赫并成为主流的文体，皆因小说和诗歌有自己的理论批评体系，比如小说有“人物”“情节”“故事”，以及“典型”“典型形象”“典型环境”等，诗歌则有“意象”“意境”“想象”“肌质”“构架”“张力”“节奏”“音韵”等理论话

① 王聚敏：《再论“散文情感”——“大散文”情感批判》，《海南师范学院学报》2002年第2期。

语，而唯独散文没有建立起完整的专门理论话语。虽然古代散文批评中也有如“气”“性灵”“童心”等特定的散文话语，但并没有被当代的散文研究者普遍接受。至于当代的“真情”“真实”“形散神不散”等概念，虽能在一定程度上反映出散文的特性，但这些概念并非散文所专有，而且构不成较为完整的话语体系。因此我认为，在新的世纪里，中国的散文理论批评要有真正的突破跨越，关键在于要尽快建立一些可与小说和诗歌抗衡的话语体系。

关于散文理论话语的建构问题，其实在此之前已有一些学者注意到并作了探索。比如在《论20世纪中国散文研究》[①]一文中，王兆胜就专门谈到了这一问题。而喻大翔在其专著《用生命拥抱文化——中华20世纪学者散文的文化精神》一书中，更是设置了一系列概念、术语，如“自然生命圈”“文化生命圈”“文本生命圈”“理性文化”“感性文化”“文化峰潮”“文化生命意识”，以及“人境”“事列”“情场”“意阵”“词指”“象指”“心指”，等等。[②]尽管在我看来，喻大翔的这些概念术语过于繁复纷缤，颇有令人眼花缭乱之嫌，但喻大翔不愿偷懒的治学精神和文化想象力的确令人佩服，他的探索也是极有意义的。不过在本书中，我打算从不同的方向和途径来建构散文的理论话语。换言之，在我的设想中，散文的话语可以从以下三方面来建构：

**（一）确定“诗性”这一核心概念，并由此分衍出“精神诗性”“生命向度”“人格智慧”“文化本体性”等理论话语**

笔者之所以对“诗性”情有独钟，并将其确定为21世纪散文研究的一个核心理论话语，主要是考虑到这一理论话语内在的丰富性和较大的理论阐释空间，同时还考虑到这是一个既可分层，又有一定的可操作性的概念。此外，也考虑到近年来，不少散文家的作品日益呈现出趋近诗性的倾向。当然，我这里所说的“诗性”，不同于西方的“诗学”这一概念，也有别于我国古代以诗论、诗话、诗评为其理论形态的“诗学”。此外，还应特别强调：作为新的散文话语中心词的“诗性”，与杨朔20世纪 60年代提出的“诗化”散文观念更

---

①　《徐州师范大学学报》2001年第4期。

②　喻大翔：《用生命拥抱文化——中华20世纪学者散文的文化精神》，人民文学出版社2002年版，第3页。

不是一回事。杨朔的“诗化”散文，是在强大的意识形态干预下产生的，其前提是粉饰生活，使“颂歌式”的散文在诗意的点染下得到艺术化的提升。另外，杨朔的“诗化”是一种局部性、外部的诗化，他的着眼点在于意境的营造、文眼的锤炼或在文章结尾进行诗意的升华，而这一切都是以丧失人的个体存在和生命本真为代价，这样他的作品虽然“酿造出甜美的诗意”，不过这“诗意”却是虚假的，与生活的本原和人的本真相去甚远。而我所推崇的“诗性”首先是建立在人的个体存在、人的生命本真和丰饶的内心世界之上，是建立在事物的本源之上的诗性。这种诗性，从本质上来说是一种内在的整体性和综合美。它是散文最具心灵性的表达和情绪起伏的内在旋律，是人对社会生活、对大自然的总体性感受。总之，诗性是流荡于万事万物和人的心灵深处的一种纯真的美质。而为了捕捉到这种美质，散文家必须全副身心去感悟、体验和倾听。同时，还应看到，“诗性”是一个具有较大的覆盖面和弹性的概念，即是说，在“诗性”这一中心话语之下，还可以分衍出“精神诗性”“生命向度”“人格智慧”和“文化本体性”等概念，它们共同构成了诗性多层面的内涵和外延。

散文的“精神诗性”，指的是作家内在生命的能动性和丰富性，是创作主体对万事万物的独特理解和感受，以及对于自由的追求，对人类命运、终极问题和日常生活的尖锐触及，以及对人的个体生存状况的垂询。从这一意义上说，精神诗性的获得是当代散文拒绝浅薄琐碎平庸、达到深度模式的保证。散文的“生命向度”是散文中最鲜亮、炽热和最感性的元素。它是一种不受约束、充满激情的实在。它以个体的意志感知和生命本能渗透万物万事之中，从而使作品升腾、勃发起来，喷薄出无限的热力和理想的朝霞。因此，生命向度本身就是美，就是诗。而散文一旦拥有了生命，便不仅有深度热度，而且有可能达到哲学意义上的本真。而散文中的“人格智慧”，则离不开作家独特的审美经验、文化心理和思想学养，最优秀的散文，其作品中折射出来的人格智慧应代表着他所处的时代最完美的情感心智，闪射着迷人的主体人格色彩。至于散文的“文化本体性”，则是散文的基础。它是从诗、思、史三者融合的高度来要求散文，换言之，散文如果具备了文化本体性，它便不仅拥有了一个广阔的思维空间，而且具备了“史”的厚度和宽度。当然，散文中的文化应是一种诗性的文化。这是由于诗是文化的一个组成部分，而文化则因诗而鲜活，而飘动。因此，在我看来，当代的散文理论批评若要有所推进，有所作为，就必须深化对诸如“精神诗性”“生命向度”“人格智慧”和“文化本体性”等理论话语的研究，使其更具独特性、科学性、系统性和更具可操作性。而反过来，理论话语的确立又可推动创作的发展。也就是说，当代的散文创作要获得大的发展，真正在质上有所突破，关键点是要摆脱各种传统的散文理念，尤其是“言志”“载道”的束缚，而把“精神诗性”“生命向度”“人格智慧”和“文化本体性”摆在更为重要的位置，如此，中国的当代散文创作和研究将出现一番新的景象。

### （二）文体和风格层面的散文理论话语：“文调”“氛围”“心体感应”和“智情合体”

散文是直接抒写自我的真情，是一种倾向于心灵性的表达。它的体例极其松散和自由，同时又不擅长于编造故事、塑造人物。此外，散文还是最不讲究技巧的一种文体。因此我们需根据散文的文体特征来创设散文的理论话语，这样才不至于产生隔膜。从这样的认识出发，我认为除了上面的核心概念“诗性”，以及由诗性分衍出来的“精神诗性”“生命向度”“人格智慧”和“文化本体性”等思想内涵层面概念外，从散文的文体和风格层面上，我们又可以将“文调”“氛围”和“心体感应”“智情合体”确定为重要的散文理论话语。

“文调”这一概念的发明者是梁实秋，与此相近的概念还有林语堂的“笔调”、周作人的“风致”。大体来说，林语堂的“笔调”既是区分文体的标准和尺度，又是一种语体，比如“闲适笔调”“娓语笔调”“言志笔调”等，这些“笔调”均是以自我为中心，以闲适为特征。周作人的“风致”同样是强调真实个性的表达，不仅有“性灵”的因素，还有“涩味”与“简单味”。与上述两个概念相较，我更喜欢梁实秋的“文调”之说，因为这一概念除了与“笔调”“风致”有相似相通之处外，还有自己鲜明的特色，其涵盖面、适应性也更为广泛。在我看来，散文的“文调”首先应自由自在，率性而为，不为物役，不为任何格式所拘。其次，“文调”要活泼自然，而忌生僻和典故事例的堆砌。第三，也是更重要的一点，即“文调就是哪个人”。散文和其他文体的不同之处，就是一个人的思想观念、审美情趣，人格气质在散文里绝不可能隐藏掩饰，一个作者提起笔来，他便将整个人纤毫毕现袒露在读者面前。因此，有一个人便有一种散文，有一种散文便有一种独特的文调。有了“文调”的散文，自有一种不可形容的妙处：“或如奔涛澎湃，能令人惊心动魄；或是委婉流利，有飘逸之致；或是简练雅洁，如斩钉截铁……”[①]可见，“文调”的确是属于散文所特有的理论话语，它是散文作家形成风格的一种行之有效的艺术选择。

与“文调”相联系的另一个属于文体风格方面的概念是“氛围”。在我国古典文论中，“氛围”往往与“文气”联系在一起。《辞海·词语分册》对“氛围”的定义是指“笼罩着某个特定场合的特殊气味或情调”。而西方文论则将“氛围”等同于“语境”。如保罗·科利尔就认为“语境”乃是“一种书面著作展开的氛围”[②]。不管中西方对“氛围”的理解有何种不同，但“氛围”实实在在是属于散文的“独特语境”。它一方面形成于文本的形式层面，是作者通过独特的意象组合、隐喻象征、叙述方式、特定的语调等形式因素营造出来，另一方面它又超越形式层面，与作者精心选择的题材、生活画面，感情的抒发方式息息相关。正由于此，在优秀的散文作家如鲁迅、郁达夫、徐志摩、冰心、何其芳、汪曾祺、杨绛、张洁、黄秋耘等的作品中，我们总是能够感受到一种说不清道不明的特殊氛围，而正是这种氛围使你在阅读时欲罢不能。因此，散文研究若能将“氛围”纳入自己的话语范畴，将可以为解读散文作品提供一个新的研究思路。

除了“文调”“氛围”，在文体风格层面上，散文研究还可以将“心体感应”和“智情合体”作为自己的专用术语。因为按郁达夫的说法，散文重要的是要寻找一颗“散文心”，而“心”和散文特殊的“体”是唇齿相依、互为补充的。如果散文研究能做到以“心”求“体”，“体”为“心”用，即达到“心体感应”，则这样的研究自然也就是贴近散文本体的研究。至于“智情合

---

① 梁实秋：《论散文》，俞元桂主编：《中国现代散文理论》，广西人民出版社1984年版，第36页。

② 保罗·科利尔：《解释学与人文科学》，河北人民出版社1988年版，第152页。

体”，意思是指散文研究既要有识见、有智慧、有知识，同时也要有感情的滋润、生命的体验，这也是从散文这一特殊的文体滋生出来的理论话语。

### （三）散文理论批评的新思路、新方法与新视野：“复调叙述”“意象创设”“弹性结构”

散文理论话语的建构，按我的理解应有两个层面：一是概念术语的建构，如上面的“诗性”“精神诗性”“生命向度”“人格智慧”“文化本体性”及“文调”“氛围”“心体感应”“智情合体”，均属此类。二是批评的方法和尺度的建构与拓展。这一层面虽然没有提出富于创意的概念术语，但它对于未来的散文创作和研究同样有着不容低估的意义。

下面我们先来探讨散文的叙述问题。

如众所知，长期以来我国的散文理论都强调要写真人真事，并将其视为散文创作的“首要特征”。与创作的这种“非虚构”理论倡导相对应，散文的叙述一般都局限于第一人称“我”之上，而且这个“我”即叙述者与作者之间没有间隔，更多的时候两者是叠合在一起的，这就在一定程度上限制了叙述的灵活性和多样性，也压抑了“自我”的发展。但自20世纪90年代以来，由于散文创作中“虚构”与“想象”的成分与日俱增，散文的叙述视角也发生了变化。许多散文的叙述视角已经不再局限于第一人称，也不再遵从作者是一切写作素材的来源的法则。它们不仅打破了叙述者与作者的同一关系，而且普遍运用了第二或第三人称的叙述视角，有的甚至将第一和第二或第三人称交替应用。除此而外，还有的散文打破了传统的线性叙述模式，采取跳跃、断裂和非逻辑的叙述语式，既没有所谓“开头”，也看不出“结尾”有何“匠心”，中间的语段转接也没有内在的逻辑联系，这样随心所欲的叙述方式固然会给散文的秩序造成一定程度的混乱，还有可能给读者的阅读带来一些障碍，但同时也给读者的阅读带来了挑战。更重要的是，摆脱了“真实”的限制，脱离了“我”即作者的固定书写模式之后，散文的叙述视角更多样灵活了，其结构也更加开放且富于弹性。

散文创作的这种变化，无疑给散文研究提出了新的课题。即是说，在发展和不断变化着的创作面前，我们的散文理论不能抱残守缺，而是要不断更新观念和研究方法。这样才能对创作实践予以理论上的总结和提升。举例说，以往我们研究散文的叙述，主要分析作品的叙述是否清晰完整，叙述中的顺叙、倒叙和描述是否衔接自然，开头和结尾是否匠心独具，以及取材是否详略得当，等等。但现在，如果我们研究散文的叙述，便不能停留于过去的那一套，而可以引进西方叙事学的理论和方法来研究散文的叙述。比如，可以用叙述学的人称层次、视点转移理论来分析散文的叙述视点的变化；可以用叙述学中“叙述主体”的两重性来考察叙述性散文中的“真实作者”和“隐含作者”与叙述者的关系；还可以运用叙述学的声音理论来探讨叙述者在不同类型的作品中“声音”的变化，以及这“声音”是否生动、准确地传达出了作品的内在意蕴；最后，我们还可以将叙述学的表层和深层理论运用于散文的文本研究，先将散文的叙述内容简化为基本句型进行概括性分析，再从文本中抽出若干要素进行重组整合，而后寻求其文化意义和情感内涵。总之，如果我们改变了陈旧封闭的研究散文的路数，同时借助西方的叙述学理论来研究散文，那么散文理论批评长久以来形成的僵化静止的状态则有望被打破和激活。

从建构散文理论话语的角度来观察，散文的“意象创设”与散文的“复调叙述”在形式上具有同等的意义。我们知道，意象作为一切文学作品的意义和美感的构成元素，并不仅仅是诗歌的专利，它同时也属于散文，但在传统的散文理论中，却一直无视散文意象的存在，或懒于对它进行深入一步的探索。其实，意象之于散文的意义绝不亚于诗。所以，在寻求散文理论的变革和创新的今天，我们要高度重视“散文意象”这一概念。我们不能满足于诸如“视觉意象”“触觉意象”“嗅觉意象”“听觉意象”“味觉意象”之类的一般化认知，或者以为创设意境、托物言志就是营构意象，而是要对“散文意象”进行精细的探究。比如散文意象与诗歌意象有什么共同之处和区别？散文意象有什么独特的表现形态？散文意象的功能是什么？作家又是如何调动各种手段营造意象的？此外，像氛围、声音、色彩、韵律，以及叙述的时空设计等，也都是“散文意象”的研究范围。质言之，“散文意象”的理论话语的建立和对这一话语的深入研究，将有效提高散文理论的学科地位，使散文的理论建设更贴近散文创作的本体。

在散文的形式构成这一层次，还需要用新的思路和方法来研究散文的结构，这也是建立新的散文话语的一个重要方面。由于传统的散文理论一般都是从“谋篇布局”“文章作法”的角度来探讨结构，这就使散文的结构研究仅仅停留在诸如对起、承、转、合这样的外在形式的层次上，而对散文结构的要求也仅仅是满足于安排合理、骨架匀称、线条清晰、首尾圆合。毫无疑问，这样的结构研究既缺乏现代的批评视野，也是不利于散文的发展的。因此，要改变散文研究的滞后现状，其中一个内容就是改变过去那种狭窄保守、机械刻板的散文结构研究，给散文结构注进新的血液。也就是说，我们要首先意识到，散文结构不应仅仅指文章的外部组织形式，而应是创作主体的意识、情感、思想，特别是生命体验转化为物化形态的一种“有意味的形式”。其次要看到，散文结构不是单一的、直线发展的，而是多维并进、呈扇形发展的。就20世纪散文来说，就既有情绪结构、意识结构、意象结构、寓言结构，还有诗象体结构、小说体结构、戏剧体结构等。再次，散文结构也和小说小说结构一样，往往既有显在结构，也有潜在结构。总之，优秀的散文所呈现出来的结构形态，总是主观和客观的结合，外部和内部的圆融，规范和独创的和谐。我们只有用现代的开放的目光来看待散文结构，才有可能对其作出深入贴切的研究。

新世纪散文批评理论的建构，除了可以借助叙事学和结构主义理论来研究散文的多元叙述，以及散文意象的组合创设、散文结构的发展演变外，还可以运用心理分析方法来考察散文文本。举例说，近年来不少散文作家采用了小说中常用的“意识流”写法，让时空切换，场景重合，现在、过去和未来交错，其间还伴之以象征、隐喻、通感、联想、幻觉等表现手法，面对这样的散文，传统的散文标准可能会失效，而要对其进行艺术分析更是不得要领，难以下手。但假如采用心理分析法的描述功能来追踪散文作品中创作主体的心理轨迹，捕捉联想、幻觉等心理症候的活动形态，从而探测作家的艺术思维中出现了哪些新的因素，并进而推测作家的写作动因，而后再用散文的标准对作品的思想和艺术作总体的解剖。我认为，心理分析的方法虽不似叙事学理论那样切近散文，但它对于分析作者的心理活动是有作用的。再如近年来，散文中出现了一些现代主义甚至是后现代主义的症候，作家喜欢以放任洒脱的游戏姿态，对现实生活进行零敲碎打、解构重组，既对个别的场景、生活的细节以及词语表现出异常的关注，同时又在创作中明显地流露出反中心、反整体、反抒情的倾向，如果我们用利奥塔德或巴特尔的解构主义的理论和方法，对这一类的现代主义或后现代主义散文随笔进行考察，也许可以获得意想不到的收获。此外，近年来还出现了诸如“复调散文”“寓言式散文”以及小说化的“实验性散文”，等等，这些都要求我们用新的观念、新的理论和新的方法加以分析评判和定位。

总而言之，自90年代以来，散文的创作显得生机蓬勃，散文理论批评也有了较大改观，但与其他成熟的学科相比，散文的理论世界仍然显得薄弱和苍白。散文的理论批评应如何振兴发展？在我看来惟有“突破”和“创新”，才谈得上“建构”和“跨越”。长期以来，散文理论批评之所以鲜有建树，根本的问题在于散文本身过于保守，过于固步自封。我们的散文观念中保留着太多的传统趣味，同时又满足于散文的“静态”平衡的格局，不愿意打乱散文的华严秩序。正是这种保守性、趋古趣味和过分的平静妨碍了我国散文理论的建设。而现在，该是打破这种“保守”和静态的时候了。我们的散文创作不能长久局限于记叙、抒情、写景、议论的范畴中，我们的散文理论批评同样不能只围绕着传统的散文观念打转，永远处于一种被动保守的文学书写之中。在告别旧的世纪，进入新的世纪之际，我们的散文理论工作者应拿出大勇气、大气概和大智慧，对中国自“五四”以来的散文理论批评作全面性的反思和体系性的建构。我坚信：当我们获得这样的共识并进行长久不懈的实践的时候，散文研究也就可以和小说、诗歌和戏剧研究一样平起平坐，不仅获得人们足够的尊重，而且有可能促使散文从“边缘文体”的地位向“中心文体”或“主流文体”位移，从而告别“次要文类”的历史。在我看来，21世纪的散文理论只有达到了这一目标，才算是获得了足够的自信，而且是真正意义上的建构和跨越。

这种理论上的重建整合，当然离不开创作实践的支撑。比如，自20世纪80年代末以来，被称为“新生代”的年轻散文作者为了打破传统散文的窠臼，在其创作的“新散文”中对旧有的散文，尤其是散文的形式所作的各种各样的探索，都为我们的散文理论研究拓展了新的视野。不过，鉴于本文主要是对散文理论进行梳理与建构，故而我不拟对“新散文”作过多的描述和分析，而侧重从理论的层面来思考散文理论在新的世纪应如何突破与跨越。

首先是“诗性散文”这一核心观念的确认和建立。我之所以确认“诗性散文”是21世纪散文研究的一个关键性的理论话语，主要是考虑到这一理论话语内在的丰富性和较大的理论阐释空间，同时还具有一定的可操作性。此外也考虑到近年来，不少散文家的作品日益呈现出趋向诗性的倾向。

当然，此处的所谓“诗性”，虽与“诗学”有联系，但并不是“诗学”的同义词。“诗学”作为文学理论的范畴，在西方自亚里士多德的《诗学》开创先河后便有着源远流长的传统。在我国古代，“诗学”是以传统的诗论、诗评、诗话等诗歌理论形态为其特征。而我的研究对象“诗性”，主要是指散文要具备诗的品质和特性。散文的这种诗性，是流荡于万事万物和人的心灵里的一种纯真的美质。它“如册上之色、水中之味、花中之光、女中之态，虽善说者不能下一语，唯会心者知之”[①]。因此，理解散文的诗性不仅需要感悟，更需要海德格尔所说的“倾听”。而当我们以内在的直观体验去接近作家作品，以本己的心性去辨析、去感受那宁静永恒的诗性时，我们便会发现，散文的诗性，其实是一种最富心灵性的艺术表达、一种自由自适的心境和状态，也是一种弥漫着一片月光般的神秘的情绪。散文的诗性，一方面离不开直逼事物本质的精神力度，另一方面也是人的存在方式的心灵性呈现，是生命本真在散文中的渗透。

从上面的阐释可以看到，作为新的散文理论话语的“诗性散文”，既不同于传统意义上的“诗学”，与杨朔的“诗化”散文也不是一回事。杨朔曾说“我在写每篇文章时，总是‘拿着当诗一样写’[②]。杨朔的这一“诗化”观点，在当时曾引起了散文家和散文研究者的共鸣。遗憾的是，这里的所谓“诗化”，实际上是对散文诗性的误解，换言之，这些提倡“诗化”的理论家和散文家，仅仅将“诗化”理解为寻找一个美好的诗的意境，而根本就没有想到要从精神性、从人作为个体的存在方式，特别是从人的生命的本真和心灵的颤动这些更为内在的方面来认识和理解诗性，这样便必然导致了散文创作的狭窄化和虚假化。其次，是从作品的某个局部或细节来理解“诗意”，比如杨朔《雪

① 袁宏道：《叙陈正甫会心集》。

② 杨朔：《杨朔散文选·〈东风第一楼〉小跋》，人民文学出版社1978年版，第20页。

浪花》中的“咬”、《茶花赋》中的“醉”是很有诗意的“诗眼”。或者，某篇散文的某句话是诗意的转折、某个结尾升华了诗意……事实上，这样对诗性的理解是外在的、表面化和不完整的。这样的“诗化”散文，不仅不能提升散文在文学殿堂中的地位，使散文变得更加令人尊敬，而且相反，狭窄化虚假化和表面化的“诗化”很有可能画地为牢，人为地束缚散文的手脚。同时，因为虚假与做作，经过如此“诗化”出来的作品不但容易招人厌，成为一些人诟病散文的口实，而且在大多数情况下，刻意追求诗意往往是最没有诗意的。

那么，具体来说，真正的诗性，或者更准确地说，我所理解和倡扬的诗性散文，应该是什么样的呢？

根据散文的本质、范畴和艺术特征，我认为散文的诗性世界可分为三个层面：

（1）主体诗性。这是从散文的人格主体角度来说，它是诗性散文的基础和内核，也是诗性散文最为重要的方面。这一层面包括散文的精神诗性、生命诗性和智慧诗性三方面的内涵。散文的精神诗性是散文中最本质、最具思想冲击力的部分。它是建立在人类广阔的精神文化背景和庞大的现实结构之上的一种形而上层面的哲学追问，是散文对于宇宙万物的感悟，对于人类命运的关注和日常生活的尖锐触及，以及对于个体的生存的垂询。当代的散文要摆脱琐屑平庸，要拒绝浅薄廉价的抒情，就必须强化散文的精神诗性，这是散文走向大气，获得一种深度模式的必经之路。而散文的生命诗性，则是散文中最鲜亮、最炽热和最感性的部分。它是一种不受限制、不受约束的充满激情的实在。它以个体的意志感知和生命本能渗透进事物之中，从而使作品升腾、勃发起来，喷薄出无限的热力和理想的朝霞。也许正是看到了生命的这种巨大的能量和无限开发的可能性，所以早在两百多年前，德国哲学家尼采就说，生命力本体就是诗，就是美，而散文一旦拥有了生命诗性，我们的散文便不仅有深度、热度，而且有可能达到一种真正哲学意义上的本真。自然，从散文创作的人格主体性来说，仅仅拥有精神诗性和生命诗性还不够。因为精神的盔甲有时难免过于沉重，生命的热烈有时也会过于绚烂刺目，这时如果再加进一些诗性的智慧，那么散文的冷峻尖锐中就有了温润和柔韧，厚实沉重中也会有从容、闲适和机趣相伴，这于散文无疑是可遇不可求的一种心灵润滑剂。当然，诗性智慧中的想象，也是诗性散文不可或缺的要素。

（2）文化诗性。当代的散文既要强化主体诗性，同时也要倡扬文化诗性。因为从诗与文化的关系来看，诗是文化的重要组成部分，而文化则由于诗的灌注而飘动，而获得一种内在的生命。自然，文化的覆盖面是广阔无边的，它既可以是物质的、社会的、时代的，也可以指个人的学识修养、审美趣味，等等，因此在本文中，我所谓的"文化诗性"主要是指历史文化或精神文化层面上的诗性。即是说，我的研究对象侧重于余秋雨、王充闾一类的散文作家，以及他们的"文化散文"，考察他们在散文创作中是如何以历史人物和历史事件为契机，借助独特的文化意象和自然山水，将诗歌的激情、历史的沉思和哲学的睿智熔铸于自我的散文天地，形成一种诗、史、思三者交融互汇的美学风致。在我看来，这就是散文的文化诗性。如果当代的散文真正获得了这种文化诗性，它就必然提升自己的品格，不仅拥有一个广阔的艺术空间，同时也意味着散文与我们常见的那种"知识膨胀型"或" 浣衣妇型"（余光中语）的散文真正告别。而我们的散文研究如果强化了文化诗性的渗透，便不仅可以开阔散文的研究视野，使散文研究有可能在广阔的时空背景下，将文学与历史、哲学乃至宗教结合起来。而且，由于跨越了原有的"划地为牢"的散文界限，将不同的学科交叉与整合在一起。这样，散文的研究自然也就更具现代意识，更有可能向整个社会和读者开放。

（3）形式诗性。形式诗性包括诗性叙述、诗性结构、时空设计和诗性修辞等内容。不过，我在这里只侧重谈修辞诗性。我们知道，修辞是修饰和调整语辞，使语言更生动清晰和有力地表情达意的一种手段，同时也是文学构成的重要元素，它与作家的艺术个性和独特风格、与诗学有着密切的联系，但传统的修辞学家一般都是将研究的重心放在修辞格上，比如比喻、比拟、对偶、排比、反复、层递、借代，等等。这种修辞学仅限于辞格研究的不足是显而易见的：其一是辞格可以无限地衍生下去，从而使修辞学变成斤斤计较于字句锻炼的烦琐的语言游戏。其二是辞格研究过于看中修辞的装饰性，这样势必在很大程度上割裂了文句与创作主体的内在联系，也限制了修辞学的发展空间。事实上，长久以来，正是受到上述修辞理论的误导，一些散文作家一直热衷于将修辞学运用在文句的雕镂上，结果反而使得行文过于刻意和造作，失去了散文应有的天然妙趣。有鉴于此，我认为散文的修辞研究应该与诗性联系起来，也就是台湾学者郑明娳所说的“不仅止于使用辞格；面对辞格，我们应该考虑的是如何把它放进一个结构的框架中去凸现其意义。修辞学不仅仅只能做‘文’的装饰性，它应该是语言学研究的原点”[①]。从这样的认识出发，我的“修辞诗性”首先是对散文的意象构造的研究，即散文作家在创作中如何营造高度诗质的意象乃至意象群，如何化抽象概括性为具体可感性，并借助想象、隐喻、象征等方法来传达创作主体对日常生活或自然山水的诗性感受，从而使散文抵达美学化和诗意化的艺术之境。当然，在论及诗性意象时，也会涉及诸如比喻、通感、排比等辞格，不过这里的修辞手法是在意象的框架中才显示其意义。此外，在“修辞诗性”中，还会涉及语言的韵律、声调和节奏，即散文语言的音乐性问题，因为一切艺术均以逼近音乐为指归，富于诗意的散文除了需要诗性意象外，还需要一种天然的韵律节奏，一种音乐般的匀整与流动。自然，要达到这一点，散文作家和研究者都必须具备真纯的诗感。

构建新的散文理论话语的另一个重要生长点，是确立一套属于散文自己的叙述话语。

20世纪的小说为什么能够从原来的边缘地位一跃成为主流的“时代文体”？其中一个重要原因，是20世纪以降，小说领域确立了一套小说的叙述理论。但在散文领域，散文的叙述理论基本上是一片空白。由于受到中国散文传统的重意境、重谋篇布局、重趣味等的影响，加之片面认为叙述理论是小说的专利，所以一些研究者一般都是从文章学的范畴来对待散文的叙述，即认为散文叙述的基本特征在于准确交代和介绍事件的过程和结果，叙述的方法一般是顺序、倒叙、插叙和平叙，叙述的要求不外乎交代清楚、衔接自然、线条单一、详略得当，等等。此外，还有诸如“交代抒情，议论缘起”“移步换形”“云龙雾豹”的“断续”之美等涉及传统文论中的“章法”和“笔法”的探讨，却唯独没有从现代叙述理论的角度来研究散文的叙述。这显然在相当大的程度上限制了散文的现代性进程，使得散文无法从次要文类上升到主要文类。

① 郑明娳：《现代散文构成论》，台湾大安出版社1989年版，第280页。

不过应看到，20世纪90年代以来，随着理论界对散文的虚构性的肯定，散文的叙述随之也发生了较大的变异。这种变异首先表现在叙述的视角方面。众所周知，以往由于受到“写真人真事”的限制，散文家中除了何其芳、徐志摩等几个特例外，几乎都采用了第一人称的叙述视角。许多散文用第一人称直接叙述“我”的所见、所闻、所想和所作，而人物的经历和时间的发展变化也是通过“我”叙述出来的。总之，“我”既是作品的主体，也是作品达到真实性的保证。应当承认，散文普遍采用第一人称的叙述视角，其好处是可以使读者产生亲切感和真实感。同时，由于不少散文是以过去时态进行叙述的，采用第一人称“我”的叙述，有利于回忆和补充童年的生活往事。此外，由于散文篇幅短小、生活容量不大，用第一人称叙述较容易组织结构文章，既可以使作品头绪单纯，又可以回避一些难写的地方。但是，以第一人称为叙述视角的局限也是显而易见的。首先，“我”为叙述者的视角受到角色身份的限制，不能直接叙述“我”所不知的人和事。其次，第一人称的叙述视角极大限制了散文这一文体的拓展空间，使散文的艺术越来越走向封闭、保守和单一呆板。特别是当所有的散文作者都采用这一书写模式时，它的弊端更是显而易见。可喜的是，这种单一保守的叙述模式已经开始遭到一些富于创新开拓精神的散文作家的挑战。他们的散文叙述视角已经不再局限于第一人称，而是大量采用了第三人称和第二人称的叙述视角，更有的将第一、第二和第三人称交替使用。如史铁生的《我与地坛》，它的主要叙述视角是第一人称“我”，但行文至第六节，作品的叙述视角却变成了第二人称“你”。在这一节，作者先是采用了与“园神”对话的叙述方式，交代“我”为什么写作，而后便换成了第二人称的叙述，即“你说，你看穿了死是一件无需乎着急去做的事……”。其实，这里的“你”包括接下来的“我”与“你”和“您”关于“写作”和“人质”问题的讨论，其叙述者仍然是第一人称“我”。“你”或“您”只是“我”的转述。尽管“你”的叙述视角在全篇中只是一个插曲，但它却构成了一种几近于巴赫金的“复调”的多重对话，即通过外在的“我”与内心的“你”和“您”，通过自己与自己，以及与地坛、与园神的对话，在多重叙述中将过去时态中的“我”、精神世界里的“我”和写作时的“我”交错重叠，从而达到了诗性叙述的臻境。其他如祝勇的《一个军阀的早年爱情》、张锐锋的《群山》等作品，在叙述方面也都有着开拓性的探索。

当然，要建构起一套能够提升散文地位的散文叙述话语，仅靠叙述视点的转换和打破叙述者与作者关系的同一性还是不够的。这里的关键在于要从散文的文体特征出发，找出一些既有较强的操作性和成长性，又不同于小说和诗歌的叙述话语。在我看来，隐喻性叙述就很值得我们重视。

隐喻式的叙述是一种联想式的多元选择的叙述。它以主体和比喻式的代用词之间的相似性为基础，而它的叙述呈现出垂直的关系和潜沉式的特征。所谓垂直关系，是指它不是一种横向的、在一个平面上的词与词的组合，而是句子中的每一个成分都存在着某种替换的可能性。所谓潜沉式叙述，是指这些隐喻大都潜沉于文字底下，它诉诸人的感官，却不做明确的投射和清楚的呈现。因此，它的隐喻意义既模糊又综合，为读者提供了多种解释的可能性。也许因为隐喻性叙述具有这样的优点，所以不少作家，特别是现代派作家都喜欢运用这种叙述手法。当然，应当看到，小说因为有故事情节、人物塑造可依傍，故而小说的叙述一般较少用隐喻，而散文由于要做到既篇幅短小又内蕴丰厚，故而相对来说采用隐喻的叙述相对来说就多一些，效果也好一些。举例说，在台湾散文家杨牧笔下，就有许多隐喻式的叙述。在《年轮》这篇探讨人的表里差异的长篇散文中，他大量使用了象征、寓言特别是隐喻的叙述。首先，题目“年轮”就是一个巨大的隐喻，它暗示着作者求新求变，不断否定自我，并要求自己时时保持表里如一的一种人生态度。而在具体叙述中，作者还插进了诸如“针叶林雨”“鲑鱼”“温暖的黑夜”之类的隐喻，这些隐喻都有它们的特指，又与全篇寓言抽象的形式互为照应，从而形成了对传统散文的叙事模式的颠覆。类似杨牧的《年轮》这样以隐喻为主要叙述模式的散文，我们还可以在马莉的《蝙蝠在雷声响彻的夜晚出没》中看到．作品中关于雷声，尤其是关于蝙蝠的描写都具有隐喻的性质。蝙蝠的“黑色的飞翔”，隐喻着一个人想投进另一个人的怀抱的渴望。它“在夜晚的倒立着的姿态”，隐喻着那些为爱情而死去的事物和为爱情而活着的事物，同时还暗示着生命的价值和活力。而它选择了与人类迥然而异的生存方式，则暗示了人类的生存有太多的掩蔽，有太多的神秘需要我们去理解。很显然，马莉的这篇作品的叙述线索是沿着“蝙蝠”这一核心隐喻渐次展开的。它的叙述语言主要不是基于“邻近性”比喻，而是基于“相似性”的选择与替换，因而这样的叙述语言便隐含着多种可能性。同时，这样的叙述语言在本质上也是属于诗的。换言之，由于采用了隐喻式的叙述，叙述文本不仅在思想内涵方面得到了丰富和开拓，而且还获得了一种象外之象、韵外之致的诗性内涵。

除了隐喻性叙述外，跳跃断裂式的叙述和反讽戏谑式叙述也可视为散文叙述的新因素。事实上，近年来有不少散文作者在这两方面做了有益的尝试。他们抛开以往散文的线性叙述模式，打乱叙述的时间顺序，将过去、现在和未来揉合在一起进行大跨度叙事，同时打破空间界限，无视思维逻辑，在真实与虚构、寓言与纪实之间任意穿梭，从而达到对传统的散文叙述模式的颠覆。散文创作的这种变化，无疑给散文研究提出了新的课题。即是说，在发展和不断变化着的创作面前，我们的散文理论不能抱残守缺，而是要不断更新观念和研究方法。这样才能对创作实践予以理论上的总结和提升。举例说，以往我们研究散文的叙述，主要分析作品的叙述是否清晰完整，叙述中的顺叙、倒叙和描述是否衔接自然，开头和结尾是否匠心独具，以及剪裁是否详略得当，等等。但现在，如果我们研究散文的叙述，便不能停留于过去的那一套，而可以引进西方叙事学的理论和方法来研究散文的叙述。比如，可以用叙述学的人称层次、视点转移理论来分析散文的叙述视点的变化；可以用叙述学中“叙述主体”的两重性来考察叙述性散文中的“真实作者”和“隐含作者”与叙述者的关系；还可以运用叙述学的声音理论来探讨叙述者在不同类型的作品中“声音”的变化，以及这“声音”是否生动、准确地传达出了作品的内在意蕴。最后，我们还可以将叙述学的表层和深层理论运用于散文的文本研究，先将散文的叙述内容简化为基本句型进行概括性分析，再从文本中抽出若干要素进行重组整合，而后寻求其文化意义和情感内涵。总之，如果我们改变了陈旧封闭的研究散文的路数，同时借助西方的叙述学理论来研究散文，那么散文理论批评长久以来形成的僵化静止的状态则有望被打破和激活。

总而言之，自90年代以来，散文的创作显得生机蓬勃，散文理论批评也有了较大改观，但与其他成熟的学科相比，散文的理论世界仍然显得薄弱和苍白。散文的理论批评应如何振兴发展？在我看来唯有“突破”和“创新”，这样才谈得上“建构”和“跨越”。长期以来，散文理论批评之所以鲜有建树，根本的问题在于散文本身过于保守，过于固步自封。我们的散文观念中保留着太多的传统趣味，同时又满足于散文的“静态”平衡的格局，不愿意打乱散文的华严秩序。正是这种保守性、趋古趣味和过分的平静妨碍了我国散文理论的建设。而现在，该是打破这种“保守”和静态的时候了。我们的散文创作不能长久局限于记叙、抒情、写景、议论的范畴中，我们的散文理论批评同样不能只围绕着传统的散文观念打转，永远处于一种被动保守的文学书写之中。在告别旧的世纪，进入新的世纪之际，我们的散文理论工作者应拿出大勇气、大气概和大智慧，对中国自“五四”以来的散文理论批评作全面性的反思和体系性的建构。我坚信：当我们获得这样的共识并进行长久不懈的实践的时候，散文研究也就可以和小说、诗歌和戏剧研究一样平起平坐，不仅获得人们足够的尊重，而且有可能促使散文从“边缘文体”的地位向“中心文体”或“主流文体”位移，从而告别“次要文类”的历史。在我看来，21世纪的散文理论只有达到了这一目标，才算是获得了足够的自信，而且是真正意义上的建构和跨越。

（原载《中国社会科学》2005年第1期）

# 回到伟大的“文”的传统

中国当代文学给人的整体印象是“无根”，既缺乏深邃博大的思想，缺乏社会时代担当和理想的文化生命人格，也缺乏复杂细致的人性展示和厚重的文化底蕴，而内涵苍白、浅薄浮躁、陈陈相因、模仿重复却常常成为当代文学的表征，成为人们诟病当代文学的口实。究竟是什么原因造成中国当代文学如此的局面？我认为重要的一点，就是中国当代作家不太重视中国的文学传统；或者说，他们对我国伟大的文学传统既隔膜，也缺乏应有的敬意，这样自然便与传统渐行渐远。他们已经忘记了自己精神的来路，因此其创作必然是每况愈下。要振兴中国当代文学，要提升当代作家内心深处的文化自信和文化自觉，使中国当代文学在中华民族伟大的复兴中发挥更重要的作用，关键点是要回到伟大的文学传统，回归到我们曾经强健充沛、元气淋漓的源头上去。有感于此，本文打算从中国散文的传统来反观和反思当代文学，通过对中国散文——我国最大的一笔文学遗产的价值的挖掘和再发现，为新世纪正在前行的中国当代文学提供一些有益的思想文化滋养，以此促进当代文学的发展。

## 一、尚“文”的传统

中国散文不但最贴近日常生活，是中华民族文化的根基，同时还是民族精神的凝聚和民族情感的结晶。中国散文还有一个伟大的“文”的传统，以及由此氤氲出来的“散文文化”。而我国这一尚“文”的伟大传统，又与中国特有的文治制度、哲学思想、地理和自然环境有关。在这方面，台湾的史学家钱穆先生有过深入的研究。

在《国史新论》《国史大纲》等书中，钱穆认为人类数千年的历史，有两种完全不同的立国精神，并形成两种不同的政治文化传统：一种是尚“武”的精神传统，另一种是尚“文”的精神传统。前者以欧洲为代表，它起始于马其顿，中经罗马大帝国，再经拿破仑依仗武力向外扩张。而欧洲面向大海的地理自然环境，特别是各种古堡和罗马斗兽场等活人与猛兽搏斗的场所，形成了一种尚“武”的民族心理和精神导向。后者以中国为代表。它开始于先秦，及至两汉，更是偏重以文治国，崇尚文化，重在征服人心的精神路向。正是这种尚“文”传统，使中华民族生生不息绵延不绝，虽历经磨难和挫折，仍然生气勃勃地浴火重生。

中国尚“文”的历史传统并非凭空产生，而是有着坚实深厚的地理学、哲学和制度的依据。从地理学上看，我国是一个农业发达的大国，有广阔的土地和适宜的气候环境，中间又有几条大河，这就容易产生“天人合一”“天人感应”和安分守己、知足常乐的人生观。从哲学层面上说，中国的尚“文”传统在先秦诸子时期就已成熟。如老子提倡“不争之德”，指出“善为士者不武，善战者不怒”[①]。又说“是以兵强则灭，木强则折。强大处下，柔弱处上”[②]。孔子讲“仁爱”，主张“和为贵”。墨子崇尚“兼爱”“非攻”。孟子提倡以德怀人的“王道”，反对“以力服人”的“霸道”，还把“不忍之心”视为人与禽兽的根本区别。上述诸子的思想和说法虽有不同，但大的精神路向都是尚和、尚合、尚自然和尚仁义。再从制度上讲，我国从秦汉开始便确立了文治制度，而科举制度的兴起和完善，又进一步强化了尚“文”的传统。当然，中国的尚“文”传统，除了自然地理环境、哲学思想和制度方面的原因外，还有文化心理、宗教、审美趣味以及生活方式等方面的因素，这里不展开论述。

中国散文的“文”的传统，正是建立于中国特有的文治制度、哲学思想和地理自然环境之上；或者说，上述的诸多因素，正是中国散文“文”的传统得以产生和发展的土壤和大的文化背景。这个“文”的传统，细分起来又有几个层面的内涵：

① 张玉良：《老子译解》，中国社会科学出版社2008年版，第278页。
② 张玉良：《老子译解》，中国社会科学出版社2008年版，第301页。

“文”的传统的第一个层面，是“大文学”或叫“杂文学”传统，即文史哲三位一体。这个传统的黄金时期是先秦散文。先秦诸子散文的基本文体形态，一是以论说为主，如《春秋》《老子》《庄子》《孟子》等含哲学、政论文在内的文章。二是以记叙历史事件和历史人物为主，如《左传》《国语》等记叙和议论相结合的文章。这两种文体形态交相辉映，不仅成就了一个大时代里散文的辉煌，而且，先秦散文还开创了中国的“杂文学”传统，而其文体特征则是自然朴素、边界模糊，且具有广泛的包容性。即是说，先秦时期文史哲没有分家，实用文章和非实用文章混杂，文学与非文学交织。我们今人确实很难用“五四”新文学建构起来的小说、诗歌、散文、戏剧的“四分法”加以分类，也无法以“虚构”或“非虚构写作”名之。总而言之，它们既是体也是用，既是道也是器。这些产生于大时代的元典，不但是中华民族的精神和情感的结晶，是高贵文学的理想和路标，而且是当代文学取之不尽、用之不竭的思想文化资源。

“文”的传统的第二个层面，是中国古代的散文家，都有着强烈而自觉的文体意识，诚如章学诚所言“至战国而文章之变尽，至战国而著述之事专，至战国而后世之文体备”①。章学诚的说法在学界虽有争议，但鲁迅认为至魏晋南北朝时期，我国的文学主要是诗文已进入到文体的“自觉时代”应属不虚。关于这一点，我们还可拿西方的文学作比较。西方的文学以戏剧、小说和诗为主，散文从古代到现代都没有独立成体，所以不论是长篇论著或是短篇小品，其文体基础都十分脆弱。即便“五四”时期热闹一时的英美“絮语散文”，其实真正上佳的作家和作品并不是很多。而能够像中国散文那样融记叙、抒情、议论于一炉的优秀之作更少。质言之，与中国散文相比，西方的散文随笔重“笔路”，重纪事说理、个人性和科学精神，但在“文章”，即抒情性、音乐性、语言韵味，乃至“文气”等更能体现文体意识的各个方面，则远远逊色于中国古代散文。正因“文”比其他文体有更为自觉的文体意识，所以“文”从最早发端于记言记事，从实用文到美文，从“殷盘周诰”的“诘屈聱

① 黄保真、蔡钟翔、成复旺：《中国文学理论史》（四），北京出版社1987年版，第326页。

牙”，到后来的“情动而言形，理发而文见”，[1]如果没有“美因”，即自觉的文体意识作支撑，是很难想象的。

在文体意识的自觉方面，“文”的传统主要体现在这几方面：其一是对文章的分类；其二是对文章的体式即表现功能和表现手法的重视；其三是对语体即语音、语义、句法的敏感，特别值得注意的是，古代散文家在崇“道”、“尚简”，求“雅洁”的前提下，也追求辞采声律，讲究排比、对偶和用典，有时则是散体中夹用骈句。如丘迟的《与陈伯之书》本是一封劝降信，但作者却写得情真意切，文采斐然：“暮春三月，江南草长，杂花生树，群莺乱飞。见故国之旗鼓，感平生于畴日。抚弦登陴，岂不怆悢！所以廉公之思赵将，吴子之泣西河，人之情也；将军独无情哉！”[2]像这样的散文，在唐宋时期还可举出许多。如欧阳修的《醉翁亭记》、范仲淹的《岳阳楼记》、苏轼的《前赤壁赋》等。若从文体意识的角度看，可以说这些作品一方面瓦解了“骈四俪六”的形式主义樊篱，体现出古代散文家的文体自觉，另一方面，骈文的优美文辞，又吸引后代作家竞相效仿，这同样体现出一种文体的自觉。正是在这种散骈互用的过程中，散体的自由无拘、记事简洁，便于抒情议论，以及骈体的“焰焰烺烺，务彩色，夸声音”的特长获得了最大限度的发挥，从而拓展了散文艺术的表现手段。

反观中国当代的文学创作，其中一个不容忽视的问题，就是作家大多缺乏文体意识，这样当代作家称得上文体家的自然也就不多。当代作家一开始普遍地将文学视为传达某种意识形态的“工具”，重内容而轻形式、轻语言。而后是追逐西方时流，热衷于讲故事，或玩一些现代先锋派的小聪明，语言上则是由原来的“土腔”变为“洋腔”或“油腔”，这样的作品，自然没有自己的个性、风格和本土经验。因此，当代文学要摆脱粗鄙的文风，就必须贯通先秦以来的文脉，增强文体意识。事实上，文体意识是文学最为直观的表现。文学观念的变迁往往表现为文体的变迁，文学的探索归根结底是文体的革新。当代作家只有拥有强烈而自觉的文体意识，才有可能创作出既具现实的质感与生命

---

① 刘勰：《文心雕龙·体性》，人民文学出版社1958年版，第505页。

② 郭预衡：《中国散文史》（上），上海古籍出版社2000年版，第509页。

的痛感，又有自己的语言个性和审美情调的美的文学，并在此基础上成为一个真正的文体家。

“文”的传统的第三个层面，是叙事学方面的丰富资源。很长一段时间以来，中国的作家一直以马尔克斯、博尔赫斯、海明威、福克纳等西方小说家的叙事为圭臬，另一方面，研究叙事学的学者，一般也离不开托多罗夫、热奈特、布斯、巴尔等的叙事学理论，而对中国的叙事学、特别是对我国历史叙事要么视而不见，要么见到了却评价极低。其实，这是一种偏见或误解。中国的叙事传统同文体传统一样源远流长、积累丰厚，且有自己鲜明的民族特色。在这方面，司马迁的《史记》代表了中国历史叙事的最高成就，堪称叙事文本的典范。司马迁在《报任安书》中说，他修史的宗旨是：“究天地之际，通古今之变，成一家之言”[①]，即通过《史记》探寻天地间万事万物的规律，同时表达自己的治世理念和人格理想。为了完成这一宏愿，他在前代史书体制和叙事的基础上，创立了纪传体通史。全书由十二本纪、十表、八书、三十世家、七十列传组成。虽然五种体例各有侧重，但它们互相联系和呼应，构成了一个有机的整体。其中，十二本纪是纲领，统摄上自黄帝、下至西汉武帝时代三千年历史的兴衰沿革。十表排列帝王诸侯间的大事，八书是关于经济、文化、天文、历法等方面的论述，它们作为十二本纪的补充，形成纵横交错的叙事网络。而三十世家主要记叙贵族之家的历史，七十列传则是不同阶层、不同类型的人物传记。它们犹如二十八宿环绕北斗运行；或如汇集于车毂上的辐条生生不息、运行无穷。《史记》这种由五种体例相互补充呼应而形成的结构框架，既沟连天人，又贯通古今，在设计上可谓独具匠心。同时，这种结构框架又使它的叙事灵活机动，富于弹性，不仅可以客观展示波澜壮阔的社会生活画面，又可以微观叙述历史的细部和刻画人物。此外，司马迁还善于运用多种叙述手法来写人记事。比如《淮阴侯列传》，司马迁主要运用第三人称的叙述方法，叙述了韩信作为平民时的三件小事。接下来仍用全知的客观叙述视角，记叙战争的场面和蒯通劝说韩信谋反。但到了文章结尾，作者又改用第一人称叙事，对韩信其人其事进行品论。不独叙述视角不拘一格，在《淮阴侯列传》中，司

① 司马迁：《报任安书》。

马迁还采用了“互见法”的叙述方式，让各种人物穿插其间。这种灵活多变的叙述方式，再加上精彩的战争场景，丰满的细节描写和心理剖析，以及对比、排比、铺陈、烘托等修辞手法，如此一来，《淮阴侯列传》便既具震慑人心的思想力量，又体现出了一种叙事之美。需要指出的是，像《淮阴侯列传》这样的篇章，在《史记》中还可以举出许多。如果将视野再下移到《汉书》《后汉书》《资治通鉴》等史著，以及四大古典名著，我们会发现，中国其实有着十分优良的叙事传统可供我们学习和借鉴，当代作家大可不必言必称西方，一切“以西方之标准为标准，以西方的是非为是非”。

“文”的传统的第四个层面，是诗性文化或诗性精神方式的渗透与积淀。这一点过去的研究者并没有清晰的认识。由于我国有强大的诗歌写作传统，诗歌一直被视为最高级的文学样式，所以在许多研究者那里，诗歌被抬到了至高无上的地位，而“诗文文化”的“文”却常常被忽略不计。举例说，在《中国诗学精神》中，刘士林就认为：“中国传统文化是以中国诗词为文本形式，以‘中国诗学’为理论系统，以及以‘诗性智慧’为哲学基础的一种诗性文化形态。”[①]在最近的一篇文章中，他又进一步强化了这一观点：“中国文化的本体是诗，其精神方式是诗学，其文化基因库是《诗经》，其精神峰顶是唐诗。一言以蔽之，中国文化是诗性文化。”[②]刘士林认为中国文化本质上是以主“情”为主的诗性文化，这一总体观点笔者是赞同的，但他心目中只有诗歌，而对以散文为代表的“文”的传统视而不见，则是我不敢苟同的。我们看先秦时期的那些元典，不论是《春秋》《左传》《国语》《战国策》，还是《逍遥游》《愚公移山》《庖丁解牛》，它们或浩瀚，或笨拙，或奇崛，或犀利，其文体内部流淌的高贵气质、精神方式和生命理想，其本质就是诗的。一部卷帙并不浩繁的《古文观止》，却使人感到它的重量和坚实。如果说，“鹏之徙于南冥也，水击三千里，抟扶摇而上者九万里”[③]是诗，那么唐雎怒对秦王时的“若士必怒，伏尸二人，流血五步，天下缟素”[④]的慷慨赴死的气概同

① 刘士林：《中国诗性精神》，海南出版社2006年版，第3页。

② 刘士林：《诗性文化的使命》，《学习时报》2014年11月3日。

③ 邵汉明译注：《庄子》，长春出版社2011年版，第1页。

④ 钟基、李先银、王身钢译注：《古文观止》（上），中华书局2016年版，第284页。

样是诗；如果说宋玉的“上击九千里，绝云霓，负苍天，足乱浮云，翱翔乎杳冥之上”[①]的“瑰意琦行，超然独处”是诗，那么王羲之的“仰观宇宙之大，俯察品类之盛”[②]的天地感悟同样是诗。至于柳宗元《永州八记》中的《始得西山宴游记》、苏轼的《记承天寺夜游》一类的小品，则是通过对禅的“妙悟”达到一种人与自然交感的诗性境界。纵观中国的古代散文，我们看到，我们的祖先没有使用“诗化”“诗性”之类的文字，也没有西方那种体系周全完备的“诗学”范畴，但他们以其特殊的诗性智慧和诗性感悟，在文字中注进了想象、感性和生命观念，而当这种想象、感情和生命理想从大背景，大胸臆中流出来，并与写作的硬质使命相结合，便以生命激情的浆血，喷薄出最鲜亮、最纯粹、最炽热的诗性文化的朝霞。

以上所描述的，便是笔者理解的中国“文”的传统的四个层面。中国“文”的传统犹如一条大河，它时而波涛汹涌，时而涓涓细流；时而泥沙俱下，时而明净清澈。但不管如何复杂曲折和难以辨析，中国“文”的传统都是中国人不容忽视的一笔精神财富和最大的文学遗产。从总体上看，中国“文”的传统是混沌、博大、厚重和内敛的，它所创造和呈现的精神历史的天空也是无比丰富广阔的。它不但是中华民族对于世界文化的伟大贡献，是我们民族与其他民族相区别的标识，也是中华民族自我认同的证明。梳理、辨析中国散文“文”的传统，再看看中国当代文学，我们深感中国当代文学从新时期之初，骨子里就缺乏一种文化自信和文化自觉。由于缺乏文化的主体性，才会一切以西方马首是瞻，抱着如此矮化自己的奴性心态，中国当代文学怎么有可能进入“世界文学之林”？其次是中国当代文学的路子越走越窄，许多作家一方面是写作越来越技巧化，越来越精致化，另一方面却变得越来越小气和匠气。所以，在当下这样一个互联网、新媒体和传统文化相碰撞、相融汇的时代，中国当代文学的确有必要回归到产生诗性的元初之处，回归到我国“文”的伟大文学传统。只有从“文”的传统中获取营养，使自己孱弱的身体强壮起来，而后才谈得上打点行装，在新世纪文化复兴的大合唱中精神饱满地再出发。

---

① 钟基、李先银、王身钢译注：《古文观止》（上），中华书局2016年版，第312页。

② 钟基、李先银、王身钢译注：《古文观止》（下），中华书局2016年版，第516页。

## 二、文以载道与道法自然

从散文所体现的实用价值和政治功能方面的内涵看，“立意为宗”“忧患意识”“家国情怀”，以及“知”与“行”的一致，“文”与“用”的统一，还有以孝、悌、慈、仁、信为基础的伦理要求等，构成了中国散文文化“文以载道”的传统。它主要是从“入世”、追求社会功用的精神维度，确立了中国传统散文的价值。

“文以载道”是一个汉语成语。载，即装载，引申为阐明；道，本应指道路，后引申为道理，泛指文章中的思想。据现有资料记载，最早提出文与道问题的，是先秦时期的荀子。荀子在《荀子·王名》中说：“辨，说也者，心之象也。心也者，道之工宰也。”“心合于道，说合于心，辞合于说”①。不过荀子在这里所说的“道”，主要指的是“不为尧存，不为桀亡”的天道与自然的大道。到了汉代独尊儒术时，荀子的天道、自然之道变成了儒家之道，即经国之方略大道。在大儒董仲舒看来，天道和圣道既不是整合在一起，也不是二元的对立，而是同一不可分割的。天道就是圣道、王道、儒道、至道。及至南北朝，著名文论家刘勰在《文心雕龙·原道》中也指出：“道沿圣以垂文，圣因文而明道”②。而中唐韩愈、柳宗元发起“古文运动”时，更是以“文道合一”“以文明道”作为散文创作的基本纲领，要求文章反映现实生活，注重内容的充实，反对空洞无物的形式主义和陈言滥调。这种注重“道”的社会功用，强调“文”应有益于世、有利于民的观念，与董仲舒、刘勰的“文道”同一观念是一脉相承的。

不过，尽管在我国很早就已涉及“文道”问题，但将“文以载道”作为一个文学命题正式提出来，则应归功于宋代的古文家周敦颐。他在《通书·文辞》中说：“文所以载道也。轮辕饰而人弗庸，徒饰也，况虚车乎！文辞，艺也；道德，实也。笃其实，而艺者书之，美则爱，爱则传焉。贤者得以学而至之，是为教。故曰：‘言之无文，行而不远’。然不贤者，虽父母临之，

---

① 杨柳桥：《荀子诂译》，齐鲁书社2009年版，第449页。

② 刘勰：《文心雕龙·原道》，人民文学出版社1958年版，第3页。

师保勉之，不学也；强之，不从也。不知务道德而第以文辞为能者，艺焉而已”[①]。在这里，我们看到，文道问题由荀子提出，中经董仲舒、刘勰等人的强化，再经韩愈、柳宗元“文以明道”的发展，最终在宋代理学家周敦颐的阐释中得以完善和定格，并成为一种至道，一种传统的主流散文观念渗透进历代的散文创作中。

“文以载道”为什么会有如此深广的影响，并在散文这种文体中得到最为充分的体现？我认为这是由“散文文化”所决定的。由于中国散文对中国政治和社会生活的广泛参与，并在实际的社会运行中发挥重要的作用，而这种作用主要是依靠其“载道”功能来实现的。也就是说，在我国的传统文化观念中，“文”像车，“道”则是车上所载之货物，通过车的运载，才能到达目的地。因此，读中国散文，不但能从中获得经邦济世、治国安民的政治观念，还能在传统“仁”学的基础上，把治国平天下与修身齐家统一起来，从而确定个人在社会生活中的位置，树立和完成自己的精神人格和道德人格，这正是以儒家的“道”为核心的中国文化传统在散文中的体现。它在中国散文的发展中延绵不绝，并形成了以“文统”来传承“道统”的独具特色的中国散文文化形态。

需要指出的是，中国散文中的“道”，并不是抽象的哲学命题，也不是空洞无物、千篇一律的儒家教义的僵化演绎。事实上，在中国古代那些优秀的散文中，不论是议论、叙事，还是抒情、说明，“道”一方面十分具体化，常常与事、与景、与情水乳交融，一方面又常常化为一种生动独到的见识，这正是中国散文人文精神的体现，也是它的创造性之所在。举例说，在贾谊的《过秦论》中，他站在维护汉朝新政权的立场，以纵放的笔势、严密的逻辑力量和优美的辞章，以及富于形象性的宏观概括力，指出秦之过失，主要在于“仁义不施”，不懂得“攻守之势异”。而从始皇的“遂过而不变”，二世的“因而不改，暴虐以重祸”，到子婴的“孤立无援，危弱无辅”。总之，“三主惑而终身不悟，亡不亦宜乎”，这是历史经验的全面总结，申述的是“治国之道”，是史的教训。诸葛亮的《出师表》吐词恳挚，意味深长，既叮咛劝告后

① 梁绍辉、徐荪铭点校：《周敦颐集·通书》，岳麓书社2007年版，第78—79页。

主要亲贤臣，远小人，又追述了刘备对自己的知遇之恩。最后表达了为复兴汉室，“鞠躬尽瘁，死而后已”的期待和忠诚。这里不但有治国的经验总结，更有作为一个贤臣良相“忠君之道”的情真意切的表达。正是因此，《出师表》虽不务文采而文采自显，文章的“载道”取向与诸葛亮的人格魅力相得益彰。以上“载”的是“治国之道”和“忠君之道”，在孝悌方面，最著名的是晋代李密的《陈情表》，晋武帝召征李密任太子洗马，李密以自己身世的凄苦和奉养祖母为由，婉言辞谢：“日薄西山，气息奄奄，人命危浅，朝不虑夕。臣无祖母，无以至今日。祖母无臣，无以终余年。母孙二人，更相为命，是以区区不能废远”[①]。文章虽是以书信形式陈述理由，但写得恳切深挚，“孝慈之道”在“乌鸟私情”中体现得淋漓尽致。这种“孝慈之道”，在夏完淳的《狱中上母书》也有真切的表现：“不孝之罪上通于天”。“淳死之后，新妇遗腹得雄，便以为家门之幸”[②]。将“孝慈之道”与国家的危难、民族的大义紧密相联。这样全忠全孝的情感，既流露出民族英雄内心深处的家族情结，也是民族的文化心理的深层体现。而这，正是中国散文的共性和特点。也就是说，中国散文从一开始就具有广泛参与社会生活，关注国计民生，思考和探索社会、政治、历史、经济、文化等重大问题的传统。即便是一些抒情性的散文，也都以借景抒情，借物言志，感时抒愤，陈古刺今，指奸斥佞为主要内容和情感形式，表现出古代知识分子以社稷为怀的家国意识，充分地阐释了“文以载道”的真义。

从上述分析可见，“文以载道”是散文的核心观点，也是中国散文的灵魂。但为什么自北宋大儒周敦颐将其正式定格后，这一散文观念便一直遭人诟病，甚至被贬为文学功利主义的代表性学说，而坚持“文以载道”的散文家则被指斥为“伪君子”“伪道德”“卫道士”呢？细究起来，“文以载道”被诟病和抵制主要有几个原因：其一，“文以载道”过于强调“道”的第一性，而“文”仅仅被视为负载传递信息的工具，加之在向“载道”倾斜的同时，又矫枉过正，不适当地夸大了文章的地位，将文章看作“传先王之道、论圣人之

① 钟基、李先银、王身钢译注：《古文观止》（下），中华书局2016年版，第514页。

② 郭预衡：《中国散文史》（下），上海古籍出版社2000年版，第291页。

言”的工具，这自然便引发了一些崇尚老庄哲学“无为而治”的士人的反感。其二，是晚明小品的反动。晚明文人素以狂放、清高、淡远、倜傥著称，他们重“性灵”“气”“趣”“格调”，文章不以“庄重”“高大”为荣，而以“灵巧”“短小”为美，这样晚明小品自然就逸出了古文体制，也不循“文以载道”的轨辙。值得注意的是，晚明文人的人生态度和心态，晚明小品的“性灵”和悠然自得的笔调，在“五四”的散文家那里获得了广泛的共鸣回响，于是有了以鲁迅为代表的“载道派”，以周作人、林语堂为代表的“言志派”或称“闲适派”。应该说，“言志派”散文小品的出现并广受欢迎，甚至被一些人视为散文的正宗，在很大程度上消解了“文以载道”的地位和影响。其三，是对“文以载道”的理解过于机械化、狭隘化和庸俗化。比如，20世纪五六十年代，“文以载道”被高度意识形态化和浅表化，于是“文以载道”演化为写蜜蜂必联想到像蜜蜂酿蜜一样辛勤劳作的农民，写雪浪花会联想到共产党领导中国人民打江山的困难和韧劲，写登泰山看日出会情不自禁歌颂起人民公社和全民炼钢的高炉，甚至有的散文将“文以载道”等同于宣扬“以阶级斗争为纲”。所有这些，都严重影响了“文以载道”的声誉，也从根基上深深伤害了散文。

所以，在散文被许多人误解和贬低，在复兴中华传统文化、重塑中国当代文学的当下，有必要重新诠释“文以载道”的内涵和价值，使其在当代文学创作中发挥更大的作用。笔者认为，首先应辩证地看待“文”与“道”的关系。比如刘勰在《文心雕龙·原道》中，一方面推崇“道之文”，认为圣人所垂之文即经，是至高无上的道，一方面又没有极力去宣扬儒家之道的深旨，而是强调“写天地之辉光，晓民生之耳目”。写文章既要“金声而玉振”，又要善于“雕琢性情”①。同时，刘勰还十分看重圣人之文的充实内容与形式的完美结合，即所谓“衔华而佩实”。在我看来，这正是值得我们借鉴地看待“文以载道”的辩证态度。即只有“义理”与“文辞”并重，同时不过分抬高文学的地位，夸大“道”的功利作用，“文以载道”才能深入人心，传之久远。其次，在辩证地看待“文”与“道”关系的前提下，应理直气壮地重申：当代文

① 刘勰：《文心雕龙·原道》。

学创作离不开“道”，也必须“载道”。“载道”，正是当代作家的社会责任感、道义心和人文情怀的体现和实践，也是对中国优良散文传统的承续。的确，当代文学如果离开了“道”，没有忧患意识和“家国情怀”的担当，没有将个人的命运与国家民族，乃至全人类的命运联结在一起，那么，作家创作出来的必然是一篇篇缺乏钙质、没有灵魂的作品。这样的作品，不管形式多么完美，文辞多么华丽优雅，也是没有价值的。所以，对于优秀的当代作家来说，不是要不要“文以载道”的问题，而是如何“载道”和“载”什么“道”的问题。当然，要达到“载道”的目的，作家要自觉地去追求“文”与“道”的统一，讲求内容与形式、人品与文品、道德与文章的完美结合。

中国散文的另一个内在价值，或者说优良传统，是“道法自然”“万物并作”“天人合一”。老子说：“道生一，一生二，二生三，三生万物。”[①]在这里，道是万物的总根源和总依据。但“人法地，地法天，天法道，道法自然”。“道”要效法“自然”，崇尚“自然”，所以“自然”是最重要的。在“道法自然”的基础上，老子又提出“万物将自化”的理念：“道常无为而无不为。侯王若能守之，万物将自化。”[②]老子从“道生”的哲学观念出发，倡导“无为而不为”，认为这是“万物将自化”的前提条件。而“万物自化”其实也就是“物化”。这里的“万物”与“物化”，既指人，也指物。“物化”既包涵人的变化，也包涵物的变化，同时也是人与物的互化。

庄子承继了老子“道法自然”“万物自化”的哲学思想而又有所发展。庄子的思想资源最有价值的一点，是他发现了人以自我为中心对“道”与“物”的遮蔽，意识到了功利的人生态度和知性工具的危害性，所以他主张“丧我”“弃知”“物化”，以“物我同一”的自我体验来处理人与自然的关系。这种万物深融为一的“物化”体验，按今人陈鼓应的解释是“以与外物相互会通交感，而入于凝神的境界之中，物我的界限便会消解而融和，然后浑然成一体”。[③]如在《齐物论》中的“庄周梦蝶”寓言：“不知周之梦为蝴蝶

① 卢育三：《老子释义》，天津古籍出版社1987年版，第191页。
② 卢育三：《老子释义》，天津古籍出版社1987年版，第167页。
③ 陈鼓应：《庄子浅说》，三联书店2012年版，第22页。

与，蝴蝶之梦为周与？”[1]昔为蝴蝶，乃周之梦；今复为周，却是蝴蝶之梦。在这里，蝴蝶是一个象征，是一种客体，同时也是一种主体的存在。所以，庄周梦蝶在寓言化“魂交”和“形接”的生命和情感交融中实现了“物化”和“齐一”，达到“天地与我并生，而万物与我为一”的最高境界。当然，“物化”是在“道法自然”“天人合一”大理念下实现的审美创造的移情，要达到这一境界，首先必须“独与天地精神往来而不敖倪于万物”；其次是“其应于化而解于物也”；第三，应彻底“忘我”，达到“心斋”静虚的心理状态。庄子对“道法自然”“天人合一”“物化”以及人生与人心的思考，不但内涵丰富，博大精深，而且体现出表达上的焦虑，富于现代的反思批判精神。正因如此，如何将庄子的散文和他散文中蕴含的哲学思想与时代相融合，并创造性地加以传承发展，使其成为“人类共同价值”，便成为当下必须面对的一个重要课题。

先秦散文中的“道法自然”“天人合一”以及“物化”“物我合一”等哲学思想，在后来的散文中得到了充分的继承和发展。如汉代董仲舒在他的文章中，就十分强调“天人感应”的作用。而在南朝的《世说新语》中，这种源于“道法自然”的“天人感应”思想更是带有“物化”的审美特征：“简文入华林园，顾谓左右曰‘会心处不必在远，翳然林水，便自有濠濮间想也。不觉鸟兽禽鱼，自来亲人’。”[2]显然，简文的“濠濮间想”主要是受到庄子的影响。刘义庆从“齐物”立场出发，将“物”看作一种主体存在，并将情思移至审美对象，于是鸟兽禽鱼都有情思，正因有情思，才会与人相近相亲，融为一体。在中国古典散文中，像这样的例子还很多。比如欧阳修的《秋声赋》：“欧阳子方夜读书，闻有声自西南来者，悚然而听之，曰：‘异哉’！初淅沥以萧飒，忽奔腾而砰湃，如波涛夜惊，风雨骤至。其触于物也，鏦鏦铮铮，金铁皆鸣，又如赴敌之兵，衔枚疾走，不闻号令，但闻人马之行声。”欧阳修先从听觉上写风声，感知中的风声先是由小到大，继而又由大到小，最后消失不闻。文中还用一连串的比喻，将无形的风声描摹得具体生动，可感可触。接下

① 邵汉明注译：《庄子》，长春出版社2011年版，第27页。

② 刘义庆：《世说新语》，重庆出版社2007年版，第79页。

来再描摹“秋之为状”：“其色惨淡，烟霏云敛；其容清明，天高日晶；其气栗冽，砭人肌骨；其意萧条，山川寂寥。”正因秋天其色惨淡，其气栗冽，其意萧条，这才引发了作者的“悲秋”之慨，并将思绪从物转到人身上：“嗟夫！草木无情，有时飘零。人为动物，惟物之灵，百忧感其心，万事劳其形，有动乎中，必摇其精。”草木虽无情，但它们飘零之后很快又复苏；人虽是万物之灵，但人长期操劳，心志又常受到磨难，这样自然就衰老得快，而且人的衰老是不可挽回、无法复苏的。因此，人“奈何非金石之质，欲与草木而争荣”[①]呢？欧阳修《秋声赋》的精妙和价值，不仅仅在于他对“秋声”的精准描摹和渲染，也不仅仅在于他从“有声之秋”写到“无声之秋”，从自然界延展到社会人生，以及秋之文化内涵。从“道法自然”的“物化”观来看，《秋声赋》已达到了一种“神与物游，神居胸臆”[②]，化我心于物心的境界。这个“化境”有四个层次：一是“物我一体”与“物我互化”，即物既是主体也是客体。物就是人，而人有时也是物，人与物之间没有明确的界限。二是将生命、情感渗透到物中，由是没有生命情感的物也获得了生命和情感。三是对话的模式。这一层次既有人与物的对话，也有欧阳修与童子之间的问答。这一对话模式在庄子的散文和汉赋中经常出现，宋明的不少文赋也继承了这一传统。如苏轼的《赤壁赋》、张岱的《湖心亭看雪》等，也都采用了主客问答的对话形式。四是心灵的超越。由于天地间有“大美”，当人进入自然的内部，神游于天地间，不纠结于日常的利益关系，不作功利性的价值判断，如此一来，在天地的化育包孕下，人与万物各安其所，各守其性，和谐相处，其乐融融。这样，人的心灵自然也就超越了社会和物质，变得更为纯净和富于诗性意味了。

这就是中国散文的另一个伟大传统，它一方面强调“文以载道”，一方面又崇尚“道法自然”。“文以载道”主要从“入世”方面，追求文学作品“有用”的社会功能，要求作家创作时要有“家国情怀”，要有社会责任感和时代使命感，要“修身齐家治国平天下”，将个人的“小家”和民族的“大家”统一起来。“道法自然”则从“出世”“无为无不为”的“无用”角度，

① 钟基、李先银、王身钢译注：《古文观止》（下），中华书局2016年版，第829—831页。

② 刘勰：《文心雕龙·神思》。

强调作家要尊重自然，敬畏自然，要在“道”的笼罩下，达到天、地、人的和谐相融。中国传统散文正是沿着这两个精神方向前进，所以中国散文不但内涵深厚，具有极大的包容性和内敛性，而且呈现出一种汪洋恣肆、浩浩荡荡、气象万千的大格局。而中国当代文学，应该说在这两个方面都有所缺失或者说存在着严重的不足。就“文以载道”方面来说，自20世纪90年代我国转型市场经济以来，随着人的欲望的膨胀、人文理想的失落、多元价值观的出现，作家的写作立场也发生了转变：从80年代的“大叙事”变为个人的“小叙事”，从过去高扬理想主义、爱国主义和英雄主义转变为犬儒主义、物质主义和享乐主义。不少作家失去了介入现实和时代的激情和勇气，而忧患意识、责任感和使命感也逐渐离他们远去。在这样的写作方向和世界观、文学观的影响下，他们的写作自然不可能载国家之道、人民之道、时代之道和人类之道。当代文学之所以受到诸多诟病，之所以配不上当今的时代，我想其中一大原因，就是我们失去了“文以载道”的伟大传统。再从“道法自然”方面看，当代文学同样问题多多。事实上，自新文学之后，中国文学已在很大程度上丢掉了中国古代散文的这一优良传统。诚如王兆胜所说：“中国现代文学过于夸大‘人’的地位、作用和力量，从而导致对天地自然之道的忽略甚至无知，也导致了人的欲望无限膨胀，这样的例子举不胜举。”[①]而在现实社会中，随着工业社会的到来，商业社会的推进，人的物质欲望的无限度膨胀，以及“人定胜天”思想观念的不断强化，现代人逐渐失去了对天地自然的敬畏之心，其结果是社会生态，特别是自然生态遭到了空前的破坏，而人也因此遭到了大自然的惩罚。所以，中国当代文学创作有必要调整立场和视角，即站在天地自然的角度，思考“天人失衡”的根源以及如何平衡的问题。而在这方面，中国散文同样有大量有价值的思想养料可供当代作家发掘。比如，向中国古典散文学习遵循天地自然的法则，克服人类至上的立场，将人与自然同一化，即承认：“无论如何，人都是天地自然的一分子，都不能无视天地自然的存在和先验限制。”所以，在强调“天地之道”的同时，“要着意于‘人’，尤其是人‘心’的力

① 王兆胜：《文学的命脉》，华东师范大学出版社2005年版，第1页。

量"[①]。即在理解和顺应"天地之道"，在天地的化育中将自己的心灵培育得臻于完美。在我看来，这些都是当代文学的要义，而在过去，我们恰恰是将这些要义忽略了。

在新的世纪，当代文学既要理直气壮地倡扬"文以载道"的理念，又要让作家树立"道法自然""天人合一"的天地意识。因为"文以载道"与"道法自然"既是对立的，又是互补的。倘若当代文学能从这种"对立"与"互补"中获得滋养，则当代文学一定能一扫以往内涵苍白、精神缺钙、心浮气躁、格局逼仄的弊端，而呈现出精神旺健、元气淋漓、开阔大气的新局面。

## 三、理想文化生命人格的重塑

中国传统文化哲学的核心是人生问题，而理想文化生命人格的建构则是人生问题的一个重要方面。中国散文作为中国传统文化哲学的组成部分和载体，一直是这一优良传统的践行者和传播者，换言之，中国散文的整体审美建构始终表现出对于理想人格、特别是对于文化生命理想建构的热情。这不仅仅是一种历史文化现象，也是一种具有中国民族特色的理想人格建构体系。它集中体现出了中国传统文化的价值取向和美学特征，对中国当代文学有着重要的启示意义。

中国散文中的理想文化生命人格建构，最早可追溯到上古的帝尧时代。《尚书·尧典》一开篇就塑造了帝尧这样一位"道德圣王"，他敬事明达，温文尔雅，谦和礼让，选贤位能，以德而使海内服。到了先秦时期，儒家的理想文化人格是"君子"。虽然君子在人格级别上比不上"圣人"和"贤人"，但"君子"不像"圣人"那样虽可敬可仰却可望不可即。"君子"的理想文化生命人格既可培育可实践又可以实现。所以，孔子的《论语》中反复出现"君子"一词，从开篇的"人不知而不愠，不亦君子乎""君子务本，本立而道生"[②]，到末篇的"不知命，无以为君子也""君子惠而不费，劳而不怨，

① 王兆胜：《天地人心》，山东文艺出版社2006年版，第2—3页。

② 鲍建竹编著：《领导干部国学读本〈论语〉》，当代世界出版社2007年版，第2—3页。

欲而不贪，泰而不骄，威而不猛”[①]，“君子”一词在《论语》中出现了107次。孔子从大到安邦治国，小到修身养性，不仅界定了“君子”的内涵，还对君子的修身之道、君子的特质、君子的行为规范等，都做了全面具体的阐释。可以说，“君子”就是孔子，也是儒家心目中的理想文化人格的典范。除了儒家的“君子”文化生命人格，先秦还有道家的“真人”文化人格、墨家的“侠士”文化生命人格。道家中的“真人”，“不以心捐道，不以人助天”，他们超然于外，顺应天道自然，没有对物质、形体的追求。他们还“役人之役，适人之适，而不自适其适者也”[②]。由于顺应天道，不为物役，为别人的安适而安适，所以“真人”是自由的，真正达到了“天地与我并生，万物与我为一”[③]的境界。儒家的“君子”，道家的“真人”，代表了不同的价值观和精神取向，但不论是“自强不息，厚德载物”的君子人格，还是顺应自然之道的“真人”人格，乃至墨家的“侠士”文化生命人格，皆是特定时代的文化符号，是某一时代文化精神的凝聚和集中表达。

在构建理想文化生命人格方面，堪称典范的还有司马迁的《史记》。这部“无韵之《离骚》”塑造了一系列中国传统理想人格的典范，尤其是“士”的形象，对后世产生了深远的影响。司马迁通过对各类士人的描述，揭示出这一庞大阶层的文化精神内涵、价值取向与性格特征，同时将自己兼济苍生的理想情怀折射出来。如孔子，他一生始终以天下为己任，开私学，著书立说，广收天下门生。为实现“为政以德”的德治理想，孔子带领弟子周游齐、魏、宋、陈、蔡、楚诸国，肩负起拯救天下、再造苍生的历史重任。再如孟子提倡“尚志”，“穷则独善其身，达则兼济天下”的人生进退大节。他终其一生都在游说各国诸侯，推行其“仁政”哲学，体现出精神深处的文化气质和救世的理想。而在《史记》中，除了这类胸怀救世大志的积极入世的士人，还有大量讲求大义精神、甘心为知己慷慨赴死的士人，如鲁仲连、荆轲、聂政等。在《鲁仲连邹阳列传》中，司马迁对鲁仲连为赵排难解纷而无所取的行为赞叹不

① 鲍建竹编著：《领导干部国学读本〈论语〉》，当代世界出版社2007年版，第388—390页。

② 邵汉明注译：《庄子》，长春出版社2011年版，第62—64页。

③ 邵汉明注译：《庄子》，长春出版社2011年版，第20页。

已，对邹阳的抗直不屈也深表同情。司马迁这样评价鲁仲连：“鲁连其指意虽不合大义，然余多其在布衣之位，荡然肆志，不诎于诸侯，谈说于当世，折卿相之权。邹阳辞虽不逊，然其比物连类，有足悲者，亦可谓抗敌不桡矣。”[①]司马迁在这里特别赞叹鲁仲连“在布衣之位”，而“不屈于诸侯”，“折卿相之权”；而邹阳“辞虽不逊”，同样是“抗直不桡”的“仁义”士人。可见，司马迁所肯定、所赞赏、所同情的，都是“不合大义”“不逊”，而实际上却是“不屈”“不桡”，重道义，急人之困，救人于危的人物。司马迁曾说：“人固有一死，或重于泰山，或轻于鸿毛。”他认为人存在的最大价值在于自我价值最大化的实现，而道义精神是他价值观中文化生命人格的重要内质，是其道德架构标准里的重要部分，这其实也是中华民族文化心理共有的特征。

考察我国古典散文，可以看到，理想文化生命人格实际上是中国知识分子一生都在追求的一种人生目标和精神境界。所谓理想文化生命人格，是根据时代和现实需要塑造出来的完美人格典范，它是一个民族理想人格化在文化精神上的集中表达，也是一种生命哲学的精神高度，一种在审美活动中达到的真善美的境界。在古代，儒家的理想文化人格是圣贤人格、仁德人格，其核心是内圣外王，“天行健，君子以自强不息”。而道家的理想文化生命人格是“顺天应人”“道法自然”“天人合一”。一个入世，一个出世；一个刚健有为，一个柔顺因循；一个积极进取，一个潜隐退守。正是这种通和与互补，使古代的许多知识分子能够入世为儒，出世为道；或者熔儒道释于一炉，做到张弛相济，进退自如。而在现代，所谓的理想文化生命人格，是在古代理想文化生命人格基础上的发展与层次攀升。换言之，它在文化的框架中逐渐形成了作家主体向内发展、注重内在生命体验的价值取向。在此意义上，文化生命理想，是更符合现代文化精神和现代人格的一种文化建设。它既重视人的生命体验的价值取向，也具有比较清醒的层级文化价值目标，即重建中华文化价值体系和实现全人类文化价值的终极目标。因此，它既是文化的，也是生命的；既是个人的、民族的，也是一种人类的终极关怀，是复杂文化心理内容的核中之核。因为现代社会文明越是发达，人的文化与生命的那一部分就越重要。应该说，在

① 司马迁：《史记·鲁仲连邹阳列传》，万卷出版公司2009年版，第470页。

中国现代作家中，鲁迅、朱自清、巴金、沈从文等作家，都是有文化生命理想的人格追求的，所以他们的写作自有高格且文化内蕴深厚，反观中国当代作家的创作，在理想文化生命人格的塑造方面则无法令人满意。

的确，中国当代文学在构建理想文化生命人格方面，无论是理念还是实践都存在着严重的偏差和缺失。中华人民共和国成立后的“十七年文学”，虽然文学以现实主义为主流，强调写英雄人物和理想主义，但因主体的失落和人性的沦陷，文学根本就无法塑造出有人性内涵和审美生命的理想文化生命人格。粉碎“四人帮”后的20世纪80年代，作家普遍有较为自觉的忧患意识、责任感和使命感。他们把文学作为揭露伤痕、反思历史和启蒙的载体，自觉为时代和社会写作，思民族所思，想人民所想。但20世纪80年代的文学激情有余而现代理性不足，更谈不上具有丰厚的人性和文化内涵，以及以整体审美为旨归去建构具有理性精神的现代理想的文化人格。20世纪90年代以来，在“告别革命”“躲避崇高”等口号影响下，个人化写作乃至私人化写作代替了以往的集体化、宏观性写作，作家的忧患意识、责任感和使命感缺失。家国情怀在文学中淡漠，理想主义日渐消退。如此一来，当代文学变得越来越物化，越来越肤浅，越来越粗俗化。正是因此，在中国当代文学创作中理直气壮地倡扬理想文化生命人格的建构，在我看来不仅是必要的，而且是时不我待。也就是说，在新的世纪，当代文学一方面要强化忧患意识、崇高感和理想主义，一方面又要“立意为宗”，凸现“家国一体”的现代家国情怀。同时，既要“忧道”，又要“谋道”；既要讲诚信、讲道义，又要追求自由与浪漫；既要在道德上突出真善，又要将真善引向审美的自由境界。因为从中国传统文化哲学看来，理想人格就是审美人格和自由人格。如果我国的当代文学创作重视并有意识地去实践理想文化生命人格的建构，则这种理想文化生命人格重塑将赋予中国当代文学积极的示范和导引功能。它不但可以为当代中国人的人生价值和人生意义的归宿提供一种目标，一种坚定的信念和不渝的追求，而且将大大丰富当代文学的文化内涵，提升当代文学的文学格调和生命质地。

以上从“文”的传统、文以载道与道法自然、理想文化生命人格的重塑几个方面，论述阐释了中国散文的优良传统。当然，中国散文的优良传统远远不止这几个方面，但通过上面的论述阐释，我们可以获得几点启示：其一是中国传统文化包括中国散文是当代文学得天独厚的思想资源，也是改善和提升中国当代文学的文化保障，当代文学要不辜负时代和人民，并在实现中华民族的伟大复兴中有所作为，就必须在继承我国伟大文学传统的基础上，努力挖掘本土经验，创作出具有民族气派和民族特色、能体现出民族魂和民族精神的作品，从而使中国当代文学重获活力。其二是要面向世界，面向现代性，博采众长，在不同文化的交流激荡中，致力于中国文学与世界文学的相融交汇、和谐共生。其三，要认识到，伟大的文学传统固然是当代文学的沃土，但传统是活的，而不是死的。中国的伟大文学传统不是一尊纹丝不动的石像，也不是一潭波澜不兴的死水，而是浩浩荡荡、流淌不息，而且洋溢着生命与智慧波光的大江大河。因此，当代文学中唯有从我国伟大的文学传统中汲取资源，并以十足的激情与敬意去拥抱我们的文学传统，以超拔的想象力和耐心对这个文学传统并进行创造性的转化，当代文学的路子才有可能愈走愈宽，并最终融汇进世界文学的大合唱中。

（原载《中国社会科学》2017年第11期）

# 五四时期散文文体的选择与创造

曹聚仁先生在复旦大学的一次讲演中，曾提出了这样的观点：由五四运动带来文学革命的大潮流，……弥天满地，都是新的旗帜，白话文代替古文站在散文的壁垒中了。就当时的情况来看，与其说是文学革命，还不如说散文运动较为妥切。代表文学的，只有幼稚的新诗，幼稚的翻译，谈不上什么创作；其他盈篇累牍的都是议论文字。曹先生出于对散文的偏爱，认为五四文学革命简直就是一场“散文运动”，甚至判定新诗、翻译以及其他文学品类都“说不上什么创作”，这样的观点固然有其主观武断、贬低其他文类的偏颇，不过另一方面也昭示了五四时期散文创作的辉煌成就。的确，在五四时期及20世纪30年代中前期，散文无论从创作队伍，从作品的数量、题材的广阔、表现手法的丰富多样和文体的成熟程度，都远远超过了其他文学品类。否则，鲁迅、周作人、朱自清等大家也不会给予五四散文如此高的评价。

但对五四及30年代前期散文的研究，就目前来看还不够细致和深入。举例说，过去的散文研究者，一般较喜欢从科学民主，或从人的解放和反封建专制等方面来肯定五四以来的现代散文；还有的研究者热衷于探究这一时期散文兴旺发达的源流，当然更多的是单个散文家的作家作品论。近几年来，有研究者尝试从社团、文体的自觉方面来探讨现代散文的变革。[①]这是一个值得期待的进步。不过从整体来看，这方面令人满意的研究成果还不是太多。所以，本

---

① 在为数不多的现代散文社团和文体方面的研究中，笔者较认同的有丁晓原的《语丝：现代散文文体自觉的代码》（《江汉论坛》2003年第1期）、周海波的《现代传媒与散文的文体功能辨析》（《山东社会科学》2004年第6期）、王兆胜的《关于散文文体的辨证理解》（《文艺争鸣》2004年第2期）等文，以及范培松在《中国散文批评史》一书中关于“语丝派”散文“体”的研究。

文拟从文体的选择与创造的角度，对现代散文作一综合和多层面的阐释。在我看来，文体研究是更贴近文学本体，因而是考察一个时期的文学流变和探讨某一种文学体裁的独特性的绝佳视角与切入点，尤其对于散文这种文体倾向特别明显的文类更是如此。当然，我这里所指的文体，不是以往仅仅将文体等同于“文学体裁”的那种文体（如我国“三分法”“四分法”之类的文体研究），也不是只将文体归属于语言学的势力范围，即将文体研究视为对文本语言的形、音、义等方面的语言组合方式的研究。尽管将文体研究等同于“文学体裁”或“语言学”研究（事实上西方的文体研究主要便是语言学研究）有其合理之处，但其片面性也显而易见。正是针对文体研究的这种偏颇，我曾写过一篇题为《论20世纪90年代中国散文的文体变革》[①]的长文，该文在考察、梳理了我国古代文体概念的内涵及其流变的基础上，提出了“文类文体”“语体文体”“主体文体”和“时代文体”的“文体四层次”说。而本文，可以视为前文的姐妹篇。即是说，我将依据上述的文体思路，沿着现代散文发展的历史轨迹，探寻散文在时代风潮中的文体变异和内在精神的脉动。也许，从文体角度切入现代散文，我们更能体味到当初曹聚仁先生将五四文学革命说成是“散文运动”的那番苦心。

## 一

中国现代散文与小说、诗歌和戏剧相比，一开始就表现出了文体上的自觉与成熟。当时的新文学建设者一方面为现代散文进行文体上的溯源，一方面又认为应“彻底打破‘美文不能用白话’的迷信”[②]。于是，在这种双向的选择和创造中，建构起了现代散文的基本框架。

这种文体上的选择，首先体现在“文类文体”的建设方面。我们知道，我国古代散文从文类角度讲是一个十分广泛的概念。它包括了韵文之外的一切

① 陈剑晖：《论20世纪90年代中国散文的文体变革》，《中国社会科学》2001年第5期。

② 胡适：《胡适文存·五十年来中国之文学》，《胡适学术文集·新文学运动》，华文出版社2013年版，第221页。

散体文章，正所谓“非韵非骈即散文”是也。由于包罗的门类太多太杂，这样文学性散文和非文学性散文的界限便十分模糊，这不但在很大程度上限制了人们对散文的认识，也影响了散文创作的发展。而五四之后出现的现代散文则不同于古代散文，它一开始就意识到散文不但应属于文学的范围，而且应作为文学的一个独立部门而存在。在这方面，首先要提到的是刘半农和傅斯年两人。1917年，刘半农在《我之文学改良观》中，率先提出文学散文的概念：“所谓散文，亦文学的散文，而非文字的散文。”1918年，傅斯年在《怎样写白话文》中，开始将散文与小说、诗歌和戏剧并列，特别是将散文作为一个独立的文学部门来看待。尽管刘半农和傅斯年两人的文体意识还是体验性和零碎的，对于“文学性散文”的内涵和特征并没有清晰的认识，但他们对于“文学散文”的钟爱，促使他们尝试着从传统文章即“杂文学”中将散文剥离出来，这可视为现代散文文体觉醒的先声。

标志着现代散文的文体自觉，准确地说应该是从周作人开始。1921年，周作人提出了著名的“美文”概念。他一方面从明代小品那里寻找到现代散文的源头，一方面又以开阔的视野，从外国散文那里发见了可资现代散文借镜的创作资源。他说：“外国文学里有一种所谓论文，其中大约可以分作两类：一批评的，是学术性的；二论述的，是文艺性的，又称作美文，这里边又可以引出叙事与抒情。但也很多两者夹杂的。这种美文似乎在英语国民里最发达。”①周作人的“美文”说不但使散文从“杂文学”的混沌状态中解放了出来，而且确定了现代散文的多种体式与基本特征，同时还为现代散文的文体发展提供了民族性的依据和世界性的参照。后来，在《自己的园地·自序》中，他又提出了“抒情的论文”概念，将议论性的杂感也视为“美文”创作之一种。从上述的文章，可以看出周作人建构现代散文文体的思路：即将叙事、抒情和议论视为现代散文的三大要素，这与后来写作课程中通用的叙述散文、抒情散文和议论散文的三分法大体上是一致的。

在现代散文的“文类文体”建设方面，值得一提的还有朱自清。尽管朱

① 周作人：《美文》，俞元桂主编：《中国现代散文理论》，广西人民出版社1984年版，第3页。

自清不把散文当“纯艺术品”看待，认为散文在艺术性方面比小说和诗歌要低。不过他将现代散文分为广义和狭义两种，还是体现了他作为一个文体家的远见卓识。在《什么是散文》和《关于散文的写作——答〈文艺知识〉编者问八题》中，他指出，“散文的意思不止一个”。“广义的散文，对韵文而言。狭义的散文，似乎指带有文艺性的散文而言，那么小说、小品、杂文都是的。最狭义的散文是文艺的一部门，跟诗歌、小说、戏剧、文学批评并列着，小品和杂文都包括在这一意义的杂文里”。在朱自清看来，文艺性的散文“或称白话散文，或称抒情散文，或称小品文”。朱自清把文学散文与非文学散文分开，再把非文学性散文剥离出散文家族，这是颇有见地的，但他把小说也包含在散文里边，则显然失之于粗疏。因为既然已将小说、诗歌、散文和戏剧并列为现代文学的四大体裁，就没有理由再将小说归进散文的范畴。由此可见，朱自清的文体概念也不是十分清晰。他对散文概念的界说还不算完备，但他关于“广义散文”和“狭义散文”的划分，其文体意义却不容忽视。至于同时期或稍后的胡梦华关于“絮语散文”的提倡，王统照对“纯散文”的文体界定，还有徐志摩对“纯粹散文”的执着，都可以看作对现代散文“文类文体”的有意义的探索。

那么，什么是“文类文体”呢？文类文体一般指作品的外在形状，它犹如人的外表体形和容貌， 是作家根据不同文学品类的特征、功能和表达方法，按特定的原则、规范组合文本的方式。文类文体虽以显在形态给读者以直观印象，但它却是这一文体与别的文体区别开来的依据和标识，并以其独立的存在性而体现出自身的价值。通常来说，一种较成熟的文类都有较为稳定的文体形态，都有自己独特的组合原则和外在特征。反之便是范畴模糊、体例不纯，是文体不成熟的表现。应当说，从文类的角度来看，新文学草创期的散文作家和理论家们显然意识到了散文这一文体类型独立存在的重要性和必要性，这样他们对于散文文类的有意识选择与自觉创造，便成为现代散文体自觉的显著标志。遗憾的是，后来的散文研究者并没有在上述的基础上对现代散文的“文类文体”作进一步的细化与拓展，使其更科学和更具文类的竞争性，反而疏于规范与建构，文体意识越来越退化，终于导致了在很长的时间里，现代散文的概念混乱、文类不清、体式模糊的局面，并由此影响到现代散文在20世纪中国文学史上的地位，使其在很长的时间里处于边缘的尴尬境地，这样的教训必须吸取。

现代散文对于文体的选择与创造，既体现在“文类文体”的建构方面，在寻找与现代散文的内容和主题相适应的话语方式方面，现代散文的建构者也表现出了不凡的眼光。在这方面，胡梦华的“絮语散文”之说功不可没。他认为英国的小品文、随笔一类的东西，虽然“不是长篇阔论的逻辑的或理解的文章，乃如家常絮语，用清逸冷隽的笔法所写出来的零碎感想的文章。……至于它的内容虽不限于个人经历、情感、家常掌故、社会琐事，然而这种经历、情感、掌故、琐事确是它最得意的题材”[①]。在这里，胡梦华一方面看到小品随笔题材的广泛性、包容性和琐碎性，另一方面又意识到用“家常絮语”“清冷逸隽”的笔法是表现这种题材的最佳话语方式，这的确体现出了他敏锐的文体意识和独特的文体眼光。而与胡梦华的“絮语散文”异曲同工的，是鲁迅于1924年译介的厨川白村的《出了象牙之塔》一书，其中的一段话为历来的散文爱好者津津乐道：“如果冬天，便坐在暖炉旁边的安乐椅上。倘在夏天，则披浴衣，啜苦茗，随随便便，和好友任心闲话，将这些话照样地移在纸上的东西，就是Essay。”这便是对中国的现代散文文体的发展产生了巨大影响的“潇洒写意的谈话体”。自然，更有系统、更有自觉的文体理论意识是产生于1924年的“语丝社”的创办者和同人。诚如范培松先生所言：“语丝社同人对‘语丝体’展开了讨论，这是在20世纪里散文批评家第一次自觉地、有意识有目的地围绕现代散文的‘体’所进行的批评活动。”[②]“语丝”开宗明义地宣称办这个刊物是“发表自己所要说的话”[③]，“说自己”的话，其实就是要寻找一种适合“语丝”题材和功能的“语丝体”。而这种“语丝体”又是什么呢？1925年孙伏园在写给周作人的题为《〈语丝〉的文体》的信中谈到：“我们最尊重的是文体的自由，并没有如何规定的”，还说它“只是一种自然的趋势”。即是说，自然随意便是“语丝体”的特征，而且不是人为的硬性规定，

① 胡梦华：《絮语散文》，俞元桂主编《中国现代散文理论》，广西人民出版社1984年版，第15页。

② 范培松：《中国散文批评史》，江苏教育出版社2000年版，第55页。

③ 周作人：《〈语丝〉发刊词》，《语丝》1924年第1期，第15页。

而是自然而然形成的。

的确，自由自在，任心闲话，随意挥洒，正是散文特有的话语方式。因为散文没有小说那样有情节和人物形象可依，没有诗歌那样的高度集中和韵律上的严格要求，又没有戏剧那样的谨严结构和大量的对话。文类的兼容、规则的灵活、表现手法的丰富多样，使散文成为一种可以自由发挥、率性而为的文类。所以鲁迅先生在《怎样写》中说："散文的体裁，其实是大可以随意的"。不仅可以"随便"，而且"大概很杂乱"。周作人则将自己的散文写作比喻为"跑野马"。正因为在体裁上"大可以随便"，在写法上可以"跑野马"，在话语方式上采用"家常絮语""任心闲话"的语调，这样，二三十年代的随笔小品自然就蓬勃发展起来，不但成为了那一时期散文的主流，而且其成就"几乎在小说戏曲和诗歌之上"①。由此可见，文体的选择和创造对于文学创作至关重要。可以设想：倘若没有从一开始就确立散文作为一个独立部门，同时将文学性散文和非文学性散文区别开来，而后寻找一种自由随意、任心闲话的话语方式，那么中国的现代散文有可能像西方散文那样，直到今天还没有获得独立的地位，甚至还处于混沌的"杂文学"的状态之中。仅此一点，我们就有理由向20世纪二三十年代致力于散文"文体革命"的先行者脱帽致敬。

## 二

文体作为作家说话和写作的主要方式，最突出的是语言层面所体现出来的不同于别的文类的特征。如果说，文学体裁是文本的体例特征和结构形式等方面的成规，它是文体的显在层面，那么语体则是对体裁的默认与确证，它是散文文体规范下的一种话语系统，是与文学体裁相匹配和对应的一套语言成规，并且连接着作家的艺术思维方式和风格特征。一般来说，语体既是一个作家特有的对词语的选择、修辞技巧的运用，以及语气、调子和标点符号的使

① 鲁迅：《小品文的危机》，《鲁迅选集》第三卷，人民出版社1995年版，第20页。

用，它还包括某一时期作家对于某一种语言形式的共同选择与创造。正是由于这种共同的选择与创造，于是在历史的某个时期，形成了一种不可替代的“时代的文体”，如五四时期的“白话文体”就是如此。因此，从文体学的意义来说，语体文体是文体的核心，也是它的基础。它既是识别一种文类的审美属性的关键，又是衡量一个作家的艺术风格是否成熟的最为可靠的标记。

中国现代散文的开拓者从一开始就注意到了语体文体对于现代散文发展的重要性，并为建构一种既符合五四自由精神、又贴近散文本体的散文话语而不懈努力。具体而言，五四至三十年代前期的散文家和理论家对语体文体的选择与创造，主要表现在如下几方面：

其一，是“新而不乱，奇而不渎”，在“文言合一”、中西结合中探索现代散文语体文体发展的可能性。五四的“文学革命”，以“断裂性”语体变革为核心，创作了大量的新诗、小说、戏剧和散文，而在这其中，尤以白话散文的成就最为突出。为什么五四时期白话散文的成就在诗歌、小说和戏曲之上？盖因散文是最具文体意味的文类。小说虽然最早采用白话文（如宋人的说话、明清的章回小说），但五四之后便受制于西方的小说观念和表现手法，在语体方面更是存在着严重的欧化现象。诗歌方面，尽管很早就有胡适的《尝试集》和刘半农、康白情等的白话诗，后来又有李金发、闻一多、徐志摩等的探索，但总体看来，五四时期的新诗语言还处于“夹生饭”的不成熟的阶段，这种状况直到今天也没有很大的改观，加之过于排斥我国古典诗歌的审美传统，倾向西方又难以西化，这就注定了现代诗歌不古不洋的尴尬命运。至于戏曲，不仅产生较晚，其观念、规则和结构形式更是西方戏剧的翻版。因此鲁迅说“散文小品的成功，几乎在小说戏曲和诗歌之上”，是有着足够的根据的。而在我看来，五四时期现代散文的成就之所以超过其他的文学门类，很重要的一个原因是当时的散文作家有十分清醒自觉的语体创造能力。五四的初期，散文的语体不可避免地存在着历史过渡时期纷然杂陈的现象。如文白杂糅，土洋并用，很是古怪拗口。但很快，这种现象便得到了纠正。先是鲁迅、周作人在传统与现代的结合上探讨了现代散文语体文体发展的可能性，使其“新而不乱，奇而不渎”。比如鲁迅，他在散文语体上严于选词，苛于造句，他的散文和杂文里“没有相宜的字，宁可引古语，希望总有人会懂”[①]。他还认为“旧语的复活，方言的普遍化，那自然也是必要的”[②]。周作人对语体文体更是给予了充分的关注。他在研究了文体的特点、功能与语言的形式变化的关系后，提出了建立“理想的国语的设想：以现代语为主，采纳古代以及外国的分子，使他丰富、柔软”。这种“现代国语”不仅能“适切地表现现代人的情思”，而且“具有论理之精密与艺术之美”[③]。此外，他还注意到了散文语体文体的“本色、简单、涩”等特点。在《燕知草·跋》中，他针对俞平伯的散文，指出：“他的文词还得变化一点。以口语为基本，再加上欧化语、古文、方言等分子，杂糅调和，适宜的或吝啬地安排起来，有知识与趣味的两重统制，才可以造出有雅致的俗语文来。”由此可见，五四散文运动的倡导者对语体文体是格外重视的。正是在鲁迅周作人，包括胡适、傅斯年、叶圣陶等的倡导下，朱自清、俞平伯、梁遇春、梁实秋、林语堂、冰心、徐志摩、沈从文、缪崇群、陆蠡、丰子恺、废名、何其芳、李广田、冯至、柯灵等散文家创作出了一批情思优美、在语体文体上堪称现代散文典范的佳构。这些作品有的平白如话，自然亲切，流利畅达，朗朗上口，体现出“看得又读得”的口语语体的纯粹与规范，如周作人、叶圣陶、老舍、丰子恺、夏丏尊的散文便是这方面的代表；有的精心锤炼语言，把文言、口语、欧语熔于一炉，形成了一种极其诗意化的语体文体，如徐志摩、冰心、何其芳等的散文语言就是如此。这些散文家在语体文体方面的探索，一方面丰富了现代白话散文的文体表现，另一方面也为古文与现代白话文、西方散文语言与中国散文语言的渗透融合开辟了一条新路。

其二，是在“化传统”过程中，追求语体的“漂亮”和“缜密”，打破“美文不能用白话”的迷信。在“化传统”这一点上，现代散文的确比其他文类有着得天独厚的优势。而在这个“化”的过程中，现代散文的倡导者一方面摈弃古代骈文那种骈韵用典、片面强调文采繁富的形式主义做法，一方面又继

① 鲁迅：《我怎么做起小说来》，《鲁迅选集》第三卷，人民文学出版社1995年版，第172—173页。

② 鲁迅：《人生识字糊涂始》，《鲁迅全集》第六卷，人民文学出版社1995年版，第296页。

③ 周作人：《周作人散文》（二集），中国广播电视出版社1992年版，第85页。

承和发扬了我国自先秦就开始的对于“藻饰”“美言”的语言传统，自觉追求白话的语言艺术，使其具备汉语文章特有的言美、形美和意美。这样既保留了传统文章凝练含蓄、意蕴丰厚、声音节奏优美的语言功能，又显得更自然、更亲切、更生动和细腻，从而使传统语言获得了新的生命力。

在追求“藻饰”的语体美方面，首先要谈及的是徐志摩。尽管徐志摩不是一个造诣很深的“语言学”专家，但他对“纯粹散文”的语言美却情有独钟。早在1923年，在与友人的通信中，他就提出了“纯粹散文”的理论主张[①]，并说：“我们信我们自身的灵性里、周遭空气里多的是要求投胎的思想的灵魂，我们的责任是替他们搏造适当的躯壳，这就是诗文与各种美术的新格式与新音节的发见；我们信完美的形体是完美的精神的唯一表现。”[②]徐志摩的散文，便十分讲究“藻饰”，讲究散文形式的美和语言的音乐性。不过，由于徐志摩在语体文体的锤炼上尚欠火候，有时总不免因人工过分的夸饰而“流于冗赘缛艳之境”[③]。因此，在“化”传统并将散文语言做得“漂亮”而“缜密”方面应首推朱自清。在语体上，朱氏的散文以散行单句为主，不刻意追求排偶和整饬，更不讲究平仄和韵律，这和古代文章的造句方式颇为接近。另一方面，朱自清的散文又继承了古代散文利用汉语的平仄，特别是汉语独有的双声、叠韵的语言特点，造成一种平仄相交，双声、叠韵错杂的抑扬顿挫、声韵和谐之美。此外，朱自清还借鉴古代散文丰富的修辞手法，善于调动多种修辞手段来表达瞬间的心理感受，以比喻、拟人、通感等来营造氛围和情境。比如《荷塘月色》《桨声灯影里的秦淮河》《背影》等散文名篇，既显示出白话散文自然质朴、平易亲切、生动畅达的美质，又把现代散文写得精致、漂亮和缜密，其语体文体的简洁、隽永和蕴藉不让于古典美文，这就难怪朱光潜在《敬悼朱佩弦先生》中，给予了朱自清如此高的赞誉：“他在这方面的成就，是要和语体文运动史共垂久远的。”而郁达夫则认为，朱自清的散文“仍能够满贮着那一种诗意，文学研究会的散文作家中，除冰心女士之外，文字之美要算他

① 徐志摩：《徐志摩书信》，湖南文艺出版社1986年版，第112页。

② 徐志摩：《诗刊弁言》，《晨报副刊·诗镌》第1号，1926年4月1日。

③ 钟敬文：《试谈小品文》，俞元桂主编《中国现代散文理论》，广西人民出版社1984年版，第33页。

了"[①]。其实，在五四至三十年代中前期，师承我国传统语言的"藻饰""美言"审美观念，将散文语体文体锤炼到"炉火纯青"境界的散文作家，还可以举出冰心、废名、落花生、何其芳、冯至等一大串名字。正由于有这样一大批作家追求白话散文语体文体上的文字美、形式美和意境美，所以鲁迅说五四散文"写法也有漂亮和缜密的"，是"对于旧文学的示威"[②]。朱自清在1928年发表的《论现代中国的小品文》，也说那时的散文"确是绚烂极了……或描写，或讽刺，或委屈，或缜密，或刚健，或绚丽，或洗练，或流动，或含蓄，在表现上是如此"。这就"彻底打破那'美文不能用白话'的迷信"，提高了现代散文语体文体的审美品格。

第三，"言与意""形与心"的和谐组合，构成独具东方情调的语体文体特征。文体学的研究表明，文体不仅有文类文体、语体文体、主体文体和时代文体等层次，还有"言与意""形与心"构成的多重审美因素。文学作品，尤其是散文，不但要通过优美的语言来表达意思，还要善于将语言的符号转化为艺术符号，即意与形的组合，而后再通过作品特有的氛围和格调，传达出散文"个人主体"的性灵，即"形"与"心"的圆融和洽。在我看来，语体文体只有达到了这一层次，才真正达到了文学的臻境。在检视二三十年代的散文时，我们不无欣喜地看到，五四时期的现代散文大多都能做到"言与意""形与心"的融合。这些散文既善于将日常生活艺术化，又善于运用各种笔调创造出各色的氛围、情调和意境，营造一方浓淡相盈的自适的精神空间。如周作人的《乌篷船》，体现的就是"言与意""形与心"的和谐交融："你坐在船上，应该是游山的态度，看看四周物色，随处可见的山岸旁的乌桕，河边的红蓼和白苹、渔舍……"而到了夜里，则是"夜间睡在船舱中，听水声橹声、来往船只的招呼声，以及乡间的犬吠鸡鸣，也很有意思。"语言冲淡平和，自然天成，而在这"意"和"形"的底下，折射出的是一种散淡悠闲的心境、一种自由随意、空灵和谐的意蕴，而这正是东方情调的语体文体特征在散文中的体

① 郁达夫：《中国新文学大系·散文二集》导言，俞元桂主编《中国现代散文理论》，广西人民出版社1984年版，第460—481页。

② 鲁迅：《小品文的危机》，《鲁迅选集》第三卷，人民文学出版社1995年版，第20页。

现，它使现代散文的艺术表现领域更为蕴藉、幽深和开阔。

综上所述，可见文体的选择与作家的生命意向、人格理想密切相关。文体既是“道”，又是“器”；既是交流思想的载体，又与创作主体的思维密切相关。换言之，文体就是人本身，它寄寓着人类的灵魂和精神。因此，任何有自己的文学理想的作家，在创作时总是竭力去寻找适合自己的体裁，寻找适合自己的表达方式，尤其是寻找能负载起自己的生命、人格理想和自由精神的语言形态。在现代散文家中，鲁迅是如此，周作人是如此，其他如朱自清、梁实秋、林语堂、丰子恺、沈从文、汪曾祺等也概莫能外。同时，我们还注意到：由于注重语体的追求，现代散文在总体上服膺“絮语”“闲话”，推崇自由随意的话语方式的前提下，许多作家又有着属于自己的“语体”。如鲁迅的简约冷峻，周作人的平淡、笨拙中的丰腴，朱自清的细腻与精美，林语堂的幽默雍容，梁实秋的博采雅趣，叶圣陶的质朴平实，徐志摩的流动华美，废名的疏淡清朗，沈从文的舒徐自然……他们都以独特的、不可替代的语体文体，向世人展示着现代散文的优美与多样性。

## 三

现代散文在文体上的选择与创造，除了体现在文类文体、语体文体等方面，在散文体式的选择与完善上，我们也能够看出现代散文奠基者的良苦用心和出色的文学想象力。关于这方面的文体探索，在本文第一部分谈及“家常絮语”“任心闲话”以及“语丝”社的“文体自由”时已有所涉及，不过由于写作上的考虑，前面只是约略地涉及“语体”和“体式”的问题，而且侧重点在于探讨散文作家们是如何孜孜不倦地去寻找适合散文内容的说话方式。而在这一部分，我考察的重点在于现代散文的表现方式和文体范式的历史演进，这里的研究理路是一种递进层深的关系，即透过文学的体裁、个体的语体去把握文体的内在构造方式和相对稳定的文体范型。

从文体的层次及递进关系来看，文类文体、语体文体和体式文体共同构成了文体内涵的三个层面，它们虽然有着密切的联系，而且常常是我中有你，你中有我，很难截然分开，但如果细加辨析，还是能够看出其间的一些细微区别。在我看来，文类文体是文体的外在形状，它从大的方面标示着各种文类的不同范畴和特征；语体文体侧重于文本语言的组合方式，主要指单个作家在用字、遣词、造句方面的特色；体式文体虽也离不开语言组合以及语调方面的选择，并且在表面上看起来与文类文体有相似之处，但范畴比语体文体大，又比文类文体要小一些，它既是文本特有的表达方式和形态，也是文本依据不同的内在结构组合而成的不同范式。因此，研究现代散文的文体，既要研究文类文体和语体文体，还有必要研究现代散文的体式文体。

那么，现代散文又有哪些体式或曰范式呢？根据上面关于体式文体的理解，以及结合现代散文的创作实际，我认为，可以将现代散文归纳为如下几种体式：

（一）抒情独语体式。抒情体式古已有之，但在五四时期的现代散文中得到了长足的发展，甚至在20世纪的五六十年代曾一度成为散文创作的唯一文体模式。这是由于“借景抒情”“托物言志”是中国传统散文的一大特色，而五四以后散文灵活多样的抒情方式，又适应了现代人借助散文这一载体来抒发感情、裸露心灵、表现生命体验的内在要求。加之这一时期国外的屠格涅夫、泰戈尔等散文诗的引进，也成为现代抒情散文体式发展壮大的“外援”。抒情体式的领军人物当然是朱自清。他的《荷塘月色》当之无愧是这一路散文的范本。而徐志摩、郁达夫、冰心则是其倡导者和出色的实践者。徐志摩散文中的丰富想象力和强烈的主观感情色彩，使他的散文不但流光溢彩且飘动飞扬起来。郁达夫的抒情既有同亲友诉苦的不拘形式，又有“归航”时的淡淡的感伤情调。冰心散文中的抒情，则如春天里的云雀般的轻快欢悦，又如“霓虹的彩滴也要自愧不如的妙音雨师”（郁达夫语），在清新的文字、典雅的情思中，透出浪漫主义的气息。现代的抒情散文由朱自清始，中经杨朔、刘白羽等的“诗化”改造，到20世纪80年代贾平凹（风情类散文）、张洁等的手中又有所回归，可以说绵延近百年。值得注意的是，在现代散文的抒情体式中，还旁逸出一种更贴近散文本体的抒情元素，即有的评论家指出的“独语”体式。这种独语体式可追溯到鲁迅的《野草》，“野草”借助象征暗示的表现手法，以及奇幻的场景、荒诞的情节和神秘朦胧的梦境，直逼灵魂的最深处，捕捉到了现代知识分子内心深处难以言说的感觉和情绪，并以独语的方式对自我、生命、灵魂和人类的出路进行深层次的思考和自剖。当然，在独语体式上思考得更多、也走得更远的是何其芳。他执着地要为抒情的散文“发现一个新的园地”。他说“我企图以很少的文字创造出一种情调： 有时叙述着一个可以引起许多想象的小故事，有时是一阵伴着深思的情感的波动。正如以前我写诗时一样入迷，我追求着纯粹的柔和，纯粹的美丽”①。何其芳的散文《画梦录》中的散文，其实就是他为“抒情的散文发现一个新的园地”的实验。他借助“诗的暗示能”和“诗的思维术”来组合意象和营造意境，还以戏剧式的独白或对话介入散文的抒情中，从而使散文的抒情更有弹性和层次感，更能传达出现代人那种孤独寂寞的情绪，营造出一种现实和幻梦相交织的艺术境界。而在20世纪20年代末至30年代中前期，追求这种艺术境界和独语方式的散文家还有李广田、缪崇群、丽尼和陆蠡等，他们的散文篇幅短小轻灵，语言优美流畅，结构精致圆满，加之大量借助意象、象征、梦幻，乃至声音和色彩来叙事抒情，便在一定程度上弥补了当时一些“闲谈”体散文过于随意散漫和絮聒，结构上又杂乱无章的不足，为抒情艺术散文的发展开拓了另一条路径，可惜后来因时代和社会环境变迁等原因而未能延续下来。

（二）闲话聊天体式。所谓“闲话聊天”体式，按我的理解，应包括日常闲谈的语境、轻松自然的闲话氛围、大量采用活的日常用语，以及结构上的漫不经心等。简言之，闲话聊天体就是用一种自由随意、娓娓而谈的“闲话”笔调和兴之所至、随心所欲的表达方式来进行散文创作的文体范式。从某种意义上说，散文的闲谈体式真正体现了散文的精神。由于这种体式契合散文的自由自在、无拘无束地表达作者性灵和趣味的特性，所以从五四初期开始，也就受到散文作家和广大读者的特别青睐。先是周作人承续明清小品反对“文以载道”，张扬个人性灵，追求精神自由的风韵，创作出了一批余香袅袅、冲淡雅致的“美文”，开创了随笔小品创作的先河。接着是俞平伯、钟敬文等人追随其后，并以其理论和创作实践支持了周作人的“美文”主张。比如俞平伯就深受周作人的影响，其文风透出一股平淡雅致的韵味，其境界直追明清小品。

---

① 何其芳：《我和散文》，柯灵主编《中国现代文学序跋丛书·散文卷》，海南人民出版社1988年版，第1171页。

钟敬文更是服膺周作人那种“幽隽淡远”的文体和“明妙深刻”的情思，称其“不但在现在是第一个，就过去两三千年里的才士群里，似乎尚找不到相当的配侣呢”。而他自己衡量优秀随笔小品的标准则是“平常的感情和知识”，加上“湛醇的情思”和“超越的智慧”[①]。他的《太湖游记》等文，其笔致和意境均显示出“闲话聊天”体式散文的艺术魅力。在这其间，应特别提及的还有胡适在《五十年来中国之文学》一文中对周作人的“闲谈聊天”体散文的肯定：“这几年来，散文方面最可注意的发展，乃是周作人等提倡的‘小品散文’。这一类的小品，用平淡的谈话，包藏着深刻的意味；有时很像笨拙，其实却是滑稽。这一类作品的成功，就可彻底打破那‘美文不能用白话’的迷信了。”这段话一方面充分肯定了周作人的小品文创作，另一方面胡适对于“平淡的谈话”的散文文体式的推崇，无疑对现代散文中小品随笔的发展起到了推波助澜的作用。

事实也正是如此。在周作人等人的努力实践和胡适的推动下，以“闲话聊天”体式为特征的现代随笔和小品便蓬勃发展起来，以至于在20年代和30年代中前期成为现代散文的支配性和主导性的文体。而在“闲话聊天”体式的发展壮大过程中，最值得提及的是“语丝派”同人对于“体”的确认和尊重。诚如上述，《语丝》作为一本杂志在1924年创办后，很快便形成了一个散文流派，并形成了以杂感、小品为特点的“语丝文体”。“语丝”的体式，其实也就是“闲谈”的体式。只不过“五四”初期从“体”的角度来认识“闲谈体”的作家还不多，“语丝”时期对散文体式的自觉体认再不局限于少数几个人，而是一批散文作家自觉地、有组织和有计划地对现代散文的“体式”进行讨论，而且将讨论付诸实践，形成了一种共同或较接近的表达方式和语言风格。因此我赞同这样的结论：“《语丝》的创刊及其存在，象征着现代散文开始走向一个自觉的时代。”[②]“语丝”的存在及其体式追求上的成功，意味着现代散文已基本完成了从古典形态向现代形态的转型，也预示着现代散文全面而深入的文体大解放。令人扼腕的是，由周作人选择、经由“语丝”的创作达到成

---

① 钟敬文：《试谈小品文》，俞元桂主编《中国现代散文理论》，广西人民出版社1984年版，第32—33页。

② 丁晓原：《〈语丝〉：现代散文文体自觉的代码》，《江汉论坛》2003年第1期。

熟的“闲话聊天”体式并没有很好延续下来。在20世纪30年代后期至80年代末期，在半个世纪的时间里，我们几乎再也难以在散文园地里见到这种自由随意、平淡隽永的“闲话聊天”体式。直到90年代，这种“闲话聊天”体式才又来了一次全面的复兴。于是，我们才有机会读到张中行、金克木、季羡林等人的所谓现代的《世说新语》式的散文，于是我们又重新回到了“烘着白炭火钵，喝清茶，同友人闲谈”的境界中。

（三）幽默谐趣体式。作为一种审美风格和散文文体体式，幽默谐趣几乎从现代散文产生那天起就已经存在，比如在鲁迅、周作人的杂感小品中，我们就随处可见幽默的笔调。不过，鲁迅的杂文属于“能以寸铁杀人”的“硬性随笔”，也即是尖锐的讽刺和嘲弄，因此不在本文的幽默谐趣体式之列。周作人的小品虽也不乏“婉”而“趣”的幽默色彩，但他更看重的是冲淡悠远的闲话语调和自由散漫的小品品格。因此可以这样认为：真正成为一种散文文体、从自发而走向自觉、幽默谐趣的文体体式是林语堂发起的。早在20年代中期，林语堂就已热心倡导幽默。他在《晨报副刊》上发表《征译散文并提倡幽默》《幽默杂话》等文后，幽默谐趣便作为一种文体与现代散文结了缘。不过，当时他对幽默的倡导并没有引起太大的注意。直到30年代初，他在自己创办的半月刊杂志《论语》上又大张旗鼓倡扬散文中的幽默和谐趣，这样才引起了时人的关注，并逐渐形成了一种散文体式。林语堂认为，幽默“本是人生的一部分”，幽默不仅“是一种从容不迫的达观态度”“是一位冷静超远的旁观者，常于笑中带泪，泪中带笑”，而且幽默作为以“自我为中心，以闲适为格调”的真性灵文学，从来“都是归返自然，属于幽默派、超脱派、道家派的”①。因此，散文小品如果有了幽默的滋润，就具有“温厚的”“冲淡的”品格，并达到既“深远超脱”，又“最富于情感”的艺术境界。从文体的角度着眼，林语堂对幽默包括他对“性灵”和“个人笔调”的倡扬，可以认为是对现代散文的标准和文体功能的一种新理解。而尤为可贵的是，林语堂不但在理论上力倡幽默，在创作方面，他也将幽默谐趣视为散文的理想目标和最高境界。因此，就小品文而言，倡导幽默是林语堂的一大贡献，他将小品文的审美品格

---

① 林语堂：《我的话（上编）·论幽默》，上海时代书局1948年版，第64页。

提升到新的境界，即具有喜剧色彩的审美品格。遗憾的是，以林语堂为代表的幽默谐趣体式也和“抒情独语”体式和“闲谈”体式一样命运多舛。它在30年代中前期极盛一时之后，30年代后期便走向沉寂，其间虽有30年代末40年代前后的梁实秋、钱锺书、王了一等人继承这一路散文体式并有所发挥，但在“风沙扑面”“虎狼成群”的严酷社会现实面前，这样幽默谐趣的声音毕竟是太微弱了。值得庆幸的是，自20世纪90年代后，幽默谐趣的散文体式也和其他散文体式一样重获生机，并成为一种新的散文范式向以张中行、金克木等为代表的“闲话聊天”体式和以贾平凹领衔的“抒情散文”体式（早期散文）发起挑战。其中较优秀的幽默谐趣散文家有王小波、韩少功、孙绍振、南帆 、韩石山、叶延滨等，他们承续了林语堂、梁实秋、钱锺书等的幽默谐趣散文传统，又注进了新的文体元素。这种散文体式的出现，有可能拓展现代散文的写作套路，丰富散文的文体功能和智性深度。

散文文体的自觉，意味着散文家不但自觉去建构散文的体制和语体风格，还表现出散文的文体风格和范式的形成，这在很大程度上是现代散文文体成熟的标志。通过上述的分析，可以清楚地看到，现代散文的基本范式和格局，其实在二三十年代就已确定。虽然其间也有反复和中断，但这几种基本的文体范式贯穿了20世纪现代散文的始终。这些文体范式的确立表明了这样一个基本事实：散文对文体的选择与创造，丝毫不逊色于小说和诗歌，只不过以往的散文研究者没有很好地从文体的角度对现代散文进行清理和总结罢了。很显然，这种清理和总结可以在一定程度上纠偏对散文研究的习惯性轻视，也增强了我们建构散文理论体系的信心。当然，在探讨散文的文体时应注意到：散文的体制、语体、个性风格和文体范式之间都是本同而末异，是互为联系、互为补充渗透的。我一直认为，文体研究面对的不应是定型僵化的文学史材料，而应是发展着、变动着，而且充满了自由创造活力的文学事实。文体研究应力求对其作出客观科学、贴近文学本体的理论阐释，这样，文体研究才能区别于别的文学史研究，并对当前的文学创作有所助益。

## 四

文体既是文学的体制、语言和体式的综合性规定和体现，文体也是一个文学史的范畴。因此，文体研究对于文学史建设，也有着不容忽视的意义。如众所知，我们过去的文学史著述尤其是散文史著述，一般都是采用编年史式的体例，在描述文学史的进程时，又过于侧重从社会学和政治学的角度考察文学思潮和作家作品，这样难免有空泛粗疏之嫌。倘若我们换一个视角，即以文体的演变为中心来撰写文学史，说不定文学史的建构会出现新的格局。因为文体始终立足于文学本体，侧重于探究文学内部各要素的互相渗透和推移更迭，因而更能动态地揭示出文学史的演进过程，探测出文学的特殊性以及一般的发展规律。举例说，文体史（准确说是散文文体史）可以通过对文学体裁分合盛衰的把握，解释文学发展的历史动因和时代风格变迁对于文学的影响，如《宋书·谢灵运传论》中的“文体三变”，以及后来的“一代有一代之所胜”的论断就属此类。文体史还可以结合语体的研究，深入地探究文体范式独特的发展轨迹。此外，文体史的优势，还体现在对作家和作品的分析可以更深入更细致。比如，文体史可以将对语言的研究延伸至文学范式研究，再由文学范式延伸至审美心灵的研究，并由作家的审美理想、生活情趣、人格修养和个性气质，即作家的审美和心理研究拓展到对整个社会心理、民族心理和时代心理的研究，这样将主体文体和时代文体、民族文体联系起来，不是既可以避免过往的某些文学史著作中社会史、政治史的成分过重，而眼光独特的文本分析和评判又过弱的弊端，同时又可以在一定程度上满足我们对贴近文学本体、揭示文学的内在发展规律的文学史的期待吗?

（原载《文学评论》2007年第5期）

# 现代批评视野与诗性散文理论建构

中国的散文研究曾经饱受责难，甚至被一些人看作混乱、保守、无所作为、缺乏现代意识的同义词。但自20世纪90年代以后，中国的散文研究已有了很大的改观，其标志是继“大散文”的讨论后，散文的一些重要范畴如散文的定义、类型以及“真情实感”“真实与虚构”等概念得到了清理和较为明确的界说①，散文的文体问题也开始引起了注意，并在古典文体研究的基础上有了实质性的推进；②特别值得注意的是：过去散文理论一直比较懒惰，既安于现状又疏于建构自己的理论体系，而现在已经有一些散文研究者尝试着为散文建构理论体系，而且提出了一套新的散文理论话语③。上述种种迹象表明：散文理论已经改变了过去的“边缘化”状态，正在一步步向“中心”位移。尽管这种位移是如此的缓慢艰难，但我们却从中看到了中国散文理论的希望和明天。正是怀着这样的文学梦想和想象，本文拟在过去散文文体研究、散文理论话语建构的基础上，进一步确立“诗性散文”这一散文核心范畴，并探讨与之相关

---

① 这方面较有代表性的文章有陈剑晖《中国散文理论存在的问题及其跨越》，《中国社会科学》2005年第1期；南帆《文类与散文》，《文学评论》1994年第1期；喻大翔《论散文的内涵与类型》，《海南师范学院学报》2002年第4期。

② 散文文体研究方面，代表性的文章有陈剑晖《论20世纪90年代中国散文的文体变革》，《中国社会科学》2001年第5期；范培松《论20世纪90年代学者散文的体式革命》，《江苏社会科学》2004年第1期；王兆胜《应当辨证地理解散文文体》，《文艺争鸣》2004年第2期；丁晓原《文体哲学：散文理论研究深化的可能与期待》，《文艺争鸣》2006年第2期。

③ 建构新的散文话语方面，代表性的文章有王兆胜的《形不散—神不散—心散》，《南方文坛》2006年第4期；陈剑晖《散文理论的春天什么时候到来？》，《文艺争鸣》2006年第2期；刘俐俐《建立当代意识的散文批评视野》，《甘肃社会科学》2002年第3期。

的理论问题。在我看来，对这一命题的讨论不但有益于当前散文创作，而且是散文理论体系建构的深化与拓展。

## 一

提出“诗性散文”这一命题，主要是基于当前繁花似锦而又杂草丛生的散文创作实际，同时也期望通过诗性散文的建构能对散文文体起到规范与制约的作用，使其更具“文学散文”或曰“艺术散文”的艺术性和优美性。

如众所知，进入20世纪90年代以后，中国的文学可以说迎来了一个散文的时代。先是“文化散文”“学者散文”独领风骚，继而“小女人散文”“小男人散文”“新媒体散文”“行走散文”等喧闹一时，近来又有“新散文”的兴起。而随着散文的大红大紫和潮起潮落，随着巨大的发行量、报纸周末版的扩展和各种各样的散文奇迹的出现，散文的队伍也空前的庞大，甚至连一些文字不通的业余选手也敢于到散文的园地一展身手。如此一来，散文的文学性、审美性、高贵性和纯粹性势必遭到了前所未有的挑战。散文有可能因“公共空间”的敞开而泛滥驳杂，成为流水账般的记叙、陈旧风景的描写、枯燥乏味的公文写作的代名词和避风港，也有可能因缺乏必要的节制而变成话语膨胀、能指过剩的欢场。这是当前散文一种较为严重的病状，也可以说是“繁华遮蔽下”的一种“贫困”。[①]

当前散文的另一种“贫困”，主要来自于“文化散文”或“大散文”的写作。正如人们所知，自余秋雨的《文化苦旅》大获成功之后，中国进入了一个崇拜“文化散文”的时代。许多散文作家纷纷效仿余秋雨涉足历史的后花园，并在文化中追求一种“大事”“大情”和“大景”。但遗憾的是不少散文写作者在追求“大”和“历史深度”的同时却丧失了自我，迷失了散文的审美本性。比如，有的散文作者在散文中热衷于考证史料和堆砌知识，结果这些了无新意的史料和知识不仅没有增加作品的深度和厚度，反而限制了创作主体心灵的展示和自由自在表达的空间，使本应以精神的独创性、思想的深刻性和表

① 楼肇明等著：《繁华遮蔽下的贫困》，山西教育出版社1999年版，第14页。

达的优美性征服读者的散文，变成了徒有其表的“四不像”的大杂烩。这就难怪散文研究者王兆胜要提出这样的质疑：“知识就如同棋子一样，它必须借助于思想的头脑才能生动起来，在整个棋盘上获得生命，从而发挥创造性。知识也似木材，它只有在思想之火的点燃下方能产生光与热。然而，当前的许多中国散文家或对此理解不够，或缺乏思想的穿透力，所以，他们往往挖空心思地旁征侧引，却难以有深刻的思想风骨。这样的散文当然难有长久的生命力。还有知识的过于堆积和充塞，使得文化散文密不透风，缺乏灵动与活力。也就是说，被知识充塞的文化散文必然‘多实塞而少空灵’，必然使作品丧失了较强的文学性和艺术性。”①我认为，王兆胜在这里对文化散文的批评是一针见血，颇具忧患意识和前瞻性的。这样切中肯綮的批评理应引起热衷于追求“大”、迷恋于史料和崇拜知识的散文家的重视，同时也坚定了我建构“诗性散文”的信心。

的确，我的诗性散文的理论建构，正是立足于时下散文创作现实的有感而发，而不是从理论到理论、概念到概念的凌空蹈虚。也就是说，面对着“众声喧哗”、散漫无序和“大”的散文泛滥的散文现状，我认为极有必要提倡一种“诗性散文”的写作，使散文回到散文，回到文学和审美，回到人的灵魂和精神的深处。当然，我所主张的诗性散文，不同于刘锡庆先生所倡导的“艺术散文”。刘先生针对贾平凹的“大散文”口号和散文泛滥失范的现状，认为应对当前的散文进行“清理规范”，这点我是赞同的。但他认为“散文欲提升，文体宜净化”②，甚至主张将随笔、小品等散文品种驱逐出散文家族，则是我所坚决反对的。在我看来，刘锡庆先生维护散文的纯洁性的坚定和执着令人佩服，他的一些艺术主张对我的诗性散文理论建构也有所牖启，但他为了忠诚于某一艺术理念，而无视和不顾20世纪90年代以来散文的繁荣主要是随笔小品，而不是抒情散文的繁荣这一事实，则“显示了他的散文批评个性的执拗，同时也有简单化和绝对化的缺陷”③。因此，我心目中的诗性散文的内涵，比刘先生的“艺术散文”要丰富广阔一些，它既是抒情散，也包括思想随笔与小品，

---

① 王兆胜：《文学的命脉》，华东师范大学出版社2005年版，第182页。

② 范培松：《中国散文批评史》，江苏教育出版社2000年版，第501页。

③ 刘锡庆：《迎接新世纪的辉煌》，《湖南文学》1995年第10期。

即便是一些说明文和小论文，只要有生动的形象和优美的语言，我们也可将其称为诗性散文。可见，诗性散文较之艺术散文或抒情散文，其内涵有更大的伸缩性，也更符合、贴近当下的散文创作实际，因此能更有效地促使散文走上真正的繁荣之路。

不过，鉴于散文这一文体时至今日还明显地保留着较多的传统趣味，特别是鉴于以往散文研究视野的相对狭窄，思维与方法的单一，观念的保守陈旧，因此我认为，要建构起一套较为完整、丰富的“诗性散文”理论，并对散文的创作实际有指导意义，关键之点是要建立起具有现代意识的宏阔的散文批评视野。即是说，在建构诗性散文时，我们既要具备现代意识、现代视野和眼光，又必须拥有古典主义的审美情怀；既要看到诗性是一个属于本体论的问题，贯穿着人类的整个文学思维形态，又要让诗性回到常识，回到散文的独特性上来。此外，我们既要以西方的一些批评观念和方法为参照，又要将诗性放到中国的文论史上来考察。总而言之，只要确立现代的批评视野，我们就能突破传统散文理论的种种束缚，从多维的角度对诗性散文进行解读和建构，从而多层次地展示诗性散文的迷人前景。

## 二

将诗性散文置于现代批评视野下来考察，我们首先要解决的一个问题是：“诗性散文”与“诗学”是不是一回事？我认为，诗性散文中的“诗性”虽与“诗学”概念有联系，但并不是“诗学”的同义词。在西方，诗学发源于古希腊，它的话语系统有两个：一个是以《荷马史诗》为标志的诗人传统，一个是以亚里士多德为代表的哲人传统。在《诗学》中，亚里士多德从模仿出发，分别探讨了诗的起源，诗的真实与历史的真实，诗的分类以及悲剧、喜剧等问题。亚氏在“诗学”中所体现出来的“理性化”诗学原则，对西方以后的文学理论的发展产生了极其深远的影响。比如，古典主义时期的“三一律”理论法则，及至现代的巴赫金的“文化诗学”，罗兰·巴特、托多罗夫等的“叙事诗学”等文艺理论，差不多都可以溯源到《诗学》。所以说，西方的“诗学”实际上也就是文艺理论的总称，它的研究对象是文艺理论问题和文学创作的特殊规律。而在我国，“诗学”虽不似西方那样有清晰的历史发展线索，也不像西方的诗学那样丰富多元且富于创新性，不过中国的诗学也有自己的理论范畴和特色。简单来说，在我国古代的文艺理论中，“诗学”指的是以古代诗歌为研究对象的诗评、诗论和诗话等特殊的理论形态，以及诸如“比兴”“意境”“养气”“神韵”“妙趣”“尚意”等文论范畴。只不过，由于思维结构和精神走向的不同，中国的诗学更倾向于感性且非理性的东西更多一些，它崇尚整体直观的思维方式，更注重人与天地自然的关系，而西方由于文明程度较高，科学技术的迅猛发展使主体日益科学化和理性化。这样，西方的诗学相应地也就更加强调理性思维、逻辑思维和文艺理论体系的建构，这是由不同的种族、环境、时代和文化传统所决定的。至于时下人们常说的“中国现代诗学”，主要指文学研究既要对文本进行互文性、对话性阐释，又要对文学的发展历史进行开放性的描述，还要将文论话语置于整个文化语境中进行系统性的考察。从以上的分析可以看出，不管是亚里士多德以来的西方诗学，还是中国古代的诗学和现代的诗学，都属于文艺理论的范畴，而且，这里的理论一般来说更侧重于对文学的起源、文学的观念和文学发展、文学的规律等方面的探讨，它与本文的“诗性”这一核心概念在逻辑的起点和内涵的理论规定性上有很大的不同。

其次，要进一步划清“诗性散文”与“散文诗”的界限。我们知道，散文诗是外来文体，它是“五四”以后出现于我国的一种特殊的抒情载体。有人认为，散文诗具有诗化和散文化的双重特点，即“诗的本质”加上“散文的形式”。但事实上，在更多的时候，散文诗被认为是新诗的一种诗体，而不是散文。比如“五四”时期，在胡适的“作诗如作文”的倡导下，最初的白话诗人的诗作散文化倾向都很突出。如中国新诗第一部年选集《新诗年选》中的刘半农的《卖萝卜的人》、沈尹默的《月夜》《鸽子》等其实都是散文诗。及至稍后的冰心、穆木天、徐志摩等人，也都是把散文诗视为诗，他们中有的更是以此走上新诗坛。可见，20世纪的散文诗常常“寄生”于新诗中，它的作者大多是诗人，而它的文体地位则长期以来一直处于模糊和摇摆之中。也许正是这种模糊性和摇摆性，使得散文大家余光中对其深恶痛绝，宣称“在一切文体之中，最可厌的莫过于所谓散文诗了，这是一种高不成低不就、非驴非马的东西。它是一匹不名誉的骡子，一个阴阳人，一只半羊半人的Faun[①]。往往，它缺乏两者的美德，但兼具两者的弱点。往往，它没有诗的紧凑和散文的从容，却留下前者的空洞和后者的松散”[②]。余光中对散文诗的批评虽然主观武断了一些，但散文诗作为“散文的诗”这一先天不足的局限性，的确限制了这一文体的发展空间。因此不论从文体积淀的厚度，还是从文体的稳定性、独立性和发展空间来看，中国的散文诗根本上就无法与中国的诗性散文相比。除此之外，散文诗一般来说篇幅较短小逼仄，而诗性散文的篇幅却可长可短，题材也更加自由阔大。最后，还须提及的是，散文诗的句式一般都较整齐划一，有的散文诗还讲究押韵，而诗性散文却摆脱了一切形式的羁绊，是一种真正从容自由、无所约束的散文文体。总而言之，散文诗与诗性散文的区别，是诗与文的区别，形式的自由与非自由的区别。诗性散文，不是“散文的诗”，而是“诗的散文”。

诗性散文不但有别于“诗学”和散文诗，诗性散文与杨朔的“诗化散文”也不是一回事。杨朔曾说过：“我在写每篇文章时，总是拿着当诗一样写。”[③]在杨朔包括与他同时代的散文家和散文研究者看来，“当诗一样写”首先要做的事情是“寻求诗的意境”和打动“我”的“动情的事”。那么，什么是使“我”动情的事呢？杨朔进而说：“不要从狭义方面来理解诗意两个字。杏花春雨，固然有诗，铁马金戈的英雄气概，更富有鼓舞人心的诗力。你在斗争中、劳动中、生活中，时常会有些东西触动你的心，使你激昂，使你欢乐，使你忧愁，使你沉思，这不是诗又是什么。”[④]应该说，杨朔是颇具“诗人气质”的散文家，他对诗意萌生于社会生活中的理解也没有错。问题是，他强调写出“我”在社会生活中获得的或激昂，或欢乐，或忧愁，或深思的诗意，仅仅是为了演绎某种政治理念，而且这种诗意化是以牺牲创作主体的自我、扼杀人作为个体的存在和生命的本真作为代价，这样，杨朔所倡导和身体

① Faun，古罗马传说中半人半羊的农牧神。——编者注

② 余光中：《剪掉散文的辫子》，《连环妙计》上海文艺出版社1999年版，第108页。

③ 杨朔：《杨朔散文选·〈东风第一枝〉小跋》，人民文学出版社1979年版，第20页。

④ 同上。

力行进行实践的诗化散文便不可避免地是外在的、肤浅的，同时又是狭窄和虚假的。其次，杨朔的“诗化散文”还表现在对“意境”的全力经营上。而为了使“意境”更加“含蓄”和“深邃”，他的散文特别注意结构上的谋篇布局，即所谓的“转弯艺术”。尤其是散文的结尾，常常人为地营造了一个所谓情景交融、富于诗情画意的意境。如《雪浪花》中老泰山从路边掐了枝野菊花，插到车上，而后推着车慢慢地走进火红的晚霞中，就是此类作品的代表。第三，杨朔的“诗化散文”较注重从细节特别是语言的锤炼方面来理解诗意，比如《雪浪花》中的“咬”、《荔枝蜜》中的“醉”这样的字词，在杨朔及其追随者看来，便不仅储满诗意，而且是充满哲理意味的语言。然而稍有文学鉴别力的人都清楚，从当时那些大字不识的农民口里说出这样的语言，其效果和上述的老泰山推车走进晚霞的意境一样，都显得过于矫揉造作甚至带有滑稽的色彩。而这样的“诗化”散文，在一个鉴别力正常的读者看来，往往是最不具备诗性，甚至是反诗性，反艺术审美的。

那么，真正的诗性，或者更准确地说，我所理解和倡扬的诗性散文，应该是什么样的呢？

应该承认，诗性散文的“诗性”两字，是一种难以把握，甚至只可意会、难以言传的社会生活、自然状态和精神感觉的复合体。它“如册上之色，水中之味，花中之光，女中之态，虽善说者不能下一语，唯会心者知之”[①]。即是说，诗性一方面是羚羊挂角，无踪可寻的，另一方面，只要你认真倾听，用心去意会，你就可能从作品的深处捕捉到诗性。而对于本命题而言，诗性主要指散文必须具备的一种美质和独立的品格，它是一种本原性的存在。大体来说，诗性应包括如下的内涵：它是人类最深层的生存智慧，是这种智慧的最丰富和最生动的形态；它是直逼事物本质的精神力度，是笼罩着整个作品的精神内蕴和精神气质，而这种精神既是个体的又是属于整个人类的；它是流荡于万事万物和人的心灵里的一种纯美的本质，是一种最富于心灵性的表达，也是一种自由自适的心境的流露。当然，诗性还是生命力的呈现和凝聚，它通过生命的灌注获得生机和活力，而生命则因诗性的滋润而喷薄出更绚丽的光泽。最

① 袁宏道：《叙陈正甫会心集》。

后，诗性还需要借助于超拔的想象力，需要融进诗歌的艺术感知方式，比如意象的营造、意识的流动、时空的跳跃、音乐的旋律、节奏，乃至通感、隐喻、变形、倒错等。总之，将以往被视为诗所专美的艺术表现手法，诗性散文不但不应拒绝，相反应统统“拿来”为我所用。由此可见，这里所指的诗性，决不仅仅是传统的散文理论所认为的那种具有诗的意境、诗的抒情笔调、诗的修辞和诗的语言的诗性，它的内涵要丰富、深沉和广阔得多。

当然，诚如上述，诗性是一种不易把握的东西。要捕捉到文学作品中的诗性，需要具备两方面的能力和素质：一是体验，二是感悟。体验是从生活着的感性个体出发，去体验整个的生活和自然。因为体验与生活和自然是共生共存、难以分离的。体验着就是生活着，生活着就是体验着。因此惟有从感性个体的经验出发，将自我与整个生活世界和大自然结为一体，这样的体验本身才具有穿透力，才能够把握住诗性的本质。而感悟呢？感悟是一种内在性的心灵感受，它是我们把握世界的第一感觉，也是最具中国特色的生命的融入、人生的智慧和有血有肉的直觉的综合。由于中国的诗学在很大程度上“是一种生命的诗学，是一种文化的诗学，是一种感悟的诗学，是一种综合着生命的体验、文化的底蕴和感悟思维的非常有审美魅力的多维诗学”①，所以，中国的文人写诗作文都讲究诗言志、诗缘情，用心去感受、去统摄天地万物，从而达到一种天人合一的境界。所以把握散文中的诗性，自然就需要借助于感悟，通过生命的感悟来品味散文中的诗性，或者将感悟与分析结合起来，既追求审美上的鲜活灵动、生气灌注，又讲究学理上的通脱透彻。

在我看来，如果散文作家和研究者能够确立现代的批评视野，并从体验和感悟两方面来进行创作和研究，同时具备一定的思想洞察力，以及对人类文化的爱与知，那么诗性散文便不仅仅是一种构想，而是一种实实在在的存在。自然，这里的诗性散文的构想不是一些抽象的理论原则的集合，也不是去构建一个生硬教条和学术术语为框架的所谓新的理论范式。事实上，我更感兴趣的诗性散文的构架中应是既有诗学的理论创设，更有文化的想象、个人生命的投入和感知，有对具体的文学作品的有血有肉的解读，还有对文学的发展的见解

---

① 杨义：《中国诗学的文化特质和基本形态》，《中华读书报》2002年8月21日。

和经验的归纳与结合。基于此，我认为我在这里所建构的是一种感性具体的诗性散文。

## 三

在建构诗性散文时，我们不得不正视这样一个事实：在以往的散文理论中，我们对散文中诗性的研究是相当不够的，甚至可以说是相当主观片面的。我们总是以为散文是一种叙事、抒情和议论相结合的文体，而唯独没有从“诗质”的层面来研究散文，这是一方面。另一方面，则是对诗性的轻视。比如，在诗歌研究上颇有造诣的孙绍振先生就写过一篇题为《散文当以非诗的追求为止》的文章。他认为，“散文与诗，在一切文体中的区别是最根本最不可混淆的，有如人可以分成男女，文可分为散文与诗。二者是性别的区分，把二者混同起来的两性人是畸形的，是不健康的”。正是基于上述见解，孙先生认为在散文中追求诗意是一种幼稚和天真，是吃力不讨好的事情。因为按他的理解：“散文的生命不在于诗，而在于非诗。真正的散文，本色的散文是排斥诗的情感渲染和文学夸张的。”①

孙绍振先生是我所敬重的研究幽默的大家。他的《审美形象的创造》一书对散文的分类和分析对我也颇有启发，但他为了提倡散文的幽默性和智性而贬低散文中的诗性，却是我不能苟同的。这里且不说他认为诗与散文就像男人与女人一样的比喻根本上就站不住脚，也不论他所说的诗意主要是建立在对杨朔和刘白羽的散文的考察之上，因而有以偏概全之嫌。仅就诗性的内涵来说，它并不仅仅“总是不自由地把想象用在浪漫的、夸张的、情感的强化方面”②，它更有哲学的智慧生命本真的呈现，自由自在的心灵流露，尤其是有精神性作为支持，等等。关于散文的诗性内涵问题，上文已有详细的界说，此处不再重复。

为了更好地说明问题，我们有必要进一步探讨诗和散文的异同。首先，

---

① 孙绍振：《挑剔文坛》，福建人民出版社2001年版，第211页。

② 余光中：《连环妙计》，上海文艺出版社1999年版，第1、354页。

我们看到，诗和散文的区别还是显而易见的。余光中曾在《缪斯的左右手》一文中，对诗和散文做过如下比较：

> 诗和散文，同为表情达意的两大文体。但诗凭籍想象，较具感情的价值，散文依据常识，较具实用的功能。诗为专任，心无旁骛；散文乃兼差，不但要做公文、新闻、书信、广告等杂务的工具，还要用来叙事、说理、抒情。诗像是情人，可以专门谈情；散文像是妻子，当然也可以谈情说爱，但是家务太重太杂了，实在难以分身，而相距也太近了，毕竟不够刺激。于是有人说，散文乃走路，诗乃跳舞；散文乃喝水，诗乃饮酒；散文乃说话，诗乃唱歌……[①]

诗和散文固然在句式、结构、文法、音律以及想象与现实、再现与表现和主观与客观等方面有很大的差异，但在诸种文体中，诗和散文又最为接近，甚至有时诗与散文达到了难以分辨的地步。如在古希腊，“诗”与“史”分开，散文归属于诗门下。在我国古代，则有“艺”和“学”的区别，散文划进“艺”的范围，也是侧重于诗的。这是从文类划分来说。再从具体的创作来看，李白的不少乐府诗气势奔放，将散文的某些因素如自由、自然带到诗中，这为他的诗歌带来了新的气象。韩愈、苏轼两位诗人也是如此。他们“以文为诗”，大胆引进散文的句法和气势，虽遭到一些恪守成规的诗评家的诟病，但我们不得不承认，韩愈的“以文为诗”的尝试不仅扩大了诗人的体验，使诗的语言更加多样化，也丰富了诗的表现手法。而反过来，陶渊明的《桃花源记》、苏轼的《前赤壁赋》等抒情散文都远胜于平庸的诗，甚至像《出师表》《与陈伯之书》等叙述性散文，由于注重形象和感情，加之叙事中音调悦耳，富于节奏，因而这样的散文同样具备了诗的品质。类似这样的情况，在西方散文中也不少见。比如培根、蒙田、加缪、帕斯卡等名家的散文，大多侧重于议论，有的甚至是长篇的论文。然而他们的散文理性中有感性，既有鲜活的

---

① 余光中：《连环妙计》，上海文艺出版社1999年版，第335页。

形象，又有充沛的感情，所以他们的散文在本质上也是属于诗的。这类例子充分说明：诗和散文，并不是互相排斥、形同水火，而往往是我中有你，你中有我。一首诗中有散文的表达（如韩愈、苏轼的“以文为诗”），或一篇散文中有诗质，这些都是很自然的事情，不值得大惊小怪。同时，我们还应看到，文体之间没有优劣和高低之分。我们没有理由因为散文的现实性和贴近日常生活，便将其俗化或视为闲适的小摆设，也没有必要因为诗歌倾向于想象和精神以及生命表达上的强度，而将其视为艺术的塔尖或文学的贵族。事实上，散文的接近口语和毫无掩饰的心灵表达，它的自由和宽泛的天性是诗所不能企及的。即是说，散文可以在保持自身性质的同时，兼容诗的想象、意象、节奏和小说的描写叙述。散文最大的长处即在于把诗这种最主观、最能刺激读者幻想的文学样式，和小说这种最客观、最适宜临摹社会人生的文学样式，将这两者的优点都融会贯通了。正是看到这一点，李广田在40年代就指出：“好的散文，它的本质是散的，但也必须具有诗的圆满，完整如珍珠，也具有小说的严密、紧凑如建筑”①。苏联作家巴乌斯托夫斯基也深有体会：“真正的散文是充满着诗意的，就像苹果包含着果汁一样。”②大诗人艾略特则认为：“好诗的第一个最起码的要求，便是具备好的散文的美德。无论你审视什么时代的坏诗，都会发现其中绝大部分欠缺散文的美德。”③而余光中则说得更形象：“散文是一切作家的身份证。诗，是一切艺术的入场券”。不仅如此，余光中还自诩“右手写诗，左手写散文”。在其散文集《记忆像铁轨一样长》的自序中又说：“散文不是我的诗余。散文与诗，是我的双目，任缺其一，世界就不成立体。”④在这里，无论是李广田、巴乌斯托夫斯基、艾略特还是余光中，都是从文类的融合，特别是从散文的诗性，从一切文体的根来理解和评价散文的。

从上面的分析，我们可以得出这样的结论：诗和散文固然有文体方面的

---

① 俞元桂主编：《中国现代散文理论研究》，广西人民出版社1984年版，第150页。

② 李光连：《散文技巧》，中国青年出版社1992年版，第116页。

③ 余光中：《连环妙计》，上海文艺出版社1999年版，第351页。

④ 《记忆像铁轨一样长》，余光中：《连环妙计》，上海文艺出版社1999年版，第1页。

差异，但更多的时候，诗歌与散文是融合贯通的。同时，通过考察和分析，我们还发现这样一个规律：凡是优秀的真正称得上诗性的散文，它往往具有一种内在的整体性和综合的美。它是散文作家心灵的颤动和情绪起伏的内在旋律，是作家对大自然、对社会人生的总体性感受。这种整体性的诗性有两个特征：一是作家的诗意表达固然离不开意境的营造、细节的描写和个别字词或句子的创设，但它呈现的是一种“抽刀断水水更流”的整体美学风范，你很难将其中的某个细节、某个词句孤立拆开来进行分析；二是它并不拒绝抒情，但它的抒情不是毫无节制的倾诉，更不是夸张和表面化的空喊，而是一种看似不动声色、踏雪无痕，实则深藏于文字底下的涓涓细流。换言之，这种诗性的呈现是含蓄的、内敛的，它是散文家的精神、气质、阅历、修养、才情和审美趣味化为精血在作品中无处不在的流荡。关于这方面，散文大家贾平凹是深有体味的。他在回答散文研究者曾令存关于“诗性”的问题时这样说：“我相信有笼罩并渗透大地的理想，一个天堂的理想，它不是幻想的结果，而是万物寓于其中并在其中运动的终极真实。作品能否升腾，在于文字中弥漫或文字后的一种精神传达，能唤起阅读者的心灵颤动。鲁迅没有写过诗，司马迁没有写过诗，《红楼梦》和《西厢记》是小说和戏剧，但他们是诗人和诗。如果作品中没有形而上的东西，没有维度，没有感应天地自然的才情，即便你写的是诗，文字有所谓诗意，那也不是诗人。这些东西我不能准确说出，只是这么感觉的。”①

贾平凹在这里强调的，并不是散文的局部或个别的字词，而是一种笼罩并渗透大地的理想，是文字背后的精神传达，是感应天地自然的才情和形而上的思想纬度。事实上，这就是内在的整体诗性，是一种绝不同于以往的散文评论所认同的那种“诗化散文”。有意思的是，贾平凹的散文创作，正是这种整体诗性的最有说服力的注脚。在我看来，贾平凹的整体诗性主要表现在两方面：其一是精神气质层面上的“诗性”，这一“诗性”带有形而上的超验意味，它借助于佛境禅宗的顿悟，“内敛”于明月、山石和湖水之中，并由此抵达一种海德格尔沉迷的纯净无蔽、澄明的诗的境界。如《月恋》《月鉴》《坐佛》《钓者》《夜游龙滩记》以及“商州系列”中的散文均有此特点。其二是

---

① 贾平凹、曾令存：《关于散文创作的对话》，《东方文化》2003年第3期。

作为艺术风格意义的“诗性”，它和贾平凹的生活修养、性格气质、趣味才情和美学追求联系在一起，这一“诗性”特征“外化”为贾平凹独特的题材、主题、结构、叙述描写，尤其是十分有味的语言，给读者以美的艺术享受，但你又无法将他作品中的叙述描写、记事写景或哲理升华截然分开，你更无法指出哪个字、哪句话是“诗眼”，哪一段或那个结尾升华了“诗意”。你只是在一片混沌散漫中感受到一种文化氛围、一种诗意的升腾和整体上的结构美。贾平凹的散文之所以能吸引那么多读者为之陶醉，之所以至今仍有其不衰的艺术魅力，在我看来，这其中的原因就在于他的散文语言特别有味；另一重要的原因，便是他的散文中有诗性作为灵魂，而这诗性又是整体的、内敛的，它贮藏于字词的背后，又似一股潜在的暗流，一种内在的旋律渗透、弥漫于它的散文之中。于是，他的散文自然也就特别的感情充盈、气韵生动和空灵而旨远。

倘若将视野进一步拓宽，我们会看到，作品中有内敛的整体诗性的散文家不仅仅限于贾平凹一人。事实上，任何称得上优秀的散文家，他的作品无一例外都会贮藏着一种内敛的整体诗性。鲁迅的《野草》自不必说，沈从文的“湘西”系列散文在古老的民风民俗、质朴的叙述描写中不也透出一种内敛的整体诗性吗？那是沈从文对于小人物的挚爱，对于人性的大悲悯和对大自然的生命的投入与融汇。同样在杨绛、张洁、史铁生、张炜的散文中，我们也深切地感受到这种内敛式整体诗性，杨绛的《干校六记》以“哀而不伤，怨而不怒”的独特人生态度，叙述作者与钱锺书下放到“干校”劳动的故事。虽然处于狂乱的非理性时代，然而我们却读不到一般作品常见的那种激愤的控诉和狂躁的宣泄，而是在“平静”的叙述中，感受到一种内在的、缓缓流淌的整体性诗意。这种内敛的整体诗性，在张洁的《拣麦穗》里也有完美的表现。我们读这篇作品，也许会欣赏反复出现多次的高挂在树梢头的“小火柿子”的意象，会赞叹作者的从容舒展的叙述笔调，优美纯净的文体，然而就我来说，作品更吸引我的是小女孩和村姑们的梦，是小女孩和卖灶糖老汉那段畸形然而辛酸纯净得使人落泪的感情故事底下流淌的诗意——那是对欠缺人生的喟叹，对人与人之间纯真感情的憧憬，对“没有任何希求，没有任何企望”的爱的坚守。正是这一切，使《拣麦穗》折射出一种带着苦涩的人性况味和淡淡哀愁的内敛式整体诗性。此外，像史铁生的《我与地坛》、张炜的《融入野地》也都属于具有内敛的整体诗性的散文。甚至像韩少功、王小波的作品，尽管他们的主导风格倾向于思辨、幽默和调侃，但另一方面，他们又有建立在知识上的诗性智慧和充满艺术灵性的想象力，这使他们的散文更加丰富成熟，散文的语言更富色彩和质感，因而也更贴近心灵的真实。

中外古今的大量例子表明：好的散文的确应包含有诗的种子，只不过这种种子不是生长于精神的荒原、干枯的心灵和贫瘠的土地，也不是发芽于漂亮的抒情文字中，而是植根于思想的沃土，孕育于丰饶滋润的心灵，弥漫于散文的整体之内，而后外化为特有的美学风范，给予读者掩卷后无尽的遐思。从这一意义上，我们可以说散文不过是诗歌另一种方式的继续而已。如果这一判断成立，那么我们还应接着说：散文家的本色应是诗人。他坚守文学的本体，率性以诗笔为文，凭借诗的敏感、直觉思维和幻梦激情穿透“历史的苍茫”（王充闾语），或发现日常生活中具有审美意蕴的现象，而后以诗性的笔致予以创造性的重新阐释，所以这样的作品至纯至美而且品质丰厚。可惜时下不少散文作者失去了诗人本色，丧失了对于整体诗性追求的兴趣，他们的作品要么满足于浅薄廉价的抒情，要么自甘低下，取悦于世俗平庸，或者虽有广博的知识和学问，却被一大堆“知识”和“文化”吞蚀了生命，淡褪了散文必具的美感和性灵。正是面对着眼下这种既万紫千红、气象万千而又鱼龙混杂、泥沙俱下的散文景观，我觉得有必要特别强调散文的整体诗性。事实上，当我们强调散文的诗性时，也就意味着拒绝了媚俗和随意的信笔涂写，意味着散文同心灵真实和精神存在日益靠近，更意味着散文对于文学本体的执着坚守和对自由辽阔大地的梦想。

## 四

循着整体诗性的路径前进，我们可以进一步发现：散文的诗性有着巨大的理论阐释的空间。这个诗性的世界不仅五颜六色、丰富多彩，而且并不像人们想象的那样狭小逼仄。的确，这是一个十分新奇、十分丰富广阔的世界！这里既有生命的宣沸，又有精神的玄想；既有智慧的幽默，又有想象的升腾；既有文化的奇葩，历史的兴会，又有缤纷的意象、温情的格调、朦胧的氛围……

当然，为了叙述和分析的方便，我们必须对这个混沌的诗性世界进行厘清。根据散文的本质、范畴和艺术特征，我将散文的诗性世界分为三个层面，即主体诗性、文化诗性和形式诗性。

主体诗性。这是从散文的人格主体角度方面着眼。由于诗性是人类文学精神的一个原型，它隶属于本体论的范畴，所以我将创作主体的文学思维形态在优先的位置来思考。毫无疑问，主体诗性是诗性散文的基础和内核，也是诗性散文最为重要的方面。这一层面包括散文的精神诗性、生命诗性、智慧诗性和想象诗性四方面的内涵，以下分别加以阐述。

散文的精神诗性是散文中最本质、最具思想冲击力的部分。它是建立在人类广阔的精神文化背景和庞大的现实结构之上的一种形而上层位的哲学追问，是散文对于宇宙万物的感悟，对于人类命运的关注和日常生活的尖锐触及，以及对于个体的生存状况的垂询。当代的散文要摆脱琐屑平庸，要拒绝浅薄廉价的抒情，就必须在追求散文的抒情性和优美性、在诗化人生的同时，强化散文的精神诗性，这是散文走向大气，获得一种深度模式的必经之路。遗憾的是，当代的散文创作总是顾此失彼，爱走极端——或沉迷于狭小的个体抒情而拒绝精神的介入，或偏执于精神追问而导致审美和心灵体悟的缺席，最终仍不免受精神之累。所以，在建构诗性散文理论时，我既看重散文的“大”（精神空间、思想境界），又不排斥散文的“小”（个体感悟、生活细节）。唯此，散文的精神深度才得以确立。

散文的生命诗性，则是散文中最鲜亮、最炽热和最感性的部分。它是一种不受限制、不受约束的充满激情的自由自在的表现。它以个体的意志感知与生命本能渗透进事物之中，从而使作品升腾、勃发起来，喷薄出无限的热力和理想的朝霞。由于看到了生命的这种巨大的能量和无限开发的可能性，所以早在两百多年前，德国的哲学家尼采就说，生命力本体就是诗，就是美。而散文一旦拥有了这种生命本体，尤其是如果我们将这种生命本体诗化、美化和艺术化，那么，我们的散文便不再是僵死麻木、了无生气的散文，而必定是一种超越了意识形态、没有任何功利色彩的纯粹的散文。这种散文的生命内涵自然、本色且真实，生命能量张扬、扩展又圆融，生命情调从容、淡定而洒脱。总之，散文一旦拥有了生命诗性，它就有可能达到人生的艺术化和心灵的诗意化的境界，就有可能达到一种真正哲学意义上的本真。

从散文创作的人格主体性来说，除了拥有精神诗性和生命诗性外，还必须加进一些智慧的元素。由于诗性在本质上属于一种智慧形态，所以维柯在其《新科学》中讨论的一个核心范畴即是诗性智慧，这可以说是对人类诗化哲学的一个极具思想穿透力的理论概括。再从我国的传统文化来看，其所强调的“以心传心”“意会顿悟”等，莫不体现出诗性智慧的特征。所以，强调在散文中渗透进诗性智慧，其实是在寻找一种智慧的整合与超越，是对传统与现代、中国与外国的全面打通。而如果联系当前的散文创作实际，强化散文中的诗性智慧，一方面可以有效抑制散文创作中过于“滥情”的倾向，提高散文的品位格调，使散文抵达一种灵性共感、心智交融的理想境界，另一方面，散文的精神盔甲有时难免会过于沉重，生命的热烈有时也会过于绚烂刺目，这时如果再加进一些诗性的智慧，那么散文的冷峻尖锐中就有了温润和柔韧，厚实沉重中也会有从容、闲适和机趣相伴，这于散文无疑是可遇不可求的一种心灵滑润剂。

主体诗性这一层次，不可或缺的还有诗性想象的作用。在《新科学》中，维柯将诗性同人的想象、惊奇与儿童的天性联系起来，认为正是凭借着强烈的感觉力与想象力，原始人在思维的昏暗与混沌中创造出了人类童年的诗篇，这同样体现出了维柯的理论创见和洞察力。它牖启我们：无论是古代还是今天，自由的、富于创造力的想象不仅是人类生存的尺度之一，而且是抵达诗性境界的一道桥梁。这就表明，如果没有想象，人类的一切创造，包括文化创造都无从谈起；另一方面，想象与诗、与散文又有着非同寻常的联系。狄尔泰就曾说过：“最高意义上的诗是在想象中创造一个新的世界。”[①]也就是说，个体的生命、精神、智慧、幻梦、命运，包括过去、现在和将来，都是在想象中建立起来的，或者说，想象是将精神、生命和智慧联结为一体的纽带。因此，显而易见，诗性想象在整个“诗性散文”的命题中，也有着不容忽视的价值。

文化诗性。在现代批评视野下的诗性散文理论建构中，我们从本体论的逻辑结构入手，将散文分为三个层面：创作主体诗性、文化诗性和形式诗性。

---

① 转引自刘小枫：《诗性哲学》，山东文艺出版社1986年版，第171页。

其中，创作主体诗性是文本的支柱和主干，它在创作中居于中心和支配的地位；文化诗性是文本的地基和背景，同时又是连接主体诗性和形式诗性的纽带，它虽处于从属的地位却是诗性散文不可或缺的要素；形式诗性是散文艺术的入场券，它具有审美先驱性和开放性的特征。诗性散文的三个层次呈现的是一种共时的结构，它们既有内在的逻辑联系又有轻重先后之分，既有自己的理论内涵和审美规定性又相互渗透，既有稳定性的一面又处于变化流动之中。正是这种既独立又彼此依赖、互相渗透的结构状态，构成了诗性散文的层次感和整体性。

站在散文的立场上来解释散文的文化诗性，我认为“文化诗性”应包含这样的一些内涵：一是对于人类的生存状态、生存理想和生存本质的探询，并在这种追问探询中体现出诗的自由精神特质；二是感应和诠释民族的文化人格；三是对传统文化的批判与守护；四是文化诗性还包含着对“还乡文化”的认同和感受。关于人的生存的问题，以往一般只在小说、诗歌和戏剧中作过探讨，而散文因被视为是“小摆设”“轻骑兵”一类的“美文”或小品文而极少涉及。这在很大程度上影响了散文表现生活的深度和广度。其实，散文作为一种人类的文化事业，作为一种最贴近心灵的写作，一刻也离不开对人类存在问题的垂询。离开了对人的生存状况，特别是对人类生存意义和生存现状的追问，散文便只能面对虚无和空洞，最后变成纸做的花朵。而文化诗性正是为了弥补上述的不足而出现的一种研究散文策略，它将在人类生存的根基上、在对历史文化的思考中发现人的存在意义和生存的理想，并在多重性、多角度的阐释中使文化更具诗性的因素，也使散文更好地成为审美的生存和诗意的栖居的理想处所。而就自由精神特质来说，它更是散文的题中之义。这首先是因为散文天生就有自由自在的本性，这种本性就像宋代大文豪苏轼所形容的那样：“吾文如万斛泉源，不择地皆可出，在平地滔滔汩汩，虽一日千里无难，及其与山石曲折，随物赋形，而不可知也。所可知者，常行于所当行，常止于不可不止，如是而已矣”[①]。这是一方面。另一方面，散文的自由精神还表现在它的视域特别宽广。它常常越过文学的笆篱，而把思考的触角伸向艺术、经济、

① 苏轼：《答谢民师书》。

哲学、历史、文化乃至整个宇宙间的许多问题，这就要求我们以更大的视野，即从文化诗性的多维视角来研究散文的自由精神，这样也许会有新的收获。再说感应和诠释民族的文化人格，这也是文化诗性不应忽视的问题。因为诚如上述，散文既是文化的载体，又渗透于文化之中，而文化包括文明一方面是人创造的，另一方面文化又不断地改造人、塑造人。一部中华民族的散文史，从某种意义上说，也就是知识分子文化人格的发展史和演变史。所以，文化诗性的一个任务便是通过文学与文化的诠释，体现出传统文化人格的延续性与变动性，不仅再现知识分子在时代变革中的内心冲突，同时还要通过文化人格的发掘去再现一种灵性与浪漫，去把握一种社会文化心理和生命价值取向。至于对传统文化的批判与守护，也是文化诗性不应回避的问题。因为文化诗性的价值取向即是面向传统的文化，同时又以本民族的历史文化为参照系。文化诗性正是在对传统文化的描述和解释中达到对本民族文化的新理解，并发现传统文化的局限性，从而为传统文化的更新和转型提供现实的策略。最后，文化诗性还要去亲历和感知散文中的“还乡情结”。由于特定的历史将人带离故土，四处漂泊，人失去了根，所以需要“还乡”。还乡就是返回到对存在的原初之思上去，还乡就是寻回失去了的自己的本真，因此便具有了现象学上的还原的意义——这是海德格尔的观点。而在我看来，还乡就是对于童年和故土的怀想。它是以回忆的方式，以个体的亲历性体验去亲近文化、感知文化，并在这种亲近和感知中获得一种快乐幸福与精神上的寄托，甚至唤醒了沉睡着的生命力激情，所以这种还乡在本质上是充满诗性的，它具有别的文化经验所不能取代的独特人生内蕴和审美价值。

需要说明的是，由于文化诗性具有广阔的背景和巨大的理论阐释空间，因此尽管我试图从四个方面来概括文化诗性的内涵，但这也仅仅是管中窥豹而已，远未能全部揭开文化诗性的奥秘。事实上，文化诗性的内涵和外延远不止这些。比如，文化诗性与文学语言在诗性解释上有何不同？文化诗性与原始神话有什么共同的思维特征？文化诗性在人类文化研究中处于何种地位？文化诗性与西方文化诗学有没有可能构成一种交流的语境？文化诗性在当前颇为时兴的“中国现代诗学”的建构中可以扮演什么样的角色？或者说，它是否有可能作出自己的贡献？凡此种种，都需要我们作更为深入的思考，进行更为切实的研究。而这，并非本文的旨趣和重点之所在，也非我的才力所能胜任。不过，作为一个对散文怀着梦想的研究者，我打算从感性具体的文化诗性入手，从更加宽广的现代性视野来研究散文，并力求对研究的对象给予充分的关注，同时作出既属于自己，又言之成理的界说。

形式诗性。形式诗性形式包括两方面的内容：一是诗性叙述，二是诗性修辞。从第一点来说，过去的散文理论一直认为散文就是从“我”的角度来讲故事，故此散文叙述之于散文是并不重要的。然而从现代叙事学的角度看来，散文的叙述不仅仅属于传统文章学的范畴，散文同样存在着一个现代叙事的问题。所以，如何使散文既在语言上更富诗性，在叙述上又有所突破，这也许是散文的革命性的一个关键。而就修辞方面而言，同样存在着一个如何突破的问题。我们知道，修辞是修饰和调整语辞，使语言更生动清晰和有力地表情达意的一种手段，同时也是文学构成的重要元素，它与作家的艺术个性和独特风格，与诗学有着密切的联系，但传统的修辞学家一般都是将研究的重心放在修辞格上，比如比喻、比拟、对偶、排比、反复、层递、借代，等等。这种修辞学仅限于辞格研究的不足是显而易见的：其一是辞格可以无限地衍生下去，从而使修辞学变成斤斤计较于字句锻炼的烦琐的语言游戏；其二是辞格研究过于看中修辞的装饰性，这样势必在很大程度上割裂了文句与创作主体的内在联系，也限制了修辞学的发展空间。事实上，长久以来，正是受到上述修辞理论的误导，一些散文作家一直热衷于将修辞学运用在文句的雕镂上，结果反而使得行文过于刻意和造作，失去了散文应有的天然妙趣。有鉴于此，我认为散文的修辞研究应该与诗性联系起来，也就是台湾学者郑明娳所说的“不仅止于使用辞格，面对辞格，我们应该考虑的是如何把它放进一个结构的框架中去凸现其意义。修辞学不仅仅只是做‘文’的装饰性，它应该是语言研究的原点”①。从这样的认识出发，我的“修辞诗性”首先是对散文的意象构造的研究，即散文作家在创作中如何营造高度诗质的意象乃至意象群，如何化抽象概括性为具体可感性，并借助想象、隐喻、象征等方法来传达创作主体对日常生活或自然山水的诗性感受，从而使散文抵达美学化和诗意化的艺术之境。当

① 郑明娳：《现代散文构成论》，台湾大安出版社1989年版，第280页。

然，在论及诗性意象时，也会涉及诸如比喻、通感、排比等辞格，不过这里的修辞手法是在意象的框架中才显示其意义。此外，在“修辞诗性”中，还会涉及语言的韵律、声调和节奏，即散文语言的音乐性问题，因为一切艺术均以逼近音乐为旨归，富于诗意的散文除了需要诗性意象外，还需要一种天然的韵律节奏，一种音乐般的匀整与流动。自然，要达到这一点，散文作家和研究者都必须具备真纯的诗感。

以上就是我所建构的诗性散文的理论空间。这个理论阐释空间的描述尽管还是初步的，自然也是不完善不成熟的，但却是开放的，同时意味着它具有较大的弹性。而且，还应看到，在这里，无论是精神诗性、生命诗性、智慧诗性和文化诗性的阐释，还是对想象力和创造性的推崇，以及对散文的意象组合、修辞性和音乐性的创设，无不体现出一种创新的现代批评视野，无不体现出诗性的特征。我们不应简单地将这种诗性特征理解为诗歌对散文的影响或认为是诗歌向散文渗透的结果，而应视为散文向文学本体的回归。因为作为一种独立的文体，散文的形式固然可“散”，但它的本质应是“诗”的。正是在这一点上，诗性的阐释加深了我们对散文的理解：散文中的诗性成分并不是与散文这种文体相排斥、相异质的外来物，而是散文的基础，是散文的题中之义。因此显而易见，在散文创作中排斥诗性，虽不至于毁灭散文，但至少是一种降低散文质量的不明智之举。

## 五

散文的诗性是一种度量，即以诗性来度量散文的整体质量特别是内在的质量达到了何种高度。

关于散文的诗性与散文质量的关系，我想可以从以下几方面作一简单考察：

一是满足现代心灵的审美守望。如众所知，海德格尔与其他德国浪漫主义哲学家很早就意识到现代科学技术的发展对人的身心的危害，他们哲学思考的一个重要方面，就是对机器技术社会化导致人的“无家可归”的现状的反思和忧虑，海德格尔称工业化的时代是“贫乏的时代”。那么，在贫乏的时代里，诗人何为？海德格尔认为诗人唯有在“黑夜”中去仰望，去倾听，在吟咏中去摸索隐去的神的足迹，这样才能在世界黑夜的时代里道出神圣。因为“哪里有贫乏，哪里就有诗性”①。而今，我们所处的这个现代社会比海德格尔的那个现代社会更加贫乏，我们的生存方式越来越机械化、精密化和理性化，就如席勒所比喻的那样：人成了一部高级精密的钟表机械。人“永远束缚在整体中一个孤零零的断片上，人也就把自己变成一个断片了”②。不仅如此，在这样的时代，人们崇拜金钱，追逐时尚，放纵欲望，而另一方面，身处其中的每一个人又都经历着前所未有的迷茫和困惑。的确，现代生活表面上丰富多样，但实质上却是格式化的生活，而格式化的生活必然使人与自己的本性，与自然疏远，人的审美触角日益粗糙，人生命中的诗性日渐稀释消解，这正是现代人灵魂不安的根本原因之一。面对这种精神困境，现代人迫切地需要一种审美人生的守望，需要一种神圣的阅读和古典诗情的灌注，而诗性散文正是为了满足这种“审美人生的守望”和“寻求古典的现代心灵”的需要而适时出现的。

二是能有效地间离和提升日常生活。散文的诗性，不仅能够有效抵御现代技术文明所加诸于人类的危害还是提升和间离日常生活的审美手段。我们知道，日常生活尽管并不像一些人所说的到处都是诗，但日常生活与诗也不是完全绝缘。在一个缺乏浪漫、理想和审美情怀的作家眼中，日常生活只不过是毫无诗性的“一地鸡毛”，但在一个富于古典情怀、充满浪漫气质的作家笔下，日常生活可以被诗化，诗永远充盈于他的心中并永远成为他的梦想。他不因物化而降低作品的品格和精神质量，相反，他坚守文学本位，不仅善于将平庸的生活诗化，又以超越日常生活的诗性精神来拒绝生活的平庸和任何功利的目的。概言之，诗性散文既间离了日常生活，又诗化了现实生活，从而使散文一方面更加贴近日常的、质朴的、人性的现实生活，另一方面又成为一种对抗流俗的精神存在，一片寄托着人们的纯洁梦想、潜藏着丰富的心灵秘密的自由辽阔的大地。

三是有利于提高散文的品位和质地。了解20世纪散文史的人都知道，我国

---

① 海德格尔：《诗·语言·诗》，彭富春译，文化艺术出版社1991年版，第13页。

② 席勒：《审美教育书简》，转引自朱光潜《西方美学史》（下册），人民文学出版社1979年版，第445页。

的现代散文，自始至终都存在着两个弊端：一是在崇尚优美典雅和表达性灵的观念主导下，许多散文家热衷于“杨朔式”的托物言志、借景抒情的写法，结果使得散文的路子愈走愈窄，甚至变成了一种“苏州园林式”的惨淡经营，这自然是散文发展的死胡同，是没有出路的。二是诚如上述，进入90年代之后，随着创作环境的宽松和传媒的发达，又涌现了大量思想平庸、艺术粗劣的所谓“散文随笔”。由于这类散文随笔大面积地充塞于“公众的空间”，这就在相当大的程度上败坏了读者的胃口，极大地损害了散文的声誉。正是面对着散文的这种现状，在新的世纪刚刚开始的时候，我们有必要为散文注进新的血液，倡扬一种既具有诗的坚实品质，又有散文的自如从容的高品格散文。也许有人会讥笑我的这种理想主义，也许还有人认为构建散文的理论体系的努力终归是徒劳。但我认为散文的美学世界里不应永远贫瘠，散文也应和小说、诗一样有属于自己的理论体系的大厦。倘若我们一如既往地不懈努力，我们的理想总有变为现实的可能——尽管这对于中国的散文来说，是太迟了一点。

的确，我一直对散文抱着乐观的态度，而且始终认为，21世纪是散文的世纪。因为20世纪是革命和启蒙的世纪（至少在中国是如此），在这样的世纪里，小说、诗歌因其激进的先锋姿态而备受青睐且出尽风头，而天性倾向于淡泊平和，不喜欢大起大落、大红大紫的散文自然也就受到时代和理论家们的冷落，这是再正常不过的事实，而21世纪是一个发展经济的世纪，一个朝着自由民主奋进的趋向世界大同的世纪，在这样的世纪里，散文因其文体上更侧重于艺术性的优势，特别是散文有可能因为它的心灵性、审美性、文化性和精神性而成为主导时代的文体。自然，这些只是我个人的判断，未来的文学走向还需要时间来证明。但有一点可以肯定：当代的散文要与新的世纪相匹配，要有大的作为并获得与小说、诗歌平起平坐的地位，就必须在散文观念上有革命性的突破，在题材上“杂”一些，“野”一些，在思想上坚决摈弃“文以载道”等过于政治化、功利化的写作，在艺术上走诗性散文之路。总之，惟有将主体诗性、文化性和形式诗性高度融合在一起，中国的散文才有可能进入到一个既自由自在、纯粹优美，而又阔大深邃的全新境界。

（原载《文艺争鸣》2011年第4期）

# 论散文作家的人格主体性

散文创作中作家人格的主体性问题并不是一个新问题，但它却是与散文的概念一样，是一个说不清道不明的问题。传统的散文理论认为，散文是一种侧重于“表现自我”的文体，因此在散文创作中作家的人格主体自然也就体现得最明显和充分。至于究竟什么是散文作家的人格主体性，传统的理论要么语焉不详，要么仅仅在作家的创作个性、修养或风格的层面上来理解作家的人格主体性。在我看来，这样的认识不仅过于笼统，而且未能从本体上来理解作家的人格主体性。因此，当我们着手对以往的散文理论进行清理省思，并试图在清理省思的基础上建立一种具有现代视野的散文理论时，很有必要对作家的人格主体性进行一番界定和厘清。

## 一

主体性是源于哲学领域的人类学本体论命题。它是随着近代哲学人的自我意识的不断觉醒，同时不断地摆脱神性而后确立的。作为一个历史地发展着的哲学概念，主体性可以说是一切思维、意识、意志和感觉的统一体，是指积极活动和认识的、具有意识和意志的独立存在的“个人”，它与客体是对立统一的；或者说，客体只是主体的认识活动的对象。因此，就哲学来说，主体性最大的特色就是强调人的主观能动性，强调人本质上就是自由的。人是目的，而不是工具；人有个性，有思想，有理性，因此他能够自己发现自己，自己创造自己。此外，主体性还具有精神性、心灵性和超越性等特征。就文学方面而言，主体性可分两个层面来理解：一个是主体性与客体性关系的认识论问题；一个是文学中主体性的历史发展，它的精神构成和审美特征等问题。我在下面要探讨的，主要是第二个层面的文学本体性。

如众所知，在20世纪80年代中期围绕刘再复《论文学的主体性》一文，文学理论界曾展开过热烈的讨论。不过那时所讨论的主体性，主要是就小说创作而言，而且那个主体性的内涵比我在这里所要探讨的主体性要大一些，它包括作为创作主体的作家、作为文学对象主体的人物和作为接受主体的读者和批评家三个方面，而我在这里要探讨的仅仅是散文作家人格的主体性；换言之，本文主要侧重于从创作的个性化、精神的独创性、心灵的解放、生命的本真性和主体性的人格智慧以及人格格调的角度，探讨作家在散文创作过程中的内在能动性和创造性。至于作家的实践主体性（创作中的表现和创作技术），我将在别的文章中谈到。

从散文本体的角度看，一篇散文要获得成功，要想对读者的心灵造成震撼，并在读者的审美经验中造成“陌生化”的艺术效果，很重要的一点就是散文作家在创作时要充分发挥主体的创造功能和个性力量。因为个性既是主体的一个重要组成部分，同时又从人格的方面决定了作品的质量。由于个性是从主体的创造性、能动性方面来确定散文的本体，因而个性具有共性所无法达到的深度和独特性。当然，作为作家主观与客观相统一的产物，任何形式的文学作品都强调个性化的表达，但因艺术形式的不同，有的表现现实生活时主观色彩淡一些、隐蔽一些，有的则主观色彩浓烈、外露一些。比如小说、戏剧、主要通过虚构的情节、故事、戏剧冲突的设置，尤其是典型的环境描写和塑造人物的方法，来再现客观的现实，表达作家的审美艺术理想，它是以外在事物体现思想的认识，以明确具形的形象组成精神的，而散文则是主观的王国，这是一个内在的世界，一个孕育着的、并且保持其孕育状态而不外显的世界。在这里，散文家的个性占主要地位。我们只有通过散文家的个性去感受和理解一切。也就是说，散文家在表现生活时，他不用对现实生活中的人和事、场景作太多的典型化加工，他的个性没有被虚构的帷幕隔开，因而他的主观感情表达最为直接，个性流露也最为鲜明。也正因此，日本的厨川白村说过：“ESSAY（随笔）比什么都要紧的条件，就是作者将自己个人底人格色彩，浓厚地表现出来……”[1]郁达夫也说：“现代散文之最大特征，是每一篇散文里所表现的个性，比以往的任何散文都来得强。”[2]在这里，厨川白村和郁达夫都以是否有鲜明个性作为衡量一篇散文优劣的重要标准。我们看20世纪那些优秀的散文，比如鲁迅、周作人、梁实秋、沈从文、张中行、史铁生、贾平凹、张承志、韩少功、王小波等作家的作品，无不是以自觉或非自觉的创造性以及由此形成的主体个性化而获得读者的喜爱。

不过，如果从文学主体性的高度来要求，散文作家在创作时，仅仅注意到主体个性还是不够的，主体性作为历史性和社会性的范畴，作为认识论与价值论统一的实践性的产物，尤其是如果我们将主体性当作是一种对自我和现实的超越性规定，那么，这种主体性便不仅是带有个体特征的，而且应是建立在不同的个体上的人类精神的存在。刘再复在他那篇著名的《论文学的主体》中，就将人的主体性分为实践主体和精神主体：“所谓实践主体，指的是人在实践过程中，与实践对象建立主客体的关系，人作为主体而存在，是按照自己的方式去行动的，这时人是实践的主体；所谓精神的主体，指的是在认识过程中与认识对象建立客体关系，人作为主体而存在，是按照自己的方式去思考、去认识的，这时人是精神主体”[3]。应该说，刘再复关于作家精神主体性的论述，对于我思考散文创作的人格主体性问题有着极大的启示。因为在我看来，一篇散文是否有独特的内涵和真正的价值，是否能给读者以强烈的心灵和思想的震撼，最关键的是看这篇散文具不具备精神的主体性。所谓精神的主体性，“是指作家内在精神世界的能动性，也就是作家实践主体获得实现的内在机制”[4]。它不仅强调人在文学活动中，要以人为中心，为主体，突出人的作用和价值，以人的方式去思考和认识客观世界，而且，它还特别强调作家主体性的最高层次，即精神方面的自我完善和自我实现。因为精神属于内宇宙、内自

① 厨川白村：《出了象牙之塔》，见鲁迅译《苦闷的象征》，人民文学出版社1988年版，第113页。

② 郁达夫：《中国新文学大家散文二集》序言，海南人民出版社1988年版，第899页。

③ 刘再复：《论文学的主体性》，《文学评论》1985年第6期。

④ 刘再复：《论文学的主体性》，《文学评论》1985年第6期。

然的范畴，它具有追求自由和反抗束缚的特征。精神是作家的意志、能力、创造力的凝聚，是作家整个人格和心灵的表现。一个散文作家，如果他意识到精神主体性并为实现这种主体性而努力，那么，他的创造就有可能“视通万里，思接千载”，使内宇宙与外宇宙相通，让第一自然与第二自然融汇，从而使散文产生质的飞跃。为什么现在的读者不喜欢读杨朔和秦牧的散文，这其中的一个重要原因，就在于他们的散文缺乏对精神主体性的追求。在精神主体性被强大的意识形态阉割得千疮百孔，在共性淹没了个性的社会氛围中，尽管他们的作品不乏诗的意境和知识性及趣味性，但在价值多元、个性凸现的今天，他们的作品无论如何也引不起读者的激动了。相反，鲁迅的散文小品由于充溢着强大的精神主体性，所以，即便过去了近一个世纪，仍然引发我们绵绵不断的思索和震动。可见，有没有精神主体性，或作品中主体性的强弱，其阅读效果和影响是大不一样的。

散文作家精神的主体性，首先体现在精神的独创性方面。散文作为文学的代表和最高范本，作为文学种类中最自然朴素的“存在”，不仅要求散文作家在创作中体现出精神性的倾向，而且要求这种精神必须是独特的。因为散文不似小说那样有人物、情节可以依傍，也不像诗歌那样以跳跃的节奏、奇特的意象组合来打动读者。散文是以自然的形态呈现生活的“片断”，以“零散”的方式对抗现实世界的集中性和完整性，以“边缘”的姿态表达对社会和历史的臧否，所以散文作家的精神性追求必须是与众不同，而且是犀利深刻和富于批判性的，这样散文才有可能让人读后精神为之一振。比如王小波的《沉默的大多数》中的不少思想随笔，就体现出了强烈的精神独创性的创作倾向。王小波十分推崇西方以罗素为代表的“健全的理性”精神，认为“低智、偏执、思想贫乏是最大的邪恶”。不仅如此，他还认为“愚蠢是一种极大的痛苦；降低人类的智能，乃是一种最大的罪孽”。而“以愚蠢教人，那是善良的人们所能犯下的最严重的罪孽”。为了让读者进一步认识到愚蠢和偏执的可恶和缺乏理性精神的可悲，在《智慧与国学》中，王小波讲述了一个关于傻大姐的故事。傻大姐因智力出现了问题，于是每当她缝完一个扣子，总要对我狂嚎一声：“我会缝扣子！”并且还要我向她学缝扣子。作品者由此想到，假如傻大姐学了一点西洋几何学，一定会跳起来大叫道：“人所以异于禽兽者，几稀！”再进而想到傻大姐理解中的这种“超级智慧”，即便是罗素和苏格拉底恐怕也学不会。不仅如此，王小波还从傻大姐“这个知识的放大器”，联系到国人对待国学的态度与傻大姐亦十分相近：“中国的人文学者弄点学问，就如拉封丹寓言《大山临盆》中的‘大山临盆一样壮烈’”。这样，就不单批判了迷恋国学者的偏执、盲目和自大，也充满了戏剧性的幽默效果。在《思想和害臊》中，他独出心裁地将“思想”和“害臊”并置在一起进行思考，也带有戏谑的意思。而在《椰子树与平等》一文中，更将这种深刻中的戏谑性幽默推到极端：

人人理应生来平等，但现在不平等了：四川不长椰树，那里的人要靠农耕为生；云南长满了椰树，这里的人活得很舒服。让四川也长满椰树，这是一种达到公平的方法，但是限于自然条件，很难。所以，必须把云南的椰树砍掉，这样才公平。假如有不平等，有两种方式可以拉平：一种是向上拉平，这是最好的，但实行起来有困难；比如，有些人生来四肢健全，有些人生有残疾，一种平等之道是把所有的残疾人都治成正常人，这样可不容易做到。另一种是向下拉平，要把所有的正常人都变成残疾人就很容易：只消用铁棍一敲，一声惨叫，这就变过来了。

这篇作品谈的是平等问题，但作家故意挂羊头卖狗肉，先讲诸葛亮为了改变当地人生活习惯下令砍椰树的故事，再讲为了平等“向上拉”和“向下拉”的两种方式，最后突出奇招，竟然想出用铁棍敲击正常人的脑袋使其残废，这样平等的问题也就解决了。从司空见惯的悖论现象入手，再配之以轻松调侃的口吻，由此推出荒谬绝伦的逻辑，使读者在会心一笑中体味到“思维的乐趣”，王小波散文随笔中的精神独创性正是在这种“思维的乐趣”中体现出来。

就作家精神主体性这一层面而言，有独创性和原创性的作家当然不止王小波一位，特别在20世纪90年代的散文随笔热潮中，类似王小波这样坚守精神视域、充满人文情怀的散文作家还可举出好几位。比如张承志、韩少功，张炜、周涛等人均在探索精神的独特性方面作过努力。张承志始终在追寻充满阳刚之气的主体人格与宽阔粗犷的客观世界的契合，因此，在《禁锢的火焰色》中，他以近乎宗教的狂热，以强烈的平民意识和民族情绪表达了对现代工业文明的愤怒和批判，以及对自诩自己是“精灵”，具有“健全的精神”的梵·高的崇拜。在《天道立秋》中，他更以立秋日午后“瞬间”的一丝清凉证明“天理的真实”和“天道的存在”。这种对美丽“瞬间”的沉迷，以及由此而获得的启示、激发、感悟、超越，无不烙印着张承志的思维方式和精神气质：他一方面是凌厉迫人，是孤独高傲的，另一方面又是躁急不安和狭隘的。韩少功与张承志一样执着于人文理想的坚守和人类精神家园的探索，但由于韩少功是一位有着古典的人道主义情怀，同时又是一位既入世又出世的智慧型作家，所以他的散文一方面毫不留情、一针见血地针砭时下的社会状况和文化状况，一方面他又杜绝了极端和偏至的倾向，也不像张承志那样以绝对的宗教信仰为匡时救世之道。这一切均源于韩少功对知识、文化、人类乃至自我都保持着足够的警觉和怀疑，因而他的散文的精神探求无不透出达观大度和成熟智慧的思辨魅力。而张炜的精神追求又有别于韩少功，他一般是借助“野地”来表达他对人生、社会和世界的认识。在他的作品中，野地象征着某种原初的、自然的、本源性的事物，但张炜显然没有在存在论的层面上作大段的抽象演绎，他只是用感性的语言描绘出一个个生动的意象，并把它们呈现于读者面前；而他那种心血斑斑的倾诉，那种惟有“融入”野地他的语言和灵魂才得以安顿的炽热之情，又使他的精神性蒙上了一层诗意和人道主义的光辉，这就是张炜精神探求的独特性。至于周涛，他主要从边地的独特视角来进行他的精神反思，他的主体人格力量的获得，往往得益于边疆大漠粗砺严酷的自然环境，这使他的散文的理性反思具有一种狂放、强悍、气度恢弘的精神气质。

当代散文创作中体现出来的这种精神独创性，与特定的时代和社会环境有着极大的关系。我们不妨回顾一下，在中华人民共和国成立后的“十七年”，那时的主流意识要求作家们去表现重大的时代题材，去歌颂新的生活，去表现集体主义精神，在这样的时代环境中，散文很难不成为歌功颂德的宣传品，散文作家一般都以领袖的思维为思维，或以集体主义思维代替个人思维。即便是秦牧这样有一些辩证思维的优秀散文家，他也只能由花市联想到文学创作的“百花齐放”和“革命的现实主义与浪漫主义相结合”，由猎渔能手的经验上升到“掌握马克思主义哲学的认识论”的重要性这样一些众人皆知的大道理，至于与秦牧同时期的其他散文作家就更谈不上思想的独创性了。举这些例子并不是有意责难秦牧，而是借此说明：在一个思想文化相对封闭的文学氛围中，是不可能有多姿多彩的精神的独特性的。而当历史进入到20世纪90年代，情况就大不相同了。这一时期中国的社会经济生活由计划经济转向市场经济，原先统一整齐的规范已被多元的价值趋向和个人的写作立场所取代，这样散文再也不用以歌颂“新的世界”“新的生活”、以集体主义和时代的代言人为己任，而是允许写各种各样的题材，可以随心所欲地表达个人的喜怒哀乐，尤其是可以站在民间的立场上，思考历史的创痛，批判现实社会的不公，表达知识分子的感时忧世的情怀。总之，文学生态环境的相对宽松，加之大众传媒的崛起、公共空间的拓展，以及作家生存状态的改变等，都为作家精神探求的独特性提供了极大的空间和可能性。正是在这个意义上，我们说20世纪90年代的散文随笔比其他时期都更贴近散文的本体。

散文对于精神独创性的重视，以及散文环境的自由宽松，必然带来作家心灵的自由化。我们知道，散文是一种最自由自在、最不受约束规范的文学品种。散文的这种文类特性，决定了散文是一种倾向于心灵的艺术。也就是说，散文对生活的表现不应仅仅停留在对现实生活的忠实临摹的层面，而应当侧重于对人的“内宇宙”的开拓，即表现出心灵的热情和自由自在的存在。因为散文说到底就是心灵的事业。它不仅要体现出人的精神主体性，而且呈现出心灵即灵魂的主体性。如果一篇散文作品不能表现出一个人心灵的质量，同时加深我们对心灵存在的理解，则这样的作品无疑是失败的。庄子的散文之所以汪洋恣肆神游四极，主要得益于他的心灵的自由。他向往“乘物以游心”（《人间世》），“上与造物者游，而下与外生死，无终始者为友”（《天下篇》）的自由无待的“至人”境界，厌恶“终身疲役，而不见其成功，然疲役，而不知其所归”（《齐物论》）的人生境界，他将之称为“天刑”。庄子的这种“无己”“无功”“无名”，追求个体生命的心灵自由的人生态度，很值得当代的散文家效法。再看鲁迅，他的《野草》之所以是20世纪散文的高峰，原因无他，盖因鲁迅的心灵质量是高的，同时又是自由的。在20世纪90年代，我们也读到了一些这样的作品，举例说，在张中行、金克木、季羡林、汪曾祺等一批老人的散文随笔中，我们就感受到一种心灵自由的表达。由于他们摆脱了传统的“文以载道”的藩篱，更由于他们对人生的洞悟，同时又无欲无求，悠然自得，于是，他们的散文无论谈读书、谈人生、针砭社会或是忆旧怀人，都显得十分自由随便、自然潇洒。他们作品表面上的自由潇洒，来自心灵的解放。可见，真正有价值的写作，是那种靠近心灵的写作。小说、诗歌的创作如此，散文作为表达感情和心灵的艺术，更是如此。

## 二

循着主体性的路径前进，我们看到，散文的人格主体性，除了创作的个性化、精神的独创性和心灵的自由化外，还应包括散文的真实性，特别是散文的生命本真性等内涵。

散文的真实性问题，一向被视为散文的重要特征乃至散文的生命。比如周立波在1962年的《散文特写选》的序言中就写下一段颇具权威的话：“描述真人真事是散文的首要特征。……散文特写决不能仰仗虚构。它和小说、戏剧的主要区别就在这里。”20世纪80年代初期和中期，林非先生关于“真情实感”的大量论述，也影响了不少的散文研究家。比如，在傅德岷的《散文艺术论》、李光连的《散文技巧》等书中都辟有专章讨论散文的真情实感问题。那么，应如何看待散文的真实性问题？我认为，散文的真实性问题，应从三方面来理解。

第一，是“写什么”的问题，即散文所写的内容，包括人、事景物都必须是真实的。如上所说，这种真实观可谓源远流长，从先秦的《国语》《左传》，汉代的《史记》到20世纪五六十年的各种年度散文选，人们都是这样要求散文的。但到了20世纪80年代以后，传统的“真实论”却遭到了挑战并或多或少被瓦解。也许你可以说巴金的《随想录》、孙犁的《晚华集》、杨绛的《干校六记》记叙的是作家的真实生活，但你能说贾平凹的《月迹》《秦腔》、余秋雨的《道士塔》《这里真安静》没有大量虚构和想象的成分吗？事实上，80年代特别是90年代的散文，真实中寓有虚构和想象的作品比比皆是。问题是，我们应如何看待这种想象与虚构？特别是，要研究散文的艺术想象与小说、戏剧有什么不同。比如说，小说的艺术虚构是为了情节的展开，为了使人物形象更丰满和结构更复杂，而散文的艺术虚构则更多的是有利于发掘创作主体的情感，有利于心灵的表达和精神的深化，有时则是为了渲染某种氛围。因此，衡量一篇散文优秀与否，关键之点不在于它的内容是否真实，而应看作家是否通过艺术的想象与虚构，将比现实生活更具冲击力量和审美价值的艺术真实——思想、感情和精神挖掘出来。

第二，感情的真实。平心而论，这一观念较贴近散文的本体，同时还应看，在20世纪70年代末80年代初期，“真情实感论”对于纠偏“十七年散文”中那种虚假的歌颂抒情，对于推动新时期散文的发展，的确起到了不容抹杀的作用。但倘若立足于散文本体，从作家人格主体性的角度来审视这一散文观点，我们会发现“真情实感论”的确存在着一些不足。关于这一点，楼肇明先生在《繁华遮蔽下的贫困》一书中认为，真情实感是一切文学艺术创作的基础，不独散文所专美；同时，真情实感又有多个层次，人与人的真情不尽相同。[①]我认为这是颇有见地之论。首先，小说创作也需要真情实感，只不过小说更侧重于描绘社会生活的真实，而散文则侧重于感情表达的真实，在这一点上散文与诗较接近；其次，感情的真有文学的因素，也有非文学的因素，有具有审美价值的真，也有毫无艺术意义的真。苏珊·朗格指出“发泄情感的规律是自身的规律而不是艺术的规律”，“纯粹的艺术表现不需要艺术形式”。她进一步质问：“嚎啕大哭的儿童恐怕比一个音乐家表现出更多的个人情感，可谁又会为了听这样的哭声参加音乐会呢？”[②]可见，并非一切感情的真实流露都是好的艺术。小孩子因玩具丢失而嚎啕大哭，菜市上两个妇女因蔬菜的价格而激烈争吵，应该说感情强烈并且十分真实，但没有丝毫的诗意和美的力量。所以，我认为感情的真的提法过于笼统宽泛。我们应根据散文的文类特征，寻找“真”的深处的原生美，即一种将杂乱无章但又充满生机和色彩的生活现象凝聚起来的潜在结构和情调，并使其延伸到社会的各个层面和人生的每个角落，从而最大化地发挥作家主体感受的审美创造力。

---

① 楼肇明等：《繁华遮蔽下的贫困》，山西教育出版社1999年版，第5页。

② 苏珊·朗格：《情感与形式》，中国社会科学出版社1986年版，第9页。

第三，生命的本真。这是散文真实的内核，但过去的散文研究对这一层面的真明显重视不够。事实上，我们说散文是率性之作也好，说它是表现“自我”的艺术也好，这其间也就昭示着散文作家不仅要无中介地面对读者，而且要使生命本真任情任性地呈现。我们经常读到一些矫情滥情的散文，作者不是在那里无病呻吟，就是说一些不着边际的废话假话。之所以如此，是因为这些作者失去了生命的本真。他们不是以整个的生命，以赤裸诚挚的心灵去感知事物、去拥抱世界，而后自自然然、老老实实地写出自己对于这个世界的真实感受，而是将“自我”包裹起来，以伪装的满身披挂代替对生命的全部理解。这样的散文是虚假肤浅的，同时也是令人厌恶的。因为它失去了生命的本真，也就意味着失去了散文最为可贵的品格。

毫无疑问，生命的本真是一种更深层、更内在的真，因而也是一种真正贴近了主体性的真。因为生命不仅是人的本能、意志的集中体现，还具有无限开发的可能性，它是超个人、超主体的充满原始激情的实在。此外，如果按照德国近代生命哲学的理解，生命力本体本身还是诗，是美，是对抗现代工业文明的内在之源。因此，在散文创作中高扬生命的旗帜，或者说，把散文生命化，把生命化为诗——这应是一切散文家追求的一个目标。事实上，我们看到，在散文创作中，哪一位作家的生命主体意识越强大，他的生命力在作品中渗透得愈深广、愈彻底，他的作品也就愈有力量。比如史铁生的《我与地坛》，这篇作品的内涵十分丰富：有关于人类困境的描写，关于母爱的赞歌，关于写作意义的探询，关于文学与自然、与宗教的关系，关于“差别”问题与宿命问题的思考，但作品最具魅力的地方，还是对于生命的十足个人化的体验和梦想：作家静静地坐在轮椅上，从地坛的一角，从古园中的老树、荒草、青苔、颓墙，以及蝉歌、鸽音和古殿檐头的风铃声，“专心致志地想关于死的事，也以同样的耐心和方式想过我为什么要生”。于是，透过那一个又一个的场景，透过那荒凉静寂的古园和自然朴素的文字，我们感受到了汩汩涌动的生命热流，体会到了生命的纯美与辉煌。在这里，没有任何人间的喧哗和功利的算计，没有刻意为之的“抒阶级之情”或“代人民立言”，有的只是人与自然的和谐、心与上苍的交流，以及对于人性的荒凉和苦涩的展示。史铁生的意义，在于他以个体的生命为路标，以不动声色的描写和诉说，由自身的苦难推及人类的苦难，并对其作出完全迥异于世俗的理解，因此，他对生命的垂询，便超越了个体的悲欢而具备了普遍的价值。在表达生命的本真方面值得一提的还有新近才被注意的刘亮程。刘亮程是新疆的一位农民，他写散文也是近几年的事情。但他的起点很高，出手不凡。他的散文创作为当代散文注进了一股自然朴素之风，也为散文研究提供了一些新的材料。就生命体验这一层次来说，他的散文是朴素、自然、真切而又丰富博大的。请看《寒风吹彻》："雪落在那些年落过的地方，我已经不注意它们了。比雪落更重要的事情，开始降临到生活中。"于是，"我静坐在屋子里，火炉上烤着几片馍馍，一小碟咸菜放在炉旁的木凳上，我想着一些人生的人和事情，想得深远而入神"。"我"首先想起14岁那年，一个人赶着牛车去沙滩拾柴禾，结果被寒风冻坏了一条腿。"我"又想起一个我曾经给他温暖、但他终于还是被寒风冻僵在路边的上了年纪的人。"我"还想起一直盼望着春天的姑妈，但她还是被冬天留住了。作者平静而冷漠地叙述着发生在身边、发生在冬天里的一些事。他反复地渲染着生命的无奈："生命本身有一个冬天，他已经来临了。""落在一个人一生中的雪，我们不能全部看见。每个人都在自己的生命中，孤独地过冬。"然而，尽管"我"和我的亲人们的岁月被"寒风吹彻"，但我们仍在期盼春天，尤其是生命的隐蔽处正存藏一点温暖，这仅有的温暖随时准备"全给了你们"。这实在是一种植根于大漠旷野中的生命，感受着这样顽强而赤裸的生命，不由人不想起那里的白杨树和梭梭草。是的，刘亮程就是这样，他的散文从不"摆谱"或故作高深，他只是用朴朴素素的笔调写了农村中的一些生活细节，并在一棵树、一片落叶、一朵花、一头牛、一只鸟、一只小蚂蚁乃至寒风中，倾注进他对生命的全部理解。于是，你触到一个感性的世界。你在麦地边、旷野中，在昏暗的屋子里感受到了生命的顽强和尊严。

从史铁生、刘亮程等优秀散文作家的作品中，我们可以感到：散文不是写出来的，而是流出来的。散文作家的创作是他的人格的投影：你可以在其他体裁中掩盖自己，却无法在散文中将自己的灵魂掩藏。从这个意义上说，"散文是与人的心性记忆力最近的一种文体"[①]。也就是说，散文不仅是创作主体

① 雷达：《雷达散文·后记》，浙江文艺出版社1999年版，第445页。

的精神个体和人格智慧的艺术体现，同时也是作家的生命个体——个人性情、艺术感悟、审美性灵到文化素养的全貌写真。如果只有精神的独创性而没有生命电光火石的碰撞，则散文难免流于抽象和冷硬，作家惟有在散文中注进生命的热力，使理性的思辨带着生命的体温，即余光中所说的“知性”和“感悟”的统一。如果散文家能够做到这一点，那么丰盈饱满的主体性自然也就凸现出来。

## 三

也许细心的读者已注意到，本文的标题不是用“散文作家创作的主体性”，而是用“散文作家人格的主体性”。我在主体性前面加上限定词“人格的”并不是可有可无的点缀，而旨在界定：其一，我在这里探讨的，是文学创作的主体性，而不是哲学范畴上的主体性；其二，此处的主体性有别于一般文学意义的主体性，而是侧重于散文人格方面的主体性。由于散文是一种最个人化的文类，它要求作家不仅要真实地表达自我，而且要将这个自我赤裸裸地呈现于读者面前，这样，散文与人格的联系较之其他的文类也就更为直接和密切；换言之，有什么样的人格，就有什么样的散文。不过在探讨散文的人格主体性之前，有必要对人格的定义略加介绍。

按照人格心理学的解释，人格一词来源于拉丁文面具（persona），它包含着两层意思：一是指一个人在生活舞台上演出的种种行为，再则是指一个人真实的自我。按荣格的观点，文化要求人在社会中所扮演的角色就是人格；也就是说，人格包括外部的自我和内部的自我。后来，在心理学、社会学、法学等著作中，人格又被引申为个体行为的全部品质、人的特质的独特模式、一个人不同于他人的所有的主要心理历程等。而就散文创作来说，人格主要体现为作家的生活经历、文化修养、个性气质、心理特征、审美情趣等多层面的综合，它是作家的社会历史角色和地位在文化上的自我确认，这种人格的特点是性格加智慧再加上气质。因此，在我看来，就“人格”这一层面来说，研究散文创作中作家的人格主体性，主要是研究散文作家的主体人格智慧在艺术上的表述，以及散文作家的经历、修养、趣味和气质如何氤氲成了散文独有的格调。

如众所知，散文特别是其中的随笔小品不但需要思想，而且需要人格的智慧。有智慧的散文启人心智，既传达了真理，激发起读者的理性认识活动，又带给他们阅读的轻松与愉悦；没有智慧的散文一般来说都显得干巴枯燥、呆板滞重，而且往往伴随着思想的苍白和艺术上的平庸，这样的散文就如大锅清水汤一样寡淡乏味。所以，文学史上那些优秀散文作家，一般来说都具备较为出色的主体人格智慧。比如，现代文学中的林语堂、梁实秋、王力，当代文学中的王小波、韩少功、南帆等均是如此。当然，由于每个散文家主体人格构成的不同，故而他们作品中的智慧表达又各有千秋。如同属“论语派”的作家，林语堂的人格智慧就不同于梁实秋的人格智慧。林语堂和梁实秋都提倡“幽默”和“闲适”，但由于林语堂更崇尚中国传统文化中的智慧和士大夫式的自适生活，加之他遍览欧美的幽默理论，这样他散文中的人格智慧便既有知识之博，“左右逢源，涉笔成趣”的特点，又带着较浓的书卷气和欧美的“牛油味”。而梁实秋的主体人格更倾向于现实和世俗，他一方面认为“有个性就可爱”，另一方面又善于“化俗为雅”，“把生活当作艺术来享受”，于是，梁实秋由日常生活入手，又曲尽了社会世态和人性之妙。同时，他的细致入微的洞察，特别是他那种幽默调侃的轻松笔调，以及看似平实质朴实则其味无穷的生活化语言，又处处折射出梁实秋“这一个”作家的主体人格智慧。类似这样的例子，还可以在钱锺书与王力的散文中看到。钱锺书的《写在人生边上》集子中的散文和王力《龙虫并雕斋琐语》里的散文都以幽默著称。然则因钱锺书生性尖刻，兼之心高气傲和机警过人，而王力性格较宽和，对人对事均抱着相对中庸理解的态度，于是他们笔下的幽默也就大异其趣。例如在王力的《劝菜》中，他写主人用沾满了自己唾液的筷子轮番给客人劝菜：“有时候，一块‘好菜’被十双筷子传观，周游列国后，却又物归原主。”王力将这个“劝菜”的过程比喻为“津液交流”。为了加强幽默的效果，他又特意再加上一段：“主人是一个津液丰富的人。上齿和下齿之间常有津液像蛛蛛网般弥缝着。入席以后，主人的一双筷子在这蜘蛛网里冲进冲出……”。在这篇作品里，作者通过“劝菜”这一日常现象，批评了国人因极端好客而带来的极不卫生的陋习，他的那些精彩的比喻式幽默充分显示出他的人格智慧，不过他的幽默虽夸张滑稽，却是宽容善意的，这为他的作品增添了不少情趣。而钱锺书的幽默便不是这样。他有一篇散文叫《窗》，先写门和窗的“不同意义”和作用，在这一部分作者有意混淆门和窗的功用和界限。接下来，作者进而由建筑物的特征引申出对某种生活现象的讽喻：

> 缪塞在《少女做的是什么梦》那首诗剧里，有句妙语，略谓父亲开了门，请进了物质上的丈夫，但是理想的爱人，总是从窗子出进的。换句话说，从前门进来的只是形式上的女婿，虽然经丈人看中，还待博取小姐的欢心；要是从后窗进来的，总是女郎们把灵魂肉体交托的真正情人。

借门和窗的功用引进了女婿情人并作了一番机智的阐释后，作者转而嘲讽了某些同行做学问和教书的投机取巧，又引用了刘熙的《释名》、梅特林克戏剧里情人接吻的场面来证明“眼睛是灵魂的窗户”，并顺笔将女性挖苦了一番。所有这一切的连类比喻，典故引论，一方面体现出钱锺书过人的机智和广博的知识，一方面又显示出他的幽默特色，即将正常与反常、严肃与俏皮、崇高与滑稽拉扯到一起，再用机智尖刻的语言将幽默和讽刺推到极致。而这种犀利的幽默和尖刻的挖苦无不渗透着钱锺书的主体人格智慧。从林语堂、梁实秋、钱锺书、王力等人的散文可以看到，智慧的确是散文树上诱人的花朵和果实，它能给散文尤其是随笔增添无限的生机和情趣。但有一点要明确：智慧不是聪明的滑头和取巧，不是知识的炫耀和卖弄。智慧从根本上说是一种生活态度，一种精神境界，一种心血的燃烧。在这方面，王小波、韩少功的随笔体现出的人格智慧为我们进一步的分析提供了绝佳的例子。王小波的散文的基本格调就是幽默调侃，但他的幽默调侃融进了他作为一个平民知识分子的日常生存体验，特别是融进了他“上山下乡”当知青那些岁月的记忆和心血，因而他的幽默调侃便有一种别样的思想力量。韩少功的散文更多的是“智者的独语”。他的人格智慧更多的是体现为既出世又入世、既冷峻又宽容、既独特深刻而又带着朋友式的微笑。在《词语新解》《性而上的迷失》《夜行者梦语》《佛魔一念间》等作品中，他直陈时代弊端，抨击世态人心，针砭人性弱点，批评后现代主义，其锋芒所向，均为社会文化和人生的严肃课题，均达到一种少见的深刻的洞见。但韩少功又能以深刻其内、潇洒其外的笔调来表达，用生动活泼的线条捕捉凝重的思考，用鲜活独特的意象来聚焦抽象理性的主题，这样，韩少功的散文随笔便既有诗性的温润，又有理性的、思辨的色彩。应当说，韩少功的随笔是他的主体人格智慧结出的较为成熟的果实。

如果说，作家的主体人格智慧常常和幽默、思想和理性联系在一起，则散文的格调一般总是与散文作家的气质、趣味和才情结缘，它表现出人格主体性另一方面的内涵。

散文的格调，是指作家的真实自我无保留地渗透进散文之中而后形成的一种情调和文化氛围，它是散文家的个性、气质、修养、趣味和才情的自然而然的流露。一般来说，有什么样的胸襟、什么样的趣味和什么样的才情，就有什么样的散文的格调。比如同泛一舟、共游一条秦淮河，朱自清笔下的秦淮河充斥着一股文人气息，它的格调是由“晃荡着蔷薇色”的历史秦淮河的“滋味”、太多的“愁梦”，以及“幻灭的情思”所构成，因而整篇散文在朦胧黯淡、缠绵缥缈中透出满怀的惆怅苦闷，在有情有景的“文人之游”中折射出的是“有我之境”；而俞平伯笔下的秦淮河却少有“文人之气”而多有“哲人之味”。他怡然自得于桨声灯影里的秦淮美景：不独一进入这“六朝金粉气”的销金窟，心旌便随着河水飘荡，而且还自命为“超然派”的榜样。他的散文没有朱自清的苦涩和愁情，虽说有对于似“有”若“无”，说“无”又“有”的“笑”的哲理辨析，却少有朱自清那种“暗昧的道德意味”，有的只是对秦淮河景物人事的眷爱流连。在这里，俞平伯追求的是景与情与理的融合，筑构的是“我”与万物和谐共处的。“无我之境”，表现出一种自然活泼、其乐融融、情理并举的格调。之所以有如此的差异，皆因朱自清与俞平伯两人在性格气质、情趣、处境和人生态度不尽相同所致。

因为创作主体的人格的千差万别，就决定了散文作品格调的丰富多彩。不过就我看来，散文的格调大致有如下三种：一种是不靠技巧，其语言全无铅华，作家只是直抒胸臆，靠其伟大的人格和博大的胸怀给作品赋予一种朴素庄严、崇高纯净的格调，如巴金的《随想录》、居里夫人《我的信念》就属于此类。另一种是借助特定的景物，营造出一种有情有景、富于诗美的格调，如朱自清、俞平伯的同题散文《桨声灯影里的秦淮河》，余秋雨的许多文化散文即是。还有一类散文的格调以精致的人生况味和浓郁的文化乡愁的情趣取胜，如董桥的《一室皆春矣！》《满抽屉的寂寞》《中年是下午茶》是其代表。这类审美既没有“大散文”内容的厚重取材和背景的宏阔，也没有庄严纯净崇高的境界，因此很容易被一些人视为格调不高之作，但如果你进入这类散文比如董桥的散文世界，你便会惊叹于他的审美趣味的高雅、格调的精致和无处不在的“文化乡愁”：“现在不流行写信了，人情不是太浓就是太淡。太浓，是说又打电话又吃饭又喝茶又喝酒，连脸上刻了多少皱纹都数得出来，存在心中的悲喜也说完了，不得不透支、预支，硬挖出些话来损人娱已。太淡，是说大家推说各奔前程，只求一身佳耳，圣诞新年签个贺卡，连上款都懒得写就交给女秘书邮寄：收到是扫兴，收不到是活该。”“不太浓又不太淡的友情可以醉人，而且一醉一辈子。‘醉’是不能大醉的；只算是微醉。既说是‘情’，难免带几分迷惘：十分的知心知音知己者是骗人的；真那么知心知音知己也就没有什么意思了。”读着这样精致且生动有趣的文字，再配上那若断若继、贯串全篇的“断处的空白依稀传出流水的声音”的点睛之句，我们不是也和作者一样感到“一室皆春气矣”吗？是的，这就是格调，是董桥散文特有的格调。如果我们欣赏散文时，能够深切体味到作品那种特有的格调，无疑对领略文本的艺术趣味和独特风格，透视作家的人格和精神境界，都是大有助益的。

## 四

文学的主体性是文学创作的一个基本话题，同时也是一个内涵复杂、至今仍众说纷纭的问题。上面我试图从精神的独创性、心灵的自由化、生命的本真和散文的人格智慧，以及散文的格调等方面对散文的人格主体性进行归纳概括。尽管这种概括归纳不一定准确地揭示了散文主体性的内在规定性，但我始终认为散文的主体性是我们判定一篇作品是否有精神和艺术价值的一个重要标尺，同时也是散文的诗学建构的重要一环，是散文通向本体的必经之路。因此对散文主体性的探讨不仅有理性的价值，也有现实的意义。当然，散文中人格主体的建构是艰难曲折的。由于长期以来人们对散文的误解，或重典雅空灵的写景抒情，而轻对日常生活、现实人生的生命体验；或在散文是文艺“轻骑兵”的观念支配下，只重视散文的宣传效果，而忽视对精神独创性的追求和心灵的感受，这些误解无疑在很大程度上消解了散文的人格主体性。此外，还应看到，尽管中国的散文在很多方面优于西方的散文，尽管中西散文在追求本体性上并不相悖。但由于源于古希腊的西方文化传统更加尊重个人的独立价值，同时也更自由与宽容，这于散文的本体建构是颇为有利的。而中国的情况却很不同。在“五四”以前，由于正统的儒家学说封闭和扼杀了人们的独立存在价值，在漫长的文学发展的长河中，散文中的人格主体性并没有得到充分的发展。在现代，除了“五四”时期个人的价值自由和个性受到尊重和肯定外，以后急剧变动的社会现实，不间断的政治斗争和集体主义“大我”的张扬，终于把散文家的人格主体压缩到一个狭小的空间。20世纪90年代人的主体性虽然有所复苏，但商业大潮卷起的物质欲望又使相当一部分散文家迷失了方向，并由此导致了人格的萎缩和精神的贫困，削弱了当代散文本应达到的思想艺术高度。正是有鉴于此，在新的世纪里，我们要高扬散文作家的人格主体性，因为惟有强化作家的人格主体性，提升散文作家的精神维度，优化散文作家的心灵质量，激发他们个体生命的自由的追求，当代的散文才有可能进入到一个恢宏阔大、生机勃发的新天地。

（原载《文艺理论研究》2003年第5期）

# 论中国散文的抒情传统

## 一、中国文学抒情传统的辨析与回归

海外华裔学者陈世骧先生在1971年美国亚洲研究学会比较文学讨论会上作了一次讲演，题为“论中国抒情传统”，后此讲稿收进《中国文学的抒情传统》一书，由三联书店于2015年出版。陈世骧以西方文学中的抒情诗为参照，认为“中国文学注定要以抒情为主导。抒情精神成就了中国文学的荣耀”“中国文学传统从整体而言就是一个抒情传统”。[①]而其他的文学类型如叙事与小说、戏剧只能靠边站，它们要么长期萎弱不振，要么就是被兼并、湮没。陈世骧这个“中国文学传统从整体而言就是一个抒情传统”[②]的判断，从总体上看大体是可以成立的。正因此故，此文在华语学界尤其是台湾学界产生了很大影响。特别是经过高友工、吕正惠、柯庆明、郑毓瑜等台湾学者的推阐强化，“中国抒情传统”俨然成为了一个强力的华语解释体系。然而，细究“中国文学抒情传统”的提出者陈世骧的立论基础，笔者有两点不敢苟同：一是它以西方的抒情诗为参照来推演中国文学的抒情特质，但没有看到两者的差异；二是他的研究对象只有《诗经》《楚辞》，最多加上乐府和赋，仅以这四种文体类型，便涵盖了所有中国文学，未免过于简单和片面。

正是看到陈世骧先生的不足，相较而言，我更认同普实克关于中国文学抒情传统的论述。普实克和陈世骧一样，都是中国文学的倡导者，但他研究中国文学的抒情传统不仅仅只是以西方文学为立足点和参照系。普实克的研究重点主要是中国的现代文学。他一方面肯定欧洲浪漫主义文学对中国现代文学抒

① 陈世骧：《中国文学的抒情传统》，三联书店2015年版，第5、6页。
② 陈世骧：《中国文学的抒情传统》，三联书店2015年版，第5、6页。

情性的横向影响，一方面又看到中国现代文学对古典文学抒情传统的传承关系和直接结果。在普实克看来，中国古代较为正宗的文学，包括诗、词、赋、散文等文人文学作品，它们都具有明显的抒情性和主观性。也正因此，欧洲浪漫主义这种“外来影响”，才能在中国文学中找到如此适宜的土壤。普实克的这些见解，较为客观平正，也符合中国文学抒情传统的实际情况。

尤其值得注意的是，不同于陈世骧眼中只有诗歌，普实克还充分意识到中国古典散文的抒情性因素。他认为中国古典散文的抒情性虽没有诗歌那样明显，但中国古典散文不注重情节、故事和叙述，而是借景抒情，融情于景，注重抒写个人的生活经验和感受，倾向于主观情绪情感的表达，因此散文与诗一样，具有浓厚的抒情性。这种抒情性发展到晚明的小品，作家更注重“性灵”“童心”“个性”，倾向于内心世界的表达。如此，其抒情性特征也就越发明显了。虽然晚清以后，小说取代诗歌散文成为中国文学的主流文体，但中国散文的抒情传统却一直没有断绝，它被一代代的文人延续到现当代文学的创作中。

那么，什么是中国散文的抒情传统？在展开全面论述之前，有必要对这一概念做一简单界说。

在笔者看来，中国散文的抒情传统中的“抒情”，它的内涵应有两方面：首先，它是周作人所说的“言情”，即作者面对自然、社会、人生的主观感受和情感倾向。其次，这种抒情也是“言志”，即与客观的世界、社会、政治意识形态密切相关。“抒情”乃陆机《文赋》中提出的“诗缘情而绮靡，赋体物而浏亮”[①]，也是刘勰的“情者文之经，辞者理之纬”[②]的体现和流变。它偏重于生命的体验、心灵的感悟和性灵的抒发。“言志”不仅是“发乎情，止乎礼”，强调“以理节情”“以道制欲”。更为重要的是，它强调为文需立足于个体，在主观的基础上抒发其感时忧国的情怀。所以，“言志”一方面是向内的，是人性人情在文学作品中的体验，一方面又是向外的，是国家民族、集体主义的诉求，它与中国传统的伦理道德、政治理想，以及当下的时代

① 李壮鹰主编：《中国古代文论》，高等教育出版社2015年版，第112页。

② 刘勰：《文心雕龙·情采》。

精神、社会生活密切相连。从对“抒情”与“言志”内涵的界说可看出，笔者此处的“抒情”定义，比较接近高友工和王德威对“抒情”的认知和解释。换言之，我所理解并要阐释的中国散文传统中的“抒情”，不仅仅是风花雪月、小桥流水的描写，也不仅仅是鼻尖底下的杯水风波、饭后茶余的小悲小喜的抒发。笔者希望将抒情拉回到我国伟大的文学传统中，将其作为打开中华民族文化基因和情感密码的钥匙，同时作为想象中国文学的一种方式。这样，中国散文的抒情也就摆脱了西方文学传统的羁绊 ，不但具有中华民族特有的风骨、气度与神韵，而且获得了新的审美价值和思想意义。

中国散文不但有伟大的抒情传统，而且这个抒情传统与西方的浪漫主义抒情文学有很大的不同。从抒情立场和内容上说，西方抒情文学倾向于个性解放，向往理想世界，强调个人的主体价值和自我感情的宣泄；中国的抒情文学更看重个人的感情表达与社会性的统一，强调“家”与“国”的和谐共荣。因此，中国散文家一般都是将自我情感寓于道德伦理之中。就抒情的方式和手法而言，西方抒情文学更多的是采用直抒胸臆、以景喻情的写法。中国的抒情散文也有直抒胸臆的作品，但更多的是采用曲折含蓄、融情于景的表现手法。故此，中国的抒情文学，有的侧重“言志”，有的侧重“缘情”，它们都深深植根于现实生活的土壤，寄寓着作者的家国情怀和文化道德理想。关于中国抒情传统的这一特点，普实克看得很清楚。他认为中国文学的抒情传统，由于它不局限于个人的世界，而是将个人、自我的悲欢离合，与家国民族、伦理道德、文化精神融会贯通在一起，所以，中国抒情文学的内涵比欧洲浪漫主义文学的抒情传统要大，也丰富复杂的多。普实克的归纳与总结颇具深意。他不但充分肯定了中国抒情传统的存在，而且看到了中国抒情传统的社会性、实用性和道德诉求，这正是中国的抒情传统包括散文的抒情传统不同于西方抒情文学的独特之处。

由于历史、现实与时代的原因，事实上浪漫主义式的抒情文学并未在中国形成大气候，“抒情传统”对大多数中国作家和学者来说也是犹抱琵琶半遮面，并未真正呈现出它的真容。所以，陈世骧、普实克等有识之士对中国文学抒情传统的倡扬推举，在笔者看来功莫大焉。 首先，它可以使我们获得一种文化上的自信，特别是可使“五四”以来一直臣服于西方文论之下的中国学人认识到：中国文学一直有一个浪漫翱翔、瑰意琦行的美丽抒情传统。从《诗经》《离骚》到汉赋，再到李白的诗；从庄子的“鹏之徙于南冥也，水击三千里”，到陶渊明的“桃花源”，唐宋散文八大家至晚明小品，这一浪漫抒情传统的归潜与飞扬，一直不绝如缕。可以说，它是有别于西方的中国文学的另一个伟大传统。其次，文化是民族的灵魂和血脉，是人民的精神家园。中华民族最基本的精神基因深藏于中华民族文化的深层结构之中，具有相对恒久的稳定性，并且能在新的时代条件下发出新的光彩。而中国散文，不但源远流长、历史悠久、积累丰厚，而且蕴含着中华民族最基本、最丰富和更深层的精神基因。中国散文是地道的“中国特产”，是受西方文艺思潮影响最小的文体，它是中国最大的一笔文学遗产。同时，中国散文还是中国人的文化读本。因此，强调中国散文的抒情审美化，有益于其在新世纪的文化建设中发挥更大的作用。第三，诚如上述，浪漫主义从先秦开始，就是中国散文的一大特色。尽管后来有所削弱，但它不绝如缕，一直是一种滋润人们的灵魂，提升国民审美情趣的文学存在。因此，当前的中国当代文学要从重物质、轻精神，重欲望、轻理想的状态中解脱出来，就必须继承浪漫主义与抒情文学传统，为文学注进生命激情和梦想。唯其如此，理想的文学才有可能出现。正是上述的原因，我认为重申中国文学的浪漫主义与中国散文的抒情传统，不但具有深远的学术意义，而且有较强的现实针对性。

## 二、中国散文抒情传统的流变

如果不带偏见并抛弃文体的等级观念，不难看到，中国散文是中华优秀传统文化的重要组成部分，或者说是将中华优秀传统文化具体化、书面化和审美化的一种文体。中国散文与中华优秀传统文化处于一种共构共荣、相长相生的状态：它们既共同承载着一个民族、一个国家的精神追求，体现着一个社会共同的价值标准，而且是现代人的精神、感情和心灵的栖息地。就拿上古时期的《尚书》来说，它是我国第一部散文总集。它通过卜辞和铭文，以单纯质朴的说明和记叙，真实客观地反映了虞、夏、商、周四代的社会发展状况。从文学的角度看，《尚书》的特点是以文字记事、据事直书，无任何文饰，也没有什么说教的文字。但《尚书》除了具有“记言”的特点外，它的情感内涵同样极其丰富，所以前人有“周情孔思”之说。

《尚书》的情感抒发，往往是通过一声声语重心长的慨叹表现出来。如在《大诰》中，周公就多次连续使用感叹词来表达内心的感情：“已！予惟小子，若涉渊水，予惟往求朕攸济。”以感叹句起始，表达了他的爱民之心。接下来他又发出感叹：“呜呼！允蠢鳏寡，哀哉！予造天役，遗大投艰于朕身，越予冲人，不卬自恤！”对战乱中流离失所的小民寄予深深的同情。不过紧接着他又慨叹：“已！予惟小子，不敢替上帝命。”虽然我忧虑同情小民的疾苦，但东征是上天之命，我们如何能违背上天之命呢？文章通过多重慨叹和转折，委婉含蓄地表达了周公在大势之下既爱民、尚德而又不得不遵从天命的矛盾心理，感情充沛饱满，文辞虽多次转折但流转自如，体现出了演讲者的情感和个性。《盘庚》也是如此。文章记录商王盘庚为了躲避水患，谋求国家发展，打算迁都，遭到臣民的反对，一些官员甚至造谣惑众，诽谤盘庚。为了达到迁都的目的，文中采用了一系列的比喻，既有说理劝导，有拉拢威胁，又有强烈的感情诉求，而这些感情诉求又与说理、论证水乳交融。这样，《盘庚》便既有实用理性的功能，又有审美抒情的性质。

庄子是中国浪漫主义散文的鼻祖。他的散文既有对远古生活的向往，对人与自然和谐相融的追求，更充满理想主义和抒情色彩。因此，在先秦时期的散文家中，庄子是中国抒情散文的第一小提琴家。庄子的散文主要结集在《庄子》中。《庄子》的价值在于它代表了先秦散文的最高成就，而且开创了中国抒情审美文化的范式。庄子散文的最大特色，就是善于比喻形容。如《逍遥游》讲鲲鹏变化，说“鹏之徙于南冥也，水击三千里，扶摇而上九万里”。《齐物论》讲“大块噫气”，形容“山陵之畏佳，大木百围之窍穴，似鼻，似口，似耳，似枅，似圈，似臼，似洼者，似污者”。《人间世》写支离疏，说他“颐隐于脐，肩高于顶，会撮指天，五管在上，两髀为胁”。这些比喻形容，不但富于形象性，而且其感情的抒发，都是隐藏于比喻寓言故事，以及变幻多端的具象事物之中。这是庄子散文的独创，也是中国散文有别于西方散文之处。

若说庄子开创了中国抒情散文的先河，则司马迁可以说是从另一条路径拓展了中国古典抒情散文的视域。司马迁不但是一个有正义感、刚直不阿的历史学家，同时具有极高的审美鉴赏力，是既有极其充沛的感情世界，且追求文字的精准、雅致有力的散文大家。读他的《报任安书》，你会感到他的文字不但直写胸臆，慷慨激烈，势大力沉，而且浩气迴荡，弥漫于文章与天地间。司马迁还常常借助人物塑造、故事情节、战争场景，以及叙述语言来抒情。这种情况，在《淮阴侯列传》《伯夷列传》《屈原列传》《赵世家》等作品中都有着十分出色的表现。

魏晋散文承续庄子的浪漫主义抒情文脉。相对于罢黜百家、独尊儒术的汉代，魏晋无疑是一个思想解放、追求自由和个性，同时散文写作倾向于浪漫和抒情的时代。其一是对封建纲常的蔑视，放浪形骸、狂狷之士涌现，反叛与潇洒成为一时代之风尚。而风神潇洒、不拘于形、不滞于物，这种优美自由舒展的心灵需要找到一种最适宜表现自己内心的艺术，这种艺术就是浪漫抒情的诗与散文。其二是对"缘情"的痴迷。这时期，无论是陆机的"诗缘情而绮靡"，还是王筠的"吟咏性灵，岂惟薄伎，属词婉约，缘情绮靡"[①]，李昶的"风云景物，义尽缘情"[②]，反映的都是散文对"缘情体物"的抒情性的强调。其三是回归田园自然成为散文的主题。魏晋时期，随着儒术的遗弃，老庄哲学的盛行，以及生活方式的改变，山水自然成为时人自觉的审美对象，回归乡土家园和吟咏自然山水的散文随之勃兴。最著名的有陶渊明的《归去来辞》和《桃花源记》。

魏晋时期的浪漫抒情散文，不但比英国浪漫主义的湖畔诗人要早一千多年，而且魏晋散文家笔下的山水田园，正如美学家宗白华所描述的："质而有灵趣。……有'目送归鸿，手挥五弦'超然玄远的意趣。"[③]这种由实入虚、超脱空灵的田园山水散文，其哲学文化与审美意趣与西方的田园山水散文是大不相同的。西方的散文遵从的是柏拉图的"摹仿说"，或黑格尔的"美是理念"的感悟显现。而中国魏晋时期的田园山水散文，信奉的是更能自由自在、无拘无束地融入个性与真情的"缘情"理论。从这点上说，魏晋时期的山水田

① 王筠：《昭明太子哀册文》，《全梁文》卷65。

② 李昶：《答徐陵书》，《文苑英华》卷679。

③ 宋白华：《美学散步》，上海人民出版社1981年版，第78页。

园散文更具抒情性和审美性，也更富于民族的特色。

中国古代散文的抒情审美传统，在陶渊明、柳宗元、苏轼、袁宏道、张岱等杰出散文家中也有着出色的表现。陶渊明的《归去来辞》从景物描写中，抒发了作者热爱大自然，“性本爱丘山”的感情，并在抒情叙事的基础上，阐明了自己的人生态度：“聊乘化以归尽，乐夫天命复奚疑！”《归去来辞》如同陶渊明的诗一样，写得优美抒情，景真意切，音韵和谐。《桃花源记》是陶渊明另一散文名篇。此文最早见之于志怪小说集《搜神后记》，所以亦可将其作为小说来读。文中采用第三人称的叙述手法，通过记叙武陵人的所见所闻，虚构了一个环境清幽，生活富足，人人“怡然自乐”的“世外桃源”。在这里，“世外桃源”的美境，鸡犬相闻的乡村景象，宁静富足的生活，抒情的笔调与优美的文辞，构成了和谐统一的境界。

先秦抒情散文的审美形态，主要是想象和比喻形容，抒情往往隐藏于寓言故事之中。汉代以“历史散文”成就最高。“历史散文”以“实录”历朝历代的历史事件为主，侧重于采用写人记事、叙事描写的表现手法，而《史记》则是“历史散文”的代表性作品。它通过真实记叙和直写胸臆的感情抒发，将中国散文推到了一个时代的高峰。总体看，魏晋南北朝的散文，侧重描写田园山水，艺术上以“缘情体物”为其抒情特征。及至到了唐宋的“古典散文”，其抒情方式又发生流变。简言之，唐宋“古典散文”的特点，主要是将历史、哲学与抒情融汇在一起，形成了文学性、审美性极高的传统散文范式。在这方面，柳宗元、苏轼、欧阳修等的山水游记散文，都堪称典范。

明代以后，随着人文主文思潮的兴起，散文创作更强调表现个性和倾向内心。比如张岱的散文《湖心亭看雪》，他先是以全景式的大写意，描写大雪后西湖的雪景，营造了一个万籁寂静的境界。再以量词的点染，渐次推出苏堤、湖心亭、舟子与人。在《湖心亭看雪》中，张岱的写景角度独特，写景善于抓住特征，且点面结合，浓淡相宜，尤其是张岱不仅描写西湖的景物，带有生命的体温，且生动有趣，带着人间的烟火味。像这样的散文，在晚明一代还有很多。

中国作为一个诗文大国，诗的抒情性自不待言。中国散文的抒情性尽管没有像诗那样受重视，但它却确确实实存在着，而且对中国人的道德修养、理想情操、行为规范及日常生活方式产生了深远的影响；同时，还应看到，散文之所以能在古代有取得如此高的成就，一方面受益于文体意识的自觉，一方面与抒情基因的不断渗透密不可分。事实上，中国散文的抒情传统是一笔巨大的文学遗产，是中国文学区别于西方文学的最为鲜明、最为可靠的纹章印记。从这个意义上说，挖掘中国散文抒情传统中的积极因素，既可以打开散文研究的新空间，还能增强文化的自觉与自信，让优秀传统文化的资源更好地融进当代文化建设中。

## 三、中国散文的抒情模式

中国散文有一个源远流长的抒情传统，这个传统从《尚书》开始，中经秦汉、唐宋明清，而后是现代的朱自清、冰心、徐志摩、郁达夫、何其芳，当代的杨朔、刘白羽、贾平凹、余光中、王鼎钧、张晓风等，可以说是高山水长、绵延不绝。不独如此，中国散文还有自己独具民族特点的抒情模式。这种抒情模式，归结起来有这样几种：

（一）“离—归”模式。中国的诗歌和散文中有大量写家乡故土，抒发离愁别恨的作品，这是因为中国人特别重视“故土情结”或“家国意识”，另一方面，“土”是最质朴，也是最宽厚的。它不但是中国人世世代代情感的负载物，而且它的颜色和中国人的肤色一样。所以，中国人对“土”有一种天然的亲近感。《圣经》说，“你来自于土，终将归于土”，这句话同样适合中华民族。因我们是从“土”里刨食的民族，土是我们的生命、情感和精神的寄托。但由于思维方式、认知方式和观念的差异，中国的作家对“土”的情感维系，以及由此衍生的“家国意识”和“乡愁”，与西方的文学作品自然也就有着很大的不同。

就散文来说，中国散文中的“故土情结”或“家国意识”，主要是通过一种“离—归”的情感模式表现出来。在这方面，最著名的作品莫如陶渊明的《归去来辞》。陶渊明写这篇散文时，刚刚任彭泽令80多天，但80多天的出仕生涯，却让他深感不适与压抑，于是决定弃官隐居：“归去来兮，田园将荒，胡不归。”如果不及早回家，田园即将荒芜，表示他归田之意已决。那么，当初为何要“离”开田园呢？在文章开头，作者对此做了交代：当初是为了谋生才出仕，致使今日“既自以心为形役，奚惆怅而独悲”。所幸，“实迷途其未远，觉今是而昨非”。幸而及早认识到仕途即迷途，尚未走远，一种悔悟和庆幸之情溢于言表。接下来，作者便调动想象力，描述回归田园的喜悦与隐居生活的惬意。“舟遥遥以轻飏，风飘飘而吹衣”，写的是归途中的愉悦心情。“乃瞻衡宇，载欣载奔”，写初见家门时的欢欣雀跃之态，宛若孩童般天真。它由归途、抵家，到居室而庭院，陶渊明以饱蘸诗情之笔，展现了一个与官场的污浊截然相反的美好的“桃花源”，并以此寄托他的乌托邦想象。不仅如此，文章还表示“归来”后要谢绝交游，与世相忘。最后的“怀良辰以孤往，或植仗而耘耔。登东皋以舒啸，临清流而赋诗”，则是以抒情性的议论，抒发对宇宙和人生的感慨。即“聊乘化以归尽，乐夫天命奚疑”。归隐后，一切都顺从自然和天命，无欲无求享受田园之乐。这是中国散文“乡愁”的源头，是典型的中国古代知识分子的人生理想和精神状态的缩影，也是中国散文和诗歌区别于西方的情感抒发模式。而这样的散文，在中国古代还可举出许多。

中国现当代散文传承了古代散文的“离—归”情感模式。但由于现代的生活环境不同于古代，由于工具理性代替了价值理性，技术、功利、实用将人引离田园故土，人与自身的神性严重分离，人的心灵被物欲所占领、所掏空，这正如荷尔德林早就觉察到的那样：资本主义的工业文明导致人的灵性的丧失。正是在工业文明和现代性的背景下，我们读到了鲁迅、郁达夫、王鼎钧笔下的“乡愁”，虽然仍不脱“离—归”的情感模式，虽然同样有情感的依恋和怀念，但情感的内涵显然复杂的多，其间有赞美，有温暖的怀念，但更多的是批判与反讽，是人生的苍凉与无奈，甚至是人性与情感的撕裂。中国现当代散文关于家园故土的抒写和情感表达模式，值得我们好好去研究。

（二）“乐—忧”情感模式。中国散文第二种情感模式，我将其归结为“乐—忧”情感模式。乐，是“山水之乐”，亦是“人伦之乐”；忧，是忧国忧民之忧，既是家国情怀的寄托，也包含着人生的感慨，带有悲剧性况味。欧阳修的《醉翁亭记》，可视为这方面的代表作。欧阳修写作此文之时，由于被贬滁州，心情难免失落抑郁。但在《醉翁亭记》中，却看不到任何苦恼和怨气，倒是处处充溢着乐趣。“树林阴翳，鸣声上下，游人去而禽鸟乐也。然而禽鸟知山林之乐，而不知人之乐。”“人知从太守游而乐，而不知太守之乐其乐也。”山水乐，而不知人之乐；人知从太守游而乐，而不知太守之乐其乐也。”山水乐，游人乐，宾客乐，太守与民同乐，连禽鸟也与人同乐。人与自然亲和，人与人亲和，呈现的是一片和谐喜乐的景象。这种境界，其实正是欧阳修一贯的乐观豁达的人生态度在散文中的自然流露。

如果说，欧阳修的《醉翁亭记》，是以抒情的笔调写出了“山水之乐”“禽鸟之乐”和“人伦之乐”，表现出一种“欣与所遇，暂得于己”的积极人生态度和世俗化的色彩，则范仲淹的《岳阳楼记》，就是“忧”的代表作了。与《醉翁亭记》写景抒情，一派欢乐景象相比，《岳阳楼记》既有对“淫雨霏霏，连月不开，阴风怒号，浊浪排空”的灰暗景象的描状，也有对“上下天光，一碧万顷，沙鸥翔集，锦鳞游泳，岸芷汀兰”的明丽景色的赞美，正是这两种自然景色的描绘和抒发，引出了一忧一喜两种心情，又从这种忧喜心态，推而广之到“不以物喜，不以己悲”的人生道德境界。由于有这样的宽大胸襟和高尚人格，所以文章的结句“先天下之忧而忧，后天下之乐而乐”才如此深入人心，成为后代读者关心天下、献身国家民族的有益精神力量。欧阳修的《秋声赋》也是如此。作者从“秋声”“秋色”写到“秋状”，却是为了引出“悲秋”之慨，“乐”是表面的，“悲”才是《秋声赋》的底色。

（三）“喜—悲”情感模式。在中国散文中，还有一种较普遍的情感抒发模式：“喜—悲”模式。中国诗歌的主要抒情模式是“发愤以抒情”[①]。如被陈世骧誉为中国抒情源头的《诗经》《楚辞》均是如此。灌注其中的既有郁忿之情，亦有耽美之情。但是，中国的抒情散文，除了杜牧的《阿房宫赋》、韩愈的《祭十二郎文》、归有光的《项脊轩志》等为数不多的作品在抒情中带有“发愤”或“郁忿”的情感因素。不论是古代还是现当代的散文家，更喜欢采用的是“喜—悲”的情感模式，这是我们在梳理中国文学的抒情传统时必须注意到的一点。此外，还要看到，“忧”和“悲”两个词的思想文化内涵是不尽相同的。“忧”是孟子的“乐以天下，忧以天下”的家国情怀之忧，是中国

① 王德威：《抒情传统与中国现代性》，《书城》2008年第6期。

历朝历代的志士仁人的最高道德境界。而“悲”则是站在个人的角度，从内心发出的对人生的短暂、命运的无常无奈的慨叹。因此，在中国散文中，“悲”实际上包含着浓厚的生命意识以及由此扩展开去的悲剧色彩。比如在王羲之的《兰亭集序》中，开始写会稽优美的景色：群山环绕，周围是茂林修竹，又有清流激湍。正是在这“天朗气清，惠风和畅”的自然美景中，一众朋友在兰亭“畅叙幽情”。然而在“仰观宇宙之大，俯察品类之盛”之后，却突然“喜极生悲”，感慨“欣于所遇，暂得于己”，而“向之所欣，俯仰之间，已为陈迹，犹不能不以之兴怀”。虽然眼前的美景，以及遇到的欣喜的事情，总会让人感到快乐和自然，甚至忘记了衰老之将至，但快乐欣喜的事物总是易逝，转眼间变成了前尘故迹，这时，你不能不有所感伤和触动。更何况，“固知一死生为虚诞，齐彭殇为妄作。后之视今，亦如今之视昔，悲夫！”由喜到悲，由现实到历史，从感性的抒情描写到对人生的哲理思考，正是《兰亭集序》这篇散文的抒情特点。

苏轼的《前赤壁赋》更是将“喜—悲”这一情感模式抒发到极致。文章分三个层次展开：一写夜游之乐和对历史人物的追思。作者以自由潇洒、优美形象的抒情笔触，描写泛舟赤壁下看到的江上风光，以及作者作为一个士大夫寄情山水的乐趣；二是由江水和历史人物“而今安在哉”浩叹人生的渺小和生命的短暂：“寄蜉蝣于天地，渺沧海之一粟。哀吾生于须臾，羡长江之无穷”，正是由喜转悲的根源；三是作者试图要摆脱现实处境，渴望能“挟飞天以遨游，抱明月而长终”，却知道这是不可能获得的，于是，只好“托遗响于悲风”。文章由喜及悲，再由悲生悟，最后又因悟回到喜。作者不但揭示出天地万物和人生的“变”与“不变”的规律，并获得“天地与我同生，万物与我为一”的人生感悟，而且，文章的情感抒发波澜起伏、摇曳多姿、层层深入。像这样精神丰赡、情感内涵复杂，既有行云流水般的抒情，又富于哲学辩证法的散文，我们在西方的散文中是难以见到的。

中国散文的抒情模式当然不止这些。比如台湾旅美学者高友工根据中国文学的本质和特征，认为中国文学有一个“叙事美典”和“抒情美典”。这个“抒情美典”由“感性、结构、境界”构成，即“感性的快感”“结构的完美感”和“生命的意义”三位一体的审美理想。高友工的这个“抒情美典”中的

"视界""境界"和"意象"，以及主客合一、心物一体等范畴，属于另一个逻辑层面、另一种理路的中国散文的抒情模式。由此可见，中国散文的抒情模式不但内涵十分精妙丰富，其特征也是十分鲜明突出的。

## 四、中国散文的抒情方式及文体表征

中国的散文一方面有悠远绵长的抒情传统，有属于本民族独特的情感模式，另一方面，中国散文的抒情方式和文体表征，与西方散文也大异其趣。

中国散文最常见的抒情表现方式，是"缘情与景"。西方的抒情文学传统，来源于文艺复兴之后的浪漫主义思潮，它宣扬个性解放与向往理想世界，强调个人本位的主观表现。在抒情方式上，偏于直抒胸臆，敢于表达个人的主观感情和思想。而中国散文不论是"载道""言志"还是"缘情"，其根本都立足于"感物"，即人与物之间达成某种主客合一、心物一体的契合冥会，而且这种"缘情"往往都有着深厚的哲学文化、伦理道德观念和东方思维方式的支持。在情感表达方式上，则偏重于情景交融、物我比兴，以期更委婉、曲折、含蓄地传达情思和生命体悟，从而达到"缘情而绮靡"的美学境界。南朝的《世说新语》中的简文入华林园，就是一篇"道法自然"、带有"缘情与景"审美特征的佳文。欧阳修的《秋声赋》，人与物的交感融和真正达到了一种"化境"。

中国散文的另一个抒情表现手段，是十分重视气韵和音乐性，有人认为，"气""韵"和音乐性，是中国诗歌的专利。其实，在中国散文中，气韵和音乐性同样体现得很突出。这一点也是西方的散文所欠缺的。西方文学以诗、戏剧和小说为主，散文并没有成为一个独立的门类，其地位远低于上述几种文类。其次，西方的散文普遍重"笔"而轻"文"，即重理性的思考，重内容的充实、观点的尖锐，在表达方式上则倾向于议论说理。如此一来，西方的散文便不可避免地质胜于文，厚实而欠雅致优美，明晰而缺氛围情调。以20世纪初对中国散文产生不小影响的英国"絮语散文"来说，如果用中国的艺术审美标准来衡量，可以说，除了培根、兰姆等少数作家的作品以外，其他作家的散文在艺术形式上均无足观，正所谓有"笔"而无"文"，欠缺艺术上的含蓄蕴藉、味外之旨和韵外之致。而中国的散文则大不相同。无论是庄子想象飞扬的“逍遥游”、司马迁的“无韵之离骚”，还是唐宋八大家的山水游记，甚至是韩愈、朱熹一路的说理文，无一例外都写得酣畅淋漓、气韵生动，韵在物外，情在理中，达到了“文”和“笔”的高度统一。这一点，西方的散文的确无法与中国散文抗衡。

再说音乐性，这也是中国散文在抒情散文方式的“特产”，而在西方文学传统中，音乐性同样是较为稀缺的元素。遗憾的是，自“五四”以降，诗歌的音乐性一直受到人们的高度推崇，而散文的音乐性却没有得到应有的重视。其实，中国古代散文是相当重视语言的音乐性的。我们看韩愈、欧阳修、苏轼、袁宏道、张岱等的散文语言，均表现出抑扬顿挫、音节变化、语调流转、优美和谐的音乐美，只可惜中华人民共和国成立之后的散文家没有很好地继承这一优良传统，这就不可避免地造成了散文语言诗性的流失。此外，还应看到，散文语言的音乐性虽包含排比对偶但不等于排比对偶，就现代散文的语言来说，音乐性更在于长短参差，可伸可缩、形神兼备、生气灌注、流转自如。试看庄子《齐物论》中的语言，作者采用多种修辞手法，把无形无状的风声写得有 声有色，可触可摸，更在于他以非凡超拔的想象力和对节奏、韵律的精妙体悟，描状出了风的高低、粗细、徐疾的各种声调，并汇合成了一曲美妙绝伦、荡气回肠的天籁。这天籁既如千军万马奔腾，“鼓气以势为美”，又似千万管弦繁奏中，最后归于“希声窈渺处”。[①]这样富于音乐感的诗性语言，实在值得现当代散文作家认真学习。

中国散文传统中还有一个不同于西方文学的特点，就是特别讲究“文采”，即追求文字的美感。这一点在中国散文抒情中表现得尤其突出。这一路散文在语言上的精妙之处，不但在于偏重抒情性的散文写得舒卷自如、文情并茂，既富音乐感又蕴含韵外之致，即便是偏重议论性的散文或实用型文体，其语言同样富于文采和审美意味。甚至即便是一封书信，也追求修辞手法和文字的优美。如丘迟的《与陈伯之书》就是如此。像这样的散文，在中国散文中可

---

① 刘大櫆：《论文偶记》，李壮鹰主编：《中国古代文论》，高等教育出版社2015年，第482页。

谓举不胜举。这是中国散文的魅力之所在，也是中国散文抒情传统的具体化。

修辞立其诚。重视修辞、文采、表达的婉曲含蓄，这是汉字的魅力所在，也是中国散文的一大特色，更是中国散文一个重要的抒情传统。从这个意义上说，中国散文的书写不是一般的书写，而是凝聚着中国诗性文化的审美情趣，烙印着中华民族的精神底色。我以为，只有从这样的高度来理解中国散文的抒情性语言，并由此进而把握散文作为“美文”的存在，才能更好地发现散文的审美价值。

## 五、散文抒情传统与中华文化精神

中国散文的抒情传统有着鲜明的民族特色和丰富的内涵。它不仅仅是以往我们所理解的小悲小喜的抒情，也不同于西方以浪漫主义、理想主义为内核的抒情主义。实际上，中国散文的抒情传统和诗歌的抒情传统一样悠远辽阔，之所以如此，笔者以为有如下几个原因：

一是中华民族的传统文化和思维结构有别于西方。西方重理性，重逻辑思维和体系建构，并以此推动人类文明的发展历史；而中华民族则重感悟，重生命体验，讲究和合之美，推崇天人合一，诗化人生。另一方面，中国的哲学和伦理学讲究德性，注重内心的体验，强调修身、齐家、治国平天下，以及推崇“君子”“至人”的理想文化人格，等等。这是都对中国散文的抒情传统产生了深远的影响。

二是由汉字的特殊构造和诗性品质所决定。汉字作为伽达默尔所说的“储蓄传统的水库”，它蕴含着丰富的“诗性资质”和抒情基因。事实上，散文一方面最贴近日常生活，它的语言具有世俗化的特点，另一方面，散文的语言在本质上又应是优雅的、抒情的、诗性的。也就是说，越是优秀的散文，它的语言越是自然朴素，优雅宁静，而且总是与大自然、土地，与人的存在的本源，与诗与思凝结交融于一炉。

三是文体的自觉。散文作为一种古老的文体和中国文学的正宗，从一开始就有着自觉的文体意识。它一方面十分重视文章的体制，一方面又特别强调文辞和情采。比如，我国从第一部散文总集《尚书》开始，就已经有了诗的萌芽。《尚书》的语言虽然诘屈聱牙、古奥难懂，但透过那些简单质朴的语言，我们不但仍然能够看到古人在使用文字上的天赋，而且感受到一种由文字美而产生的诗性。那是一种源于人类童年的心智，是建立于感性基础上的形象思维，一种既粗糙笨拙但又体现出广阔的想象力，并凝结着我们先民的诗性智慧的散文语言。当然，真正开创我国抒情散文先河的，应推庄子的《逍遥游》。虽然《逍遥游》不是诗，却比许多冠之以诗的作品更具诗味："北冥有鱼，其名为鲲。鲲之大，不知其几千里也；化而为鸟，其名为鹏。鹏之背，不知其几千里也；怒而飞，其翼若垂天之云。"这不正是所谓的"无韵之诗"吗？而《逍遥游》的这种抒情诗性，既来自于作者超拔的想象力，也来自于他那或笨拙，或犀利，或汪洋恣肆，又极富节奏感的语言。及至到了唐宋散文，抒情诗性散文更成为当时散文的主要审美形态。我们在韩愈的《祭十二郎文》、欧阳修的《秋声赋》、苏轼的《赤壁赋》等作品中，一方面可以领略到如诗如画的诗的意蕴和诗的境界，另一方面又可以感受到仪态万方、朗朗上口的诗的语言。这些例子都表明：无视我国古代散文的优秀传统，无视传统抒情散文的语言中包含着极浓的诗性，自然只能得出散文缺少抒情变化，只是对日常生活的叙述的结论。而这，不但将对抒情散文造成极大的伤害，影响了我国当代散文的发展，而且与我国散文的实际情况相去甚远。

中国散文的抒情传统究其实是一种文体的表征，它是中华民族情感的寄托和结晶，同时体现着一种文化理想和文化精神。正因为抒情的背后有深厚的文化伦理道德观念的支持，所以中国散文的抒情传统不但特色鲜明，而且在现实生活的层面上"无往而不入"，且"浸润深广"，其功能和作用远远超过了叙事传统。遗憾的是，尽管陈世骧、高友工、王德威等海外学者对中国文学的抒情传统进行了较深入的研究，但都无暇顾及或忽视了散文的抒情传统。正是有感于此，笔者将散文的抒情传统作为阐释的中心，这既是回应，也是补充。

中国散文是中华民族的"特产"。这一方面体现在中国散文历史悠久、积累丰厚、名家名作美不胜收，一方面体现于中国散文的文体自觉，丰茂的文采与纯正的审美性，以及绵延如缕的抒情基因。今天，随着新时代对文化自信和文化创新的呼唤，文化也需要自我觉醒和自我调整，需要审美和抒情的回归，以此召回中国文学的自信心。在这样的语境下，对中国散文抒情传统的梳理和阐释，就显得尤为重要和迫切。

（原载《文艺理论研究》2019年第4期）

# 历史地理解散文的“真情实感”

散文的“真情实感”论，一向被视为散文创作的基石。在很长的时间里，它和20世纪五六十年代的“诗化”“形散而神不散”等散文观念一样，享有至高无上的殊荣：不仅写进了《中国大百科全书》“散文”条，获得了散文家和散文研究者的普遍认同，而且一度成为了不容偏离的散文写作规范和原则。然而近年来，真情实感这一散文的核心范畴却遭到了猛烈的攻击，其批评者是著名的学者和散文家孙绍振先生。笔者作为一个对散文情有独钟的研究者，也曾经在散文专著《中国现当代散文的诗学建构》[①]中，对“真情实感”做过一些粗浅的辨析，本文拟承续上述专著的思路，尽量客观地、历史地对“真情实感”的内涵做进一步的梳理与分析，并在此基础上寻求新世纪散文情感表达的一些新的因素，以期提高散文情感的质量和表现情感的水准。

## 一、“真情实感”的提出与对它的批判

“真情实感”是著名的散文家、散文研究者林非先生于20世纪80年代提出的散文范畴。在《散文创作的昨日和明日》中，他认为：“散文创作是一种侧重于表达内心体验和抒发内心情感的文学样式，它对于客观的社会生活或自然图像的再现，也往往反射或融合于对主观感情的表现中间，它主要是以从内心深处迸发来的真情实感打动读者。”[②]以后，林非又在《关于当前散文研究的理论建设问题》《散文研究的特点》《散文的使命》等文中，反复强调散文的

---

① 陈剑晖：《中国现当代散文的诗学建构》，江西高校出版社2004年版，第34、37页。

② 林非：《散文创作的昨日和明日》，《文学评论》1987年第3期。

“真情实感”这一理念，并将其定位为散文创作的基石，甚至提升到本体论的地位。应当说，作为对当时及之前散文界“假大空”之风的拨乱反正，以及对巴金的“说真话”“抒真情”的呼应，林非的“真情实感”的提出不仅是及时的，而且是必要的。它对于散文创作和理论研究的推进可说是功不可没，其意义是当时的其他散文理论所不能比拟的。然而，“真情实感”的确还存留着特定时代的理论痕迹，它的理论形态和内涵界说还有不少漏洞。所以，楼肇明在《繁华遮蔽下的贫困》一书中便率先发难，指出这一散文的基本观念存在着三方面的问题：其一，“真情实感”是一切文学创作的基础，不独只适合于散文，因而不能视作对散文文体的规范；其二，“真情实感”过于宽泛，不可避免会将一切非文学、非艺术的因素包括进来；其三，“真情实感”应有多个层次，不能笼统地一概而论。[①]尽管楼肇明只是提纲契领地指出“真情实感”的不足，没有进一步展开分析，但我认为楼肇明的确击中了“真情实感”的软肋，他的批评可谓切中肯綮，对我们进一步思考“真情实感”大有助益。

当然，更为全面、更为深入地清算“真情实感”的是孙绍振先生。从2008年在《当代作家评论》发表《散文：从审美、审丑（亚审丑）到审智》开始，孙绍振连续发表了《世纪视野中的当代散文》《建构当代散文理论体系的观念和方法问题》《“真情实感”论在理论上的十大漏洞》《从文体的失落到回归和跨越》等五篇长文[②]，对中国现代散文史、当代散文理论体系的建构，尤其是散文的“真情实感”进行了系统的反思、建构与犀利的批判。孙绍振认为，“真情实感”这个雄踞散文文坛几十年的散文“霸权话语”，其实是一个十分粗糙、笼统、贫困的散文范畴。因为它“既没有逻辑的系统性，又没有历史的衍生性”。它之所以成为一种没有衍生功能的范畴。就是因为：首先，它是一种抽象混沌，没有内部矛盾和转化。而实际上，情和感并不是统一的，而是在矛盾中转化消长的。其次，“它号称散文理论，却并未接触散文本身的特殊

① 楼肇明等：《繁华遮蔽下的贫困》，山西教育出版社1999年版，第5页。

② 孙绍振先生批评“真情实感”论的文章，分别见《当代作家评论》2008年第1期、2009年第1期、2010年第2期，《江汉论坛》2010年第1期，《名作欣赏》2008年第23期。

矛盾。……揭示散文的真情实感与诗歌、小说的不同”。[①]如果说，《散文：从审美、审丑（亚审丑）到审智》仅仅是批判“真情实感”的开始，那么在以后有关散文的文章中，孙绍振不断增强了批判的火力，其文辞也越来越尖锐。在《世纪视野中的当代散文》一文中，他指出，从心理学来说，真情实感是矛盾的，与其说“真情实感”，还不如说“虚实相生”，比如范仲淹的《岳阳楼记》中所描绘的洞庭湖，便不是“实感”，而是“虚感”，而《荷塘月色》《背影》等散文中情感和感知的关系，也应该是虚实相生的关系，在这里，作者将“这些实感坚决地虚掉”了。而在《“真情实感”论在理论上的十大漏洞》中，孙绍振更是罗列了“真情实感”的十大罪状，即从范畴上违背了心理学的起码规律，与情感的审美价值背道而驰；漠视了真情与实感的矛盾和转化；以实用价值遮蔽了审美价值，机械地看待真情实感；无视真情实感和语言之间的矛盾；没有在审美和审丑中区别真情实感；真情实感论对阅读经验缺乏应有的自觉；存在着内容与形式单向决定论的不足；尚未粗具学科范畴的严密性和衍生性，等等。正由于存在着如此多的理论漏洞，却享有如此高的权威，所以孙绍振认为，“真情实感”在相当时期拥有无上的权威，至今仍得到学界人士的广泛认可，“只能说明这并不是林非先生的个人现象，而是国人思维的历史的局限。在这背后隐藏着一个思维模式，那就是线性思维”。

孙绍振先生原先治诗歌，兼以幽默研究闻名于世。20世纪90年代以来又创作了大量的以智性和幽默为特色的散文随笔。在散文研究方面，他于本世纪初发表的关于余秋雨和南帆的散文评论，在我看来是新时期以来最具水准的散文作家作品评论。而他近两年写下的一系列散文理论研究文章更为难得。这其中的缘由，第一，正如大家所知，散文理论长期落后于散文创作，更落后于小说和诗歌研究。此外，从事散文研究的人较少，更缺少有感召力的大家。这时候，在诗歌界、幽默研究和散文创作等方面早已名满天下的孙绍振先生加盟到散文研究的行列中，这无疑是散文之福，无疑会大大提升散文研究的士气。第二，由于孙绍振先生有深厚扎实的文艺理论素养和哲学背景，有交叉研究各种

① 孙绍振：《散文：从审美、审丑（亚审丑）到审智》，《当代作家评论》2008年第1期。

文体的经验，加之他的视域开阔，思维结构活跃灵动，文学观念开放先进，这些都给当代散文研究界带来一些新质或冲激，使其超越原先感性经验色彩较浓的狭小逼仄的研究格局，进入到一种较为自觉阔大的理论境界。这一点，从他对“真情实感”进行哲学、心理学、文化学和新批评式的“细读”等多层次的分析研究中就可感受到。第三，孙绍振先生在批评“真情实感”时，虽然站得很高，有的观点扯得很远，有的论述显得牵强，有的用语过于尖锐刻薄，肯定会让那些读惯了温吞水式文字的读者感到不习惯和不愉快，但是，有一点必须特别强调：孙绍振先生的所有观点和结论，都是建立于个案的细致分析之上，即他更多的是采用归纳法而不是演绎法。比如，通过对《岳阳楼记》《荷塘月色》的细致分析来区分“实感”与“虚感”的关系；从王维的诗歌、余秋雨的散文来探讨“动情”与“动心”的差异；从惠特曼的诗《船长啊，我的船长》比较诗和散文的“内情”和“外情”以及表达方式上的不同。所有这些辨析，均是如此细致新颖，分析又是如此精辟到位，读着这些像长江之水滔滔而来的文字，我们不得不佩服孙绍振先生的才气和激情，不得不佩服他的明锐的艺术感受力和超拔的哲学思辨能力。而这，正是当代的一般散文研究者所欠缺的。

然而，在欣赏赞叹、赞同孙绍振先生的大部分观点的同时，我对孙先生的批判立场、批判态度和一些观点并不完全认同。第一，我认为从总体来看，我们应历史地、客观地来看待“真情实感”。这一理论产生于20世纪80年代中期，其时中国散文的上空正弥漫着“假大空”的迷雾，严重阻碍了当代散文的发展。在此情况下，林非感应着思想解放和反思大潮的脉动，适时地提出了“真情实感”这一理论，这在当时的确具有“划时代”的意义，它不仅起到了拨乱反正、正本清源的作用，而且是散文界思想解放的标志。不错，由于时代的局限和认识水平的制约，林非的确没有将“真情实感”说得很全面和深入，这无论如何是一个遗憾。正因考虑到时代的因素和散文范畴的稀缺，我认为我们应像呵护眼睛那样来维护“真情实感”，而不应对其过分苛求，甚至斥之为“连草创形态都很勉强”，是“极其粗鄙”的理论。在我看来，我们今天重新审视“真情实感”，是因时代历史发展了，散文的语境也发生了极大的变化，因此，我们一方面不能死抱住某个散文观念当成永远不变的金科玉律，一方面应立足于今天的高度，用现代的意识和发展的眼光来重新审视这个散文核心范畴，并在细致梳理的基础上将范畴学科化。第二，林非先生的“真情实感”之所以得到普遍的认同，是由于他的理论既高屋建瓴、切中肯綮，又注重散文的审美性，贴近散文的本体。这正如林非先生在20年后反思“真情实感”时所说：“觉得当时确实是没有将问题说得很全面和深入。在我自己的潜意识里面，应该始终都是注意文学创作的审美作用和艺术魅力的，然而在阐述自己具体的论点时，却偏偏没有明确地强调这一点，回想起来确实是觉得颇为遗憾的。”[①]林非这段话，有两点使我感触颇深。一是他不是那种“唯我独尊”，自恃“一贯正确”，因此“死不认错”的所谓“大家”。他有自省意识、谦虚的君子风度和宽阔的胸襟，因此他勇于自责、敢于坦然地承认自己的研究“没有将问题说得很全面和深入”。二是他在提出“真情实感”时，始终都是紧扣“文学创作的审美作用和艺术魅力”这一关节点。他既谈“真情”，也谈主体；既谈“感情”，也谈“人格”；既尊重“传统”，又强调“独创”，既注意到研究的“点”，更倾向于对“面”的把握，尤其是他将“真情实感”的提出与作家创作的使命感、与整个民族的文化建设联系起来，这样就大大提升了我国当代散文研究的学术含量。这一点，我们在批判“真情实感”时无论如何不能忽视。第三，林非在提倡“真情实感”时，还一再强调散文要“表现深层的真诚，抒写深层的真实”。[②]“散文创作的根本前提是在于抒发心中的真情实感，作出具有真知灼见的思索，并且在自由的挥洒中充分表现出独创的个性[③]。”

从上面的引论可见，林非的“真情实感”不是一种浅层的、显露的感情传达，而是建立在“真诚”基础上的深层感情，而且他还一再强调这种感情的流露必须与自由自在的表达，必须与特殊性和独创性结合起来。我认为，只有用历史的眼光，同时从多元的角度考察“真情实感”，我们才能全面认知“真情实感”的理论价值，而不会认为它只是一个孤立的、零碎的，缺乏衍生性和自洽性的散文观念。

---

① 林非：《对于中国现当代散文本体的深入探索》，《文艺争鸣》2006年第6期。

② 同上。

③ 同上。

## 二、散文情感、诗的情感与小说情感的不同

以上是从历史的眼光和发展的角度，对林非和孙绍振两先生在“真情实感”问题上的分歧做了一番评说，不过我并不是法官，不想评判两位散文前辈的是非曲直、谁对谁错。我的初衷是通过尽量公正客观的描述和分析，找出新世纪散文在感情表达上的新因素。

关于散文情感的内涵和表达方式问题。其实孙绍振先生已经做过卓有成效的梳理与分析。比如他对于“动情”“动心”“感动”的比较，对于“内情”和“外感”的把握，尤其是对于感情的“实”和“虚”的转化的论述，等等，都体现出了一个真正批评家的敏锐、训练有素的学理性和创新性，这一系列原则性的新观点，无疑为传统的“真情实感”输进了新的血液，是一种学科意义上的完善和深化。除了孙绍振先生，一直活跃于散文批评第一线的批评家王聚敏先生对散文的情感问题也做过较为深入的研究。从20世纪90年代以来，他发表了《论抒情散文》《论散文情感》《再论“散文情感”》《试论新世纪散文情感的坐标点》等文章，对散文的情感问题发表了不少既尖锐且有真知灼见的意见。2008年，他又将这些文章和其他文章结集为《散文情感论》出版，在这本论文集中，王聚敏首次明确地提出了“散文情感”这一概念，并在此基础上进一步提出“大我情感”与“小我情感”两个子概念。他认为，“一篇散文艺术质量的高低，首先取决于他所抒情感质量的高低，而散文情感质量的高低，则取决于其‘真’而并不取决于其‘大’‘小’”[①]。他还从“散文情感”作为切入点来考察中国古代和现当代散文，认为许多散文在“大情感”背后，往往有一种“感恩意识”“颂圣意识”，狭隘的“国家意识”和“民族自恋意识”，而“大情感”的过于充盈强大，“小情感”自然也就孱弱萎缩了。尽管他为新世纪的散文感情开出的药方，即由“大我”与“小我”的高度融合与碰撞，“由从传统的那种单向度的知识‘传达型’，走向双向互感的情感‘体验型’”[②]的“情感融合体验论”，在我看来并不新鲜，也过于笼

① 王聚敏：《散文情感论》，中国文联出版社2008年版，第39页。
② 王聚敏：《散文情感论》，中国文联出版社2008年版，第49页。

统抽象，缺乏实证的分析和经典个案的支撑。但实事求是地说，王聚敏的“散文情感论”比之那些只会人云亦云地说“散文是主情的艺术，是‘情种’的艺术”，“情，是散文的生命”，或“情贵真，情贵美”之类的散文情感研究，的确要高明得多，也深刻得多。遗憾的是，王聚敏的“散文情感”研究，似乎尚未引起散文界足够的重视。

正是有感和得益于孙绍振和王聚敏先生的研究，我认为要开拓和深化新世纪的散文情感研究，很关键的一点就是要区分“散文情感”“诗的情感”与“小说情感”的不同。关于这三种文体在情感表达上的不同，我在《中国现当代散文的诗学建构》一书中有这样的表述：“小说的情感生成往往是一种多维的情感结构，一般呈多元冲突、跌宕起伏的状态，并往往渗透进人物、情节和环境三个叙事纬度中；诗歌的抒情虽呈一维的结构向度，但诗歌的情感向度是一种高度集中凝练、悬浮于‘日常生活’之上的内心观照；而散文的情感结构也是一维的，呈单向发展的状态，而且与‘此在’的日常生活常常呈水乳交融的关系。”①孙绍振先生在《评陈剑晖〈中国现当代散文的诗学建构〉》一文中，对这一区分颇为欣赏，同时又指出这种区分的不足，即“只满足于在逻辑演绎的层面上展开，并没有来得及在广泛的文本分析上加以展示和丰富”②。我认为孙先生的见解是相当精辟独到的。这样的批评不仅使我获益良多，也有助于我对散文的“真情实感”作更为深入的探讨。

让我们还是回到三种文体的感情表达的比较上。在我看来，散文和诗的感情内涵一般都是一维或单维的，最多也就是双重的感情成分，而小说的感情一般呈多维的形态，它是一种多层次的复合型情感的文体。在情感的复杂性这一点上，那些长篇巨著如《红楼梦》《战争与和平》自不必说，即便如短小的《百合花》，其中也既有战友情、军民鱼水情，也有青年男女之间朦朦胧胧的感情等的交织与碰撞。这是从感情的内涵来看。从感情的表达来说，小说的情感往往与摇曳多姿的叙事相辅相成，或隐瞒在跌宕起伏的情节、多种矛盾冲突的背后，或借助人物特有的性格特征表现出来。如《红楼梦》中的宝玉、黛

① 陈剑晖：《中国现当代散文的诗学建构》，江西高校出版社2004年版，第35页。

② 孙绍振：《文学评论》2006年第5期。

玉、宝钗、晴雯、袭人等人，都拥有各自的性格特征，因而他们也就具备了不同的感情色彩，这方面的例子可说是举不胜举。而诗歌和散文的感情表达又有自己的特点。诗歌是一种更倾向于形而上学和彼岸世界，因而是超越了现实的文体，它是悬浮于“日常生活”和“此在”世界之上的精神贵族和理想的朝霞，是人类所有情感中最纯粹、最炽热和最尖锐的部分，所以诗歌的感情不仅是高度集中概括、凝练浓缩的，而且常常是喷涌而出，是爆发式的。同时，这种高度浓缩的感情又常常与诗的基本要素意象结合在一起；或者说，意象作为凝练诗歌的形象化呈示，一般是浸润于抒情主体的情思里，由此构成诗的肌理。这是诗歌情感表达的一大特征。而散文更多地依附于“此在”的世界，它的感情与日常生活相依相融。如果说，小说的基本要素是情节，诗歌的基本要素是意象，那么散文的基本要素就是情境。散文与日常生活有一种诗所不能及的契约，总是与日常生活保持着一种共时状态。它通过一个个带着人间烟火的生活情境或形象片断，将或明或暗或直或曲的感情寄寓其间；而与此相适应，散文的情感抒发则是自由随意，是陈述式的。它既没有小说的紧张，也没有诗歌的跳跃。总之，散文的笔路一方面是发散式的，另一方面又是平稳的。比如，同是写母爱，诗歌是：

慈母手中线，游子身上衣。临行密密缝，意恐迟迟归。谁言寸草心，报得三春晖。

在孟郊这首《游子吟》中，诗人通过两个意象（手中线、身上衣）和一个动作（缝）来表达深挚的母爱，再用两个比喻（寸草心、三春晖）抒发儿子感恩的心情。诗既是现实的，又是超现实的；既是单纯的、空灵的，又是高度凝练浓缩的。正是在这种单纯而又丰富的感情抒发中，诗人表达出了人类共有的、且是普遍的生活情态和感情倾向，从而引起广大读者的共鸣。而在散文《我与地坛》中，史铁生在第二部分也集中写了母爱和儿子对这种母爱的感受，但它的表现方式却与《游子吟》大不相同。在《我与地坛》中，史铁生通过母亲无言地帮我坐上了轮椅车，看着我摇车拐出小院。有一次我因事返身回来，看见母亲独自站在原地，还是送我时的姿态，对我的回来竟一时没有反应。作品还通过母亲的自言自语和心理活动，通过母亲在园中找我时的急切步履和茫然焦急的神情，以及缓缓离去的背影，尤其是通过“我”的自责自省以及与朋友的对话，表达“我”的忏悔和负疚的心情。总之，《我与地坛》正是通过一个个的生活情境和平稳舒缓、从容不迫的发散式叙述，写出了母亲的苦难与伟大，表现出了一种自然朴素、含蓄内敛、毫不张扬的母爱，以及“我”对早逝的母亲的痛彻心扉的思念与负疚之情。写母爱是如此，写“乡愁”同样可见出诗歌与散文的区别。明显的例子是余光中的创作。他的诗《乡愁》只借助了邮票、船票、坟墓、海峡四个意象，就高度概括浓缩了他那一代人的思乡之情，其感情特征显得空灵、纯粹、富于象征的意味。而同一作者的散文《听听那冷雨》中的“乡愁”，却是渗透在金门街、厦门街的长巷短巷里，渗透在意大利导演安东尼奥尼的黑白片子，在美国丹佛山的森林和沙漠中。当然，这“乡愁”还来自于台北日式的瓦顶，来自于三轮车的油布篷，来自于上班下班、菜市回来的人群手中的雨伞……尽管同样有峭拔的想象，有大量的意象组合，有跳跃式的思维和纵情恣肆的语言，但与《乡愁》相比，《听听那冷雨》中还是有许多具体的生活细节和生活情境的描写，因而它更具象，更贴近现实生活，其感情的宣泄也更加淋漓尽致。

从《乡愁》与《听听那冷雨》的比较，我们还进一步发现：诗歌和散文虽然一般都只具备单维或双维的感情内涵，但由于诗受到篇幅、句式、韵律等的限制，在造境时，一般采用的是单视角、短镜头的展示方式。尤其是那些古典诗词，展示的往往是一些片断景色，有时一首诗甚至一句诗便是一幅画。而散文因为不受篇幅长短的制约，不受句式、韵律、节奏等的束缚，加之表达上极其丰富、自由、灵动，这样散文在写境时，往往采用“多角度、长镜头地摄入，展示宽广的、立体的表现空间”。[①]而且其意境往往由多幅色彩各异、景深不一的画面构成。最明显的例子莫过于写雨景。孟浩然的《春晓》、杜甫的《春夜喜雨》、杜牧的《清明》，或从听觉，或从视觉，或从雨的形态来写雨境，尽管这些诗语浅情深、意境感人，但若从表现手法看，它们所切入的视角都较为单一，所展示的画面的层深也不是十分丰富多样。而台湾散文家余光中

① 祝德纯：《散文创作与欣赏》，中国社会科学出版社2002年版，第99页。

的名篇《听听那冷雨》，不但从视角，还从听觉、触角、嗅觉、味觉等方面来写雨。因此他所创造的雨境既是多维视角，而且是长镜头和全方位的展示。再如同写岳阳楼，杜甫的《登岳阳楼》里虽有“吴楚东南坼，乾坤日月浮”的名句，境界开阔雄浑，展示了诗人阔大的气度胸襟，但由于杜甫的诗只是单视角地展现登上岳阳楼所见到的洞庭湖景色，所以它的意境虽高度浓缩，却不够丰富多样。而范仲淹的名文《岳阳楼记》所展示的意境虽分散却更有层次感。其间既有“衔远山，吞长江，浩浩荡荡，横无际涯”的雄浑壮阔，又有“淫雨霏霏，连月不开，阴风怒号，浊浪排空”的阴冷灰暗；既有“春和景明，波澜不惊，上下天光，一碧万顷；沙鸥翔集，锦鳞游泳；岸芷汀兰，郁郁青青”的澄明鲜亮和充满生机，又有“长烟一空，皓月千里，浮光跃金，静影沉璧”的空灵寂静的夜境。此外还有渔歌的对答等，正是这些色彩各异、纷缤多姿的画面，构成了散文《岳阳楼记》层次丰富、内涵深邃的意境，表现出喜与悲、明与暗、细腻与豪放相交织的感情色彩。

在中国现当代散文中，类似《岳阳楼记》这样运用多维的长镜头，通过几幅画面的叠合来构成意境，表现感情的作品并不少见。如冰心的《笑》，展示了三幅微笑的画面：一是在雨后的“清光”的背景下，安琪儿向着我“微微的笑”；二是五年前，在古道边偶遇的孩子“抱着花，赤着脚，向着我微微的笑”；三是十年前，在茅舍中抱花依门的老妇人对我的“微笑”。三次微笑，三幅画面，三种情景叠合在一起，便构成一个“光明澄静，如登仙界，如归故乡”的散文艺术境界，表达出了一个深挚的“爱”的主题。再如朱自清的《冬天》，叙写发生在“冬天”里的三个生活情景：父子四人围着“小洋锅吃白水豆腐”，朋友三人月下泛舟游荡西湖，妻儿四人在台州过冬的经历。初看所叙三件往事，并没有什么联系。到了结尾，作者才点明了文章的线索和主旨：“无论怎么冷，大风大雪，想到这些，我心上总是温暖的”。三段往事，三种生活情景，在“温暖”这一感情线索的贯穿下，叠合构成了一个与自然界的“冬天”有着巨大反差的人类情感的温馨散文境界。这样的营造意境抒写情感的方法，的确与诗歌大异其趣。

既然散文的感情表达与诗歌和小说有如此的不同，那么接下来我们的散文研究便不可避免地面临两个问题：一是如何根据各种文体的内质和外显特征，对文学中的感情进行有针对性的研究，而不是像以往那样“眉毛鼻子一把抓”；二是在散文创作方面，作家应根据散文的文体特征和抒情的原则，尽可能地提高散文情感的质量。只有散文的情感质量提高了，散文才有可能获得质的飞跃。

## 三、如何提高新世纪散文创作的感情质量

从散文情感的特殊性出发，我们在创作散文时应如何提高感情的质量，表现出创作主体的“真情实感”呢？这里的答案也许有很多。比如，有研究者认为，散文“情贵真”“情贵实”“情贵深”①。有人提出散文要善于“借事传情”，要“以景结情”“托物寄情”②。还有研究者呼唤新时期散文的感情应“由过去的‘传达型’向‘体验型’的整体性全面性转型”③。在我看来，这些见解都有其合理性和启示性。尽管有的没有充分展开分析（如王聚敏的“转型论”），但他们都或多或少启迪我进一步去思考散文感情的质量问题。

我认为，要提高当代散文感情的质量，必须处理好下面的几组关系。

（一）日常情感与审美情感。从文学创作的角度看，审美情感也就是艺术情感，它是对日常情感的审美提炼升华，是一种自我的感情，又是一种“有意味形式”的人类共有的感情。审美情感不同于日常情感。一个婴儿的啼哭，一对夫妇当街的叫骂，一个妇女菜市场上与菜贩激烈的讨价还价，这些虽然都是生活的“原生态”，都流露出强烈的情感色彩，但它们并不是艺术，因为它们缺乏审美感情的提炼与升华。所以，苏珊·朗格说：“发泄情感的规律是自身的规律而不是艺术的规律。”她进一步质问：“嚎啕大哭的儿童恐怕比一个音乐家表现出更多的个人情感，可谁又会为了听这样的哭声而去参加音乐会呢？”④可见，感情作为一种生理性、并且往往与个人得失或利益联系在一起的心理表征，它不仅是人人都具有，并且常常是突发的、零碎和芜杂的，因此

① 傅德岷：《散文艺术论》，重庆出版社2006年版，第83、85、82页。

② 王聚敏：《散文感情论》，中国文联出版社2008年版，第50页。

③ 于君：《散文讲稿》，群言出版社2003年版，第275、276、277页。

④ 苏珊·朗格：《情感与形式》，中国社会科学出版社1986年版，第51页。

并非所有的感情流露都能成为文学表现的对象。情感只有上升到美感的层面，即在作家主体的参与下，一方面保留那些杂乱无章但又充满生机的生活“原生态”，另一方面通过严格的选择和精细的艺术过滤，将零碎芜杂的生活表象凝聚起来，并赋予思想、情调和色彩，这样“真情实感”才能得到提高和深化。

当代散文在情感表达上的最大问题，在我看来是许多散文作者不善于将日常情感转化为审美情感。比如我们读到大量的游记散文、谈茶论酒、种花养草、怀土恋乡，以及写“我”的猫狗、“我”的口红、项链、精品、酒吧，甚至“我”的厨房、“我”的卫生间、“我”的月经等，这一类散文之所以品味不高，读之令人生厌，最根本的原因，并不是这些作者过于自恋，也不尽是他们的取材过于细小琐碎（这当然是也是原医之一），而在于他们不懂得或不屑于将日常情感审美化或艺术化。这样，他们的散文自然便只有生活，没有情致；只有文字，没有韵味；只有表面的、浅层次的感觉的记录，而没有深层次的情感挖掘，更谈不上有审美人格和精神上的升华。正是有感于当代散文创作在情感表达上的这一致命缺陷，我认为当前的散文应从两方面来提升散文感情的质量：一是重情感而轻情绪，二是以体验取代传达。为什么要重情感而轻情绪？因情绪主要源于人的生理性需求，而情感则建立于人的社会性需求之上；情绪是原始的、早发的，如出生不久的婴儿即会哭和笑，有痛苦和快乐的情绪表现，而情感是在人与人的交往、人与世界的关系中逐步形成的；情绪来得快但易逝，表现极不稳定，而情感则既有情境又有稳定性，它是情绪的本质内涵，而情绪只是情感的外部特征。因此，散文在抒发情感时，务必立足于表现既有内在性、情绪性又有稳定性的情感，而不应迷恋于表现外在的、稍纵即逝的情绪，或只停留于表现一己的喜怒哀乐。如20世纪90年代流行的“小男人散文”“小女人散文”以及一些“晚报体”散文，许多都停留于表现情绪这一层次。

至于说到以体验取代传达，也是立足于散文感情的特殊性和当前的散文创作而言。感情的“传达说”较早见之于托尔斯泰的《艺术论》，托翁认为抒发感情即传达感情。他说艺术家的任务是“在唤起这种感情之后，用动作、线条、色彩、声音以及言词所表达的形象来传达出这种感情，使别人也能体验到这样的感情——这就是艺术活动”。[1]应当说，托尔斯泰的“传达说”具有极为明确的内涵和鲜明的特点。第一，他强调情感的重要性；第二，他认为艺术只是“传达”而非“表现”感情；第三，他特别注意传达感情时让别人也能为这些感情所感染，能够分享到艺术家的感情。由于“传达说”具备了上述特征，因此当它传进我国后，就广受作家们尤其是散文家的欢迎。比如20世纪60年代前后杨朔、刘白羽、秦牧等人写的赞颂祖国和人民公社，赞颂茶花、红叶、蜜蜂和雪浪花等的散文，采用的就是“传达”感情的手法。这一类散文的共同特点是缺乏内心的体验，同时以公共感情替代个人感情。这是这些散文之所以没有生命力的根本原因。因此，在当代散文已经发生了质变的今天，我们要大力提倡“体验性”的感情，所谓的体验，不是外在的镜子式的反映，不是自然科学的那种被动的经验认识。体验是感性个体本身的规定性，它是指人在自觉或不自觉的状态下所经历的一种独特的生命历程和感情的活动，它直达人的生存的深层，具有心灵性、内在性和知觉性的特征。诚如生命哲学家齐美尔所说：“没有无内容的生命过程和生命的形式。我们在自身的生活中‘体验’到生命的内容，这种体验（erleben）实际上是心灵把握生命的活动。……生命根据包括在体验中的形式的原则来创造对象。它为世界创造了艺术、知识、宗教等对象，而这些对人都有自身的逻辑一致性和意义，独立于创造它们的生命。生命在这些形式中把自身表达出来，这些对象则是生命的审美、理智、实践或宗教的能动性的产物，它们也是生命的可理解的必要条件。”[2]也就是说，尽管体验在每一个人那里都有不同的表现形式，但体验却有其逻辑上的一致性，它的内容往往是命运、苦难、死亡、生命的意义等。它的思维形式具有极强的穿透力和创造力。换言之，体验是把人的心灵从现实生活的重负下解放出来，激发起心灵对生命价值的认识；同时，使创作主体与文学艺术的生命关联得以强化。就散文创作来说，生命体验的意义在于它可以穿透生活的晦暗不明的现象，并通过感悟使散文的境界得以澄明，使散文的诗意表达成为生活本质的表达。以史铁生的创作为例，他对苦难、死亡、生的意义以及差别、欲望

---

① 托尔斯泰：《艺术论》，人民出版社1958年版，第47页。

② 刘放桐：《现代西方哲学》，人民出版社1990年版，第202页。

的思考都离不开他的心灵体验，他以对宇宙人生的超常感情，以一颗经历过磨难的敏感心灵，去感知命运的无常、人生的惨痛，以及人类的困境，正是这种生命的体验与生命的梦想，使他在有限中领略到无限，在虚空中感受到实在，把生命表现得辽阔、深沉而神秘，并使其与“心之家园”达到一种内在的和谐共振。此外，张承志、张炜、刘亮程、张锐锋、周晓枫等的散文莫不如此。

（二）表现情感与显露情感。这是与上面一组关系紧密联系的另一组关系。也就是说，从体验而不是传达的角度上说，优秀的散文应是表现感情而不是显露感情，更不是煽动情感。因为显露的感情，一般来说不是浮情就是矫情，是一种浅层次的、没有含蓄美的感情。再说，文学的目的，并不在于使读者“群情激昂”，而在于使读者在潜移默化中受到美的熏陶和人生的启迪。因此，要提高当代散文感情的质量，在我看来，很重要的一点，就是要在“体验”的前提下，自然“表现”出创作主体起伏的感情流程，特别是要尽量写出统一和洽、复杂丰赡、含蓄内敛的情致。举例说，杨绛的《干校六记》为什么获得了不同层次和不同年龄的读者的喜爱？其中一个很重要的原因，就是杨绛散文的感情是一种含蓄内敛、表现了复杂人性内涵的感情，而不是显露的感情。我们不妨看下面这段文字：

> 据说，希望的事，迟早会实现，但实现的希望，总是变了味的。1972年3月，又一批老弱病残送回北京，默存和我都在这一批的名单上。我还没有希望回北京，只是希望同伙都回去。不过既有第一批的遣送，就该还有第二批第三批……看来干校人员都将分批遣归。我们能早些回去，还是私心窃喜。同伙为我们高兴，还为我们俩饯行。当时宿舍炉火未撤，可以利用。我们吃了好几顿饯行的汤圆，还吃了一顿荠菜肉馅馄饨——荠菜是野地里拣的。人家也是客中，比我一年前送人回亲的心情慷慨多了。而看到不在这次名单上的老弱病残，又使我愧汗。但不论多么愧汗感激，都不能压减私心的忻喜。这就使我自己明白：改造十多年，再加干校两年，且别说人人企求的进步我没有取得，就连自己这份私心，也没有减少些。

我还是依然旧我。

作品表现的是自己将由干校返回北京前夕的情感波动。文字的表层看起来波澜不兴、平静从容，但文字底下却是潜流涌动、复杂弯曲，层层叠叠。第一重感情：希望的事实现了，“但现实的希望，总是变味的”，为什么“变了味”？因为我为自己能早些回去而“私心窃喜”。这一层的感情既有对同类的体谅，也有对“私心”的自省和自审。第二层感情：同伙为我们饯行，但看到饯行的人们比之前“我”送人回京的“心情慷慨多了”，加之名单上仍有老弱病残“不能返京”，此情此景，“又使我愧汗”，但不论“多么愧汗感激都不能压减私心的忻喜”。这一层的感情表达更委曲复杂，其中既有“愧汗”“感激”，更有“忻喜”，而这样的情感表达，十分符合人的内心真实，是心灵的真实展示，也是向人性的深层掘进。第三层感情：经历了一番感情的起起伏伏和明暗对比，原来多重交织、模糊不清、飘忽不定的感觉才清晰，稳定起来，于是作者又将我们带进对政治和人性反思的特殊“语境”：经过十几年的改造，我的这份“私心”也没减少些，“我还是依然旧我”。请看，一段短短的文字，折射出如此丰富的感情信息，包含着如此复杂的人性内涵和美学韵致。而这，正体现出了杨绛散文在感情表达上的高妙。她的散文写了各种各样的情：有夫妻远隔的离情、母女送别的伤情、女婿之死的悲情，等等，但她的作品却没有我们经常见到的那种激愤的控诉和狂躁的宣泄，而是以一种平淡自然的语言，以一种看似不动声色、踏雪无痕，实则波澜起伏、复杂交织的情感呈现，含蓄内敛但又是诗性地揭示“文革”中中国知识分子的生存状态和人格尊严，从而达到“哀而不伤，怨而不怒”[①]，阅读之后让人掩卷长思的艺术效果。事实上，中国现当代文学史上那些比较优秀的散文，其情感的描述都既是表现性的，同时又是含蓄丰富和复杂的。如何其芳的《画梦录》、汪曾祺和孙犁的散文、张洁的《拣麦穗》、史铁生的《我与地坛》，等等，大抵都是这样。相反，那些比较幼稚、意蕴比较浅露的散文，往往是作者表现的感情过于

---

① 钱谷融、吴宏聪：《中国当代文学作品选读》，华东师范大学出版社1999年版，第229页。

单一扁平。比如对老师的敬爱之情、对故乡的思恋之情、对友人的怀念之情，等等，这是一种情况。而另一种情况，则是过于煽情，如果余秋雨、周涛的某些“文化大散文”，就犯有此毛病。

沿着上述的思路，我们还可进一步作这样的思考：既然散文的情感以表现为上，以含蓄、丰富和复杂为佳，那么以往的科教书一直视为散文一大特征的“直抒胸臆”是否还有效？此外，应如何看待“含蓄表现丰富复杂的感情”与“直抒胸臆”的关系？我认为“直抒胸臆”作为散文的一种抒情途径或表达感情的方法，只适合少数人，对大多数散文作家来说，采用这种抒情方式往往要冒很大的风险，这是其一。其二，“直抒胸臆”一般只在特定的时代和特定的情景中使用，在今天使用可能不会获得读者太多的掌声。举例说，抗日战争时期、解放战争时期的某些散文，以及“文革”刚结束时陶斯亮的《一封终于发出的信》，甚至巴金的《怀念萧珊》这类“直抒胸臆”的散文，在特定的年代都产生了很大的影响，但若置于今天，这种直接地倾吐自己的感情和裸露思想的散文就未必能感动读者，引起他们的共鸣。所以，从审美感情来源于“有意味形式”这一意义上来说，我倾向于《背影》《干校六记》《我与地坛》这一路的抒情，而不喜欢“直抒胸臆”的抒情方式。

（三）“大感情”与“小感情”。由于散文是一种诉诸内心、倾向于自我表现的“主情性”艺术，所以散文的情宜克制而忌放纵。因为一个人是没有那么多情可以抒的。这正如贾平凹所说：“人的一生有多少情可以抒呢，如果为了写文章而写文章，为抒情而抒情，那怎么会不矫情呢？”[①]所以，如果一个散文作者见花就狂喜，见月就落泪，见人就悲情，见到一只蜜蜂就说蜜蜂蜜蜂我爱你，那么他的散文一定是失败的。因这是失去节制的滥抒情，而滥抒情正是散文的最大敌人。这样放纵的抒情最容易导致浮情与矫情，充其量只能是一种浅层次的抒情。不容忽视的一个事实是：20世纪90年代以来伴随着“大散文”而出现的不少抒“大情”的作品，正是犯了这一抒情的大忌。在这一类作品中，作者或慷慨激昂，指点江山，纵论古今中外史事；或悲天悯人，感叹中国的文化和中国知识分子的命运多舛；或是满纸的大话空话，如“人格操

① 《贾平凹谢有顺对话录》，苏州大学出版社2003年版，第247页。

守”“道德理想”“人道情怀”“精神家园”“诗意栖居”等，可谓琳琅满目，不一而足。而事实上，诸如此类的“抒大情”“宣大理”的抒情，与20世纪60年代前后杨朔、刘白羽等人的抒“大我”，抒“国家”“集体”之情是一脉相承的，其深层是一种‘“感恩意识’‘颂圣意识’，或狭隘的‘国家意识’‘民族自恋意识’和自适自足的‘封闭意识’在作祟”[①]。因此，在我看来，新世纪的散文若要有所前进，有大的发展，很重要的一点，就是在感情表达上，要舍“大”求“小”，或“大”“小”互融。这是因为，散文说到底是一种心灵的写作，对于一个散文家来说，作品获得成功的关键不在于抒情架势的“大”和“小”，而在于作家是否有一颗真实和真诚、可以被读者触摸到的“散文心”。真正优秀的散文，正是这种“散文心”的自然、朴实和随意的流露。其次，正如王聚敏所说：“散文的好坏，质量的高低，不在于其情感和篇幅的大小，而在其情感质量的高低，层次的深广，高、深、广，则能与读者沟通共鸣。”[②]而高质量的感情，必定是一种既单纯又多元，既清澈明净又包含着大爱大怜悯，同时还应是一个民族的健全心智和情绪的真实呈现。假若当代的散文创作拥有了这样高质量的感情，那么当代的散文自然就拥有了高品质、高境界。

苏珊·朗格在《情感与形式》中把艺术定义为：“人类情感的符号形式的创造。”[③]在《艺术问题》中又认为：“艺术品是将情感（指广义的情感，亦即人所能感受到的一切）呈现出来供人欣赏的、是由情感转化成的可见或可听的形式。”[④]可见，文学说到底就是人类情感的符号，而文学创作包括散文创作就是创造这种符号的过程。只有将情感转化为可见可听的形式，文学才真正具备了文学的品格和美感。所以在上面，我从“感情转化为可见可听”的角度，对涉及感情表达的三组关系进行了探讨。在我看来，要提高新世纪散文的感情质量，除了要重视上述的三组关系外，还要研究散文究竟属于什么样的“符号”，还有什么样的符号才能承载散文情感的重负，以及“感情”与“文

① 王聚敏：《散文情感论》，中国文联出版社2008年版，第127页。
② 王聚敏：《散文情感论》，中国文联出版社2008年版，第19页。
③ 苏珊·朗格：《情感与形式》，中国社会科学出版社1986年版，第51页。
④ 苏珊·朗格：《艺术问题》，中国社会科学出版社1983年版，第24页。

调”、“情”与“智”、“心”与“体”等的关系。不过对我来说，这些已经不是本文要重点关注和阐释的命题。这些问题的答案，我拟在另文中寻找。

（原载《名作欣赏》2011年第6期）

# 重新审视散文的“真实与虚构”

散文界对“真实与虚构”的争论，可说是由来已久。特别是20世纪90年代以后，随着余秋雨的“文化大散文”的兴起与走红，以及“新散文”的陆续登场和渐成气候，传统的散文必须“写真实”的金科玉律遭到了前所未有的挑战，甚至面临着被颠覆的危险。作为这一争论的参与者之一，笔者曾在散文理论专著《中国现当代散文的诗学建构》中，就此发表过一些看法，但有的看法没来得及充分展开。本文可视为对前述意见的补充和完善。

## 一

长期以来，关于散文的“真实与虚构”的争论，归纳起来大概有如下几种意见：一是认为，“描写真人真事是散文的首要特征。散文家要依靠旅行访问、调查研究来积累丰富的素材，要把时间的经过、人物的真容、场地的实景审查清楚了，然后才提笔伸纸：散文特写决不能仰仗虚构。它和小说戏剧的区别就在这里”。[①]或者“所有散文，都是作家的亲身遭遇、亲身感受、亲身见闻。这些内容是不能凭空设想，随意捏造的”[②]。二是在认同“真实性”原则的前提下，强调散文可以“大实”而“小虚”，可以“有限制地虚构”[③]。三是基本上反对“散文写实”，认为“真实”是一种“可疑的常识”。因为能将自己的亲身见闻、亲身感受和亲身遭遇，能原原本本写成文学作品的当然不会

① 周立波：《散文特写选·序言》（1959—1961年），人民文学出版社1962年版，第5页。

② 孙犁：《散文的虚与实》，《光明日报》1986年5月8日。

③ 韩少华：《散文散记》，《散文》1983年第3期；陈剑晖：《中国现当代散文的诗学建构》，江西高校出版社2004年版，第33页。

太多……如果“一直遵照这一教条写下去，最后成功的会有多少呢？”[1]上述三种意见，第一种获得的认同度最高，不但周立波、秦牧、孙犁、林非等散文名家持此观点，而且《大英百科全书》等辞书，以及《写作大要》《写作教程》《写作学》等写作学教科书也一直认同散文要写真人真事，不允许夸饰和虚构，甚至连景物描写也必须完全真实这一观点。由于“写真实”这一散文观点的权威性和高度认同感，事实上自20世纪80年代中期以后，它一直是散文界的主导性、统治性观念，享有差不多与“真情实感”相同的殊荣；或者说，它是“真情实感”之外的另一块散文基石。

对“写真实”的推崇和广泛认同主要源于两方面的原因：其一是深厚而悠久的中国散文传统。我们知道，中国的散文最早是应用文，后来又与史传结合。应用文与史传对题材的要求十分严格，不但作品中的人物、大的历史事件要符合历史真实，即便一个细节也不能杜撰。所以左思说：“美物者，贵依其本；赞事者，宜本其实。”[2]这种对“本”和“实”的严格要求，对现代散文产生了极其深远的影响，以至于在相当长的时间里，人们都笃信散文必须描写真人、真事、真景物，并将其视为散文的最基本的要求和不容偏离的创作原则。其二是文体本身的要求。由于散文不像诗歌那样想象丰富、感情浓烈、语言高度集中凝练且富于音乐感，又不似小说那样可以借助全面而丰富的人物塑造，借助多变的叙事和紧张复杂的情节结构来吸引读者，相对来说，散文比诗更加贴近日常生活，它的感情表达一般处于“常规状态”，而诗的感情则常常处于“越轨状态”之中。此外，散文的语言是“日常交换意见的器具”，而诗的语言是“微妙的、有音节的如脉动的韵语”[3]。而与小说相较，散文虽也有人物、叙事、情节和生活情境的描叙，但它只是从某个侧面来写人，是片段性、非连续性、非强化递增的。正是这种文体的特点，要求散文要以真人、真事、真感情和真景物来打动读者。这样的文体规定性当然有其合理性和必要性，但问题是：任何事物都不是一劳永逸、一成不变的。如果说，强调散文必

① 彭福华：《对“散文主情”“散文写实”等传统教条的反思》，《写作》1988年第11期。

② 左思：《三都赋》序。

③ 俞元桂主编：《中国现代散文理论》，广西人民出版社1984年版，第47页。

须“写真实”这一传统观念，在相当长的时间里维护了散文的“疆土”，使散文看上去十分纯净、稳定而成熟，这一观念的狭隘性、保守性和封闭性也是显而易见的。它使散文失去活力和生机，失去以建构“现代性”为目标的竞争性和话语权，并一度沦为小说和诗歌的附庸。所以，在文学发生了翻天覆地的革命，在各种潮流、各种理论、各种文学观念和艺术表现手法风起云涌的今天，如果还一味死抱住“真实性”固步自封，不敢越雷池半步，那无异于作茧自缚，自掘散文的坟墓。

也许正是看到传统的“写真实”的弊端，或许是受到“散文革命”的推动，我们欣喜地看到，近年来，支持上述第二种观点，即赞同散文应允许和需要虚构的声音越来越多了。比如散文家王充闾就认为：“散文创作无法完全杜绝想象和虚构……适度的想象与虚构有助于散文的创新与发展，可以推动散文的现代化。”[①]韩小蕙更明确表示“散文不但应该、而且当然允许‘虚构’，剪裁其实已经就是在进行‘虚构’了”“不允许已经好比是过了气儿的老女人，又苍老又无力，已根本控制不住群雄并举、生气勃勃的创作局面了”[②]。此外，还有人以陶渊明的《桃花源记》为例，论证中国古代散文中就有许多“虚构之作”。因此，“倘若散文不可以虚构，中国散文灿烂的星空就会暗淡不少”[③]。这些例子说明，随着散文创作的繁荣和文体的解放，散文家和散文研究者的散文观念也在发生变化。当然，与第二种观点的呼声日高相比，散文可以“完全虚构”的观点目前应者寥寥，并没有获得大家的认同。由此看来，尽管许多人认为散文观念应改革开放，但也没有因此而放弃散文的“疆土”，即承认各种文体都有属于自己的“边界”。在我看来，这是我们展开研究的前提。

---

① 王充闾：《想象：散文的一个诗性特征》，《文艺争鸣》2006年第6期。

② 韩小蕙：《太阳对着散文微笑》，文化艺术出版社2008年版，第71、72页。

③ 周彦文：《散文创作可以虚构》，《当代散文精品2001》，广州出版社2002年版，第429页。

# 二

上面从历史渊源、文体特征和散文观念变革等几方面，梳理了“写真实”的来龙去脉及变异的必然性，并展示了关于“写真实”的不同意见。从中可看到，与“真情实感”等范畴一样，散文的“真实与虚构”也是一个仁者见仁、智者见智的话题。故而在下面的论述中，我只能基于个人的认识水准，来重新审视散文的“真实与虚构”问题。不求获得每个人的认同，但求对前进中的当代散文理论提供一点新的意见。

那么，我们应如何客观、科学地去理解散文的“真实与虚构”？或者说，我们应如何去把握散文真实的“度”呢？

第一，应承认，从严格意义上说，一切文学作品都离不开虚构。高尔基在《我是怎样学习写作的》一文里说：“艺术创作永远是一种虚构臆造。”歌德在《诗与真》中也明确表示：“每一种艺术的最高任务即在于通过幻觉，产生一种更高更真实的假象。”散文作为“每一种艺术”中的一种，尽管它主要是以“非虚构”为其特征，但事实上从心灵的触动，到构思到进入写作的实际创作过程中，不可能没有虚构的成分。正因为看到虚构的不可避免，看到虚构更能揭示生活的本质，是一种更为高级的真实——文学的真实。所以写过《金蔷薇》的俄罗斯散文大家帕乌斯托夫斯基在《纪实与虚构》中指出：“优秀的特写总会有虚构的，任何东西都不如带有经过精选、闪耀着某种虚构色彩和时代热情的巧妙细节的实事描写更能揭示事物的本质。”“我的任务就是把纪实和虚构有机地融为一个艺术整体。”不独帕乌斯托夫斯基认为“虚构”高于“实录”，巴金在《谈我的散文》中也这样说：“绝大部分散文里面的‘我’是作者自己，不过这个‘我’并不专讲自己的事情。另外一些散文里的我就不是作者自己，写的事情也是虚构的了。”事实上，文学史上的大量例子印证了散文要拒绝虚构根本是不可能的，而且在很多时候，“虚构”和“纪实”的界限 是相当模糊的。举例说，鲁迅的《故乡》和朱自清的《背影》，哪一篇是写实，哪一篇是虚构？或者说，哪一篇的虚构多一些，哪一篇的虚构少一些？恐怕很难说清楚。再举一些极端的例子。范仲淹虽然“昔闻洞庭水”，事实上他却未“今上岳阳楼”，可他却写出了如身临其境般的千古名篇《岳阳楼记》，其中显然有不少虚构的成分。陶渊明生活的时代并没有这么一个“桃花源”，但他通过丰富的想象描绘出他心中的“理想国”图景，可见《桃花源记》也是虚构之作。当代散文家贾平凹住家的门前并没有什么“丑石”，但这并不妨碍他写出散文名篇《丑石》。还有莫言写过不少为人称道的俄罗斯游记散文，但据他夫子自道，他根本就没去过俄罗斯，这些俄罗斯游记散文纯属虚构。假如说古代和国内的一些例子还不足以说明问题，那么再看看国外吧。国外有不少散文，不但运用拟人手法，将某些事物人格化，以此阐述某种生活哲理。还有一些散文，故事、情节和人物完全是虚构的。如获得1990年诺贝尔文学奖的墨西哥作家帕斯的《天使的头颅》，写一个印第安人的头颅被砍下，瞬间变成朵朵小红花。天使看见后，于心不忍，便给这人安上了一颗新头颅，不料头颅安反了，闹出了许多悲喜剧。最后天使又将这人的头颅取下，重新安正。法国作家苏佩维埃尔的《塞纳河上无名女尸》的情节更为离奇：一个19岁的巴黎少女投河自杀，尸体沿着塞纳河漂到大海深处，而后进入海底的一个村庄，并与一个名叫“大湿人”的男子恋爱，由此还引起另一个女人“自然女”的嫉妒。整篇散文，从立意构思到故事人物，都是作者的虚构。而像这样完全虚构的作品，在外国散文中还可举出不少。可见，虚构与散文是有缘分的，两者并非水和火的关系。当然，虚构只是艺术的假定性在文学中的表现，它是一种对真实的还原手段，并不是要以此来取代真实。

第二，还应看到，由个人“经验”向“体验”的转型，为散文的虚构提供了可能性。传统散文所强调的是一种反映式、经验式的“绝对”的真实。即照相式的、原封不动地“实录”与作者有直接关系的生活经历和所见所闻。然而从艺术的规律和散文的创作实际来看，要使散文所表现的内容与作者的“个人经历”或“个人经验”完全吻合几乎是不可能的。因为“个人经验”是纯经历性、经验性的。好比某人从事某项工作多年，拥有了对这项工作的丰富经验；或者某人到某处旅游，了解了某地的人文地理。这些都是“个人经历”或“个人经验”。“个人经历”或“个人经验” 是真实的、原生态的，但同时也是有局限性的。而“个人体验”则不同。“体验”是“经验”中的一种特殊的、诗意的情感和形态，它是对“经验”的一种整合和深化。它一方面保留着“经验”的真实性和原生态，一方面又加进了感情、想象和诗性。比如一个人吃饭，那只是一般性的日常行为，是纯生物学意义上的需求，它只停留于经验的层次，但如果这顿“吃饭”被置于特殊的氛围之下，而且“吃”得很有特点，并引发起感情的涟漪、心灵的碰撞和记忆的回味，甚至见出某个民族、某个时代的性格，那么这顿“吃饭”就是“体验”的了。所以别林斯基说：“可以描写一次他（指小说主人公）吃饭的情形，假如这一餐对他产生了影响，或者这一餐可以看到某个时代某个民族吃饭的特点的话。”[①]在我看来，散文对于生活的表现，也与别林斯基所说的“吃饭”的情形相似。因它是倾向于自我，特别强调个人的感情和心灵的表现艺术，所以“个人体验”对于散文，较之于其他文体有着更为重要的意义。也就是说，真正优秀的散文都是作家个体生命、心灵感情的深刻体验。比如史铁生的《我与地坛》、贾平凹的《秦腔》、余光中的《听听那冷雨》，都是以“个人体验”为素材为底色，然而他们的描述又不完全拘泥于个人的经历和经验，而是一种整合了各种经验的体验和艺术化表述，是一种建立于“真实”之上的虚构与想象。面对着这样一批为散文的画廊增色添辉的杰作，我们能说他们的创作违背了散文的“真实性”原则吗？

第三，“即时性”与“回忆性”的错位，也使散文不可能做到“完全真实”。如众所知，散文在很大程度上，是属于一种“过去时态式”的“回忆性文体”。散文写作与新闻报道不同，它的所长不是即时、迅速地反映现实中的人事。更多的情况下，它是借助作者的回忆，对逝去生活的打捞与还原。而按照一般的心理表征，时间差越长，空间距离越大，作者的主观性就越强，其回忆就越容易造成错位和误置。即是说，由于时空的错位，回忆的缺失，主观想象的介入，作家已不可能原原本本地复原记忆中的生活。甚至即便是十分推崇写真实的鲁迅先生，他的《从三味书屋到百草园》，也已经不完全是原来的书屋与百草园，其中的景物已不可避免地发生了变形，同时融进了不少心灵性的东西和想象的成分。而他的《朝花夕拾》，固然是“从记忆中抄出来的”，但“与实际内容或有些不同，然而我现在只记得这样”[②]。可见，时空的错位，

① 别林斯基：《别林斯基论文学》，新文艺出版社1958年版，第127页。

② 鲁迅：《朝花夕拾·小引》，见《鲁迅全集》第二卷，人民文学出版社1995年版，第236页。

不但可以使原来的回忆不准确，而且在很多情况下，回忆还像一个筛子，能够筛掉丑恶的、阴暗的、糟糕的或不堪回首的回忆，而让美好的回忆常驻脑中。正是考虑到时空与回忆的错位，作家的创作与所写生活的不同步和非完整性，所以散文不可能做到百分之百的真实，而只能是相对的真实，大体上的真实。

第四，也是不容忽视的一点是，自上个世纪90年代以来，随着文学环境的宽松，作家心态的自由，散文观念的改变和艺术形式的革命，散文也变得越来越自由开放了，于是出现了大量“法无定法”，敢于“破体”的作品。比如贾平凹的《丑石》等作品中，就有大量虚构性的成分。尤其是余秋雨的“文化大散文”，其虚构的描写更是比比皆是。如在《道士塔》中，他根据一些史料记载，虚构出莫高窟的王道士用石灰涂刷窟内壁画的场面，其描写具体生动，活龙活现，带有明显的小说化特征，这样带有小说化的虚构想象对于刻画王道长的愚昧无知而又自信的性格是大有帮助的。再如《阳关雪》中写王维在渭城外告别故人时，他“瞟了一眼渭城客舍外青青的柳色，看了看友人已打点好的行囊，微笑着举起了酒杯”。《遥远的绝唱》中写阮籍坐在牛车上吹口哨的情状和口哨独特的声音。《这里真安静》中日俘深夜在柔佛州的山上偷运花岗岩石时的眼神和脸部表情，等等，这些描写都融进了小说、戏剧的虚拟性表现手法，体现了作者丰富的想象力和虚构的本领。正是这虚构想象，使得余秋雨笔下的人文山水和文化感悟更具艺术感染力。如果没有这些虚构想象，余秋雨散文的艺术魅力将大打折扣，中国的当代散文也不可能进入到一个新的艺术天地。至于余秋雨的“文化大散文”之后出现的“新散文”，更是从散文观念、叙述、结构、语言及抒情等方面，对传统的“写真实”观念进行了全面的颠覆。事实上，文学的“跨文体”写作，散文对传统“写真实”原则的偏离，在时下已经形成了一股新的创作趋势。这种创作趋势不独发生于90年代的中国大陆，早在80年代，台湾一批有志于变革散文的作家便在这方面作出了努力并取得了不俗的成绩。比如简贞的《女儿红》《秋夜叙述》、林耀德的《房间》和林幸谦的《生命的风格》等作品，均是以虚构、想象和意象的密集奇诡著称。甚至即便像余光中、杨牧等老一辈散文家，也不甘落后，写出了像《蒲公英的岁月》《年轮》这种在真实与虚构、想象与寓言间恣意穿梭交织的作品。

这一切都表明：当下散文的艺术思维已呈现出多元化倾向，散文艺术手法已走向丰富开放和多元化，并具备了一定的现代性品格。在这种新形势下，散文作家应敢于摆脱某些传统枷锁的束缚，要敢于顺势而为，敢于否定自我，而不是抱残守缺。因抱残守缺者终将被时代和散文淘汰。

根据上面的分析，我们是否可以这样说：散文的“写真实”虽然是一个诱人的话题，或者说是一个美好的愿望和期待，但对于实际的散文写作来说，它也仅仅是一个愿望和期待而已。因为诚如上述，对于发展和变化了的当代散文而言，“虚构”对于散文事实上已是一种宿命，是不可避免的。何况，一切的文本都有虚构性的特征，散文怎么能够无视文学的铁律而独拥真实呢？既然散文无法回避虚构，我们又有什么理由将散文的“写真实”原则推向极端，硬要作者按真人真事真景去创作呢？须知：如果作者笔下的一事一物甚至一个细节都必须与现实生活“逼肖”“吻合”，达到“真实无伪”的地步，那么，散文作家也就变成像高尔基比喻里的那条蜈蚣一样，根本就无法动弹、无从下笔了。所以，在清理散文的地基和建构新的散文观念的今天，我们应该抛弃封闭保守的散文观念，旗帜鲜明地提出“有限制虚构”的观点。所谓“有限制”，即允许作者在尊重“真实”和散文的文体特征的基础上，对真人真事或“基本的事件”进行局部的经验性的整合，同时，又要尽量避免小说那种整体性的“无限虚构”或“自由虚构”。在我看来，只要我们把握好“真实与虚构”的“度”，既不要太“实”，又不要过“虚”，则散文的“写真实”这一古老的命题，便有可能在新的世纪再现它原有的魅力和生机。

## 三

在散文由精英化而趋于平民化、民间化，散文创作主题意识日趋强化的今天，提出散文允许且必须虚构具有重要的意义。

强调散文可在“真实”基础上“虚构”，有利于摆脱传统散文观念的束缚，进一步解放散文的文体，使散文“实”中有“虚”，“虚”中有“实”，从而提高散文的艺术魅力，并使散文更具现代的品格。关于这方面，我们已列举了一些例子，现再以朱自清的《桨声灯影里的秦淮河》为例。为什么同样一条秦淮河，在朱自清夫人陈竹隐眼中只是一条普普通通、平平淡淡，没有什么美感的小河，但在朱自清的《桨声灯影里的秦淮河》里却是灯月交辉，光影迷濛，声情并茂，炫丽美妙，如幻如梦，别有一番美感和滋味？因在朱自清笔下的秦淮河，已经不是现实中我们见到的秦淮河，而是真实与虚构、假定性与逼真性互补，情和理、趣和味相容的秦淮河。《桨声灯影里的秦淮河》的写作道出了这样一个真理：散文的真实，不是一成不变、不能掺杂一点“假”的成分的真实，相反，只有在虚构想象中，真实性才能得到最大限度的发挥。从这一意义上说，“要获得文学创作的能力，就是要获得艺术地进行真实的虚构的能力，而不是照搬生活的能力。初学写作者如果被生活的原始素材的逼真的森严性吓住了，不敢突破真人、真事、真物的局限，他的才能就可能受到束缚，他的想象、他的感情就很难得到自由地发挥”①。当然，我们一方面呼吁散文应在“真实”中“虚构”，一方面也不得不面对这样的文学现象：在散文革命的过程中，虽然虚构与想象越来越多地被纳入到人们的思维轨道中，但散文本身固有的经验性、保守性仍顽固地制约着人们的创新活力和创造精神。在传统的记叙、抒情、议论的机械分类和倚重作者亲身经历、个人经验的认知中，散文的前卫性、实验性一向不如小说、诗歌和戏剧，这是散文的创作和研究长期落后的根本症结。因此，在我看来，如何使散文家和散文研究者的观念现代化，如何打破改变以往那种过于保守、过于谨小慎微的写作姿态，如何在真实的基础上进行大胆的虚构想象，仍然是当今的散文界必须面对的问题。

强调散文的“真实与虚构”，有利于散文叙述观念的转变。一向以来，散文的作者和叙述者之间并没有严格的区别，有的时候甚至叠合在一起。因此，尽管散文的题材广泛、形式自由、记叙、抒情、议论皆无不可，但这一切都离不开作者这一源头。因此，在传统的散文中，作者占有绝对的权威，而叙述人大可忽略不计。至于叙述的方式，基本上都采用了第一人称的叙述法，显得单一和刻板，缺乏必要的叙述弹性和张力。而确认了散文的“真实与虚构”原则，可以使散文的叙述视点不用仅仅局限于第一人称这个点上，而可以根据题材、主题的变奏，打破以往散文作者与叙述者的单一关系。实际上，20世纪90年代以来的不少散文就得益于这种艺术的革命。这些散文不但有大量的虚

① 孙绍振：《审美形象的创造》，海峡文艺出版社2000年版，第7页。

构和想象，在叙述的层面上，也体现出新的声音和面貌。如史铁生的《我与地坛》、祝勇的《一个军阀的早年爱情》、格致的《转身》、张锐锋的《群山》《古战场》等就是这样的作品。它们或者采用第一、第二人称对话的形式，或者采用第一、第二和第三人称交替的叙述视角，或者大故事套小故事，主题副题交织，散文中有小说，小说中有散文，故意模糊叙述的界限。总之，在“真实与虚构”的旗帜下，散文的叙述发生了翻天覆地的革命。当然，从文体发展的角度看，强调散文的虚构性和叙述视点的多元化，在短期内可能会造成文体界限的混乱，甚至会产生散文的信任危机。但从长远而言，这种变革有助于打破散文自身的局限，进而拓展散文表现的空间。

强调散文的“真实与虚构”，还可以拓展散文素材的路子，扩大散文的体式。就散文的素材来说，过去强调散文的材料必须是作家的亲身遭遇、亲身见闻、亲身感受，不能仰仗虚构。这样一来，散文的路子势必越走越窄。而现在，在承认散文可以是真人真事的同时，又允许对散文的素材进行适度的虚构，即作家在选用材料时可以根据表达主题和感情的需要，进行虚构、想象和补充；同时可以将彼时彼地的人、事、景移到此时此地，也可以把此时此地发生的事移到别处重新进行整合和组装。这样整合和组装的结果是：散文的路子拓宽了，散文也更加灵活多姿。而就体式的扩大来说，传统散文的分类一般只局限于“记叙”“抒情”“议论”的“三分法”，这种机械的分类法不但模糊混乱不得要领，而且极大限制了散文体式的发展和转变，导致散文长期陷身于“三分法”内难于动弹。而强调散文的“真实与虚构”，散文就可以更自由自在地腾挪跳跃了。它不再局限于“记叙”“抒情”“议论”的框框，而是记叙、抒情、议论并举，感性、知性、智性统一，审美、审丑、幽默互补，甚至有的散文中有小说的场景，戏剧的冲突，又有诗歌的旋律，你简直分不清它是散文、小说或是散文了。总而言之，强调散文的虚构性，可能会使散文丧失一部分的古典趣味，但它对于冲破散文旧有的窠臼，肯定是大有作用的。

综上所述，可以得出这样的结论：作为在“五四”时期和二十年来最受欢迎的一种文体，散文发展到今天，我们大可不必死抱住传统的“写真实”散文观念不放。尽管它是特殊时代的“文化精英”们留存下来的产物，我们应心存敬畏，但新的世纪和新的创作实践早已宣告这种散文观念已经过时，它已无力指导今天的散文创作。今天的散文，需要的是像史铁生、韩少功、余秋雨、贾平凹、张锐锋那样的写作。在服从真实性原则的前提下，进行适度的虚构、想象和补充的写作。虽然在创作过程中，观念有不同，思想有深浅，审美有雅俗，感情有大小，水准有高低，但就整体而言，由于有“虚构”这种新质的介入，这一类散文在中国当代的散文史上，无疑开拓出一片新的视野，带来新的风气，给读者提供了“陌生化”的审美感受。

（原载《江汉论坛》2011年1期）

# 当代散文创作的现实性问题

## ——兼及当下的一些散文现象

“现实性”是一个老问题。它的含义很广泛，也十分复杂十分含混。它是一种客观存在，是一种主观的理性认识；它也是一种现实主义、写实主义，甚至是“无边的现实”。现实性有时也被看成一种世界观和意识形态，一种精神性的东西。总之，这是一个虽纠结不清、却是自“五四”以来我们不得不时时面对的概念。正是鉴于这一概念的“重要性”和“纠结性”这一两难的事实，我不打算从理论源头和小说创作中的现实主义传统及流变等视角来探讨这一概念，而是避重就轻，从当下散文创作的现状及存在问题两方面，对散文创作中的“现实性”问题进行新的思考。

### 一、为什么要提出“现实性”问题

提出文学作品中的现实性问题，并不是老调重弹，也不是空穴来风、无病呻吟，而是基于对当下散文创作现状的某种焦虑。

20世纪90年代以来的中国散文，的确取得了有目共睹的成就。这正如王兆胜所说：“中国散文一改过去的‘边缘化’状态，渐渐走上文学的前台，成为与小说、诗歌、戏剧一样重要的文体。甚而至于已超过了这些文体，成为文坛的‘中心’和‘主角’。”[①]但这一时期散文创作的问题、缺失和遗憾也不容回避。尤其是进入新世纪以来，这些问题和缺憾不仅没有得到有效的清理，甚至还有恶化之势。对于当代散文行进中出现的这些弊端，其实一些有识之士早

---

① 王兆胜：《文学的命脉》，华东师范大学出版社2005年版，第178页。

就有所警觉并进行了纠偏，如在世纪之交，散文家韩小蕙便在《散文不能离文学越来越远》中呼吁：不能把散文写成论说文，把“随笔写成思想提纲”，并指出“大文化散文成了百宝箱”。随后，在2003、2004年，王兆胜连续发表了《困惑与迷失——论当前中国散文的文化选择》《论90年代的学者散文》《超越与局限——论80年代以来中国的女性散文》[①]等文，对“文化大散文”、学者散文和女性散文出现的弊端进行了尖锐而不失学理的精到分析。差不多与此同时，谢有顺在《史识：文化大散文的精神密码》《大散文，小叙事》[②]等文中，也对“文化大散文”提出了批评。我的这篇文章，可以说是受到他们的启迪而作，不过我侧重从“现实性”的视角，展开我对当前散文的探索。

在我看来，当前散文的最大弊端，是现实性的不足。

现实性的不足，主要有如下一些症候：

症候之一：“文化大散文”越来越远离现实和心灵。“文化大散文”风行于20世纪90年代，其开风气者为余秋雨。平心而论，“文化大散文”是新时期以来跨度最长、影响最大的一股散文创作潮流，它极大地提升了散文的地位，扩大了散文的影响。但自90年代中后期，余氏的“文化大散文”便逐渐失却了文化的思考力和创造力，其感情表达也越来越矫饰。而余氏的大量追随者的创作，更是江河日下，等而下之。“文化大散文”的致命缺陷，概括起来有以下几点：一是知识崇拜，这在余秋雨后期的创作和追随者那里尤其明显；二是追求大题材和大感情，以及与此相对应的长篇幅；三是忽略了个体的体验和心灵的渗透；四是缺少具体可感的生活细节。对于“文化大散文”的这些弊端，王兆胜、谢有顺、韩小蕙等人均有精到的分析，此处从略。

症候之二：老旧平庸的写作意向、审美趣味仍在侵蚀着我们散文的肌体。散文是中国最成熟、也是历史最悠久的文体，但因其成熟和悠久，散文在不自觉中形成了一套较为稳定的题材选择意向和表达方式。比如在题材上，不少作者迷恋于写风花雪月、小桥流水，或者回忆故乡童年，这些都是最适合散文的题材。在表达方式上，则是托物言志，借景抒情。这种题材选择意向和

① 上述文章分别见王兆胜：《文学的命脉》，华东师范大学出版社2005年版。

② 谢有顺：《此时的事物》，江苏教育出版社2005年版。

“一事一议”“形散而神不散”的表达方式，在90年代以后虽一再受到抨击，但于今仍然颇有市场。于是乎，有人将当下的散文概括为“三多三少”：写历史人物和历史故事多，写现实生活和现实的痛感少；写故乡童年多，表现重大社会题材少；写小桥流水、小感觉、小哲理、小情趣多，真正黄钟大吕、震聋发聩、撞击读者灵魂的作品少。有人甚至还做过一个统计，结果发现回忆故乡童年的作品占了30%多，借花草景物寄情抒志的占20%多，记述个人海内外行踪的游记占15%。这个统计可能不是百分百准确，但从中也可看出当前散文的某种弊端：一种沉迷于历史材料和知识的纸上写作，一种“恋乡忆昔” 的童年情结，一种满足于游山玩水、走马观花的浮浅创作倾向，正在侵蚀着当代散文创作的肌体，并使真正的优秀散文淹没在这片腐酸、老旧、肤浅平庸的汪洋大海之中。

症候之三：商业化写作成为时尚。商业化写作是市场经济的伴生物。早在20世纪90年代之初，这种写作便随着我国经济体制的转型而兴起并迅速蔓延，于今这种势头不但没有得到有效抑制，看起来似乎越演越烈。商业化写作自有其合理之处和存在的价值，但它的“时尚小资”姿态，热衷于流行口味、满足于“短、平、快”的功利观和价值取向，注定了商业化写作本质上“缺钙”的事实。这类写作不可能深入到现实生活的血脉中去，而只能在特定的语境中，制造出像浮游生物般的大量泡沫，以此满足一方面疲惫不堪、一方面又饥不择食的现代人对于甜腻可口的“软文学”或“快餐文学”的需要。

除了上述几种创作倾向，90年代以来还有各种各样的散文“症候”。比如“新潮散文”“新散文”“在场主义散文”“行走散文”“绿色散文”“四不像散文”等。表面看起来，当下的散文创作的确很繁荣、很热闹，但热闹的是“口号”“主张”，缺失的是现实精神、心灵与生存的痛感，以及富于厚度和力度的一大批沉甸甸的大作品。这一切都使我确信：当下的散文是繁荣的，但是离我们的真实生活还太远。很多作品在艺术上进步了，在语言上圆熟了，但却与现实脱节，其现实精神大大欠缺。因此，在新世纪的第一个十年即将结束之际，在散文不进则退的紧要关头，重提散文创作的“现实性”问题，在我看来便显得尤为重要。

## 二、散文如何切入现实

我们承认当下散文的最大问题是现实性的缺失，但是不是一写到现实生活就是好散文呢？问题显然不是这样简单。在这里，我们不可避免地又要碰到“写什么”和“怎么写”的问题。也就是说，问题不在你是否写了现实还是写了历史，关键在于散文作家如何切入现实，即“写得怎样”的问题。比如说，90年代以来的“小女人散文”之类的写作，你能说这些作家没有反映当下的现实生活吗？在我看来，热衷于追逐时尚的“小女人散文”不仅反映了现实，甚至可以说是与现实贴得太紧了，紧密到几乎没有精神空间和审美距离。当然，这只是一种情况，更多的情况下，是散文作家面对现实时，其价值取向和审美趣味出现了偏差。这种偏差具体表现在：

其一，过度美化现实。进入90年代以来，杨朔式的一味歌颂“诗化”现实在理论层面似乎被唾弃了，但在实际创作中，仍有不少散文作者“无意识”地迷醉于“杨朔模式”的纯美酒浆中，甚至即便像刘亮程这样的“新乡土散文家”，在他的“乡村哲学”的抒写中，虽然一方面有批判，有黑暗和苦难的展示，但唱得更多的，仍然是乡村的牧歌。从他作品的深处，有时我们还可依稀听到杨朔“诗化”生活的余音。在这里，我还想谈谈另一位新锐乡村散文家任林举的长篇散文《玉米大地》。这是继刘亮程的“黄沙梁散文”之后，一部以东北的植物——玉米为乡村意象的作品。作者从玉米种子被埋入土地那一刻写起，写到玉米的萌芽、生长、开花、结果直到成熟。玉米，代表了东北的大地，讲述着一段段感人的故事；玉米，是一幅幅乡村风俗画，同时连结着乡村的伦理和亲情。总之，玉米是北中国的灵魂和精神的象征。应该承认，《玉米大地》的描述很抒情，文字也相当优美，尤其是它所体现出来的大地意识、民间情怀和审美品格，在近年的散文中并不多见。然而，在一篇七万多字的长篇散文中，作者只是确立了“玉米”这一中心意象，将所有的人事、现实、历史、生命和回忆统统与玉米挂上钩，“在纸上把玉米再耕种一篇”。这样不但过度美化了玉米，让玉米承担了太重的思想和情感负荷，而且也显得有些牵强附会、矫情做作。而像这样过度美化现实和大地的散文，在近年出现的“新乡土散文”中，可以说是屡见不鲜。

其二，与上述过度美化现实的写作倾向相反，近年来有些散文作家在反映现实时，故意将现实粗鄙化和丑陋化，以显示其对传统散文的背叛。比如有一篇叫《简史》的作品，这样描写农村的厕所：

> 农村的厕所其实就是公用的化粪池，人类、猪牛的粪便都混在一块儿，这么多粪便集中在一块儿，不结块，反而显得挺稀的，这归功于蛆虫。粪便经过发酵、稀释浇到菜园子里，即使不怎么长了的菜株也晃着脑袋蹿一蹿。沼气发出致命的气味，只有最强壮的苍蝇才可以待得住，它们图的是随时享受“美味”。踏木板彻底地朽掉了，黑漆漆的，如炭烤。野地里的茅房偶尔会有死婴浸泡在屎中，他们无分男女，五官精细，体积小得出奇，比妈妈从城里给我买的第一只布娃娃还要小，骨殖如一副粗筷子，脸上和四肢挂着挣扎过的痕迹。我低头看他们，感到童年的无力和头晕。有一只死婴都瘦成了皮包骨，可是他依然保留着人的样貌。我记得他正好挂在树枝上，就好像一脚踏在生命的子午线上，那根树枝显然是人们有意为之的，位置那么恰好。

不结块的粪便、蛆虫、苍蝇、浸泡在屎中的死婴、对死婴样貌的细致描写……总之，作者极尽所能将这些丑陋的、使人恶心东西展示出来。也许在作者看来，唯有这样的描写才能真实地反映现实，才有别于传统散文的优美崇高。殊不知，肆意将现实粗鄙化和丑陋化，其实是对现实的误解和扭曲，是一种恶劣的“个性化”创作倾向。这样的创作其实既不真也不美，更谈不上对“生命尊严的敬重”，充分“显示了文学的力度和魅力”（祝勇语）。遗憾的是，在近年来颇为流行、颇具人气的“新散文”那里，《简史》一类的作品竟然成为一种写作时尚，甚至是写作范本。

其三，将现实等同于“一地鸡毛”、鸡零狗碎的日常生活的纯搬照录，或枯燥乏味的记流水账。这种创作状况在“原生态散文”“在场主义散文”中较为常见。在这一路散文中，作者为了使作品具有所谓的“强烈的现场感和生活质感”[①]，或为了“介入”，“去蔽、敞亮和本真”[②]，恨不得把自己身边的琐事，把亲历过的“现实生活”都搬到作品中。比如在周闻道主编的《从灵魂的方向看》这本2008年“在场主义”散文年度选集中，便有不少这样的例子。如有一篇题为《双河场》（作者袁瑛）的作品，写一个叫“双河场”的小镇，先写这个小镇名字的由来，而后写一条叫“观音阁”的小巷子。从巷子里的补锅匠铺子、卖坛罐铺子，写到杂货铺、裁缝店，再写到裁缝店的女主人，裁缝店对面的军属寡妇，还有老住户辛老师。写了“观音阁”后再写出另一条街“横街子”，采用的 也基本上是甲、乙、丙、丁，记流水账的写法。《双河场》写的的确是生活的“原生态”，但这样一地鸡毛、散乱拖沓，看到什么写什么，只在现实生活的表面上滑行，而且行文又是如此简陋的“原生态”展示又有什么意义呢？因为这样的“原生态”展示并不具备文学的意义和审美价值，它不但割裂了现实的内在联系，也缺乏艺术的转化和创造，因而只能是一盘散沙，一堆原材料的堆积。实事求是地说，在“在场主义”和“原生态写作”的旗号下的不少作品，大多还处于这种原材料堆积的“半成品”状态，它们展示的往往是现实的局部，而不是整体。

从上面对当下的几种散文现象的描述，我们可以得出这样的结论：以上的几类作品虽然写到了乡村、城市的底层，写了日常生活的片段，此外还有大量具体的生活细节。总之，这些作品的的确确是写了“现实”。但是，它们所描写的只是局部的、个别的、偶然的、表层的现实，这种现实由于缺乏整体性，因此严格来说，它们所反映的并不是当代散文所需要的“现实性”，或者说，它们还没有找准切入现实的“关节点”。因为事情很明白：在“怎么写”或“写得怎样”这一层面上，这些作品大多没有达标，其思想含量和艺术水准是令人失望的。那么，当代的散文需要什么样的现实性呢？这是我们要进一步思考的问题。

---

① 杨献平：《散文原生态：大地原声和现场精神》，《新学术》2007年第5期。

② 周闻道：《在场写作与散文性》，《东坡文艺》2009年秋季号。

## 三、用“心灯”去照亮现实

毫无疑问，中国当代散文所需要的现实性，不是被美化了的现实 ，不是丑陋化、粗鄙化的现实，也不是一地鸡毛、一盘散沙的现实。当代散文所需要的，是直面大地、直面人生、直面日常生活、直面底层民众的生存状态的现实；是既有痛苦与愤怒，又有悲悯与温暖的现实；是具体生动的，又是真实的、野性的、能够使人血脉贲张的现实。这种现实，在过去的“精英散文”“士大夫散文”中是极少见到的，但是近年来，这种高高在上、与现实生活极端隔膜的创作状况已经有了很大的改变。散文越来越贴近现实，越来越有人间烟火味了。

散文敢于正视现实，正视个体的生存困境和苦难，在所谓“底层叙事”的作品中表现得特别突出。比如说夏榆就是这方面的代表性作家。夏榆在成为作家之前是一个矿工。他出生于矿区，在矿区生活、长大。他的生活是灰暗的，也习惯了弥漫于矿区上空的浓重烟尘、黑色的树木、河流、房屋，以及遍布困苦和灾难的日常生活景象。18岁时，他开始穿着像铠甲般坚硬的窑衣，下到矿井里劳作。也就在这时，他开始在深邃而幽暗的矿井的硐室或值班室里阅读和写作。他的写作姿态是卓尔不群的。这不仅在于他是以个人的身份写作，更主要的他是为了抵御黑暗、为了尊严和人性的自由而写作。他以一个记者特有的敏感和写作手法，从个体的生活经验出发，写了生活在底层的矿工低微的收入、没日没夜的沉重劳作，以及没有安全和卫生保障的屈辱生活（《我是父亲的儿子》《黑暗的歌》）；写了人的命运的漂流，写了强权对人的奴役，资本对人的掠夺。当然，夏榆写得更多的是苦难，在《白天遇见黑暗》这本散文随笔集中，苦难可以说是无处不在、无孔不入。这里既有来自于视觉、听觉、嗅觉和触觉的苦难，也有来自于肉体和心灵的苦难。当然，在夏榆的散文中，苦难、死亡总是与黑暗相随，或者说，“黑暗”正是夏榆作品的基调和底色。他对黑暗，有着不同于别人的独特理解：

> 黑暗并不是光线沉陷之后的颜色。黑暗是我们被蒙上双眼的时候所见的颜色。黑暗还是我们遭受痛苦和不幸时候的颜色。对于

从浩劫之中逃出来的难民，他生活在白天，然而他也生活在黑暗之中。当我独自行走在陌生的语言和文化中，独自行走在充满误解和歧义的陌生的国度和人群时，我的孤独也是我的黑暗，黑暗使我看清楚自己，也看清楚世界。[①]

黑暗已经沉淀为夏榆的个体经验，成为他的内心世界和精神的一种颜色。他带着这种颜色进行写作："从秩序中退出，从体制中剥离，回到个人立场；在众声喧哗中缄默，在无声处时表达。"[②]这是夏榆的写作姿态和写作视角，是他获得成功的第一要素。夏榆获得成功的第二要素，是因为他的很多散文，"都饱含着一个写作者对世界的基本感受：纤细、隐忍……他的文字，是完全不同于一些作家的书面感受的，他对世界的感悟，来自于他对它的深入体察"。总之，夏榆的写作，是"从感官到感受，从感受到心灵实践"的写作，是一种"在人间的写作"[③]。正由于具备了这两个要素，夏榆的写作才有可能在众多的年轻散文家中脱颖而出，并成为我心中较为理想、比较接近"中国当代散文所需要的现实性"的那种散文写作。

但是，夏榆的散文，只是描述了现实的确定性的一面，他并没有真正写出现实的可能性。因此，他的散文还不是我所期盼的那种完美的富于"现实性"的作品。在我看来，夏榆的写作立场多少还有一些偏差，其笔触尚有失重之处，其根源在于夏榆对于"黑暗"的过于偏爱和沉迷。有人曾做过统计，在《白天遇见黑暗》中，"黑暗"一词共出现77次。像夏榆这样对黑暗如此之迷恋的作家，在国内的确极为少见。当然，文学不是不能写黑暗。写黑暗的作家的内心未必比写光明的作家灰暗，而写光明的作家的心灵不一定比写黑暗的作家光明纯净。不过，将现代中国的矿区写成一个苦难、死亡、黑暗相交织的"大超市"，一座比雨果的"悲惨世界"还要悲惨得多的人间地狱，这显然不是当今"现实"的全部真相。因为作者只看到现实中消极的、冷漠无情的、血淋淋的一面，而没有看到在苦难、死亡与黑暗的深处，也有若隐若现的

① 夏榆：《非修辞的生活，非虚构的写作》，《当代作家评论》2010年第2期。

② 夏榆：《非修辞的生活，非虚构的写作》，《当代作家评论》2010年第2期。

③ 谢有顺：《散文是在人间的写作》，《当代作家评论》2010年第2期。

人性的光芒；在卑微的个体生命背后，是维护一个民族生生不息生存下去的伟大品质；在冷漠麻木的生存挣扎中，也有古道热肠的温暖。不错，在这本集子中，夏榆也有对于幸福和自由生活的梦想，也有对于黑暗的反抗，但这点梦想和反抗只是偶尔闪烁一下，便很快被浓厚的、无处不在的黑暗淹没。这样，夏榆的《白天遇见黑暗》虽然具有一种粗砺的野性之美，且凸现出了强烈的“现实性”，但他的作品还未能真正唤醒每一个昏睡的生命的灵性，还未能真正抵达那些默默无闻的卑微者的心灵世界和精神内部，当然也未能表现出“底层”的复杂的审美经验。正是这些失重，使夏榆的写作未能抵达更为阔大澄明的境界，也影响了他的作品的格调和品位。

无独有偶，读完了夏榆的《白天遇见黑暗》之后，我又读到了郑小琼的散文集《夜晚的深处》。郑小琼是广东“打工文学”的领军人物之一。她的《夜晚的深处》则是“打工散文”的代表性作品。其中的《铁、塑料厂》曾获得2007年《人民文学》的“新浪潮散文奖”。与夏榆一样，郑小琼关注的焦点也是“底层”的生存困境和苦难。而且同样对“黑暗情有独钟”（从书名《夜晚的深处》便可看出）。比如她的成名作《铁》就是如此。作品真实地展示了在现代都市文明和强悍的工业制度下，即便是坚硬的“铁”也只能成为被任意切割的对象：

> 在氧电弧切割声里，看着闪着的火花，被切割的铁，我才知道强大的铁原来也这样脆弱。面对氧电弧的切割，我感觉那些钢铁的声音像从我的骨头里发出来，笨重的切割机似乎是在一点点一块块地切割着我的内心、肉体、灵魂。那声音有着尖锐的疼痛，像四散的火花般刺人眼目。

这就是郑小琼散文中的现实：尖锐、紧张、凌厉、富于生活的质感和痛感。这显然是有个体的真切体验，有生命的、投入的、活的文字。在这里，“铁”既是现实也是隐喻。铁的坚硬和沉默就如打工者的坚韧与无声，而“铁”的被任意切割正如打工者的无助和屈辱的生存。的确，在很多散文家的写作几乎不与当下的具体生活发生联系，只是满足于凌空蹈虚的时候，郑小琼这种忠实于自己的经验和痛感，并通过坚硬的文字触及了现实真相的尖锐性写作，不但使我们眼前一亮，而且读之有一种痛楚和心灵的悸动。然而正如读夏榆的《白天遇见黑暗》一样，郑小琼的《铁》也同样不能满足我的期待。我不满足的依据是：一方面，我欣赏郑小琼那种直面当代人生存困境的写作，另一方面，我认为她的写作过于囿限于个体的经验，其叙事有时还流于表层化，有的地方则留存着理念化和技术化的痕迹。此外，尽管郑小琼也能触及到了打工者的情感世界，写了他们在重压下的反抗精神和呐喊。不过总体看，她的创作的“在场精神”还较为欠缺，因而无法有效地挖掘和展示打工者丰富的心灵世界和精神风貌。

夏榆和郑小琼的写作启示我们：真正具有“现实性”的散文虽然贴近和直面现实，却始终对现实拥有一种大爱，并渗透进心灵的呵护、理想和希望。这正如王兆胜所说：“每个人都有一颗心，问题的关键在于：他的‘心灯’能否清澈明亮、能否有古道热肠、有没有大的光辉？如果不能，他的人生恐怕就是冰冷和黑暗一片；反之，他就有‘一孤灯而照千年暗’的温馨与辉煌。”[①]我觉得王兆胜这段话，是我们认识和理解散文写作中的“现实性”的关键。也就是说，首先我们要拥有一颗清澈明亮的“心灯”，这样就不会被无边的黑暗和冰冷淹没，反而会在黑暗冰冷中感受到温馨甚至辉煌。其次，散文作家在反映现实时，既要贴近现实，又要与现实保持一定的距离和必要的张力，要身在其中，而又能出乎其外，即一方面要用感性经验和细节来表现现实，临摹现实，解析现实，思考和批判现实。一方面又要通过梦想，心灵的渗透、审美的烛照和诗性的文字，使现实腾飞起来。第三，除了上面两点，“现实性”的写作还要求对现实要有所发现。米兰·昆德拉说：“发现唯有小说才能发现的东西，乃是小说唯一存在的理由。一部小说，若不发现一点在它当时还未知的存在，那它就是一部不道德的小说。”[②]我们说，“发现”并不是小说的专利。散文同样要“发现”，甚至可以说，有没有发现，是衡量一篇（一部）具有“现实性”的散文是否优秀的一个重要标尺。而这种发现，在我看来主要有两

① 王兆胜：《天地人心》，山东文艺出版社2006年版，第3—4页。

② 米兰·昆德拉：《小说的艺术》，上海译文出版社2004年版，第21页。

个关节点：一是发现被现实掩盖或被人们忽视了的琐事、琐物和生活细节；二是发现现实生活的可能性，即描述出现实后面的可能性以及它的走向，这就是余华所说的“我觉得文学就是现实产生以后，后面又发生什么，这就是文学要表达的现实”①。是的，散文作家唯有善于发现，善于写出“文学要表达的现实”，散文才有可能真正解释出被日常生活所掩蔽的生活中的真相，揭示出人的丰富复杂的内心世界和精神状态，并从而经由审美之途抵达一种大的境界和情怀。也唯其如此，散文才正真拥有了我们所需要的“现实性”。

## 四、向伟大的传统致敬

的确，散文只写苦难，写黑暗，写恶和绝望是远远不够的，在苦难、黑暗、恶和绝望之上，作家应建立起更高的精神参照和心灵参照。鲁迅、卡夫卡的散文也有大量关于苦难、黑暗、恶与绝望的描写，但他们作品的背后有精神的大爱、大怜悯的支撑，有巨大的心灵的建筑，所以他们的作品不朽。面对这样伟大的历史和文学传统，我们应保持诚挚的敬意。

鲁迅、卡夫卡的写作，其实就是别林斯基所说的“可见的世界”和“精神的世界”的那种写作。别林斯基认为，“现实这个字眼意味着一切——可见的世界和精神的世界，事实的世界和概念的世界。认识中的理性和现象中的理性——总之，显露在自己面前的精神，是现实性；另一方面，一切局部的、偶然的、非理性的东西，作为现实性的反面，作为它的否定，作为若有，而不是实有，都是幻影性”②。别氏所说的现实，是由“可见的世界”和看不见的“精神的世界”共同构成的。前者是“事实的世界”，后者是“概念的世界”，即理性的或精神的世界。他强调理性的或精神的世界才具有现实性，才能体现出现实的整体，才“既是自在物，又是自为物”。而“事实的世界”只是“幻影”，即吃、喝、穿、拍苍蝇、打呵欠、玩纸牌……没有感觉和思索，没有一点精神在里头。当然，别林斯基并没有因此就将“幻影性”排除在

① 余华：《文学不是空中楼阁》，《文艺争鸣》2007年第2期。
② 别林斯基：《别林斯基选集》第二卷，上海译文出版社1979年版，第103页。

"现实"之外，但他显然是更倾向于"精神的世界"的。可见，真正拥有"现实性"的优秀作品，不仅要描写出"可见的世界"，更重要的是要揭示出"精神的世界"。尽管现在有许多人视别林斯基为老派保守的批评家，但我觉得他关于两个世界的现实的论述在今天仍然有效，仍然没有失去理论的针对性和活力。我们放眼当今中国的散文界，那些真正脍炙人口，既具精英性、经典性又兼普泛性的作品，无不具备"两种世界"的"现实性"内涵和品格。比如史铁生的《我与地坛》、韩少功的《山南水北》，就是这方面的佐证。

史铁生的《我与地坛》早已是大家所公认的经典性作品，在此处我不想全面展开分析。我只就"两种世界"的现实这一问题谈点看法。作品中的"我"在风华正茂的年龄双腿突然瘫痪了，但"我"并没有沉溺于个人的苦难而不能自拔。"我"日复一日、年复一年地徜徉于地坛，在它的老树下、荒草边或颓墙旁，静静地思考生与死、写作的意义以及人类的困境等问题。不仅如此。"我"还以一种健康的心态，以富于人性的情怀来观察、体验现实，感受园子中的各种景物和各种人，于是就如写园中生机勃勃的自然景物一样，"我"也从园子中不同的人身上感受到了生活的无限机趣和生命的价值。《我与地坛》的现实性的可贵处在于：一方面作者认为人类的困境是一种宿命的存在，个体无法知道也没法反抗这种"宿命"，一方面又坚信人类靠母爱、靠爱情、靠对生命过程的追求和智慧的感悟，是可以"识破"命运的机心，并使人类从困境中解脱出来。史铁生以对人性的洞察和至囿至慈的宽容，对苦难的现实作出了一种迥异于世俗的理解：他发现了苦难也是财富，虚空即是实在，而生存不仅需要勇气，更需要选择，需要承担责任与义务。他由个人的严酷命运上升到对整个人类的生存困境的思考，于是，他的散文便超越了一己的悲欢，具有一种阔大的精神境界和人性内涵。

韩少功的长篇散文《山南水北》也是拥有"两种世界"的现实整体性的杰作。作品写的是乡村的底层生活。在作品中，韩少功也写了大量的苦难，写了农民在全球化大潮冲击下的生存困境和精神困境。韩少功的高明之处在于：他不是为了写苦难而写苦难，为写困境而写困境。韩少功既没有把乡村看作天堂，也没有将乡村写成地狱。韩少功熟悉、理解和包容乡村的一切。因此，他笔下的乡村，既有虫鸟的鸣叫，跳跃的月光，惊飞的夜鸟，也有大粪的味道，满身的臭汗，喧嚣的人生；既有黑暗中的沉沦与挣扎，又有沉静的纯美；既有狡黠与欺诈，又有同情与温暖；既有血淋淋的杀戮，又有苦难中簇拥出来的大同情和大怜悯……而这，就是韩少功笔下的真实的乡村，而他散文中的现实整体性也就由此而生。韩少功重返生活的现场，将他的思想探索与他的感官，与大量的生活细节，以及充满声色、味道、光影的大自然连接起来。于是，他的《山南水北》便由第一现实进入第二现实，直达精神和人心的深处。

在写作日益抽象化、空心化、粗鄙化和技术化的当下，我提出了散文写作的“现实性”问题，并谈了自己的一些看法。我不知道这样不识时务的呼吁对纠偏当前的散文创作能否起到一点作用，但我坚信这样的判断：所有一切优秀的作品都因其准确有力地表现了现实，而所有一切失败的作品都是因为远离现实。正是在这个意义上，我认为当下的散文创作应抛弃无病呻吟，远离风花雪月，规避时尚热闹，总之，离现实近一些，再近一些。倘若我们当下的散文创作能够直面现实、直面大地、直面重大的社会事件和重大问题，同时去掉太多的雕琢和人工粉饰，以一种自然质朴的感情、以强悍性的姿态和诗性的品质穿透现实，抵达人的精神和灵魂。我认为，如果当代的散文能真正回到现实的坐标上，那么新世纪的散文还是值得期待的。起码，它不会成为一种空中的舞蹈、一种苍白无根的“软性”写作，也不会成为一种“世纪末的狂欢”。

（原载《文艺评论》2010年第5期）

# 学者散文与文体自觉

20世纪90年代以来，当代散文创作以其日渐庞大的创作群体、丰富多样的品类和各式各样的文体形态，以及令人应接不暇的散文现象或流派，呈现出杂树生花、方兴未艾、蔚为壮观之势。在这其中，“学者散文”因其独特的写作姿态和深广的文化背景，因其溯通了中国文章学的传统，引发读者持续不断的关注和阅读的兴趣，并受到散文研究界的普遍推崇。对于当代散文领地里出现的这道亮丽风景，近年来已有不少学者进行过研究，不过切入点大多为学者散文的身份认同，学者散文的历史文化、思想内涵和主题取向，以及它与传统的抒情言志、记叙议论类散文的区别，而较少从文体的视角对学者散文作总体性的考察。有鉴于此，本文侧重从文体的视角来检视这一时期的学者散文，考察它与传统文脉的关系，探讨它的文体特征和话语方式，以及它给中国当代的散文创作注进了什么样的精神元素。需要说明的是，笔者在这里所指的“学者散文”，除了90年代以后职业的学术研究者所写的散文小品，还包括一些学术型作家的散文创作。

## 一

散文作为一种文体概念，虽在宋代罗大经的《鹤林玉露》一书中才被正式确认，但在中国文学史上，散文其实是一种早熟的文体。据史料记载，中国古代最早的散文，大约可追溯到甲骨卜辞、《周易》卦爻辞、钟鼎铭文等，而真正具备了较完备的散文形态的，应是从产生于殷周时代的《尚书》开始。《尚书》之后，就是中国散文的第一个黄金时期——先秦的诸子散文和历史散文。

先秦散文的基本文体形态，一是以论说为主，如《春秋》《老子》《庄子》《孟子》等含哲学、政论文在内的文章；二是以记叙历史事件和历史人物为主，如《左传》《国语》等记叙和议论相结合的文章。这两种文体形态交相辉映，不仅成就了一个大时代里散文的辉煌，而且还开创了中国的“杂文学”传统，而其文体特征则具有广泛的包容性。即是说，先秦时期的散文文史哲没有分家，实用文章和非实用文章混杂，文学与非文学交织，其时也没有专门从事散文创作的散文家。可见，先秦时代的散文概念和内涵是模糊的，文体是自然朴素的，同时也是极其包容的。正是这种模糊、自然朴素和包容性奠定了中国古代散文宽阔、宏大坚实的基础。不过，先秦时期的散文文体还谈不上自觉。

先秦之后的两汉，文体形态以辞赋、史传和政论为主。在这三种文体中，可以明显看出先秦文脉的传承。以政论文为例，贾谊的《过秦论》、晁错的《论贵粟疏》、桓宽的《盐铁论》、王充的《论衡》直承先秦诸子散文。而被鲁迅称之为“史家之绝唱，无韵之离骚”的《史记》，不仅开创了纪传体的正史撰述体例，而且成为传记散文的高峰，对后世历史散文和传记文学的写作，产生了深远的影响。

魏晋南北朝被史家称为“文学的自觉时代”。表现在文体上，这时期的文学，特别是散文的审美意识大大加强了。首先在文体观念方面，其时强调骈散分立，文笔有别。刘勰在《文心雕龙·总术》篇中说：“今之常言，有文有笔，以为无韵者‘笔’也，有韵者‘文’也。”①以有韵和无韵作为文笔的分野。尽管魏晋南北朝时期存在着重骈轻散的创作倾向，但文学观念上的重“有韵”之“文”，强调文学的独立性和审美性，则有助于散文文体的自觉。在创作方面，这时期曹氏父子、嵇康、阮籍、陶渊明等的散文佳构，佐证了散文文体的自觉与独立。甚至即便在郦道元的《水经注》这样的地理学术著作中，同样是骈散相间，行文中既有风土景物描述，也有考证、议论和抒情，体现出多样且生动丰富的散文文笔之美。特别值得一提的是刘义庆的《世说新语》，这部作品被鲁迅的《中国小说史略》高度评价，认为其“记言则玄远冷隽，记行

① 刘勰：《文心雕龙》，中华书局2014年版，第246页。

则高简瑰奇”，具有“孝标作注，又征用浩博，或驳或申，映带本文，增其隽永”[1]的艺术魅力。《世说新语》虽是小品，写人记事极其简略，有的甚至只有三言两语，但其意味无尽的杂糅文体，有极高的文学价值。因此，它深受中国历代文人的喜爱，当然也受到倾羡中国传统文化人格的当代“老生代”学者的青睐。

魏晋之后的唐代“古文运动”，一方面瓦解了魏晋南北朝的时文——骈文，一方面又融合叙事的历史、说理议论的哲学、抒情的文学于一炉，从而形成了叙事、议论与抒情三位一体的“古典散文”格局。当然，“古典散文”只是唐宋的一种主流散文文体形态，在唐代“古文运动”的推动下，散文的品类多样，写法也多姿多彩，既有大量的山水游记、寓言、传记等有很强文学性的散文，也有车载斗量的诸如书信、奏议、诏令、论辩、传状、碑记、箴铭、颂赞、哀祭、序跋、书说、赠序等偏于应用和议论的文章。明代以后，先是“以拟古为主”的“七子”的散文创作成为时流，继而是独抒性灵，不拘格套，主张一切作品“皆从胸中流出”的小品笔记成为主要散文文体形态。而清代以桐城派为代表的散文，既强调“义理、考据”，又注重“辞章”，即将应用性与文学性融合在一起。至于晚清梁启超的“新文体”，同样体现出文体的自觉：一是以欧西文思入文；二是平易畅达的文风；三是条理明晰，笔锋常带情感。“新文体”对“五四”时期胡适、陈独秀、李大钊、钱玄同、刘半农等的“论说体”散文产生了很大的影响。但如果我们将梁启超的“新文体”放在中国散文发展的长河中，尤其是放在中国散文新与旧的交叉点上来考察，可以看到，梁启超的“新文体”散文仍属于旧文学的范畴。一方面，他将我国“杂文学”传统的优势和缺点发挥到极致，另一方面，他启迪了中国散文的新变，促成了现代散文文体格局的重构。而这，正是梁启超“新文体”散文的巨大历史贡献。

“五四”散文创作不仅文体品种丰富多彩，风格流派各领风骚，而且题材范围之广、作品数量之巨、名家之多，都是前所未有的。朱自清对“五四”散文文体有过这样的描述：“或描写，或讽刺，或委曲，或缜密，或劲健，或

---

① 鲁迅：《鲁迅自编文集·中国小说史略》，天津人民出版社1999年版，第59页。

绮丽，或洗练，或流动，或含蓄，在表现上是如此。”朱自清所列举的方方面面的景观，可看作对“五四”散文品种的多样、风格流派的各领风骚，以及艺术方法与文体丰富多彩的充分肯定。

若从文体的角度看，中国现代散文与小说、诗歌和戏剧相比，一开始就表现出了文体上的自觉与成熟。当时的新文学建设者一方面为现代散文进行文体上的溯源，一方面又认为应“彻底打破‘美文不能用白话’的迷信”。于是，在这种双向的选择和创造中，建构起了现代散文的基本框架。具体而言，“五四”至20世纪30年代前期的散文家和理论家对语体文体的选择与创造，主要表现在如下几方面：其一，是“新而不乱，奇而不渎”，在“文言合一”、中西结合中探索现代散文语体文体发展的可能性；其二，是在“化传统”的过程中，追求语体的“漂亮”和“缜密”，打破“美文不能用白话”的迷信；第三，“言与意”“形与心”的和谐组合，构成独具东方情调的语体文体特征。现代散文在文体上的选择与创造，除了体现在文类文体、语体文体等方面，在散文体式的选择与完善上也有建树，并形成了抒情独语体、闲话聊天体、幽默谐趣体等多种文体体式。

文体是文学最为直观的表现，也是作家心智的外化形式。因此，文学观念的变迁往往表现为文体的变迁，文学革命离不开文体的变革。而所谓“散文的现代性”，除了郁达夫所说的“自我”“表现个性”外，主要还是体现在散文文体的变化上。遗憾的是，过去的散文研究者并没有看到这一点。他们过于强调散文学的“工具性”，过于注重作品的内容和社会功能，忽视了文体和文体探索的重要性，同时对我国古代丰富的文体资源也挖掘总结得很不够，这在很大程度上阻碍了中国当代散文的发展。

从以上对古代和现代散文文体演变的历史回顾中，可以得出如下的结论：中国的古代散文，从文体的角度讲，是一个相当庞杂的概念，或者说是一个“杂文学”的系统。中国古代散文的文体形态呈现出两个特征：其一，是它一方面具有极强的包容性，一方面每个时代都有一种主流文体；其二，中国的古代散文，先秦时期是应用性与文学性并重，魏晋之后总体看文学性文体占据主导地位，但应用性文体也有自己独立的地位。因此，界定何为古代散文，在我看来不能持论过严，而应根据现代散文的文体规范和文体特征，同时顾及产生古代散文的特定历史语境，只要有一定的“文学性”，即“事出于沉思，义归于翰藻”[①]，或“吟咏风谣，流连哀思”[②]，就可以视其为散文。否则，我们就不能正确认识中国古代散文的文体特征。

梳理中国古代散文文体演变的历程，我们还可以看到这样一个值得注意的文学现象：中国古代散文家从魏晋南北朝起便有着比较自觉的文体意识，而并不是一些论者所认为的那样：“古代‘汉语散文’之所以未能较好地解决‘范畴论’问题，主要有三点原因：第一‘文学’意识淡薄；第二，‘文体’观点散漫；第三，‘载道’主潮的制约。”[③]说“载道”的主流意识形态在某个时代压制了散文文体的发展，也许有一定的道理，但若说中国古代散文家的文体意识淡薄散漫，则无论如何是说不过去，是不能令人信服的。因为中国古代散文从发端于记言记事，从实用文到美文，从“殷盘周诰”的“诘屈聱牙”到后来的“情动而言形，理发而文见”，如果没有“美因”即自觉的文体意识作支撑，是很难想象的。虽然，章学诚所言“至战国而后世之文体备”的说法可能有夸大其辞的成分，但鲁迅认为至魏晋南北朝时期，我国的文学主要是诗文已进入到文体的“自觉时代”，应属不虚。关于这一点，我们还可拿西方的文学作比较。西方的文学以戏剧、小说和诗为主，散文从古代到现代都没有独立成体，所以不论是长篇论著或是短篇小品，其文体基础都十分脆弱。即便“五四”时期热闹一时的英美“絮语散文”，其实真正上佳的作家和作品并不是很多。而能够像中国散文那样融记叙、抒情、议论于一炉的优秀之作更少。质言之，与中国散文相比，西方的散文随笔重“笔路”，重纪事、说理、个人性和科学精神，但在“文章”，即抒情性、音乐性、语言韵味，乃至“文气”等更能体现文体意识的各个方面，则远远逊色于中国古代散文。从上述比较，也可看出中国散文家“文体观念淡薄散漫”的结论，并不符合中国散文文体发展的实际情况。

中国散文文体意识的自觉，主要体现在两个方面：首先，是散骈并用。

---

① 萧统：《文选序》。

② 萧铎：《金楼子·立言》。

③ 刘锡庆：《世纪之交：对“散文”发展的回顾与思考》，《文学评论》1997年第2期。

唐代的“古文运动”以反对骈文俪体为主旨，但其时的散文家并非一味排斥骈文的辞章和修辞策略。他们在崇“道”“尚简”，求“雅洁”的前提下，也追求辞采声律，讲究排比、对偶和用典，有时则是散体中夹用骈句。如丘迟的《与陈伯之书》本是一封劝降信，但作者却写得情真意切，文采斐然：“暮春三月，江南草长，杂花生树，群莺乱飞。见故国之旗鼓，感生平之畴日，抚弦登陴，岂不怆恨！所以廉公之思赵将，吴子之泣西河，人之情也，将军独无情哉？”像这样的散文，在唐宋时期还可举出许多，如欧阳修的《醉翁亭记》、范仲淹的《岳阳楼记》、苏轼的《前赤壁赋》等。若从文体意识的角度看，可以说它一方面瓦解了“骈四俪六”的形式主义樊篱，体现出了古代散文家的文体自觉，而另一方面，它又服从于骈文的巨大吸引力，这同样体现了这种文体自觉。正是在这种散骈互用的过程中，散体的自由无拘，记事简洁，便于抒情议论，以及骈体的“焰焰烺烺，务彩色，夸声音”的特长获得了最大限度的发挥，从而拓展了散文艺术的表现手段。这是古代散文家拥有自觉文体意识的必然结果。

其次，是诗文互渗。诗和文各有自身的文体特征和规范，这是魏晋以后的事情。先秦之际，散文与诗统称为文。曹丕的《典论·论文》，将文分成四科八体，又将诗归为两类，这是中国文体意识的第一次自觉。但诗文毕竟“本同而末异”，故而曹丕之后，关于诗文的论争一直绵延至清代。以“盛唐气象”为例，主要是“以诗为文”，将诗情诗法融于散文体内，使散文不但叙事富于情趣，说理饱含韵味，而且表现手段像诗一样丰富多彩。及至宋代的散文革新运动，又反过来“以文为诗”。虽然这种诗文互渗现象遭到严羽等诗论家的严厉责难，但“以文为诗”拓展了宋诗的题材领域，使宋诗如“风行水上”“自然成文”，这也是不争的事实。质言之，各种文学体裁的互相渗透，使散文的文体意识进入到一个新的层次和境界。至于散文与绘画的互相渗透与影响，在古代同样随处可见，它从另一个侧面印证了我国古代散文家文体上的自觉。

中国不但是一个诗的大国，同时也是一个散文大国、文体的大国。而散文之所以能在古代取得如此的辉煌，正是散文文体意识不断增强推进的结果。如果看不到这一点，甚至否认这一点，从轻说是对中国散文传统的不尊重，从重说是对散文传统的无知与背叛。

## 二

新时期的学者散文在创作精神上归属于我国丰富而驳杂的文学传统，而且在文体方面充分汲取我国文章学的有益养料。他们都是传统的知识分子，不但深受儒家和道家思想的影响，而且都有良好的国学根底，对于中国古代文章学有着较为全面的了解。更可贵的是，在此基础上，他们能顺应时代与当下，顺乎个人的心性和趣味，对于古文的传统进行选择和创造，并由此构成他们文体意识和文体形态的重要内容。比如汪曾祺，他少年时代即接受了儒家经典的熏陶。小学时期，祖父就为他讲解《论语》，并且教他写作小论文“义”，这是用以阐释《论语》、掌握八股文的入门练习。不但深受儒家思想影响，汪曾祺对庄子也极感兴趣。他说，“我对庄子感极大的兴趣的，主要是其文章，至于他的思想，我到现在还不甚了”。[①]尽管认同的是庄子文章的形式，但庄子的道法自然、无为而治的道家哲学对汪曾祺人生观和文章的影响，却是显而易见的。具体到散文文体，他的见解也颇为独特：“《世说新语》记人事，《水经注》写风景，精彩生动，世无其匹。唐宋以文章取仕。……唐宋八大家，在结构上，在语言上，试验了各种可能性。宋人笔记，简洁潇洒，读起来比典册高文亲切，《容斋随笔》可为代表。明清考八股，但要传世，还得靠古文，归有光、张岱各有特点。‘桐城派’并非都是谬种，不可忽视。龚定庵造语奇崛，影响颇大。”[②]这样的欣赏趣味是纯属个人的。它一方面体现出汪曾祺对于文体有一种独特的敏感，另一方面也渗透着他的性情修养，表现出他对于传统文章学的偏爱。

与汪曾祺一样，孙犁也是一位性好古、对传统散文情有独钟的学者型散文家。他在20世纪50年代便开始披经阅典、浸染古籍，尤其对《史记》《世说新语》赞叹有加、心驰神往。他说《史记》“炭笔素描”“辩而不华，质而

---

① 汪曾祺：《自报家门》，《汪曾祺全集》卷四，北京师范大学出版社1998年版，第290页。

② 汪曾祺：《蒲桥集》自序，《汪曾祺全集》卷四，北京师范大学出版社1998年版，第272页。

不俚”[①]。说《世说新语》“虽是小品，有时像诗句，有时像小说梗概，有时像戏剧情节。三言两语，意味无尽。这是中国一种特殊的文体，一种文史结合、互相生发的艺术表现形式”[②]。除了汪曾祺、孙犁外，学者型散文家如张中行、季羡林、金克木、黄裳、杨绛、施蛰存、萧乾、柯灵等，也有不少关于传统文化和古代文章学方面的论述，此处不一一备述。正是在这样的学术背景下，他们的散文以文体为纽带，以传统文化为载体，连接起中国散文绵延不绝的文化气脉。同时，他们还自觉地追求散文的独特风格。比如汪曾祺，他希望自己的作品能做到：“融奇崛于平淡，纳外来于传统，不今不古，不中不西。”其他学者散文家的创作，也可作如是观。

学者散文有一个十分可贵的品质，这就是古人常说的“文道合一”。所谓“文道合一”，也就是“文质彬彬”，即做文也做人，文辞与思想要统一，不可扬文而忘道，亦不能显道而隐文；既不要徒有虚表，又不追求思辨盈篇。如能达到两者完美结合，就有可能抵达艺术的妙境。我们看到，在人与文、知识分子的精神品质与散文文体的有机结合方面，学者散文堪称当代散文创作的典范。首先，他们是中国式的人道主义者。因此，“恕道”与“仁爱”思想是他们散文的底色。读学者散文，我们常常会被渗透其间的仁心与宽爱所打动，而且诚如散文研究者陈亚丽在《文海晚晴》一书中所说，这种仁爱与宽容是纯真的、普遍的，它贯穿了爱家人，爱朋友，爱社会，爱国家，即我们常说的“四海之内皆兄弟”的大爱。而对于丑恶与黑暗，他们一般会以宽容之心予以“理解”之“同情”。这是学者散文“处理人与人之间关系的准则，又是一个人精神风貌的特征”[③]。可贵的是，学者散文自觉地将这种“士大夫”风范落实到文体经营中，这样就在总体上形成了学者散文自然质朴、沉静从容、温暖平和、洒脱简洁的文体风格，真正达到了“文道合一”。这种人与文

---

① 孙犁：《如云集·读〈史记〉记》（上），《耕堂劫后十种》，人民文学出版社2012年版，第200页。

② 孙犁：《买〈世说新语〉记》，《耕堂劫后十种》，人民文学出版社2012年版，第185页。

③ 陈亚丽：《文海晚晴——20世纪末老生代散文研究》，首都师范大学出版社2008年版，第6页。

深度交融、相得益彰的文体风格，我们在“中生代”“新生代”或“新散文”作家那里是见不到的。其次，是家国情怀。老一辈学者型散文家一般都有开阔的文化视野、学贯中西的学识、博大的胸怀与不凡的气韵。更难得的是，在他们身上，我们还可以感受到一种自觉的家国情结、忧患意识与文化自觉。比如孙犁，他认为文学不但要对时代负责，而且要有理想与美：“文学应当是面对整个人生，对时代负责的”①。“理想就是美，就是美化人生，充实人生，完善人生，是艺术的生机和结果”②。汪曾祺虽然以自由散淡著称，但在作家的责任感和文章的社会价值这一点上他也不含糊。在《汪曾祺全集·散文卷三》里，他十分明确地表明了自己的文学观：“‘文章千古事，得失寸心知’。得失，首先是社会的得失。我有一个朴素的、古典的想法，文章总得有益于世道人心。”在老一辈学者型散文家看来，文字从来就不是游戏，也不是博取名利的工具。文章应有益于社会的进步、民族的兴旺和世道人心，正所谓“一枝一叶总关情”。但他们强调散文的教化作用，又拒绝直露的教化，将散文写得剑拔弩张、盛气凌人，或过度抒情、顾影自怜，而是从散文本体出发，并接续“五四”时期的“美文”传统，以审美的方式、平静中和的语体，给浮躁和疲劳中的大众“一点清凉，一点宁静”③，从而使人们更加珍爱生活中美的、健康的、真实的东西。第三，学者散文的“文道合一”，还体现在学者散文家的人生态度上，他们一方面有着沉静的心灵、内敛的思维方式，一方面又是乐观的、积极进取的。他们始终怀着一颗赤子之心，用一种充满温情的目光注视着世界，用积极达观的人生观去生活和思考。这样，即便写人生的坎坷，生活的潦倒困顿，写“五七干校”的不公正待遇，甚至写“文革”期间自杀的经历，他们也能够云淡风轻、目送飞鸿，从容运笔、自由挥洒，以睿智的文思去化解生活中的苦难，用达观与揶揄去对抗黑暗，并以含蓄节制的叙述与描写化丑为美，启迪读者的思考。学者散文这一文体上的特征，在张中行、季羡林、金克

---

① 孙犁：《谈作家素质》，《孙犁散文》，浙江文艺出版社2003年版，第356页。

② 孙犁：《风烛庵文学杂记》，《孙犁散文》，浙江文艺出版社2003年版，第369页。

③ 汪曾祺：《自报家门》，《汪曾祺全集》卷四，北京师范大学出版社1998年版，第290页。

木、杨绛、萧乾、陈白尘、柯灵等的作品中，体现得特别突出。

笔者在一篇谈文体的文章中[①]，将文体分为五个层次。第四层次为主体文体。在我看来，文体虽然是一种由语言构成的话语方式与文本结构方式，但这一切都离不开作家的创造，离不开作家作为创作主体的个性气质、心理感情结构和艺术审美情趣，这样便有了侧重于研究创作主体的主体文体。也正是看到这一点，法国的文学理论家布封说："风格即人。"而俄罗斯的大批评家别林斯基说得更具体："文体——这是才能本身，思想本身。文体是思想的浮雕性、可感性，在文体里表现着整个的人"[②]。这里，不论是布封还是别林斯基，都是从创作主体的个性、气质、心理特征、人格色彩和精神结构，即从"整个的人"，从"文道合一"来探究文体的。由于主体文体联结着作家的感情、心灵与精神，它往往是潜藏于文字底下，不是一下子就能把握得到的，所以，我们可以将主体文体视为"深层"或"内在"的文体结构。而这一深层的文体结构，在学者散文这里获得了最有说服力的解释，这也是笔者用了这么多篇幅探讨学者散文"文道合一"的原因。

学者散文在20世纪90年代的异军突起，是中国现当代散文史的一个重要事件。它一方面继承了"五四"的人文精神，恢复自20世纪40年代便断裂了的美文文脉，另一方面，学者散文在文体上的自觉尤其是在主体文体层面上的"文道合一"，对于当代散文中出现的空疏空洞、虚假做作、抒情泛滥，以及人格分裂、文道分离的创作倾向，无疑能起到正本清源、匡正风气的作用。我以为这是学者散文另一方面的贡献，也是探讨学者散文的现实意义之所在。

## 三

文体，作为文体学的一个基本概念，迄今仍是众说纷纭、难以达成共识。大体说来，从"五四"至20世纪80年代中期以前，人们讲文体，一般都是指文学的体裁，这显然是被窄化了的文体。而在20世纪的西方，在现代语言学

① 陈剑晖：《文体的内涵、层次与现代转型》，《福建论坛》2010年第10期。
② 别林斯基：《别林斯基论文学》，上海译文出版社1979年版，第234页。

的大背景下，文体又有被复杂化、被泛化的倾向。笔者在几年前曾写过一篇论学者散文的文章[①]，主要从语体文体的层面谈学者散文的文体。我认为学者散文的文体有几个特征：其一是平实亲切、自由随意；其二是寄繁于简，寄浓于淡；其三是文言合一铸古韵；其四是善用“四字格”；其五是善于化用成语和名言。在本文中，我拟从另一个方向——文笔、文气、氛围来探讨学者散文的文体，聊作前文的回应与推进。

（一）文笔。

文笔这一概念源于南北朝的“文笔说”，即有韵的文章为文，无韵的文章为笔。笔者在此基础上加以引申，从两个方面来理解文笔。一是“笔调”或“文调”。在现代散文中，提出“笔调”概念的是林语堂。林氏继承和发扬了我国古代文论中的“文笔”之说，将笔调融入“以自我为中心，以闲适为格调”的散文小品的书写之中。在林语堂看来，笔调既是闲适随意、自由自在的小品文的特指，又是区分文体的一种标准。此外，笔调中也包含着“个人的笔调”的意思。在这里，需要提及的还有梁实秋的“文调”说。“文调”与“笔调”在含义上十分相近。它们都是以性灵为基础，以自我为中心，以闲适为特征，而且特别强调散文的写作要自由自在、率性而为，不为任何形式所拘。略有不同的是，“笔调”涉及散文的体例、体裁和区分文体的标准，而“文调”的范围要小一些。它只限于作者的审美情趣和人格气质，以及散文的语言和表达方式，即“文调”要自然、生动活泼，“文调就是那个人”，有一个人便有一种散文，有一种散文便有一种独特的文调。总之，散文如果有了“文调”，自有一种不可形容的妙处：“或如奔涛澎湃，能令人惊心动魄；或是委婉流利，有飘逸之致；或是简练雅洁，如斩钉截铁……”[②]我们看到，学者散文一般来说都是有“笔调”和个人的“文调”的。因为有“笔调”和“文调”，这样他们的散文自然也就“笔墨上极轻松，真情易于流露，或者谈得畅快忘形，

① 陈剑晖：《学者散文的文体特征与文体价值》，《江汉论坛》2010年第5期。

② 梁实秋：《论散文》，俞元桂主编：《中国现代散文理论》，广西人民出版社1984年版，第34页。

出词乖戾，达到如西文所谓‘衣不纽扣之心境’”[①]。

“文笔”的另一层意思，可以理解为文章独特的体制或笔法。比如司马迁的“纪传体”巨著《史记》，以“炭笔素描”“辩而不华，质而不俚”的实录精神，以及寓褒贬于行文用字之中的“春秋笔法”，而深受学者型散文家的推崇。于是，他们也采用这种“纪传体”体例和笔法，写了大量的“怀人散文”。在这其中，孙犁最接近太史公。他不但以史笔记人叙事，而且仿照《史记》文后的“太史公曰”体例，在文后也附上一段“芸斋曰”“芸斋主人曰”或“耕堂曰”，评价人物，品评时事，有时则是一段与题旨无关的闲笔。这种以素描炭笔写人记事，兼之文白照应、史论结合的体例，实际上已成为孙犁散文文体的纹章印记。张中行的名著《负暄琐话》《负暄续话》《负暄三话》也有不少“怀人散文”。张中行虽然也受到太史公的影响，不过他的怀人小品更接近《世说新语》。他说他的“怀人散文”要写“可传之人，可感之事，可念之情”，即既写名人，也写平头百姓；既记录关乎家国民族的大事，也关心日常生活中的柴米油盐；既感念记叙亲人、师长、朋友的情谊，也发现普通人身上的人情和人性美。特别写那些“民国名士”，张中行喜欢采用“传说”和“人物志”的笔法，通过记录“名士”的琐闻异事，突出其“奇”“痴”“癖”的性格特征，用笔隐曲含蓄，文体平实杂糅，兼之间有闲情闲笔，的确颇具《世说新语》之风，“魏晋风度”之韵。当然，不独孙犁与张中行，汪曾祺写人的散文同样十分精彩。他写西南联大诸教授的文字尤为生动传神，如写闻一多的刚毅、嫉恶如仇，金岳霖的痴情和有趣，唐兰的坦荡率真……作者笔下的这些知识分子，都有着特殊的情神气质。汪曾祺以六朝品藻人物的笔法，寥寥几笔，便使这些人物“皆具风神”。在学者散文中，类似孙犁、张中行和汪曾祺这样写人的，还有杨绛、柯灵、黄裳等。

（二）文气。

文气中的“气”原是中国古代哲学的一个范畴，后来引申到文学理论中，并发展成为古典文论中的一个重要概念。如曹丕在《典论·论文》中就提

① 林语堂：《论小品文笔调》，俞元桂主编：《中国现代散文理论》，广西人民出版社1984年版，第65、66页。

出："文以气为主，气之清浊有体，不可力强而致。"陈善则认为："文章以气韵为主，气韵不足，虽有辞藻，要非佳作也。"[①]而刘勰在《文心雕龙》中，更将气分为作家的气质才性、作品的气势风格、作品的风力等几类。总体而言，文气在中国的历代文论中都占有十分重要的地位，而对它的阐释更是五花八门，不胜枚举。不过有一点人们很少注意到，中国古代文学理论中所指的文气，很多时候不是指诗而是针对散文而言的。如韩愈就从"言之长短与声之高下"来谈论散文中的气。而桐城派的"因声求气"也是包含在散文的音节字句和篇章结构之中。不仅如此，古人还将文气用之于对散文作家的鉴赏和评价，如"韩如海""柳如泉""苏如潮""欧如澜"等，便是从行文的气势上对这些散文家的艺术风格进行品评。由此可见，文气不仅是我国的古代文论，更是散文中一个重要范畴。正因古代的文论家重视文气之于散文的作用，而散文家在创作散文时也十分注意在作品中灌注进一种文气，这样古代的许多散文也就显得元气弥漫，气势充沛，品之痛快淋漓，诵之朗朗上口。如范仲淹的《醉翁亭记》、苏轼的《前赤壁赋》、欧阳修的《秋声赋》，莫不如是。当然，就散文创作来说，文气对于议论散文显得更为重要。比如韩愈的《原道》这样的作品，并没有多少形象性和抒情性，但为什么后世的读者将其视为散文的经典？因为读这样的作品，你可以感受到一种气势或气韵的贯通，体会到这一种"阳刚"之美和"有意味的形式"。这就是"文气"之于散文的作用。可惜的是，"五四"时期的散文理论家们极少谈论到文气，而以后的散文研究者对文气似乎也没有太大的兴趣，这样文气这一富于东方意蕴的术语也就渐渐淡出散文领域，从而导致现当代的许多散文气势欠旺，文笔不畅，读之断断续续、疙疙瘩瘩。有感于此，我认为在新的世纪，当我们在建构散文理论话语时，不仅要充分认识到文气包括"气韵""神韵"等对散文的作用，而且要将其视为散文的一个核心范畴。

学者型散文家对中国传统文章学中的"文气说"不但熟稔于心，而且倍加赞赏。汪曾祺在多篇文章中谈到文气，认为"中国散文在世界上是独特的。

① 陈善：《扪虱新话上集》卷一。

‘气韵生动’是文章内在的规律性的东西”[①]“我以为‘文气’是比‘结构’更精微，更内在的一个概念”[②]“‘文气论’是中国文论的一个源远流长范畴”，[③]而对于学界颇有争议的“桐城派”文论，汪曾祺也有他的独到理解：“桐城派提出，所谓文气就是文章应该怎么起、怎么落、怎么断、怎么连、怎么顿等等这样一些东西，文章内在的节奏就很强。”[④]这显然是深谙文学三昧的经验之谈。其他学者散文家，虽没有像汪曾祺这样全面深入地阐述文气，但在一些创作谈中也多有涉及。

学者散文家不但对文气作一般创作论意义上的阐释，更值得注意的是他们自觉地在创作中灌注进一种文气。因此，读汪曾祺的散文，我们会感受到一种沾着家乡水气和烟火味的散淡之气；读张中行的《顺生论》，我们体味到的是一种乐天知命的平和之气；而金克木与萧乾的散文，流露的是一股通达与反讽之气；孙犁与杨绛又有所不同：孙犁的散文简古朴实中有奇崛之气，杨绛的散文自然沉静中有内敛之气……尽管文气各异，但学者散文在文气层面上有一个共同点，这就是苏东坡所说的：“吾文如万斛泉源，不择地而皆可出”。“大略如行云流水，初无定质，但常行于所当行，常止于不可不止，文理自然，姿态横生”[⑤]。由气而体，由体而章法结构。由于有明确的文体意识，这使得大部分学者的散文创作，发乎于心，顺乎于理，举重若轻，潇洒成文，开辟出属于自己的文章之道。

（三）氛围。

氛围与文气、笔调是相近的一组概念，所以常见有论者将其混为一谈。

---

① 汪曾祺：《回到现实主义，回到民族传统》，《汪曾祺全集》卷三，北京师范大学出版社1998年版，第289页。

② 汪曾祺：《小说创作随谈》，《汪曾祺全集》卷三，北京师范大学出版社1998年版，第31页。

③ 汪曾祺：《关于小说的语言》，《汪曾祺全集》卷四，北京师范大学出版社1998年版，第11页。

④ 汪曾祺：《中国文学的语言问题》，《汪曾祺全集》卷四，北京师范大学出版社1998年版，第223页。

⑤ 苏轼：《答谢民师书》。

其实，三者虽然相近但还是有一些差异。“文气”主要指文章的气势、气力和气韵，它既是人的生命力和文章的生命力所在，而且往往与诸如优美、刚健、清峻等文体风格联系在一起；“笔调”则指散文中的文辞与情采，它偏重于创作主体的个性和性灵，是创作主体写作散文时的一种特殊语调；而氛围在《辞海》中的解释是“笼罩着某个特定场合的特殊气氛或情调”。在《汉语大词典》中则解释为“周围的气氛和情调”。而西方文论则将“氛围”等同于“语境”，如保罗·利科尔就认为：“语境”乃是“一种书面著作展开的氛围”[①]。也就是说，所谓氛围，是指作品中所笼罩着、洋溢着的一种特定的氛围与情调，它一方面形成于文本的特定环境和内容，与作者选择的体裁、描述的生活场面，以及独特的象征和意象组合，即“气氛”密不可分，另一方面又是主体的心灵和客观对象相互交感内化而成的一种“情调”或情绪，而后渗透到文本的各个构成部分，最后成为涵盖整个作品的生命气息和精神氤氲。氛围尽管如蓝田日暖，良玉生烟，可以感受，也能意会，却难于把握和言传。尽管如此，氛围仍是文学作品尤其是散文不可或缺的因素。可以说，没有氛围的散文，一般来说便没有意境，而没有意境的散文，特别是抒情散文，往住也就缺乏艺术的感染力。因为这样的散文很难给我们一种可感可触、身临其境的切身感受。而散文一旦有了艺术氛围，读者便很容易随着作者进入一种特定的意境中去。所以，在散文创作和散文理论方面造诣颇深的郁达夫在《我承认是失败了》一文中说：“历来我持以批评作品的标准是‘情调’两字。只教一篇作品，能够酿出一种‘情调’来，使作者受了这‘情调’的感染，能够很切实的感着这作品的‘氛围气’的时候，那么不管它的文字美不美、前后的意思连续不连续，我就能承认这是一个好作品。”不管作品的内容和文字如何，只要有“情调”即“氛围气”就是好作品，由此可见郁氏对氛围的重视。只不过后人谈及郁达夫的散文理论时，一般只论及他的关于“个人”的发现、人与大自然的调和以及散文的“心”，而对他的“氛围”理论却视而不见，这不能不说是一个理论上的疏忽。由上可见，氛围对于文学创作包括散文的叙述的确十分重要。为什么有那么多的人喜欢汪曾祺的散文，盖因汪曾祺的散文既是一幅淡雅

① 保罗·利科尔：《解释学与人文科学》，河北人民出版社1987年版，第152页。

隽永的水乡风俗画，同时他的散文还有一种特殊的氛围牵引着你。当然，在谈到这个问题时应看到，小说中的叙述氛围与散文的叙述氛围的表现特征是不尽相同的。小说中的氛围与人物的塑造、情节的展开和生活场景的转换结合在一起，而在散文的叙述中，氛围往往同特定的情调、心理契机和意象意境融合为一体。比如鲁迅写作《野草》时，正处于一种矛盾、苦闷和彷徨的心态，他的心灵的底色是寂寥和灰暗的。于是，他在叙述中结合进了诸如黑夜、坟墓、地狱、朽腐、荒野等意象，形成一种阴冷灰暗与奇异瑰丽相交织、同时又透出神秘气息的诗的氛围；冰心信奉爱的哲学，她的心灵是透明超脱的，故而她的散文叙述总是飘荡着如流云飞霞、繁星闪烁的空灵明净的氛围；而何其芳的《画梦录》中的叙述氛围，又有别于鲁迅和冰心作品中的叙述氛围。那是一种如烟似梦般的雾气，它弥漫于天地万物之间，又渗透进作品叙述中的每个角落。它折射出年轻作者孤独寂寞的心境，再配上“忧愁”而“哀伤”的语境，这就构成了《画梦录》既迷离哀伤而又轻柔朦胧的诗性。正是这独特的诗的氛围，激发起了当年不少青少年“看雾”“画梦”的热情。学者散文同样十分注重叙述中氛围的渲染。如黄秋耘的《丁香花下》，通过丁香花、丁香花的香味，像“丁香花一般忧郁的姑娘”，以及丁香花丛中的相逢和惜别的叙述来构成诗的氛围。他的《雾失楼台》则是借助“雾”与“琴声”来构成诗的叙述氛围，而这种诗的氛围是我们在研究黄秋耘的散文时不能忽略的一个重要方面。

散文中的叙述氛围一方面形成于文本的形式层面，另一方面超越了文本形式的限制。虽然在一般情况下，它与作者选定的内容、场景、结构和话语方式必须保持一种统一的对应关系，但由于氛围既属于时空范畴又是心理范畴，有较大的随机性和可造性，加之它还体现出作者与文本、与读者之间的一种特殊的关系，因此叙述氛围常常能够直接获得出人意料的诗的审美效果，尤其在优秀的散文家那里，这种诗的效果会更加明显。可惜时至今日，人们对散文叙述氛围的艺术功效还缺乏足够的认识，这在一定程度上影响了散文更好地通向诗的境界。可见，氛围对散文来说不仅仅是一种点缀，而是一种“语境”，它是解读散文的一个新的视角和思路。

学者散文承接了中国的文章学传统，打通了古今散文的文脉。他们的创作自由自在，率性任心，不受任何规矩的束缚，体现出了一种真正的文体自觉。我们还应看到，学者散文贴近散文本体，可以说是散文写作的正宗。它不但促使当代散文摆脱唯抒情的羁绊，拓展了当代散文的文体天地，而且将知识分子的精神生态与文体创造相融合，将文体的意义直接与文化自信相对接，从而使其散文写作具有独特的文化精神价值。

（原载《中国文学批评》2020年第1期）

# 辑三

## 争鸣与访谈

# 新散文：是散文的革命还是散文的毒药?

## 一、为一种文学现象的“新散文”

近年来，散文一改以往的温和与平静，开始变得热闹，甚至众声喧哗了。散文的热闹可以追溯到贾平凹的“大散文”口号的提出和有关“文化散文”的争论，但近年来引人注目的标志性事件，却是“新散文”的崛起。“新散文”兴起于20世纪90年代末期，当云南的《大家》杂志设置了“新散文”栏目，一批新锐散文家如张锐锋、于坚、庞培、周晓枫、祝勇、钟鸣、王小妮等先后在此登场后，新散文的写作便一直暗流涌动。尔后，北京的《人民文学》《十月》等主流文学期刊又相继开辟栏目倡导“新散文”；中国文联出版社推出了以祝勇、周晓枫、张锐锋、宁肯等为代表的“深呼吸散文丛书”；而由韩忠良、祝勇主编、由春风文艺出版社推出的“布老虎散文”丛书，更是连续不断地推出“新散文”的“春、夏、秋、冬”卷。此外，祝勇还主编了《一个人的排行榜》《新散文九人集》；南帆、周晓枫主编出版了《7个人的背叛》等新散文选本，为新散文的兴起推波助澜。不仅如此，“新散文”的一些口号、观念和作品还被一些媒体反复渲染，尤其是散文家祝勇，还写了《散文：无法回避的革命》等一系列文章，对“新散文”进行理论上的总结。以上种种迹象表明，就目前而言，“新散文”已吸引了不少人的眼球，受到了文坛和一些媒体的关注，甚至有人将其称为“新散文运动”。

“新散文”作为一种文学现象出现于新世纪，本是值得欢呼的文学事件。因为20世纪以降，小说、诗歌由于形式上的不断革命而充满活力，更由于贴近社会民生而成为时代的主导文体。而在散文这里，由于受到传统观念与“古典趣味”的制约，它的“革命性”和“先锋姿态”远远逊色于小说与诗歌。在这样的文学背景下，进行一场“散文革命”并非没有意义。但当我读了较有代表性的“新散文”作家的作品和祝勇的新散文理论后，我的情绪渐渐由兴奋而转向了困惑：新散文究竟是散文的革命还是散文的毒药?

## 二、武断片面的“体制散文”归类

要判断“新散文”是散文的革命还是散文的毒药，首先必须对新锐散文家祝勇的“新散文”理论作一简要剖析。因为祝勇不但策划主编了一批“新散文”作品选集，而且第一次较全面系统地对“新散文”的兴起、特征和艺术指向进行了理论总结。可以说，祝勇既是“新散文”的发起者、倡导者，也是“新散文”最权威的发言人和阐发者。

在《一个人的排行榜》的序言《散文：无法回避的革命》中，祝勇不无夸张地写道：“重新阅读最近25年（甚至整个世纪后50年）的散文作品的时候，我发现寻找前文所说的‘精英’并不是一件容易的事。作家更像武装到牙齿的入侵者，充满对地盘的欲望。绝大多数‘作品’沦为散文史的库存，值得反复吟读的数量极少。”祝勇之所以对近50年包括90年代以来的散文如此深恶痛绝，究其原因，据说是因为这些散文的根子都连结着体制。也就是说，近50年来的散文作品都是一种“体制散文”。祝勇以极其武断片面的思维方式，将“体制散文”作为划分散文优劣的分水岭：凡是体制内的散文必定是拙劣的，反之，凡是体制外的散文自然都是优秀的。与此相联系，凡是欣赏喜欢“体制散文”的都是庸人，凡是厌恶“体制散文”的都是精英。而“精英”永远是文学的先锋，“庸人”则是严重阻碍着我们时代的文学进步的保守力量。这是多么可怕的非此即彼的逻辑思维！多么粗暴武断的话语霸权！

首先，应该看到，体制是多元的，它的内涵也各不相同。体制既是指国家机关、单位等等的组织制度，也包括“政治体制”“经济体制”“文化体制”等。因此体制并不是专制的代名词，也不是自由、民主与个性的天敌。其次，将文学的高低分为“体制内”和“体制外”，显而易见是十分可笑荒谬的事情。因为体制的“内”与“外”并不能决定人性、道德水准的高低，同样不能保证文学的优劣。人的思想可以固守某一处，也可以“坐地日行八万里”，根本就不受体制的束缚。一个“体制外”（姑且用此说）的散文作者有可能满纸写的都是无关痛痒、无足轻重、甜腻撒娇的“小男人散文”“小女人散文”，或者写出“流氓”刀客式的刻毒文字，也有可能像王小波、张承志那样写出富于诗性和批判精神的杰出之作；同样，一个身处“体制内”的散文家，既可以写出迎合政治和权力的作品，也可以像苏轼、张岱那样流连“江湖”，写出闲适性灵的妙文。由此可见，散文的好坏，与作者是否在“体制内”或“体制外”，是没有太多关系的。何况，“体制内”有时也有“体制外”思维，而“体制外”者也经常受到“体制内”思维的影响，两者并不绝缘，不是河水不犯井水式的存在。当然，在正常情况下，“体制内”与“体制外”的写作者在表达的方式上会有一些不同。比如同是文学批评，“学院派”的话语系统与自由撰稿者的话语系统就有极大的区别，但这也仅仅是表达方式的问题。作为一个写作者，无论他是一个知识分子或散文家，思想的深度和艺术的创造永远是第一位的，至于他是“体制”中人还是“体制”外的自由撰稿人，其实并不重要。

对“体制散文”的界定以及对它的嘲弄蔑视，使我们看到一个双重的祝勇：作为散文家，祝勇沉静深思，文字优美，才情不凡；作为“新散文”的代言人，祝勇却因心浮气躁而失去应有的宽容与谦虚，虽然才华横溢、笔锋犀利，仍不免给人以目空一切、思维偏狭的印象，殊为不值。

## 三、恶劣的“个性”

“新散文”与传统散文相比，除了站在“体制外”写作即写作立场的不同外，还有一点就是“新散文”更加强调个性或私人性。它往往通过一个或几个生活细节的描写来释放某种情绪和对事物的感知，而根本不去考虑这种情绪的社会性。比如传统散文《岳阳楼记》，范仲淹在对岳阳楼景物的抒写中，融进了“先天下之忧而忧，后天下之乐而乐”的社会内涵。而换成一个“新散文”作家来写，他笔下的岳阳楼可能是残破不堪、满眼疮痍，说不定还有一些男女间的绯闻或性方面的暗示。因为在“新散文”作家看来，不写这些似乎不足以显示出个性。

的确，散文比其他文类更加强调个性，这是毫无疑义的。“十七年”的散文之所以成就不高，其中一个主要原因便是强化集体性压抑个性；而“五四”时期的散文为什么至今仍使我们感到骄傲，盖因那时“每一篇散文里所表现的个性，比以往的任何散文都来得强”（郁达夫语）。可见，个性之于散文，正如空气和水的关系。问题是“新散文”所表现出来的个性，在我看来是一种恶劣的个性。比如被祝勇高度肯定的刘春的《简史》，就是集各种恶劣的个性于一体的“恶之花”。这篇作品写了“爸爸的婚史”“公厕里的死婴”“数学老师之死”“严会之死”“于红之死”“家庭体罚的方式”“学校体罚之方式”“举止粗俗的未成年人”，以及“水牛假装渴了”“论女性的成长”“初潮降临”“子宫流动论”等，作品写得较自由随性，也有一定的现场感，但这些生活的画面或细节，都是随心所欲地拼凑在一起——它们只是一些生活的经验而不是体验。因经验只是发生在个人身上的遭遇或事件，而体验则是由这些遭遇或事件引起的感悟和思考，它是经验的情感化、诗性化和意义的呈现与综合。而在刘春的《简史》中，我们却看不到这些。我们看到的只是一些生活的碎片，一些被作者“解构”掉了意义的一地鸡毛。然而正是这些杂碎，却获得了祝勇的激赏，认为“从每一个句子上都看到血的光泽，表面上的无主题，反而使它呈现出多义性”。特别对于描写“厕所”的那一段，祝勇更是大为赞叹。原因是这一段十分真切细致地描写了厕所里不结块的粪便、蛆虫、苍蝇和浸泡在屎中的死婴，等等。由于集中展示这些丑陋的东西，所以在作者和祝勇看来，这样的描写才是真的，美的，才具有“现场感”，才能“多角度地接近事物”。但在一个有正常鉴别力的人眼中，这样的描述不仅使人恶心，而且也不是什么新鲜的货色。早在90年代初，在那些冠之以“生活流”的诗中，我们便看到了大量关于粪便、鼻涕、初潮、月经、卫生纸之类的展示，但这些展示，除了在文学史上留下了一点空虚、无聊、丑恶的“个性”的印记外，并没有给当代的诗歌增添一点什么。令人纳闷的是，我一直认为具有良好的文学素养和敏锐的艺术判断力的祝勇，居然会对这些恶俗的个性描写赞誉有加，甚至还认为“没有灵魂的创痛和对人生的大悲悯，写不出这样的文字”。我的看法恰恰相反：如果不是因对“洁净优雅”过度反感而导致心态和审美的失衡，或是为了反传统而故作惊人之语，按祝勇的理解力和艺术鉴赏力，他是不会看不到《简史》在内容和审美上的致命缺陷的。而需要指出的是，像《简史》这样的作品，在“新散文”中不是一篇两篇，而是比比皆是。

由刘春的《简史》和祝勇的评价，我想重申一下散文的个性问题。诚如上述，个性对于散文来说是不可或缺的，但个性并不是一个远离大地、孤悬半空的楼阁，也不是琐碎的私家生活的展示和意象比喻的大剂量炫耀，更不是粗鄙丑恶的生活现象的罗列。在我看来，散文的个性应从两方面来理解：一方面，个性是对自我世界的体验，它忠实于自己的心灵和感受，是个体的感情和人格的自由自在的释放，一方面，个性又联系着社会、时代、历史、大众甚至整个人类。个体既可以是天使也可能是小鸟，既可以是鸿鹄也可以是燕雀，既可以是基督也可以是犹大。一个优秀的散文家，首先必须是一个具有优秀个性的人，同时他的个性与现实社会和人类的普遍命运必定有着某种内在的精神联系，并对美丑与善恶有着独立的思考和价值判断，这样他的散文才有独特的品质，比如史铁生的《我与地坛》就是如此。而令人担忧的是，“新散文”打着“挑战真实”、回到心灵、解构传统的旗帜，实则是在恶劣的个性化的泥潭里打滚。当然，在“新散文”的作家阵营中，张锐锋、周晓枫的创作是值得期待的。他们的写作有个体的体验，有生活细节的描绘，有建立于记忆之上的丰富想象，有创造性的对于传统寓言传说的解构，还有叙述、结构和语言方面的革命，但又不切断历史、社会与大众的联系，因此他们的散文给人以耳目一新的审美冲击。不过应看到，除了张锐峰、周晓枫等少数几人外，“新散文”的写作在总体倾向上的确是越来越疏离时代、社会和历史，越来越拒绝大众的参与，更不用说以散文的方式去改造社会，去塑造当代人的精神和灵魂。总而言之，一切都是偶然的、随意的、浅表的，没有任何责任担当的。而这种疏离时代蔑视大众的恶劣个性化泛滥的结果，必将使散文变成纯然个人的自娱自乐的东西，最后像20世纪90年代以后的诗歌那样被时代与广大读者遗忘。

## 四、艺术形式上的标新立异

祝勇认为：“散文急切地需要一场革命。在革命中，所有的陈规陋习都应当打破，所有的陈词滥调都应当排除，所有的陈年老账都应当重新审视。”

祝勇所急切盼望的“革命”到底是什么样的呢？从他的表述中我们看到，这种“革命”主要是指一种文体上的革命。从新散文的创作实践来看，他们的“文体革命”更多的是将注意力集中在形式方面，比如将别的文体的因素移用到散文中，语言有着无限意义的扩张，词与词的排列尽量呈几何级增长，比喻与意象不仅丰密且具多义性和不确定性，篇幅超长甚至可与某些长篇小说的文本抗衡。这些文体上的探索，当然并非毫无意义，相反，对于任何敢于向保守和僵化挑战的努力，我们都应给予足够的敬意。不过，在肯定“新散文”在文体上的探索的同时，我们也要清醒看到，散文的文体探索并非散文价值的全部。文体探索仅仅是一个方面，所以，散文如果仅仅停留在文体的探索，仅仅具有一种先锋姿态是远远不够的，尤其是当这种“文体革命”还带着游戏的态度的成分，就更不可取，更谈不上具备“宗教精神 和“宗教性质”。在这方面，曾经十分迷恋文体探索的博尔赫斯可以说是深有体会。他认为文体不是作品表层的寄生物，不是仅仅起到装饰的效果，也不是对现有秩序的反抗。文体应是从作家的心灵、气质中派生出来，而且是自然而然地流露出来。作为一个真正的文体探索家，博尔赫斯的经验之谈应引起我们高度重视。因为从大量“新散文”的写作中，我们看到的文体探索大多是停留于形式上的标新立异，是猎奇、哗众取宠的技术主义崇拜，是明显受到时尚裹挟的对于传统散文艺术的恣意解构。所以，从某种意义上说，当前散文的困境，并不在于散文过于陈旧保守、老气横秋，而在于文体上的标新立异掩盖了散文内容的空洞和精神上的苍白，在于缺乏心灵性、诗性以及与大文化背景保持一致的文体探索的滥用。

因此，在新的世纪，在散文试图突破传统的束缚而上升为一种“时代文体”的十字路口，我们应理直气壮提出这样的口号：文体不仅仅是文体。文体的探索要和追求作品的深度模式联系起来。文体探索不应是个人或小圈子的孤芳自赏，更不是逃离现实的借口。文体探索的目的，是将个性和自我的内心宫殿打开，让社会的氛围、时代的精神、大众的情感和人类的命运融进其间。当然，文体的探索也不是非要打倒传统。其实文体探索也可以与传统共存，可以从传统中吸取有用的思想和艺术资源。在文体探索和思想的融合方面，我认为史铁生的《我与地坛》、贾平凹的《秦腔》、韩少功的《夜行者梦语》、余光中的《听听那冷雨》，包括张锐锋的《古战场》《群山》等作品，已经为我们提供了比较理想的范本。这些作品在艺术上绝不同于传统的散文，在内容上关注当代人的生存处境和人类的命运，同时透出一种批判精神和历史感，可以称得上既具文体意义又具深度和厚度的杰作。我坚定相信，新世纪的散文要真正产生出震撼人心、引起大众共鸣的大气概的作品，就应按此路子走下去。至于“新散文”，充其量只能视为散文的一个品种，而不能作为新世纪散文发展的方向。

## 五、虽热闹却不可能走远

至此，我们可以得出这样的判断：“新散文”是新世纪出现的一种具有先锋色彩的散文现象。它犹如一枚炸弹，扔进了平静如镜的散文的湖面，其革命性和冲击波是不容置疑的。但由于它是散文家、期刊、出版社和媒体的合谋的结果，它从一开始就离开了散文的本体，带有策划和炒作的倾向，且为了吸引眼球而全盘否定散文传统。在艺术上它过于标新立异，并将恶劣的个性化推到极致，因此在我看来，“新散文”并不是什么散文的革命，而是散文的毒药。尽管它所谓的“片面的深刻”吸引了不少好奇者的目光，更获得了一些厌倦了传统散文的人的喝彩，但先天的缺陷和后天的精神苍白注定了它虽能热闹一时，却不可能走得太远。这是宿命，也是文学对于蔑视传统和大众、无视精神和深度的“革命”的惩罚。

（原载《羊城晚报》2006年8月20日）

# 巴比伦塔与散文的推倒重建

## ——驳周伦佑的《散文观念：推倒或重建》

### 一、很荒唐很有趣的“散文地震”

闲来读《圣经》，有一则经文引起了我的兴趣。经文说的是“创世纪”时期的故事：居住在幼发拉底河边的巴比伦人有一天异想天开，他们想建造一座通天塔，以此传扬他们的名声，使后世的人记住他们的丰功伟绩。殊不知，巴比伦人的狂妄自大触怒了上帝耶和华。为了惩罚这些狂妄无知而又野心勃勃的巴比伦人，耶和华变乱了造塔的人的言语，使他们各说各的话，彼此无法交流感情和信息。于是，混乱的局面出现了，巴比伦塔建不下去了，最后终于倒塌了。

无独有偶。新近经友人推荐，我读到了四川诗人周伦佑发表于《红岩》2008年第3期上的《散文观念：推倒或重建》。读着这篇近五万字的长文，的确颇有读《圣经》建造“巴比伦塔”时的感觉，可以说是很荒唐、很有趣。周伦佑先生早年在诗坛搞“非非主义”，引起了诗坛的大地震，如今，诗坛江河日下，风光不再，除了“梨花诗”尚能引起网友恶搞的兴趣外，似乎人们现在很少读，甚至淡忘当下的中国诗了。而散文这边厢，从上个世纪90年代崛起，至今仍一路走红，仍然是最受时下读者欢迎的文体。也许是受到了“散文热”的吸引，曾把诗歌搞得一团糟的诗人们，现在荷尔蒙激情又被调动起来，他们跃跃欲试，豪情万丈，正准备在散文领地搞一场像诗歌那样的暴动或地震，而震源就是这篇《散文观念：推倒或重建》。在文中，周伦佑这样宣称：

一个时代文化的沉沦，往往是依靠一二个人的努力而得以挽救的；一种文化的衰败，也可经由一二人之手而使其复兴或恢复生机。

在这一刻，在眉州，我是被召唤来为中国散文立论和立法的。

如果你读了本文，觉得我提出的问题很重要，我的论证有道理，并因此而改变了你对散文的看法，……。如是，则我可以豪迈地宣言：“一个真正的散文时代将在十万只雄鸡高唱的洪亮钟声中喷薄而出。”

周伦佑先生自比“文起八代之衰”的韩愈和“五四”时期的胡适、陈独秀、周作人诸贤，他要扭转中国散文理论的混乱局面，廓清中国散文的天空，为中国散文立论立法，使命不可谓不崇高神圣，口气不可谓不大，然而，读完这篇像巴比伦塔一样芜杂、混乱、涣散和累赘的长文，我们除了得出“虚幻的臆断与无知的狂妄”这样的结论，或者套用伍尔夫评《尤利西斯》的断语“无限的大胆，可怕的灾难”这样的评价外，在其他方面几乎一无所获。是的，这是一篇宣言大于内容，哲学遮蔽了文学，游戏多于论证，作秀压倒了学术，表面看起来引经据典、深奥华丽，实则是虚幻缥缈、似是而非，观点了无新意的文章。而这，正是这一路诗人理论家的理论文章的共同特点。

周伦佑先生宣称自己“反对四平八稳的立论，也不屑于写那种混世的文字。思想性、原创性、建构性和严密的学术论证（学理性），是我对自己的写作要求”。事实果真如此吗？让我们一起来看一看《散文观念：推倒或重建》究竟推倒了什么？又重建了什么？

《散文观念：推倒或重建》要推倒的主要有三个散文观念：一是推倒“先秦散文说”；二是推倒“古文”即等同于“古代散文”说；三是推倒“广义散文”说。由于第一、第二个问题有重叠之处，我们仅就第一、第三个问题展开评析，以此来看看周伦佑是如何“推倒”，又是如何“重建”的。

在该文的第二章，周伦佑考察了中国散文的知识谱系。在第三章，便集中推倒“先秦散文”。在周伦佑看来，“先秦散文”是一个蒙骗了亿万读者千百年的子虚乌有的散文概念，是历代的文人学者杜撰出来的：

> “先秦散文”这个概念是建立在三个误会之上的。这三个误会又都归结为一个错误，这就是：把不讲究对偶、排比、声律，而全由散行、散句行文的，作为一种书写语体的“散体文”，误当成作为一种文学门类和写作文体的散文。

在这里，周伦佑对中国散文文统的知识谱系的梳理看似很专业，很学理化，但若细加探究，则不难发现他的梳理实则实是漏洞百出，根本就站不住脚。

首先，在研究方法上，他犯了“以今律古”的大忌。即是说，他预先有一个“自己的”散文观念，有一把后现代主义的散文尺子，而后再用这把尺子去丈量“先秦散文”，这样，他自然便获得了一个类乎哥伦布那样的惊人发现：先秦散文——“一个子虚乌有”的伪概念！殊不知，在这里他犯了一个致命的常识错误：即在发生“汉语文章”的中国散文萌芽时期，文史哲并没有分家，那时也没有专门从事散文创作的散文家。其时的散文和其他学科紧密联系着，实用文章和非实用文章，文学散文和非文学散文之间也没有明确的界限，这便是“先秦散文”在它所处时代的“历史真实”。周伦佑在立论时根本就不去考虑这种“历史真实”，也没有意识到对一种文体的研究，对它的肯定或否定必须顾及这一文体的发生、发展及成熟的过程。也就是说，今人研究古代的散文，既不能受制于古代的某个文体观念，也不宜“以今律古”，完全无视“汉语文章”发生的实际情况和中国文学批评的历史传统。须知先秦的诸子散文与史传散文是中国古代散文的两大源头，它为中国散文的发展奠定了宽阔、宏大和坚实的基础。正是有了这个基础，才有了后来的唐宋八大家、明清小品和中国现代艺术散文；同样有了这个基础，散文才谈得上向它的艺术顶峰攀登。而现在，周伦佑只是通过对“文”“文章”“古文”“骈俪文”“散体”“散体文”等几个概念略加解释，再加上一把后现代的尺子，一堆“非非主义”的主观臆断，就想推倒千百年来广大读者广泛认同并引以为傲的“先秦散文”，这不仅是一种“削足适履”的不智做法，也反映出他思维上的混乱和不成熟。

其次，我们说“推倒论”思维上的不成熟，是因为“推倒论”的提出者没有意识到散文这种文体的优点和缺点正在于它的广阔的包容性。的确，散文不是文学的高山峡谷，它只是文学的平原。它没有小说的巍峨，诗歌的尖锐，戏剧的紧张，但它有上述文体所不及的优雅、从容与沉稳。它无所不容，无所不包，大至天地宇宙，小至花鸟虫鱼。散文的这种包容性，固然会在一定程度上模糊了它的面目，影响它的艺术纯度，但另一方面，也正是这种巨大的包容性，使散文得以在吸纳其他文体的优质营养的同时，又融合、重组、催生出一些新的文类，并给小说、诗歌等注进新的活质。正是在这个意义上，我们说散文是一切“文类之母”。这是散文不同于其他文类的特性，也是散文的骄傲。散文如果抽掉了哲学、历史、传记、神话等方面的内涵，也就失去了它的丰饶性和富足性，失去了它作为一种独立文体的存在价值。从这一角度来说，推倒“先秦散文”，无异于自毁散文的长城。

第三，周伦佑先生所推崇的“散文精神的自由向度”，恰恰正是“先秦散文”本身所具备的。比如《逍遥游》《愚公移山》《庖丁解牛》，那种超迈的想象力，那种在或逍遥、或笨拙、或犀利的文体内流动着的文学与哲学的和谐交融，以及它所存在的那个广阔的精神历史空间，其本质就是生命和诗的。面对这些来自大时代的高古旷远的作品，任何一个治学严肃、注重学理的人都不会对其视而不见，更不会认为它们是“怪胎”，是杜撰出来的“散文”，非要将他们一脚踢开。

通过上面的分析，可以看到，周伦佑先生的所谓“先秦散文”蒙骗了几亿中国人千百年的说法，其实是一个伪命题。这个伪命题的提出，从动机来看完全是一种哗众取宠，是为了吸引读者的眼球；从学理来看，则是千疮百孔、自相矛盾；从效果来看，则有如唐·吉诃德的大战风车——他越是显得勇敢，显得无畏，越是却让人感到他的渺小、可怜和可笑。至于他的推倒“广义散文”说，同样是唐·吉诃德式的大战风车的“杰作”。

## 二、指鹿为马的“广义散文”

稍微了解中国现代散文史的人都知道，散文从“五四”新文学运动之后，便出现了一次大的“裂变”。即从传统的“杂文学”剥离出来，散文概念开始由“广”（广义散文）而趋于“狭”（狭义散文）。这期间，刘半农的“文学散文”、周作人的“美文”、王统照的“纯散文”、胡梦华的“絮语散文”等的倡导和身体力行功不可没。20世纪30年代，随着杂文的繁荣和报告文学的勃兴，散文又由“狭”转向“广”。在50年代末的“笔谈散文”中，论者所指的“散文”基本上都是指以记叙、抒情、议论为主的“狭义散文”。而进入90年代初期，刘锡庆更是高举“艺术散文”，力主“清理”散文门户，“净化”散文文体，将报告文学、杂文、传记文学（上述三种早已从散文家族剥离出去）、书信、随笔小品统统赶出散文家族。从上述的描述，可以得出这样的结论：在20世纪的散文发展历程中，“广义散文”与“狭义散文”尽管时有缠绕，很难截然分开，但随着学科分工的明细和散文的发展，已有越来越多的学者认识到：以记叙、抒情和议论为主体的艺术散文才是当代散文的主脉。当然，也还有不少人认为，“广义散文”和“狭义散文”的关系有如诗人徐迟所说的“塔身、塔基”与“塔顶、塔尖”的关系。它们可以共存并促进当代散文的发展。

不知是无知或是故意忽略，《散文观念：推倒或重建》的作者在其洋洋洒洒的论述中，竟然没有涉及上述的文学史事实。在第四章“推倒‘广义散文’说”中，周伦佑以诗人的激情和夸张的语言写道：

> 推倒“先秦散文”说只是廓清了中国散文的历史天空，散文的现实仍是迷茫。我们的视野仍被厚重的阴霾遮蔽着，使我们很难窥见散文的真面目。

读着这样的文字和描述，我禁不住哑然失笑，并又一次联想起了那位可爱亦复可笑的唐·吉诃德先生。你看，为了达到“推倒”以往散文理论的目的，周伦佑硬是人为地设立了一个“广义散文”的靶子，而后进而论述：“人们在读散文、写散文、谈散文时，都知道自己所说的‘散文’是什么，但到了学者、评论家的笔下，散文马上变成了报告文学、杂文、特写、随笔游记、文论、书评……等在内的四不像的东西了。”这完完全全是在指鹿为马，是不负责任、信口雌黄地向现当代的散文研究者身上栽赃。因为诚如上述，早在“五四”时期，研究散文的学者就对“广义散文”与“狭义散文”分得很清楚。后来，随着杂文、报告文学和传记文学的壮大，它们也陆续脱离了散文并另立门户。所以，现代以来，除了老舍、贾平凹等作家仍秉承“广义散文”的理念外，一般的散文研究者心目中的正宗散文都是富于文学审美性的艺术散文，而绝不是周伦佑所指控的那种“广义散文”。

也许由于在现代特别是当代散文研究者那里找不到所需要的论据，抑或为了证明自己的博学，周伦佑批判“广义散文”的材料，基本上都取自古代。比如从吴调侯编的《古文观止》、从方苞编的《古文约选》、从《文心雕龙》以及“中国古代的文体分类”那里去寻找论据。经过了一番掉书袋式的“谱系”考察后，周伦佑终于证据在手，理直气壮了，他大声质问：“在‘广义散文’的框架之内，评价杂文的标准能用于评价报告文学吗？评价小品文的标准能用于评价人物传记吗？评价思想随笔的标准能用于评价游记吗？”当然不能。于是周伦佑进而得出结论：“这样一个缺乏基本言说尺度和界定标准的‘广义散文’概念，竟然占据和垄断中国散文学术界近百年。这是中国学人缺乏思想、缺乏学术批判力的又一明证。”然而我们要说的是：周伦佑先生的这一切指控都是毫无根据，是无效的。第一，他所列举的“广义散文”的论据，除了郁达夫之外，其他都是古代的。要批判现当代散文学者的“广义散文”观念，不到现当代散文学者的论著中寻找例子，而是乞求于古人，这是典型的文不对题，无的放矢。第二，对于现当代学者关于散文概念的大量论述和界说，他或者没有看过，或者根本就不屑一顾，然而他却敢于在那里批评他们概念不分，标准混乱，指责他们统统犯了“幼稚病”“缺乏思想，缺乏学术批判力”。真是欲加之罪，何患无辞！然而面对这样的“思想性、原创性”和“学术论证”，我们除了想起那位唐·吉诃德先生，我们还能说什么，还能做什么呢？

## 三、没有论证的“散文性”及其他

在横扫了“先秦散文”“广义散文”之后，周伦佑先生心目中的散文救世主——“散文性”终于隆重出场了。按周伦佑的“发现与说出”，这个“散文性”包括了非主题性、非完整性、非结构性和非体制性四性。在确立了“四性”之后，周伦佑便大言不惭地宣称：“这是两千年来的第一次！也是新文学有史以来的第一次！”周伦佑和一切自我膨胀、目空一切的诗人的思维一样，他们永远自我感觉良好，永远是老子天下第一。他们可以不管历史，不管别人是否已经“发现与说出”了问题。总而言之，一切都是从“我”开始，在他们眼前一切都是“白板”一片。比如他提出的“散文性”四性，其实早有不少当代散文研究者都论述过。远的姑且不说，在笔者于2004年出版的《中国现当代散文的诗学建构》一书的第55页，就曾这样阐述：“散文不似小说那样有人物、情节可以依傍，也不像诗歌那样以跳跃的节奏、奇特的意象组合来打动读者。散文是以自然的形态呈现生活的‘片断’，以‘零散’的方式对抗现实世界的集中性和完整性，以‘边缘’的姿态表达对社会和历史的臧否。”这里所谈的，其实就是散文的“非完整性”。至于散文的“随意性”“散漫性”“发散性”，在笔者的其他论著，以及其他学者的论著中也随处可见，只是没有像周伦佑那样采用“非主题”（非立意）、“非结构性”（非构思）一类的字眼，也没有打上“后现代主义”的标签。至于“非体制性”的问题，则是林贤治、祝勇等的专利，也不是周伦佑的独创。总之，周伦佑的“散文性”四性，根本就不具备他自诩的“发现与说出”的原创性。同时，还须指出的一点是：周伦佑如此看重这个“散文性”，给它加诸了如此重要的使命，但他竟然只是随随便便在每个“性”的下面写几百字就了事，没有任何论据，没有任何论证，真是不知他的“学术价值”、他的“论证的深度”、他的“理论体系建构”从何而来？又从何说起？

不独如此，“散文性”之后的“散文精神的自由向度”同样了无新意。如果周伦佑先生多读一点书并诚实一点，他应该看到，早在2001年，林贤治便在《书屋》杂志发表了《五十年：散文与自由的观察》一文。以后，他又在《文艺争鸣》杂志、在贾平凹主编的《散文研究》上发表了《论散文精神》等文。这些文章的主旨都是指向散文的自由精神。此外，笔者在2003年第3期的《文艺评论》杂志上发表了《思与诗：关于散文精神性的探询》一文，在专著《中国现当代散文的诗学建构》中，还设了专节讨论散文精神与自由表达的关系。然而上述关于散文自由精神的论著以及其他这方面的讨论，却统统被周伦佑视为“无物”。因为如果承认了这些论著的存在，那么他的“思想性、原创性和建构性”也就不击自溃、土崩瓦解了。也正因此，周伦佑敢于说“我历来认为中国学界无人”。他想在散文界搞一场革命，却不知道此前散文界的人们在想什么、干什么，或者已经做出了什么。这样，他犹如进入了一个“无物之阵”，当然觉得“中国学界无人”，当然想怎样“立论”“立法”都行。但这一切，在一个思维正常的人看来，不是十分荒唐怪异吗？

荒唐怪异的还不止这些。比如在文章第七章，周伦佑认为中国散文应该借鉴“后现代散文”的表现手法。可他所举的一些例子，比如博尔赫斯等的作品，更多时候被认为是小说。而所谓的“片断写作”“时空折叠”“迷宫玄思”，等等，一般来说都是指后现代小说的写作特征，这样的“文体变构”在我看来，不仅远离了散文的本体，而且有可能损害散文本体的纯洁性、优雅性和古典性。至于他以后现代的审美标尺梳理出的从屈原的《楚辞·渔父》到司马迁的《报任安书》，再到陶渊明的《桃花源记》的散文文统，尽管开辟了研究中国古代散文的另一条理路，应该说有一定的识见和学术价值，但正如北师大的教授黄开发所说：“这个文统的谱系太细弱了，细若游丝。从屈原《楚辞·渔父》到司马迁到陶渊明，几代单传。”很显然，如果中国的传统散文只有如此“细若游丝”的一脉，那么中华民族无论如何也谈不上是“一个散文的国度”，中华民族的子民也不会以拥有如此博大深厚的散文传统而自豪。可见，周伦佑的“另辟蹊径”的用意并不是要弘扬中国的散文传统，而是扼杀和消解中国的散文传统。

## 四、“推倒批评学”的文体修辞

末了，再简单谈谈“推倒批评学”（姑且用此概念）的文体修辞。因“推倒”是周伦佑及其同仁的批评话语中具有关键意义的中心词，故而称之为“推倒批评学”。

“推倒批评学”的文体修辞是他们那种偏执的主观主义、自恋自大、目空一切、推及一点不及其余的思维方式的产物。这种文体修辞的特点是豪情满怀、独断绝对、膨胀泛滥、夸大其词和故作深沉。为了炫奇弄巧、显示自己的不凡才情，或为了更好地征服那些心智不够成熟的读者，“推倒批评学”还喜欢运用夸张、比喻、排比甚至意象化等修辞手法，以此显示他们的批评与一般批评的不同，同时也借这种具有某种隐喻性和华丽性的批评语言来刺激读者，吊起读者的胃口。关于“推倒批评学”的这一文体修辞特征，我们在《散文观念：推倒或重建》的引文中已略有见识，现再引一段：

> “散文性”概念的提出，……不仅将彻底改写散文史，也将彻底改写中国三千年文学史和文化史！使命的承担使我们深感自己责任重大，创造奇迹的时刻到了，我们无法选择，也不能回避！

一个毫无新意且没有任何论证的“散文性”，居然可以“彻底改写散文史” 和“三千年文学史和文化史”，这样的文学史“改写”也太容易、同时也太耸人听闻了吧！而更搞笑的是，面对如此弱智的问题，周先生还要装酷玩深沉，大谈“使命的承担使我们深感自己责任重大”，而且认为“创造奇迹的时刻到了”。这样的思维方式与文体修辞，与周星驰的无厘头有何区别？

为了更好地了解“推倒批评学”的文体修辞特征，我们不妨再看看《散文观念：推倒或重建》的姐妹篇——周闻道的《散文：在场主义宣言》的一些表述：

> 中国散文已经被遮蔽得太久了。厚重的阴霾堆积在散文周围，弯曲着我们的视线，使我们看不清散文的真面目。
>
> 在场主义就是在中国散文的这种大混乱的危机中宣告出场的。在这千钧一发的紧要时刻，披挂着朝阳出场的在场主义，决不满足于把自己局限为一个散文流派，它还自觉地肩负起了廓清中国散文的天空，为中国散文立论和立法（法则—尺度）的历史使命。
>
> 我们坚信思想的力量可以改变历史。中国散文的天空，将因在场主义的出场而尘埃落地，明镜高悬。

“在场主义”者和周伦佑的文章包括所有“汉诗”的崇拜者和沉迷者，

最喜欢谈“汉语”和“汉诗写作”。但他们不知道，汉语的最高境界是简洁准确，自然朴素，含蓄内敛。汉语拒绝虚张声势，大而无当，自相矛盾，拉虎皮作大旗，汉语排斥芜杂、繁琐、累赘和混乱，汉语更不因你堆砌了一大堆诸如“在场”“说出”“存在”“介入”“真相”之类的西方哲学名词概念而显得崇高和让人尊敬。事实上，这些夸张矫情的豪言壮语，既无益于当代的散文创作和理论研究，也使作者立论的居心变得十分可疑，降低了文章的学术品位。这正好应验了那句老话：他推倒了许多，最后把自己也打倒了。

## 五、结语

客观来说，我个人对周伦佑和“在场主义”散文流派的同仁没有任何恶意。不仅如此，在阅读他们的文章之前，我还是充满期待的。因为与小说、诗歌相比，散文的确是平静、老迈了一些。散文需要论争，需要变革，需要更多的批判精神和先锋姿态。在这样的前提下，不论是开启一个散文流派，还是重建散文的法则，在我看来都是必要且有意义的。但是，周伦佑的《散文观念：推倒或重建》，以及周闻道的《散文：在场主义宣言》却不是这么回事。他们的立足点并不是为了提振推动当代散文，而是为了在散文界搞一场地震。他们的论证看起来很“学术”，却没有学术的真诚和学理性；他们野心勃勃地想“推倒”后“重建”，但事实上他们没有推倒要推倒的，也没有建立所要建立的。他们的野心、无知和无畏，使我在文章行将结束时又一次想起了巴比伦塔。据说，巴比伦塔的故事经过历代的演绎和想象，已变成了一个富于象征意味的文化符号，它既代表了人类的狂妄自大，又暗示一种混乱的状态，或一场新的混乱的开始。此外，还有昙花一现、半途而废的意思。那么，出现于21世纪第一个十年散文界的这场“推倒”或“重建”的“地震”，究竟是以哪一种结局收场？现在我们还不得而知，但我们相信历史会给出公正的回答。我们将拭目以待。

（原载《文艺争鸣》2009年第6期）

# 三十年散文的基本评价与总体成就

改革开放三十年，特别是20世纪90年代以来的散文，无疑是中国散文史上的一个骄傲，是值得大书特书的散文时代。这一时期，散文创作一扫以往的颓势，呈现出草长莺飞、杂花生树的景象。面对着这种繁盛的创作态势，许多人是欣喜且持肯定态度的。比如散文家韩小蕙就用“太阳对着散文微笑”这样感性的语言来描述这一时期散文的盛况。散文评论家王兆胜认为：“在新时期，尤其是90年代以来，散文加大了其前进的步伐，并且曾一度入主文学的‘中心’，显得异常火爆，大有一枝独秀之态。”

然而，也有不少人对当前的散文创作很不满意。在他们看来，90年代以来的散文简直是一团糟，散文在整体观念、精神结构和风格上没有大的改变，甚至有点像集市或赛会。举例说，在早些年，在鲁迅的研究和散文随笔写作上颇有成就、以思想独立著称的林贤治在《90年代散文：世纪末的狂欢》一文中，就认为90年代的散文，是一种“写作和阅读的狂欢”。由于这一时期的散文没有像“五四”散文那样受到外国思潮的冲击，因此“整个思想观念，脱不开老旧的固有的河床。由于各人在按惯性写作，面貌大体一致，水平也无甚差异，故而从总体上看，依旧波澜不兴，浑涵一片”。

与林贤治的立场和价值取向相近，散文家祝勇对90年代乃至近五十年的散文在总体上也是持排斥和批判的态度。在《散文：无法回避的革命》中，他这样写道：“散文在空间上无限蔓延的同时，在时间上却越发短命。散文界的‘繁荣’和‘热闹’几乎已经成为笑柄，它背后隐藏着一种失语，主流散文界回避了散文的实质性问题和散文创作的实质性贡献，而有意对现有的写作原则和写作秩序提出挑战的写作者，则陷入一种‘欲说还休’的尴尬境地。”

祝勇对近五十年散文特别是90年代以来散文的评价，的确击中了某些散文的要害，也在一定程度上揭示出了当下散文的真相。事实上，90年代以来的散文文坛，一方面是繁荣，另一方面却是苍白与平庸。即如楼肇明所说，在“繁华掩蔽下”也有“贫困”，其证据是大量的“一次性消费”的散文随笔充斥于各种报刊，一些已成名的作家津津乐道于家长里短、阿猫阿狗或阳台上的花卉一类的杂碎；而某些“文化散文”和“学者散文”又有贪“大”求“全”的癖好，他们的作品在篇幅上无限膨胀，知识堆砌成八宝楼阁，而精神和诗性却呈现弱化的趋向。不过，在看到这一事实的同时更应看到：上述的种种弊端并非90年代以来散文的主流，更不能以此成为全盘否定某一时期文学成就的依据。

道理很简单：第一，评价任何一个时期的文学的总体成就，应看其主流创作倾向，尤其要着眼于那些能体现这一总体成就的优秀作家和标杆性作品，而不应只盯着市场化写作，在末端作品身上大做文章。第二，即便承认有大面积的商业化写作，在我看来这也是当代散文的进步。因为中国的散文创作真正打破“精英”即知识分子写作的一统天下，从“小众”面向“大众”，由精英独语走向众声喧哗，也只有在改革开放这三十年间才可能出现。散文写作的民间化、大众化和普泛化，固然造成了散文领域的泥沙俱下、泡沫飞溅，但我们也不能因此否认这样的事实：大面积的群众性介入有利于散文贴近生活和汲收民间养分，有利于提高民族的整体文化素质，并为最终孕育高端性的作品奠基。第三，还应看到，一方面，每一时代的文学，往往是泥沙俱下，既有澎湃的主流，也有泡沫和垃圾，即便是盛唐的诗歌和“五四”的新文学，也概莫能外；另一方面，文学的繁荣需要量的堆积和支持。尽管量多不是繁荣的可靠标志，但没有量，质又从何谈起？假如没有一万多首的唐诗的积淀，又何来后来的“唐诗三百首”？因此，辨别某一时期的文学成就，“量”也应是一个考察的指标。第四，这一时期的散文写作者的阵容空前壮大鼎盛。从文坛宿将巴金、冰心、孙犁、汪曾祺，到学养丰厚的“老生代”学者张中行、金克木、季羡林，再到年轻一些的余秋雨、王充闾、林非、孙绍振，以及南帆、刘小枫、周国平等为代表的“中生代”学者散文家；从小说家史铁生、王小波、韩少功、张承志、贾平凹、张炜，到诗人舒婷、刘亮程、于坚、韩东、马莉，到画家黄苗子、黄永玉、吴冠中、陈丹青；此外，还有以筱敏、斯妤、韩小蕙、王英琦、唐敏等为代表的一大批女性散文家，更有祝勇、张锐锋、周晓枫、宁肯、格致等“新散文”作家的崛起。这样阵容庞大、层次分明、个性各异的作家队伍，别说在20世纪的中国没有见过，即便放到世界的文学格局中，恐怕也是一个奇观吧。

对于林贤治在同一篇文章中指责的当前散文没有反映“重大的社会事件”，因而散文“从思想上的顺从滑落到形式上的仿制”，以及祝勇的“主流散文界回避了散文的实质性问题” 的批评，我也有不同看法。在我看来，这样的指责同样是过于苛求，也是不符合散文的实际创作状况的。首先，散文这一文体的特征和功能决定了它在反映“重大的社会事件”这一点上先天地处于劣势，即使是“五四”那样的散文盛世也未占得先机。其次，即便是一般的读者也知道，90年代以来的散文在思考社会问题和人的生存困境等这方面也不是毫无作为。先是王小波、张承志、张炜、韩少功等人对于专制主义的批判和健全人性的维护，以及对于“清洁精神”的渴望和人文主义立场的“坚守”，此外还有对“后现代主义”的抵制和对人类困境的思考，及至90年代后期，又有邵燕祥、林贤治、筱敏等人对于历史创痛的关注和对遗忘的拒绝。在我看来，这些作家的作品涉及的都是足以让每个中国人刻骨铭心的重大社会事件，因而理所当然也就接触到了“散文的实质性问题”。我感到不解和吃惊的是，否定90年代以来散文创作的人往往只看到写散文的人越来越多，大众化的散文在数量上激增，便认定散文出现了“泡沫”，是“病态的虚肿”。而事实上，上述史铁生等人的一大批散文才是90年代以来散文的主流，是这一时期散文的坚实河床。我想，如果正视了这一点，他们便不会对当前的散文感到“恐慌”和“陌生”了。

正是立足于这样的立场和价值判断，我在以往的文章和书中对90年代以来的散文一直持一种乐观支持的态度。我认为90年代至今是一个“散文的时代”，是一个足以与“五四”时期的散文创作比肩、并有可能超越古代的散文时代。想想看，现代小说有可能超越“四大名著”吗？现代诗歌有可能超过唐诗宋词吗？现代戏剧有可能超越《西厢记》和《牡丹亭》吗？而在我看来，90年代以来的散文极有可能创造出文学的奇迹——超越“五四”乃至古代的散文（据说季羡林老先生也表达过这样的意思）。这不仅仅是散文业已成为最受读者欢迎的一种“时代文体”，不仅仅散文突破了“杨朔模式”，在题材、主题上有了极大的开拓，散文的品种更是丰富多样，也不仅仅这一时期散文创作的总量超过了任何一个时期散文的总量，更为主要的是，这一时期，散文领域涌现出了像史铁生、王小波、韩少功、张承志、贾平凹、余秋雨、张炜、王充闾、汪曾祺、周涛、孙绍振、南帆、刘小枫、周国平、苇岸、刘亮程、筱敏，包括祝勇、张锐锋、林贤治等一批富于创造性和批判性的优秀散文家，以及创作出了像《我与地坛》《秦腔》《夜行者梦语》《寒风吹彻》《这里真安静》《巩乃斯的马》等一大批经得起时间的检验、甚至可以传世的经典性作品。至于作家散文观念的现代化、散文艺术形式的多元化、散文表达上的自由化，尤其是散文作家文体意识的自觉，也是这一时期散文的特点。此外，这一时期散文理论研究也有了很大的改观。散文不仅有了自己的概念和范畴，也初步建构起了自己的理论体系。这一切都彰显了这样一个文学事实：90年代的散文不但超越了80年代和“十七年”的散文，而且不像小说和诗歌那样急功近利，“各领风骚三五天”，而是按照自己的节奏和步伐，虽缓慢却稳健地向前迈进，而这正是散文繁荣的可靠标志之一。

总体而言，我认为当前的散文还存在着很多问题，但我们也必须承认，90年代以来的散文是自“五四”以后的又一个散文高峰。我们不能因为有某些散文泡沫，因为某些文化散文有过于浓厚的历史癖，因为一些抒情散文有“过度诗化”的倾向，或因某些散文观念的陈旧保守而全盘否定当前的散文。在我看来，一个批评家固然须有自己的立场和价值判断，但公正和实事求是则更为可贵。如果为了显示自己的独立特行、显示自己的批评高人一等而故作惊人之语，不顾事实，将以往的所有散文统统宣判为平庸和老朽，都应该扫进历史的垃圾堆，窃以为这样的批评是不足取的。因为它无法正确评价一个时期散文的总体成就，也无益于当前散文创作的健康发展。

（原载《光明日报》2010年8月12日）

# 散文并未迷路

这个话题，可以说是延续了我的一篇文章《三十年散文的基本评价与总体成就》的思路，也是三十年散文的总体成就与基本评价的一部分。不过它是由彭学明的一篇文章《走进沼泽：迷路的中国散文》所引发，故而单独成篇。

彭学明是第四届鲁迅文学奖的评奖办公室主任和散文奖的副主任，也是一位颇有成就的散文家和散文评论家。在此文中，他明确表达了对当下散文的不满："我们的散文的确步入了低谷，走进了沼泽，迷失了方向。迷路的中国散文，让我们失落和失望。"那么，是什么使中国散文迷路呢？彭学明找到了三个原因：一是散文作家的创作角色错位，作家们太热衷于将自己当成专家学者，当成导师牧师，当成了思想家；二是散文编辑的散文理念走样；三是散文批评的文学话语沉沦。彭学明的文章写得生动活泼，颇具胆识和才情。他对当下散文的批评不可谓不尖锐，言辞不可谓不激烈。这样率直犀利的文风，与那些四平八稳、面面俱到的木乃伊式文字相比，的确更能吸引读者的眼球。但读完彭文后，我在赞同他某些观点的同时，又心生疑惑：中国的散文真的迷路了吗？

我的看法恰恰相反：中国散文并未迷路，更谈不上陷进了沼泽而不能自拔。

在这里，我不打算对彭学明的文章作全面的剖析，而仅就第一个问题谈点不同的看法。

彭学明在文章中还透露了这样一个信息：由于散文作家角色的错位，导致第四届鲁迅文学奖居然选不出五部获奖作品来。 我认为这是不太符合事实的说法。我们姑且不论文学评奖的复杂性和其中的许多文学之外的因素，就拿那次入围的20部作品来说，其中的确有几部可称之为"文化大散文"，但也有筱敏、周晓枫、马莉、熊育群等贴近现实生活、艺术上也大有可观之处的散文集。我指出这一点，其实是想说明这样一个问题：近年来，随着“恋大”（大题材、大感情、大篇幅）“弃小”（小题材、小我、小感情）的创作倾向遭到一些批评家（如韩小蕙、王兆胜、谢有顺、王聚敏、张宗刚）的批评，散文创作界热衷于当专家学者、沉迷于历史后花园的作家是越来越少了。更多的作家在创作中实现了转型。这种转型主要表现在三个方面：一是注重“原生态”的写作。即直面严峻的现实，写普通人尤其是下层普通人的日常生活，不刻意粉饰或提升，尽量原汁原味地去展示生活，这已经成为近年来散文创作的一个重要态势。这种态势，在那些被称为“底层写作”“打工文学”的作品中表现得特别突出，它们以令人震撼的真实和尖锐，叙述了进入现代都市的农民工的痛苦经验，反映了处于社会底层的人们的生存状态和祈盼。二是创作视域进一步开拓，不少散文家越来越关注公众性、甚至全球性的话题，如自然环保问题，从人的生存环境中，反思人与自然、人与人，包括人与自身，与动物的和谐相处，等等。三是性灵散文渐成气候。这一路散文以亲情、友情、爱情，以及喝酒饮茶、谈禅论道为基本内容，不追求文以载道或社会承担，但坚守散文的纯洁性和优美性，尤其是个体性灵的流露。其文体的特征是自由轻灵，其文字更是自然可亲。除了上述三类，我们还惊喜地看到，即便是“文化大散文”的开风气者余秋雨，近期也写出了《猫眼》这样构思别致，既彰显了谢晋的父子深情，又赞美了真挚友谊的感人好文。

近年散文创作这种既多元又生机无限、既令人欣喜又有遗憾的态势，我们可以从穆涛的《当前阶段的散文观察》（《光明日报》2010年1月28日），古耜的《近期散文创作的三个亮点》（《文艺报》2010年1月27日），甚至可以从彭学明本人的《平静的转身——2009年散文扫描》（《文学报》2010年1月26日）等文中获得佐证，即当前的散文“已突破了以往被‘异化’的误区，在宁静中有了沉实的收获”（王兆胜语），或如穆涛所说“如今的散文，整体上变化了，不再是一段心情、一种感慨、一点心得、一个事件的描述或一次出行的记录……而是面对着社会进程和人生百态，已经可以用包罗万象，局面开阔，错综复杂，有创新，有突破的术语来概括这一阶段的散文了。而思想性艺术性俱佳的散文，也不再是个例”（《当前阶段的散文观察》）。我认为上述这些一线散文评论家的判断和评价是比较靠谱的。

当然，当前的中国散文，在繁荣的背后，的确也暴露出苍白与贫困的一面：与现实生活的复杂性和丰富性相比，我们的散文还显得过于单调和浅表；在表现生命的痛感和人类困境方面，像史铁生的《我与地坛》这样的作品还太少。此外，有的散文作家为了创新而创新，完全无视散文的疆界，完全丢弃了传统散文的诗性，还有的散文作家沉迷于短、平、快的“快餐文学”或“软性散文”写作。正是看到这种种的不足，我基本上认同彭学明的“沙子太多，金子太少，杂草太茂，花果太稀”（《平静的转身——2009年散文扫描》）的判断，但我坚决反对同一作者的另一个判断：“散文，像一个喝多了酒的醉汉，神态不清，误入歧途，陷入了泥潭和沼泽，而有点不能自拔（《走进沼泽：迷路的中国散文》）。”我认为，这是以感性替代理性，以偏概全，抓住一点不及其余的主观武断的批评。这种批评既偏离创作实际太远，又缺乏具体的实证分析，实在不能令人信服。

（原载《中国社会科学报》2014年9月26日）

# 周国平是散文大师吗？

## ——《羊城晚报》记者何晶访谈

近日，不少读者心中的“心灵导师”周国平再度引发热议。在怀念好友邓正来的悼文《想念——我生活中的邓正来》中，周国平写了不少往日与老友交往的细节，但也正是这些“情真意切”的细节，让不少读者大跌眼镜。

在这篇悼文中，不仅引用“很少有像他这样优秀的人”等称许周国平的语句，还坦言邓正来主张周国平的太太打掉肚里的孩子，理由是“国平应当安度晚年”。甚至他还写道，“我们去他家里，还带去了我家的两位女友”，邓正来给女友安排任务：“你们每人每周约他出来一次，要单独和他，找一个好的酒吧，让他放松。”

直到今天，周国平仍然有大量的读者受众，他们喜欢周国平文章中的小哲理，甚至摘抄和背诵周国平语录。尽管在上个世纪80年代，周国平因译介尼采而在哲学界知名，但他真正被大众熟知，则是在他20世纪90年代出版了《妞妞：一个父亲的札记》之后。这本书赢得了不少读者的眼泪，风靡一时，至今仍在不断再版。除此之外，《周国平散文集》《周国平精选集》《周国平语录》等各式出版物仍在源源不断地推向图书市场。

有人说，周国平近年的随笔集不过是披着哲学糖衣的畅销炮弹，也有人说，他和余秋雨一样，作品不过是刻意迎合市场需要的产物。究竟该如何评价周国平的作品？

1. 您最早是什么时候读到周国平作品的？阅读感受是什么？有读过他早期关于尼采的论著吗？有何评价？

大约是20世纪80年代末期，我就读了《尼采：在世纪的转折点上》。当时的阅读感受可说是如沐春风，耳目一新。尼采在西方是一位有争议的人物，对他的评价褒贬不一。周国平在认真研读了尼采生平和著作的基础上，采用了散文的笔法和诗性语言，把尼采作为一个有血有肉、有泪有笑的人来分析，并融进了自己的思考和人生感悟，在当时产生了不小的影响。可以说，《尼采：在世纪的转折点上》不仅是周国平的成名作，也是一部影响了20世纪80年代热血青年的书。周国平后来的一系列作品沿袭的正是这部书的写作路子。

对周国平散文的阅读感受大致是这样的：出版于20世纪80年代末的《人与永恒》是他最早的一部散文集，也是他的代表作。其中有属于个人的体验和感情，有自己关于人生、社会和生命的思考，文笔也较为优美。本人认为他的随笔写得很好，特别是第一本随笔集《人与永恒》与第三本随笔集《碎句与短章》（第二本也很好，不过感觉不如上述两本），写得很随意，但却能抓住人心。散文也还行，写得很细腻。他的论文我也蛮喜欢，很喜欢他的博士论文《尼采与形而上学》。总之，他更像文人与思想者，而绝不是传统意义上的哲学家。我欣赏他的一个观点：把哲学当一种生活方式。 我不太同意说他对世界、人生的看法理性、充满睿智，我觉得他更感性而非理性。当然，也许正是因为感性的直观或许本身充满睿智，才让他的文章如此打动人心。随后的《忧伤的情欲》《只有一个人》《爱与孤独》《今天我活着》《守望的距离》等也基本保持了这种风格。《各自的朝圣路》编进了大量的读书随笔，概括、分析、议论和资料多于个体体验。《安静》则太平淡，淡到没有什么味道。散文要“淡而有味”才好，如果“淡而无味”，就不是好散文了。2004年出版的《岁月与性情——我的心灵自传》则是失败之作。《自传》中的周国平，显然过于自信，过于孤芳自赏，就像一个美貌的少女面对自己的“倩影”，倒来倒去地反复欣赏。比如书中提到某人对他的评价，说他是中国几十年来唯一的哲学家，这就太自恋了。总之，这本《自传》远未达到卢梭等自传的高度。周国平一贯推崇的“精神”“灵魂”“高贵”等品质在书中也十分稀缺。我个人的阅读感觉是周国平的创作一路走低。虽下“周国平已经江郎才尽”这样的结论还为时尚早，但说周国平越写越差，却是一个不争的事实。

**2. 周国平因《妞妞：一个父亲的札记》而广为读者所知，其后，周国平散文也开始流行，您如何评价《妞妞》这本书？**

我不太同意这个说法。因为正如前面所说，周国平在20世纪80年代末90年代初因出版《尼采：在世纪的转折点》和《尼采与形而上学》就很出名了，20世纪80年代末期到90年代中期，他又陆续出版了《人与永恒》等十几部散文集，就更为广大读者所知了。大学里曾有“男生不可不读王小波，女生不可不读周国平”一说，大概也就是在90年代初流行的。当然，出版于1996年的《妞妞：一个父亲的札记》提升了“周国平热”的热度，不能说洛阳纸贵，在当时确实赚取了不少眼泪。

这部纪实性散文之所以畅销甚至引起了轰动，首先是周国平放下了架子，他不是以一个哲学家、一个牧师的身份，而是以一个人、一个父亲的大爱来讲述妞妞的美好与苦难。其次是写作态度的真实与真诚，其中既有眼泪，也有痛感；既有生命的投入，也有充盈的血肉，有感人的细节。此外，叙述的笔调也是十分感性的，不但有体验也有智慧。就我个人来说，我是很喜欢这部书的，记得当年也为它流了泪。不过在文体上，这部书谈不上有什么突破和贡献。

**3. 回到当年的语境，为什么那么多读者会因此而喜欢周国平呢？**

我在大学讲授一门本科课叫“中国现当代散文研究”。有一次讲到周国平的散文，我请读过周国平散文的同学举手，结果100多人中举手的有几十人，的确是女生居多，应了“女生不可不读周国平”的流行语。我想女性喜欢周国平可能有这样的原因：王小波以他作品中对自由的追求影响了一代中国青年，而周国平的作品以其文采和哲思赢得了无数读者的青睐，无论花季还是老年，都能从他的文字中收获智慧和超然。

因为周的文章写得很细腻，讲的又是哲学方面的东西，尤其是他的哲学散文写得很感性。而女生与男生相比要感性些、细腻些，所以一般会喜欢他的作品。反过来，王小波的小说很机智幽默，男生一般喜欢这类。

当然，这也不是绝对的。一来周国平所谈的话题，诸如心灵、永恒、距离、女性、爱情、婚姻、家庭、教育以及如何面对个人、面对家人、面对社会，等等。这些话题更切合她们的心理，更能引起她们的兴趣。二是女性一般较感性，不愿探究太深奥、太玄妙的问题。而对于男性来说，深奥、玄妙、重大的问题能激起他们探究的欲望，所以他们更愿意读王小波一类的散文。当然，这只是相对来说。其实，无论男生还是女生，无论花季还是中年老年，都有不少“周迷”。据说，易中天就很喜欢周国平，甚至将他与卡西尔、黄仁宇、李泽厚相提并论，还说过“从酒店服务员到大学教授，都读周国平”这样的话。易先生不仅向他的研究生推荐周国平的书，上课时动不动还会冒出一二句周国平的格言来。

回到当年的语境，我想周国平的散文能引起广大读者的共鸣，主要是社会处于转型期，在商品大潮的冲击下，物欲横流，金钱至上，理想失落。在这样的大环境下，人们需要精神的依据，需要感情和心灵的滋润，也需要提升文化品位。而周国平的散文正好适应了这样的时代要求。再说，周国平的散文注重文采、深入浅出、通俗易懂，叙述文笔又是那样清晰，那样轻言细语，娓娓道来。因此他的散文受到大众的追捧，也就在情理之中了。

**4. 您认为他的作品，在多大程度上能称为“哲学散文”？里边传达的思想能称得上哲学吗?**

周国平的强项，在于把别人的“哲学”散文化，或者说把高深艰涩、令人望而生畏的哲学大众化、普及化。从这个角度看，他的散文可称为“哲学散文”，因他是以散文的方式谈哲学，而且谈得如此亲切，那样的轻松和贴近人生，贴近生活。这是他的成功之处。

但若从“思想”或“精神”的高度来看，周国平的散文中的思想是平庸的、缺乏深度和穿透力的。他的精神还不够强大，更谈不上有“哲学”的高度。“思想”是什么？思想从“人”从“心”从“内省”。思想绝对是个人性、探索性、根本性和原创性的。思想是对真理的探索、靠近和发现。思想的强大在于其独立不依、至大至刚、正气浩然。比如说顾准、史铁生、林贤治就有这样的气质，所以我们说他们的作品有思想性或精神性，达到了相对的哲学高度。

而周国平更像是一个“布道者”。周都是截取别人的思想碎片来填充自己的思想，各位有什么高见？与其说他是一个思想者，不如说他是一个更适合普及哲学的使者，就如于丹普及《论语》，周国平普及的是尼采和西方的哲学。从这一点说，周国平称得上是于丹的老师。只不过他没有于丹的口才，也比于丹低调。当然，他在调剂“心灵鸡汤”时也没有于丹的“穿越”和“乱炖”，因他毕竟是个严肃的学者，有较好的哲学功底。

5. 有人说，周国平的散文过于煽情和滥情，您认为呢？

我不同意这样的说法。周国平的散文是有一点“小抒情”“小清新”，但绝对不是“煽情”和“滥情”，这一点只要比较一下杨朔、余秋雨或周涛的一些散文就很清楚了。杨朔的《荔枝蜜》结尾将人民公社社员比作蜜蜂，甚至那天夜里他居然还梦见自己变成一只小蜜蜂，那才是煽情滥情；余秋雨在《苏东坡突围》里写道：“小人牵着大师，大师牵着历史。小人顺手把绳索重重一抖，于是大师和历史全都成了罪孽的化身。”周涛在《老父还乡》中，这样抒情：“北京啊北京，你怎么说也是我们心中一颗明亮的星……你还是我的生命历程这部大书的一篇总序言。”这才是真正的煽情和滥情。而这样大而空洞、将个人上升到历史、民族和国家高度的过度升华，我们在周国平的作品中极少见到。

6. 您认为周国平的散文算是心灵鸡汤吗？文风是否类似于《读者》这类杂志？他和其他这类散文的作者有何异同之处？

周国平的散文，基本上可以列进“心灵鸡汤”这一类。他的特点在于以散文的方式谈论哲学和人生问题，诸如生存的意义、生命的价值、死亡、孤独、自我、性与爱。总之，集中探讨现代人精神生活中普遍存在的困境和难题，特别关注心灵，苦难与磨难，灵魂与超越等问题。这样的问题由于触及了读者最为敏感的神经末梢，因而最容易引起共鸣。这样，周国平自然也就成了《读者》这类刊物的常客，因他的话题、表达方式、文风特别对《读者》的胃口。可以说，他的散文是年轻一代包括网民青春记忆里的一个重要元素。

与同类散文作家如港台的罗兰、席慕蓉、刘墉等相比，周国平的散文虽没有那么多的小故事和生活情境，但他的文思清晰，思考缜密，而且不乏文采。比如这样的句子在他的散文中随处可见：“爱的错觉是一场爱的作秀，在某个时候会切割青春，会捣碎你美好的理想，然后把灰暗的色泽涂抹在你生命的天空。”（《有时爱是一场错觉》）在爱、错爱、哲理、感叹、小故事、小情调之上再撒上一些动词、形容词和比喻的胡椒粉，这是周国平常用的路数，也是典型的“心灵鸡汤”的烹调法。不过“心灵鸡汤”虽好喝，却未必有营养。而如果喝得太多，鸡汤中又有太多的味精，弄不好反而会伤了身体。只会编造美梦。“规矩”又“另类”，偏偏又迎合了大众的趣味，毫无真实可言，只看到表层现象。还有这么多人喜欢，只能说，无语了……简直乱成一团。

个人认为周的书有点儿浅，不够精练，并不是从篇幅上说。如果我选，我会选他的关于爱情、婚姻、性和艺术家的篇章读，其余不看。哲学家是别人给他冠的称号，他自己并没有这样说。就只评论书，不评论人了。

散文是自由自在、天然任性、极富个人体验的文体，又特别讲究理性与感性的深度交融。如果一个散文家总是习惯将自己的眼镜挂在读者的鼻梁上，总喜欢当教师爷或传教士，总是忘不了教育大众的神圣使命，而忽视了散文的个性、自我、细节和诗性，这样的散文家无论如何也写不出真正经典的作品。

**7. 现在仍有许多人喜欢读周国平，是不是这个时代特别需要这样带点情感和人生哲理的易读品？是否因为这个时代过于浮躁，无法看艰涩的哲学著作，便只能消化这种哲思随笔？**

一个散文的时代，其题材、品种、表现手法应该是百花齐放、丰富多彩的。除了“文化大散文”、学者散文、女性散文、新散文、在场主义新文学散文的类型之外，这个时代的确也需要周国平这类哲思随笔小品。因为这个时代是多元的，读者的阅读口味也是多种多样的。周国平的哲思随笔可说是这个浮躁时代的镇静剂，是当今快节奏生活的润滑油。这类哲思随笔有存在的必要和存在的价值。但它们的功效，对于人生的指导意义也是有限的，不应过度夸大。而且应看到，随着“心灵鸡汤”越来越多，人们也产生了审美疲劳，当今周国平的散文虽还有一定的市场，但其影响力已大不如前了。

**8. 据说周国平的作品被某些高校的文科专业列为必读书，读多了他的作品，对年轻人来说，究竟好不好？**

列为文科专业必读书？这个我还没听说，起码我所在的高校就没有将周国平的作品列入必读书。至于他的作品，年轻人可以读一些，但没有必要读得太多。就如人吃人参，少量吃点对身体有益，吃得太多反而适得其反。因人的思维和判断力是有惯性的，你老是听一些简单的道理，老是在常识上徘徊，慢慢就会失去挑战难题的勇气，失去辨别真伪优劣的判断力。正是从这点出发，我不赞成年轻人读太多周国平、刘墉之类的哲思随笔。

**9. 最近，周国平怀念邓正来那篇悼文炒得沸沸扬扬，有人说文章里有非**

**常畸形的女性观，也有人说，周国平字里行间全是自恋，不只是这篇悼文。不知您怎么看？**

这篇叫《想念我生活中的邓正来》的悼文我也读过。周国平从日常生活的角度切入，写出了“学术猛牛”邓正来的“豪气、侠气、霸气”，文中有许多生动可感的生活细节，更有真情实感的流露，可见周国平与邓正来的感情至深。当然，自恋的句子也不少。比如写到邓正来说“周国平最重要”“很少有像他这样优秀的人”“不是周国平，我不会写，是周国平，别人也写不出。”诸如此类，如果是别人说出，也就罢了，但在一篇悼文中出现了太多死者对生者的溢美之词，就不太妥当了，就容易引起别人的反感。

关于周国平有明显的“自恋情结”这一点，我在前面谈《自传》时已经说过。我的看法是，这是作家的自我认同和思维惯性的问题，我们不必过于苛求。至于说到畸形的女性观，我倒没有特别看出。

**10. 在散文创作中，您认为周国平的位置应该放在哪？**

如果要给周国平的散文创作定位，我认为在当代散文家中，他大概属于中等水准。谈不上特别优秀，离经典还很远，更与大师无缘。总体看，他的思想不似史铁生、韩少功那样独到深邃，也缺少王小波的幽默调侃，在才气、资料处理上也远不及余秋雨。再从艺术看，他的散文缺少散文必备的散文性和审美性，在这一点上张晓风比他好的多。

周国平的散文受到大众的热捧，并不是他写得多么好，而是转型期的社会土壤特别适合这类散文的生长，而他又写得那么聪明，那么取巧。但文学绝对与聪明、取巧无缘。所以重估周国平散文的思想价值和艺术价值，便显得十分必要。

（原载《羊城晚报》2013年4月7日）

# 谈文体，以及与文体相关的一些问题

## ——《解放日报》记者徐芳访谈

### 一、散文的现代性离不开文体的变革

徐芳：不少史家论说，现代散文始于“五四”文学革命，但在实现从古代形态向现代形态转变以前，却经历了一段过渡。比如梁启超的新文体散文，毕竟是在行进中的中国传统散文框架内进行的，只求浅白，尚没有自觉的文学美感追求，其语言究其实也只是浅近文言，更何况大批白话写作的优秀作品的出现，才是白话文学成功的真正标志，而这个历史任务自然而然地落到了“五四”作家的肩上。“五四”散文创作不仅文体品种丰富多彩，风格流派各领风骚，而且题材范围之广，作品数量之巨，名家之多，都是前所未有……您是散文的专门研究家，而所谓散文的现代性，即在散文文体的变化上，您看主要体现出了哪些特征？

陈剑晖：这个问题比较学术化，不过很有意思。因为在中国文学的近现代转型中，散文的文体变革在内容与方式上都是很特别的，甚至在很多方面比小说和诗歌更能体现出近现代文学转型的价值和意义。

正如你所说，始于“五四”的现代散文在实现从古代形态向现代形态转变以前，的确有一个过渡。这个过渡的关键人物就是梁启超。他于1899年前后就写过《夏威夷游记》《新大陆游记》等域外游记，但他对后代影响最大的，还是他创立的“新文体”散文。戊戌政变后，作为资产阶级新思维的杰出宣传家，梁启超不仅创办了《新民晚报》，还在《时务报》《清议报》等报刊上发表了大量文章。他用浅显平易、煽动性极强的新体散文取代僵化刻板的桐城古文和骈文等传统，并逐渐形成了独具一格、文体特征很明显的新的散文体——

“新文体”，也称为“报章体”“新民体”“时务体”。

梁启超的“新文体”有着鲜明的特征：一是以欧西文思入文；二是平易畅达的文风；三是条理明晰，笔锋常带情感。“新文体”对“五四”时期胡适、陈独秀、李大钊、钱玄同、刘半农等的“论说体”散文产生了很大的影响。但如果我们将梁启超的“新文体”放在中国散文发展的长河中，尤其是放在中国散文新与旧的交叉点上来考察，我们可以看到，梁启超的“新文体”散文仍属于旧文学的范畴。一方面，他将我国“杂文学”传统的优势和缺点发挥到极致；另一方面，他启迪了中国散文的新变，促成了现代散文格局的重构。而这，正是梁启超“新文体”散文的巨大历史贡献。

“五四”散文创作不仅文体品种丰富多彩，风格流派各领风骚，而且题材范围之广，作品数量之巨，名家之多，都是前所未有的。曹聚仁先生在复旦大学的一次讲演中，曾提出这样的观点：“由五四运动带来文学革命的大潮流，……弥天满地，都是新的旗帜，白话文代替古文站在散文的壁垒中了。就当时的情况来看，与其说是文学革命，还不如说散文运动较为妥切。”朱自清对“五四”散文也有过描述：“或描写，或讽刺，或委曲，或缜密，或劲健，或绮丽，或洗练，或流动，或含蓄，在表现上是如此。”朱自清所列举的方方面面的景观，可看作对“五四”散文品种的多样、风格流派的各领风骚，以及艺术方法丰富多彩的充分肯定。

若从文体的角度有，中国现代散文与小说、诗歌和戏剧相比，一开始就表现出了文体上的自觉与成熟。当时的新文学建设者一方面为现代散文进行文体上的溯源，一方面又认为应“彻底打破‘美文不能用白话’的迷信”。于是，在这种双向的选择和创造中，建构起了现代散文的基本框架。

这种文体上的选择，首先体现在“文类文体”的建设方面。我们知道，我国古代散文从文类角度讲是一个十分广泛的概念。它包括了韵文之外的一切散体文章，正所谓“非韵非骈即散文”。由于包罗的门类太多太杂，这样文学性散文和非文学性散文的界限便十分模糊，这不但在很大程度上限制了人们对散文的认识，也影响了散文创作的发展。而“五四”之后出现的现代散文则不同于古代散文，它一开始就意识到散文不但应属于文学的范围，而且应作为文学的一个独立部门而存在。在这方面，首先要提到的是刘半农和傅斯年两人。

1917年，刘半农在《我之文学改良观》中，率先提出“文学散文”的概念：“所谓散文，亦文学的散文，而非文字的散文。”1918年，傅斯年在《怎样写白话文》中，开始将散文与小说、诗歌和戏剧并列，特别是将散文作为一个独立的文学部门来看待。尽管刘半农和傅斯年两人的文体意识还是体验性和零碎的，对于“文学性散文”的内涵和特征并没有清晰的认识，但他们对于“文学散文”的钟爱，促使他们尝试着从传统文章即“杂文学”中将散文剥离出来，这可视为现代散文文体觉醒的先声。

中国现代散文的开拓者，从一开始就注意到了语体文体对于现代散文发展的重要性，并为建构一种既符合“五四”自由精神，又贴近散文本体的散文话语而不懈努力。具体而言，“五四”至30年代前期的散文家和理论家对语体文体的选择与创造，主要表现在如下几方面：

其一，是“新而不乱，奇而不渎”，在“文言合一”、中西结合中探索现代散文语体文体发展的可能性；其二，是在“化传统”过程中，追求语体的“漂亮”和“缜密”，打破“美文不能用白话”的迷信；第三，“言与意”“形与心”的和谐组合，构成独具东方情调的语体文体特征。现代散文在文体上的选择与创造，除了体现在文类文体、语体文体等方面，在散文体式的选择与完善上也有建树，并形成了抒情独语体、闲话聊天体、幽默谐趣体等多种文体体式。

文体是文学最为直观的表现，也是作家心智的外化形式。因此，文学观念的变迁往往表现为文体的变迁，文学革命离不开文体的变革。而所谓散文的现代性，除了郁达夫所说的“自我”“表现个性”外，主要还是体现在散文文体的变化上。遗憾的是过去的散文研究者并没有看到这一点。他们过于强调散文学的“工具性”，过于注重作品的内容和社会功能，忽视了文体和文体探索的重要性，同时对我国古代丰富的文体资源也挖掘总结得很不够，这在很大程度上阻碍了中国当代散文的发展。

## 二、文体的建构：自由与节制间的平衡

徐芳：英国评论家布尔顿在《诗歌解剖》里曾谈到“诗歌形式的重要

性”，他认为：“在一般的文学意义讲，理性形式可以说就是内容。”您对文体的形式也极为重视，有专门文章深入谈及，而对文体的研究，是否会改变人们对散文的某些看法，甚至颠覆大家对散文的某些定义，并且因此扩大散文创作的视野，丰富散文的内涵，增强散文的表达功能，提升散文的地位，从而改变以小说、诗歌为主体的当代文学格局？还有，您是如何看待散文的“自由”写作？

陈剑晖：我对散文的艺术形式尤其是散文文体一直很重视。2001年，我在《中国社会科学》发表了一篇题为《论20世纪90年代中国散文的文体革命》的长篇文章。2003年出了一本书，叫《散文文体论》。今年上半年，还有一本《现代散文文体观念与文体演变》的专著出版。我有两个国家课题，也是有关文体的。2017年开始，我还与王兆胜共同主编一套“文体与跨文体研究”丛书（共15本）。这套丛书被列入“十三五国家重点图书出版规划项目”，并入选广东省“百部好书”扶持项目，说明专家学者也较重视文体问题。

我们过去对文体的概念理解得过于狭隘、过于机械。比如，国内的教科书将文体分为小说、诗歌、散文、戏剧的“四分法”，国外则没有散文这个文类，仅有小说、诗歌、戏剧的“三分法”，这实际上只是从“文学体裁”的层面来理解文体，是远远不够的。至于“广义散文”与“狭义散文”之分，也未能真正进入散文的本体。相反，过于僵硬、过于简单化和绝对化的理论有时反而成为创作的障碍。

因此，在今天，我们有必要重新对“文体”进行界说。我曾经在一篇论散文的文章中谈到，文体不仅仅是文学体裁、语言、风格和结构，更是时代、作家、文学体裁、语言风格的综合体。具体来说，文体可以细分为四个层次。

第一层次：文类文体，也即各种文学体裁的文体。此一层次的文体的功效，在于明确各种文学门类的外在形式和内在肌理的不同，如小说、诗歌、散文和戏剧的区别，等等。这是文体的最为外显的层次，也是文学文体的具体化形态。

第二层次：作为语言现象的文体，也可称为文学作品的语体文体。它包括作家对语符的选择和编码方式，还包括一个作家特有的表述方式、用词的习惯以及语气、调子和标点符号的使用等。语体文体是文体最基本的要素，它属于个体的文体，具有浮雕性、可感性和不可重复性。因此，话语文体是识别一个作家风格的最可靠标志。

第三层次：主体文体。它是特定的作家艺术地把握生活的方式，也是一个作家作为创作主体的艺术思维的总和。别林斯基曾指出："文体——这是才能本身，思想本身。文体是思想的浮雕性、可感性，在文体里表现着整个的人。"这里，别林斯基是从个性、人格和精神，即从"整个的人"来分析文体的。由于主体文体不仅最鲜明地体现了作家的主体意识，而且包含了作家潜在的美学的、情感的、个性的审美心理结构，因此，主体文体可视为是一种"深层结构"的文体形式。

第四层次：时代文体或民族文体，这是在语体文体和主体文体的基础上扩展起来的文体。当历史的某一时期，作家们的主体文体意识得以觉醒，并不约而同地采用相近的语体文体进行创作；同时，这些创作又打上了鲜明的民族文化的烙印，这时，带有民族特色的时代文体也就产生了。这就是所谓的一时代有一时代的文体。如"五四"时期的"白话文体"就属于"时代的文体"。

由于文体的源远流长和构成的复杂性，我在上面对文体层次的划分只能是相对的，而且，我不敢肯定这四个层次就穷尽了文体的外延和内涵。不过，有了上述的文体层次，我们就可以根据研究的重点，从不同的层次或从不同的角度来把握散文。

对文体的研究，既可改变了人们对散文的某些看法，甚至颠覆了大家对散文的某些定义，并且可以扩大散文的视野，丰富散文的内涵，增强散文的表达功能。这样一来，自然也就提升了散文的地位，而且有可能改变以小说、诗歌为主的当代文学格局。还应看到，通过对文体的研究，我们可以更清楚地看到散文的优势和劣势，从而对散文的发展方向作出正确的选择。由于散文不像小说、诗歌和戏剧那样壁垒森严，它的文类特点是自由、散漫、灵活、兼容，任何文学的"客人"都可以到散文这个不设防的"客厅"里做客。但散文的自由、散漫、灵活、兼容，并不意味着我们可以完全抛弃散文的审美性、抒情性、典雅性和高贵性，更不意味着那些没有才情、没有文采、没有智慧的劣作都可以到散文的领地里来跑马占地。在我看来，当下我们的问题恰恰出在"自由"这里。也就是说，自由一方面为散文作者提供了广阔的创作空间，另一方面，由于片面地理解自由，从而导致了滥用自由的不良创作倾向。比如，认为散文是自由自在的文体，不管什么人都跑到散文里来一显身手，甚至最没有才情的人也到散文这里自娱自乐；再如，有的作者写散文时漫不经心，信马由缰，对读者毫无责任心；还有的在选材上自由泛滥，热衷于写个人琐事，满足于抒发一己的悲欢……这就促使我们不得不思考两个问题：一、当前的现实是不是给散文提供了太多的自由？二、应如何在自由与节制间找到一种平衡？

## 三、用“心灯”照亮现实生活的灰暗

徐芳：当前散文在表现现实生活方面存在着什么问题？散文与当下的现实生活应保持什么样的关系？

陈剑晖：当前散文的最大弊端，是现实性不足。现实性的不足，主要有如下一些症候：一是“文化大散文”越来越远离现实和心灵，存在知识崇拜、追求大题材和大感情以及与此相对应的长篇幅，忽略了个体的体验和心灵的渗透，缺少具体可感的生活细节等弊端。二是老旧平庸的写作意向、审美趣味仍在侵蚀着我们散文的肌体。一种沉迷于历史材料和知识的纸上写作，一种“恋乡忆昔”的童年情结，一种满足于游山玩水、走马观花的肤浅创作倾向，正在侵蚀着当代散文创作的肌体，并使真正的优秀散文淹没在这片腐酸、老旧、肤浅平庸的汪洋大海之中。三是商业化写作成为时尚。表面看来，当下的散文创作很繁荣，很热闹。但热闹的是“口号”“主张”，缺失的是现实精神、心灵与生存的痛感。

毫无疑问，中国当代散文所需要的现实性，不是被美化了的现实，不是丑陋化、粗鄙化的现实，也不是一地鸡毛、一盘散沙的现实。当代散文所需要的，是直面大地、直面人生、直面日常生活、直面底层民众的生存状态的现实；是既有痛苦与愤怒，又有悲悯与温暖的现实；是具体生动的，又是真实的、野性的、能够使人血脉贲张的现实。

我始终认为，真正具有“现实性”的散文虽然贴近和直面现实，却始终对现实拥有一种大爱，并渗透进心灵的呵护、理想和希望。也就是说，首先，我们要拥有一颗清澈明亮的“心灯”，这样才不会被无边的黑暗和冰冷淹没，反而会在黑暗冰冷中感受到温馨甚至辉煌。其次，散文作家在反映现实时，既要贴近现实，又要与现实保持一定的距离和必要的张力，要身在其中，而又能出乎其外，即一方面要用感性经验和细节来表现现实，临摹现实，解析现实，思考和批判现实，一方面又要通过梦想、心灵的渗透、审美的烛照和诗性的文字，使现实腾飞起来。第三，除了上面两点，"现实性"的写作还要求对现实要有所发现。米兰·昆德拉说："发现唯有小说才能发现的东西，乃是小说唯一存在的理由。一部小说，若不发现一点在它当时还未知的存在，那它就是一部不道德的小说。" 我们说，"发现"并不是小说的专利。散文同样要"发现"，甚至可以说，有没有发现，是衡量一篇（一部）具有"现实性"的散文是否优秀的一个重要标尺。而这种发现，在我看来主要有两个关节点：一是发现被现实掩盖或被人们忽视了的琐事、琐物和生活细节；二是发现现实生活的可能性，即描述出现实后面的可能性以及它的走向。 是的，散文作家惟有善于发现，善于写出"文学要表达的现实"，散文才有可能真正解释出被日常生活所掩蔽的生活中的真相，揭示出人的丰富复杂的内心世界和精神状态，并从而经由审美之途抵达一种大的境界和情怀。也惟其如此，散文才正真拥有了我们所需要的"现实性"。

## 四、散文与日常生活的契约

徐芳：**散文与小说、诗歌在表达情感上有哪些主要区别？此外，所谓诗人散文、小说家散文等，与所谓"散文家的散文"，在表现生活上存在本质上的区别吗？**

陈剑晖：散文和诗的感情内涵一般都是一维或单维的，最多也就是双重的感情成分，而小说的感情一般呈多维的形态，它是一种多层次的复合型情感的文体。在情感的复杂性这一点上，那些长篇巨著如《红楼梦》《战争与和平》自不必说，即便如短小的《百合花》，其中便既有战友情、军民鱼水情，也有青年男女之间朦朦胧胧的感情等的交织与碰撞。这是从感情的内涵来看。从感情的表达来说，小说的情感往往与摇曳多姿的叙事相辅相成，或隐瞒在跌宕起伏的情节、多种矛盾冲突的背后，或借助人物特有的性格特征表现出来。而诗歌和散文的感情表达又有自己的特点。诗歌是一种更倾向于形而上学和彼岸世界，因而是超越了现实的文体，它是悬浮于“日常生活”和“此在”世界之上的精神贵族和理想的朝霞，是人类所有情感中最纯粹、最炽热和最尖锐的部分，所以诗歌的感情不仅是高度集中概括、凝练浓缩的，而且常常是喷涌而出，是爆发式的。散文与日常生活有一种诗所不能及的契约，它总是与日常生活保持着一种共时状态。它通过一个个带着人间烟火的生活情境或形象片断，将或明或暗或直或曲的感情寄寓其间；而与此相适应，散文的情感抒发则是自由随意，是陈述式的。它既没有小说的紧张，也没有诗歌的跳跃。总之，散文的笔路一方面是发散式的，另一方面又是自然平稳的。

说到诗人散文、小说家散文与“散文家的散文”的区别，我觉得有几点：一是小说家的见解更独特，思想更深刻。这方面以史铁生、韩少功、王小波、张炜等的散文最为突出。二是小说家的散文更注重叙事。因小说本来就是以叙事为主要特征的，而散文从古到今，都不太注重叙事。三是小说家的散文更注重细节。像贾平凹、史铁生、韩少功等的散文，细节都很丰满。

说到不同，还有两点必须注意：第一点是专业散文家写作有许多条条框框，如“形散神不散”“借景抒情”“卒章显其志”，总之有一套规矩，而小说家写散文，则是“散文河里没规矩”，想怎么写就怎么写，这样反倒写出了好散文。评论家谢有顺似乎有个说法，说新时期以来，好的散文都是小说家写的。话说得有点绝对，但基本符合散文的实际情况。第二点是小说家写散文时，不太喜欢抒情。在专业散文家那里，常常是见花就落泪，见月就伤情，见到一只蜜蜂就说蜜蜂蜜蜂我爱你。但在小说家的散文里，这种“抒情风”基本见不到。他们喜欢更真实、更基本的呈现，喜欢用事实，用叙述征服读者。

（原载《解放日报》2019年2月12日）

# 如何看待“跨界”写作与小说家的散文

## ——《羊城晚报》记者吴小攀访谈

**问：在当下创作、出版环境中，散文地位似乎不及小说，尤其是长篇小说，甚至有“一流散文比不上三流小说”的说法。对此您有什么看法？**

**答：**自“五四”新文学以来，散文的地位的确比不上小说和诗歌，这是事实。因为散文不像小说那样有很大的体积，可以承担起“启蒙”“救亡”“图存”，乃至改造“国民性”，推动国家走向现代性这样的功能和作用，散文也不像诗歌那样有许多的流派和争论。相对来说，散文比较沉寂平静，甚至是波澜不兴，如此散文便逐渐被边缘化。但是，散文是一种“全民性”的文体，从事散文写作的人很多。散文在20世纪90年代、在“五四”时期都曾经很辉煌。它是我国最大的一笔文学遗产，值得我们好好去挖掘，去发现。

说“一流散文比不上三流小说”，是胡说八道，是戴着有色眼镜来看散文。难道鲁迅的《野草》、朱自清的《荷塘月色》《背影》、沈从文的《湘西》系列散文，比不上“三流小说”？再拿当代来说，余秋雨的《一个王朝的背影》《道士塔》等大量散文，余光中的《听听那冷雨》以及张晓风、琦君、刘亮程等的大批散文，也都拥有大量的读者，难道他们的散文比不上“三流小说”？特别是20世纪90年代以后，大量的小说家、诗人加入散文创作阵营，创作了大量优秀的散文。比如史铁生的《我与地坛》，可以说是“经典中的经典”，其成就直逼鲁迅的《野草》；贾平凹的散文，有人认为比他的小说写得好。韩少功的《山南水北》、张炜的《融入野地》、王小波的《椰子树与平等》、于坚的《橡皮手记》，等等，也都是公认的优秀散文，且产生了广泛影响。那些说“一流散文比不上三流小说”的人，其实没读几篇当代散文。他们对散文这种文体天然地有一种偏见和逆反心理；另一方面，他们对散文的整体水平和成就并不了解，便在那里指手画脚，说三道四，实不可取。

**问：有不少文学名家以小说闻名，而后多创作散文随笔。这种现象说明了什么？**

**答：**20世纪90年代以来，许多写小说的人开始涉足散文随笔，这是一个事实。而且涉足的人不少，有史铁生、韩少功、张炜、张承志、铁凝、王安忆、梁晓声、刘心武、蒋子龙、冯骥才、余华、阿来、毕飞宇、迟子建，等等，可以列出很长的一串名字。而且，不少小说家已经出版了十几本散文随笔集，甚至莫言，也出版了五六本散文集。这么多的小说家热衷于写散文随笔，必定有原因。我想大致有这么几点吧：

一是小说以虚构为生命，而散文则以写事实为其文体特征。散文可以更真实地呈现个人的生活体验，把心交给读者，把心灵世界的东西呈现出来。就是说，当小说家面对复杂多变的社会现实，没法用小说来实施抵抗，这些小说家就会逃到散文里面去，以此来抵抗流俗和生活中的各种格式化。

二是散文更便于表达思想。对于作家来说，思想与技术是两条腿，有时左腿走在前面，有时右腿走在前面。小说对两条腿的平衡要求特别高，既要思想，又要技术，也就是叙述、结构、人物塑造等，而散文有时可以不考虑这种平衡，让思想孤军深入，直抵事物核心。我想，这正是许多小说家喜欢散文的一个重要原因。

三是散文的文体永远是敞开的。韩少功说散文就如公园，有很多出口和入口，读者可以从任何一个门口进来，也可以从任何一个门口出去。与小说相比，散文的文体较自由随意。它是技术主义特征最少的一种文体，不像小说、诗歌有整套的关于写作技法方面的理论。如果拿摄影来比喻，散文没有固定的机位，它的镜头可近可远，叙事可大可小，而小说则有固定机位，因此不像写散文那样轻松、自由随意。

**问：小说家的散文有什么特点？他们的散文与专业散文家的散文有什么不同？**

**答：**小说家的散文，有一些共性。

一是见解更独特，思想更深刻。这方面以史铁生、韩少功、王小波、张炜等的散文最为突出。

二是小说家的散文更注重叙事。因小说本来就是以叙事为主要特征的，而散文从古到今，都不太注重叙事。

三是注重细节。像贾平凹、史铁生、韩少功等的散文，细节都很丰满。

说到不同，主要有两点：第一点是专业散文家写作有许多条条框框，如“形散神不散”“借景抒情”“卒章显其志”，总之有一套规矩，而小说家写散文，则是“散文河里没规矩”，想怎么写就怎么写，这样反倒写出了好散文。著名评论家谢有顺似乎有个说法，说新时期以来，好的散文都是小说家写的。话说得有点绝对，但基本符合散文的实际情况。第二点是小说家写散文时，不太喜欢抒情。在专业散文家那里，常常是见花就落泪，见月就伤情，见到一只蜜蜂就说蜜蜂蜜蜂我爱你。但在小说家的散文里，这种“抒情风”基本见不到。他们喜欢更真实、更基本的呈现。喜欢用事实，用叙述征服读者。

**问：散文创作在当前有什么样的发展趋势？在互联网时代，碎片化阅读流行，不少互联网文体也和过去的散文有着某种相似，这对于散文创作有着怎么样的冲击？**

**答：**当前的散文写作总体上仍像以往那样，在沉静、从容、平稳中向前发展。但在互联网时代，这种沉静平稳只是一种表象，其实还是有一些新的趋势正在悄然凸显。其中最值得注意的是“跨界”写作盛行。如“非虚构写作”就是一种“跨界”，它跨越小说、散文与新闻，又连接了报告文学。由于这种“跨界”多采用民间和个人视角，介入现实，关注当下，强调真实，因此颇受读者欢迎。

另一种“跨界”是“互联网文体”的崛起，这是不容忽视的一股新势力。“互联网文体”既是互联网时代、碎片化阅读的产物，又与传统散文有着某种相似之处。像六神磊磊的《唐诗：就是一场太阳与月亮的战争》《盛唐，那个伟大的诗人朋友圈》等散文，它们在精神、情思上流淌着传统的血液，但在叙事结构，在表达诉求上，已明显不同于过去那种借景抒情、托物言志，融抒情、记叙、议论于一体的散文。这一类“互联网文体”可以说是从旧的纯文学、纯散文领域蔓延或游弋到了更广的社会生活场域。他们的精神面目更含混、更丰富、更复杂。表述更轻松洒脱，语言更鲜活、更个人化、生活化和日常化。这样的“跨界”写作，显然更符合互联网、碎片化时代读者的阅读口味。

这种“跨界”写作，对传统散文写作的冲击是必然的，也是无法回避的。怎么办？回顾中国的散文发展史，我认为惟有“融合”与“认同”才是当下散文创作的出路。“融合”指的是面对散文写作中整个文体格局的重组新变，面对承续传统与“互联网文体”介入的交叉跨界现象，散文写作者要调理和重整自己的精神、情思和写作套路，融入到新的格局、氛围和体裁丛林之中。而“认同”，则是指与文类和作者的宏观“融合”同步相伴的一种文化心理和创作心理走向，也就是寄托在散文写作中的精神认同和情感诉求不断加强，并在“认同”中培养一种文化自信与文化自觉。正由于“融合”和“认同”这表里相应的两种趋势的叠加推动，散文才有可能在新的世纪，面对机遇和挑战并存的新态势，焕发出新的活力与生机。

（原载《羊城晚报》2018年5月16日）

# 当今文化散文往何处去？

## ——《人民日报（海外版）》记者杨鸥访谈

**问：**余秋雨的文化散文《文化苦旅》在时隔22年后的今年重新出版，引发人们对文化散文的关注。《文化苦旅》开启了新的散文时代，余秋雨凭借渊博的文史功底和丰厚的文化感悟力写下的这些散文，不但从多种角度揭示了中国文化丰富的内涵，而且为当代散文领域提供了崭新的范例。从此以后，写文化散文蔚然成风，文化散文为散文的百花园增添了一种新类型。文化散文发展到今天，呈现怎样的样貌？会有怎样的发展？

**答：**余秋雨的《文化苦旅》的确开启了一个散文的新时代。他的文化散文提高了当代散文的文化品位，扩大了当代散文的影响，为散文创作提供了新鲜的经验。这一点是不能抹杀的。虽然人们对余秋雨有种种争议，但余秋雨的确对当代的散文创作做出了贡献，使当代散文从僵硬、保守、小气的格局中摆脱出来，这个贡献是谁也不能取代的。

“文化大散文”在20世纪90年代的兴起，一方面得益于80年代后期的“文化寻根热”，另一方面是进入90年代后，文化语境的相对自由宽松。而更为重要的原因，是整个80年代，与别的文体的风光热闹相比，散文是最为失魂落魄的一种文体。而落后必然求变，这一规律同样适用于散文。果不其然，刚进入90年代，以余秋雨的《文化苦旅》散文集为突破口，在没有理论准备、没有预设的情势下，散文突然热闹了起来，特别是“文化大散文”，更是独领风骚，大受出版社和读者的欢迎，甚至有人认为当代文学已进入了一个“散文时代”。但“文化大散文”在终结了“杨朔模式”之后，又面临着被自己终结的命运。“文化大散文”的致命缺陷，主要是散文话语方式的模式化：追求大题材、大感情和长篇幅，人文山水加上没完没了的文化感叹，因知识崇拜而堆砌史料，忽略细节、个体的体验和心灵的渗透，等等。所以即便《文化苦旅》在时隔22年后重新出版，也挽救不了“文化大散文”衰落的命运。

**问：**在您看来，应如何界定文化散文？

**答：**“文化大散文”首先应是以历史事件和历史人物为写作对象；其次，与传统散文相比，它更倾向于写大题材，抒大感情，篇幅一般都较长；第三，视野较开阔，较注重理性，结构上突破了杨朔“苏州园林”式的结构模式。不少人将其等同于学者散文，这是不对的。“文化大散文”虽与学者散文有相同相近之处，但也有区别。从题材与主题看，“文化大散文”偏重于历史上的重大题材，专注于寻求历史的正解；学者散文更多的是追忆童年往事、青年的读书生活，或介绍读书体会以及科学等方面的知识。再从表达方式看，文化散文感情色彩更浓，较注重文采，理性思辨也较强；学者散文则自然平实，娓娓道来。

**问：**当今还有很多人在写“文化大散文”吗？“文化大散文”如何展现历史中的人性和心灵性？

**答：**当今依然有很多人在写文化散文。文化散文写得好的有王充闾的系列文化散文。王充闾有相当扎实的古代文学功底，掌握了大量的历史材料，有客观平正的文化态度，又注重展现历史人物复杂的内心世界；艾云的《黄金版图》，以柔韧的叙述和丰富的想象，还原了历史的细节记忆，书写了近代史上那些守护国家领土完整的不死灵魂；詹谷丰的《书生的骨头》以饱满的语言，镌刻出自民国以来一代知识分子的挺拔风骨，诠释了关于独立精神的深刻内涵。这些都是文化散文中的精品，是难得之作。这些散文更注重野史，即散落在民间的历史碎片，也更注重历史的细节和展现历史中的人性和心灵性。

**问：**“文化大散文”主要有哪些不足？在新世纪如何提升？

**答：**当今“文化大散文”的不足，既体现在散文的视野、气度、理性精神和对历史的把握上，也体现在感情的介入、文体的创新、语言的表达等方面。必须承认，当前文化散文的问题很多，现状堪忧，表现在：一是知识崇拜，这在余秋雨后期的创作和追随者那里尤其明显；二是追求大题材大感情，以及与此相应的长篇幅；三是忽略了个体的真切体验和生命的投入；四是缺少具体可感的生活细节。当然，这些是从大的方面说，其他的问题还有不少。

总体来看，“文化大散文”在走下坡路，前景不太乐观。不过如果文化散文能将史、思、诗三者融为一体，同时少一些“高大上”题材，少一些文化感叹、文化悲悯和文化陶醉，多注意在野的文明、异质的文化，多挖掘沉潜于民间的文化碎片，同时多一些生命意识的渗透，多一些有血有肉的细节描写，以及人物心灵世界的剖析，如果能做到这些，我对“文化大散文”还是很有信心的。

（原载《人民日报（海外版）》2014年11月25日）

# 辑四

# 岭南文学论略

# 岭南散文风格初探

中华人民共和国成立以来，在以“花城”广州为中心的岭南地区，涌现了一个以秦牧、陈残云、杜埃、岑桑、林遐、紫风、沈仁康、杨石等散文作家为代表的散文群体，他们在“文化大革命”前和粉碎“四人帮”之后，写下了一大批洋溢着岭南乡土风的散文作品。对于这些作品，过去有的学者虽然已经作过一些探索，但大抵是就单个作家的创作风格而论。笔者在研读了这些作家的作品，并考察了产生这些作品的艺术源流和传统因袭之后，以为岭南的这些散文作家之间，确实有一个共同的或相近的思想特征和艺术风格，并且可望形成一个文学流派——岭南派。这篇文章便打算从这方面作些初步的探索。

## 一

岭南地区的这些散文作家，虽说在目前还不能够说已经形成了一个文学流派， 但是，作为一个具有特色的作家群，它有自己的特点：有共同或相近的创作风格，但没有共同的创作理论，更没有人旗帜鲜明地提出代表这一作家群的文学主张，它只是由一些生活经历、创作思想、艺术表现手法相近的作者不自觉地形成，或者叫心照不宣地默认。因此，严格地说，它还缺少一个文学流派必须具备的条件，但如果放在广阔的文学背景上来考察，则已显示了形成一个文学流派的某些端倪。

如众所知，任何文学风格（或流派）的形成，都不是凭空产生的。它总是一定的历史条件、传统文化和时代精神的产物，总是在适合自己的土壤上生长起来的花朵和果实。从历史和文学的角度看，岭南散文风格的艺术源流，最初似应追溯到汉唐。据《前汉书》记载，汉朝以前岭南为“百越鸩舌”（蛮荒）地带，居民“劗发文身”，经济和文化都很落后。汉初伏波将军马援平定“南越”以后，中原文化才开始渗入。及至南北朝，由于当时中原士族南迁，黄河流域的文化转移到长江流域，加之统治者生活优裕，提倡工整艳丽的散体文，因而形成了委婉华丽的一代文风。这种文风虽则遭到后来世人的诸多訾议，但它却影响到后来岭南散文的风格。至于尔后唐宋明清的诗词散文，文人的被流放南方以及本世纪初的岭南派绘画，更使岭南文化为之一新。例如，唐代李德裕、韩愈，宋代苏轼、李纲、赵鼎等中原文士被流放到珠崖、儋耳（海南岛两郡）、潮州等地，对岭南地区文化的传播、发展便起到了开拓作用。明末清初以屈大均为代表的“岭南三大诗人”的诗，对岭南散文风格也有直接的影响。如屈大均的“天晴空翠满，五指拂云来。树树奇南结，家家茉莉开”（《阳江道上逢卢子归自琼州赋赠》），陈恭尹的“五岭北来峰在地，九州南尽水浮天”（《九日登镇海楼》）、“新虹映日收残雨，积水浮天出断山”（《雨后登楼迟梁器圃不至》）等诗，流贯于其中的那种浓厚的岭南情调、那种明快流丽的文笔，以及善于抓住一些富于岭南特征的景物，寥寥几笔便勾勒出一幅南国风俗画的本领，无疑对后来的岭南散文创作产生了深远的影响。再如以高剑父为代表的岭南画派，他们那种中西结合、写意与工笔杂糅、浑厚明晰、清新秀润的绘画风格，我们同样可以从某些岭南作家的散文中看到其师承关系。

除了历史条件和传统文化的因袭外，岭南散文风格的形成还受其特定的时代精神和环境的制约。从时代精神方面来看，岭南散文大多写于“十七年”和粉碎“四人帮”后这两个阶段，该属于“治世之音安以乐”（《毛诗序》）之流。这就是说，由于支配岭南散文风格的时代精神是昂扬奋进的，因而它的风格绝不同于旧时代某些散文作品的哀怨积郁和“文革”时期散文的矫饰虚伪，时代精神决定了它的主题必然是颂扬社会主义的新人新事新风尚，它的基调是乐观明朗的，它的创作方法是比较忠实于现实的。

岭南散文风格的形成，还受到地理环境和气候习俗的影响。在谈到这点时必须说明：笔者不是丹纳或史达尔式的环境决定论者，但我们也不否认环境对于人们的气质、情趣以及审美观的熏陶作用。从自然环境来看，岭南是“清绝之地，秀丽之乡”。这里有水碧沙明的自然景物，有秀密的丛林、淙淙的溪流、青葱的山野，有清新的空气，明净蔚蓝的天空， 四季如春的气候。而这一切丰富多彩的大自然形象，不仅能够引起岭南散文作家的想象和柔情，而且陶冶着他们的文笔情趣，为他们创造共同的文学风格提供了环境基础。是的！岭南散文正是明丽的景物、温和的气候与南方人民那种明朗乐观、秀丽多情的情操结合起来的产物。再从人情习俗方面来看，岭南地区自古以来便有清谈的风尚，而分布散落于城镇乡村的茶楼酒馆、榕荫葵棚，则又是夏天或饭后谈天说地的好场所。这种风气日复一日滋生蔓延，自然也就影响到岭南的文风。正由于环境风气的造化，所以，受到同一时代精神影响的岭南散文却不同于北方散文，这也许就是杜甫的所谓“造化钟神秀”吧。

还应当指出，岭南的这些散文作家大多出生于广东，长期的岭南风光的熏陶、同一的生活土壤、类似的人生经历、相近的思想气质和美学追求，也是形成岭南散文风格不可缺少的因素。

正是基于以上几个方面的原因，笔者以为，说岭南散文作家已经形成了一个共同的创作风格，大概是不悖于情理的。

## 二

探讨一个作家群共同的创作风格，如果单从历史源流、时代因素和地理环境去考察，当然是不够的。文学史的经验告诉我们，决定一个共同风格成立的关键还在于创作本身，因为风格主要是在创作实践中具体表现出来的。

那么，岭南散文作家在具体创作中呈现出哪些共同的特征？或者更确切地说，在主题的提炼、题材的选择、结构的安排、表现手法的追求以及语言的运用上，他们是否已经像状写晋东南农村风貌和以描绘白洋淀的水色山光而著称的“山药蛋派”和“荷花淀派” 一样，确实只属于祖国的南方所特有？

我们的回答是肯定的。

先从题材看。岭南散文作家由于长期处于同一地域，熟稔岭南的人情、乡土、景物，因而他们的作品都不约而同地从岭南地区的农村城镇的生活作为主要内容。在他们笔下，海南岛的椰风海韵、雷州半岛的绿色长城、潮汕平原的抽纱刺绣、粤东山区的丛林白雾、连南瑶山的竹楼情歌、广州的花市、珠江三角洲的秀水阳光……都带着南方所特有的乡土色彩和抒情风，充满着一种牧歌式的情调。正如人们不会把以孙犁为代表的“荷花淀派”和以赵树理为代表的“山药蛋派”相混淆一样，人们也决不会把岭南的这些散文作品同写大漠建设者生活、写黄土高原崇山峻岭的陕北散文作家李若冰的作品相混淆，更不会和描写草原风光、牧民生活的玛拉沁夫的散文相提并论。

或许是和气候土壤、人情风俗、经济形态有关，岭南的散文很少去描写轰轰烈烈的场面或者重大的题材，而大多数作家的目光总是投向日常的生活和平凡的人，写新农村的新风貌，写各行各业的历史变迁和城乡墟镇滨海的风土人情，通过描写生活的枝叶，来含蓄地反映社会主义的大树，以小见大，从平凡中表现生活的美。林遐的《撑渡阿婷》《火的怀念》、紫风的《深山贵客》《乡村医生》等篇，写的都是平凡的人。然而不管是长年累月在珠江上摆渡的阿婷，或是不辞辛苦跋涉在万山丛中的乡邮递员；不管是那位操劳过度而死去的农村基层干部阿火，还是扎根在瑶寨的卫生员小黄，他们都有一颗金子般的美好心灵，就像夏天开放在南方山野间的无名花一样朴素而动人。陈残云的《沙田水秀》《珠江岸边》《重访水乡》、杜埃的《沸腾的乡村》《侨乡春日》，把岭南农村描写得山明水秀，美丽恬静。而生活在这块土地上的金女、明婶、刘炳、林阿达老汉则是平凡而又快乐的农民，他们对新的生活、对党的政策、对家乡哪怕是细微的变化都感到由衷的喜悦。他们关心别人的命运，同时也认识到自己生存的价值，因而他们对自然界和人世间的一切美好东西表现出朴素的爱。作者们饱含深情地记叙和描写了这一切。秦牧的《迁坟记》《榴梿果漫忆》《巨茄》、紫风的《梳髻修眉上岸来》、沈仁康的《虎门春晓》，以及韩北屏的《古城新变记》、杨石的《爱竹》《山颂》等作品，或则反映农村旧风陋俗的改变，介绍旧城怎样换上了新容颜；或则讴歌“水上人家”的新生活，赞扬城乡人民精神生活的提高；或则报道古战场的春色；或则介绍岭南的奇葩佳果，状描广东的工艺特产以及古迹胜境……尽管由于时代风气的影响，这些作品中的人物难免有失真之处，某些记叙和描写有粉饰生活的弊病，但我们不得不承认这个事实：作者们的确是睁着真诚的眼睛观察和看待这些新人新事的，因而它们自然不同于“四人帮”时期的“欺骗文学”，仍然能够给读者留下美好的印象。

选择题材的接近，决定了岭南作家摹写的景物以及摄入笔底的人情乡风也有其共同的色调。纵观岭南几十年来的散文，我们不得不承认，岭南作家不论是托物抒情还是借景叙事，不论是精工细摹还是泼墨写意，都能紧紧抓住岭南地区的山川景物、农村风貌的特色来着笔。试看陈残云笔下的岭南农村，那丰收后一望无际的田野，那纵横交错的小河涌，那小河涌中穿梭如织的运肥小艇，那一排排翠绿的蕉林，那在温柔的海风吹拂下轻轻摇曳的荔枝树和龙眼树，以及那悠闲吃草的乌黑水牛，这一切配上社员们高声的拉话和纵情的谈笑，便构成了一幅色彩鲜明、有声有色的织锦画，一幅只有珠江三角洲两岸农村才有的岭南风俗画。杜埃描写山野的春天也很迷人：绵密的春雨，白濛濛的雾气裹住崇山峻岭，新绿的树丛在薄雾中若隐若现，雨点在晨光下闪出银光。这时候，人在峡谷中行进，宛如穿过珍珠帘带和轻纱帷幕似的，有一种扑朔迷离的感觉。笔调是清婉幽丽的，同时也是朦胧的，字里行间透露出山岭间的野气（《红堡垒》）。而当他来到了韩江边，收入眼底的景物又别有一番姿色：在雾气弥漫的韩江上，白帆点点，木筏顺着急流飞速滑过，两岸的青山，群峰壁立，林木青翠，岩石黛紫；远看烟云缭绕，似晴似雨；而从林中飞来的白鸟，成群结队，叫声清亮，穿行于烟波白帆之间……假如用丹青把这些景物绘下来，谁能说不是一幅奇丽的南国山水图?

在岭南的散文作者中，林遐也是写景的高手。这位被“四人帮”迫害而早死的散文家对岭南的乡土风光有着特殊的感情。他是如此虔诚地、深挚地从这块土地上撷取生活，挖掘诗情。在他的笔下，南方的山水是这样的秀丽清澈：“两岸山峦上长的都是青翠的竹林，整个竹林的影子倒映在一江碧水里，使你怎么也分不清，这到底是竹林的绿，还是江水的绿，只是觉得生活在一片绿色的天地里了。”（《探山》）南方的天空、暮雨、落日、晚霞，又是这样的高远晶亮、色彩缤纷。而更能显示出这种南方特色的是小镇上的集市、榕树下的闲谈以及茶楼上的夜聚，在这些充满着南国风情的描绘中，生活美、自然美、人情美是如此楚楚动人而和谐地交融在一块。或者说，林遐散文中的风格美，也就是岭南人民的性格美。正由于作者用飘逸潇洒、疏朗俊秀的笔调，写出了多彩多姿的南国风物和纯朴的人情乡风，因此他的作品蕴含着一股特殊的风味。其他诸如紫风笔下的连南瑶山的风光、浮在水面的绿色鹤岛、绿叶连着绿叶的葵林、千姿百态的花市、遮天蔽日的榕荫；杨石笔下那些“修长高飘”、与人民同苦难共命运的竹子，那些“用扁担把虹打断，会有许多珍珠宝贝流出来”的山；秦牧笔下的“河水萦带，群山纠纷”的三元里古战场、海南岛的“绿得耀眼，绿得教人心头发痒”、一个劲地叫着“生长，生长，生长”的林木，也都是岭南大地上特有的景物。这些描写，都流动着一股淡淡活泼的气息，渗透出岭南秋天山野间那股淡淡的清香，具有一种沁人肺腑的温柔感和亲切感。

与轻松多彩、富于南国情调的内容和景物相适应，岭南散文的形式则是各式各样、不拘一格的。岭南散文的主要作家秦牧曾认为，“除了国际、社会斗争、艺术理论、风土人物志一类散文外，我们应该有知识小品、谈天说地、个人抒情一类的散文，通过各式各样的内容给人以思想的启发、美的感受、情操的陶冶”（《海阔天空的散文领域》）。又说，“这散文的范围广阔极了，照我看来，游记、速写、随笔、杂感，统统都是散文”（《思想和感情的火花》）。这些主张，虽然只是秦牧个人的意见，但颇有一定的代表性。我们纵观岭南的散文，便是各种式样俱全的。而具体区分起来，杜埃、陈残云偏重于抒情记事；紫风、林遐、杨石的散文大多是岭南风土人物志；岑桑的散文主要是短小精悍的思想杂谈；而秦牧那些谈天说地、介绍知识，充满趣味性的文艺随笔、杂文小品，更是植根于岭南的独一无二的奇卉异花，不仅在国内且在国外都享有盛名。

概而言之，集“奏议”之“雅”、“书论”之“理”、“铭诔”之“实”、“诗赋”之“丽”（《曹丕《典论》），便是岭南散文形式方面的特色。它们或大或小，或情思沉愤，笔墨淋漓，或玲珑剔透，婉转感人，但都内容饱实，给人以思想美和形式美的双重感受，充分地体现了形式与内容相适应所必然产生的艺术魅力。

## 三

在艺术表现手法上，岭南散文的美学追求是一种“阴柔之美”，它与北方散文那种古朴、质直、粗犷雄浑的“阳刚之美”截然迥异。它缺少“三万里河东入海，五千仞岳上摩天”的气魄，而更多地赋有“小荷才露尖尖角，早有蜻蜓立上头”的轻灵。

细腻的描写、真挚的抒情、形象可感的议论以及这三者的有机结合，是岭南散文鲜明的特色之一。这种创作风格的形成，首先是由岭南散文的特殊题材和岭南的景物风光所使然。我们知道，描绘北方的“大漠孤烟”和莽莽林海、表现轰轰烈烈的生活场景和大波大澜、讴歌叱咤风云的英雄人物和壮烈的事迹，适宜于用雄浑的笔墨、豪壮的旋律、高昂的格调，诸如刘白羽、魏巍的散文就是如此。而与此相反，描绘南方的小桥流水，表现日常生活中的细波微澜，则往往需要用优美细腻的笔墨、委婉柔和的色调和轻松流畅的叙述，非此不足以曲尽情意。所以说，不同的生活习惯、不同的创作题材和不同的山水景物，要求作家以不同的风格来表现它，岭南散文表现风格的这种“阴柔之美”，正是与这种要求相适应的。其次，岭南散文表现风格的形成，还与唐宋八大家散文风格的影响有关。譬如柳宗元的《永州八记》、苏轼的《前赤壁赋》等散文，作者既善于抓住各种不同山水的特点，用流利清逸的笔调栩栩如生地描绘出来，还含蓄地把自己的性格、遭遇、理想和不平都写到山水里，通过山水的描摹来反映出作者有怨有愤的深沉感情，巧妙地将叙事、写景、抒情及哲理议论熔于一炉，岭南散文正是师承于此。像陈残云的《沙田水秀》等几篇作品，作者由景及情及事，逐层写来，虽显得有些拘谨，但作者火热的激情和由新生活引起的遐想，尽寄托于美丽恬静的如画风光之中。林遐的大多数作品，也都喜欢寄情于山水，往往在对南国山水的描绘中，夹叙夹议，抒发自己的感想，倾注胸中的激情。如他的《撑渡阿婷》，在对烟雾浩渺、细雨纷霏的珠江渡口的描绘中，详尽地记叙了撑渡阿婷热忱助人的动人事迹，又时不时夹上几句感叹和议论，涂抹上几笔景物描绘，显得灵活自如，摇曳多姿，浓淡有致。杜埃的《红堡垒》等篇，则是把对老区的眷恋、烈士的回忆、战斗的描述与眼前的景色描绘交织在一起，在情景交融中也显出自己的特色。

紫风的《海恋》，则用细腻委婉、抒情柔和的笔调，先写从海洋上传来振奋人心的消息，然后“面对着海，我的心再也不能平静”。她回忆童年和小伙伴们在海边的戏游，描绘潮水来时海滩上“五光十色的水产展览会”，抒发了对海上英雄的崇拜感激。接着，作者徐徐把笔拉开，写长大后在云贵高原的生活，虽然远离大海，但对海的思念却更深了，因此她常常站在高山面对大海“沉思，叹息”。在经过一番曲折回旋的描述交代，使读者对海和作者的思想感情有一定了解之后， 作者又再次把笔落到海的描写上，正面写海上壮丽的晨光，写渔人怎样欢度自己的佳节及由此引起的感想。这篇散文写得曲折迂回，舒徐有致。作者在优美流畅的文字中注进了一股真挚的感情，细腻地抒写了对自然景色的内心感受，就像是一缕温柔的云雾，在活脱的话语中升腾起来，飘荡在碧蓝明净的晴空里。紫风的另一篇《鹤岛童话》，一开始便娓娓动听地介绍鹤岛的景色和关于白鹤的美丽传说，中间穿插优美的抒情，结尾处记叙自己在鹤岛的所见所感，这样就巧妙地将写景、抒情、记叙与自身的经历融合在一起。读完这篇诗一般凝练、含蓄而优美的作品，那关于鹤岛的美丽而悲伤、朴素而又奇特的童话萦回在我们心头，它使我们想起劳动人民的哀愁、仇恨，意志和深情。岑桑的《山水篇》《浣花溪抒情》，则写得平淡而挥洒，作者领着我们在秀山丽水、名胜古迹中漫游，似是信笔由之，实却颇具匠心。他常常在你怡然自得、陶醉于自然山水的时候，轻轻地抒发几句情怀或谈点感想。如从桂林的石钟乳想到大自然的光怪陆离，由浣花溪的变迁联想到古人的“阶级成分”，使你在自然山水的欣赏中领会到深刻的哲理。秦牧散文中那些写景抒情的篇章也大多如此，作者既娓娓而谈，又描绘自己的见闻和印象，并处处迸发出由景物而触动的感情火花和光泽四射的哲理语言。其他岭南散文作家的作品也常常借景抒情借题发挥，因而读来亲切有味，隽永迷人。

寄情于景、夹叙夹议这种表现手法，本是散文创作的一般要求，别的地域的散文作家也常用此法，为什么岭南散文独能举重若轻、游刃自如？这其间的原因在哪里？

其一，直抒真情，倾注胸臆，敢于流露“我”。任何一篇真正能感染人的散文作品，都离不开抒情，然而并非所有的抒情都能感人。文学作品尤其是散文的“情”要感动读者，就必须表达出真挚的感情，亦即袁枚所说的“不可以无我”（《随园诗话》。朱自清先生的《背影》只有一千余字，然而大凡读过它的人，总会留下深刻的印象，不管时间多久都不易磨灭。我们谈“五四”以来的散文，也不能不提到它。这里的奥秘，在于朱自清在朴素和细腻的文字中，灌注了一股真挚而又深沉的对于父亲的热爱。反之，我们经常读到某些散文，既缺乏思想的火花，又没有感情的波澜，满篇都是干巴乏味的说教，这样的作品当然不能指望震撼读者的心灵。另外，有一类散文虽然满纸充塞“呵”和感叹号，“情”不可谓不多矣，但奇怪的是人们读后非但不受感动，有时甚至大倒胃口。这里的关键，在于这些作者抒的不是真情，而是假情、矫情，因而他们的情总和读者隔着一层，也交流不到一块。岭南的散文作者却不是这样，他们主张“文章贵于有我”，我的独特感受，我的真情实感，我的新鲜语言。他们以“我”——即以自己的眼睛去审察岭南景物，以自己的个性去展示独特的生活感受。于是，他们笔下山光水色的描绘，事体人情的叙述议论，都具有与自己的性格相谐调相统一的美的特征——岭南景物之美与岭南作家心灵之美相交融而产生出来的情致。请看紫风写葵：

泥土越来越柔软，葵的姿态也越来越奇妙。在许多挺直的葵中，有这么一棵，它微微倾斜着身体，俨然是一个矜持的主人，向来客作三十度的弯腰致意。也有这样一棵：似乎在不意中摔了一跤，但立刻又爬了起来，奋勇直上。也还偶然有这样一两棵：斜斜靠着水边，好像打算照照自己的倩影似的。最奇怪的是这个景象了：两棵老葵紧紧地交加在一起。它们彷佛是猝然听到什么大喜讯，因而互相扑向对方的怀里，从此结成了生死之交……

这种寓情于景、夹叙夹议的表现手法的运用，不是溶入作家的“自我”吗？它有积极向上、与人民息息相通的个性气质，它高屋建瓴地俯视人生，从葵的各种形态去领会人生的真谛。在这里，你很难分出哪是写景，哪是叙事，哪是抒情议论，只觉得它是美的造型、个性的艺术。再如：

盘桓在这个古战场上，想着帝国主义已经日暮黄昏了，眺望早降的绿野春光，随着庄稼的香气扑人而来的，是许多凝聚着古人感情的诗句，“苟能制侵凌，岂在多杀伤”“岂伊地气暖？自有岁寒心”。呵，我们美丽的土地，英雄的人民！

——秦牧《古战场春晓》

笔调是委婉优美的，但字里行间却流露了作者的肺腑之音，当你读着“呵，我们美丽的土地，英雄的人民”这样的句子，不是也和作者一样激情澎湃，斗志昂扬，对那些日暮途穷的侵略者充满厌恶，对飘着香气的祖国大地和英雄的人民充满热爱之情吗？不是可以感到作者跳动的脉搏和灼人的热情，看到作者那意气风发的飞扬神采吗？岭南其他作家的作品，也多是“为情而造文”，而非“为文而造情”。他们往往是情之所至，发之而成为辞章。他们很少站在遥远缥缈的地方，做单纯的描述或抽象的议论，而是置身于事内，且描且抒，且诉且议，既把最奇妙的岭南风景展示在你眼前，又始终不忘倾注自己的心声，告诉你关于自身的深切感受。“登山则情满于山，观海则情溢于海”，这本是古人刘勰在《文心雕龙》中说的一句话，我们觉得，用这句话来形容岭南散文，大概也不为过。

其二，议论形象，善于借助多种修辞手法来论事释理。如上所述，岭南散文有相当一部分是随笔、杂感、小品，为了使这类偏重于说理的文章不流于抽象空论，他们吸取了韩愈散文中的排比对偶、设譬取喻、反语诙谐、层递映衬等表现手法，这样便使得议论较为生动形象。如岑桑的散文集《当你还是一朵花》，便有很多精彩的譬喻和形象的描绘。而在这方面表现得最突出的当然要数秦牧，他在《春天的色彩和声音》里，采用了拟人、夸张、比喻、排比、对偶、对比、映衬等多种修辞手法，把春天的“色彩”和“声音”惟妙惟肖、淋漓尽致地写了出来，不单让我们看到了春天这位美丽少女婀娜欢跃的身姿，而且领略到大自然的无穷奥秘。在《青春的火焰》中，作者借助联想，抓住事物的内外特质，进行状物取类，多方连喻，使“青春”这一抽象的概念变得具体可感。分析可谓鞭辟入里，议论更具情趣魅力。至于人们熟知的《艺海拾贝》，63篇文章中用了500多个譬喻，且大多贴切恰到好处。这样的表现手法，不能不说是岭南之所长。

在语言的运用上，岭南散文总的特色是平易自然、通俗晓畅。作家们一方面注意行文中做到“文从字顺”，另一方面又特别喜欢在文章的关键部位采用浓墨重彩，铺陈恣肆，以加强形象、色彩、气氛的渲染力量和情感的流泻，从而使文章在平易自然中透出鲜明瑰丽。此外，作家们还擅长在“画龙点睛”处细腻加工、精心刻画，粗犷和细腻相结合，意笔和工笔交错运用。这样，岭南散文的语言，便既有“吹箫月式”的清幽，同时兼有春日郊游般的秀丽明快。

从上面的分析，可以看到，岭南散文家由于从岭南的山光水色和乡风人情作为共同的色调，因而在作品中表现了大致相同的主题、题材，使用了相似的表现手法和语言。他们在作品中追求的艺术境界、阐述问题的方式也有某些类似之处。至于他们共同的艺术风格，则是细腻的、多情的、流畅而又清新明丽的。

当然，我们这样说只是就大体情况而言，并非说岭南散文作家的作品只有一个模式。在这点上，我们不同意某些学者那种绝对化的提法，认为一个流派只能有一种风格（岭南散文作家尚未正式形成流派，更应该有区别）。因为世界上只有风格相近的作家，而没有、也不可能有风格完全相同的作家。即使在同一流派中，不同的作家也应独具自己的风格。曹丕说“文非一体，鲜能备善”，事实上，一群没有各自独特的创作个性的作家，纵然凑合到一起，也决不可能形成一个共同的创作风格或文学流派。只有一群才华卓然、个性特异的作家不断地努力、竞争和创新，才有可能造成文学上的蔚然大观，使人不得不刮目相看。

作家之间的这种由独特性而造成的差异性，自然是由各人的生活道路、艺术修养、创作才能和个性特征决定的。例如在文学史上，同是体现“建安风骨”的曹操曹植父子，同属于一个阶级、一个政治集团，有着共同的政治理想和人生态度，在艺术风格上，他们的诗都属于慷慨雄放之流。但由于曹操生活在三国鼎立的时代，他本人又是个大政治家，有宏伟的气魄和“老骥伏枥”的壮心，因而他的诗在慷慨中往往包含着苍茫和雄浑，显得既古朴直率，而又豁达磅礴；而曹植则处在由分崩趋向统一的时代，由于政治上的怀才不遇，生活上的辗转迁徙，特别是屡遭兄弟的迫害暗算，因此在他的诗风里，慷慨遒劲之中更多地透露出难言的抑郁和悲怆。类似这样的情况，我们还可以从唐代的王、孟，高、岑，宋代的苏、辛等许多古代诗人身上看到。同样的道理，因为具体的情况不同，岭南散文作家在大体相同的风格下，也呈现出各自的特色。例如秦牧，由于他具有广博的人生阅历和深厚的艺术素养，积累了丰富的生活知识和历史知识，加之他性格开朗直爽，待人接物平易，对事物的观察比较细致独到，因而他的作品高屋建瓴，举重若轻，说古道今，联想丰富，将知识、情感、哲理和意趣凝聚在一块。不仅开拓了人们的知识视野，给人健康的生活情趣，且映托出大千世界形形式式的光和影来。岑桑的风格和秦牧的比较接近，甚至从他们的某些作品中，还可看出相互之间的影响，但是细细分析起来，区别也还是很大的。岑桑的《神和人》《古猿、神女及其他》等作品，在联想的自然、感情的敏恳真挚、语言的平易流畅等方面，都近似秦牧的风格。然而由于在知识的广博上比不上秦牧，因而岑桑某些散文的联想就比较落套、一般化，有的地方用笔也过露，政治色彩冲淡了散文美。再如张绰的《南国花市早占春》，与秦牧的《花城》《花市徜徉录》所写的题材相同，所描的景物也近似，但细加区分，前者侧重于“花市剪影”，花的形状的描写，而后者着力于花的品种、产地、特性的知识介绍以及由花引起的一系列联想。这样相形之下，前者精炼但不深厚，后者虽略欠简练但深邃雍容，可谓各有千秋，很难互相更替。

陈残云、杜埃、林遐、紫风属于另一类型的作家。他们之间同样有明显的不同。陈残云生长在广州郊区，自小在农村劳动，解放初期又长期深入农村生活，担任过土改队队长、区委书记、县委书记等职，对农村的风土人情和农民有深切的了解，因而他的作品几乎都是反映珠江三角洲农村的新人新事新风景。陈残云散文的长处是写景秀丽清新，美而不腻，媚而脱俗，简直就像新荷上滚动的水珠那样湿漉漉、亮晶晶。他特别善于在山明水秀的背景上刻画农村妇女的健美心灵。例如写在访问农村的小艇上碰到金女（《沙田水秀》），作者紧扣“水”字，通过水波悠悠的秀丽小河的水映出金女心灵的美，以小河之水从苦变淡映照新生活的甜，可谓移情入景，情景交融，秀美脱颖。他的作品的结构大抵相同：一般开头写景，中间写人记事，或夹叙夹议，结尾点题，回到景物描写。这可说是他的特点，也可说是他的缺点。杜埃的故乡在闽粤山区，长年生活在高山密林、白雾流水之间，因而他写山，写粤东的高山尤有特色。他的作品几乎都是记事散文，叙述朴素流畅，描写清幽细腻，行文中常带激情。他的《红堡垒》等作品，都是写老区过去的斗争生活，但即便受到火与血的洗礼，作者笔下的山仍然秀丽如画，流岚缕缕，杜鹃啼叫，小鸟呢喃，充满战斗的激情和诗意美。林遐虽然生长于北国，但由于长期扎根在岭南，于是他的作品自然地富有南国的韵味。他的特点是善于捕捉平常人日常生活中的诗意美，用饱蘸感情的笔触，描绘出南国的山水阳光、风情人物，以此来歌颂我们的党，赞美社会主义。如果说，杜埃写闽粤高山和奔腾的韩江采用的是工笔细描，就像油画那样层次丰富，形似逼真，那么，林遐的美学追求就是我国传统画中的传神写意。他的《秋颂》《探山》《小镇》《墟晚》《晨溪》《果林秋》《暮雨》《落日》等作品，既像一条淙淙流淌的小溪那样清澈见底，又似一幅幅笔致疏朗的写意水墨画那样清新淡雅，它们只是略加点染，但却线条明晰、气韵生动，意蕴很深。读林遐的这些作品，我们常常会不知不觉被带到南国的某个村落小镇，为那富有特色的山水人物所倾倒，为作者动情的娓娓而叙、率真的侃侃而谈所感染。紫风则不同于陈残云、杜埃和林遐，她是位女性作家。她生活在一个华侨之家，而童年时代是在海边度过的："当我从会睁开眼睛看东西开始，海就在我面前闪耀它迷人的颜色了。"因此长大后，她常常对着大海叹息沉思，她问："向哪里找回童年的海湾"以及"渔人们豪爽的笑声和歌声"？又为"终于找到了欢乐的海和渔人的笑声"而陶醉。除了爱海外，紫风还经常出入粤北连南的瑶家山寨，流连于南国的花苑园林、侨乡和珠江边上的水上人家，因而她善于描绘瑶寨的风光、侨胞的逸闻、渔民的生活、珠江水上人家的变化以及南国的花果树木，尤其是擅长于用带有女性特点的细密抒情的笔调去写平凡人的平凡小事。在艺术风格上，她的某些作品似乎受到秦牧的影响（这主要从她的随笔、札记、抒情小品看出），但由于以上因素，她的艺术风格又有秦牧所没有的大海的意蕴和淡淡的瑶山情调。至于岭南的其他散文作家，艺术风格也各有特色：有的在朴素与隽永中包含哲理意味，有的在貌似平淡木讷中体现了严谨的构思，有的在曲折的层次和波澜中蕴含浓郁的情致，有的在深厚中显出丰腴，等等，这里就不一一赘述了。

## 四

岭南散文是社会主义散文园地独特的一枝。在几十年的创作实践中已经呈现出某些引人注目的共同特征，出现了一批卓有成就的作家和一批思想性、艺术性结合得较好的优秀作品。然而，常识告诉我们：衡量一种文学风格有没有生存的可能和发展前途，不能老是满足于过去，而应当立足于未来。换言之，决定岭南散文风格的价值，主要看它对繁荣我国当代散文是否有作用。笔者以为：首先，岭南散文那种以轻松柔和、优美抒情的笔调反映生活的创作特色，丰富了我国散文的表现内容，提高了散文美的欣赏价值。其次，岭南散文中有不少思想性、知识性和艺术性并重，“寓思想于闲谈趣闻之中”的佳作，能给人以精神上的怡悦，知识上的满足，因此在生活水平、文化水平提高的今天，也有提倡的必要。第三，岭南散文中大量的小品、杂感、随笔之类，继承和发展了我国自春秋以来到“五四”时期形成高峰的说理散文，扩大了当代散文的领域。总之，我国地大物广，乡土人情各不相同，它为各种特色纷呈的散文风格的竞争、为多种多样的社会主义散文提供了广阔的创造天地，而岭南的散文风格，正是应时代的需要、人民的要求而产生和发展的。

当然，毋容置疑，岭南散文风格也还存在一些不足和遗憾。具体来说，在题材的选择和主题的发掘上，它似乎还应该更加多样化，也还应更加深广些；在表现手法和艺术结构上，它过于恪守按部就班的记叙，不少作品虽然追求文辞的优美和描写的生动，但各篇的构思往往给人大同小异的感觉，显得既呆滞又拘泥。而这种情况在单个作家的作品中更加明显；此外，有的作品只是记录一些表面的生活现象，语言粗糙，意蕴较浅，还有的作品纯粹只是用来图解政策，配合“中心任务”。凡此种种，不仅削弱了岭南散文应有的美感，也限制了它在更大的范围里为岭南乃至全国的读者所接受。因此，我们以为，岭南散文要繁荣发展，要取得更高的成就和得到广大公众的承认，就不能一成不变、固定静止地死守原有的状况，而应当随着生活的前进，在继续保持发扬岭南的地方色彩的前提下，尽可能地从各方面吸取营养，丰富和发展自己的风格。惟其如此，才能不断地完善和改进，最终发展成为 一个具有岭南特色的散文流派，为社会主义文学的进一步繁荣作出更大的贡献。

（原载《文学评论》1982年第2期，与郭小东合作，收进集子时略作修订）

# 论秦牧散文的艺术风格

在当代文学史中，一般都将杨朔、秦牧、刘白羽并称为“当代散文三大家”。尽管20世纪90年代以后，随着散文观念的改变，读者审美趣味的转移，“当代散文三大家”日渐淡出研究者和读者的视野，但秦牧对于中国当代散文的贡献是谁也无法抹杀的。而对于当代岭南散文来说，秦牧的散文创作更有着独特和不可取替的意义。他扩大了岭南散文的影响，提升了岭南散文在中国当代散文中的地位。

## 一

秦牧(1919—1992)，原名林阿书，又名林派光、林觉夫、林顽石。广东澄海东里樟林人。秦牧早在40年代便从事文艺创作活动。1946年，上海开明书店出版了他的第一本杂文集。这个集子虽然影响并不算大，但初步显示了作家追求知识性和趣味性的端倪。其后，在1956年至1965年间，秦牧又连续出版了儿童文学《在化装晚会上》、童话集《蜜蜂和地球》、中篇小说《黄金海岸》，尤其是出版了《贝壳集》《星下集》《花城》《艺海拾贝》《潮汐和船》等五个散文集子。这几个集子，在知识的丰富、联想的广阔、形式的多样、行文的流畅等方面，都远胜作者早年的作品。特别是《花城》《艺海拾贝》两个集子的出版，更是以它们绚丽多姿的色彩和妙理横生的情趣，赢得了国内外读者的热烈赞誉。秦牧逝世后，人民文学出版社和广东教育出版社先后出版了《秦牧全集》，由此可见秦牧在中国当代散文领域中的地位。

秦牧的散文创作，从出版《贝壳集》至《潮汐和船》的十年间，是他形成风格的黄金时期。这个时期，一方面由于党领导的社会主义三大改造已经基本完成，国家进入全面的社会主义经济建设和文化建设，新人物新事迹不断涌现，人民群众精神面貌有了深刻变化，为散文创作提供了大量的新题材和新主题；另一方面，由于党在这个时期提出了“百花齐放，百家争鸣”的方针，广大文艺工作者心情舒畅，各骋所长，各报章杂志也纷纷适应形势需要，为散文创作提供了适宜的园地，使散文创作有了相当大的发展。秦牧深为这个时期国家的伟大变革所鼓舞、所激动，他更加热爱生活，对未来充满信心，加以长期从事文艺工作所积累起来的经验，从而在自己的创作中形成了独特的风格，为促进当代散文的发展做出了可喜的探索。

秦牧在散文创作上的独特风格，从总的方面来看，是“寓共产主义思想教育于闲谈趣闻之中”。这一观点，不但是秦牧整个散文创作的指导思想，而且也是构成知识性、趣味性和思想性相结合的“内核”。

众所周知，文学的任务是教育人、影响人，它除了宣扬先进的思想、集中概括地描绘社会生活外，还应该丰富人们的知识和给人以生活情趣的享受。能否把这三者有机地结合起来，常常是散文创作能否真正起到应有的教育作用和能否为广大读者欢迎的关键。

无产阶级革命导师和历代优秀的文学家们，都是高度重视文学的认识作用和欣赏价值的。早在一千多年前，古罗马的文艺理论家和诗人贺拉斯便针对柏拉图狭隘地理解文艺的教育功用，把“滋养快感”看作文艺的一大罪状的错误观点，明确地指出诗（文艺——笔者注）有教益和娱乐的两重作用“诗人（艺术家——笔者注）的目的在给人教益，或供人娱乐，或是把愉快的和有益的东西结合在一起”[①]，提出了“寓教于乐”的观点。恩格斯特别推崇巴尔扎克的《人间喜剧》，认为他在这部巨著里所学到的经济知识，比从当时所有的历史学家、经济学家和统计学家那里学到的全部东西还要多。周恩来同志也指出文艺的教育作用和娱乐作用是辩证的统一。至于鲁迅先生，则一方面指出小品文是匕首和投枪，一方面还要“给人以愉快和休息”，他的《朝花夕拾》就是知识性、趣味性和思想性高度结合的光辉典范。我们举了这么多例子，目的

① 贺拉斯：《诗艺》，转引自《西方美学史》上卷，人民文学出版社1979年版，第102—103页。

在于说明：散文要真正打动人，思想教育固然重要，“遣兴”作用同样不可忽视。一个散文作者如果不注意到这一点，纵然他的作品的主题十分正确，也提不起人们阅读的兴趣。

毋容置疑，在新中国成立后的散文作家里，能够在自己的作品里做到有知识、有趣味、有思想的作者是不乏其人的。然而能够像秦牧这样持之以恒地、自觉地把三性结合作为一个艺术的目标来追求，应该说，我们还找不出第二个人来。正由于此，我们认为，秦牧在这方面的努力，应当特别引起我们的文艺评论家和当代的散文作者的注意。

秦牧散文“三性结合”的特色，首先表现在丰富广博的知识性。

让我们先看《花城》这篇散文吧，它是对于花的礼赞，也是充满着知识味的佳篇。在文中，作者首先给我们介绍了“南国花城”的盛况：那雍容华贵的“玉牡丹”，那珠光宝气的“金芍药”，那清高自许的“黄菊花”，那飘逸淡雅的“白玉兰”，还有那吊钟、斑竹、矶松、水仙、一品红、佛见笑、醉西施……它们斗妍争丽，各呈异彩，使人眼花缭乱。接着，作者向我们讲述各类花卉的性格、产地及生活史，讲述人民群众千百年来形成的过年插花的生活习俗，以及各地人民对于不同的花的不同嗜好，等等。读着这样的文章，你不仅会陶醉于各类鲜花的娇艳多姿和人类改造自然的巧夺天工，而且不期然地会产生出到这个“花城”中去盘桓徜徉的欲望。在《海滩拾贝》里，作者如数家珍地向我们介绍名目繁多的贝壳。什么雪贝、骨贝、钟贝、伞贝、鹅掌贝、冬菇贝、花瓣贝、唐冠贝、虎斑贝、天狗螺、椰子贝，可谓五彩缤纷，应有尽有。同时还告诉我们大海起落、岩石风化、动物生死的自然规律和人类演变的法则，自然而然地把我们引进哲理诗的境界。在《土地》中，作者从对于土地的感觉开始谈起，给我们讲述了春秋时期晋国公子重耳亡命途中一个有关土地的故事，追叙了古代帝王封赠疆土、强迫被侵犯的人民投降时用土撒头的仪式，一直谈到湛江的“寸金桥”和华侨珍藏身边的“乡井土”，最后还陈述了祖国英雄为保卫自己的土地而流血牺牲的动人故事，等等。其他如《珍贵植物与瑰丽传说》《花市徜徉录》《南方几株名树》《社稷坛抒情》《天坛幻想录》《说龟蛇》《山药蛋之谜》《菱角的喜剧》《面包和盐》《咱们乡下出了宝》等篇，也都具有门类广博、知识丰富的特点。在这些作品里，作者简直为我们展示了一个“知识之网”。这里既有千姿百态的各种植物鲜花，又有五光十色的飞潜奇珍；既有天上的星月云霞，又有地上的龟蛇虫鱼；既有古代的瑰丽神话，又有现实中人民群众的生活风貌；既有庄重翔实的历史掌故，又有诙谐戏谑的见闻轶事，甚至于连一撮泥土、一把食盐、一粒种子、一块石头皆能成章，并且在处理上又不是事无巨细、自然主义地抓到就写，而是以思想意义为上，经过典型的概括和提炼，做到大的东西有大的发掘，小的东西有小的深度。正因为这样，我们读秦牧的散文，便仿佛走进了一个大千世界，感到眼界大开，不但获得娱乐和休息的乐趣，又受到共产主义理想和辩证唯物主义的熏陶。

从上面的例子中，不难看出，秦牧散文体现出的知识的丰富广博，确是足以令人惊讶的。而这并不是一个偶然的现象。过去，有人指出这是作者有意识地积累生活的结果，说作者“在‘吃草’这件事上，是颇为勤奋的”。他“除了从现实生活中直接获取知识之外，还从间接方面——从书本、听闻方面，积累较多的知识”。而对于“火热的斗争生活和历史现象”以至于“自然界的东西”，也都是“孜孜有味，审视不倦”的。[①]这种看法十分恰切。作者自己就认为，“文学创作离不开思想、生活知识、表现手段这三者”“占有丰富的生活知识的材料，对一个散文作者是十分重要的”“没有丰富的直接生活知识，就没法摄取间接知识……”[②]这些意思，在秦牧的文章中都是被反复强调的。而尤其可贵的是，作者为了使自己的作品能够满足读者的求知欲，不仅勤于“积学以储宝，酌理以富才”[③]，对周围的事物抱着浓烈的兴趣，而且善于搜奥探微，对事物进行缜细独到的剖析，力求从中发现生活的真正含义。而在事实上，像《社稷坛抒情》《天坛幻想录》这样怀古寄志的名篇，作者用社稷坛上的“五色土”和天坛圜丘上“逢九”的石块来寄托对祖国土地的沉思和眷恋，其中对“五色土”“逢九石”的谜探索得那样深入而有趣，要不是作者喜欢在社稷坛上“走来走去”，让“感情发酵”，和爱在天坛圜丘上“盘

---

① 杜埃：《论秦牧的散文——〈花城〉读后》，《笔谈散文续篇》，百花文艺出版社1979年版，第108页。

② 秦牧：《散文创作谈》，见《作品》1979年第6期。

③ 刘勰：《文心雕龙·神思篇》。

桓”，企图猜透“那堆石头中”藏着的“谜”的话，那是决然做不到的。

秦牧为什么这样重视作品的知识性呢？知识性在作品中到底有些什么作用呢？如果用他自己的话来说，首先是从作者方面来看，只有掌握知识，强调知识性，“对一个道理，发挥起来，才能够有丰富的材料加以体现；而接触到一件新鲜事物，也才能够引起丰富的联想”[①]。而另外的重要方面，是这“丰富的知识所以重要，不仅在于它可帮助作者说明道理，而且这些材料还能够满足读者的知识欲，使人们在阅读的时候获得新鲜感。”[②]

用知识阐发道理，引起联想，用知识使读者产生新鲜感，这便是作者重视知识性的两个重要原因。这里讲的一个是创作方法上的作用，一个是创作效果上的作用。文学作品所使用的创作方法总是服从于效果的需要的，手段是否成功，最后总是要取决于效果如何，所以尤为重要的是后者。那么，秦牧是怎样在散文中做到既有知识又给人以新鲜感呢？我们认为，事物内部隐奥的发掘探微是产生新鲜感的内在因素，由于秦牧对事物具有独到的见解，因之往往能够于陈腐中见鲜妍，于纷纭中见博洽。有时，对于一些貌似平凡的事物，同样也能从中发掘出伟大的东西来。譬如“面包和盐”这类最为普遍的、为人们司空见惯的食品，他也能从它们在日常生活中的作用及被当作馈赠礼品这一点上，发掘出“伟大就寓于平凡之中”的道理来。而对于狼这种四足的食肉恶兽，人们在印象上并不陌生，作者却能通过对于狼的种种性格的描绘，让人们更为生动地看到了“狼残”“狼狠”“狼贪”“狼吞”“狼突”“狼藉”等形象，并借此认识了帝国主义的本性。另外，如对药材铺，一般人都觉得它只不过是配药装药卖药，没有什么出奇之处，然而作者却能从配药人员平淡无奇的工作中，发掘出谨密细致与粗枝大叶的辩证关系这一人人心中有、笔下又所无的新颖主题。“土地”，本来是大家所须臾不曾离开的东西，但是在作者笔下，却能使人领略到丰富多彩的古代传说和风雷激荡的历史巨变，认识了气壮山河的现实斗争和云蒸霞蔚的美好生活。所有这些，都无不具有扬奥发微的性质，都无不使人感到新鲜和惊奇。读着这样的文章，我们不得不佩服作者“写

① 秦牧：《散文创作谈》，见《作品》1979年第6期。

② 秦牧：《思想和感情的火花》，《秦牧全集》第一卷，广东教育出版社2007年版，第562页。

哪个主题，就‘拥有’哪一范围的人生，社会和历史的知识”[①]。同时不得不佩服作者从平凡中发现伟大，或者说“化平凡为神奇”的本领。

## 二

秦牧散文“三性结合”的特色，其次表现在妙理横生的趣味性。

趣味性之于散文，作用是相当重要的。记得中国现代戏剧家曹禺同志在谈到戏剧的写作到演出时，曾为一个问题苦恼过，即怎样一面使真实不歪曲，一面又能叫观众感到愉快，愿意下次再来买票看戏，常是使一个从事于戏剧的人最头痛的问题。巴尔扎克则说得更干脆：一部小说，头一条件就是能引起兴趣。曹禺和巴尔扎克在这里讲的是保证内容而又加强效果的问题，可以说对散文也同样适用。这是因为，人们打开文学作品阅读的时候，心里念叨着“让我来受点教育”“让我来学点知识”的固然也有，但这样的人在生活中毕竟是很少的。事实是，大多数人拿起文学作品，首先考虑到的是这篇东西有没有趣味，是否能起“遣兴”的作用。如果有趣味、能遣兴，他们便迫不及待地一气读下去；反之，如果作品写得干巴乏味，他们便不屑一顾，甚至从内心感到厌恶。正是看到这一点，因此秦牧不仅提倡“文学艺术应该能够引人发出更多爽朗的笑声，我们必须有更多‘巧妙的手’去搔人家精神上的胳肢窝”，[②]并且把这一主张贯串到具体的创作中，进行了长期的、孜孜不倦的追求。

那么，秦牧对于趣味的追求具体表现在什么地方呢？

一是在平易近人的交谈中，造成一种真挚亲切的情趣美。秦牧在创作上的一个特点，是不回避自己的创作个性。他的散文，大抵是“为情而造文”，而非“为文而造情”。他总是尽情倾吐，时而娓娓而谈，好像一位久别的老友与你促膝谈心，颇有“酒逢知己千杯少”之感；时而徐徐道来，又仿佛一位博学多识的老人，带你在智慧的森林中漫步，使你在领略事物的奥妙和人生哲理的同时获得无限情趣。如在《艺海拾贝》中有一篇文章叫《笑的力量》，它一

① 周立波：《一九六二年散文特写选》序言，人民文学出版社1963年版，第6页。

② 秦牧：《笑的力量》，《秦牧全集》第九卷，广东教育出版社2007年版，第263、264页。

开始就这样写：

> “哈、哈、哈、哈……”我们每个人做小孩的时候，都有被人搔到胳肢窝，瘫痪在地上大笑的经验。这种笑，虽是辛苦，也是快乐的。长大以后，这种玩意儿自然是难得有了，但是有另一只奇妙的手，有时也会来搔我们精神上的胳肢窝，使我们忍不住微笑和大笑，这只奇妙的手，就是幽默和讽刺。

作者要说明的是“笑的力量”，为了与内容相适应，文章别开生面地用“哈、哈、哈、哈”四字起头，然后自然从小孩时“被人搔胳肢窝”谈到长大后被另一只奇妙的手搔“精神上的胳肢窝”而引起的微笑和大笑，笔调是平易近人，无拘无束，同时也是真挚坦露的。读着这样的文字，我们很容易唤起一种亲切的感受，自然而然地会引起一阵会心的微笑。

二是在采用群众口语和古今譬语中，造成一种幽默的趣味美。秦牧的散文非常重视“中国风味”，为了做到这一点，他除了在选材、描写等方面注意地方色彩和民族风习外，还时常撷取某些瑰丽的古今诗句和成语以体情状物，加强艺术意境，特别喜欢选取某些富有活力的群众口语来烘托场面，增添生活情趣。如在《土地》中：“沙果笑得红了脸，西瓜笑得如蜜甜；花儿笑得分了瓣，豌豆笑得鼓鼓圆。”寥寥几句，便烘托出丰收的喜乐。既浸润着泥土、露水、花果和香气，又写得饶有风趣。在《花城》中，作者用了“糖果祭灶，新年来到，姑娘要花，小子要炮，老头子要一顶新毡帽”这样的群众口语，只二十几个字，便写出了节日来临前的热闹盛况，既有气氛渲染，又写出了姑娘、小子、老头的不同爱好的心理特点，而且，这段口语，诙谐戏谑，富有情味。而《菱角的喜剧》一文，作者在叙述各种奇形怪状的菱角时，中间插进“我的天！复杂性、多样化的事物原来是这样无所不在的”，这“‘劳什子’——简单化、绝对化的思想方法，常常把人害得好苦啊”的惊叹，也用得别有意趣，它像一把触动人们心灵的钥匙，“咯噔”一声撬开的了人们的心窍。至于类似“死要脸”“笑脸虎”“甜的要死”“咸的要命”“大鱼吃小鱼，小鱼吃虾仔”“臭猪头碰上盲鼻菩萨”等群众日常用语，在秦牧散文中更是俯拾皆是。这些都增添了作品的幽默感，给人一种健康活泼的情趣美。

三是在变化多样的譬喻中，造成一种新鲜可感的情趣美。在秦牧的散文中，作者极善于用新颖多样的譬喻来论事说理，这些“精彩的譬喻，仿佛是童话里的魔棒似的，它碰到那里，那里就忽然清晰明亮起来”①。如我们上面引过的《笑的力量》，作者把幽默当做一只“奇妙的手”，便是采用譬喻的方法。在《论骄傲》一文里，作者用欧洲一个跌死了十几万匹野马的“死马谷”来譬喻现实生活中的“骄傲谷”，并要在旁边树立一块木牌，“警告一切飘飘欲仙的人们：‘跳不得！’”这样便把“骄傲谷”的危险性惟妙惟肖地揭示出来，又形象，又风趣。作者不但善于用新颖的譬喻来论事说理，还善于抓住事物对象的内外特质，进行状物取类，多方譬喻，使其形象自露，本质毕现。《青春的火焰》便是一例。作者在文中采用连喻的手法，把老当益壮的老年人喻为常绿的榕树，把年富力壮的中年人喻为结实累累的果树，把朝气蓬勃的年轻人喻为生命力旺盛的梭梭树，从而使“青春”这一抽象的概念变得具体可感，充满着情趣的魅力。当然，最能代表这方面特色的是《艺海拾贝》。据有人统计，这本书共63篇文章，出色的譬喻多达500多个。这样，这个专谈文艺创作的集子便成了文情并茂的散文，自始至终贯串着生动有趣的形象，既使人从中学到文艺理论知识，接受马列主义文艺思想的濡染，而又免去了“硬着头皮，正襟危坐”之苦，故而至今仍深受读者欢迎。

## 三

秦牧散文三性结合的特色，还表现在具有高度的思想性。

在上面，我们具体地探讨了秦牧散文的知识性和趣味性，然而，是不是有了知识和趣味就能成为一篇好散文呢？事实并非如此。古往今来无数的例子说明：散文首先必须具有先进的思想，其次才是知识和趣味。思想、知识、趣味三者是有主有次，缺一不可的。如果忽视思想，就很容易使散文变成趣味主义的庸俗或单纯猎奇的案头摆设；反过来，只强调思想而忽视知识和趣味，散

① 秦牧：《譬喻之花》，《秦牧全集》第九卷，广东教育出版社2007年版，第210页。

文必然成为干巴乏味、内容空洞的政治说教。秦牧散文的可贵之处，正在于不但注意到知识性和趣味性，同时也注意到思想性的“核心”作用，而且把这三者水乳交融地结合在一起。

我们看《珍贵植物与瑰奇传说》这篇文章，里面讲了那么多离奇有趣的神秘传说，其结果却是让我们透过这种种神秘的云雾，看到“先民对于英勇先人的崇敬，对于开辟草莱精神的赞美，对于辛勤劳动的歌颂，对于不幸者的同情，对于珍贵植物的击节欣赏”。《菱角的喜剧》不厌其烦地讲了“角”的变化和种种趣闻，主旨却在于使人们认识到“实践出真知”的道理，领会到简单化、绝对化在认识事物上的偏颇。而即使是在《释龟蛇》这样有趣的知识小品中，作者层层追寻龟和蛇何以千百年来被人们并称的原因，提到远古时候大禹带着黄龙和龟治水的传说，目的也不过在于“追”出千百年来人民苦于水患，“这两样东西的出现，是人们希望用它们来制服洪水的象征”这样一个事实来，从而和“一桥飞架南北，天堑变通途”这一伟大现实形成鲜明的对照，以揭示社会主义在改造自然中所显示出来的巨大力量，帮助人们认识社会主义制度的优越性。其他如《社稷坛抒情》《土地》《古战场春晓》《面包和盐》《赞猎渔老手》等篇，也莫不是如此。

不过，这里必须着重指出的是，作者鉴于服从“三性”的目的和要求，对思想性的理解往往不像某些人那样狭隘。由于他认为“一滴露水在太阳照耀下也可以闪耀着无穷无尽的光彩”[①]，因而很少亦步亦趋地去紧跟形势或机械地配合某个时期的“中心任务”，而是尽可能按照生活丰富多彩的本来面目，力求在题材、主题、体裁、表现手法上都做到多样化。而在作品的具体处理上，他又喜欢把思想“埋藏”得更隐蔽些，往往借助于历史变迁的咏叹和辩证唯物主义思想的寄托，着重于帮助读者从新生活中发现新道理，并通过各种各样的艺术阐发，教给人们一种符合于党的路线、符合于时代要求和符合于共产主义理想的思想道德，因而他的散文更易于为读者自觉接受，或者说在不知不觉中接受。关于这点，过去有个别同志曾提出异议，他们认为人们喜爱秦牧的

---

① 秦牧：《“果王”的美号》，《秦牧全集》第九卷，广东教育出版社2007年版，第64页。

散文，主要是受其知识性和趣味性的吸引，至于秦牧散文的思想性，则是不高的。我们认为这种说法是主观和片面的，因为他们没看到作者的思想是隐藏在知识和趣味之中的特点，而只是从表象上去看问题，因之自然也就不能做出正确的评价。

总之，通过以上探索，我们认为"三性结合"确是秦牧散文中的一个特色，是它使得秦牧的整个散文风格与别人区别开来，收到了一种别人所无的特殊效果。

## 四

为了达到"寓共产主义理想教育于闲谈趣闻之中"的目的，同时也为了适应"三性"结合的需要，秦牧在散文中追求的另一个艺术目标，便是广阔深邃而又集中的联想。

刘勰说："文之思也，其神远矣。故寂然凝虑，思接千载；悄然动容，视通万里。吟咏之间，吐纳珠玉之声；眉睫之前，卷舒风云之色。"[①]这段话形象地说明了作家在写作构思时具有超越时间和空间的能力，并极其概括地点出了联想的特点。联想，作为一种形象思维的手段，适用于一切文学体裁，而在散文这个"海阔天空"的领域里，它更是一位众人宠爱的骄子。因为谁一旦插上这对闪光的彩翼，就可以上天入地，搜奥探奇，使思想飞得高，飞得远，"观古今于须臾，抚四海于一瞬"，从而达到"笼天地于形内，挫万物于笔端"的目的。[②]

然而，联想是个并不怎样听话的孩子，虽然人们对它格外看重，而它却只对一部分人另眼相待。

我们有这样的体会：有时读某些作品，你不能不承认作者大量地运用联想，但是可惜得很，他的联想无论如何也不能打动你，不能引得你和他一起"上天入地，会古访今"。这是什么原因呢？我们以为造成这种现象有三种情

① 刘勰：《文心雕龙·神思篇》。

② 陆机：《文赋》。

况：一种是作者虽然运用联想，但由于对事物了解不深，没有掌握它们之间的内在联系，因而虽联得“广”而显得空，虽联得“阔”而显得泛；另一种是作者虽然掌握了事物之间的内在联系，但由于知识贫乏和缺乏热情，结果想象的翅膀老是飞不起来，或者只能像蓬间雀那样徘徊在草梢，而不能像大鹏那样展翅万里；再一种是根本不懂得联想的基本要求，只是凭着个人的闪念所得，在那里漫无边际地乱想。秦牧的散文，与这三种联想方法是大相径庭的。他的联想，概括起来说，就是物广而形显，事奇而义实，时远而旨近，境深而意浓。而构成这一切的因素，固然一方面是由于作者广博的知识和对事物独到的见解，但更重要的是作者保证了“个人的创造性，个人爱好的广大空间，有思想和幻想，形式和内容的广大空间”①。正是保证了这个“广大的空间”，因而秦牧散文联想的第一个特色便是广阔，也就是我们平常所形容的“海阔天空”。

我们不妨看《潮汐和船》。这篇文章在作者所有的散文作品中也许不能算是联想最出色的一篇，可是通过它，我们却可以看到秦牧联想彩翼的翱翔是多么的广阔无边！请看，作者要写的是潮汐和船，然而他的思想却飞到世界五大洲，飞到遥远的古代。他联想到“第一个从树上下来生活的猿人，第一个用火烧东西来吃的原始人，第一个抓野马来骑的猎人，第一个从草里找出五谷来播种的农人，第一个挖独木舟的渔人”；联想到20世纪初叶“画着两颗圆眼睛”，乘季候风到南洋去的红头船和“桅杆上挂着骷髅”、在海面上横冲直撞的海盗船；联想到郑和、迪亚士、哥伦布、麦哲伦以及更古的许多航海家，并从他们驾着木舟在海岸上艰难航行联想到近代科学文明发展的历程；最后还联想到解放后渔民的欢乐生活的做人的骨气，等等。作者正是通过这一系列的联想，表达了“对于人类文明积累的赞美，对于沉痛的历史往事的凭吊，对于翻身屹立起来的人民劳动创造的讴歌，对于勇敢智慧和毅力的倾慕”。整篇文章，想象飞驰，意境开阔，援古证今，猎涉中外，笔墨雄浑而又潇洒自如，行文放纵而又从容不乱，读后使人心胸豁达，眼界大开。而像这样的联想，在秦牧的散文中可以说是俯拾皆是。

然而，如果说秦牧散文的联想，靠的只是广阔，那还是不够的。好的散

---

① 《党的组织和党的文学》，见《列宁选集》第一卷，人民出版社1960年版，第648页。

文，除了要求联想得“广”之外，还要求联想得“深”。广和深，是辩证的统一，它们相辅相成，构成了散文丰富的内涵和深远的意境。秦牧的散文之所以有如此动人的艺术力量，就在于它不但联想得“广”，而且联想得“深”，并把两者很好地统一在一个整体里。

试以《土地》为例。在这篇抒情性的散文里，作者展现在我们面前的画面是广阔的，这里有对古代祖先生活的回忆，有对现实生活的描绘，有对殖民主义侵略者的控诉，有对保卫疆土的英雄们的赞颂；有山峰，有海洋，有灯光，有朝阳，有奔驰的列车……但作者这种广阔的联想，并不是按照时间和空间的外部顺序，把事物一个一个地排列起来，而是根据事物的内部联系和文章的逻辑结构，采用了“迂回曲折，从远道来”的方法。你看，他要写“土地”，可并不“开门见山”，而是先写朝阳、松柏、山峰、海洋、灯光、列车、日历，引得你神思飞驰，然后才像对老朋友谈心似的告诉你：“我想来谈谈大地，谈谈泥土。”可是且慢！你别以为作者马上便给你“谈大地”“谈泥土”，他还要到飞机，到汽车上，然后才从容地向你说起呢。《土地》临近结尾的描写也与开头一样。本来作者写了几万人挑灯夜战，读者以为他会一路写下去，并在这个“高潮”上停笔结束全文，可是作者却突然笔锋一转，写了一群老农在巡田，几个技术员在改良土壤，最后才又把笔拉回到会战工地。作者在这里采用“迂回战术”是大有深意的。它一方面深化了农民与土地的感情，一方面暗示农业丰收是和水利建设休戚与共的。这真是“山重水复疑无路，柳暗花明又一村”的联想法啊！它不由使我们想起了苏州园林那种回廊曲折、水色山光的气概；又使我们想起了居家中的屏风，它使人不会一览无余；又想起公园中的曲桥，它使小小的湖面空间登时扩大了许多倍，不仅给人天地开阔，波光潋滟之感，而且包含着一种蕴藉，一种委婉，具有一种曲尽其妙的动人力量。

如果说，这种“迂回曲折，从远道来”的联想方法，是导致秦牧散文联想达到深邃的一个方面，那么导致秦牧联想达到深邃的另一个重要的方面，就是他对于主题层层深入的发掘。在这方面，我们以为《星下》是颇有代表性的一篇。作者从人们夜里“仰首星空”这个富于诗情画意的境界里，缅怀着过去、现在人们对于星空境界的不同认识，以及征服自然的不同程度，得出科学终将战胜宗教迷信，唯物主义的认识论必然战胜唯心主义的不可知论，社会主义制度必将比任何社会制度更快地促进科学的发展，使人类最后彻底地认识和战胜自然的结论。这里，作者的思想演进过程是由浅到深，层层深入的。第一层，从星空迷茫联想到古代流传下来的各种诗歌和传说，展示人类在没有认识大自然以前那种迷离恐惧的心理；第二层，从古代传说联想到宇宙世界，文明掌握共产主义世界观对于征服自然的意义；第三层，从宇宙世界联想到人类第一颗人造卫星，证明社会主义制度的优越性；第四层，从人类第一颗人造卫星联想到原子破冰船，预示科学终将战胜愚昧迷信、共产主义制度终将在全球取得胜利；第五层，从原子破冰船联想到共产主义世界里人们征服自然的豪迈笑声，从而悟出“一个人自然是渺小的，合起来的力量却是绝大的。一个人的生命自然是会死亡的，然而进步人类的生命的洪流却是永远无休止”的真理。从上面这组“五步曲”中，我们看到，作者的联想是分为五个大的飞跃过程的，每一次联想便跃进一步，每一次跃进又使主题深入一层。而这种思想跃进，又自始至终贯穿着深沉的辩证唯物主义思想。这正如一个善于导游的向导，他带你从山下拾级而上，一步高似一步，最后到达峰顶，眼前景色豁然开朗，无限风光尽收眼底。

秦牧散文风格形成的因素是多方面的。这里面既有作家主观上的阶级立场、思想方法、生活阅历以及胸襟气度、个人喜好等因素的作用，同时也还有客观上一定时期的社会生活、政治形势和时代精神的影响。此外，还应特别指出的是，艺术素养上的深刻造诣，在长期的创作实践中总结出一套创作理论，然后又反过来以它作为自己艺术活动的指导思想，这是促使秦牧的散文风格日臻成熟的重要原因。

秦牧是岭南散文的代表性作家，也是一位具有独立思想和勇于探索的当代散文大家。他的散文创作为中国当代散文的创作开辟了新生面，发展了诸如“知识性”“趣味性”等新的艺术因素，丰富了散文的表现手段。他的散文的艺术风格，随着时间的推移，正在当代的散文创作领域中，产生着愈来愈大的作用。

（原载《文学评论》1981年第1期，用笔名“戈凡”，
与黄汉忠合作，收进集子时略作修订）

# 岑桑：写出自己的情调和色彩

岑桑，是一位诗人，更是一位优秀的散文家，一位乐于思索的瞑想者。20世纪80年代初期，他的散文集《当你还是一朵花》影响了一代的青年，在读者中产生了广泛的影响。岑桑把散文的素质、诗歌的意趣、哲理的思索凝结为一，合成了一种美的文体，一种诗的散文，或叫哲理的诗。这种赋有诗和哲理特质的美文，自然不是岑桑一人所独具，而是岭南散文作家的共性。但是，应当说，岑桑在这方面表现得特别突出。

岑桑（1926—），笔名端木桥，广东顺德人，中共党员。1949年毕业于中山大学社会学系。1950年参加工作，历任广州市影剧场公司副总经理，广州文化出版社编辑部副主任，广东人民出版社文艺编辑室副主任、主任、副总编辑、社长兼总编辑。《岭南文库》丛书执行副主编，中国作协广东分会副主席。1942年开始发表作品，1962年加入中国作家协会。著有散文集《当你还是一朵花》《在大海那边》《岑桑散文选》，诗集《眼睛和橄榄》等20余种。评论集《美的追寻》获第二届广东鲁迅文学奖，儿童文学《野孩子阿亭》获1990年新时期优秀儿童文学奖，《岑桑作品选》获首届冰心儿童图书奖等。1997年获中国出版工作者协会首届“伯乐奖”。

## 一

我们之所以说岑桑是一位诗人和瞑想者，不仅仅因为他的散文里有浓郁的诗情和明晰的哲理，还因为他的散文深深地烙上了自己的个性，有只属于自己而别的喉咙绝对唱不出来的声音。俄国天才的作家屠格涅夫说：“在文学天才身上，……其实，我认为，在任何天才的身上，重要的东西却是我想称之为自己的声音的东西。是的，自己的声音是重要的。生动的、自己特有的声调，其他任何人喉咙里都发不出的音调是重要的。”自然，我们无意说岑桑就是屠格涅夫所说的天才，但我们要说：岑桑的散文，从思想表达、立意构思、感情色彩、结构方式乃至语言运用，都是属于他自己的。

说岑桑的散文具有“自己的声音”并非没有根据。只要循着岑桑的创作道路考察，我们便会发现：岑桑的散文确确实实有着自己的东西，而且随着岁月的推移、时间的流逝，“自己的”这三个字的比重越来越大，色彩越来越浓。如果说，他出版于“文化大革命”前的散文集《廿世纪的野蛮人》《巨人和狼》《幽灵在徘徊》《当你还是一朵花》《在大海那边》中的作品，尽管写得优美流畅，但自己的东西还不太多的话，那么到了近年，由于经历了十年浩劫的磨难，特别是经历了“填方格”的惩罚性“劳动改造”，岑桑的头脑变得复杂了，他的思想更成熟了，心中的爱憎更加分明了，艺术表现上也逐渐趋向于深沉老辣。思想与艺术的飞跃，必然导致作品风格的更新。岑桑近年来发表的大部分作品（这些作品有的收进《岑桑散文选》中的“料峭篇”和“山水篇”，有的散见于《当代》《南方日报》《羊城晚报》等刊物），便是作者思想与艺术转变后结出来的果实。在这些作品中，我们过去曾经如此稔熟的单纯和明丽的色彩——那种虽不乏真挚的感情但在表现上却略显单调，那种只有欢乐没有忧愁、只有光明没有云翳的生活画面不见了，而代之以酸甜苦辣的“杂色”，那是光明与黑暗的交织，鲜花与血污的融合，那是春光与残雪的搏斗，也是现实生活与心灵颤动的共振。当然，那里更有从忧愁与愤怒中簇拥出来的诗情，有电光石火，空谷浩歌，有涂不污熏不黑的心灵和泼不灭淋不熄的火焰……而这一切又都如此鲜明地涂抹上作者的感情色彩，都属于岑桑自己所独有！甚至于，我们不用看名字，单凭结构、表现方式和语言，便能断定这是岑桑的作品了。

同时，我们还应看到，由于有了“自己的声音”，岑桑散文中所透露出来的诗情和哲理，便不同于当今某些散文作品的诗意和哲理。我们觉得强调这一点很有必要。因为当代的散文创作确实存在着这样两种倾向：刻意追求诗意和生硬地灌输哲理。前者不管写什么类型的散文，总爱加进一些所谓诗意，但他们所认为的诗意，只不过是些秀山丽水或美好的人事，是精巧的构思和创造出一个优美的意境。这样，由于排斥了作者真挚感情的自然表露，忽视了散文也必须真实地反映丰富广阔的社会生活的职能，当代的不少散文便显得雕琢和虚饰，并且不可避免地使得散文的路子越走越窄。而后者与此相反，它们对诗意似乎并不怎么感兴趣，也不刻意追求精巧的结构和优美的意境，但它往往为了阐述某种生活或人生哲理而不惜在作品里大段大段地进行说教，结果使得散文这种优美的文体变得僵硬枯燥、干巴乏味。岑桑近年散文的可贵之处，就在于他也追求诗意和哲理，但他的诗意是来自纷纭繁复的现实，来自作家对生活的独特感受，他的哲理并不是空洞的喊叫、赤裸裸的阐述，而是附丽于具体的形象和诗情之中，因此读岑桑的散文，往往既能获得诗的美感，又能受到哲理的熏陶。我们认为，这正是岑桑的作品获得人们喜爱的原因，也是他对于当代岭南散文的一个贡献。

## 二

散文的感情抒发和诗意创造，一向受到人们的重视。然而，什么样的感情才算是高尚的感情？什么样的感情才是我们今天需要提倡的感情？我们认为，散文的感情，最重要的是顺乎自然，出自真挚，发自内心。亦即是说，散文的感情，不是用笔，而是用整个心灵和人生的血泪来写的；而且这感情不能是狭窄的、像鲁迅先生所批评的只是咀嚼个人小小悲欢的“个人之情”，它必须同人民的命运、同祖国的荣辱联结起来。一篇散文的审美价值，它的格调的高低以及感人程度的强弱，往往便直接取决于作者感情真挚的程度，取决于作者是否抒发了人民大众心中的感情。如果用这样的标准去衡量，我们觉得岑桑的大部分散文都能做到这一点。他的《回来吧，天鹅》，从两只来北京过冬的野天鹅说起，谈到了优美的舞蹈《天鹅湖》和安徒生的童话《野天鹅》。但是，这象征圣洁、美好的天鹅，却在玉渊潭公园被惨杀了。作者对“文明世界里的这桩耻辱事”感到痛苦，他愤慨于“以摧残美好事物为赏心乐事”的种种丑恶行径，由此想到对青年人进行着的熏陶、爱的教育的必要性。他对着被宰杀、因而躲藏的美天鹅喊道：

回来吧，天鹅！把更多美丽的珍禽带到我们这儿来！

回来吧，天鹅！和我们的美好事物一同回来吧，我们这里太需要美了！

这出自作者内心饱含怨愤之情和殷切期待的文字，活脱脱地托出了作者那颗热爱美、卫护美、憎恶丑的赤诚之心。这是作家对美的深情呼唤，也是新时期千万人民群众的心声。他的《填方格》，更能表现出他的真挚坦率的感情色彩。这篇作品采用白描的朴素手法，记叙了作者经历过的两种截然不同的“填方格”（在稿纸上写作和在木模子方格里打泥砖）生涯。他对于那消磨了他半生心血的写作生涯，对于“在原稿纸上填方格”是这样地“难分难舍”，但是在那个“毁尽文章抹尽名”的荒唐时代，他被打入“牛棚”，赶进“五七”干校，天天忏悔、改造、赎罪和摸爬滚打于阡陌之间，彻底与他留恋的稿纸上的方格子告别。当他经历了一番“腰酸背痛，头晕眼花”的劳动改造，在另一种方格子里填出了成绩，荣幸地得到解放，他是多么喜悦兴奋啊！他希望有朝一日仍能拿起笔，回到稿纸上“填方格”。然而他得到的却是“你必须忘却从前的方格子，一心去填现在的方格子！……你的出路，就在那里”的呵责和嘲讽。作品写道：“我的据说是十恶不赦的罪孽，便是由那无数的方格子和那无数的不眠之夜构成的。那沉重的罪孽几乎将我陷于万劫不复的境地。唉，我为什么还要痴心妄想，回到那些只有孤灯做伴的、黑沉沉的夜晚中去呢？为什么还要不忘情于那曾给我以缧绁、证我以滔天大罪的笔和纸呢？忘掉它们吧！忘掉那一切吧！……”作者甚至还进而写了他看见那张由他用泥写成的手稿，因痛苦心酸而“忽然流起泪来”，写了他对继续写作曾一度失去信心：“我是不该再用墨水去填方格的，只应该用泥！只应该用泥！……对于笔，我是死了心了。神圣化了的偏见，使我自己也几乎深信不疑：只应该用泥！”这里没有故作激烈的词句，没有令人讨厌的装腔作势。作者只是将自己在特定环境下的感受如实写来，但写得多么具体，多么动情，多么真切感人！《填方格》把作者当时那种对创作既欲哭无泪、欲罢不能的痛苦以及矛盾重重的感情和盘托了出来。然而文章的感情流淌并不到此为止，作者毕竟不甘于在木模子方格上了此终生。他深深懂得人的价值和尊严，更有追求真理的勇气和呼唤未来的信心。所以在文章的结尾，他写了“四人帮”委地以尽之后，他那沉睡已久的志趣又苏醒过来：“我又像当年那样，常常在灯下通宵达旦，以十倍的热忱回复自己填方格的生涯。”因为这时，他心中的爱憎变得更加成熟了，所以他充满激情地说：“我确信了现在，也确信了未来；我将以自己炽热的爱情填满那一个个方格，将之献给现在，将之献给将来。”整篇文章就是在这样炽热崇高而又恳切真挚的感情激流中结束。这种感情激流是属于岑桑自己的，但它又不是纯粹的“自我感情”的流露，它和我们的民族、和人民群众的感情是息息相通的，因此也是能够引起人们的共鸣的。岑桑近年来写的其他散文，例如《未来在笑着》《太阳的故事》《沧桑书话》等，大体上也和《填方格》一样，它们都不是以状物写景或写人记事见胜，而是以富于个性的真挚情感，以娓娓动听的笔调去感动读者。

然而，在岑桑近年的散文创作中，我认为写得最好的应是《流水弯弯的故乡》。它忘情于故乡弯弯的流水，在难以自抑的思乡之情中“挽回那失去已久的亲情和欢乐”的依然是那些景物——祖母淘过的米、母亲捣过衣裳的石垛头、哥哥下过虾罾、姐妹捞过螺蛳的桑基坑；芒果树、水杨梅；壮观的雁阵、中秋的孔明灯，依然是那些酷肖儿时伙伴的孩子。但是，当年在这流水弯弯的地方玩乐过的孩子，有的已死于战争，死于天灾，死于人祸，有的已远走他乡，不知所踪。总之，就像“这两岸曾经有过的花草树木那样，为灾难历史的利斧砍伐得七零八落了”。这里，有着淡淡的感伤，它积淀着作家半个世纪坎坷人生的深切感受。然而，它是明睿的，情绪之流虽在淡淡的感伤中浸润过，但却始终导向对人生过去的彻悟之后的宁静与明晰。于是，那淡淡的感伤，便因为对历史悲欢的咀嚼而更显得深沉和有力度了。它又是从真情真心中流出来的，是历史与现实交织的展望：“正是这绿色令人欣悦的朕兆，覆盖住我那难负的伤感的。”故乡和童年，往往是作家们最为喜爱的题材。《流水弯弯的地方》中，那种民俗的心理色彩与伤感中的遒劲苍雄，有其独特的情调，独特的意蕴。其意蕴与情调尽囊于淡淡的心理和情致的状写之中。相比之下，发表于《当代》（1983年第2期）的《花缘》，在这方面就显得平弱了，那沉实饱满而又独特的情绪与“花缘”，似未以独特的方式被真正寻觅出来。

由于岑桑常常要求自己的作品必须具有确实源出于内心的真实情感，让读者从作品中体味到自己的欢乐和痛苦，因此，读岑桑的散文，我们不仅思绪起伏，感情激荡，而且能够处处看得见诚恳坦率的岑桑的形象——一个在电光火石中觅求光明的沉思者的形象。他的外表朴质无华，而内心却诗情荡漾，充满飘逸的情思；他有过冷漠和迷茫，然而他心灵的火焰却从来没有熄灭过，他心中的浩歌没有被哭泣声所掩盖……郁达夫曾经认为，散文应该比小说带有更浓厚的“自叙传”色彩，作者只需要把自己的个性表现出来就行，好的散文只要读者一看，“则这作家的世系、性格、爱好、思想、信仰以及生活习惯等等，无不活泼地显现在我们的面前”。读岑桑那些“自叙传”色彩较浓的作品，我们的确是可以推断出作者的性格、嗜好，乃至生活经历的。

当然，岑桑的内在气质是个诗人，所以他的散文中的感情抒发，就不能不带有诗的特质。你看他把“黎明”写得那么美好和富于生命的光泽：当它“再度光临”之时，我们不仅从泰山飞溅的瀑布和闪光的刺刀边沿、从旅人兴奋的瞳仁里看到它那“美丽而庄重的笑容”，而且听到它“拉响了汽笛，吹响了喇叭，摇响了山间马帮的铃铎”。然而，尽管作者在这里采用了诗的语言和一系列排比的段式，对黎明的形象、神态、色彩和声音作了绘声绘色的铺陈渲染，但这篇作品真正感动我们的，并不是那些自然景物的描写，而是作者寄寓于自然景物之中、并经过诗化了的滚滚情思，是他对于黎明那种“忠诚”“殷切”而又“灼热”的期待，是他在“霞光满天的时分”里“豪情涌荡的心怀”。他的《残雪断想》《早春》《风流云逸的年代》又何尝不是如此！在那里，固然有“发出咄咄逼人的余威”的残雪，有充满着“温暖和美丽色彩”的早春，有流动的风和飘逸的云，这些自然景物的形象未尝不鲜明，但是倘若没有作者的诗情融贯其中，则它们无论如何也飞动不起来，也不可能如此鲜明地呈现出岑桑的艺术个性。因此，我们认为，在岑桑的散文中，诗化的感情占有极其重要的位置。

总之，既有诚恳真挚，又有坦荡炽热的感情色调，就是我们称之为属于岑桑“自己的”艺术个性。岑桑散文中这种艺术格调的形成，是与他长期沉浮在生活的海洋中，而又勤于积累、善于思索分不开的。特别是由于岑桑关心人的价值和命运，有一颗热爱美、热爱人民的诗心，因此他不能容忍任何扭曲人性、摧残美好事物的现象存在；而爱之愈切，憎之愈深，他的感情流露也就越炽热真挚——这正是一个严肃作家的高度社会责任感的体现，是他对于美好生活的执着的体现。

## 三

黑格尔在他的名著《美学》里认为，一个真正的艺术家必须具备两方面的条件：一方面艺术家要通过深厚的心胸，在作品里灌注进生气的情感，另一方面艺术家“要求助于常醒的理解力”。亦即是说，艺术家不但要拥有丰富饱满的感情，还要对生活和人生有睿智的、清醒的认识和理解。任何优秀的散文，总离不开情和理的交融。我们看苏轼的《前赤壁赋》、范仲淹《岳阳楼记》，以及朱自清的《匆匆》，尽管它们或则以情动人，或则以理取胜，但都无一例外地体现了情景交融的特色。很显然，岑桑对我国散文这一优良传统是有所师承和发扬的。这样，他的散文的独特艺术个性，在感情真挚的基调上，又添上了情理交融、情深理显的特色。

在长期的创作实践中，岑桑形成了一套自己的美学和文艺观。在一篇谈创作体会的文章里，他不仅特别推崇《背影》《匆匆》《岳阳楼记》等情理交融的作品，而且还认为：“在我一般称之为抒情散文的作品中，我以为情和理正是它们的命脉所在，少不得的。因此，散文作家应该力求以自己强烈的爱憎感情打动读者，并且从中闪现出思想的火花和美丽的心思，给读者以启迪。”岑桑从踏上创作的门槛起，便有意识地在自己的作品里实践这一文艺观、美学观。他写于60年代初期的《当你还是一朵花》，其中便不乏情景交融、情深理显的篇什。到了近几年，岑桑创作中的这种特色就更加鲜明和成熟了，他在情理结合上的追求更加自觉了。如《京口漫笔》《沙角怀古》《在徐霞客到过的地方》《宝瓶口遐思》等篇，便往往在自然山水的描绘或历史往事的纵谈中，揭示出某些生活或人生的哲理，由此引起读者的思考。特别是《古猿、神女及其他》《浣花溪抒情》这两篇组品，更能体现岑桑创作中的情理交融、情深理显的特色。前者写的是三峡“梦幻般”的景色以及由此而激起的沉思遐想。他在微风细雨中进入了三峡，让我们领略了哀哀猿啼的苍凉景色和三峡的险峻之后，便把笔一转而成为哲理的议论：“在大自然赫赫之声威的震慑和摧残下，人类总是不甘蜗伏的。在自己的力量暂时还不足以与之相抗衡的情况下，人们常爱借助奇特想象，来表达自己不欲居于被支配地位的志气和豪情。”接下去，作家把笔从遥远的年代引向眼前景物，对“纤丽瑰奇，秀美清幽”的神女峰作了具体细腻的描状，并通过瑶姬下凡为民除患的神话传说，表达对“我们祖先在大自然的威迫之下不屈不挠的意志，以及对于未来幸福生活的无限向往之情”。再接下去，作者又驰骋飘逸而邈远的思绪和想象，由神女诸峰的朦胧美态联想到“神话的诞生，固然表现了我们备受大自然虐待的祖先们的意志和愿望，其实也同时表现了生活在艰难时世的他们，在与大自然搏斗中的可悲处境和弱者地位”。并由此进而提出自己对于神话的理解：“如果说神话终于消失在自然力实际上被支配的时候，那么，在它消失之前就已渐渐黯淡无光了。”在经过了一番描述和抒情议论后，作者再次把笔拉回到现实生活，落在今天三峡游客们的神态和江中漂浮的航标上。正是这“美和科学的结晶”，把他的感情抒发和哲理议论又向前推进一步。最后，自然而然地揭示出一个哲理：“神，是从多灾多难的苍茫大地、从不幸的人们凄苦的心中诞生的，也终将在摆脱不幸境遇的人们充满希望和自信的心中隐退……从那千百年前猿啼不已的两岸，我仿佛听见一个声音在说：人们呵，当你们在激流中行进的时候，最实在可靠的，毕竟还是你们根据自己苦苦摸索而建立起来的航标，而不是神……”整篇文章，情以理动，理因情显，感情抒发与哲理的议论达到了高度和谐统一。尤其是文章结尾的哲理抒发，把思想境界升华了。这样的哲理抒发是深刻的，属于岑桑自己的。它能够引起读者的思考，开阔读者的眼界，把人们的精神境界提高一筹。

如果说，《古猿、神女及其他》虽写得情理交融，而略以理显的话，那么《浣花溪抒情》则以情深见长。它一开头便用形象化的语言、抒情的调子对成都草堂前的小溪反复咏叹，使人们对这曾经哺育过我国一代“诗圣”的涓涓溪流顿生向往崇敬之情。然而，作者写这篇文章的目的并不仅止于此，他还想“顺着众多草堂的诗留痕”，他还想从老杜当年“计拙无衣食，途穷仗友生”的困厄境遇借题发挥，对老杜的“阶级成分”发表议论，他从工部祠里两个胖瘦和气质神态截然相反的杜甫石刻像，引出关于“胖派”与“瘦派”的争论，并以实例纠正了前几年学术界有人把杜甫说成是过寓公生活的大腹贾的主观偏见。这样，《浣花溪抒情》便不仅情中有理，理中带情，情理俱美，而且具有一定的学术价值。因为它以真切的感受、翔实的考察、形象的描述解开了人们心中的疑团。这就在很大程度上加强了这篇游记的思想深度，同时也使得它富有艺术个性。岑桑的其他散文，虽说比不上上述两篇作品那样达到情理高度融合为一的境地，但也各有特色和优点。它们有的理隐情中，融情入理，有的以情驭理，情理并茂；还有的以事引理，理以意显，尽管各篇在表情达意和述理上各有轩轾，但都能给人一种"理趣"的美感。我们知道，哲理入诗，一般为诗家所忌，因为"理过其辞，淡乎寡味"，往往会破坏诗的形象和意境。可是，散文与诗不同，它尽可以写得随便自由，因此也就具有便于说理的长处。我国先秦的诸子散文，便有许多是以理为命脉的。尤其当理同鲜明的形象和诗情融合在一起，达到朱自清说的"理智的结晶"的时候，这种理的深处，便是悠远而韵长的诗。因此，我们在强调散文的诗意和情感抒发的同时，也要提倡时代的理性精神，要发扬我国传统散文的"理趣"特色，从而扩大我国当代散文的领域。正是从这个意义上，我们认为岑桑的创作经验值得我们认真总结。

同时，还必须指出，岑桑散文中的哲理抒发，不是架空的阐述和说教，而是借助具体的形象来体现的。《当你还是一朵花》里大部分作品，而便大抵是从一些具体的事物入手，然后生发开去，引申出一种道理，一种见解。这些具体事物或故事虽然一般来说都比较简单，但由于作者写作时注意联系青年人的实际，加之感情真挚，胸无芥蒂，笔墨带着较浓的文学色彩，文字流利畅达，比喻自然贴切，所以能使读者信服并接受。这是岑桑散文哲理思索的另一特点，也是岭南散文创作的一个共同特色。岑桑的这类作品在议论知识、说理释事以及行文运笔上颇似英美的"絮语散文"，所不同的是英美的"絮语散文"以闲适超脱为怀，以幽默机智为本，而岑桑的散文尽管也有幽默机智，但却少了点闲适，多了点激情、火药味和现实气。这大概就是所谓时代、生活和审美情趣对作家的支配吧。

## 四

散文往往选择人们司空见惯的、平凡的、普通的细小题材，因而它不仅要求在思想上、感情上、意境上、语言上都必须出自作者的胸腔，同时也要求在立意构思和艺术结构上也力求表现出自己的情调和色彩。

散文立意构思和艺术结构没有固定的章法，它总是因作家独特的思想气质和艺术个性而呈现出不同的形态。作为岑桑散文的立意构思和艺术结构，它的最鲜明的特点表现在，他总是力求选择准确的艺术角度，从自己感受最深的那一点落笔，并以自己的感受作为支撑点来谋篇布局，从而创造出一个迥然于他人的崭新艺术境界。这是岑桑散文创作的一条基本思路。

为什么《浣花溪抒情》里一条不起眼的小溪，会引起他如此的依恋？也许，当他来到草堂前的时候，他思绪起伏，遐想联翩，他曾沉迷于那里的奇山丽水，他感叹历代文人诗客吟咏“诗圣”的诗篇。然而，他没有像一般游记那样将草堂的风物描述一番然后了事，也没有详尽地去罗列杜甫的生平。他只是写了一条小溪——一条容易为一般人忽视的小溪。这条小溪在别人眼里也许平淡无奇，但他却从这里荡起汹涌的感情波澜，并从这个独特的艺术构思角度，想到老杜贫困的一生，最后引出关于杜甫阶级成分的评价。他为什么这样写而不那样写？因为比之于其他，“诗圣”生前的困厄以及死后遭到的不公平评价更能触动作者的心怀。因此，他觉得与其附庸风雅去描绘一番草堂景致或抒发一点思古之幽情，不如将自己参观草堂时的最深刻的感觉写出来——这才是真正的艺术上的独创，是构思上的别出心裁！同样，在《古猿、神女及其他》里，他关于自然力与人类的搏斗，而人类最终战胜自然力的哲理抒发，也是他艺术构想中的红线。在岑桑近期的散文中，类似上述这样的例子还很多。正由于岑桑把自己的感受置于作品的中心地位，因而他的作品的格局也就不像某些作家的作品那样千篇一律和单调，而是因具体的环境、描写对象和感受的不同而变化，并因而呈现出洋洋洒洒、飘逸自如的多样化色彩。比如他的《古猿、神女及其他》《浣花溪抒情》是以时间的先后、空间的转移为脉络，以哲理的思索作为连结画面和感想的焊接点，结构上显得潇洒超脱、摇曳多姿。他的《残雪断想》《早春》《黎明再度光临》《回来吧，天鹅》等，是以感情的抒发作为画面与画面之间连接的内在线索，所以具有诗的跳跃凝练的特色。而他的《未来在笑着》《太阳的故事》和《填方格》则采用了电影蒙太奇的结构方式，前两篇以若干个独立故事（形象画面或生活片断）构成结构的骨架，而后运用了“叫板式”蒙太奇的连结法，把“我”的思念、人物的感情、朋友的际遇交叉叠印，一层层推进激化作品的主题，组成一个饱含感情的思想力量的完备艺术画面；后一篇采用“物件式”的蒙太奇连结法，将在稿纸上“填方格”和在干校打泥砖“填方格”连结起来写，并通过这两个生活画面的反复对比映衬，形成了平中寓奇、朴中见巧的结构格局。当然，在岑桑的散文里，上述几种结构方式往往是交叉起来运用，很难截然把它们分开。这样，他的散文结构就跳出了传统的景——事（人）——情的简单三段式，不单纯是按时间、地点、人物顺序依次写来的纵式结构，也不是截取一段生活的横式结构，而是呈现出复合的多元结构状态。岑桑散文这种多元复合的结构方式，适应了新时期加快了的生活旋律和节奏，也适应了部分读者的欣赏趣味。

岑桑散文的语言，同样鲜明地体现出自己的情调和色彩。诚如有的同志指出，他的语言讲究形象、色彩、声音，讲究句式的排列和变化。但在这里我们还想补充一点：除了上述特点外，他的语言还具有一种诙谐幽默的情趣美。要是可以说，他的早期作品，比较偏重于追求语言的形象，优美和流畅，但有时还显得堆砌纤丽的话，则后期由于思想的成熟、艺术的老辣，他的语言在讲究形象、色彩和声音节奏的基础上，又透露出幽默诙谐的特色。好像《填方格》《沧桑书话》里的语言，几乎都是朴质无华，而又妙趣横生，诙谐幽默中透露出泪痕和燧石与斧钺碰击迸发出来的美丽火花。它与作者风趣机智的气质，与他飘逸的情思、丰富的想象构成了和谐的统一。而这两方面的结合，便形成了岑桑散文特有的优美形象，飘洒跳脱、色彩明丽、质朴机智的语言风格，并因此使他成为当代岭南优秀的散文作家之一。

（原载《海南大学学报》1984年第6期，收入集子时略作修订）

# 思与诗：关于散文精神性的探询

——筱敏散文谈片

筱敏是一位耽于精神的散文写作者。迄今为止，她已出版的散文集子有《喑哑群山》《女性之名》《理想的荒原》《风中行走》《成年礼》等几部。虽然作品不算太多，但她的作品有着沉甸甸的思想重量。她的散文，向读者展示了一个宏阔的精神空间和历史空间。那里有关于法国大革命的遥想，有对俄罗斯精神的礼赞，也有对德国法西斯暗影的省察。筱敏坚守人文主义者的立场，思考自由、平等、信仰、公民的权利、人的尊严的内涵、向往想象中极美丽纯净的"乌托邦"，同时又感叹现代社会中无处不在的"理想的荒原"。毫无疑问，筱敏散文所涉及的命题以及她所思考的深度，都给她的散文带来了精神性的特征。不过就筱敏的创作来说，更吸引读者的是那些精致、饱满和结实的诗性表达。比如，在《火焰与碎银》这篇讲述苏联女诗人玛丽娜·茨维塔耶娃的散文中，作者一开篇就写道：

> 俄罗斯的雪原上，站着一株无家可归的白桦。
>
> 这是冬季。博大浩渺的俄罗斯冬季。严寒是乌紫色的，如同黄昏缓缓闭合的天空，如同荒芜深处无法窥见起始的从前和以前。归家的目光温柔，然而游移，然而惶惑，于是被风撕碎，于是大雪纷纷。纷纷飘落的目光隔断了世界，雪原上颤动一片碎银的声响。
>
> 她说：我历来就是撞得粉碎，我所有的诗篇，都是心灵的碎银。

接下来，作者描写呼啸着的饥饿的风，写饥饿的风如何噬咬每一个冻僵了的生命，写被流放的女诗人如何像一株白桦那样生活于与世隔绝的孤岛，然而，即便是一片裸露的、脆弱的、任由生活的暴风雪一遍一遍劫掠的孤岛，女诗人的心灵却是充盈的，她的人格是高贵的。她不仅维护着傲为一个人的尊严，而且对未来充满希冀，于是，“这株白桦点燃了自己”，在荒芜和死寂之中，白桦“以自身的火焰，为自己建构一个现世中没有的家园”。于是，面对着这株高骄的白桦，面对着布满遍野的心灵碎银，作者的诗情迸发而出：

> 这株白桦是一道伤口，在雪野上斜斜划过，以一种青春的鲜活凝固着，尽是尖锐的棱角。比生命更悠长的伤口，像星星，像玫瑰，生长出诗。
>
> 裸露着站立是一种尊严。如伤口一样的裸露，是从无栅栏的，从不愈合的。而暴风雪不断地在伤口之上切割，不断地拗折细瘦的躯体，不断地践踏和覆盖。那最后的乐章如此傲岸，如此凄迷，如此顽野，手的潮水狂暴地随处击打的时候，瑟缩的大地边缘，依然有一根不曾卷曲的琴弦。
>
> 站立是一种尊严。裸露着站立更是一种尊严。孤伶伶地裸露着站立是尤其贵重的尊严。如果天生便是以伤口来歌唱的，那么，为什么拒绝痛苦呢？
>
> 她说只作为一个人而生，并且作为一个诗人而死。

像《火焰与碎银》这样富于诗性的思想散文，在“俄罗斯诗篇”中可以说是比比皆是。比如，在《山峦》中，筱敏一方面礼赞像“山峦”一般的俄罗斯女性；一方面禁不住发出感叹：“如果没有经历过苦难，触摸过岩壁的锋利和土地的粗砺，我们凭什么确知自己的存在呢？如果没有一座灵魂可以攀登的峰峦，如果没有挣扎和重负，只听凭一生混同于众多的轻尘，随水而逝，随风而舞，我们凭什么识别自己的名字呢？”在《救援之手》里，高尔基、帕斯捷尔纳克、阿赫拉托玛等俄罗斯作家在碰到风暴灾难时互伸援手的事例，引起了筱敏心灵的颤动：“每一块土地都生长杂草，每一场风暴都制造流沙…… 但是，一些土地是只配杂草和流沙的。偶有一两株乔木灌木，也很快就矮化或枯死。而另一些土地，却总有高大的树木站立起来，于是当风暴来袭，这里除了杂草流沙琐琐碎碎战战兢兢的声音外，还有大树的声音……”

这是什么样的一种声音？这首先是一种思想者的声音。然而除了思想者留在纸上的踪迹，筱敏的“俄罗斯诗篇”包括她的其他同类散文，抓住我们情绪的便是她那种优雅漂亮的诗性表达。这种诗性的表达在我看来包含着几方面的信息：

其一是诗性语言。筱敏的语言既具散文语言的清晰准确，又兼具诗语言的优美凝练。她的行文富于激情，但她又恰到好处地滤去了那些过分情绪化和含混不清的成分；她的文字以其朴素、简洁的力度撞击着读者的审美触角，但她又较好地避免了极端和尖锐。不仅如此，筱敏的语言还有一种内在的诗歌的旋律，正是这旋律使她散文中的词与词、句子与句子、段落与段落之间乃至整篇作品的结构流转起伏，使之成为富于灵性和生机的美的篇章。总而言之，筱敏的散文语言是一种高密度的结实饱满的语言。它不同于诗，却有着诗语言的质地和色泽。这样的语言，在女性写作者中还不多见。这一切都表明：筱敏的语言已经完全摆脱了冷冰冰的人工语言和计算机语言，而是海德格尔所一再提倡的“诗化语言”。而这种语言风格的形成又有赖于思与诗，正是思与诗共同把个性的存在带入语言，使语言成为存在的家园，而人，而作为读者的我们，就生活在语言中，生活在亮光处。

其二，是诗性情思。我在前面分析了筱敏的散文语言，其实，当我们说筱敏的语言是与思和诗、与存在联系在一起的时候，事实上也就意味着语言是一种哲学、一种生存状态和人生态度。优秀的作家，从来都是将哲学的思辨、诗歌的感悟、个体的生存状况与对人类整体的思考化为感知中的诗性语言。这样，语言才有可能达到词与物的融合，思想与表达的一致，真正做到“存在不仅通过诗进入语言，也在思中形成语言”。[①]这是一方面，另一方面，筱敏散文中的诗性，除了语言的魅力外，诗的情思也是不容忽视的一个因素。诗的情思可以有多种多样。但在筱敏的散文里，诗性情思就是一种浪漫主义的激情。正是这种纯真的写作姿态和梦幻般的理想激情，使她执着于天鹅湖的白色的纯

① 刘小枫：《诗化哲学》，山东文艺出版社1986年版，第234页。

美，同时展示了一个个不曾在世俗化中沉沦或平庸化的心灵；同样正是处于这种理想和梦想，它为现实中的“理想荒凉”感到悲哀。尽管她深知理想国的破灭是必然的，梦醒时分，夜的荒芜愈加深远，但她仍然坚信：“一个人是由现实和梦境共同创造的，……崇高的理想和圣洁的心灵似乎总是以破碎告终，然而碎片却始终闪光，终究成为人类历史的珠子。”（《理想的荒凉》）这是一种古典主义的情怀，也是一种人格气质和精神求索，是源于内心的对于崇高事物和人类的爱。由于筱敏善于把这种浪漫、理想和诗化的语言结合起来，于是她的散文也就获得了某种神圣的高贵性。这种以神圣高贵为底色的散文在当下无疑是十分难得和可贵的。

其三，诗性意象。读筱敏的散文，我们常常惊异于她不仅具有超常的梦幻激情和直觉思维，又有一种穿透时空的想象力和感悟力。她总能一下子抓住事物的最本质特征，抓住人与事物的内在相似性，而后以独特的意象加以诗性的呈现。比如在“俄罗斯诗篇”中，我们读到了星空、山峦、火焰、碎银、白桦等意象，这一系列的意象均是个人性而非公共性的意象，它们是创作主体思维流程的显现，也是作家想象力的凝聚，同时具有直觉思维和生命体验的特征。由于这个缘故，这些意象和那些追随十二月党人到西伯利亚受冻受苦的年轻妻子和情人们，便同“所有的诗篇，都是心灵的碎银”，同在荒原和寒冷中“尊严的”站立着的女诗人形成了一种精神空间和生命流程的同构。即是说，筱敏是以诗意的笔调写出了一个个诗意的灵魂，以想象和体验赋予意象以灵性，并借助意象之舟将读者引进一个既悲怆崇高又浪漫得至纯至美的诗的情景。

当然，应该看到，即便是沉醉于诗的本体和诗的世界营造的时候，筱敏始终没有忘记自己经营的是散文的园地。文体意识由自觉或者说对散文的感受和表达，使诗的因素始终被限制在适度的范围内，并未因追求诗性而出现喧宾夺主的情况。也就是说，尽管筱敏本质上是诗人，但她的作品从选择题材、立意构思结构形式到注重细节描写，到叙事的客观性等，都是属于散文的。她的散文感情跳跃却是合乎逻辑地循序渐进；她另一些散文的意象缤纷，却比诗歌的意象要清晰鲜明。由此可见，文学创作中各种体裁虽可以“破体”，但各体之间又有基本的规定和运作范式。如果不考虑到文学体裁之间的差别，天马行空、任性胡为、以颠覆文体的基本规范为创作的目的或以此作为天才的标志，就有可能写出一些非驴非马的东西。由于筱敏有着清醒的文体意识，加之有着良好的艺术感觉和修炼，她的散文创作自然也就既超越文体规范又符合文体。

我在上面重点分析了筱敏散文中的思与诗的结合，事实上，在20世纪90年代，在思想散文的创作中思与诗的结合已经成为一种倾向。比如张炜的《融入野地》，作品以其独特的感受和领悟，给“野地”注进了一种孤独荒凉的诗意。在文中，“野地”代表某种天然的、朴素的、本源的事物，但张炜没有在存在论的层面上对其作大段的抽象演绎，而是将整个感情和灵魂“融入野地”，并用沉思性的感悟语言将一个个鲜活的意象呈现于读者面前，这样，《融入野地》便不仅有着活泼的生命的涌动，同时也闪烁着诗性的光芒。再如史铁生的《我与地坛》的第三节，作家由“四季”展开梦想，并在这种梦想中感悟生命的意义、人生的美好和大自然的和谐与神秘。整段文字，既可以说是深刻睿智的哲学冥想，也可以说是天籁般的神秘诗篇。此外，像张承志的《天道立秋》《禁锢的火焰色》、余秋雨的《流放者的土地》《酒公墓》《这里真安静》、王充闾的《沧桑无语》《青山魂》等作品，也都是集思、诗、史三位一体的圆融和谐的优秀之作。在这些作品中，我们不仅看到了一幅幅有情有景的“人文山水”，感受到了一系列以个体生命为核心的文化诗学，我们还听到了被放逐的心灵的沉重吟唱，失血的人生不可言说的言谈……的确，散文是一种宽容的文体，这种文体可以容纳各式各样的心灵和精神，因而，是心灵和精神的最好的栖居地。

是的，散文是自由和宽容的文体，是人的心灵的符号和精神的外化。散文无论是古典还是现代，无论是叙事还是抒情，无论是朴质还是绚丽，说到底，面对的是大地和天空，是社会的日常生活和丰富多彩的人性的展示。因此，对于散文来说，仅靠文字的功夫甚至靠高超的技巧是不够的。它还需要文化、思想、诗心，尤其是对于精神性的执着不懈的探求。因为别的东西都可以改变，唯有“精神的事实是不可改变的，哪怕一点点，就像没有任何山峰能够使地球表面巨大的弧线看起来有所改变”。爱默生的这段名言，既强调了精神的重要性和永恒性，又潜在地预示着这样一个事实：散文的难度，根本上就是一种精神的难度，是思与诗达到高度契合的难度。

面对这样的难度，我们的散文何为？我们是像上面分析的王小波、筱敏、韩少功、史铁生、张承志、张炜等作家那样，沿着精神的峭壁攀援，还是拒绝精神的攀援，排斥作品的思想含量和诗性表达？当然，那样一来，我们的散文就失去了沉甸甸的分量，也没有风云激荡、星空满天的辽阔天宇。甚至我们的散文有可能回复到过去的老路：永远徘徊于狭小和浅层的琐碎生活，或满足于吟风弄月，月复一月地唱着“小桥流水”式的田园牧歌……这样的局面，当然是每一个热爱中国当代散文的读者和研究者所不愿见到的。

值得庆幸和骄傲的是：思想的火种正在蔓延，精神的坚守越来越深入人心。尽管有屈从于商业社会的媚俗写作，尽管有大量像浮生物一样的所谓“散文随笔”入侵散文的领地，但更多的散文作家仍在坚守个人的精神存在。在他们看来，“散文精神事实上注定了是一种时代精神……散文精神更应该是一种对抗流俗的精神存在，更应该是一种卓越的语言现实，更应该是一片辽阔和自由的大陆，栽种着人们的崇高的梦想”[①]。是的，坚守个人的精神存在，就是坚守人类赖以生存的那片辽阔和自由的大陆，还有什么比这更能使人感受到人的尊严和散文的尊严呢？

（原载《文艺评论》2003年第3期）

① 筱敏：《风中行走》，作家出版社1998年版，第125、127页。

# 岭南散文，又见传人

## ——读卢锡铭的散文集《带走一盏渔火》

20世纪80年代初，我与郭小东在《文学评论》发表了一篇题为《岭南散文风格初探》的文章。我们认为，1949年以来，以广州为中心的岭南地区，涌现了以秦牧、黄秋耘、陈残云、林遐、杜埃、紫风等为代表的岭南散文作家群。虽然还不能称之为“岭南散文流派”，但就审美情趣、题材选择、表现手法、语言风格以及状物写景等方面来看，他们的散文创作有许多相近之处，这就是用诗化的笔调，抒写岭南的日常生活，描绘岭南的丽山秀水，在自然质朴中赞美岭南的人情美和人性美。可惜，进入新世纪之后，岭南散文的这一优良传统出现了断裂的现象，富于岭南特色的散文作品越来越少了。这究竟是岭南散文的幸运抑或不幸？

正是带着这样的疑问，我读到了卢锡铭第三部散文集《带走一盏渔火》。在我看来，卢锡铭的这部新作是他散文路上的新起点和新突破，也是近几年来我读到的最富“岭南味道”的散文。不过，毕竟时代不同了。卢锡铭的散文创作，也不可能是20世纪五六十年代那种“小荷才露尖尖角，早有蜻蜓立上头”的岭南散文的复制品。于是，在卢锡铭的散文世界中，我们看到了一幅幅与传统的岭南散文既相同又不同的岭南风俗画：

> 仲夏之夜，石板桥又成一景。桥上站着躺着一桥乘凉的男人，我们常常跟着去凑热闹，一面享受着轻轻吹来的江风，一面听着人们在斗嘴，在讲市井趣闻。偶尔还可看见一两叶轻舟从桥底轻轻滑过，乃伊的桨声与橹声伴随着船影，渐渐消失在一笼烟水的夜幕中，不灭的是小河深处那三五数点忽明忽暗忽高忽低的渔火……

然而，眼下的小河，却是另一番情景：

> 可家乡的小河再也找不到儿时的踪影，那清清的河水不见了，取而代之的是一条墨黑墨黑的浊流，河面上再也看不到鱼游和虾跳，河岸上也看不到青青的水草和白白的芦花，也看不到偶尔从红树林中飞出的鸥鸟与野鸭。当然，更看不到孩童在河中戏水，看不到小舟从小河中滑过。那座青青的石板桥也不见了，新建的是一座板着脸孔了无生气的水泥桥，桥墩被污水染成个大花脸……

在卢锡铭的散文集《带走一盏渔火》，包括此前出版的散文集《南方绿岸》《潇洒夜语》中，基本上都体现出了这样的创作特色：一方面，他对生他养他的故乡怀着浓浓的柔情，他怀念儿时的小河，怀念与小伙伴一起捉鱼摸虾的情景，怀念大沙田水碧沙明的景物，怀念侠义又不乏柔情和悲悯之心的铁汉“虎叔”，怀念唱“盲佬歌”的乡村歌手盲叔，而对大沙田忽明忽暗的渔火，对芭叶掩映中的吊脚寮，对“哒哒哒”的木屐声的流连回忆，也都透露出作者对家乡亲人的柔情和对大地的感恩。卢锡铭以诗性的眼光来看待生活，以诗性的笔调来展示生活中的质朴与善良。这样，他的童年记忆，他的缕缕乡情，他的真诚与感恩，便幻化为一种美——它美得像一支支牧歌，美得像一首首散文诗。这种美，对卢锡铭来说，是一段段温馨而难忘的永恒记忆，是他的精神和心灵的寄托。而对于读者而言，透过这些诗性的生活场景、诗性的景物描写和诗性的语言，我们感受到的是岭南散文那种特有的自然质朴、温暖多情、流畅而又清新明丽的艺术品格。

但正如上面我们所看到的引文，卢锡铭散文不仅仅只有对童年往事的留恋追忆，不仅仅只有对大沙田的自然景色和乡风民俗的赞美。我们说卢锡铭的散文创作继承了岭南散文的传统而又有所超越，是因为他的散文一方面歌颂赞美了岭南的山水、民情风俗与生活在这片大地上的人民，一方面又敢于直面人生，直面生活的苦难和历史的真实，这体现出了他作为一个正直作家的良知与责任感，同时也体现出他的历史意识和独立思考的精神。在《带走一盏渔火》这篇颇具代表性的作品中，作者真切地叙写了“我”儿时到大沙田水围里捉鱼受欺负的经历，并在苦涩的童年记忆中引出了复员军人“虎叔”。“虎叔”不但有一颗护犊之心，而且富于人道主义情怀。为了使“我”和家人吃饱肚子，他经常带“我”到珠江口捕鱼。作品中关于“虎叔”捕鱼过程和海边煮鱼的生活场面的叙写相当细致精彩，而“我”对“虎叔”那盏“在风中雨中浪中闪烁沉浮与明灭”的渔火的思考更是蕴含着深厚的人生内涵。当然，给读者留下更鲜明印象的，是作者以近乎白描的手法写了“虎叔”的外貌，和他挺身而出，打退追赶“我”的两名恶汉。作品还浓彩重墨刻画了“虎叔”善良正直、豪爽仗义、敢作敢为的性格。比如在朝鲜战场，他一人打退了一群鬼子。再比如在我国经历三年经济困难时期，公社的公共食堂已揭不开锅，这时一头水牛死了，县里来的工作组长命令把牛埋了。但“虎叔”却违抗命令，带人在夜里将死牛挖出，洗干净煮给全村老小吃，为此他受到全县通报批评，民兵营长的职务也被撤了。在卢锡铭的散文中，他总是以深情的笔调，以感恩和悲悯的情怀，记叙着故乡的人事，比如“虎叔”，帮助“我”家度过饥荒之年的安叔，等等。他们都很卑微，但他们都十分善良；他们大多命运多舛、生活坎坷，但他们的悲剧命运并不是与生俱来，而是时代和不公平的现实加诸于他们的结果。卢锡铭对这些被侮辱与被损害者不仅寄寓了深深的同情，而且揭示出了造成他们悲剧命运的历史根源，这就引发了读者的思考。

对人与自然的关系的思考，是卢锡铭岭南“水乡篇”的另一个主题。我们知道，当今的时代是一个经济的时代，一个不断走向现代化的时代。但在现代化的过程中，有的人见利忘义，人性中恶的一面无限膨胀。他们为了追求利润的最大值，不惜践踏大地，破坏生态环境。对这样的丑恶行径，卢锡铭是心怀忧思，甚至可以说是十分愤慨的。在《那方水土》里，面对着大沙田一片城堡般的废弃别墅群，作家感到“一种莫名的惆怅”。他由此联想起“大跃进”时期荒唐的“深翻改土”和“移苗拼块”的闹剧，并将这种闹剧与现实生活中盲目开发别墅群的利益冲动联系起来，既反思了当前某些体制的弊端，某些人的贪婪、无知与奴性，又警示人们应当保护好我们的土地资源。如果为了经济的发展而“不断折腾土地”，最终将付出沉重的代价。在《儿时的小河》中，面对被污染成臭水沟的小河，他这样发问：

一个地方的现代化是否一定要以牺牲自然的生态为代价？人怎样与自然和谐相处，这是一个不可回避、也是十分迫切需要解决的问题，若是破坏这种和谐，人类迟早是要遭受惩罚的。在建设的进程中呼唤环保的意识这是多么的重要！

什么时候，能还我儿时的小河！？

“人怎样与自然和谐相处”，这的确是一个无法回避的问题，恐怕也是整个21世纪都无法回避、都十分迫切需要我们去面对、去解决的问题。卢锡铭的散文不仅认真思考，而且揭示了生态的失衡对于现代人生存的威胁，这表明他的散文创作有着较强的环保意识和科学发展观，而这种鲜明的现代性，正是传统的岭南“乡土散文”所欠缺的。从这些作品可以看到，与传统的岭南散文相比，卢锡铭的散文题材更开阔，主题的挖掘更深入，感情更为复杂，思考也更为现代。交织其间的，既有对土地、家乡父老和亲人的感恩之情，又有直面苦难的人生叙写；有对丑恶现实的批判，还有对历史的审思，以及传统与文明的冲突。卢锡铭以一个作家的责任感和良知，以人道主义的悲悯情怀，真实、真切而且真诚地写下这一切。正是在这个意义上，我们说带走一盏渔火是富于岭南味道的新时代的“水乡篇”。

卢锡铭的散文，与以往的岭南“水乡篇“相比，除了在主题的挖掘上更为深入，内蕴更为丰厚，感情更为复杂外，他的散文在日常生活细节的提炼方面也是颇见功力的。散文中的生活细节，是一篇作品的重要组成部分，也是散文联系现实生活、能否引起读者阅读兴趣的关键。遗憾的是，当今的一些散文家只重精神、重文化而轻视生活细节的描写，这就不可避免地导致了一些散文创作成为了“纸上的写作”，或成为缺少血肉和生活气息的“思想的表述”。卢锡铭的散文有效地避开了这种不良的创作倾向。由于出身于乡村，贴近大地，加之善于观察生活，同时注重个人体验的积累，这样落实到具体的写作中，卢锡铭的作品自然便以真实丰满的细节见长。如在《又闻木屐声》中，他这样写春叔制作木屐：

他用锯子把一块块木头锯成模坯，然后用凿子凿成屐形，再用刨子刨得油光滑溜，一旦钉上一块用皮做的屐面，一双木屐便告诞生。木屐可分白屐与花屐两种，所谓白屐是没有上漆的，而花屐则是刷上一层油漆，且在上面画上花花草草，或画上一只帆船一群白鹭或一间木屋一缕炊烟！

他这样写木屐被“废物利用”：

木屐破了，我们会来个废物利用。剥下屐面的皮剪成一个圆圈，做毽子的底，这样一来既保护了毽子，踢起来也脆响。木屐则拿来做成小木船，这小木船可做得精巧呢，我们在木屐中间钻个洞，插上支小竹做桅，然后将桅的顶端破开，再夹上块纸皮做个帆，在船的底部尾端插上块铁片做个舵，然后放在池塘里斗谁的小木船驶得快！

一双小小的木屐，竟有如此奇妙的用途！很显然，如果没有个人的亲历和细致的体验，肯定写不出这样情致丰满而又充满童真稚趣的生活细节。

在《儿时的小河》中，他写“斩草”和儿时捉鱼摸虾抓螃蟹的细节也相当精彩：

这水草一年收割一次，收割时节乡亲们叫“斩草”。“斩草”是最精壮的乡民们干的活，因为收割是在盛夏，他们往往选择在月夜，壮男们用一条水布围着下身，便挥动着寒光闪闪的草镰，一阵狂砍便割下一大片，然后扎着一大束一大束，放落河中像放木排一样，顺着水流运回“草寮”中去，在寮中早有一大群妇女在等候，她们用铜制的草刀，把草一条一条地串进刀中，然后像拉弓般，左手执刀右手握草，膝盖往刀柄一顶，手往后一拉，草便被破成两瓣，晒干后染上各种颜色，织成多种图案的草席与地毡，销向东南亚一带。

此处写壮男斩草、妇女扎草、晒草、织草的生活细节，不仅描写得既细致具体且富于层次感，同时还融进了“我与小伙伴们”躺在草席上晒太阳的真切感受，以及对人与大自然的关系的理解。后者则将捉鱼摸虾抓螃蟹的过程写得妙趣横生：

> 小河可是我儿时的乐园。退潮时我们在河中捉鱼摸虾抓螃蟹。那跳跳鱼最鬼，满河滩里跳，常常弄得你一身泥一身水；那参鱼最狡猾，一鱼躲两个洞，你从这个洞掏它，它从那洞逃跑；那螃蟹最凶，你捉它，它张开双螯跟你对抗，一旦夹着你的指头，哪怕是把它的螯折断也不肯松开，夹得你叫爹叫娘钻心地痛。我们一旦捕获便用水草将它五花大绑，回到家中放在锅里一煮，来个以牙还牙大饱口福。

像这样生动传神且充满生活情趣的生活细节，在卢锡铭的散文中还可以举出许多。这些生活细节一方面以小见大，十分有力地支撑住了作品的主题，另一方面也打通了作者与现实生活和读者的联系。也就是说，由于有大量来自于日常生活的人生体验和细节，卢锡铭散文中那些乡间的人、事都给写活了，都飘动了起来。他们极大地强化了作品的思想内涵和艺术的魅力。

岭南散文曾经有过辉煌的历史，后来虽有断裂，有滑坡，也没有出现像秦牧这样全国公认的散文名家。但岭南的散文仍在发展，岭南的散文精神仍在延续。一个明显的事实是：在当今的岭南，特别是广州，仍有大批的散文作者在默默地写作着，现在我们要做的是：如何在承接岭南散文文脉的基础上为岭南散文注进新的元素，使岭南散文在新的时代再度崛起，并发出它应有的光彩。这是我在阅读卢锡铭的散文时引发的一点感想，期望有更多的人来关心和思考岭南散文。

岭南散文，何时再见传人？

（原载《羊城晚报》2009年6月10日）

# 诗性情怀与散文哲学的和鸣

## ——评杨文丰的自然伦理散文

自20世纪90年代以来，我国的散文创作进入了一个丰收期：散文的题材得到全面的拓展，散文的文体创新呈现出乱花迷眼的格局，散文的品种更是丰富多样，林林总总，令人目不暇接。继“文化散文”“学者散文”“新散文”之后，近年又兴起一种“生态散文”或叫“绿色散文”。杨文丰的自然散文或科学散文创作，在我看来也属于“生态散文”之列。不过，杨文丰的“生态散文”创作，除了具备一般意义上的“生态散文”的共性外，又有鲜明的别人无法替代、只属于他独有的东西。因此，这样的散文在当代的散文写作中实属“稀品”，堪称独特，值得我们品读与研究。

杨文丰的生态散文为何能在当代文坛独树一帜？他的作品又体现了什么样的散文哲学？在《尊敬一棵树》中，他向我们揭开了其中的一些秘密。在复活节这天，“我对一棵槟榔树，开始了史无前例的观赏和赞赏”，此后，“我”常以“绿色”的眼光与槟榔树复习“相看两不厌”，而“每一次读槟榔树，我都强烈地感受到槟榔树的美”①，而且，“心境变得出奇的好”。不仅如此，在注视观赏“槟榔树”的过程中，我意识到“我”与槟榔树都是世界“共同体”中的一员，我们要彼此尊敬，相互认识，并在尊敬的基础上，重新认识美，重新确立人与自然、人与世界的关系。正由于有这样一份“相看两不厌”的“情缘”和“美缘”，在《相看不厌美丹霞》这篇散文中，杨文丰才能写出既美又独特的丹霞山。这种美不仅仅在于它的“色相”，在于它的秀丽和性感，更在于它的神秘，它的生命，它的性情和灵魂，它的自然诗性。如此，

---

① 杨文丰：《尊敬一棵树》，《红豆》2014年第1期。

不但令“我”与丹霞相看不厌，也使“我”与自然有一种密契，即“人入山、面山”，应“眼含敬畏”。因为“无论是对人，还是对丹霞（自然），都不存在谁征服谁的问题，有的只是友善、相知和相融，是相互永存神秘，相互的无欲无望，相互希冀总有美的发现、欣赏，遂成‘知交’的至善至美态”[①]。

这就是杨文丰与自然“相看两不厌”的玄机，也是他的散文哲学依托的基础或起点，同时是他的生态散文别具一格、并取得成功的奥秘之所在。如果进一步探寻这种奥秘，探寻其散文哲学的多重结构，我认为可以归纳出几点：

其一，是因为有爱。杨文丰在《“绿色散文”随想》一文中说，“绿色散文家必然是善良的、热爱自然的、富有理想主义精神的、爱美的地球村人”。“绿色散文家的头上，闪烁着大爱的光环。爱，是绿色散文的助产器”。在“第四届全国冰心散文奖”获奖感言中，他又指出：“没有心爱就没有文学。……有心的文学才是真正的文学，作家要具有社会责任，要心有大爱。”[②]由于心中有爱，拥有与万物荣辱与共的情怀，杨文丰笔下的生态散文，才可能如此体察入微，气韵生动，形神和谐。

其二，是对于生命的尊重。关于生命的问题，现代以降的散文家都做过或深或浅的追问。鲁迅的《野草》就是死亡与生命交织而成的歌吟；沈从文的湘西系列散文，因在“生活”中发现“生命”而强健，而悠远绵长；史铁生的散文，因享受生命的过程而辉煌；刘亮程的生命坚守，则在孤寂寒冷中透出温情暖意。可见，“生命”是一切优秀散文不可或缺的元素。就杨文丰的自然散文来说，他对生命的尊重也是极个性化的，他的生命“介入”又呈现出独特的样态，这就是“融入”与“倾听”。“融入”是指从外部介入生命本身，也是一种将自然心灵化、内敛化的过程。“倾听”则是在“融入”中倾听生命的韵律，它是生命体验的另一种方式。杨文丰不仅热爱生命，而且善于在“融入”中“倾听”生命的节韵。比如，他《冬虫夏草》中写道：“冬虫夏草菌寄生入蝙蝠蛾幼虫体内，也不一定是出于什么冤家路窄。我想，一开始，可能也只是一种偶然事件，只是这种偶然多了，才逐渐养成一种习惯，最后形成如此特定

① 杨文丰：《相看不厌美丹霞》，《散文（海外版）》2010年第6期。

② 杨文丰：《没有心爱就没有文学》，《南方日报》2010年10月17日。

的自然选择……”[①]冬虫夏草是虫与草的流血“整合”，是虫的死亡式异化过程，“是伟大的冬虫夏草将一种菌的习惯、行为，乃至思想，让虫壳包裹了，包装了，甚至连名字也‘去真菌化’了。世上不是有‘披着羊皮的狼’吗？我以为冬虫夏草不折不扣就是披着虫皮的‘狼’”[②]。显然，如此的文字，完全是杨文丰以自己的方式，通过“介入”而“融入”虫草的身心，设身处地、体察入微、理解感悟，而“倾听”所得的生命节律和心灵体验。显然，正因为有如此的“融入”，如此的“倾听”，他在散文中的“我”才与自然界中的植物、动物、昆虫以及各种自然现象构成一个整体，或者说，“我”与“自然”“合二为一”，共同享有生命的自由、和谐与快乐。

其三，是对于自然的理解、敬畏与悲悯。当代散文创作的一个问题，就是许多作家对自然缺乏敬畏之心和悲悯之情。他们凌驾于自然之上，对天地自然之道不但忽视而且无知，这样他们的散文创作便不可避免地呈现出狭隘和无根的状态。既如此，又何以能够深入感知自然的诗性呢？更遑论表现了。而杨文丰的可贵处，在于他的散文中隐含着一种对自然的理解、敬畏与悲悯。在《鉴赏年轮是残忍的事》这篇作品中，他一方面赞叹“年轮”有韵无声的规律美，一方面又认为这年轮之美，是一种令人颤抖的“残缺之美、残忍之美”。因此，“人类，每读一面新的年轮，虽然是增加一份对时间的惊悚，但却丧失了一份对自然的敬畏，对自然律的尊敬”[③]。在《中国斗鱼》中，透过别具个人感知的残酷的斗鱼搏杀，血腥的古罗马斗技场，生态学的“丛林法则”，以及在生态环境恶化中斗鱼的濒临绝境的展示，我们不难感受到作者的忧愤哀凉与无奈。[④]

正因爱自然、尊重生命，同时又敬畏自然、悲天悯人、普度众生。如此，杨文丰的生态散文便具有了高贵的品质，臻于至真至善至美的境界。

---

① 杨文丰：《自然笔记——科学伦理与文化沉思》，上海教育出版社2007年版，第52页。

② 杨文丰：《自然笔记——科学伦理与文化沉思》，上海教育出版社2007年版，第54页。

③ 杨文丰：《鉴赏年轮是残忍的事》，《科学画报》2014年第1期。

④ 杨文丰：《中国斗鱼》，《散文选刊（原创版）》2013年第12期。

与被誉为“自然的牧神”的俄罗斯自然文学作家普利什文出身于农业化学专业类似，杨文丰本科攻读的是农业气象学专业，如此的专业背景，已然将他的自然伦理散文与不具备自然科学专业功底的作家的生态写作区分开来。我觉得，正是文学与自然科学的专业背景、交叉学科的写作以及作家的个性秉赋，方使得杨文丰散文的内涵呈现出丰富性、多义性和拥有多视点解读性。杨文丰的散文，既可以说是生态散文、自然散文，也可以界定为“科学伦理美文”和“科学大散文”，之所以如此说，是因为他的散文都具有这些命名该属的品质，这也是我在本文中对他的散文屡屡出现多种“命名”的原因。然而，从更准确的意义上看，我认为杨文丰的散文，还是属于“自然伦理美文”或“自然伦理散文”。而且，无论杨文丰的散文被界定为哪一类散文，他的散文都首先是以自然科学的眼光、深入的思考、扎实的专业知识引起我们阅读的兴趣。他告诉读者“蓝地球”是怎么回事，“晨昏线”有什么样的运动方式，而“虹”为什么会拱背并且内紫外红。他还精细地描写“蒲福风级”由小到大的过程和区别，揭开“黄花雨”中的“橙雨”“银币雨”“鱼雨”“怪雨”的奥秘，以及“向日葵”为什么有时不跟着太阳转，等等。当然，他要告诉我们的并不止这些，抒写自然科学知识并不是他写作的终点，科学知识仅仅是他“格物致知”的手段，或者说是他写作引入的审美视角。

我尤其欣赏《鉴赏年轮是残忍的事》这篇作品。它一开始就用富于诗性情怀的语言精准地写道：

花衣燕呢喃的春天，树木分裂的细胞不但大，还壁薄，颜色鲜嫩，木质相对松疏；大雁回归蓝天成行时秋凉，这时的细胞，生长缓慢下来，体变小色变深，木质已变得紧密。岁月递嬗，如此有规律的松紧相间、一圈圈扩增的树木细胞，同心轮纹构成的树木横断面，我认为就是年轮的定义，有些散文化的定义。

年轮啊，你隐藏在树干里，是人类扩大的指纹，是生命膨胀的圆柱体，是生长发展的一圈圈秩序，是有韵无声的规律美，透露着自然力的神秘、伟大和创造！[①]

对“年轮”进行一番定义后，作者再以丰富的植物学和地理学知识，告诉我们什么是“自然年轮”的“地理图系”，什么是“假大空”的“假年轮”，此外他还勾勒梳理了年轮的研究史。最后，联系当今发生在我们身边日益恶化的生态环境，揭开为什么欣赏年轮是残忍的事的谜底。应该说，这最后的笔墨，才是作家的真正目的。

像《鉴赏年轮是残忍的事》这样观察敏锐细致，描写准确精到的作品，在杨文丰的自然散文还可举出许多例子。可以说，杨文丰的自然伦理美文，涉猎广泛，品类众多，层次多样，内涵充实。它们既丰富了读者的自然科学知识，开阔了读者的视野，又写得富于情趣，给人以新奇之感，颇能启智启美。的确，在我私人的阅读史中，除了法布尔的《昆虫记》，我还没有阅读过如此丰富多样且精确细致，并且还着力表现科学伦理的散文。

《人蚁》也是一篇精确细致、值得一读的作品。作者在作品中先介绍了蚁后的婚姻、与蚁王的交配，介绍蚂蚁王国的体制和分工，以及蚁后、蚁王和工蚁、兵蚁各自不同的身体造型，这些介绍不仅详尽细致，而且准确客观，充分体现了杨文丰出身于自然科学专业的水准，仿佛在我们面前打开了一个奇异的世界。接下来，作者又描写蚂蚁既奇特又不凡的生存策略，比如蚂蚁善于以自己的方便之物施肥，蚂蚁还善于慧眼识珠，可辨识威胁真菌的野生菌孢子。蚂蚁还会以抗生素作“除草剂”。更奇异的是，蚂蚁还气味相投，还会依靠信息素进行联络、沟通，蚂蚁甚至还懂得蓄养家奴。作者不但娓娓道来、如数家珍般地介绍蚂蚁的生存之道和各种趣事，还由此写及了“蚂蚁哲学”的四部曲：“第一部叫永不放弃；第二部是未雨绸缪；第三部为期待满怀；第四部则是竭尽全力。”正像标题谕示的那样，这并非是纯粹只写蚂蚁的作品，本质上是以蚁观人，要拨弦外之音。我认为这样的写作，可谓抵达了蚂蚁的精神内核，抵达文学的内核。

杨文丰非常推崇爱默生的“自然是精神的象征”的说法。所以他的自然

① 杨文丰：《鉴赏年轮是残忍的事》，《科学画报》2014年第1期。

伦理散文十分注重精神性。换言之，他总是以思想者的眼光来思考和认识自然，并力求将文化的因素、人文的精神和生命体验融灌其间。在《虹影》中，他一方面精细地描绘了虹的幻景，介绍了许多关于虹的科学知识，一方面又从虹的“生了又死，死了又生”，写到人类生命的变化无常。最后再由虹写到冰和火的相融，颠覆了传统的水火不相容的结论。《人蚁》这篇作品由蚂蚁的生存之道和生存哲学，联想到它们如何善于团队作战，善于动脑筋，尤其是在它们身上，有一种与生俱来的“毫不利己，专门利人，义无反顾的决绝牺牲精神”，以及“嫉恶如仇、爱憎分明”的品质。由此联想到生活在“地球村”里的人类，我们人类除了自高自大、自恋自私和弱肉强食外，我们对这个世界，对蚂蚁又认识多少呢？为此，作者写道：“我以为蚂蚁社会的明镜，与蚂蚁眼前的人类社会之镜，双双构成了‘互镜现象’——从人类社会的行径，可读出蚂蚁行为；由蚂蚁行为，也可睇出人类社会的精神镜像……”[①]这是关于蚂蚁的“渣社会生物学”分析，即把对蚂蚁的描写分析，推入社会学、政治学、伦理学、经济学乃至艺术学和宗教等领域，从而以独特的方式揭示人类群体行为的细微部分。因为人类的各种生物方式和习性，与自然界的生物都有共同的生物学根源。所以，这样的“自然散文”，称得上是“散文哲学”，一样可冠名为“科学伦理散文”。它们不仅别开生面，既不同于一般的科普散文，也不同于一般意义上的散文，而且闪烁着学识、智慧与诗性的灵光。

杨文丰的生态散文之所以都可称为“自然伦理散文”“科学伦理散文”或“科学大散文”，不仅在于他观察的细致和描写的精到，在于他善于以自然科学搭台，通过对自然界动植物的精致观察和描写，而且非常注重融进他对世界、社会、政治、文化和人生的思考。同时，杨文丰是一个具有强烈的责任感、使命感和忧患意识的作家，这就使他的科学伦理散文除了具备哲学意蕴外，还富于人文批判意识，我以为这是解读杨文丰自然散文不能忽略的一点。

杨文丰以自然科学专业知识为背景和基础的文化批判，在他的第二本自然伦理散文集《蝴蝶为什么这样美》和第三本自然伦理散文集《自然书》[②]中

① 杨文丰：《尊敬一棵树》，《红豆》2014年第1期。

② 杨文丰：《自然书》，上海教育出版社2015年版，第268页。

有所发展加强。《病盆景》和《雾霾批判书》是我很喜欢的两篇作品，也是文化批判方面的代表作。

我很赞同著名作家陈忠实先生对《病盆景》的评价："通过对病盆景所蕴含的病文化的深刻批判，直指人心之病，人性之病。笔锋凌厉，笔端多味。"[①]这篇获《散文选刊》2009年度"华文最佳散文奖"的《病盆景》，开篇即写道："我知道你害怕直面盆景，尽管你本有深深的盆景情结。你在盆景问题上，至今还病着，陷入欲罢不能的悖谬。"[②]为什么不敢直面盆景，而且内心矛盾重重？因为盆景固然有各种各样的造型，而且在变化中求趣味，在聚散中相统一，有一种整体和谐统一之美。但盆景毕竟是"被强制生长之物"，连"养病的条件和权利都几乎被剥除"。因此它的美是一种畸形的美，病态的美。很显然，《病盆景》的构思和立意受到龚自珍的《病梅馆记》的影响，但它又不同于《病梅馆记》，这得益于《病盆景》在感性中还融进了大量的知性分析和思考。即作者不仅由"病盆景"写到人的病态审美观，将盆景视为人类扭曲心灵的雕像，还将盆景作为一种复杂的文化现象，指出它还体现了人类的一种"思想惯性"。而究其原因，盖因"病盆景的'生长'过程，与人的异化或'人的病'原来竟是同步的啊！"[③]从自然科学角度切入，既强调生命的灌注和艺术的感悟，又注重理性思维的延展，把自然现象同人类的审美和生存智慧相结合，这是杨文丰自然伦理散文的共同特征。

《雾霾批判书》则是介入当下，直面现实，富于时代气息的文化批判书。面对整个社会陷入"雾霾恐怖场"和生存环境的坍塌，作为一个有强烈忧患意识的自然散文作家，杨文丰觉得有责任、有必要从自然科学审美视角来探讨雾霾产生的原因。于是，他从"空"与"气"的含义入手，介绍大气圈的功能、结构，追寻造成雾霾的根源。接下来，通过对"中国农业社会里的雾""工业革命以前的雾"与"今天的雾"的比较，描述分析"雾霾"何以是

---

① 郑彦英主编：《2009年度华文最佳散文选》，河南人民出版社2010年版，第88页。

② 杨文丰：《病盆景》，林非主编：《中国最美的哲理散文》，湖南人民出版社2013年版，第207、214页。

③ 杨文丰：《病盆景》，林非主编：《中国最美的哲理散文》，湖南人民出版社2013年版，第207、214页。

“对美纯空气的反动”。而后，他又指出“雾霾颇具欺骗性”，但这种欺骗性又符合“自然律”，因而人类在“喜雾，爱雾，自恋赏雾”的传统文化中中毒而不自知。正因雾霾是人类“宠养”的病态生物体，而且隐天蔽日，无处不在，人在雾霾下无处可逃。所以作者认为有必要重建“人与空气关系的道德伦理——‘空气伦理’。空气伦理倡导人与空气属于同一整体，互相尊重，互为依赖，互相爱护，空气以洁净养人，人的行为以不污染空气为基本前提，时刻善待空气”①。当然，这只是作家一种乌托邦式的良好愿望，也许意识到“雾霾问题”的复杂性和艰巨性，所以作者又提出要根除物质雾霾，须先斩断“精神雾霾”。显然，杨文丰在这里思考的是一个新的话题：在当下科学技术高速发展，同时又片面追求经济高速发展，从而导致生态环境严重恶化的背景下，应重新审视人与自然的关系，重新认识人在自然中的地位，建立一种人与自然相亲相爱的绿色空气伦理。这样，杨文丰的自然散文便不仅写出了自然的诗性，更具有一种精神性，并且有着强烈的现实意义。《雾霾批判书》作为第七届“老舍散文奖”获奖作品，授奖辞称誉之是“一篇有开拓、有创新，科学价值与审美价值俱高的作品。用杂文笔法写的这篇散文，站在公共安全、人民幸福和历史进步的制高点来论述天气现象，文笔犀利中肯，资料丰富，给人拨云见日之感，其高度的社会责任感、强烈的忧患意识及思想洞察力，值得赞扬”②。如此评价，我认为并不为过。

杨文丰也非常推崇美国林学家、生态散文家奥尔多·利奥波德的散文集《沙乡年鉴》。这是一本与梭罗的《瓦尔登湖》齐名的“世界绿色文学经典”。奥尔多·利奥波德在这本书中，率先提出了划时代的生态理论“土地伦理”：“是要把人类在共同体中以征服者的面目出现的角色，变成这个共同体中的平等的一员和公民。它暗含对每个成员的尊敬，也包括对这个共同体本身的尊敬。”③

---

① 杨文丰：《雾霾批判书》，《北京文学》2013年第7期。

② 北京文学月刊社主编：《第七届老舍散文奖获奖作品集》，地震出版社2014年版，第112页。

③ 奥尔多·利奥波德著，候文蕙译：《沙乡年鉴》，吉林人民出版社1997年版，第193页。

杨文丰认为一个真正的自然写作者，也应该像奥尔多·利奥波德一样，积极投入对生态伦理的探寻和建构。读杨文丰的自然伦理散文，我们的确能够触摸到作家那颗忧患生态现实、致力建构生态伦理的温热之心。在《海殇后的沉思》中，杨文丰将人类在接受科学洗礼前后对自然的敬畏，分别定义为“旧敬畏”和“新敬畏”。“旧敬畏”是人类在接受科学洗礼前存在的对自然的敬畏，而在现代科技背景下，人类应该建立起对大自然的新型敬畏。所谓的“新敬畏”，“是一种复合型的敬畏，是人类对自然之‘灵’——自然万物的科学本质和规律，对沧桑正道，不但能尊重，而且能顺应的敬畏；是能通过预警机制，自觉避让自然父性殃害的敬畏；是将技术的阴影扫出自然的敬畏；是不但不再将人类视为自然的‘主宰’，而且建立对自然的感恩之心的敬畏；是使当前日薄西山的人与自然的关系能日益走向和谐的敬畏；是理应上升到宗教层面的敬畏……”①

杨文丰在洗过著名的瑞士瓦尔斯温泉浴后，在他抒写这座温泉建筑的长文《走进子宫式生态圣殿》中，更是难抑欣喜之心，提出了最理想地体现人与自然关系的“子宫式生态模式”。我认为，这的确是迄今为止最具文学形象的表现人与自然关系的生态模式。在杨文丰看来，这座主要由山洞隐匿温泉的被世界建筑学界视作圣殿的绿色建筑，宛若子宫的温泉建筑，其外形与内涵，就是伟大母亲——大自然的象征！这就是最理想的生态圣殿。而温泉又何尝不等同于母亲子宫内的羊水？人在温泉，会低下高傲的头颅，矮下或蜷缩自己的身躯，在承受母亲（自然）温热、柔软的抚爱、包裹和包容的同时，又自适快乐，水（自然）不至于被谁抽刀所断，也不会被占有，仍是汩汩涌流，亦可再生，依然被尊重，依然享有可持续发展的“生命”。瓦尔斯温泉“建筑呵护泉水，泉水滋润建筑，人与建筑与自然，互借互惠互生，虚实相谐，共同神圣，更引发了五大洲自然之子蜂至朝拜……这情景，与人被子宫孕育之后，降生凡尘之后，就素怀感恩之心，总是在反哺、呵护和孝敬母亲，是何其相似乃尔啊”②！我认为，如此的“子宫式生态模式”，既是文学的，富于诗性情怀

① 杨文丰：《海殇后的沉思》，陈力君主编：《中外生态文学作品选》，浙江工商大学出版社2010年版，第116—117页。

② 杨文丰：《走进子宫式生态圣殿》，《天涯》2013年第1期。

的，同时也完全上升到了世界生态哲学的高度。

杨文丰自然伦理散文的另一个成功之处，在于它既是自然的、科学的，又是文学和审美的。我认为强调杨文丰自然伦理散文是文学和审美的这一点很重要，因为这也是他的散文不同于其他人的散文的根本之处。在一篇文章中我曾指出："散文首先应当是散文。任何时候，审美性即诗性都应放在首位。我们不能为了'思想'而牺牲散文的审美性，也不能为了思想而取消文体的规定性。"①

然而一个无法回避的事实是：当下的不少散文为了突出散文的思想性或批判性，忽略了散文的审美性，使本应鲜活灵动、可亲可爱的散文戴上了抽象、晦涩、观念过重的盔甲。可喜的是，杨文丰的自然散文成功地摆脱了上述的毛病，虽冠以"科学"，以自然科学为写作题材，涉及气象、动物、植物、科学美、科学史、社会现象，等等，可谓林林总总，包罗万象，但它的立意构思、介绍描述、想象方式、意象组合、意境营造，尤其是语言表达都是感悟性和审美的，是具有他自己的散文哲学的，所以具有很强的艺术感染力。

这是杨文丰抒写的芭蕉：

> 何谓芭蕉之最迷人处？我以为芭蕉的最迷人处，就是"芭蕉风韵"也。
>
> 这芭蕉风韵，已全然聚焦于独特的南中国文化意象——"雨打芭蕉"；那清凉而雨滴叩打蕉叶的声音，天籁般的声音，融合才子佳人的浪漫情致，韵味悠长，不知究竟有多久时间了，一直滴滴嗒嗒，在敲打中国，更在敲击华夏文化人的神经。②

这是写月牙泉和鸣沙山的对峙：

> 月牙泉纵然再小，但只要依然在汪，就客观地构成了与鸣沙山

---

① 陈剑晖：《散文要思想，更要审美》，《中国社会科学报》2014年4月26日。

② 杨文丰：《不俗的芭蕉》，中国作协创研部选编、韩小蕙主编：《2011年中国散文精选》，长江文艺出版社2012年版，第373页。

非同寻常的对峙。

这是真实与传奇的对峙，现实与浪漫的对峙，加号与减号的对峙。主动的看不见的干风和可感触的轻飘的流沙合谋，与柔软、温静、孤立、弱小、被动的泉水的对峙。是风沙在高处，泉水在低处的对峙。是貌似和平共处而且歌舞升平，实则机关横生、陷阱依旧的对峙。是细水微澜与流火干渴的对峙。是荒漠与绿洲的对峙。是缥缈、虚幻与现实、沉重的对峙。是生命与死亡的对峙。只要是对峙，就构成了一种无法排解的矛盾，就是一种貌似中庸的平衡，就是一种蕴藏的黑色危险。

我想，只要鸣沙山仍在，大风仍在，人还在，月牙泉就前途未卜……①

在杨文丰的自然伦理散文中，像上述这样优美生动、空灵洒脱，且富于韵律感而且启迪思想的文字随处可见。客观地说，这样的文字我是极为喜欢的。因为作者不是在那里干巴枯燥地介绍自然科学知识，而是有丰富的想象力，有心灵的感受，有感情的渗透，总之是充满诗性的美文。值得注意的是，杨文丰不但善于借助各种修辞手段来描绘自然景象，把原来虚无缥缈的东西具体化，而且他的文字相当简洁准确，比如《蒲福风级》中对风的级别的描写，一级是大漠“烟直”，二级是叶儿“轻摇”，三级是海船“微显簸动”，四级是“船涨满帆”，五级变为“清劲风”，而六级则是“强风浩荡”……从对风的级数的递增和与之相对应的词语的准确选择，体现出了杨文丰不凡的语言功力，而这是写好自然散文的前提和基础。

然而，我觉得还需要论述和强调的，是杨文丰自然伦理散文注重建构的文学象征及表现出的诗性（审美）情怀。

我们知道，所谓象征是使情感和寓意能弹性地扩张、升华，以启迪读者产生多路径的联想和多义性的思考的艺术。象征性无疑是文学作品进入真正

---

① 杨文丰：《蝴蝶为什么这样美》，中国人民大学出版社2012年版，第144—145页。

艺术圣殿的一个通行证。任何文学象征的创造，都无法离开具体的物象。但杨文丰自然伦理散文创造的象征，还加入了源自作家心灵的科学内涵的支持，换言之，是被科学知识或科学精神化了的。这是他与其他文学家创造象征的鲜明区别。

他被收入大学教材《文学鉴赏》的美文《精神的树，神幻的树》，是堪与茅盾的《白杨礼赞》相媲美的美文。在这篇作品中，一般美文的抒情感染力、绘景想象力、语言的形象生动、行文的散而神聚等，同样被杨文丰置在胡杨生物学知识的平台，当然，这篇力作最值得欣赏的地方还不止于此，也不只是独具慧眼对胡杨之美的发现，而是作家将特殊的胡杨精神创造性地推上了文学象征的殿堂。原来，生长于恶劣的荒漠的胡杨，不仅形貌苦难，“树皮粗裂如沟壑”，且呈“灰褐色”，就是如此的被一般人看来只能是“丑树”的胡杨，却被作家抒写成“仿佛是长在艺术殿堂里的树，超现实的树。在大西北最恶劣的地方……即便匍匐于地，枝断骨折，在天幕下，也依然挺起不屈的脊梁，犹如黄铜雕像”。“即便我连几片一张一合发言的叶子也没有，我的根，依然是铁骨铮铮发力的手指，在紧抓冰冷的流沙。”“只要一息尚存，就依然屹立，教生命延续、繁衍”“胡杨竟可活而一千年不死！胡杨竟可死而一千年不倒！胡杨竟可倒而一千年不朽！”[①]如此的胡杨，难道不是一种精神树吗？如此的胡杨，业已成为作家创造的文学象征——既是一种精神的象征，也是不屈服于险恶环境，永远葆有“对生命意义的不竭追求”，“是独立、健康、倔犟和永不退缩、至死不渝地坚守”的精神倔强的大写的人的象征。

又如前面分析过的《病盆景》，也并非就事论事让读者感觉到作家只是在写盆景。我甚至认为，《病盆景》可说是已颠覆了中国传统的人与自然关系的病态美学观。评论家胡平先生评价《病盆景》说：“作者构筑了一个病态社会的万花筒。盆景就是社会，社会就是盆景。但是要知道，任何盆景都是为了讨好观赏者而设的，为‘人生的市场’而生。我们听到盆景里草木哭号，也一定听到盆景外另一种草木的哭号。自然本是天地合一，为什么不返回大地，

---

① 杨文丰：《蝴蝶为什么这样美》，中国人民大学出版社2012年版，第131—135页。

返回自然？这也许才应该是文字之外的余音。”[①]这个评点，同样证明《病盆景》具有的象征性。

在杨文丰的自然伦理散文中，象征性或蕴含象征意蕴的作品，还可以列出《人蚁》《鸣沙山·月牙泉 》《“晨昏线”寓言》《根》《马兰，马兰》《心月何处寻》《雾霾批判书》等篇什。

《我是红豆杉》则是杨文丰诗性（审美）情怀感人至深的作品。在这篇美文中，作家同样抒写了植物学知识，说银杏树与红豆杉都是雌雄异株的植物，“你”生山之头，“我”长山之麓，情绵绵意深深，生活在蓝天下，相望于苍茫中，“雾来时，将我们同罩一帐柔软、温润。风来时，我你的情爱种子——花粉儿，就飘飘忽忽，在同一天穹下传送。下雨时，我们鸳鸯入浴，享受同一网水晶珠帘。即便在看不见的土壤深处，我们的根，也总在相互试探着向对方伸展，希望缠绕。蜜蜂、飞鸟是我们免费传情、传种的红娘，当然还有前面吹的风。月圆之夜，我们倍生怨忧，竟夕相思……难道得感谢距离吗？使我们因分居而永远保持神秘……真正熬人的，还是那相思成熟的季节。我们当然最终还是有了幸福的果实，其实也是种子，比红豆却大多了，圆润而灿烂，红彤彤的，犹同红色信号，高高浮凸在枝叶间”[②]。如此基于必要的科学审美视角的文字，无疑是抒情的，是诗意充盈的。

当然，科学知识入散文，不能生硬机械得犹同以砖头盖房子。科学与情感能否交融，能否臻入诗性的或审美的境界，我认为前提在于科学知识能否被作家理性地接受，而且能否被作家的情感融化，也就是说，根本的问题取决于作家与科学事物之间能否建构“诗性情怀”。应该说，杨文丰对此是了然于心，是深有情感体验也极具理性认识的，否则，我想他的文字就无法处理得如此艺术。他也曾说：“本来在人们眼中不带情感，甚至被人看做清冷、冰硬的科学事实、科学原理，一旦经由作家深入的理性思考和非理性感悟，而且经过

---

① 郑彦英主编：《2009年度华文最佳散文选》，河南人民出版社2010年版，第88页。

② 杨文丰：《自然笔记——科学伦理与文化沉思》，上海教育出版社2007年版，第92—93页。

激情融化，就带上了作家的血温，有了精神的热度，理性的高度。”[①]这可谓道出了杨文丰自然散文何以能够体现诗性情怀，表现出精神性，并能够与他那层级结构丰富的散文哲学交感和鸣的原因。

杨文丰集中文二级教授和国家一级作家于一身，是具有独特散文哲学观和写作标高的作家。在20世纪90年代之初，他已提出“形神和谐，启智启美”的散文美学观[②]。他在《呼唤“散文哲学”》中认为：“散文鲜活的生命，离不开个性风格。个性风格来源于作家鲜活的个性，个性出之于作家的散文哲学。所以，一个散文家的散文写到相当的水准时，与其说是拼作家的人格，还不如说是拼作家各自独有的散文哲学观。”[③]如此一位注重散文理论探索并将成果自觉付诸写作实践的作家，而且具有文学使命感的作家，在当代文坛并不很多。杨文丰有数篇自然伦理散文能够相继被选进十余种高中语文和大学语文教材，许多篇什被选入国内权威的散文选刊选本，并获得冰心散文奖、林语堂散文奖、老舍散文奖、全国优秀科普作品奖、中国徐霞客游记文学奖等多种大奖，我想，这绝不是偶然的。

与美国自然文学已然是主流文学不同，在世界已经进入生态时代的当下中国，自然散文还是散文大家族中的小分支。因其小，因其浅，因其忽略审美性而一直得不到人们的重视。应该说，一个时代有一个时代的文学，进入了生态时代，中国的自然文学也将在不久的将来呈现出欣欣向荣的局面。杨文丰创作的既具科学美、哲学美又具文学美的自然伦理散文，正展现出了自然散文广阔而诱人的前景。

（原载《山东师范大学学报（人文社会科学版）》2015年第4期）

---

① 杨文丰：《蝴蝶为什么这样美》，中国人民大学出版社2012年版，第285—286页。

② 杨文丰：《散文形神论》，《作品》1993年第8期。

③ 杨文丰：《呼唤“散文哲学”》，《今晚报》2010年8月18日。

# 后　记

2016年夏天，暨南大学中国文艺评论基地、广东省文艺评论家协会、《羊城晚报》等单位联合举办“文学评论与20世纪中国文学史的生成学术研讨会”，来自全国的近百名学者和文艺理论批评家与会。会上，我作了《“粤派批评”的可能性》的专题发言；居鄂的粤籍评论家古远清教授则以“学术相声”的形式，提出应当有粤派批评。随后，《羊城晚报》于2016年6月5日推出整版的“粤派批评”讨论版，发表了我的《“粤派批评”已是一个客观存在》一文，并配发了洪子诚、杨匡汉、蒋述卓等著名学者的赞同或反对意见，受到时任中共广东省委常委、宣传部部长慎海雄的肯定，并针对《羊城晚报》这一版作了批示，指出要理直气壮提出“粤派批评”，让“粤派批评”发出更响亮的声音。随后，广东人民出版社邀请我策划并出版“粤派批评”丛书，后又有蒋述卓、林岗、郭小东、宋剑华、贺仲明等著名学者加盟任总主编和执行主编，这样，“粤派批评”丛书便于2017年底正式启动了。“粤派批评”丛书计划出版50本，第一批18本已于2018年出版。丛书分两个方面：一是文选35本，精选近现代以来各时期35位最有代表性的粤籍批评家，每人出一本代表性文论集，分四个版块出版。分别为：“大家文存”“名家文丛”“新锐批评”“新世纪粤派批评”。二是专题著作15本，如《“粤派批评”发展演变史》《“粤派批评”与现当代文学史》《中外粤籍批评》《“粤派批评”视野中的“打工文学”》《“粤派”网络评论》《“粤派批评”纪事》《文学地理学与“粤派批评”》《“粤派批评”与港台及海外华文文学》等。

从目前的态势看，“粤派批评”口号的提出以及围绕这一概念的讨论与出版，可以说是广东改革开放以来一次较有广度和深度的文学事件，甚至“是一个现象级的文化现象”（引自《“粤派批评·陈桥生工作室”成立致辞》）。其根据是：一、《羊城晚报》自从2016年6月5日打出“粤派批评”的旗号后，迄今已组织了几十个版面讨论“粤派批评”，并成立了“粤派批评·陈桥生工作室”，时任中共广东省委常委、宣传部部长慎海雄全程参加了2017年12月1日在珠岛宾馆举办的“‘粤派批评·陈桥生工作室’成立暨研讨会”并作了指示。二、“粤派批评”丛书第一批18本书出版后，广东省文联、广东文艺评论家协会与中国文艺批评家协会，于2018年1月13日联合在北京举行“粤派批评研讨会”，中国文艺批评家协会主席仲呈祥等专家学者给予充分肯定。中国文艺评论家协会主席仲呈祥指出，流派要有旗帜，要旗帜鲜明地写出理论主张；要有围绕着理论主张的一大批作家和批评家的著述和成果；要代代相传，形成一支重要力量，作出突出贡献。若从这三个方面来看，“粤派批评”有自己的优势和特色。中国文联文艺评论中心主任庞井君认为，“粤派批评”早已形成其独特气质，“广东的文艺评论家、文艺理论家思想活跃，著述颇丰，既重视传统文化的积淀、积累和积蓄，又注重针对现实、面向未来的实践性、开放性和创造性，形成了独特的文化品格和精神气质”。三、2017年6月27日，《文艺报》“理论与争鸣”版整版发表了古远清《“粤派批评”批评实践已嵌入历史》，这意味着关于“粤派批评”的讨论从广东走向了全国，成为当下文艺评论界一道亮丽的文学风景。四、自从《羊城晚报》打出“粤派批评”旗号后，各相关文艺部门纷纷召开“粤派批评”研讨会，仅省作家协会便召开三次相关会议，共议粤派批评的历史与现状，共商今后发展大计，以期“粤派批评”掀起更大热潮。

“粤派批评”还在建构的过程中，它要走的路还很长。作为这套丛书的发起者、策划者和执行者，我将责无旁贷，尽自己的微薄之力，使这套丛书日臻完善，成为广东文学的一种记忆，一笔值得留存的文学遗产。

2020年5月8日

# 粤派批评丛书

**大家文存**

《康有为集》 郑力民 编
《梁启超集》 付祥喜 陈淑婷 编
《黄遵宪集》 龙扬志 编

**名家文丛·第一辑**

《黄药眠集》 刘红娟 编
《钟敬文集》 包 莹 编
《萧殷集》 傅修海 编
《梁宗岱集》 付祥喜 编
《黄秋耘集》 吴 琪 编

**名家文丛·第二辑**

《刘斯奋集》 刘斯奋 著
《饶芃子集》 饶芃子 著
《黄树森集》 黄树森 著
《黄修己集》 黄修己 著
《黄伟宗集》 黄伟宗 著
《谢望新集》 谢望新 著
《李钟声集》 李钟声 著

**名家文丛·第三辑**

《蒋述卓集》 蒋述卓 著
《程文超集》 程文超 著
《林岗集》 林 岗 著
《陈剑晖集》 陈剑晖 著
《郭小东集》 郭小东 著
《金岱集》 金 岱 著
《宋剑华集》 宋剑华 著
《江冰集》 江 冰 著
《徐肖楠集》 徐肖楠 著

**专题研究·第一辑**

《『粤派评论』视野中的『打工文学』》 柳冬妩 著
《中外粤籍文学批评史》 古远清 著
《粤派网络文学评论》 西 篱 主编

**专题研究·第二辑**

《『粤派批评』与港澳台及海外华文文学研究史》 贺仲明 主编
《粤派传媒批评》 陈桥生 著
《『粤派批评』与现当代文学史研究》 宋剑华 主编